2026

독학사

문학개론

- 핵심이론 + 예상문제
- 2025년 기출복원문제
- 기출문제에서 뽑은 합격키워드

1 단계

이 **책**의 **머리말**

독학학위제는 「독학에 의한 학위취득에 관한 법률」에 의거하여 국가에서 실시하는 학위취득시험에 합격한 독학자에게 학사학위 취득의 기회를 줌으로써 평생교육의 이념을 구현하고 개인의 자아실현과 국가·사회의 발전에 이바지하는 것을 목적으로 한다. 현재 독학학위 취득시험은 「평생교육법」에 의해 '국가평생교육진흥원'에서 관장하며, 홈페이지를 통해 과목별 평가영역을 구체적으로 알려 주고 있다.

독학사 시험에서 다루는 1단계 교양과정 인정시험은 대학 교양과목의 내용을 다루고 있으며, 기초지식을 이해하고 실천능력을 배양하기 위한 기본적이고 핵심적인 내용이 주로 출제된다. 따라서 본서는 **다양한 자료와 예시를 통해 구체적으로 학습하고, 이론과 문제를 통해 정리할 수 있도록 구성·편집**되었다.

그동안의 독학사 기출문제를 분석해보면 문제은행식이라 할 수 있다. 따라서 수험생들은 기출문제를 중심으로 주어진 범위와 내용을 반복 학습해야 하며, 이것이 합격점 이상의 점수를 얻을 수 있는 최선의 방법이다.

모든 지식을 빠뜨리지 않고 실어 놓은 수험서가 꼭 좋은 수험서라고는 할 수 없다. 우리가 치러야 할 시험이 요구하는 준거를 무난히 통과하기 위해서 주어진 시간과 비용을 고려해 가장 효율적인 방법을 선택하는 것이 필요하다. 이런 점에서 **본서는 기출문제를 중심으로 핵심 내용을 요약·정리하였고, 기출을 기반으로 예상문제를 개발**해 최소한의 충분한 양을 수록하였다.

독학학위 취득을 위해 본서를 선택한 모든 수험생분들이 꼭 학위취득의 기회를 마련하였으면 한다.

대표편저자 씀

독학학위제는 대학교를 다니지 않아도 스스로 공부
하여 학위를 취득할 수 있으며 언제, 어디서나 학습이
가능한 평생학습시대의 자아실현을 위한 제도입니다.

1 독학학위제란?

독학학위제는 「독학에 의한 학위취득에 관한 법률」에 의거하여 고등학교 졸업 이상의 학력을
가진 사람이라면 누구나 시험에 응시할 수 있으며 총 4개의 과정을 거쳐 학위취득 종합시험에
합격하면 국가에서 학사학위를 수여하는 제도이다. 현재 독학학위 취득시험은 「평생교육법」에
의해 '국가평생교육진흥원'에서 관장한다.

2 시험의 합격결정

1~3과정 인정시험에서 매 과목 100점 만점에 전 과목 60점 이상 득점을 합격으로 한다.

3 교양과정 인정시험

구분	시간	시험 과목
1교시	09:00~10:40(100분)	(필수) 국어, 국사
2교시	11:10~12:00(50분)	(필수) 〈외국어〉 영어, 독일어, 프랑스어, 중국어, 일본어 中 택 1
3교시	13:10~14:50(100분)	현대사회와 윤리, 문학개론, 철학의 이해, 문화사, 한문, 법학개론, 경제학개론, 경영학개론, 사회학개론, 심리학개론, 교육학개론, 자연과학의 이해, 일반수학, 기초통계학, 컴퓨터의 이해 中 택 2

4 과정별 평가수준

과정별 시험	평가 수준	합격 기준	문항 수
1과정 (교양과정 인정시험)	대학의 교양과정을 이수한 사람이 일반적으로 갖추어야 할 학력수준을 평가한다.	5과목 합격 (필수 3, 선택 2)	총 40문항 (객관식 40문항)
2과정 (전공기초과정 인정시험)	각 전공영역의 학문연구를 위하여 각 학문계열에서 공통적으로 필요한 지식과 기술을 평가한다.	6과목 이상 합격	
3과정 (전공심화과정 인정시험)	각 전공영역에 관하여 보다 심화된 전문적 지식과 기술을 평가한다.	6과목 이상 합격	총 28문항 (객관식 24문항, 주관식 4문항)
4과정 (학위취득 종합시험)	시험의 최종 단계로 학위를 취득한 사람이 일반적으로 갖추어야 할 소양과 전문지식 및 기술을 종합적으로 평가한다.	6과목 합격 (교양 2, 전공 4)	

시험안내

시험과정별 응시자격

| 1과정 교양과정 인정시험 | 2과정 전공기초과정 인정시험 | 3과정 전공심화과정 인정시험 | 4과정 학위취득 종합시험 |

「독학에 의한 학위취득에 관한 법률」 일부 개정에 따라 2016년부터 고등학교 졸업 이상의 학력을 가진 사람이면 누구나 1~3과정(교양과정, 전공기초과정 및 전공심화과정) 시험에 자유롭게 응시 가능. 단, 학사학위 취득을 위한 마지막 과정인 학위취득 종합시험에 응시하기 위해서는 1~3과정 시험에 모두 합격(면제)하거나, 학위취득 종합시험 응시 자격을 충족해야 함.

1. 교양과정·전공기초과정 및 전공심화과정 인정시험[1~3과정] 응시자격

① 고등학교 졸업자
② 「초·중등교육법 시행령」 제98조 제1항에 따라 상급학교의 입학에 있어 고등학교를 졸업한 사람과 같은 수준의 학력이 있다고 인정되는 사람
③ 「평생교육법」 제31조 제2항에 따라 지정된 학력이 인정되는 학교형태의 평생교육시설에서 고등학교 교과과정에 상응하는 교육과정을 마친 사람
④ 「보호소년 등의 처우에 관한 법률」 제29조에 따른 소년원학교에서 고등학교 교육과정을 마친 사람

2. 학위취득 종합시험[4과정] 응시자격[단, 응시하고자 하는 전공과 동일전공 인정 학과에 한함]

① 교양과정 인정시험, 전공기초과정 인정시험 및 전공심화과정 인정시험에 합격(면제)한 사람
② 대학(「고등교육법」 제2조 제2호·제3호 및 제5호에 따른 학교와 다른 법령에 따라 설립된 대학을 포함) 및 이에 준하는 각종학교(학력인정학교로 지정된 학교만 해당)에서 3년 이상의 교육과정을 수료하였거나 105학점 이상을 취득한 사람
③ 수업 연한이 3년인 전문대학을 졸업한 사람 또는 이와 같은 수준의 자격이 있다고 인정되는 사람(전문대학 졸업예정자는 응시 불가)
④ 「학점인정 등에 관한 법률」 제7조에 따라 105학점(전공 28학점 이상 포함) 이상을 인정받은 사람
⑤ 외국에서 15년 이상의 학교교육 과정을 수료한 사람

3 유의사항

① 학사학위 소지자는 취득한 학사학위 전공과 동일한 전공 시험에 응시할 수 없음.

② **유아교육학, 정보통신학 전공** : 전공심화과정 인정시험 및 학위취득 종합시험만 개설. 고등학교 졸업자가 전공심화과정 인정시험에 응시는 가능하나, 학위취득 종합시험에 응시하기 위해서는 1~2과정 시험 면제요건을 충족하고 3과정 시험에 합격하거나 4과정 시험 응시자격을 충족해야 함.

③ **간호학 전공** : 학위취득 종합시험만 개설

간호학 전공은 4과정(학위취득 종합시험)의 시험만 개설. 학위취득 종합시험에 응시하기 위해서는 3년제 전문대학 간호학과를 졸업 또는 4년제 대학교 간호학과에서 3년 이상 교육과정을 수료하거나 105학점 이상을 취득해야 함.

4 시험면제

「독학에 의한 학위취득에 관한 법률 시행령」 제9조에 따라 국가기술자격 취득자, 국가시험 합격 및 자격·면허 취득자, 일정한 학력을 수료하였거나 학점을 인정받은 사람은 1~3과정별 인정시험 또는 시험과목을 면제받을 수 있다.

과정면제

- **국가기술자격 취득자** : 자격 취득분야와 동일한 분야의 시험 응시자는 해당 과정 면제
- **교육부령으로 정하는 교육과정 수료자 또는 학점을 인정받은 자**
  ① 교양과정 면제
    ㉠ 대학 및 이에 준하는 각종학교에서 1년 이상 교육과정을 수료하였거나 35학점 이상을 취득한 사람
    ㉡ 학점은행제로 35학점 이상을 인정받은 사람
    ㉢ 외국에서 13년 이상의 학교교육과정을 수료한 사람
  ② 교양 및 전공기초과정 면제 [면제받고자 하는 전공과 동일전공인정 학과에 한함]
    ㉠ 대학 및 이에 준하는 각종학교에서 2년 이상 교육과정을 수료하였거나 70학점 이상을 취득한 사람
    ㉡ 학점은행제로 70학점 이상을 인정받은 사람
    ㉢ 외국에서 14년 이상의 학교교육과정을 수료한 사람

시험안내

- 교육부령으로 정하는 시험 합격자 및 자격·면허 취득자 : 국가(지방) 공무원 7급 이상의 공개경쟁채용시험 합격자는 해당 과정 면제, 교육부령으로 정하는 자격 면허 취득자는 해당 과정 면제

과목면제

- 국가기술자격 취득자 : 자격 취득 분야와 다른 분야의 시험 응시자는 해당 과목 면제
- 국가평생교육진흥원장이 지정한 강좌 또는 과정 이수자는 해당 과목 면제

독학사와 학점은행제의 연관관계

「학점인정 등에 관한 법률」 제7조 제2항 제5호에 따라 독학학위제 시험합격 및 면제교육과정을 이수한 사람은 아래와 같이 학점은행제 학점인정을 받을 수 있음.

독학사의 과정별 학점은행제 등록 시 인정학점

- [1과정] 과목당 4학점 (단계별 최대 5과목, 20학점까지 인정 가능)
- [2~4과정] 과목당 5학점 (단계별 최대 6과목, 30학점까지 인정 가능)

① 학점은행제 학습구분 결정기준
  ㉠ 교양과정 인정시험 : 교양학점으로 인정 가능. 단, 일부 과목의 경우 학점은행제 희망 전공의 표준교육과정에 기초하여 전공필수 혹은 전공선택으로 인정 가능
    예 학점은행제 경영학(학사) 전공의 학습자가 [경영학개론] 과목 합격 시 전공필수와 교양 중 학습자가 원하는 학습구분으로 인정
  ㉡ 전공기초, 전공심화, 학위취득 종합시험 : 희망 학위 및 전공의 표준교육과정을 기준으로 학습구분이 결정
② 학위취득 종합시험에 합격하여 독학학위제 학사학위를 취득한 경우에는 과정별 합격(면제)과목을 학점으로 인정하지 않음.
③ 시험면제교육과정 이수 학습과목에 한하여 1년/1학기 최대 이수학점, 1개 교육훈련기관 최대 인정학점 제한이 적용됨.
④ 학점인정을 받은 과목 간 중복과목이 있는 경우 학습자가 선택하는 1과목만 인정 가능(단, 독학학위제 시험 과목 간에는 중복 없이 인정 가능)

출제경향 Tendency

1

국가평생교육진흥원에서 고시한 과목별 평가영역에 준거하여 출제하되 특정한 영역이나 분야가 지나치게 중시되거나 경시되지 않도록 한다.

2

독학자들의 취업 비율이 높은 점을 감안하여, 과목의 특성상 가능한 경우에는 학문적이고 이론적인 문항뿐만 아니라 실무적인 문항도 출제한다.

3

단편적 지식의 암기로 풀 수 있는 문항의 출제는 지양하고, 이해력·적용력·분석력 등 폭넓고 고차원적인 능력을 측정하는 문항을 위주로 한다.

4

이설(異說)이 많은 내용의 출제는 지양하고 보편적이고 정설화된 내용에 근거하여 출제하며, 그럴 수 없는 경우에는 해당 학자의 성명이나 학파를 명시한다.

5

교양과정 인정시험은 대학 교양교재에서 공통적으로 다루고 있는 기본적이고 핵심적인 내용을 출제하되, 교양과정 범위를 넘는 전문적이거나 지엽적인 내용의 출제는 지양한다.

6

전공기초과정 인정시험은 각 전공영역의 학문을 연구하기 위하여 각 학문 계열에서 공통적으로 필요한 지식과 기술을 평가한다.

7

전공심화과정 인정시험은 각 전공영역에 관하여 보다 심화된 전문적인 지식과 기술을 평가한다.

8

학위취득 종합시험은 시험의 최종 과정으로서 학위를 취득한 자가 일반적으로 갖추어야 할 소양 및 전문지식과 기술을 종합적으로 평가한다.

9

교양과정 인정시험 및 전공기초과정 인정시험의 시험방법은 객관식(4지택1형)으로 한다.

10

전공심화과정 인정시험 및 학위취득 종합시험의 시험방법은 객관식(4지택1형)과 주관식(80자 내외의 서술형)으로 하되 과목의 특성에 따라 다소 융통성 있게 출제한다.

학위 취득 과정도

학사 학위 취득

- 총점(600점)의 60%(360점) 이상 득점
- 전 과목(6과목) 60점 이상 득점

4 과정 · 학위 취득 종합시험 응시

응시자격(동일전공에서)
- 4년제 대학 3학년 수료 또는 105학점 취득
- 3년제 전문대학 졸업
- 학점은행제 105학점(전공 28학점 포함) 인정

시험 과정 면제
1~3과정 면제자

1~3과정 전 과목(17개) 합격(면제)

3 과정 · 전공심화과정 인정시험 응시

응시자격
고등학교 졸업 이상 학력

시험 과정 면제
1~2과정 면제자

2 과정 · 전공기초과정 인정시험 응시

응시자격
고등학교 졸업 이상 학력

시험 과정 면제
1과정 면제자

1 과정 · 교양과정 인정시험 응시

응시자격
고등학교 졸업 이상 학력

Contents 이 **책**의 **차례**

☐ 문학개론

01 문학의 정의

- 문학은 언어를 매체로 표현하는 언어예술로, 반드시 문자로 기록되어야 하는 것은 아니다.
- 문학은 가치 있는 체험을 함축적으로 표현한다.
- 문학이 추구하는 세계는 허구(虛構)의 세계이다.
- 문학은 작가의 사상과 정서를 표현한다.

02 문학의 기원 [기출] 2020

심리학적 기원설	문학은 인간의 심리현상으로써 인간 심리에 내재된 예술 충동에 의해 문학이 발생한다는 설이다.
발생학적 기원설 (사회학적 기원설)	문학이나 예술은 심미성보다는 실용성 때문에 발생했다는 설이다.
발라드댄스설 (제천의식설)	문학은 음악, 무용, 문학이 미분화된 원시종합예술에서 분화, 발생하였다는 설이다.

03 문학의 3대 특징 [기출] 2023

- ㉠ **개성**(독창성, 특수성, 개별성) : 문학은 주관적 체험의 표현이기 때문에 개성적이고 독창적이다(글은 그 사람의 개성과 인격을 나타낸다).
- ㉡ **보편성**(일반성) : 문학은 인간의 공통적인 정서를 다루기 때문에 공간을 초월하여 모든 사람들에게 보편적인 감동을 준다(공간적 개념).
- ㉢ **항구성**(역사성) : 문학은 시대를 초월하여 인간이 지향하는 불멸의 가치를 다루기 때문에 영원한 생명력을 지닌다(시간적 개념).

04 과학적 언어와 문학적 언어의 비교 [기출] 2023, 2021

과학적 언어	문학적 언어
간명하고 직접적인 언어	함축적인 언어
개념의 정확성에 기반한 언어	표현대상보다 실제의 뜻이 더 큰 언어
기호와 대상의 관계가 1:1의 관계	기호와 대상의 관계가 1:1이 아니어도 됨.
동등한 뜻의 다른 기호로 기호 대치 가능	다른 기호로 대치하면 그 맛이 달라짐.
외연적인 언어	내포적인 언어
표현상 한계를 지닌 언어	표현상의 한계를 극복한 언어
사실의 설명에 기반한 언어	비유, 비약, 생략, 상징 등을 허용한 언어
객관적, 직접적	주관적, 간접적

05 플라톤의 모방론 : 시인추방론 기출 2022, 2020

문학이란 눈에 보이는 사물을 대상으로 모방하는 행위이며 진리나 정의와 무관하다고 보았다.

06 아리스토텔레스의 모방론 기출 2024

"문학예술의 모방의 대상은 인간의 행동이다."라고 했다. 저서 『시학』에서 문학이 모방이라 할 때, 모방의 3가지 측면을 ㉠ 모방의 대상(인간의 훌륭한 행위 : 고상한 인물/비천한 인물), ㉡ 모방의 매체(즐거움을 주는 언어), ㉢ 모방의 방식(연기)이라 했다.

07 문학의 기능 : 효용론

• **개념** : 문학작품이 독자에게 주는 효용, 즉 독자에게 어떤 영향을 미치는지, 어떤 가치를 제공하는지를 강조하는 관점이다.

• **주요 내용** : 쾌락적 기능, 교훈적 기능, 심미적 기능, 인식적 기능, 정화 기능(카타르시스)

08 문학의 교시적, 쾌락적, 종합적 기능 기출 2024, 2023, 2022, 2021

㉠ **교시적 기능** : 문학은 독자들에게 교훈을 전해주고 인생의 진실을 보여주어 삶의 가치와 세계의 본질에 대해 올바른 인식을 하게 해준다.

㉡ **쾌락적 기능** : 모든 예술의 직접적 목적은 쾌락이며, 문학은 독자에게 고차원적인 정신적 즐거움이나 미적 쾌감을 준다.

㉢ **종합적 기능** : 쾌락적 기능과 교훈적 기능은 양면이 적절히 통합되어야 참다운 감동을 얻을 수 있다(당의정설 : 문학의 쾌락적 요소는 유익한 교훈적 사상을 전달하기 위한 수단으로, 교훈과 쾌락의 결합을 의미함. 시험 선지에 종합적 기능이 없을 때에는 '교시적' 기능으로 답해야 함).

09 문학 분석 이론 기출 2025

㉠ **표현론** : 작가의 가치관과 경험, 사상을 토대로 문학 작품을 감상하고 분석한다.

㉡ **모방론** : '문학 작품은 현실을 모방한다.'라는 기준으로 작품을 바라보며, 작품에 반영된 현실의 모습과 의미를 주로 분석한다.

㉢ **형식론** : 문학 작품을 감상하는 관점 중 작품의 내재적 표현과 구조를 중심으로 주제를 파악하는 것은 형식론적 관점이다.

㉣ **효용론** : 독자가 작품을 통해 무엇을 느끼고, 깨닫는지를 중심으로 작품을 감상하고 분석한다.

10 문학의 동적(動的) 구조 `기출` 2021
- 문학작품이 유기체처럼 스스로 성장, 발전, 쇠퇴, 소멸하는 것이 아니라, 끊임없이 변화하고 상호작용하는 요소들이 역학적으로 연결되어 형성된다는 것을 의미한다.
- 문학작품이 끊임없이 변화하고 발전하는 과정을 강조한다.
- 문학은 유기체와 달리 외부의 요인에 영향을 받기도 하고, 작가의 의도에 따라 형성되기 때문에 유기체에 대한 비유는 한계를 가진다.

11 에이브람스가 말한 문학의 구성 요소 `기출` 2025, 2022
- ㉠ **객관론** : 작품의 자율성을 인식하는 관점
- ㉡ **실용론** : 작품이 독자에게 기여하는 양상에 초점을 맞추는 관점
- ㉢ **모방론** : 문학작품을 우주의 제 양상의 모방으로 설명하는 관점
- ㉣ **표현론** : 문학작품이 작가의 자유로운 감정과 사상을 표현한다고 보는 관점

12 문학 장르 구분의 기준 `기출` 2025, 2024
문학 장르의 구분 기준은 플라톤, 아리스토텔레스, 슈타이거에 이르기까지 문학의 전 영역을 서정시·서사시·극시로 나누는 것이 일반적인 관습이다.
- ㉠ **서정시** : 시인의 주관적 정서와 감동을 깊이 있게 노래하는 시이다.
- ㉡ **서사시** : 일정한 사건을 이야기 구조로 표현한 시로, 세 장르 중 분량이 가장 길며, 음유시인이 청중을 앞에 놓고 읊는 형태로 진행되었다. 서사시는 서사를 중심으로 한다.
- ㉢ **극시** : 주로 희곡 형식으로 씌어진 연극적 요소를 가진 장편의 시로, 인간 행위의 전개를 눈앞에서 연출하여 표현하는 양식이다.

13 문학 장르의 분류(1)
- ㉠ **3분법** : 가장 보편적인 문학의 갈래(아리스토텔레스가 『시학』에서 모방의 양식에 따라 '서정·서사·극'으로 분류)
- ㉡ **4분법** : 서정 양식(시), 서사 양식(소설), 극양식(희곡), 교술 양식(수필)
- ㉢ **5분법** : 시, 소설, 희곡, 수필, 평론
- ㉣ **6분법** : 시, 소설, 희곡, 수필, 평론, 시나리오

14 문학 장르의 분류(2) `기출` 2024
- ㉠ **언어의 형태에 따른 분류** : 운문문학, 산문문학
- ㉡ **제재의 성격에 따른 분류** : 농촌소설, 연애소설, 해양소설, 역사소설, 계급소설
- ㉢ **창작목적에 따른 분류** : 참여문학, 계몽문학, 오락문학
- ㉣ **독자와의 관계 상황에 따른 분류** : 순수문학, 대중문학, 통속문학

15 **문학의 스타일(문체)을 결정하는 기본 요소**: 어휘와 낱말의 선택방식, 비유적인 언어의 사용빈도와 그 유형, 운율적인 유형, 문장의 구조와 수사적 표현의 효과

16 **시의 정의**
- 시는 인간의 사상과 정서를 함축적이며 운율적인 언어로 형상화하여 나타내는 운문문학의 한 갈래이다.
- 시는 정서적 감정을 통한 사상의 형상화와 운율적이고 내포적인 언어를 통한 예술미가 특징이다.

17 **시어와 일상적 · 과학적 언어의 비교** 기출 2025, 2022, 2021

시어	일상적 · 과학적 언어
함축적, 다의적, 정서적, 암시적, 내포적	지시적, 개념적, 외연적
간접적, 개인적, 주관적, 운율적	직접적, 비개인적, 객관적, 비운율적
비약적이거나 날카로운 면을 지님.	논리적이며 객관적인 면을 지님.
시인의 느낌, 태도, 해석을 나타냄.	사실, 정보의 전달
리듬, 이미지, 어조 등이 중요한 역할	사전적, 문맥적 의미

18 **시어의 함축성과 애매성** 기출 2024, 2023, 2022, 2020
- ㉠ **함축성** : 말이나 글이 그 속에 많은 뜻을 집약하여 가지고 있는 성질
- ㉡ **애매성** : 한 낱말 또는 문장이 동시에 여러 방향으로 효과를 미치는 것(양자택일을 필요로 하는 반응이 개입)
  - → 엠프슨(W. Empson)의 『애매성의 일곱 가지 유형』

19 **시의 운율** 기출 2025, 2024, 2023, 2022, 2021

외형률	• **음위율** : 말소리가 일정한 위치에서 규칙적으로 반복될 때 느끼는 운율(압운법) • **음수율** : 일정한 수의 음절이 규칙적으로 반복되어 이루어지는 운율 • **음보율** : 한정된 수의 음절들이 이루어진 음보의 규칙적인 반복으로 이루어지는 운율 • **음성률** : 음의 고저, 장단, 강약 등의 음악적 요소가 규칙적으로 반복되는 운율
내재율	형식상의 제한이 없으며 운율이 밖으로 드러나지 않고 글 내면에 흐르는 호흡이나 느낌이 리듬을 가진 것(자유시나 산문시에 나타나는 운율)

20 시의 갈래 `기출` 2024, 2022, 2021, 2020

형식상 갈래	• **정형시** : 일정한 형식에 맞추어 쓴 시. 우리나라에서 가장 대표적인 정형시는 시조이다. • **자유시** : 정해진 형식 없이 자유롭게 표현한 시. 자유시의 리듬인 내재율은 작품마다 다르다. • **산문시** : 시의 내용을 행의 구분 없이 줄글 형태로 표현한 시
내용상 갈래	• **서정시** : 개인의 감정과 느낌, 생각 등을 표현한 시 • **서사시** : 일정한 사건을 이야기 구조로 표현한 시 • **극시** : 연극의 형식을 취하거나 극적 구성을 가지고 있는 장편의 시
태도에 따른 갈래	• **주정시** : 인간의 감정이나 정서를 그 내용으로 하는 개인적, 주관적 성격의 시 • **주지시** : 인간의 감정보다는 지적인 측면을 중시하여 관념이나 의식, 지성의 표현을 주로 다루는 시 • **주의시** : 인간의 정신 세계 중 강한 의지 표현에 중점을 두고 전개되는 시
목적에 따른 갈래	• **순수시** : 시 작품에서 의미를 전하는 산문적 요소를 없애고 순수하게 감동을 일으키는 정서적 요소로만 쓴 시 • **참여시** : 정치·사회 등 현실 문제에 대하여 비판적인 의식을 가지고 그 변혁을 촉구하는 내용을 담은 시

21 리처즈의 원관념과 보조관념 `기출` 2022

㉠ **원관념(元觀念)** : 비유법에서 표현하고자 하는 실제 내용

㉡ **보조관념(補助觀念)** : 비유에서 원관념의 뜻이나 분위기가 잘 드러나도록 도와주는 관념. 또는 비교하거나 비유하는 관념

22 휠라이트의 비유론 `기출` 2025, 2024

㉠ **치환은유**

• 보통 알고 있는 전통적 은유의 개념에 해당
• 원관념과 보조관념의 관계가 유사성이나 연관성에 의해 파악될 수 있음.
• 'A는 B이다.'라는 형식을 취할 수밖에 없기 때문에 어쩔 수 없이 양자 사이의 연관성이라는 논리적 제약이 따르게 됨.

㉡ **병치은유**

• 병치와 종합에 의해 새 의미를 창조해 냄.
• A와 B 사이에는 아무런 연관성도 암시되지 않음.
• 두 구절 사이의 독립성이 최대한 인정되는 가운데 둘 사이의 의미론적 상관관계를 유추하게 만듦.

23 비유의 유형 기출 2025, 2024, 2023, 2021, 2020

㉠ **직유** : 비슷한 성질이나 모양을 가진 두 사물을 '~같이, ~같은, ~처럼, ~듯이, ~양' 등의 말로 연결하여 원관념을 보조관념에 직접 비유('A는 B와 같다'라는 의미적 유사성에 바탕을 둔다.)

㉡ **은유** : 원관념과 보조관념을 직접적으로 연결하지 않고 간접적으로 연결시키는 방법으로 '암유'라고도 함('A는 B이다.'라는 동질성에 근거한 비유).

㉢ **대유** : 사물의 부분이나 특징으로 대상 전체를 나타내는 비유법으로 환유와 제유로 구분
  • **환유** : 사물의 속성이나 특징, 밀접한 관계가 있는 것을 보조관념으로 취하여 대상 자체를 표현하는 방법
  • **제유** : 어떤 사물을 그것과 연관성이 있는 다른 사물로 대신하는 비유법

24 이미지의 제시 방법 기출 2024

㉠ **묘사적 이미지(감각적 이미지)** : 묘사나 감각적 수식어의 구사, 서술에 의해 제시되는 이미지

㉡ **비유적 이미지** : 보조관념을 통해 원관념의 속성을 표현하는 심상으로 직유법, 은유법 등 비유법을 사용

㉢ **상징적 이미지** : 상징적 표현에 의해 사물의 영상을 드러내는 심상으로, 비유적 심상보다 폭과 깊이가 넓고 깊으며, 대체로 한편의 작품 속에서 반복적으로 쓰이면서 시가 지니는 분위기를 응집시킴.

25 공감각적 이미지 기출 2024, 2023, 2022, 2021

한 종류의 감각을 다른 종류의 감각으로 전이시켜 표현하는 것

㉠ **청각의 시각화** : 분수처럼 흩어지는 푸른 종소리 – 김광균, 「외인촌」

㉡ **시각의 청각화** : 이것은 소리 없는 아우성 – 유치환, 「깃발」

㉢ **청각의 후각화** : 향기로운 님의 말소리 – 한용운, 「님의 침묵」

㉣ **시각의 촉각화** : 피부의 바깥에 스미는 어둠 – 김광균, 「와사등」

㉤ **시각의 후각화** : 관이 향기로운 너는 – 노천명, 「사슴」

㉥ **촉각의 시각화** : 동해 쪽빛 바람에 – 유치환, 「울릉도」

㉦ **촉각의 미각화** : 매운 계절의 채찍에 갈겨 – 이육사, 「절정」

26 상징의 종류 기출 2022, 2021, 2020

㉠ **자연적 상징** : 인간의 보편적 심성 때문에 대부분의 사람들이 비슷한 의미를 부여하는 것으로 '하늘'의 의미를 '신성한 것'으로 여기는 것이 있다.

㉡ **제도적 상징** : 한 제도를 상징적으로 드러낼 수 있는 대상으로 국기(國旗), 국가(國歌), 국화(國花) 등이 있다.

ⓒ **알레고리 상징** : 의미가 어느 한 가지로 고정된 것으로, 예를 들면 '까마귀'가 '부정적인 것'을 상징하는 것이 있다.

ⓔ **창조적(개인적) 상징** : 개인의 주관적인 의미를 부여하는 상징을 말한다.

ⓜ **원형적 상징** : 신화와 역사, 종교 등에서 수없이 되풀이되는 이미지나 모티브로 물이 생명력이나 탄생, 정화를 상징하는 것을 들 수 있다.

27 소설 `기출` 2024, 2022

소설은 현실에 있음직한 허구적인 이야기로서, 작가의 상상력과 구성력을 가미하여 산문체로 쓴 문학의 한 갈래이다.

28 소설의 기원

ⓐ **고대 서사시의 형태에서 찾으려는 견해** : 소설의 특질 중에서 이야기(story)와 서술(narration)에 주목한다.

ⓑ **중세 로망스에서 찾으려는 견해** : 로망어(일반인들이 사용하던 중세 서구의 언어)로 쓰인 중세 기사들의 황당무계한 무용담·연애담에 주목한다.

ⓒ **근대사회의 산물로 보려는 견해** : 이야기 자체보다는 인간성의 탐구와 인생에 대한 표현에 주목하고, 리얼리즘 측면을 강조한 것에 주목한다.

29 소설의 특성 `기출` 2025

ⓐ **서사성** : 인물, 사건, 배경 등을 갖추고, 일정한 시간의 흐름에 따라 이야기(story)가 전개된다.

ⓑ **허구성** : 실제로 있었던 이야기가 아니라, 작가의 상상력에 의하여 창조된 개연성 있는 허구의 세계이다.

ⓒ **진실성** : 허구의 세계를 그리지만 진실을 지닌 인생의 표현이다.

ⓔ **모방성** : 현실을 모방·반영한다.

ⓜ **산문성** : 운문이 아닌 산문으로 쓰여지는 대표적인 산문문학 양식이다.

ⓗ **예술성** : 예술의 한 형식으로, 그에 상응하는 형식미와 예술적 기교를 갖추어야 한다.

ⓢ **객관성** : 시가 주관적인 문학임에 비해, 소설은 객관적인 문학이다.

30 로망스(Romance)와 소설(Novel) `기출` 2020

ⓐ **로망스** : 모험적·가공적·괴기적·통속적인 장편소설을 일컫는 말로 기괴하고 영웅호걸형 기사(騎士)들의 무용담이나 절세가인과의 연애 등이 주요 내용을 다룬다. 몽상적(夢想的)인 면이 강조되는 점에서는 전기소설(傳奇小說)을 의미하기도 한다.

ⓛ **소설** : 다양한 계층을 대변하는 인물이 등장하여 아이러니의 형질이 없는 로망스와는 달리 비현실적인 이야기의 요소와 철학적인 이야기가 동시에 드러나는 아이러니한 형태를 보이고 있다.

31 소설의 3요소와 구성의 3요소
ⓐ **소설의 3요소** : 주제, 구성, 문체
ⓛ **구성의 3요소** : 인물, 사건, 배경

32 플롯의 개념 기출 2025, 2021
- 플롯은 소설의 구조 및 짜임새이다.
- 예술적 효과를 낳기 위한 서술상의 기술이다.
- 인물, 사건, 사상 등의 여러 요소를 보다 효과 있게 정리하고 종합하는 힘이다.
- 인과관계에 의한 사건의 전개와 배열이다.
- 소설의 주제를 보다 선명하게 드러내기 위한 방법이다.
- 소설의 예술미를 형성하기 위한 논리적이고 지적인 활동이다.

33 스토리와 플롯 기출 2024, 2020
단순한 시간적 순서에 따른 사건의 서술을 스토리라 하고, 시간적 순서에 의존하지 않고 사건이 서술에 논리적인 인과관계를 부여하여 놓은 것을 플롯이라 한다. 소설에서 어떤 미적 계획에 맞추어 인과적 순서로 이야기 내용을 배치했을 때 그것이 바로 플롯에 해당한다.

34 소설의 구성(Plot) 기출 2023, 2022
ⓐ **단순 플롯** : 단일한 사건의 단순한 진행으로, 대개 사건의 진행이 시간적 순서에 따른다.
ⓛ **복합 구성** : 주된 사건과 부수적인 사건이 교차되거나 동시에 진행되며, 사건의 진행이 시간의 순서가 아닌 작가의 의도에 따라 전개되는 역행법이 구사된다.
ⓒ **삽화적 구성** : 작품의 중심 사건과 밀접한 관련성이 없거나 부수적인 것으로 여겨지는 삽화·사건들이 산만하게 연결되어 있다.
ⓔ **액자식 구성** : 하나의 이야기 속에 하나 또는 그 이상의 이야기가 포함되어 내부 이야기와 외부 이야기로 분리된 구성이다.

35 플롯의 5단계 기출 2020
ⓐ **발단** : 소설이 처음 시작되는 부분으로 사건의 윤곽이 드러나고 등장인물이 소개되며, 배경이 제시된다.
ⓛ **전개(갈등)** : 발단이 발전하여 사건과 사건이 복잡하게 얽히거나 등장인물 간의 내적 갈등 또는 외적 갈등이 일어나면서 대립하는 양상이 전개되며 주제와 긴밀하게 연관된다.

ⓒ **위기** : 인물 간의 갈등이 심화되고 위기감이 조성된다.

ⓓ **절정(클라이맥스)** : 긴장감과 갈등이 최고조에 이르고, 해결의 실마리가 제시되며, 주제가 뚜렷이 나타난다.

ⓔ **결말** : 주인공의 운명이 분명해지고 사건이 해결되는 부분이다.

36 피카레스크 구성 기출 2024, 2022, 2020

피카레스크식 구성은 독립된 여러 개의 이야기를 통일성을 갖도록 모아서 전개하는 방식이다. 각각의 독립된 이야기가 같은 주제나 인물을 중심으로 짜여진 연작형태의 구성방법으로 대표적인 작품에는 보카치오의 「데카메론」, 홍명희의 「임꺽정」 등이 있다.

37 소설에서의 리얼리티

소설에서의 리얼리티는 현실 속에서의 사실(fact) 자체를 뜻하는 것이 아니라, 사건의 필연성과 개연성으로 소설 속에서의 진실성을 추구하는 것이다.

38 소설의 인물 유형 기출 2025, 2024, 2023, 2022, 2021, 2020

㉠ **성격변화의 양상에 따른 유형** : 평면적 인물은 작품 속에서 처음부터 끝까지 성격의 변화가 일어나지 않는 인물이고, 입체적 인물은 사건이 전개됨에 따라 성격의 변화를 보이는 인물

㉡ **성격창조의 방식에 따른 유형** : 전형적 인물은 한 계층이나 집단·세대를 대표하는 성격을 가진 인물이고, 개성적 인물은 개인으로서의 독자적인 성격을 가진 인물

39 문제적 인물

대개 근대사회 이후에 나타난 소설의 새로운 주인공 유형을 일컫는다. 문제적 인물은 주로 부정적이고 타락한 사회현실의 모순과 비리를 폭로하기 위해 설정된 인물이다.

40 소설의 시점 기출 2025, 2024, 2023, 2022

1인칭 주인공 시점	주인공이 자기 자신의 이야기를 하는 시점으로, 주인공이 심리묘사와 내면세계를 그리는 데 유용	김유정의 「동백꽃」·「봄봄」, 이상의 「날개」, 염상섭의 「만세전」, 이청준의 「눈길」 등
1인칭 관찰자 시점	주인공이 아닌 '나'가 주인공의 이야기를 관찰하여 서술하는 시점으로, 인물의 초점은 '나'가 아니라 주인공에게 주어짐.	주요섭의 「사랑손님과 어머니」, 현진건의 「빈처」, 이문열의 「우리들의 일그러진 영웅」 등
전지적 작가 시점	전지적이고 분석적인 작가가 전지전능한 위치에서 서술하는 시점으로, 모든 인물의 심리 묘사가 가능하다.	고대소설, 염상섭의 「삼대」, 이광수의 「무정」, 이효석의 「메밀꽃 필 무렵」 등
3인칭 관찰자 시점	작가가 외부 관찰자 입장에서 인물의 외적 상황만을 서술하는 시점으로, 해설이나 평가를 하지 않고, 인물이나 사건을 그대로 제시한다.	황순원의 「소나기」, 김동인의 「감자」, 염상섭의 「두 파산」 등

41 **뮤어의 소설 분류** `기출` 2024, 2023, 2022, 2021

ⓐ **행동 소설** : 스토리 중심의 소설로 욕망의 환상도를 그린 소설. 박력 있는 사건을 통해 즐거움을 느낄 수 있는 것이 장점

ⓑ **성격 소설** : 등장인물의 성격을 공간적으로 탐구하는 소설로 사건보다는 등장인물에 대해 더 많이 설명하고 의미를 부여

ⓒ **극적 소설** : 행동의 강렬성이 나타나 있고 극적인 개성을 그리는 소설로 공간의식은 희박하며 시간 속에서의 플롯의 집중적 전개만을 중시하는 소설

ⓓ **연대기 소설** : 시간과 공간을 총체적으로 그리는 소설로 한 개인의 삶의 과정을 거대한 사회를 배경으로 그림.

ⓔ **시대 소설** : 한 시대의 풍습과 특별한 환경을 그리려는 소설로 모든 시대의 공통된 삶과 인간의 참모습을 제시하려 하지는 않음.

42 **루카치의 소설 분류** `기출` 2023, 2022, 2020

ⓐ **추상적 이상주의 소설** : 주인공의 행동 양식이 맹목적 신앙에 가까운 좁은 의식에 지배를 받는 소설

ⓑ **심리소설** : 작중 인물의 내면세계를 분석하는 데 주력하는 소설

ⓒ **교양소설** : 주인공이 일정한 삶의 형성이나 성취에 도달하기까지의 과정을 그린 소설

ⓓ **톨스토이의 소설형** : 문화를 초월하여 자연에 대한 본질적인 체험과 구체적이고 실재적인 세계의 체험을 표현한 소설

43 **장편소설과 단편소설의 특징 비교** `기출` 2025, 2024, 2022, 2020

장편소설	• 등장인물은 평면적이기보다는 입체적인 인물이 알맞다. • 사회와 인간을, 우리들의 삶을 총체적으로 기리고 있다. • 주제와 사상에 더 많은 초점을 둔다. • 복합구성을 취하되 여러 개의 에피소드를 연결시켜 나가면서 구성을 발전시킨다. • 시점은 단편과 달리 계속 이동해야 한다.
단편소설	• 단숨에 읽을 수 있을 만큼 양이 적어야 한다. • 단일한 효과와 인상의 통일을 나타내야 한다. • 단편소설은 우리 삶의 한 단면을 제시하는 양식이다.

44 **문학비평**

작가가 창작한 문학 작품에 대해 객관적 분석을 하거나 심미적인 판단을 내리는 모든 행위를 나타낸다. 이때 평가와 이론적 근거를 제시하는 것 모두를 문학비평으로 포함시킬 수 있다. 문학비평에는 판단과 해석 기능이 있다.

45 문학비평의 의의 기출 2024, 2021
- 문학작품의 의미와 가치 탐구
- 문학작품의 예술적 가치평가
- 문학작품과 사회적 맥락의 관계 탐구
- 문학작품에 대한 이해 증진
- 문학작품에 대한 비판적 사고 능력 함양

46 에이브럼스의 문학비평의 4가지 좌표 기출 2025
- ㉠ **작가** : 개성 있고 독창적인 위치에서 어떤 미적 실체를 만드는 존재
- ㉡ **작품** : 창조자가 만든 인공적 생산품이자 예술적 부조물
- ㉢ **독자**(청중) : 단순히 작가가 필요로 하는 존재라는 수동적 위치로부터 '참여하기'에 적극 가담하는 경험적 존재
- ㉣ **대상** : 자연 또는 우주

47 에이브럼스의 문학비평의 4대 관점 기출 2021
- ㉠ **모방론**(반영론) : 문학작품을 우주의 제 양상의 모방으로 설명하는 관점이다.
- ㉡ **표현론**(생산론, 작가론) : 문학작품을 작가의 자유로운 감정과 사상을 표현한다고 보는 관점이다.
- ㉢ **실용론**(효용론, 영향론) : 작품이 독자에게 기여하는 양상에 초점을 맞추는 관점이다.
- ㉣ **객관론**(존재, 구조론, 절대론) : 작품을 외적인 좌표로부터 분리하여 오직 작품만으로 관찰하는 이론이다. 즉 작품의 자율성을 인식하는 관점이다.

48 문학비평의 평가 기준 기출 2022
- ㉠ **진실성** : 우주와 작품 구조와의 관계에 초점을 맞출 때 가치평가의 기준이 된다.
- ㉡ **효용성** : 작품이 독자에게 미치는 영향을 기준으로 하는 것이다.
- ㉢ **독창성** : 작품 자체와 작가의 관계를 기준으로 하는 것이다.
- ㉣ **복잡성·일관성** : 문학작품 자체에 초점을 맞출 때 적용될 수 있는 기준이다.

49 감정적 오류·의도의 오류 기출 2022, 2021, 2020
- ㉠ **감정적 오류**
  - 문학작품 자체만을 중요한 것으로 보고, 독자의 판단이나 심리적인 반응은 작품 연구나 비평에 도움이 안 된다고 보는 신비평의 내재적 관점에서 비판하는 오류
  - 독자의 정서적 반응을 기준으로 문학작품을 판단하는 오류

ⓛ **의도의 오류**
- 미국의 신비평가인 윔사트와 비어즐리가 주장
- 작가의 의도를 파악하여 작품의 의미를 찾으려 할 때 생기는 잘못
- 작품은 작품 자체의 의미를 갖고 있어, 작가의 의도와는 무관하다는 입장

50 형식주의 비평 기출 2025, 2023, 2021, 2020
- 문학의 내용보다는 형식적인 측면에 역점을 두었으며, 나아가 문학의 특성을 일반화하여 그 본질을 밝히고자 하였다.
- 즉 문학작품 전체를 구성하고 있는 부분들을 세밀히 알고자 하며, 부분과 전체의 관계를 통해서 작품의 미적인 구조와 언어적 특성을 밝히고자 하는 비평이다.
- 형식주의 비평에서 문학의 언어적 용어 중 대표적인 것은 '낯설게 하기'와 '난해하게 하기'이다.

51 쉬클로프스키(Shklovsky)의 '낯설게 하기', '난해하게 하기'
ⓐ **낯설게 하기** : 예술의 기능은 우리로 하여금 사물을 단순히 인지하게 한다기보다는 사물을 이해하게 하는 것이며 우리 주변 세계를 낯설게 하고 지각작용이 자동화되는 자연스러운 경향을 깨뜨리는 것이다.
ⓑ **난해하게 하기** : 이야기를 미학적 목적을 위해 일부러 어렵게 하거나 방해하는 방법들을 의미한다.

52 구조주의 비평의 한계 기출 2025, 2024, 2023, 2022, 2021
- 하나의 방법론에 머물고 있다는 비판
- 공시적인 관점에 치중하고 있어서 통시적인 차원에 소홀하다는 비판
- 통시적인 관점에 소홀하다는 구조주의 비평의 한계는 역사적인 변화에 대해 무관심하다는 것으로 비칠 수 있음.
- 매우 추상적이어서 전체적으로 문학을 형성하고 있는 여러 특수한 요소들을 무시할 가능성

53 사회·문화적 비평의 단점 기출 2024, 2023, 2021, 2020
작품이 독자에게 수용되는 과정을 이해하기 어렵고, 작품의 미학적 가치와 감동적 요인에 대해 소홀하기 쉬우며, 작품의 가치를 제공하는 상징이나 이미지 등에 대한 이해와 설명이 부족하다.

54 심리주의 비평 기출 2025, 2024, 2023, 2022, 2021, 2020
- 프로이트 등의 이론인 정신분석학적 방법을 작가의 창작심리나 문학작품의 해명에 적용하는 방법론으로, '오이디푸스 콤플렉스', '이드', '에고' 등을 적용한다.

- 작가의 창작 심리, 문학 작품의 내적 심리, 문학 작품을 수용하는 독자 심리 등 세 가지 영역을 심리학을 응용하여 해명하고 분석하기 때문에 작품의 창작 배경을 밝히는 데 도움을 준다는 장점을 지닌다.

55 신화·원형비평 기출 2025, 2024, 2023, 2022

- 꿈, 신화, 의식 등의 원시적인 형태 속에 보편적으로 들어 있는 생각, 성격, 행위, 대상을 인류의 원형적 패턴으로 보고 그것을 문학 작품 속에서 통시적으로 찾아내려고 하는 비평으로, 패턴을 가장 중요한 요소로 본다.
- 보드킨(M. Bodkin)과 프라이(H. N. Frye)가 대표적인 이론가이다.

56 역사·전기비평 기출 2025, 2024, 2023, 2022, 2021, 2020

문학작품을 특정 시대의 역사적 산물로 보고, 시대상황과 작자의 의도를 작품 이해의 중요한 근거로 삼아 작품을 이해하고 평가하려는 방법으로, 원전 확정으로부터 시작한다.

57 신비평 기출 2025, 2024, 2023

작품 속에 내재한 구성요소들의 복잡한 상호관계를 정교하게 분석하는 방법을 추구했으며, 신비평가들은 작품 자체의 연구에 초점을 둔다.

58 수필의 정의 기출 2025

- 형식이 자유로운 글
- 글쓴이의 체험을 소재로 한 글
- 개성적·고백적·서정적 특성을 지닌 글
- 문체가 정교한 글
- 단편의 산문적인 글

59 수필의 일반적인 특성 기출 2024, 2022, 2020

개성의 문학, 자기고백의 문학, 자조문학, 무형식의 문학(형식의 개방성), 산문문학, 다양한 제재의 문학, 해학적이고 비평정신을 갖춘 문학, 심미적·예술적 가치의 문학, 비전문적인 문학

60 수필의 10종설 기출 2024, 2021

- ㉠ **여러 가지 타입의 수필** : 관찰수필, 신변수필, 성격수필, 묘사수필
- ㉡ **보다 형식적인 수필** : 비평수필, 과학수필, 철학적 수필
- ㉢ **다른 특수한 타입의 수필** : 담화수필, 서한수필, 사설수필

61 베이컨의 「학문에 대하여」

학문에 대한 의견을 지적으로 나타낸 에세이(베이컨적 수필)로 사회적 수필에 해당한다. 에세이는 중수필이라 하며, 보편적 논리와 이성으로 짜여 있고, 소논문적이며, 지적이고 사색적이며 사회적·객관적 표현이다.

62 아처(W. Archur)의 희곡의 정의 `기출` 2022
- 무대 상연을 전제로 하는 문학
- 인간의 행동을 표출하는 문학
- 가장 객관적인 형식의 문학
- 대화가 유일한 표현 방식인 문학

63 희곡의 특성 `기출` 2025, 2024, 2023, 2021

무대 상연을 전제로 한 문학, 행동의 문학, 대사의 문학, 현재화된 인생 표현, 대립과 갈등을 본질로 하는 문학, 제약을 많이 받는 문학(직접 서술이 불가능, 시·공간적 제약), 양면성을 지닌 문학(연극성, 문학성), 가장 직접적이며 객관적 형식의 문학, 단일예술

64 레제드라마(lesedrama) `기출` 2020

무대 상연을 목적으로 쓰인 것이 아니라 읽히는 것을 목적으로 쓴 희곡으로, 연극성보다는 문학성을 강조한 것이다.

65 희곡과 소설의 비교 `기출` 2020
- 서술자가 서술과 묘사를 하는 소설과 달리, 희곡에서는 등장인물의 대화를 통해 줄거리가 전개된다.
- 희곡은 소설과 달리 작가나 서술자의 개입이 전혀 허용되지 않는다.
- 소설은 배경의 선택에 제한이 없으나, 희곡은 무대 위에서 상연되어야 하는 만큼 배경에 제한이 있다.
- 소설은 독자를 제한하지 않으나, 희곡은 관객을 대상으로 한다.

66 희곡의 언어(무대지시문, 대화, 독백, 방백, 침묵) `기출` 2025, 2023, 2022
- ㉠ **무대지시문** : 대사를 제외한, 무대 위에서 이루어지는 모든 일에 대한 지시가 이를 통해 이루어진다.
- ㉡ **대화** : 두 사람 이상의 인물이 주고받는 이야기를 의미한다. 극적인 특성을 나타내기 위해 자연스러워야 한다.
- ㉢ **독백** : 인물이 혼자 등장해 자신의 내밀한 생각을 관객에게 직접 전달하는 것이다.

  ② **방백** : 인물 중에 일부만 선택하여 말하는 방식으로 특히 희극에서 많이 사용된다.

  ⑩ 침묵도 희곡의 언어에 포함되며 때로는 말을 하지 않는 것 이상의 의미를 지닐 수 있다.

67 희곡의 대화 조건

희곡의 대화는 인물의 성격을 나타내고 플롯을 진행해야 하며 자연스러워야 한다. 또한 간략하고 집중적이어야 한다.

68 희곡의 인물

- 희곡의 인물은 집중화되고 압축되어야 한다.
- 희곡의 인물은 개성적이면서도 전형적이어야 한다.
- 대화와 행동을 통해서만 그 성격이 제시되어야 한다.
- 희곡의 인물은 그 성격이 뚜렷하고 단순해야 한다.

69 전형적인 인물, 입체적 인물, 개성석 인물, 평면적 인물 [기출] 2025

대표성	有	전형적 인물	사회의 어떤 계층이나 집단의 공통된 성격적 기질을 대표하는 인물
	無	개성적 인물	전형성에서 탈피한 인물, 자기만의 독자적인 성격을 가진 인물
성격 변화	無	평면적 인물	작품의 처음부터 끝까지 성격이 변하지 않는 인물
	有	입체적 인물	시간이 흐르면서 성격이 발전하거나 변하는 인물

70 독일의 프라이타크(G. Freytag)가 확립한 희곡의 구성 5단계 [기출] 2025, 2024, 2023, 2022, 2021

  ㉠ **발단** : 극의 도입이며 플롯의 실마리가 드러나는 단계로 사건의 방향과 성격을 제시한다. 즉, 자극적 계기가 나타난다.

  ㉡ **상승** : 발단에서 시작된 사건과 성격이 더욱 복잡해지고 갈등과 분규를 일으키며 긴장과 흥분이 더욱 고조되는 부분이다.

  ㉢ **정점** : 상승단계의 복잡한 갈등과 분규가 갖가지 우여곡절을 겪고 여러 번의 위기를 거듭하여 그 극적 긴장이 최고조에 이르는 단계이다.

  ㉣ **하강** : 극의 해결을 향해 나아가는 부분으로 전환점 이후 극이 파국과 대단원을 향해 가는 부분이다.

  ㉤ **대단원** : 희곡의 결말부분으로 갈등과 투쟁이 모두 해소되고 해결되어 종결, 해결, 파국이라고도 한다.

71 극의 종류 [기출] 2024, 2023, 2022, 2020

  ㉠ **사실주의극** : 인생의 단편을 현실 그대로 표현하는 데 주력하는 연극

  ㉡ **표현주의극** : 인간의 내면과 무의식의 세계를 주관적으로 묘사하는 연극

ⓒ **서사극** : 관객의 감정이입을 차단하는 '소외효과'를 특징으로 하는 연극

ⓔ **부조리극** : 논리적 사고와 인간 중심적 세계관의 붕괴, 상호 소통 불가능, 반복적인 대사, 불합리한 상황을 통해 부조리성을 강조하는 연극

72 희곡의 3일치(三一致) 기출 2025, 2023, 2020

시간의 일치, 행위의 일치, 장소의 일치

73 희극(喜劇)의 특징 기출 2023

- 극의 인물은 몰개성적인 전형적 인물로 평균적 인간보다는 저급한 인물이다.
- 인간성의 불합리나 사회의 무질서, 모순, 부조화 등을 보고 웃는 웃음이 주가 되는 것이다.
- 비극에서는 주인공의 투쟁을 가치 있게 생각하는 데 비해, 희극에서는 사회의 규범이 존중된다.
- 유머나 위트 등의 기법을 통하여 불합리한 사회와 인간의 사악성을 비판하기 때문에 지적이고 비판적이다.
- 삶과 사회를 이상화하겠다는 것이 희극의 궁극적 목표로 행복한 결말을 보여 준다.

74 비극(悲劇) 기출 2023, 2020

'비극'은 '인물 자신의 성격 또는 환경과의 갈등으로 생기는 고뇌상태를 표현하여 사건 전체의 경과, 특히 결말에서 비장미를 나타내는 희곡'을 의미한다. 주로 주동인물이 운명이나 성격, 상황 등에 부딪혀서 투쟁하다가 좌절되는 내용을 담고 있다.

75 카타르시스(catharsis) 기출 2024, 2021, 2020

비극이 그리는 주인공의 비참한 운명에 의해서 관중의 마음에 두려움과 연민의 감정이 유발되고, 그 과정에서 억압된 슬픔과 공포에서 벗어나 일종의 순화된 쾌감을 얻는 것을 말한다. 즉, 카타르시스란 비극을 봄으로써 마음에 쌓여 있던 우울함, 불안감, 긴장감 등이 해소되고 마음이 정화되는 것을 말한다.

76 비극의 결함

주인공의 죽음이나 그와 비슷한 불행에 이르게 하는 것이다.

77 희비극 기출 2023

비극적인 발단에서 희극적으로, 또는 그 반대의 경우로 전환하여 막을 내리는 희곡을 말한다.

78 셰익스피어의 4대 비극 기출 2021

셰익스피어의 4대 비극에 속하는 작품은 「햄릿」, 「리어왕」, 「오셀로」, 「맥베스」이다.

79 비교문학 `기출` 2025, 2023

비교문학은 두 나라 이상의 문학을 비교·연구하여 그들 사이의 연관성과 영향관계를 실증적으로 밝히거나, 각국의 문학적 특성을 상호 비교적인 관점에서 연구하는 학문을 말한다.

80 비교문학의 경향 `기출` 2023

㉠ **실증주의적 경향** : 까레(J. M. Carre), 귀야르(M. F. Guyard), 방 띠겜(P. Van Tieghem)
㉡ **문학이 총체성을 강조하는 경향** : 르네 웰렉(R. Wellek)
㉢ **절충주의적 경향** : 바이스슈타인(U. Weisstein), 레마크(H. Remak)

81 방 띠겜이 구분한 비교문학의 영역 `기출` 2024, 2023, 2022, 2021, 2020

㉠ **발신자**(전신자) : 문학적 국경을 넘는 통로의 출발점이 되는 작가, 작품, 사상을 고려
㉡ **수신자** : 도착점으로서의 어떤 작가, 작품, 사상, 감정 등이 대상
㉢ **손신자**(매개자) : 전달을 중개하는 개인, 단체, 원작의 모방 내지 번역의 연구
㉣ **이행**(移行) : 접촉과 교환

82 비교문학의 선사시대 `기출` 2024

㉠ **비교문학의 선사시대와 역사시대의 구분기점** : 1920년대
㉡ **선사시대** : "개개의 작가와 작품의 유사성이 주목되고 그것에 대한 연구논문 등이 발표되면서도 아직 사실관계나 실증적인 영향관계의 규명이 체계적으로 행해지는 단계에까지는 이르지 않은 초기의 단계"(울리히 바이스슈타인)

83 비교문학적 영향의 범주 `기출` 2023

㉠ **영향** : 수신자와 발신자가 접촉함으로 인해 원래 지니고 있던 면모가 바뀐 경우를 가리키며, 발신자의 영향은 수신자에게 영속적이며 무의식적인 것이어야 한다. 또한 의식적으로 수신자가 발신자를 이용한 경우에는 영향이 아닌 다른 상관관계로 명명되어야 한다.
㉡ **번안**(개작) : 비교문학적으로 다른 문학에 영향을 미치면서 창의성에 가장 큰 영향을 미친다.
㉢ **모방** : 수신자가 발신자의 어느 부분을 의식적으로 닮고자 하는 부분이다.
㉣ **암시** : 수용자의 작품 제작 동기가 발신자에 의해 마련되는 경우를 말하는데, 수용자와 발신자의 상호관계는 동기 정도로 그쳐야 한다.
㉤ **표절** : 의식적으로 원작을 이용하면서 그 사실을 고의로 은폐하는 경우이다.

독학사
1단계 | **문학개론**
Bachelor's Degree Examination for Self-Education

문학개론
2025년
최신 기출문제

* 2025년 기출문제는 수험생들의 기억력을 토대로 복원되어
실제로 출제된 문제와는 다소 차이가 있을 수 있습니다.

교양분야

2025년도 독학에 의한 학위취득시험
교양과정 인정시험 문제지

감독관확인란

문학개론

3교시　　수험 번호 (　　　　　　　　) 성명 (　　　　　　　)

01 문학 비평에서 활용되는 네 가지 주요 좌표에 해당하지 않는 것은?

① 작품　　　　　　　　　　② 문제
③ 작가　　　　　　　　　　④ 독자

02 문학에 대한 관점과 그 설명의 연결이 옳지 않은 것은?

① 객관론 – 문학은 우주의 현상을 객관적으로 드러내는 도구이다.
② 실용론 – 문학은 독자에게 어떤 영향을 주는 것이다.
③ 모방론 – 문학은 그 대상이 되는 현실의 재현이다.
④ 표현론 – 문학은 작가의 사상과 감정의 표현이다.

03 밑줄 친 부분에 대한 설명으로 옳지 않은 것은?

> 문학의 장르 구분 기준은 매우 다양하다. 그러나 플라톤, 아리스토텔레스, 슈타이거에 이르기까지 문학의 전 영역을 세 가지 포괄적인 종류, 즉 서정시·서사시·극시로 나누는 것이 일반적인 관습이다.

① 극시는 인간 행위의 전개를 눈앞에서 연출하여 표현하는 양식이다.
② 서사시는 세 장르 중 분량이 가장 길며 청중을 앞에 놓고 음유시인이 읊는다.
③ 서정시는 시인의 주관적인 감동을 전달하며, 앵글로색슨족의 「베오울프(Beowulf)」가 대표작이다.
④ 서사시는 사건의 전개를 객관적으로 이야기하는 형식으로, 그리스 호메로스의 「일리아드(Iliad)」가 대표작이다.

04 시적 언어의 특징으로 옳지 않은 것은?

① 소리가 빚어내는 효과를 활용한다.

② 일정한 형식을 통하여 운율을 만든다.

③ 정서와 상상력을 통하여 시상을 전개한다.

④ 하나의 대상을 지시하며 뜻을 명확히 드러낸다.

05 반어(反語)와 역설(逆說)에 대한 설명으로 옳지 않은 것은?

① 역설은 '초월'의 의미를 지닌 말로 '패러독스(paradox)'라고도 한다.

② 반어는 '숨기다', '시치미 떼다'의 의미를 지닌 말로 '아이러니(irony)'라고도 한다.

③ 역설은 문장 자체에 모순이 있으나, 반어는 표현과 상황이 반대된다는 특징이 있다.

④ '죽어야 산다.', '어린이는 어른의 부모이다.'와 같은 문장은 아이러니의 전형적인 예이다.

06 (   ) 안에 공통으로 들어갈 말로 알맞은 것은?

> 서정시가 지닌 (   )은 시에서 자아와 대상 사이의 거리를 없애고 동일성의 세계를 추구한다. 이는 소설이 자아와 세계의 갈등을 보여 주는 장르라는 특징과 차별화되는 지점이다. 사물과 자아가 서로 교감할 수 없는 차이를 지켜낼 때, 자아와 세계라는 구분 자체가 사라져 버린다. 서정시에서 말하는 (   )은 자아와 세계 사이의 능률이라는 기반 위에서 둘 사이의 정서를 일체화하는 것이다.

① 객관성   ② 주관성

③ 산문성   ④ 전형성

07 ( ) 안에 공통으로 들어갈 말로 알맞은 것은?

> ( )은 강세 또는 악센트가 있는 음과 그것이 없는 음이 하나의 단위를 이루어 규칙적으로 반복되는 율격을 말한다. 영시의 경우에는 ( )에 의하여 율격이 구성된다. 이때 반복되는 기본적인 단위를 음보(foot)라고 한다. 소리의 강세 또는 악센트에 의하여 약강격, 강약격, 약약강격, 강약약격 등으로 단위가 이루어짐을 볼 수 있다.

① 강약률
② 감각률
③ 고저율
④ 음수율

08 서양과 동양에서 각각 소설의 전신(前身)으로 볼 수 있는 것의 연결이 옳은 것은?

① 콩트 – 세태소설(世態小說)
② 콩트 – 전기소설(傳奇小說)
③ 로망스 – 전기소설(傳奇小說)
④ 로망스 – 세태소설(世態小說)

09 시의 운율(韻律)에 대한 설명으로 옳지 않은 것은?

① 시의 음악적 요소를 칭하는 말이다.
② 운(韻)은 비슷한 음성 요소가 규칙성을 띠고 반복하는 것을 일컫는다.
③ 우리나라 시는 중국과 서구의 시에 비하여 음성률(音聲律)이 발달된 것으로 평가된다.
④ 율(律)은 발음되는 소리의 시간 단위를 무리지음으로써 발생하는 리듬을 일컫는다.

10 ( ) 안에 공통으로 들어갈 말로 알맞은 것은?

이육사의 시 「절정」의 "겨울은 강철로 된 무지개"와 기형도의 시 「조치원」의 "청년들은 톱밥같이 쓸쓸해 보인다."라는 표현은 시인의 독특한 상상력과 관점이 투영된 매우 참신한 시적 (　　)에 속한다. 일상인의 눈으로는 서로 관계가 멀어 보이는 '겨울'과 '무지개', 그리고 '청년'과 '톱밥'의 유사성을 발견하고 연결할 수 있는 능력이야말로 지금까지 존재하지 않았던 독특한 (　　)을/를 창조하는 시인의 능력일 것이다.

① 비유　　　　　　　　　　　② 정서
③ 교훈　　　　　　　　　　　④ 율격

11 ( ) 안에 들어갈 말로 알맞은 것은?

은유는 크게 (　㉠　)와 (　㉡　)로 나누어진다. (　㉠　)란 보조관념이 원관념을 대체하는 방법을 사용하는 은유의 한 양상을 가리킨다. (　㉠　)는 은유의 전통적이고 일반적인 형식으로서, 대부분의 은유가 (　㉠　)에 해당된다. (　㉠　)는 유사성의 발견을 기본 원리로 하지만, (　㉡　)는 유사성과 무관하다. 다시 말해, (　㉡　)는 시구와 시구를 나란히 배치함으로써 그 병렬과 종합을 통하여 새로운 의미를 창조한다. (　㉠　)가 원관념과 보조관념 사이의 상관관계를 중시하는 데 비해서, (　㉡　)는 사실상 두 개의 대상 사이의 상관관계를 필요로 하지 않는다.

	㉠	㉡
①	환유	제유
②	병치은유	치환은유
③	제유	환유
④	치환은유	병치은유

12 비평가와 그의 저술의 연결이 옳은 것은?

① 프라이 – 『비평의 해부(Anatomy of Criticism)』
② 브룩스 – 『문학의 이론(Theory of Literature)』
③ 소쉬르 – 『잘 빚어진 항아리(The Well Wrought Urn)』
④ 월렉 – 『일반언어학강의(Course in General Linguistics)』

13 다음 설명을 읽고 〈보기〉의 시를 분석한 내용으로 옳은 것은?

> 리처즈는 비유를 주지(主旨)와 매체(媒體)의 결합 구조로 설명한다. 주지는 시인이 본래 표현하고 드러내려는 사물, 즉 원관념을 뜻하며, 매체는 주지를 효과적으로 나타내기 위하여 비교하는 또 하나의 사물이라고 할 수 있다.

보기

> 새가 우는 소리는
> 그의 영혼의 가장 깊은 속살을
> 쪼아대는 언어의 즙이다.
>
> 새가 나는 공간은
> 그의 가냘픈 의지가
> 쌓아올리는 부재의 계단이다.

① 시에서의 주지는 "새"이다.
② 시에서의 주지는 "언어의 즙"이다.
③ 시에서의 매체는 "부재의 계단"이다.
④ 시에서의 매체는 "새가 나는 공간"이다.

14 다음 시에 대한 설명으로 옳은 것은?

> 구름은
> 보랏빛 색지(色紙) 위에
> 마구 칠한 한 다발 장미(薔薇).
>
> 목장(牧場)의 깃발도 능금나무도
> 부을면 꺼질 듯이 외로운 들길.

① "외로운 들길"은 세태의 복잡함을 반어적으로 표현하고 있다.
② "들길"에서 느끼는 "외로움"을 "부을면 꺼질 듯" 하다는 청각적 표현으로 치환한다.
③ "보랏빛 색지 위에 / 마구 칠한 한 다발 장미"는 촉각적 이미지를 시각화한 것이다.
④ "구름"을 "색지 위에 / 마구 칠한 한 다발 장미"라고 하여 화려한 시각 이미지로 제시한다.

15 소설에 대한 설명으로 옳지 않은 것은?

① 작가의 주관에 의하여 변형될 수 있는 허구의 이야기이다.
② 평범한 인간이 아닌 특별한 인간의 생활을 담은 이야기이다.
③ 허구가 참인 듯이 보이도록 하는 리얼리티가 있는 이야기이다.
④ 일정한 형식에 따라 언어예술의 아름다움이 표현된 이야기이다.

16 ( ) 안에 들어갈 말로 알맞은 것은?

> 문학적 상징은 관점에 따라 유형별로 나눌 수 있다. (㉠)은 시인의 지적인 상징으로서 특정한 작가의 작품을 넓게 읽어 보면 드러난다. (㉡)은 과거의 역사나 문화에서 빌려 와서 구사하는 것이다. (㉢)은 보편적 인간 경험을 연상시키는 듯한 문학적 상징이다.

	㉠	㉡	㉢
①	개인적 상징	관습적 상징	원형적 상징
②	개인적 상징	원형적 상징	관습적 상징
③	원형적 상징	관습적 상징	개인적 상징
④	원형적 상징	개인적 상징	관습적 상징

17 소설의 플롯에 대한 설명으로 옳지 않은 것은?

① 고대 그리스 시대 『시학』에서 사용한 미토스(mythos)라는 말의 번역에서 유래된 것이다.

② 사건을 시간적 순서에 따라 서술하는 것이 아니라 논리적인 관계를 부여하여 사건을 배열하는 것이다.

③ 러시아 형식주의에서 분류한 개념인 파블라(fabula)와 슈제트(syuzhet) 가운데 후자가 플롯 개념에 가깝다.

④ 똑같은 소재의 이야기를 여러 작가가 각각 다르게 작품화할 경우, 플롯은 한 가지이지만 그 스토리는 서로 다르다고 말할 수 있다.

18 ( ) 안에 들어갈 말로 알맞은 것은?

> (㉠)은 하나의 작품 속에서 자신의 성격적 특징을 일관되게 지켜 나간다. 성격의 일관성 또는 단일성이 중시된다는 말이다. 이야기의 전개 과정에서 사건이 변화하고 환경이 바뀌어도 자기 성격의 일관성을 유지한다.
> (㉡)은 한 작품 속에서 이야기의 흐름에 따라 성격이 변화하며 새롭게 발전하기도 한다. 이 같은 특징 때문에 발전적 성격의 인물이라고도 한다.

① ㉠ – 입체적 인물, ㉡ – 평면적 인물
② ㉠ – 평면적 인물, ㉡ – 입체적 인물
③ ㉠ – 주체적 인물, ㉡ – 수동적 인물
④ ㉠ – 수동적 인물, ㉡ – 주체적 인물

19 다음 설명에 해당하는 소설 용어는?

> • 사상이고 의미이고 인물과 사건에 대한 해석이다.
> • 소설의 시초요 전체이다. 이것에 의하지 않고는 소설은 그 형태를 이룰 수 없다.
> • 작가가 소재를 다루어 나가는 통일된 원리이다.

① 배경 ② 주제
③ 구성 ④ 모티프

20 다음 소설의 시점은?

> 나는 아내의 하자는 대로 아내 방으로 끌려갔다. 아내 방에는 저녁 밥상이 조촐하게 차려져 있는 것이다. 생각하여 보면 나는 이틀을 굶었다. 나는 지금 배고픈 것까지도 긴가민가 잊어버리고 어름어름하던 차다.
> 나는 생각하였다. 이 최후의 만찬을 먹고 나자마자 벼락이 내려도 나는 차라리 후회하지 않을 것을, 사실 나는 인간 세상이 너무나 심심해서 못 견디겠던 차다. 모든 일이 성가시고 귀찮았으나 그러나 불의의 재난이라는 것은 즐거웁다.
>
> — 이상, 「날개」 —

① 작가 관찰자 시점　　　　　　② 일인칭 관찰자 시점
③ 전지적 작가 시점　　　　　　④ 일인칭 주인공 시점

21 (　　　) 안에 공통으로 들어갈 말로 알맞은 것은?

> (　　　)은 인상의 단일성이 그 본질이라고 할 수 있다. 작품 속에 등장하는 인물도 단일하고, 그 인물을 둘러싸고 일어나는 사건도 하나로 집약되어 있으며, 이야기가 전개되는 상황 자체도 단일하기 때문에 전체적으로 일관된 인상을 유지하게 된다. (　　　)은 사건의 배경이 되는 시간과 공간도 대개 고정된다. 하나의 사건이 전개되는 과정에 필요한 시간과 공간만을 보여 주기 때문이다.

① 대중소설　　　　　　② 순수소설
③ 단편소설　　　　　　④ 과학소설

22 신비평의 속성과 가장 가까운 구호는?

① "작품을 보라. 작품의 원문 자체를 음미하라."
② "환경을 보라. 작품은 환경에서 자라난다."
③ "작가를 보라. 작품은 작가의 분신이다."
④ "독자를 보라. 독자는 작가의 거울이다."

23 역사 · 전기적 비평의 특징에 해당하지 않는 것은?

① 비평가는 작품의 믿을 만한 원전을 사용하고 있다는 점을 분명히 한다.

② 비평가는 작품을 '한 시대에 소속된' 것으로 보고 작품을 시대의 문화적 구성물로 파악한다.

③ 작가의 인성과 물질적 환경, 특히 검토 중인 작품의 구성에 영향을 미친 환경에 비추어서 작품을 비평한다.

④ 언어의 불안정성에 초점을 맞추어 작품이 생산하는 모순된 해석들을 찾아내고 그 의미 전달의 불가능성을 탐구한다.

24 다음 설명에 해당하는 비평 방법은?

> • 보통 20세기 초 러시아와 체코를 중심으로 발흥하였던 문학 이론을 지칭한다.
> • 이 이론에서 나온 문학의 언어적 용법에 대한 설명 중 하나가 '낯설게 하기'이다.
> • 핵심 비평가는 "우리 주변의 세계를 낯설게 하고 지각의 자연스러운 경향을 깨뜨리는 것이 예술의 기능이다."라고 주장하였다.
> • 문학의 내용보다는 언어를 조직하는 특수한 장치에 흥미를 가졌다.

① 형식주의 비평   ② 주지주의 비평
③ 리얼리즘 비평   ④ 실증주의 비평

25 ( ) 안에 들어갈 말로 알맞은 것은?

> 시 작품에 '해'에 관한 이미지와 '달'에 관한 이미지가 담겨 있다면 우리는 이 둘이 어떻게 어울려 하나의 구조를 형성하는가에 흥미를 느낄 수도 있다. 그러나 각 이미지의 의미는 전적으로 두 이미지가 맺고 있는 관계의 문제라고 주장할 때에만 비로소 당신은 공식적인 ( )가 되는 것이다. 그 이미지들은 '실체적'인 의미를 가지는 것이 아니라 '상관적(相關的)'인 의미만을 가진다. 그것들을 설명하기 위하여 시 작품 밖으로 나가서 해와 달에 관하여 알고 있는 것을 동원할 필요는 없다. 그것들은 서로를 설명하고 규정한다.

① 모방론자   ② 구조주의자
③ 해체론자   ④ 탈식민주의자

26 비평 방법과 그에 대한 설명의 연결이 옳지 않은 것은?

① 원전 비평 – 활자화되어 있는 작품의 진위 여부를 다룬다.

② 원형 비평 – 문학 작품을 사회적 사건과의 복잡한 상호 관계 속에서 분석한다.

③ 신화 비평 – 신화적 모티프를 문학 작품에서 찾아 그것이 어떻게 재창조되었나를 연구한다.

④ 구조주의 비평 – 현대 언어학을 모델로 하여 문학 작품을 분석하고 해석한다.

27 수필에 대한 설명으로 옳지 않은 것은?

① 인생과 자연의 사상을 자유롭게 표현한다.

② 어떤 형식의 구애를 받지 않고 붓 가는 대로 쓴 글이다.

③ 적당한 길이를 가지고 자기를 감동시키는 주제에 대하여 쓴다.

④ 지성을 기반으로 하는 정서적 장르로 산문적이기보다 운문적이다.

28 다음 설명과 관련 있는 비평 방법은?

> 부왕 살해에 대한 복수의 책임을 지고 있는 햄릿이 왜 그 책임을 회피하고자 하는가에 대하여 다음처럼 분석할 수 있다. 햄릿은 어머니에 대한 애정이 과도하여 평상시에 아버지에 대해서도 질투를 느낄 정도였다. 그러므로 부왕의 죽음은 햄릿의 유아기적이고도 은밀한 소원으로 억눌려 있다가 이제 그 내밀한 욕구가 성취된 셈이다. 그것도 자신과 아주 가까운 숙부에 의하여 이루진 것이다. 그러나 만족감을 누릴 사이도 없이 그 살해자는 모친과 결합함으로써 또다시 경쟁자로 등장한다. 그리하여 그를 증오할 수는 있지만 부왕 살해라는 숙부의 행위에 내적으로 동조한 혐의가 있으니 주저하고 있는 것이다.

① 사회문화 비평　　　　② 행동주의 비평

③ 심리주의 비평　　　　④ 독자반응 비평

29 다음 내용에 해당하는 비평 방법은?

- 가부장제가 작동하는 양상과 관련하여 무엇을 드러내고 있는가?
- 가부장제 이데올로기를 강화하는가, 아니면 약화하는가?
- 여성과 사회의 관계를 어떤 방식으로 묘사하고 있는가?
- 여성을 비롯한 소수자가 놓인 경제적, 정치적, 사회적, 심리적 상황을 통하여 무엇을 암시하고 있는가?

① 페미니즘 비평　　　　　　　② 구조주의 비평
③ 형식주의 비평　　　　　　　④ 정신분석적 비평

30 (　　) 안에 들어갈 말로 알맞지 않은 것은?

수필은 마음의 산책이다. 그 속에는 (　　)이/가 숨어 있다.

① 유머와 위트　　　　　　　② 인생의 향취와 여운
③ 객관적 가치와 엄정성　　　④ 다양한 제재와 비평 정신

31 (　　) 안에 공통으로 들어갈 말로 알맞은 것은?

(　　)은/는 사람이다. 그것을 느낄 수 있고, 서술할 수 있으며, 경험할 수 있고, 감지할 수 있으나 분석할 수는 없다. 또한 (　　)은/는 작가의 인격을 표현하는, 말하자면 인격 내부를 구체화할 수 있는 구체적인 방법이다.

① 소재　　　　　　　② 주제
③ 문체　　　　　　　④ 구성

32 수필의 명칭과 어원에 대한 설명으로 옳은 것은?

① 심포지엄, 에세이, 미셀러니 등으로 불리기도 한다.
② 몽테뉴의 『수상록』에서 에세이라는 명칭이 사용되었다.
③ 베이컨은 인포말(informal) 에세이 양식의 전형적인 작품을 지었다.
④ 고려시대 이제현의 『역옹패설』에서 수필이라는 명칭을 처음 사용하였다.

33 희곡에 대한 설명으로 옳지 않은 것은?

① 비극은 행동을 모방한다.
② 오늘날 모방은 재현을 의미한다.
③ 문자로 표현된다는 점에서 희곡은 문학성을 떠날 수 없다.
④ 미메시스(mimesis)는 플라톤의 『시학』에서 사용된 용어이다.

34 다음 설명에 해당하는 희곡의 단계는?

> 물러설 수 없는 상황으로 달려간 인물이 충돌하는 단계이다. 몇 가지 부수되던 장치가 실제를 드러낸다. 파멸이나 죽음 같은 극단적 방법에 의한 해결책이 제시되는데, 비극에서는 주인공이 적대자든 어느 한쪽, 혹은 양쪽 모두 치명적인 피해를 입어 관객은 공포와 동반된 감정을 경험한다.

① 전개   ② 위기
③ 절정   ④ 대단원

35 다음 설명에 해당하는 희곡의 요소는?

> 희곡의 (㉠)은/는 등장인물이 주고받는 대화와 독백, 방백 등으로 구분된다.
> (㉠)은/는 등장인물의 성격을 암시하고, 어떤 사건을 직접적으로 보여 주면서
> 동시에 앞으로 일어날 사건을 예견할 수 있게 해준다. 희곡에서 (㉠)와/과 함께
> 쓰는 (㉡)은/는 등장인물의 동작을 지시하며 환경에서 생기는 변화와 상태 등을
> 나타낸다. (㉡)에서는 너무 지나치게 세밀한 지시를 열거하는 것을 삼가고 있
> 다. 등장인물의 동작을 제한하고, 연기자의 예술적 창조를 막을 수도 있기 때문이다.

	㉠	㉡			㉠	㉡
①	지문	대사		②	대사	지문
③	행동	전사		④	전사	행동

36 르네상스 시학자가 만들고 고전파 극작가가 사용한 '삼일치의 법칙'에 해당하지 않는
것은?

① 소재의 일치   ② 행동의 일치
③ 시간의 일치   ④ 장소의 일치

37 희곡의 인물에 대한 설명으로 옳지 않은 것은?

① 인물에 대한 묘사보다 행동을 통하여 성격을 드러낸다.
② 근대극에서 비극의 중심에는 영웅이나 왕이 존재했다.
③ 소포클레스 이전의 고대 그리스극에서는 코러스가 중심이었다.
④ 고대 그리스 비극의 주인공은 고귀한 신분이며 인격적으로 완전해야 하였다.

38 희곡 작품과 작가의 연결이 옳은 것은?

① 「당랑의 전설」 – 채만식   ② 「원고지」 – 유치진
③ 「토막」 – 이근삼   ④ 「소」 – 이강백

39 비교문학에 대한 설명으로 옳지 않은 것은?

① 시간적으로 볼 때 고대인의 문학과 현대인의 문학을 비교 대상으로 삼을 수 있다.
② 공간적으로 볼 때 상반되는 위치에 있는 두 나라의 문학을 비교 대상으로 삼을 수 있다.
③ 전통적 의미의 비교문학은 두 나라 이상의 문학이 지닌 유사점과 차이점에 대한 연구를 뜻한다.
④ 비교문학에 대한 최초의 관심은 유럽 문학과 동양 문학의 공통점을 찾기 위한 학문적 호기심에서 시작하였다.

40 프랑스학파가 수행한 비교문학에 대한 설명으로 옳지 않은 것은?

① 문학 작품 자체의 비교를 강조한다.
② 국제 간의 문학 교류사를 전제로 한다.
③ 영향과 수용을 입증할 수 있는 분명한 자료를 바탕으로 한다.
④ 프랑스 문학의 약점을 보완하려는 목적에서 20세기 초에 시작되었다.

정답 및 해설

2025년 기출문제

01	②	02	①	03	③	04	④	05	④
06	②	07	①	08	④	09	③	10	①
11	④	12	①	13	③	14	④	15	②
16	②	17	④	18	②	19	②	20	④
21	③	22	①	23	④	24	①	25	②
26	②	27	④	28	③	29	①	30	③
31	③	32	②	33	④	34	③	35	②
36	①	37	②	38	①	39	①	40	①

01 ▶ ②
② 문제 → 대상 : 자연 또는 우주

오답피하기
① **작품** : 창조자가 만든 인공적 생산품이자 예술적 부조물이다.
③ **작가** : 개성 있고 독창적인 위치에서 어떤 미적 실체를 만드는 존재이다.
④ **독자**(청중) : 단순히 작가가 필요로 하는 존재라는 수동적 위치로부터 '참여하기'에 적극 가담하는 경험적 존재이다.

02 ▶ ①
에이브럼스(M. H. Abrams)**의 비평의 좌표** : 모방론, 실용론, 표현론, 객관론(존재론)
① **객관론** : 작품을 외적인 좌표로부터 분리하여 오직 작품만으로 관찰하는 이론이다. 즉, 작품의 자율성을 인식하는 관점이다.

오답피하기
② **실용론** : 작품이 독자에게 기여하는 양상에 초점을 맞추는 관점이다.
③ **모방론** : 문학 작품을 우주의 제 양상의 모방으로 설명하는 관점이다.
④ **표현론** : 문학 작품이 작가의 자유로운 감정과 사상을 표현한다고 보는 관점이다.

03 ▶ ③
③ 서정시는 시인 자신의 주관적인 정서나 감동을 높이 노래하는 식으로 표현하는 시이다. 주로 고대 그리스나 로마에서 발생하여 르네상스 시대에 절정을 이루었다. 페트라르카, 세익스피어, 존 밀턴 등이 대표 작가이다. 앵글로색슨족의 「베오울프(Beowulf)」는 영웅 서사시의 대표작이다.

오답피하기
① 극시는 주로 희곡 형식으로 씌어진 연극적 요소를 가진 장편의 시로 인간 행위의 전개를 눈앞에서 연출하여 표현하는 양식이다.
② 서사시는 일정한 사건을 이야기 구조로 표현한 시로 세 장르 중 분량이 가장 길며, 음유시인이 청중을 앞에 놓고 읊는 형태로 진행되었다.
④ 서사시는 서사를 중심으로 한다. 주제는 역사적인 사건, 신의 행적, 영웅의 일대기 등이며, 고대의 중요한 인물의 이야기를 객관적으로 담아냈다. 호메로스의 「일리아드(Iliad)」와 「오디세이아(Odyssey)」가 대표작이다.

04 ▶ ④
④ 하나의 대상을 지시하며 뜻을 명확히 드러내는 언어는 일상적, 과학적 언어이다.

오답피하기
① 시어는 음악성을 지니므로 소리가 빚어내는 효과를 활용한다.
② 시어는 일정한 형식의 반복과 변조를 통하여 운율을 만든다.
③ 시는 절제된 언어와 압축된 형태로 표현되는 예술이므로 정서와 상상력을 통하여 시상을 전개한다.

05 ▶ ④
④ '죽어야 산다.'나 '어린이는 어른의 부모이다.'와 같은 문장은 '역설'의 전형적인 예이다.

① **역설(逆說)** : 병치된 개념이 논리적으로 대립하는 '가치의 충돌' 개념으로 '패러독스(paradox)'라고도 한다.

② **반어(反語)** : '반어'는 표현의 효과를 높이기 위하여 뜻하고자 하는 것과는 반대로 말이나 글 등을 표현하는 용법이다. '숨기다', '시치미 떼다'의 의미를 지닌 말로 '아이러니(irony)'라고도 한다.

③ '역설'은 표면적으로는 이치에 어긋난 듯 하지만, 내면적으로는 깊은 진리의 말을 담고 있다. '반어'는 겉으로 표현한 의미와 속으로 숨어 있는 의미를 서로 반대되게 나타내는 방법이다.

06 ▶ ②

② **주관성** : 서정시는 화자의 내면적인 정서 표출을 목표로 삼는 문학 장르이므로 객관세계의 사물들은 서정시에서 모두 주관적인 정서의 표출을 위한 도구로 변하게 되는데 그것이 서정시에서 말하는 '세계의 자아화'이다.

① **객관성** : 주관에 영향을 받지 않고 누가 보아도 그러하다고 인정되는 성질

③ **산문성** : 운율이나 음절의 수 등에 얽매이지 않고 자유롭게 쓰는 글이 가지고 있는 성질

④ **전형성** : 같은 부류 안에서 가장 일반적이고 본질적인 특성

07 ▶ ①

① **강약률(強弱律)** : 강약률은 악센트가 있는 강한 음절과 악센트가 없는 약한 음절이 규칙적으로 반복되는 율격으로, 주로 영어로 쓰인 영시(英詩)에서 나타난다.

② **감각률** : 감각을 느끼는 수준이나 능력을 나타내는 척도이다. 대표적으로 시각, 청각, 후각, 미각, 촉각 등의 오감(五感)이 있다.

③ **고저율** : 소리의 고저가 규칙적으로 교체 반복되는 율격으로 주로 한시에 나타난다.

④ **음수율** : 음절의 수를 일정하게 나타내어 운율을 표현하는 것으로 3·4조, 4·4조, 7·5조 등이 대표적이다.

08 ▶ ④

④ 소설의 기원을 '서양'에서는 '신화 → 로망스 → 소설(노블)'의 형태로 인식한다. 반면, '동양'에서의 소설은 현실의 인생 내용을 중심으로 한 사건을 허구적으로 서술한 산문체의 문학 양식으로, 민심의 소재를 파악하기 위해 채집한 이야기책이란 뜻이 있다.

   ㉠ **서양 – 로망스** : 중세 기사의 모험과 사랑을 담은 이야기. 즉 기사도 문학에 대해 다루며, 넓은 의미로는 이러한 특징을 아우른 전기적(傳奇的)·모험적·공상적인 통속소설을 이른다.

   ㉡ **동양 – 세태소설** : 어떤 특정한 시기의 풍속이나 세태의 한 단면을 묘사하는 소설이다.

• **콩트** : 단편소설보다도 더 짧은 소설을 의미하며 유머, 풍자, 기지를 담고 있다. 판타지나 위트를 특징으로 하는 짧은 이야기의 문학 장르이다.

• **전기소설(傳奇小說)** : 괴기, 애정 등을 내용으로 하며, 문어로 쓰인 설화와 함께 소설의 중간 단계에 있는 문학 양식이다.

09 ▶ ③

③ 우리나라 시는 음성률이 발달한 중국과 서구의 시와 달리 음보율이 발달된 것으로 평가된다.

① 시의 '운율'은 '운(韻)'과 '율(律)'의 합성어로 시에 사용되는 말소리(詩語)의 규칙적인 순환(반복)에 의하여 이루어지는 음악적 요소를 칭하는 말이다.

② 운(韻)은 같거나 비슷한 음이 규칙적으로 시행이나 연의 일정한 위치에서 반복되는 것으로, 위치에 따라 '두운, 요운, 각운' 등으로 나눌 수 있다.

④ 율(律)은 고저, 장단, 강약, 음보 등의 규칙적 반복으로 형성되며, '음수율, 음보율, 음성률' 등으로 나눌 수 있다.

10 ▶ ①

① **비유(比喩)** : 어떤 대상을 더욱 효과적으로 표현하기 위해 유사성을 지닌 다른 대상에 견주어 표현하는 방법이다. 표현하고자 하는 대상(원관념)을 이미 알고 있는 다른 현상이나 사물의 모습(보

조관념)에 빗대어 표현하는 방법이다. 비유법에는 '은유, 직유, 대유' 등이 있다.

오답피하기
② **정서** : 사람의 마음에 일어나는 여러 가지 감정
③ **교훈** : 앞으로의 행동이나 생활에 도움이 되거나 참고할 만한 경험적 사실
④ **율격** : 일정한 구조로 반복, 지속되는 소리의 질서

11 ▶ ④

휠라이트의 비유론 : 치환은유(epiphor)와 병치은유(diaphor)

ㅇ **치환은유(epiphor)**
  ㉮ 보통 알고 있는 전통적 은유의 개념에 해당한다.
  ㉯ 원관념과 보조관념의 관계가 유사성이나 연관성에 의해 파악될 수 있다.
  ㉰ 'A는 B이다'라는 형식을 취할 수밖에 없기 때문에, 어쩔 수 없이 양자 사이의 연관성이라는 논리적 제약이 따르게 된다.
ㅇ **병치은유(diaphor)**
  ㉮ 병치와 종합에 의해 새 의미를 창조해 낸다.
  ㉯ A와 B 사이에는 아무런 연관성도 암시되지 않는다.
  ㉰ 두 구절 사이의 독립성이 최대한 인정되는 가운데 둘 사이의 의미론적 상관관계를 유추하게 만든다.

오답피하기
• **환유** : 어떤 사물을 그 사물의 속성이나 특징으로 대치하는 것이다. 원인으로써 결과를 대신하거나 결과로써 원인을 대신한다.
• **제유** : 어떤 사물을 그것과 연관성이 있는 다른 사물로 대신하는 것이다. 부분으로서 전체를 대신한다.

12 ▶ ①

① **프라이** -『비평의 해부』: 장르 체계를 이론화하고 언어화하였다.

오답피하기
② 브룩스 → **워렌(A. Warren)과 웰렉(R. Wellek)** -『문학의 이론』: 미국 신비평(new criticism)의 토대를 제공하였으며, 문학의 본질적 접근에 비본질적 접근을 혼용하였다.

③ 소쉬르 → **브룩스** -『잘 빚어진 항아리』: 미국 신비평(new criticism)의 기수인 브룩스가 저술한 시(詩)에 관한 이론서이다. "자신의 작업에서 모든 모호함을 제거하려고 노력하는 과학자와는 다르게, 시인은 경험을 더 잘 표현할 수 있기 때문에 그 위에서 번창한다."고 주장하였다.
④ 웰렉 → **소쉬르** -『일반언어학강의』: 구조주의 언어학의 아버지로 언어를 구조적 체계로 분석하는 방법론을 제시하였다. 주요 개념은 "기호"와 "기호 체계"이다.

13 ▶ ③

리처즈의 '비유'는 '은유'에 대한 설명이다.
〈보기〉의 시는 이광석의 「새」이다.
(1) 1연
  ㉠ 주지 : 새가 우는 소리
  ㉡ 매체 : 언어의 즙
(2) 2연
  ㉠ 주지 : 새가 나는 공간
  ㉡ 매체 : 부재의 계단

오답피하기
① "새"는 제목이다.
② "언어의 즙"은 매체이다.
④ "새가 나는 공간"은 주지이다.

14 ▶ ④

④ 은유를 통해 대상을 선명한 시각적 이미지로 제시하고 있다.

오답피하기
① 세태의 복잡함을 반어적으로 표현한 것이 아니라 저녁 하늘을 보는 화자의 쓸쓸한 감정이 투영된 것이다.
② 청각적 표현이 아니라 시각적 이미지로 치환하고 있다.
③ 촉각적 이미지는 없고, 시각적 이미지만 제시되었다.

15 ▶ ②

② 소설은 인간의 삶에 관한 있을 법한 사건을 작가의 상상에 의해 가공적으로 꾸며 내어 산문으로 표현한 문학의 한 갈래이다. 특별한 인간의 생활을 담은 것만은 아니다.

① 소설은 작가에 의해 창조된 허구적 이야기이다.
③ 소설은 단순한 허구가 아니라 개연성(실제로 있었던 일은 아니나, 일어날 가능성이 있는 일) 있게 꾸민 이야기이다.
④ 소설은 형식미와 예술미가 있는 이야기이다.

16 ▶ ②
㉠ 개인적 상징 : 시인 자신이 독창적으로 만들어 낸 상징이다.
㉡ 원형적 상징 : 신화와 역사, 종교 등에서 수없이 되풀이되는 이미지나 모티브이다.
㉢ 관습적 상징 : 같은 문화권 안에서 문화적 전통이나 사회적 관습 속에서 자연스럽게 만들어진 상징이다.

17 ▶ ④
④ 플롯은 작가가 독자적으로 만들어 낸 소설의 구조 및 짜임새이다. 똑같은 소재의 이야기를 여러 작가가 각각 다르게 작품화할 경우, **스토리는 한 가지지만 플롯은 서로 각기 다를 수밖에 없다.**
• **빅토르 쉬클로프스키**(Victor Shklovsky) : 플롯은 스토리가 낯설게 되고 창조적으로 뒤틀려지고 소외되게끔 하는 방법을 제시하는 것이다.

① '미토스(mythos)'는 그리스어에서 유래한 말로 원래 '이야기' 또는 '신화'를 뜻했지만, 아리스토텔레스는 『시학』에서 이를 극작술, 특히 비극의 플롯을 설명하는 용어로 번역했다. 즉 '미토스(mythos)'는 단순히 사건의 나열이 아니라, 사건들의 인과적 연관성과 서사적 구조를 포함하는 의미를 지닌다.
② 소설의 플롯은 논리적인 인과관계에 의한 사건의 전개와 배열이다.
③ **파블라** : 주어진 시간과 공간 안에서 사건들을 시간적으로 배열하는 것 → 스토리
슈제트 : 이야기 안에서 파블라가 제시되는 부분을 말하며 수용자에게 어떻게 구성해서 받아들이는가에 해당하는 것 → **플롯**

18 ▶ ②
㉠ 평면적 인물
㉮ 한 작품 속에서 성격의 변화가 없는 인물이다.
㉯ 작품 내내 일관된 성격을 지니고 있어서 독자의 상상력이나 기대를 벗어날 수 없다.
㉡ 입체적 인물
㉮ 성격이 변화하고 발전하는 인물이다.
㉯ 한 작품 속에서 환경과 사건의 진전에 따라 성격이 변화하고 발전한다.

• **주체적 인물** : 사건을 이끌어가는 주체로 스스로 행동하고 결정하는 인물이다.
• **수동적 인물** : 남을 의존하는 인물, 누군가의 도움으로 어려움을 이겨내는 인물, 감정 없이 살아가는 인물이다.

19 ▶ ②
② 주제
• 작가가 나타내려고 하는 중심 사상이다.
• 작가가 작중인물에 대해 가지고 있는 느낌을 추상화한 것이다.
• 작가가 소재를 다루어 나가는 통일된 원리이다.

① **배경** : 사건이 발생하고 인물이 활동하는 구체적인 시간과 공간, 상황이다.
③ **구성** : 주제를 효과적으로 표현하기 위한 전개 방식으로 작가의 의도에 따라 사건이 필연적인 인과관계로 짜인 구조이다.
④ **모티브** : 작가가 무언가를 창작하는 출발점, 동기, 영감, 원인 등이다.

20 ▶ ④
④ 일인칭 주인공 시점
• 등장인물인 '나'가 주인공으로 자신의 이야기를 한다.
• 주인공의 심리묘사나 내면묘사를 그리는 데 유용하다.

① 작가 관찰자 시점
• 작가가 작품 밖에서 관찰자의 입장이 되어 서술한다.

- 서술자는 자기의 주관을 버리고 객관적인 입장에서 작품의 외적 사실을 묘사한다.
② 일인칭 관찰자 시점
- 등장인물인 '나'가 부수적인 인물이 되어 주인공의 이야기를 서술한다.
- 서술자는 해설자로서 작품을 설명해 가는 역할을 한다.
③ 전지적 작가 시점
- 작품 밖의 서술자가 전지전능한 위치에서 서술하는 시점이다.
- 등장인물의 운명이나 아직 등장하지 않은 인물까지 미리 알 수 있다.

21 ▶ ③

③ 단편소설
- 단일한 주제, 단일한 성격, 단일한 사건으로 구성한다.
- 단일한 예술적 효과와 인상의 통일을 나타낸다.
- 표현 기교가 뛰어나고 압축된 구조를 지닌다.

오답피하기
① 대중소설 : 많은 사람들에게 흥미 위주로 읽히기 위하여 지어낸 소설로서, 흔히, 통속소설과 비슷한 의미로 정의하지만, 경우에 따라서는 순수소설과 통속소설로 구분하기도 한다.
② 순수소설 : 작품의 예술성을 추구하는 소설로 작품의 예술적 가치 이외의 어떠한 효용성이나 통속성도 배제하는 소설이다.
④ 과학소설 : 과학적 발견과 과학기술의 발달 및 미래의 사건과 사회 변화가 인간에게 어떤 영향을 미치는가를 다루는 소설이다. 일명 'SF소설'이라 한다.

22 ▶ ①

① 신비평 : 작품 생성의 사회적 배경이나 사상, 작가의 생애 따위를 배제한 채, 독립된 하나의 언어 세계로서 작품을 이해하고 그 구조 및 수법과 형태를 밝히려는 문학 비평이므로 "작품을 보라. 작품의 원문 자체를 음미하라."가 가장 적합하다.

오답피하기
② 사회·문화적 비평 : 문학 작품이란 작품이 쓰인 당시의 시대적 환경에 의해 그 작품의 내용, 가치관, 나아가 형식도 불가피하게 조건이 지워진다고 가정한다. → "환경을 보라. 작품은 환경에서 자란다."
③ 심리주의 비평 : 정신분석학적 방법을 작가의 창작 심리나 문학 작품의 해명에 적용하는 방법론이다. → "작가를 보라. 작품은 작가의 분신이다."
④ 수용미학 비평 : 작가의 지향 행위가 문학 작품 속에 기록되는 것이며, 독자는 독자의 의식 속에서 작품을 다시 체험한다. → "독자를 보라. 독자는 작가의 거울이다."

23 ▶ ④

④ 해체주의 비평
- 언어의 불안정성에 초점을 맞추어 작품이 생산하는 모순된 해석들을 찾아내고 그 의미 전달의 불가능성을 탐구한다.
- 텍스트 내부에 존재하는 의미의 모순을 탐색한다.
- 언어는 표현 가능한 의미를 끊임없이 흩뿌린다는 점에서 모호하고 불안정한 동시에 역동적이다.

오답피하기
①, ②, ③ 모두 역사·전기적 비평의 특징에 해당한다.
① 비평가의 최초의 작업은 믿을 만한 원전의 확인과 확정으로부터 시작된다.
② 하나의 작품은 당대의 이데올로기를 반영한 소산물이므로 비평가는 문학 작품의 과거성과 현재성에 관심을 갖고 작품을 시대의 문화적 구성물로 파악한다.
③ 원전이 확정된 후 작품에 사용된 언어가 그 작품이 제작된 당대의 시간과 공간 상의 특수한 상황에서 어떠한 기능 발휘를 했는가를 규명해야 한다.

24 ────────────────────────── ▶ ①

① **형식주의 비평**
- 1910년대 말부터 1920년대에 걸쳐 러시아와 1930년대 초 체코를 중심으로 번성했던 문학비평이다.
- 형식주의 비평에서 문학의 언어적 용법 중 대표적인 것은 '낯설게 하기'와 '난해하게 하기'이다.
- 쉬클로프스키 : "예술의 기능은 우리로 하여금 사물을 단순히 인지하게 한다기보다는 사물을 이해하게 하는 것이며 우리 주변 세계를 낯설게 하고 지각 작용이 자동화되는 자연스러운 경향을 깨뜨리는 것이다."
- 문학의 형식적인 측면에 역점을 두었으며 나아가 문학의 특성을 일반화하여 그 본질을 밝히고자 하였다.

오답피하기
② **주지주의 비평** : 지성의 우위를 중시하는 문학론이다. 현대 문명의 위기 극복과 전통적 질서의 회복을 목표로 하며, 탐미주의, 주의주의, 주정주의와 반대되는 입장이다.
③ **리얼리즘 비평** : 리얼리즘 문학을 다루는 비평으로, 리얼리즘의 정의와 특징, 작품의 해석 등을 다룬다.
④ **실증주의 비평** : 프랑스 대혁명으로 촉발된 19세기 유럽의 정치 사회적인 대혼란을 종식시키고자 제시되었으며, 신의 섭리 등 신학적이며 초월적이고 형이상학적인 것들을 배격하고 관찰이나 실험 등으로 검증이 가능한 지식만을 인정하고자 하는 태도와 방법론이다.

25 ────────────────────────── ▶ ②

② **구조주의 비평(구조주의자)**
- 근본 요소들 사이의 상호 관계 위에 정신적, 언어적, 사회적, 문화적 '구조'가 성립하며, 그 구조에서 특정 개인이나 문화의 의미가 생산된다는 관점이다.
- 문학 작품 속에 내재된 구조를 밝히고 찾아냄으로써 그 구조적 전체 속에 이루어지는 각 요소들의 관계를 조감할 수 있게 되며, 그 결과 작품에 대한 이해를 더욱 깊게 할 수 있다고 주장한다. 구조주의 비평의 핵심 개념은 비유와 상징이다.

- 1960년대 들어서면서 소쉬르의 방법과 통찰을 문학에 적용하려고 시도하면서 번성하였다.
- 의미 체계는 상호 관련성을 가진 자족적인 구조로 이루어졌다고 보았다.

오답피하기
① **모방론자** : 예술을 외부 대상의 외관이나 본질을 모방하거나 재현하는 활동이라고 보는 사람들이다.
③ **해체론자** : 텍스트(text)가 갖는 다중성이나 미비점 등의 불완전성으로 야기되는 의미의 왜곡과 재해석의 충돌 등을 부정적으로 바라보는 것이 아니라 긍정적인 측면에서 텍스트(text)의 분해와 재조립이라는 순기능적인 과정의 재해석을 통해 다양한 사실의 공존을 시도하였다.
④ **탈식민주의자** : 탈식민주의는 식민주의와 제국주의를 비롯한 정치적 상황에서 벗어나려는 일련의 사상·문학적 운동을 총칭하는 단어이다.

26 ────────────────────────── ▶ ②

② **원형 비평** : 문학 작품에서 신화의 원형을 찾아내어 작가가 어떻게 재현했는지 연구하는 문학비평 방법론이다. '신화 비평'이라고도 불리며, 복합 학문적 성격을 지니고 있다.

오답피하기
① **원전 비평** : 활자화된 수많은 작품 중에서 저자의 원문이나, 손상된 본문을 재구성하는 것이 목적이므로 작품의 진위 여부를 다룬다.
③ **신화 비평** : 신화의 원형을 문학 작품 내에서 찾고, 작가들에 의해 어떻게 재현, 재창조되어 있는가를 연구하는 문학 비평 방법론이다.
④ **구조주의 비평** : 소쉬르의 구조언어학을 모태로 하여 문학 작품 속에 내재된 구조를 밝히고 이를 통해 문학 작품을 분석하고 해석한다.

27 ────────────────────────── ▶ ④

④ 수필은 가장 자유로운 형식의 산문문학이다.

오답피하기
① 인생과 자연에 대한 체험과 관조(觀照)의 내용을 형식에 구애받지 않고 자유롭게 표현한 교술문학의 한 갈래이다.

② 수필은 다른 문학에 비하여 형식이 자유롭다. 그렇다고 형식이 없이 아무렇게나 쓰는 글은 아니다. 일명 '무형식의 형식'이라 한다.
③ 수필은 글쓴이의 내적 심성(心性)이 드러나는 자기 고백적·독백의 문학이다.

28 ▶ ③

③ **심리주의 비평** : 정신분석학적 방법을 작가의 창작 심리나 문학 작품의 해명에 적용하는 방법론이다. '프로이트'는 인간의 심리구조를 '이드(Id), 에고(Ego), 슈퍼에고(Superego)'로 규정하고 '오이디푸스 콤플렉스'를 주창하였다.

오답피하기
① **사회문화 비평** : 문학과 사회의 관계에 깊은 관심을 갖는 방법론으로, 문학 작품이란 작품이 쓰인 당시의 시대적 환경에 의해 그 작품의 내용, 가치관, 나아가 형식도 불가피하게 조건이 지워진다고 가정한다.
② **행동주의 비평** : 관찰과 예측이 가능한 행동들을 통해 인간이나 동물의 심리를 객관적으로 연구할 수 있다고 보는 심리학 이론이다. 행동주의는 "자극 → 반응"이라는 틀을 기반으로 한다.
④ **독자반응 비평** : 문학 연구에 있어서 독자의 독서 행위와 역할을 강조하는 해석 방법이다.

29 ▶ ①

① **페미니즘 비평** : 1960년대 초반 서구의 여성해방 운동의 일부로서 시작되었다. 과거 남성만의 영역으로 점유되어 온 문학 비평의 역사가 과연 바른 것인지에 대한 여성들의 의문과 자각에서 출발하여 문학 작품을 여성의 관점에서 보는 방법으로 여성도 객체가 아닌 주체로서 자신의 고유한 판단을 훈련하는 비평이다.

오답피하기
② **구조주의 비평** : 소쉬르의 구조언어학을 모태로 하여 문학 작품 속에 내재된 구조를 밝히고 이를 통해 문학 작품을 분석하고 해석한다.
③ **형식주의 비평** : 문학의 형식적인 측면에 역점을 두었으며 나아가 문학의 특성을 일반화하여 그 본질을 밝히고자 하였다.

④ **정신분석적 비평** : 프로이트의 정신분석 이론을 문학 비평에 적용한 것이다. 정신분석학의 전반적인 이해와 문학 작품 안에서 인간 행동과 어떤 연관성이 있는지 밝히는 데에 그 의의를 두고 있다.

30 ▶ ③

③ 수필은 가장 주관적이고 개성적인 글이므로 '객관적 가치와 엄정성'이 불필요하다.

오답피하기
① 수필은 유머, 위트가 나타나는 글이다.
② 수필은 마음의 산책이다. 그 속에는 인생의 향기와 여운이 숨어 있다.
④ 수필은 제재의 다양성과 비평 정신이 드러나는 글이다.

31 ▶ ③

③ **문체** : 작가의 독특한 개성이나 인격을 구체적으로 나타낸 문장의 특이성이다.

오답피하기
① **소재** : 작가가 주제를 구현하기 위해 선택한 작품의 재료나 글감이다.
② **주제** : 작가가 나타내려는 중심 생각, 사상, 인생관이다.
④ **구성** : 작가의 의도에 따라 제재를 배열하고 결합한 것으로 일정한 형식은 없으나 나름대로의 완결성과 통일성을 지니고 있다.

32 ▶ ②

② 16세기 프랑스의 사상가인 몽테뉴의 『수상록(Les Essais)』에서 '에세이'라는 명칭이 처음 사용되었다.

오답피하기
① 수필은 에세이, 미셀러니 등으로 불리기도 한다. 그러나 '심포지엄'은 토의의 방법으로 수필과는 무관하다.
③ '인포말(informal) 에세이'는 '경수필'로 몽테뉴적 수필의 경향을 말한다. 베이컨은 '중수필(formal essay)'의 특색을 지닌 작품을 발표하였다.
④ 우리나라에서 처음으로 '수필'이라는 용어를 사용한 문집은 1652년(효종 3년) 이민구의 『독사수필』이다.

33 ▶ ④

④ '미메시스(mimesis)'는 '모방'이라는 의미이며, 플라톤이 저술한 『국가』에서 "자연계의 개체는 이데아의 모조"라고 제창한 개념에서 유래했다. 이를 계승한 아리스토텔레스도 『시학』에서 예술의 본질을 '미메시스(mimesis)'로 보았으며, "예술은 현실을 모방하는 것이며, 이를 통해 인간은 현실을 이해하고 발견할 수 있다."라고 주장했다.

오답피하기
① 아리스토텔레스는 『시학』에서 "비극은 완결된 행동의 모방일 뿐 아니라 공포와 연민의 감정을 불러일으키는 사건의 모방이다."라고 주장했다.
② 희곡에서 무대 위의 행위는 모방된 인간의 행위이며, 배우의 대사와 행동으로 재현된다.
③ 희곡은 '연극성'(연극의 대본)과 '문학성'(단일 예술)이라는 양면성을 지닌다.

34 ▶ ③

③ 절정(climax)
• 날카롭게 대립된 주인공과 그 적대자(인물, 상황, 운명, 내면)가 충돌하는 단계이다.
• 한쪽이 쓰러지지 않고서는 더 이상 사건이 진전될 수 없는 이 상황에서 극단적인 방법으로 해결책이 제시된다.
• 이 상황에서 관객은 최고의 감정과 긴장을 경험하며, 특히 비극에서 관객은 공포와 동반된 감정을 경험한다.

오답피하기
① 전개(complication or development)
• 발단에서 시작된 사건과 성격이 더욱 복잡해지고 갈등과 분규를 일으키며 긴장과 흥분이 더욱 고조되는 단계이다.
• 극의 사건 방향이 결정되며, 주인공의 행동을 보다 크게 강조하기 위해 대립 인물을 설정한다.
• 복선(sub-plot)이라는 사건이 등장하기도 한다.
② 위기(crisis)
• 소설의 5단계에서 사용하는 용어로 희곡의 단계와는 관련이 없다.
④ 대단원(denouement)
• 절정의 과정에서 주인공과 적대자 중 어느 한쪽이 쓰러져 극의 사건과 내용이 해결되고 이를

정리하는 마지막 단계이다.
• 과거에 일어났던 사건과 이 사건을 보고 관객이 기대했던 결과가 뒤집힌 원인을 재음미한다.
• 관객들은 극작가의 진의를 파악하고, 마음을 진정시키게 된다.

35 ▶ ②

㉠ 대사
  ㉮ 대화, 독백, 방백 등으로 구분된다.
  ㉯ 극의 모든 사건과 인물의 행동, 심리 등을 구체적으로 드러낸다.
  ㉰ 인물 간의 갈등과 긴장이 표현되며, 관객의 관심을 끌어모은다.
㉡ 지문
  ㉮ 대사의 사이에서 인물의 구체적인 동작이나 위치를 지시한다.
  ㉯ 인물의 표정이나 제스처를 통해 감정을 표현하게 한다.
  ㉰ 조명, 소리, 배경 변화 등을 지시하여 무대효과를 강화한다.

오답피하기
• 행동 : 등장인물의 행동을 지시하는 지문과 대사를 통해 표현된다.
• 전사 : 희곡의 원본이다.

36 ▶ ①

아리스토텔레스는 『시학』에서 "비극은 태양이 일회전하는 시간과 쉽게 기억할 수 있는 줄거리여야 하지만 실제 사건을 동시 실현하거나 직접 모방은 큰 의미가 없다."고 말했으며, 극에 있어 효과적인 설정으로 희곡의 삼일치를 제시하였다.
※ 희곡의 삼일치
• 장소의 일치 : 한 장소
• 행동(사건)의 일치 : 한 가지 중심 사건
• 시간의 일치 : 하루 동안 일어난 사건

37 ▶ ②

② 등장인물의 대부분이 왕이나 귀족계급인 것은 '그리스 고전비극'이다. '근대 고전비극'은 인간의 천성적 성격의 결함에 의한 패배를 묘사하는 성격비극이다.

① 희곡은 '보여주기 문학'이므로 인물은 소설처럼 '묘사(서술)'가 아니라 행동을 통해서 성격을 드러 낸다.

③ 고대 그리스극은 그리스 로마 신화를 기반으로 하여 주로 기원전 5세기경에 그리스에서 상연된 비극들을 총칭하는 말이다. 축제에서의 노래는 일반적으로 한 사람이 창을 하면 군중이 받아내는 형식으로 진행된다. 여기에서 창을 하는 한 사람이 배우가 되어 특정한 사람을 연기하고, 군중이 코러스가 되어 그에 답하는 형식이 점점 극으로 발전하였다.

④ 고대 그리스 비극은 주로 신이 부여한 운명과 그 운명을 극복하고자 하는 인간의 갈등을 그리고 있으므로, 주인공은 고귀한 신분이며 인격적으로 완전해야 하였다.

38 ▶ ①

① 「당랑의 전설」 : 채만식, 『인문평론』(1940년). '버마재비가 제 분수도 모르고 수레바퀴에 대든다(螳螂拒轍)'는 속담과 그 주제면에서 관련이 있는 작품이다.

② 「원고지」 – 유치진 → **이근삼**

③ 「토막」 – 이근삼 → **유치진**

④ 「소」 – 이강백 → **유치진**

※ 이강백 : 「파수꾼」

39 ▶ ①

① '비교문학'은 두 개 이상의 언어, 문화 혹은 국가 간의 문학을 다루는 학문 분야이므로 고대인의 문학과 현대인의 문학처럼 시간적으로 서로 다른 문학은 비교 대상으로 삼을 수 없다.

② 비교문학은 최소한 두 민족 이상의 문학이 있어야 하므로 공간적으로 상반되는 위치에 있는 두 나라의 문학을 비교 대상으로 삼을 수 있다.

③ 비교문학의 목적은 비교되는 문학 사이에 개재하는 상호작용, 영향 관계를 살피려는 것이므로 전통적 의미의 비교문학은 두 나라 이상의 문학이 지닌 유사점과 차이점에 대한 연구를 뜻한다.

④ 비교문학은 19세기 말엽, 프랑스 학자들이 자국의 국문학사를 기록하는 과정에서 작품의 외국적 기원과 외국에 미친 작품의 영향들을 실증적인 방법으로 연구하면서 시작되었다.

40 ▶ ①

① 프랑스학파는 여러 나라 문학의 영향 관계를 실증적으로 연구하는 것으로 시작되었으며, 문학 작품 자체의 비교가 아니라 작품 간의 영향 관계를 강조한다.

② 국제 간의 문학적 영향 관계를 전제로 문학 작품들을 비교 연구했다.

③ 서로 다른 국가의 작품 사이의 "기원"과 "영향"의 증거, 흔히 "사실 관계"라고 불리는 것을 찾기 위해 작품을 면밀히 조사한다.

④ '국민문학'이라는 프랑스 문학의 약점을 보완하려는 목적에서 20세기 초 발당스뻬르제와 방 띠껨을 중심으로 시작되었다.

독학사
1단계 | 문학개론
Bachelor's Degree Examination for Self-Education

문학개론

독학사
1단계 | **문학개론**
Bachelor's Degree Examination for Self-Education

총설

01 문학을 어떻게 볼 것인가?

1 문학의 정의와 개념

(1) 문학의 정의

문학은 인간의 가치 있는 체험, 사상과 정서를 상상력으로 재구성하여 언어로 표현하는 예술이다.

① 광의(廣義) : 기록성

→ 문학을 다른 예술(음악, 미술, 무용 등)과 구별 짓는 기준은 '표현 매체(언어)'이다.

② 협의(狹義) : 예술성

→ 문학을 다른 글(비문학)과 구별 짓는 기준은 '형상화'이다.

> 🔷 문학적 형상화
> - '형상'이란 '대상의 구체적 모습'을 이르는 말로, 대상이 되는 내용을 언어를 통해 구체적이고 감각적으로 그려냄으로써 실감 있는 모습으로 바꾸어 나타내는 것을 말한다.
> - 문학에서의 어떤 의도나 주제를 개념적인 언어로 직접 전달하는 것이 아니라 구체적인 형상을 통해 간접적으로 암시한다. 과학은 대상을 개념적으로 설명하는 데 비하여, 문학은 현실을 형상적으로 표현한다.

(2) 문학의 개념

① **언어예술** : 문학은 언어를 주요 재료로 삼아 예술적 표현을 이루는 예술이다.

② **미적 형상화** : 문학은 인간의 삶과 사회를 미적으로 묘사하고, 독자에게 아름다움과 감동을 선사한다.

③ **창조적 활동** : 문학은 작가의 상상력과 창의성을 바탕으로 새로운 이야기와 세계를 창조하는 활동이다.

④ **인간과 사회의 묘사** : 문학은 인간의 내면세계, 인간관계, 사회 현상 등을 다양한 방식으로 탐구하고 묘사한다.

⑤ **독자에게 의미 부여** : 문학은 작품을 통해 독자에게 새로운 의미와 통찰력을 제시하고, 독자의 감정과 생각을 자극한다.

2 문학의 어원

(1) 동양

학예(學藝), 경사(經史), 시문(詩文)을 통칭하는 말로서, 『논어』의 「선진편(先進篇)」에 '정사 염유 계로 문학 자유 자하(政事 冉有 季路 文學 子游 子夏)'라는 말이 나오는데, 주자는 이 구절을 '문학 시학우시서예악지문 이능언기의자(文學 是學于詩書禮樂之文 而能言其意者)'라고 하였다. 이 말은 '문학이란 시서예악의 문장에 대한 배움이 있을 뿐만 아니라 그 내용을 언어로 표현할 수 있는 것'이라는 뜻이다.

(2) 서양

문자로 기록된 모든 것을 말하며, 문학을 뜻하는 Litera-ture(英), Literature(佛), Literatur(獨), Literatura(伊)란 말은 라틴어 Litera에서 유래된 것으로 Letter의 뜻이다.

3 문학의 기원

문학의 기원에는 심리학적 기원설, 발생학적 기원설(사회학적 기원설), 발라드댄스(Ballad Dance)설 등이 있다.

(1) 심리학적 기원설

문학은 인간의 심리 현상으로서 인간 심리에 내재된 예술 충동에 의해 문학이 발생한다는 학설이다.

① 모방본능설
  ㉠ 인간이 모방본능을 가짐으로써 이 본능 때문에 문학이 생겼다는 설이다.
  ㉡ 대표자 : 플라톤, 아리스토텔레스

② 유희본능설(유희충동설)
  ㉠ 인간이 가진 '행위 그 자체를 즐기는 유희충동'에서 예술이 나왔다는 설로, 유희본능은 '정력의 과잉'과 '노력의 여력'에 의한 '힘의 과잉'을 놀이로써 풀어내려는 본능이다.
  ㉡ 대표자 : 칸트, 쉴러, 스펜서

③ 흡인본능설
  ㉠ 남의 관심을 끌기 위한 인간의 욕구에서 문학이 발생했다는 진화론자들의 학설이다.
  ㉡ 대표자 : 다윈

④ 자기표현본능설(자기과시설)
  ㉠ 자기를 누구에게인가 표현하고 싶어 하는 인간의 본능에서 문학이 발생했다는 설이다.
  ㉡ 대표자 : 허드슨

Plus UP! 허드슨(W. H. Hudson)의 4가지 인간의 심리적 동기

- 자기표현에 대한 우리의 욕구
- 인간과 그들의 행위에 대한 우리의 흥미
- 우리가 살고 있는 현실세계와 실존을 떠오르게 하는 상상세계에 있어서의 우리의 흥미
- 형식으로서의 형식에 대한 우리의 사랑

(2) 발생학적 기원설(사회학적 기원설)

① 문학이나 예술은 심미성보다는 실용성 때문에 발생했다는 설이다. 헌(Y. Hirn), 그로세(E. Grosse), 맥켄지(A. S. Mackenzie) 등이 주장하였다.

② 유희설이 생활과 무관한 것이라는 점에서 그것을 비판하는 데서 출발한 이 이론은 실제 생활과 관련된 실용성, 노동과정 등을 통하여 예술의 발생 기원을 찾는다.

(3) 발라드댄스설(제천의식설)

① 문학은 음악, 무용, 문학이 미분화된 원시종합예술에서 분화, 발생하였다는 설이다. '심미성 + 실용성'을 강조하며, 몰톤(R. G. Moulton)이 주장하였다.

② 원시종합예술에서 행해진 노래의 가사가 문학으로 분화되었다고 보고 있으며, 문학의 기원설 중 가장 설득력 있게 받아들여지고 있다.

02 | 문학의 속성, 언어 예술성

◁ 1 문학의 속성

(1) 문학의 본질

① 개연성의 허구(fiction) : 문학은 현실을 모방한다. 그러나 현실 자체는 아니다.
   → 현실을 토대로 있을 법하게 꾸며낸 세계
   💎 개연 : '일어날 수 있음직한 가능성'으로 문학은 현실에 대한 기록이 아니라 허구의 세계이지만 현실에서 일어날 수 있는 가능성을 가진 허구이다.

② 가치 있는 인생체험 : 문학은 개인의 특수한 체험을 함축적으로 표현하여 보편적 공감을 획득한다.

③ 문학은 모든 요소들이 유기적으로 결합된 하나의 <u>통합적 구조</u>를 형성한다.
   💎 동적(動的) 구조 : 한 작품의 구조 자체는 변함이 없으나, 시대나 사회 상황, 개인에 따라 평가가 다르다. 문학은 살아 움직이는 구조라 할 수 있다.

④ 문학은 미적(美的)으로 진화되고 정서화된 사상의 표현이다.

(2) 문학의 3대 특성

① **개성**(독창성, 특수성, 개별성) : 문학은 주관적 체험의 표현이기 때문에 개성적이고 독창적이다. 문학은 작가의 독특한 삶의 표현을 통해 보편성을 획득하게 된다.

   🔷 **뷔퐁**(Buffong) : '글은 곧 사람이다.'

   → 글은 그 사람의 개성과 인격을 나타낸다.

② **보편성**(일반성) : 문학은 인간의 공통적인 정서를 다루기 때문에 공간을 초월하여 모든 사람들에게 보편적인 감동을 준다. → 공간적 개념

③ **항구성**(역사성) : 문학은 시대를 초월하여 인간이 지향하는 불멸의 가치를 다루기 때문에 영원한 생명력을 지닌다. → 시간적 개념

(3) 문학의 구성 요소

① **정서**(情緒) : 인간의 순화된 모든 감정이며, 독자에게 감동을 주는 요소이다.

   → '보편성, 항구성'을 획득하게 해 주는 요소

② **상상**(想像) : 과거의 체험과 이미지를 결합하여 새로운 질서의 세계를 창조한다.

   → '독창성'을 획득하게 해 주는 요소

③ **사상**(思想) : 지은이의 중심사상으로 작품 속의 주제가 된다.

   → '사상성, 위대성'을 획득하게 해 주는 요소

④ **형식**(形式) : 작품의 구조와 문체를 이루어 문학의 내용을 이루는 요소이다.

   → '예술성'을 획득하게 해 주는 요소

(4) 문학과 현실의 관계

① **병립의 관계** : 문학과 현실은 각각의 세계를 가지고 있는 병립의 관계이다.

② **유추적 관계** : 문학은 개연적으로 현실에서 일어날 수 있는 가능성을 유추한 세계이다.

◢ 2 언어 예술성

(1) 언어를 매체로 하는 예술

① 예술성은 대상의 속성에서부터 이루어진 다양한 연상과 이미지, 이로부터 파생되는 의미들이 중요한 역할을 하며, 또한 언어 표현 자체가 중요한 비중을 가진다.

② 문학은 표현 그 자체의 아름다움을 추구하며, 문학이 가지는 심미성과 예술성은 여기에서 기인한다.

(2) 과학적 언어와 문학적 언어

과학적 언어	문학적 언어
간명하고 직접적인 언어	함축적인 언어
개념의 정확성에 기반한 언어	표현 대상보다 실재의 뜻이 더 큰 언어
기호와 대상의 관계가 1:1의 관계	기호와 대상의 관계가 1:1이 아니어도 됨
동등한 뜻의 다른 기호로 기호 대치 가능	다른 기호로 대치하면 그 맛이 달라짐
외연적인 언어	내포적인 언어
표현상 한계를 지닌 언어	표현상의 한계를 극복한 언어
사실의 설명에 기반한 언어	비유, 비약, 생략, 상징 등을 허용한 언어
객관적, 직접적	주관적, 간접적

- 과학적(일상적) 언어와 문학적 언어가 뚜렷이 구분되는 어떤 특징적 차이가 본래부터 있는 것은 아니다.
- 일상적 언어에서도 함축적 의미로 해석해야 하는 말을 사용하며, 문학에서도 그 표시적(지시적) 성격을 띠고 있는 사례가 많다
- 과학적 언어는 이해와 공통성을 바탕으로 하므로 언어의 지시적 기능과 과학적 용법이 강조되는 반면, 문학적 언어에서는 개별적 체험의 전달, 정서의 전달이 목적이므로 언어의 함축적 기능과 언어의 정서적 용법이 중시된다.

03   문학을 보는 관점 – 모방의 이론

 ### 1 모방이론

(1) 모방론

① 문학을 바라보는 가장 기본적인 관점이자 가장 오래된 입장이다.
② 문학을 인간의 현실 또는 체험 내용을 반영한 것으로 보는 견해이다.
③ 문학을 현실에 대한 제작자의 일방적 모방 행위의 결과로 간주한다.
④ 문학의 세계는 모방의 세계이며 허구의 세계이다.
⑤ 문학은 인생을 모방하는데 인생의 아주 특수한 한 면만을 모방 재현하는 것이 아니라 보편타당성 있는 면을 모방하는 것이므로 진리를 제시한다.

(2) 모방론의 한계

① 현실의 완벽한 모방 어려움 : 문학은 허구적 요소가 포함될 수 있으므로 현실을 완벽하게 모방하기 어렵다는 비판이 있을 수 있다.

② 창작의 중요성 간과 : 작품이 현실을 단순히 모방하는 것이 아니라, 작가의 창의적인 상상력과 표현력이 중요하게 작용한다는 점을 간과할 수 있다.

(3) 플라톤과 아리스토텔레스의 모방이론

① 플라톤 : 『공화국』
  ㉠ 문학의 논의에서 '모방'이라는 말의 최초 사용자
  ㉡ 문학의 '모방'에 대한 부정적 입장
② 아리스토텔레스 : 『시학』
  ㉠ 플라톤의 모방이론의 수정자
  ㉡ 문학의 '모방'에 대한 긍정적 입장

2 플라톤의 모방론

(1) 시인추방론 역설 : 『공화국』(제10장)

플라톤은 『공화국』 또는 『이상국』에서 시인추방론을 주장하였다. 눈에 보이지 않는 진리를 발견하기 위해서는 이성의 힘으로 진리에 도달해야 한다. 그러나 예술가는 감성에 의존하기 때문에 그들의 작품에 독자들이 감동을 느끼면 결국은 이성이 마비되어 진리로부터 동떨어지게 된다. 즉, 시가 인간에게 나쁜 감정을 조장한다는 부정적 견해로 모방설을 전개하였다.

① 진리(이데아)
  ㉠ 사물 속에 내재하는 본질적인 것이다.
  ㉡ 눈으로 볼 수 없다. → 순수한 이성을 통해서만 파악
② 공화국(이상국) : 진리가 이념이 되고 정의가 실현되는 곳이다.
③ 시(문학) : 눈에 보이는 사물을 대상으로 모방하는 행위이다. 진리나 정의와 무관하다.
④ 세상(사물) : 본체나 진리를 의미하는 이데아의 한 그림자에 불과하다.

(2) 탁자이론 제시 : 시인추방론을 펼치면서 제시한 예

① 창조주 : 탁자의 이데아를 지닌 자 – 신(제1단계)
② 제작자 : 실재하는 탁자를 만든 자 – 목수(제2단계)
③ 모방자 : 탁자를 그린 자 – 화가(제3단계)
  🔷 모방자인 화가는 이데아를 만든 창조자와는 그 차원이 다르다.
  🔷 시인은 화가와 같이 모방자에 속한다. 따라서 시(문학)는 진리를 의미하는 이데아에서 3단계나 멀어진 것이다.

(3) 예술관

문학을 부정, 문학을 인간의 완성과 사회의 완성에 장애요소라 한다.

① 예술작품

    ㉠ 본질에 대한 이데아로서의 세계(신이 만든 탁자)도 아니고, 현상으로서의 세계(신의 이데아를 모방해서 목수가 만든 탁자)도 아니며, 현상의 허상일 뿐이다.

    ㉡ 독자에게 악영향을 끼치는 것이다(→ 진리가 아니라 현상의 세계를 모방하고, 이성이 아니라 감정의 세계를 키움).

② 시인추방의 근거 : 지식이 아니라 영감, 즉 올바른 정신이 상실된 상태에서 작품을 만들기 때문이다.

◢ 3 아리스토텔레스의 모방론

아리스토텔레스는 모방론에서 "문학예술의 모방의 대상은 인간의 행동이다."라고 했다.
그의 저서 『시학』에서 문학이 모빙이리 할 때, 모방이 세 가지 측면을 ① 모방의 대상(인간의 훌륭한 행위), ② 모방의 매체(즐거움을 주는 언어), ③ 모방의 방식(연기)이라 했다.

(1) 모방의 대상 : 인간의 행동이다.

↓

① 고상한 인물 : (모방) → 비극
② 비천한 인물 : (모방) → 희극

(2) 모방의 양식

① 혼합적 양식 : 설화성, 서정성, 극성이 혼합되어 있는 양식 🔵예 서사시

② 시가 : 서정적 양식

    ㉠ 가장 순수한 양식

    ㉡ 시 속에서 시인이 스스로 말한다.

    ㉢ 작품 속의 화자가 어떤 감정의 세계 노래

    ㉣ 시인의 주관적인 측면인 정서와 밀착 🔵예 음송시

③ 극적 양식

    ㉠ 두 번째로 순수한 양식

    ㉡ 작품 속의 인물들이 시인 자신을 모방하여 말한다.

    ㉢ 주관성이 배제된다(→ 극도의 객관성 유지). 🔵예 비극, 희극

(3) 모방의 목적

① **모방** : 인간의 본능적 행위
② 인간의 행동을 모방함으로써 이념의 세계를 형상화한다.

(4) 『시학』 : 만듦의 세계에 대한 탐구

↓

응용적인 분야, 심미적인 분야

↓

모방예술의 세계 : 회화
　　　　　　　　무용
　　　　　　　　음악
　　　　　　　　문학예술 → 혼합적인 형태 : 음송시
　　　　　　　　　　　　　　고립적인 형태 : 비극, 희극

(5) 개연성이론 : 비극, 시 옹호

① 시는 모방의 과정에서 개연적인 세계를 모방한다.

↓

㉠ 인간에게 보편적인 진리로 느껴지는 세계이다.
㉡ 그 자체가 수미일관한 통일성의 세계이다.

↓

　🔷 시인은 통일성이 있는 세계를 모방하여 보편적 진리를 보여준다.

② 개연성에 의해 문학도 일반적인 것, 보편적인 것이 될 수 있다.
③ 개연성의 발견이 진리에 이르는 길이다.
④ 허구는 개연성을 부여하기 위해 필요한 요소이다.

　🔷 **역사와 시의 차이** : 역사는 특수성의 세계를 모방하고, 시는 보편성의 세계를 모방한다.

(6) 정화(카타르시스)이론

① 카타르시스란 비극이 그리는 주인공의 비참한 운명에 의해서 관중의 마음에 두려움과 연민의 감정이 유발되고, 그 과정에서 억압된 슬픔과 공포에서 벗어나 일종의 순화된 쾌감을 얻는 것을 말한다. 즉, 카타르시스란 비극을 봄으로써 마음에 쌓여 있던 우울함, 불안감, 긴장감 등이 해소되고 마음이 정화(淨化)되는 것을 말한다.
② 아리스토텔레스가 『시학』에서 비극이 관객에게 미치는 중요 작용의 하나로 든 것이다.

04 문학의 기능 - 효용론

◁ 1 효용론

(1) 효용론의 개념

① 문학작품이 독자에게 주는 효용, 즉 독자에게 어떤 영향을 미치는지, 어떤 가치를 제공하는지를 강조하는 관점이다.
② 문학작품을 통해 독자가 얻는 쾌락, 교훈, 심미적 체험 등을 중시한다.

(2) 효용론이 강조하는 주요 내용

① **쾌락적 기능** : 문학작품이 독자에게 즐거움과 쾌락을 선사하는 기능이다. 독자는 작품 속 이야기, 등장인물, 언어 표현 등을 통해 즐거움을 느낄 수 있다.
② **교훈적 기능** : 문학작품을 통해 독자는 삶의 의미를 깨닫고, 윤리적, 도덕적 교훈을 얻을 수 있다. 작품 속 인물들의 경험과 갈등을 통해 독자는 자신의 삶을 돌아보고, 더 나은 삶을 위한 교훈을 얻을 수 있다.
③ **심미적 기능** : 문학작품은 언어를 통해 아름다움을 표현하는 예술이다. 독자는 작품 속 언어 표현, 문체, 구성 등을 통해 심미적 쾌감을 느낄 수 있다.
④ **인식적 기능** : 문학작품을 통해 독자는 인간과 사회에 대한 이해를 넓힐 수 있다. 다양한 문화, 배경, 입장을 가진 인물들을 만나고, 그들의 삶과 생각에 대해 생각해 봄으로써 독자는 자신의 세계관을 확장하고, 타인에 대한 이해를 넓힐 수 있다.
⑤ **정화 기능**(카타르시스) : 문학작품을 통해 독자는 감정 정화, 즉 긍정적인 정서 변화를 경험할 수 있다. 작품 속 등장인물의 고통과 슬픔을 공유하고, 작품을 통해 위로와 공감을 느낄 때 독자는 자신의 감정을 정화하고, 새로운 시각을 얻을 수 있다.

(3) 효용론의 특징

① **독자 중심** : 효용론은 문학작품의 의미와 가치를 독자의 해석과 경험에 따라 결정한다고 본다. 즉, 독자는 문학작품을 능동적으로 읽고 해석하며, 작품의 의미를 자신의 삶과 연결하여 이해한다.
② **문학작품의 가치** : 효용론은 문학작품이 단순한 오락 수단이 아닌, 독자에게 다양한 효용을 제공하는 가치 있는 존재라고 본다.
③ **문학 교육의 중요성** : 효용론은 문학 교육의 중요성을 강조하며, 문학작품을 통해 독자의 사고력, 감수성, 창의력 등을 함양할 수 있다고 본다.

2 문학의 교시적 기능 → 참여문학론 입장

(1) 개념과 특징

① 문학은 독자들에게 교훈을 전해 주고 인생의 진실을 보여주어 삶의 가치와 세계의 본질에 대해 올바른 인식을 하게 해준다.
② 문학의 사상성을 강조하고, 인류의 교사로서의 작자의 의무를 강조한다.
③ 문학의 공리적 효용성을 강조한다.
④ 교훈적 기능, 인식적 기능, 지적 기능
⑤ 단순한 도덕적·종교적 교훈이나 정치적 이데올로기만을 강조해서는 안 된다.

(2) 교시적 기능의 참다운 의미

① 교시적 기능은 독자를 감동시키고, 인생이 무엇인지를 알게 하고, 어떻게 살아야 할지를 길잡이해 주는 기능이다.
② 문학은 독자들에게 교훈을 주고 인생의 진실을 보여주어 삶의 의미를 스스로 깨닫게 한다는 입장이다.

(3) 교시적 기능의 난점

① 공리적 기능의 강조는 목적문학, 선전문학과의 동일시를 초래한다.
② 정치적으로 주의, 신념, 사상을 선전하고 강요하기 위해 그러한 주제를 미리 정해 두고 작품을 쓰는 참여소설, 계몽소설 등의 목적문학으로서 이용될 수 있다.
③ 문학을 수용함에 있어서 독자의 비평적인 태도가 요구된다.

(4) 교시적인 측면을 지닌 작품의 예

① 조선시대의 고대소설류(「춘향전」, 「심청전」, 「흥부전」 등) : 권선징악
② 이광수의 「무정」, 「흙」 : 계몽주의
③ 심훈의 「상록수」 : 브나로드 운동(농촌 계몽 운동)
④ 볼테르, 루소의 작품들 : 프랑스 혁명의 계몽적 역할
⑤ 톨스토이, 투르게네프 : 러시아의 농노제도 비판
⑥ 입센의 「인형의 집」 : 남녀평등, 여성해방, 근대 여성운동의 선구
⑦ 엘리자베스 스토 부인의 「엉클 톰스 캐빈」 : 미국 시민전쟁의 발화점
⑧ 공자의 「논어」 : 사무사(思無邪)
⑨ 플라톤의 「공화국」 : 정의, 선의 강조
⑩ 개화기 문학, 1920년대 KAPF(프로문학)
⑪ 1950년대~1960년대 현실 참여 문학
⑫ 문학의 당의정설(糖衣錠說)

3 문학의 쾌락적 기능 → 순수문학론 입장

(1) 개념과 특징

① 모든 예술의 직접적 목적은 쾌락이며, 문학은 독자에게 고차원적인 정신적 즐거움이나 미적 쾌감을 준다는 입장이다.
② 문학의 형식과 예술성을 강조한다.
③ 심미적 기능, 정적 기능
④ 관능적 쾌락, 감각적 쾌락, 지적 쾌락을 골고루 만족시켜야 한다.

(2) 쾌락의 유형

① **관능적 쾌락** : 하등감각에서 오는 쾌락
② **감각적 쾌락**(미적 쾌락) : 시각과 청각을 통해서 얻을 수 있는 쾌락
③ **지적 쾌락** : 인간의 이지를 통해서 얻는 쾌락

(3) 바람직한 쾌락적 기능

① 미적인 정서를 감동시키는 지적인 체험, 정신적인 즐거움
② 간접 경험을 쌓게 하는 역할
③ 카타르시스 효과의 유발

(4) 쾌락적인 측면을 지닌 작품의 예

① 아리스토텔레스의 『시학』
  ㉠ '모방이란 즐거운 행위'
  ㉡ 카타르시스(Catharsis) = 정화 작용
② 유미주의(예술 지상주의)와 관련
③ 1920년대 반계몽적 순수문학
④ 김동인의 탐미주의 소설(「광화사」, 「광염쏘나타」)
⑤ 1930년대 반계급적 순수문학(시문학파, 구인회)
⑥ 1960년대 순수문학

◢ 4 문학의 종합적 기능

(1) 개념과 특징

① 참다운 문학의 기능, 절충설
② 쾌락적 기능과 교훈적 기능은 양면이 적절히 통합되어야 참다운 감동을 얻을 수 있다는 견해이다.
③ 겉으로는 즐거움을 주고 속으로는 가르침을 준다.

(2) 문학의 당의정설(糖衣錠說)

① 루크레티우스가 『자연계』에서 처음으로 주장한 문학관
② 문학의 쾌락적 요소는 유익한 교훈적 사상을 전달하기 위한 수단이라는 문학관
③ 자기가 말하려는 철학의 쓴 약을 꿀물인 시, 다시 말해서 달콤한 운문으로써 독자 앞에 내놓는다는 것
④ 호라티우스도 그의 문학관을 교훈과 쾌락의 결합이라 해서 당의정설을 지지하였다.
   💎 시험 선지에 종합적 기능이 없을 때에는 '교시적 기능'으로 답한다.

05 제작자의 문제와 의도

◢ 1 제작자의 문제와 의도

(1) 개념 및 특징

① 문학작품을 창작하는 작가의 생각과 행동을 다루는 중요한 영역이다.
② 문학작품이 단순히 작가의 감정 표현 이상의 의미를 담고 있다는 점을 강조한다.
③ 작가가 작품을 통해 무엇을 문제 삼고, 어떤 의도를 가지고 있는지 탐구한다.
④ 표현론과 관련이 깊다.

(2) 표현론의 주요 개념

① **작가** : 현실에서 체험을 얻고 문학의 기능을 발휘시키는 주체
② **문학작품** : 작가에 의해 쓰여진 것
③ **표현** : 작가가 언어라는 매체를 통해 기록하는 것
④ **시** : 시인의 창조적 정신 능력이 산출된 것 또는 시인의 내면세계가 표현된 것
⑤ **논의의 중심** : 작가(시인) 자신 또는 작가의 창조 능력(내면세계) 자체

(3) 제작자의 문제 의식

① **현실에 대한 비판** : 작가는 현실에 대한 불만을 작품에 담아내기도 한다. 사회 문제, 정치적 상황, 인간의 본성에 대한 비판적인 시각을 작품에 표현할 수 있다.

② **인간의 고뇌와 갈등** : 인간의 존재론적 문제, 윤리적 갈등, 사랑과 죽음, 삶의 의미 등 다양한 주제를 작품에 담아낼 수 있다.

③ **새로운 관점 제시** : 작가는 기존의 관점을 넘어 새로운 시각과 해석을 작품에 제시하기도 한다. 문학작품은 세상을 바라보는 새로운 눈을 열어주는 역할을 할 수 있다.

(4) 제작자의 의도

① **표현** : 작가는 작품을 통해 자신의 생각과 감정을 표현하고자 한다. 이는 단순히 감정을 드러내는 것이 아니라, 작품을 통해 독자와 소통하고 공감대를 형성하고자 하는 것이다.

② **변화 유도** : 작가는 작품을 통해 독자들의 사고를 변화시키거나 행동을 변화시키고자 할 수 있다. 문학은 사회적 변화를 촉진하는 역할을 할 수 있다.

③ **미적 체험 제공** : 작가는 작품을 통해 독자들에게 미적 경험을 선사하고자 한다. 아름다움, 흥미, 감동 등 다양한 미적 감정을 경험하게 함으로써 예술적 만족감을 제공한다.

(5) 제작자의 문제와 의도를 분석하는 중요성

① **작품 이해 심화** : 작품 제작자의 문제 의식과 의도를 파악함으로써 작품을 더욱 깊이 이해할 수 있다. 작가의 배경, 생각, 의도가 작품의 의미를 해석하는 데 중요한 단서를 제공한다.

② **문학작품의 가치평가** : 제작자의 문제와 의도를 분석하면 작품의 사회적, 문화적 가치를 평가할 수 있다. 문학작품은 단순히 예술 작품 이상의 의미를 담고 있으며, 사회적 변화와 성찰을 촉진하는 역할을 한다.

③ **문학작품 창작의 이해** : 문학작품의 창작 과정을 이해하는 데 도움이 된다. 작가가 어떤 고민을 하고, 어떤 의도를 가지고 작품을 창작했는지를 알면 문학작품 창작의 과정을 더 잘 이해할 수 있다.

◢ 2 의도 비평

(1) 의도 비평의 개념

① 창작자의 의도를 작품 해석의 핵심으로 삼는 비평 방식으로, 작품이 창작자의 의도대로 구현되었는지 분석한다.

② 작가의 의도, 사상, 상상력 등이 작품에 어떻게 반영되었는지 살펴본다.

③ 신비평과 반대되는 개념이다.

(2) 의도 비평의 특징

① **창작자의 의도 중심** : 작품 해석의 중심은 작가의 의도이며, 작품의 의미를 이해하기 위해 작가의 의도를 파악하는 것을 중요하게 여긴다.

② **외재적 요인 고려** : 작가의 의도, 배경, 심리상태 등 작품 외적 요인을 고려하여 작품을 해석한다.

③ **작품의 내적 특성보다는 외적 특성 강조** : 작품의 내재적인 요소보다는 작가의 의도를 작품과 연관시켜 해석하는 것을 강조한다.

(3) 의도 비평의 비판 : 윔사트, 비어즐리

"의도 비평은 비평을 그르치는 일이다."라고 비판한다.

① 작가의 의도를 파악하는 일에 난점이 있다.

　　㉠ 작가 미상 작품

　　㉡ 작가의 죽음

　　㉢ 작가의 의도 은폐

　　㉣ 의식하지 않고 쓴 작품

② 진행된 때의 의도와 계획, 완성된 때의 결과 사이의 차이점이 존재한다.

(4) 의도의 오류(Intentional Fallacy)

① **윔사트** : 신비평(new-critics)가로 의도 비평에 대하여 비판했다.

② 1946년 『시와니 리뷰』에 게재한 에세이 「의도적 오류」에서 작가의 의도를 작품 해석에 활용하는 것을 비판했다.

③ 작가가 의도한 바와 작품의 실제 의미가 일치하지 않을 수 있으며, 작가의 의도는 작품의 해석에 영향을 미치지 않는다고 주장했다.

④ 윔사트의 주장은 신비평가들이 작품을 독립적인 객체로 간주하는 데 중요한 역할을 했다.

06 구조의 이론

1 문학작품의 구조

(1) 일반적 개념

① 전체성 : 구조는 그 자체가 하나의 전체를 형성한다.
② 유기성 : 구조를 이루는 부분들이 유기적으로 관련을 맺는다.
③ 자기 조정성 : 구조의 내부는 나름대로 고유한 규칙을 지닌 틀에 의해 움직인다.
④ 변형성 : 구조는 요소들을 법칙에 의해 고정시킬 뿐 아니라, 끊임없이 변형을 통해 변화한다.

(2) 문학적 개념

① 미(美)와 무관한 재료들이 미적 효과를 읽는 방식이다(미직 구조).
② 문학작품의 내용과 형식을 총괄하는 총체적 형태이다.

(3) 구조의 특징

① 문학의 자율성 : 문학작품은 문학 외적인 측면으로 설명되는 것을 거부하는 순수한 예술적 가치가 있다.
② 문학적 의미의 총체성 : 작품을 이루는 부분적 요소들은 전체 속에 차지하는 역할과 기능에 따라 독창적 의미를 형성한다.
③ 문학작품의 항구적 생명성 : 동적 구조(動的構造)를 지닌 작품이 독자의 수용과 변형 과정을 통해 보편적인 가치와 생명력을 획득한다.

(4) 구조 형성의 중심 원리

① 주제와 구조 : 작가는 대상을 통해 드러내고자 하는 중심 생각과 느낌을 효과적으로 전달하기 위해 특징 요소를 선정하고 결합한다.
② 장르적 규칙과 구조 : 작가는 시나 소설이 지닌 특정한 규칙의 체계를 수용하고, 다른 한편으로는 새롭게 변형하면서 작품을 형성한다.

2 문학 구조의 유형

(1) 유기체설

① 한 문학작품은 그 자체로 완벽한 짜임새를 가진 총체적인 생명체이다.
② 낭만주의 문학이론가들이 사용한다.
③ 문학작품은 생물체에 비유될 수 있다.

(2) 동적 구조

① 문학작품이 유기체처럼 스스로 성장, 발전, 쇠퇴, 소멸하는 것이 아니라, 끊임없이 변화하고 상호작용하는 요소들이 역학적으로 연결되어 형성된다는 것을 의미한다.
② 문학작품이 끊임없이 변화하고 발전하는 과정을 강조한다.
③ 문학은 유기체와 달리 외부의 요인에 의해 영향을 받기도 하고, 작가의 의도에 따라 형성되기 때문에 유기체에 대한 비유는 한계를 가진다.

07 문학의 장르

1 장르(갈래)의 개념

(1) 장르(genre)의 어원

① 어원 : 라틴어 genus, generis → 종, 유형
② 애초에는 생물학 분야의 학술용어로 프랑스어이다.

(2) 장르의 개념

① 작품의 객관적 구성 요소인 형식, 제재, 내용, 표현 양식 등을 기준으로 특질이 있는 무리로 구분, 체계화한 일종의 틀을 말한다.
② 문학작품을 그 형성 원리 및 존재 방식의 공통성과 차이점에 입각하여 분류한 것이다.
  ㉠ 유(類)개념 : 시대와 지역을 초월하여 보편적으로 나타나는 상위 갈래를 말한다(기본 갈래).
  ㉡ 종(種)개념 : 특정 시대와 지역에 고유하게 나타나는 하위 갈래를 말한다(변종 갈래).
③ 상호 공통적인 특성을 지닌 문학작품들이 모여서 일관된 틀을 이룬 것이다.

(3) 장르 설정의 이점

① 문학의 이해에 상당한 편의를 얻을 수 있다.
② 문학작품을 분류하고 분석하는 데 중요한 역할을 하며, 문학적 사유를 촉진하고 독서 경험을 풍요롭게 한다.
③ 설명적 편의를 얻을 수 있다.
④ 문학사의 서술에 있어 새로운 국면을 타개할 수 있다.

(4) 장르 분류의 한계

① 일반적인 장르 구분의 기준이 장르를 구분하는 결정적인 구실을 하지는 못한다.
② 각 기준을 개별적으로 사용해서 장르를 구분하면 독단이 개입될 위험성이 있다.
③ 장르는 그 자체가 목적이 될 수 없다.

2 장르(갈래)의 분류

(1) 일반적으로 장르를 구분하는 기준(M. K. Danziger & W. S. Johnson)

① 작품의 매체·형태
② 제재의 성격
③ 창작 목적(작품에 나타나는 작가의 태도)
④ 독자와의 관계 상황

(2) 문학 장르의 분류

① **작품의 매체 또는 형태에 따른 분류**
  ㉠ 언어의 형태에 따라
   ⓐ 운문 문학 : 언어, 문자 배열에 일정한 규칙이 가미되어 운율이 형성된 글로 함축적 언어, 리듬을 지니면서 대부분 행과 연을 지닌 형태로 나타난다.
   ⓑ 산문 문학 : 운율이나 음절의 수 등에 얽매이지 않고 자유롭게 쓴 글로 일상적인 생활어로 의미 내용을 전달하는 것을 목적으로 하는 글로 나타난다.
  ㉡ 언어의 매체(전달 방식)에 따라
   ⓐ 구비 문학, 기록 문학(정착 문학)
   ⓑ 자연시, 예술시
   • **자연시** : 특정한 작가를 갖지 못한 채, 한 집단이나 종족 속에서 전승, 보존되어 온 시 – 처음에는 유동문학의 형태를 지니다가 나중에 기록되는 형태
   • **예술시** : 한 특정한 작가에 의해 창작된 시 – 처음부터 기록되는 형태

② 제재의 성격에 따른 분류

    ㉠ **농촌소설** : 농촌을 도시와 대비되는 자연적이고 향토적인 삶의 공간이면서 이상적인 삶의 공간으로 묘사한 소설

    ㉡ **연애소설** : 남녀 간의 사랑을 제재로 다룬 소설

    ㉢ **해양소설** : 바다를 배경으로 하거나 소재로 하여 쓴 소설

    ㉣ **역사소설** : 역사상의 사건, 인물, 풍속 등 사실을 소재로 하여 꾸민 소설

    ㉤ **계급소설**

      💎 문학에서 제재는 잘 드러나지 않으므로 제재에 따른 분류를 강요하면 작품의 성격이 왜곡될 위험이 있다.

③ 창작 목적(작품에 나타나는 작가의 태도)에 따른 분류

    ㉠ **참여문학** : 문학의 현실 참여를 높이 평가하고, 그것을 중요 내용으로 삼는 경향의 문학

    ㉡ **순수문학** : 정치적 이념을 고려하지 않고 예술적 감흥을 추구하는 문학, 시간·공간을 초월한 보편적 성향의 문학

    ㉢ **계몽문학** : 지식수준이 낮거나 의식이 덜 깬 사람을 깨우쳐 주는 것을 목표로 한 문학

④ 독자와의 관계 상황에 따른 분류

    ㉠ **오락문학** : 독자를 즐겁게 할 목적으로 쓴 문학

    ㉡ **대중문학** : 대중의 흥미나 관심에 중점을 두고 쓴 문학

    ㉢ **통속문학** : 많은 사람들이 흥미를 갖는 소재를 쉬운 내용으로 쓴 문학

3 장르(갈래) 이론

(1) 브륀티에르(F. Brunetière)

① 장르의 개념 도입에 결정적인 역할을 하였다.

② 다윈의 진화론을 적용함 : 문학의 장르도 '생성 - 발전 - 성숙 - 쇠퇴 - 사멸'한다.

③ 문학은 문학의 독자적인 생리와 체질을 지닌다고 본다.

④ 웰렉(R. Wellek) : 브륀티에르의 장르의 개념을 '질서의 원리'라고 하였다.

(2) 르네 웰렉(R. Wellek)의 『문학의 원리』

① 장르에 '제도'라는 유추를 적용한다.

Plus UP!

> "문학의 종류는 일종의 '제도'이다. 마치 교회나 대학, 또는 국가가 하나의 제도인 것처럼 그렇게 제도인 것이다. 문학의 종류는 짐승이 존재하는 것처럼 또는 빌딩, 예배당, 도서관 혹은 신전이 존재하는 것처럼 존재하는 게 아니라 제도가 존재하는 것처럼 존재한다. 우리는 현존하는 제도를 통해서 활동할 수가 있고, 자기를 표현할 수 있으며, 새로운 제도를 창조할 수도 있다. 혹은 가능한 한 정치와 제의에 관여하지 않은 채 지낼 수도 있다. 우리는 또한 제도에 참여할 수도 있지만 그것을 개조할 수도 있는 것이다."

② 장르의 생성, 소멸이 작가에 의해서 이루어질 수 있다고 본다.

4 특성에 따른 분류

(1) 3분법(三分法)

① 가장 보편적인 문학의 갈래이다.
② 아리스토텔레스가 『시학』에서 모방의 양식에 따라 '서정, 서사, 극'으로 분류한 이래 헤겔의 미학에 이르기까지 일반적인 분류이다.

(2) 4분법(四分法) : 서정 양식(시), 서사 양식(소설), 극양식(희곡), 교술 양식(수필)

① **서정 양식** : 세계의 자아화
  ㉠ 개인의 주관적 정서를 표출한다.
  ㉡ 대부분 독백적 형식으로 표현(1인칭 시점)한다.
  ㉢ 정련된 언어와 풍부한 운율미에 의존한다.
  ㉣ **한국 문학** : 고대가요, 향가, 고려속요, 시조, 잡가, 서정민요, 신체시, 현대시 등
② **서사 양식** : 자아와 세계의 대결
  ㉠ 서술자에 의해 인간의 삶이 일정한 줄거리를 가지고 전개되며, 주로 과거형 시제를 사용한다.
  ㉡ 자아와 세계와의 갈등을 다룬다.
  ㉢ 말하기 수법(서술)이 위주이며, 인물의 내면 심리를 직접 제시할 수 있다.
  ㉣ **한국 문학** : 설화, 판소리, 고대 소설, 현대 소설 등
③ **극양식** : 자아와 세계의 대결
  ㉠ 인간의 행위와 사건을 직접 독자 앞에서 행동화하는 양식이다.
  ㉡ 자아와 세계와의 갈등을 다룬다.
  ㉢ 서술자의 개입이 없다.
  ㉣ 직접 서술이 불가능하며, 인물의 대화와 행동을 직접 제시한다.
  ㉤ 시제는 현재형이다.
  ㉥ **한국 문학** : 탈춤, 꼭두각시놀음, 인형극, 창극, 신파극, 현대극 등

④ 교술 양식 : 자아의 세계화

　　㉠ 실제로 존재하는 사물을 서술·전달한다.

　　㉡ 세계가 자아의 주관적 입장에 의해 변형되지 않고 그대로 작품 속에 등장한다.

　　㉢ 작가를 통한 직접적 전달 방식을 취한다.

　　㉣ 독자를 어떤 가치관으로 설득하려 한다.

　　㉤ 한국 문학 : 한문 수필, 국문 수필, 편지, 일기, 기행문, 악장, 행장(行狀), 경기체가,
　　가사, 가전체 등

　　　　💎 수필과 다른 장르의 차이점
　　　　　• **전달 방식** : 수필은 작가의 직접적 전달임에 비해, 다른 장르는 작가의 허구적 대리인을 통한
　　　　　　간접적 전달 방식이다.
　　　　　• 수필은 사실적 세계를 다루는 반면, 나머지는 허구의 세계를 다룬다.

(3) 5분법(五分法)

시, 소설, 희곡, 수필, 평론

(4) 6분법(六分法)

시, 소설, 희곡, 수필, 평론, 시나리오

---

08 스타일론

1 스타일(문체)의 개념과 요소

(1) 스타일(문체)의 개념

① 문장의 구조, 기술 형식, 어휘 또는 표현법 등의 개인차로 인해 글에 나타나는 표현상
　의 특수성을 말한다.

② 특정 시대나 사회에서 유포되어 널리 쓰이는 표현상의 특수성을 가리키는 경우도 있다.

③ 문학의 개성적인 측면(독창성, 개성, 참신성)을 보장해 주는 장치이다.

④ **뷔퐁** : '글(문체)은 곧 사람이다.'(글 속에 나타난 문체는 작가의 개성을 반영한다.)

(2) 스타일을 결정하는 기본 요소

① 어휘, 낱말의 선택 방식

② 비유적인 언어의 사용 빈도와 그 유형

③ 운율적인 유형

④ 문장의 구조와 수사적 표현의 효과

(3) 스타일에 영향을 미치는 한국어의 특징

① 독특한 음운체계(자음의 삼중체계)
② 부사어, 형용사어의 풍부(특히 의성어, 의태어, 첩어)
③ 활용어미

◢ 2 스타일(문체)의 일반적 분류

(1) 문장의 장단(長短)에 따른 분류

① 간결체(簡潔體)
  ㉠ 언어를 긴밀하게 압축하여 표현하기 때문에 긴축미가 있고 선명한 인상을 준다.
  ㉡ 대체로 문장의 길이가 짧고, 어미나 조사가 많이 생략된다.
  ㉢ 간단·명료하기 때문에 일기, 메모, 전보문, 단편소설 등에 주로 쓰인다.
② 만연체(蔓衍體)
  ㉠ 표현하려는 대상에 비해 많은 어휘를 사용하기 때문에 내용을 사세하게 진달할 수 있다.
  ㉡ 문장의 내용을 이해하기는 쉬우나 산뜻한 맛이 없고 자칫하면 만담에 빠질 우려가 있다.
  ㉢ 주로 장편소설에 많이 쓰이는 문체이다.

(2) 표현의 강유에 따른 분류

① 강건체(剛健體)
  ㉠ 글의 흐름이 강하고 탄력성이 있으며, 문맥에 기백이 넘치는 남성스러운 글이다.
  ㉡ 한자어나 숙어가 많이 사용되고, 호소력이 강하며 의지가 넘치는 글이다.
  ㉢ 선전문, 신문 사설, 논설문 등에 많이 쓰인다.
② 우유체(優柔體)
  ㉠ 글의 흐름이 부드럽고 우아하며 섬세한 느낌을 주는 여성스러운 글이다.
  ㉡ 독자에게 친밀감을 주며, 부담을 주지 않는다.
  ㉢ 수필, 기행문, 예술문 등에 많이 쓰인다.

(3) 수식의 정도에 따른 분류

① 건조체(乾燥體)
  ㉠ 될 수 있는 대로 수식을 버리고 내용만을 간단·명료하게 전달하는 글이다.
  ㉡ 내용, 의사전달을 위주로 하는 지적인 글로서, 내용을 요약해서 전달하므로 중심 내용을 파악하는 데는 좋으나, 딱딱한 느낌을 주기 쉽다.
  ㉢ 학술적인 논문, 법조문, 연설문, 설명문, 논설문 등의 문장이 이에 속한다.

② 화려체(華麗體)
  ㉠ 비유나 수식이 많고 미사여구를 동원하여 표현하기 때문에 아름다운 감정이나 상상
    의 세계로 이끄는 데에는 효과적이다.
  ㉡ 지나치게 꾸미게 되면 진실성이 없어지기 쉽다.

(4) 문투상(文套上)에 따른 분류

① **구어체(口語體) = 언문일치체**
  말하는 그대로 표현하려는 문체로 현대문에서 쓰이는 문체이다.
② **문어체(文語體)**
  ㉠ 일상 담화에 쓰지 않는 일종의 문장체로 예스러운 편지글이 이에 속한다.
  ㉡ '이더라', '하노라', '이외다' 등 일상적인 대화에서 쓰지 않는 말을 사용한다.

(5) 용어상에 따른 분류

① **순국문체** : 순수한 우리말투의 문체
② **순한문체** : 순한문으로 한문에 토를 달아 놓은 문체
③ **국한문혼용체(國漢文混用體)**
  ㉠ 국문과 한문이 섞여 있는 문체
  ㉡ 언문일치(言文一致)를 위한 시도
  ㉢ 전개 과정
    ⓐ **시초** : 1896년. 유길준의 「서유견문」(한주국종체)
    ⓑ **심화** : 1917년. 이광수의 「무정」(순국문체. 문어체의 잔재가 있어 완성작은 아니다.)
    ⓒ **완성** : 1919년. 김동인의 「약한 자의 슬픔」(김동인의 처녀작)

(6) 운율상에 따른 분류

① **운문체(韻文體)**
  문장에 리듬이 있는 문체 : 시, 향가, 속요, 가사 등
② **산문체(散文體)**
  문장에 리듬이 없는 문체 : 소설, 수필, 희곡, 평론 등

(7) 국문학상 장르에 따른 문체

① **역어체(譯語體) = 언해체**
  ㉠ 한문을 번역해 놓은 문체
  ㉡ 「소학언해」, 「두시언해」, 「훈민정음언해」 등

② 내간체(內簡體)

　㉠ 부녀자들 사이에 오가는 편지투의 한글 문체

　㉡「한중록」, 「인현왕후전」, 「계축일기」 등

③ 가사체(歌辭體)

　㉠ 3・4 또는 4・4조의 가사조로 된 문체

　㉡ 정철의 「관동별곡」, 「사미인곡」, 「속미인곡」 등

④ 담화체(談話體)

　㉠ 주고받는 대화 형식의 문체

　㉡ 정철의 「사미인곡」, 박두세의 「요로원야화기」, 이해조의 「자유종」 등

⑤ 악장체(樂章體)

　㉠ 조선 초기에 나타난 송축(頌祝) 문학의 문체

　㉡「용비어천가」, 「월인천강지곡」 등

3 개성적 문체와 유형적 문체

(1) 개성적 문체

어떤 표현이 공통적 유형을 띠는 것이 아닌 독자적인 성격을 지니는 경우로, 특정한 필자와 그 문장에서 나타나는 독특성을 지닌 문체

① 김동인의 짤막하고 박력 있는 문체

② 염상섭의 지루하고 묘사적인 문체

③ 이효석의 시적(詩的), 서정적인 문체

④ 김유정의 아이러니에 찬 해학적인 문체

(2) 유형적 문체

① 집단적으로 공통되는 문체상의 특성으로 표기 형식이나 어휘, 어법, 수사, 문장 형식, 시대나 지역 사회에 따라 공통적으로 이루어지는 문체이다.

② 유형적 문체는 사회와 밀접한 관계를 가진다.

01 다음 중 문학의 정의로 적절한 것은?

① 언어에 대한 음운론적 분석

② 자연과 우주에 대한 실증적 기록

③ 인간과 사회에 대한 논리적 기록

④ 언어를 매개로 하는 가치 있는 체험의 기록

> **해설** 문학이란 작가의 체험을 통해서 얻은 진실을 언어를 통해 표현하는 언어예술로서 '인생을 탐구하고 표현하는 창조의 세계'를 말한다.
> ㉠ 문학은 언어를 매체로 표현하는 언어예술이다.
> ㉡ 문학은 가치 있는 체험을 함축적으로 표현한다.
> ㉢ 문학이 추구하는 세계는 허구(虛構)의 세계이다.
> ㉣ 문학은 작가의 사상과 정서를 표현한다.

02 다음 중 문학에 대한 설명으로 가장 적절하지 <u>않은</u> 것은?

① 문학은 사실 전달이 아니라 상상력에 의거하는 글이다.

② 문학은 언어를 표현 매체로 한 글이지만, 신문 기사는 포함되지 않는다.

③ 문학에 대한 개념의 정의는 시대에 따라 변하며 발전한다.

④ 문학은 인간의 정신이 만들어 낸 교묘한 구조물이다.

> **해설** 문학의 개념
> ㉠ **언어를 표현 매체로 한 글** : 기록물, 역사서, <u>신문기사 등도 문학에 포함된다.</u>
> ㉡ **상상력에 의거하고, 예술적 의장이 포함되어 있는 글** : 시, 소설, 수필, 희곡 등
> ㉢ 문학은 인간의 정신이 만들어 낸 교묘한 구조물이다.
> ㉣ 문학에 대한 개념의 정의는 시대에 따라 변하며 발전한다.

정답 **01** ④   **02** ②

03 문학에 대한 설명으로 적절하지 <u>않은</u> 것은?

① 문학이 추구하는 세계는 허구의 세계이다.

② 인간 정신 활동의 산물이다.

③ 예술의 한 장르이다.

④ 반드시 문자로 기록되어야 한다.

> **해설** 구비 문학은 문자가 생기기 전부터 존재하였고, 문자가 보급된 이후에도 중요한 역할을 하였다. 문자 생활을 하게 되면서부터 구비 문학은 기록 문학과 공존하면서 기록 문학의 소재·상상력을 제공하는 원천으로 자리잡았으며, 문자에 익숙하지 않은 다수 민중들에 의해 전승되고 발전해 왔기 때문에 민중들의 사상과 감정을 가장 잘 반영하고 있다. 따라서 <u>반드시 문자로 기록된 것만 문학의 영역에 포함되는 것은 아니다.</u>

04 문학에 대한 설명으로 적절하지 <u>않은</u> 것은?

① 언어를 표현 매체로 한 글

② 허구적인 이야기를 운율적으로 창조한 글

③ 예술적인 의장이 포함되어 있는 글

④ 인간의 정신이 만들어 낸 교묘한 구조물

> **해설** 문학은 표현 매체를 언어로 한 모든 글이며, 상상력에 의거하고, 예술적인 의장이 포함되어 있는 글이며, 인간의 정신이 만들어 낸 교묘한 구조물이다.

05 다음 중 문학의 기원에 대한 이론과 설명이 적절하지 <u>않은</u> 것은?

① 모방본능설 – 사물을 모방하려는 본성과 모방된 것을 보고 기뻐하는 본능이 있어서 이로부터 문학이 나왔다는 학설 → 아리스토텔레스

② 흡인본능설 – 남의 관심을 끌기 위한 인간의 욕구에서 문학이 발생했다는 학설 → 다윈

③ 발라드댄스설 – 초자연적인 존재에 대한 제천의식에서 행해진 원시종합예술에서 비롯되었다는 학설 → 몰톤

④ 발생학적 기원설 – 인간이 가진 '행위 그 자체를 즐기는 유희충동'에서 문학이 나왔다는 학설 → 칸트

정답 03 ④ 04 ② 05 ④

④ **유희본능설** : 인간이 가진 '행위 그 자체를 즐기는 유희충동'에서 예술이 나왔다는 설로, 유희 본능은 '정력의 과잉'과 '노력의 여력'에 의한 '힘의 과잉'을 놀이로써 풀어내려는 본능이다. → 칸트, 쉴러, 스펜서

>> **발생학적 기원설** : 유희설이 생활과 무관한 것이라는 점에서 그것을 비판하는 데서 출발한 이 이론은 실제 생활과 관련된 실용성, 노동과정 등을 통하여 예술의 발생 기원을 찾는다. 즉, 실용적・공리적 욕구가 먼저 있었고, 심미적 욕구는 그 다음에 생긴 것이다. → 현(Hirn), 그로세(Grosse) 등

06 다음 중 문학의 기원에 대한 설명으로 가장 옳은 것은?

① 모방충동설은 칸트, 스펜서 등이 주장하였다.
② 유희충동설은 아리스토텔레스로부터 유래한다.
③ 자기과시설은 모방론과 상통한다.
④ 심리학적 기원설, 사회학적 기원설, 원시종합예술(Ballad Dance)설 등이 있다.

④ 문학의 기원에는 심리학적 기원설, 사회학적 기원설(발생학적 기원설), 원시종합예술(Ballad Dance)설 등이 있다.

① 유희충동설(유희본능설)은 칸트, 스펜서 등이 주장하였다.
② 모방충동설은 플라톤, 아리스토텔레스가 주장하였다.
③ **자기과시설**(자기표현본능설) : 자기를 누구에게인가 표현하고 싶어 하는 인간의 본능에서 문학 이 발생했다는 설로 허드슨(W. H. Hudson)이 주장하였다.

07 다음 설명과 관련된 학설은?

문학은 오락과 휴식을 추구하는 심리에서 비롯되었다.

① 성본능설   ② 유희본능설
③ 모방본능설   ④ 자기과시설

② 유희본능설(유희충동설)은 인간은 유희본능을 가지고 있는데, 여기서 문학이 발생했다는 설이 다. 칸트(I. Kant), 스펜서(H. Spencer) 등이 주장하였다.

① 성본능설은 억압된 성본능의 승화가 예술이라고 하는 설로 프로이트(S. Freud)가 주장하였다.
③ 모방본능설은 인간이 모방본능을 가짐으로써 이 본능 때문에 문학이 생겼다는 설이다. 플라톤 (Platon), 아리스토텔레스(Aristoteles) 등이 주장하였다.
④ 자기과시설(자기표현본능설)은 자기를 누구에게인가 표현하고 싶어 하는 인간의 본능에서 문 학이 발생했다는 설로, 허드슨(W. H. Hudson)이 주장하였다.

08 문학의 속성에 대한 설명으로 옳지 **않은** 것은?

① 문학은 사회의 거울이며, 현실을 반영한 언어예술이다.

② 문학은 정서적인 언어를 통해서 인간의 감정을 표현하는 예술이다.

③ 문학은 집단적이고 객관적인 정서를 표현하기 위하여 만들어진 양식이다.

④ 문학의 사상은 작품에 담긴 작가의 인생관과 세계관에 의하여 구체화된다.

> **해설** ③ 문학은 개인적이고 주관적인 정서를 표현하기 위하여 만들어진 양식이다.
>
> **오답** ① 문학은 현실 세계를 반영하면서도 있을 법하게 꾸며낸 언어예술이다.
> ② 문학은 인간의 감정이나 정서, 가치 있는 체험을 정서적이고 함축적인 언어로 표현하는 예술이다.
> ④ 문학의 사상은 작가의 인생관과 세계관이 언어로 구체화되면서 작품 속에 구현된다.

09 다음 중 문학의 일반적 특징으로 보기 **어려운** 것은?

① 항구성   ② 보편성

③ 개연성   ④ 특수성

> **해설** ④ 특수성은 문학의 일반적 특성이 아니라 특정한 시대·민주·지역에 적용되는 특성이다.
>
> **오답** ① **항구성** : 문학은 시대를 초월하여 인간이 지향하는 불멸의 가치를 다루기 때문에 영원한 생명력을 지닌다.
> ② **보편성** : 문학은 인간의 공통적인 정서를 다루기 때문에 공간을 초월하여 모든 사람들에게 보편적인 감동을 준다.
> ③ **개연성** : 문학은 현실에 대한 기록이 아니라 허구의 세계이나 현실에서 일어날 수 있는 가능성을 가진 허구이다.

10 다음 설명에 적합한 문학의 특성은?

> • 실제 일어날 수 있는 가능성을 나타낸다.
> • 문학도 보편적이고 일반적일 수 있도록 만들어 준다.
> • 허구적인 작품이 현실화될 수 있거나 참이 될 수 있는 가능성이 있는 것을 말한다.

① 문학성   ② 철학성

③ 개연성   ④ 창조성

> **해설** 개연성
> ㉠ 허구적인 작품이 실제 일어날 수 있는 가능성을 나타내는 것이다.
> ㉡ 현실화, 참으로 될 수 있도록 하는 것으로 이를 통해 문학을 보편화, 일반화한다.
> ㉢ 설명하는 방법과 인과에 더 밀접한 연관이 있다.

정답   08 ③   09 ④   10 ③

11 다음 중 (   ) 안에 공통으로 들어갈 말은?

> •(   )에 의해 문학도 일반적인 것, 보편적인 것이 될 수 있다.
> •(   )의 발견이 진리에 이르는 길
> •허구 : (   )을 부여하기 위해 필요한 요소
> •시는 모방의 과정에서 (   )의 세계를 모방한다.

① 문학성   ② 철학성
③ 개연성   ④ 창조성

해설 •개연성에 의해 문학도 일반적인 것, 보편적인 것이 될 수 있다.
•개연성의 발견이 진리에 이르는 길
•**허구** : 개연성을 부여하기 위해 필요한 요소

12 다음의 설명과 관련된 문학의 속성은?

> 문학은 작가가 꾸며낸 무의미한 허구가 아니라, 보편타당한 진리와 통일된 세계를 제시하는 것이다.

① 현학성   ② 직접성
③ 특수성   ④ 개연성

해설 문학에서 개연성은 실제로 있었던 일은 아니나, 일어날 가능성이 있는 일이다. 개연성에 의해 문학도 일반적인 것, 보편적인 것이 될 수 있다. 이 말은 아리스토텔레스가 『시학』에서 사용한 것으로 문학에서 허구는 개연성을 띤 허구, 곧 현실성이나 진실성을 띤 허구로 간주된다. 이는 허구가 개연성을 통해 보편성에 접근하게 된다는 것을 의미한다.

13 다음 중 문학적 언어로 보기 <u>어려운</u> 것은?
① 언어의 사용에 있어 반드시 상징적 의미로 사용해야 한다.
② 과학적 언어와 달리 함축적 의미를 갖는다.
③ 비유적 표현으로 그 섬세한 의미를 표현한다.
④ 독자의 상상력을 자극한다.

PART 01
PART 02
PART 03
PART 04
PART 05
PART 06
PART 07

해설 ① 문학적 언어는 주로 상징적 의미가 많이 반영되는 것은 맞지만 반드시 그러한 것은 아니다.

오답 ② 문학적 언어는 간명하고 직접적인 과학적 언어와는 달리 주로 함축적 의미를 갖는다.
③ 문학적 언어는 비유, 비약, 생략, 상징 등을 허용한 언어로 표현상의 한계를 극복한다.
④ 문학적 언어는 객관적 진리를 밝히는 것이 아니라 인간의 감정을 표현하므로 독자의 상상력을 자극한다.

14 다음 설명에 맞는 문학적 언어가 가진 특성이 <u>아닌</u> 것은?

- 표현 대상보다 실제의 뜻이 더 큰 언어
- 기호와 대상의 관계가 1:1이 아닌 언어
- 비유, 비약, 생략, 상징 등을 허용한 언어

① 함축성   ② 내포성
③ 압축성   ④ 개념성

해설 ④ **개념성** : 언어라는 기호 그리고 언어가 나타내는 대상물 그 양자 사이에 1대1의 대응 관계를 갖는 <u>과학적 언어의 특징이다.</u>

오답 ① **함축성** : 비유, 비약, 생략, 상징 등을 허용한 언어
② **내포성** : 표현 대상보다 실제의 뜻이 더 큰 언어
③ **압축성** : 기호와 대상의 관계가 1:1이 아닌 언어

15 다음 중 문학적 언어의 특성으로 볼 수 <u>없는</u> 것은?

① 구체성을 갖는다.
② 정서적 의미를 드러낸다.
③ 지시적 의미 중심이다.
④ 표현상의 한계를 극복한 언어이다.

해설 ③ 지시적 의미 중심은 과학적 언어의 특징이다.

오답 ① 문학은 언어를 통해 사물에 대한 체험과 느낌을 구체적으로 표현한다.
② 문학은 함축적 시어를 통해 정서를 표현한다.
④ 문학적 언어는 인간의 사고를 제한하는 언어의 틀을 뛰어넘어 새롭고 낯설게 보는 언어 사용 방식을 갖는다.

정답 **14** ④   **15** ③

16 문학 언어의 특징으로 가장 적절한 것은?

① 신비성　　　　　　　　　　② 형상성
③ 즉흥성　　　　　　　　　　④ 낭만성

> **해설** ② **형상성** : 문학은 진실의 세계를 추구하지만, 허구에 바탕을 두면서 작가의 상상력에 의하여
> 재구성되는 창조적 체험을 재현한다. 문학은 작가의 추상적인 관념을 구체적으로 형상화한
> 것이다. 따라서 문학의 언어는 '구체성' 또는 '형상성'을 띤다.
> ≫ 문학적 언어
> 　㉠ 함축적, 내포적
> 　㉡ 개념의 다양성
> 　㉢ 비유, 상징 중시
> 　㉣ 느낌, 해석 위주

17 다음 중 문학적 언어의 특성과 관계가 가장 깊은 것은?

① 개념을 정확하게 구사한다.
② 언어를 외연에 충실하게 사용한다.
③ 언어를 함축적 의미로 사용한다.
④ 언어와 표현 대상이 1:1의 관계를 지닌다.

> **해설** ③ 함축적인 언어는 문학적 언어의 특성에 해당한다.
> **오답** ①, ②, ④는 과학적인 언어의 특성이다.

18 다음 중 문학적 언어의 특징으로 맞는 것은?

① 언어의 정확한 개념만을 추구한다.
② 언어의 외연적 의미에만 의존한다.
③ 표현의 대상과 실제의 뜻이 항상 동일하다.
④ 언어가 독자의 상상력을 자극한다.

> **해설** 문학적 언어란 함축적인 언어, 표현의 대상보다 실제의 뜻이 더 큰 언어, 내포적인 언어이며,
> 표현상의 한계를 극복한 언어, 비유, 비약, 생략, 상징 등을 허용한 언어이다.

정답　16 ②　17 ③　18 ④

19 과학의 언어와 문학의 언어에 대한 설명으로 적절하지 <u>않은</u> 것은?

① 과학의 언어는 개념의 정확성을 중시한다.
② 과학의 언어는 기호와 그 대상이 1:1로 만나야 한다.
③ 문학의 언어는 함축성을 본질로 한다.
④ 문학의 언어는 내포적이기 때문에 지시 개념을 모두 배척한다.

해설 | 과학적 언어와 문학적 언어의 비교

과학적 언어	문학적 언어
간명하고 직접적인 언어	함축적인 언어
개념의 정확성에 기반한 언어	표현 대상보다 실재의 뜻이 더 큰 언어
기호와 대상의 관계가 1:1의 관계	기호와 대상의 관계가 1:1이 아니어도 됨
동등한 뜻의 다른 기호로 기호 대치 가능	다른 기호로 대치하면 그 맛이 달라짐
외연적인 언어	내포적인 언어
표현상 한계를 지닌 언어	표현상의 한계를 극복한 언어
사실의 설명에 기반한 언어	비유, 비약, 생략, 상징 등을 허용한 언어
객관적, 직접적	주관적, 간접적

20 문학적인 언어에 대한 설명으로 <u>부적절한</u> 것은?

① 함축적인 언어이다.
② 비유, 비약, 생략, 상징 등을 허용한 언어이다.
③ 표현 대상보다 실재의 뜻이 더 큰 언어이다.
④ 기호와 대상의 관계가 1 : 1의 관계에 있다.

해설 | 문학적인 언어란 함축적인 언어, 표현 대상보다 실재의 뜻이 더 큰 언어, <u>기호와 대상의 관계가 1 : 1이 아니어도 되며</u> 다른 기호로 대치하면 그 맛이 달라지는 언어, 내포적인 언어이며, 표현상의 한계를 극복한 언어, 비유·비약·생략·상징 등을 허용한 언어이다.

21 다음 중 문학적 언어에 대한 설명으로 적절하지 <u>않은</u> 것은?

① 인간의 감정을 나타낸다.
② 함축적이며 내포적이다.
③ 다양한 수사적 기교가 필요하다.
④ 객관적으로 사용되고 암시적, 외연적이다.

해설 | ④ 주관적으로 사용되고 암시적이며 간접적이다.

정답 | 19 ④ 　 20 ④ 　 21 ④

22 모방론의 내용으로 옳은 것은?

① 타인의 관심을 끌기 위한 인간의 욕구로부터 문학이 발생하였다.
② 자신의 감정과 생각을 표현하려는 욕망에서 문학이 발생하였다.
③ 인간이 가진 행위 그 자체를 즐기는 충동으로부터 문학이 발생하였다.
④ 사물을 모방하려는 본성과 그것을 보고 느끼는 쾌감을 바탕으로 문학이 발생하였다.

> **해설** ④ **모방본능설** : 사람은 다른 사람이나 동물의 행동을 모방하려는 본능과 모방된 것을 보고 기뻐하는 본능을 가지고 있으며, 이로부터 예술이 발생하였다고 보는 견해 → 아리스토텔레스(Aristoteles), 『시학』
>
> **오답** ① **흡인본능설** : 다윈(C. Darwin)
> ② **자기표현본능설** : 허드슨(W. H. Hudson)
> ③ **유희본능설** : 칸트(I. Kant), 스펜서(H. Spencer)

23 다음 설명에 해당하는 것은?

> 고대 그리스 사람들은 예술 작품을 '언어를 수단으로 하여 우주의 모습과 인간의 경험을 재현한 것'이라고 생각하였다. 아리스토텔레스의 『시학』은 예술 작품이 우주에 대한 재현이라는 점을 전제로, 이 이론을 확립시키는 데 기여하였다. 여기서 '우주'는 곧 '현실'을 말한다. 즉, 이 이론에서는 문학이 가치 있는 현실을 재현한 것임을 강조한다. 대체로, "삶의 진실을 보여준다."라거나, "삶을 아름답게 재현한다."라든가 하는 논평이 이 입장에서는 가장 흔한 비평의 말이 된다.

① 모방 이론
② 표현 이론
③ 실용 이론
④ 객체 이론

> **해설** ① **모방 이론**
> ⊙ 문학은 삶의 현실, 즉 사물 그 자체, 자연의 실재, 삶의 원리 등을 언어로 재현 또는 재창조하는 것을 의미한다.
> ⓛ **플라톤**(부정적 입장) : 『공화국』. "시인은 화가와 같이 모방자에 속하므로, 시(문학)는 진리를 의미하는 이데아에서 3단계나 멀어진 것이다."
> ⓒ **아리스토텔레스**(긍정적 입장) : 『시학』. "시(문학)는 인간의 행동을 모방함으로써 이념의 세계를 형상화한 것이다."
>
> **오답** ② **표현 이론** : 허드슨(W. H. Hudson). 인간은 자기를 표현하고 싶어 하는 본능이 있으며, 그 결과로 문학이 탄생했다.
> ③ **실용 이론** : 고대의 예술활동이 농경생활과 제의와 밀접하게 관련되어 있었고, 이러한 집단예술은 실용성과 심미성이 결합된 형태이다.
> ④ **객체 이론** : 그레이엄 하먼(Graham Harman). 예술과 객체에 대한 이론으로 객체 지향 철학은 사변적 실재론보다 앞서며, 객체 관계의 본질과 동등성에 대해 뚜렷한 주장을 한다.

정답 22 ④   23 ①

24 문학 논의에서 '모방'이라는 말을 최초로 사용한 사람은?

① 플라톤 ② 아리스토텔레스
③ 소크라테스 ④ 데카르트

> **해설** 플라톤은 문학 논의를 위해 '모방'이라는 말을 최초로 사용하였다.

25 다음에서 설명하는 것과 관련이 깊은 문학론은?

> 플라톤은 「공화국론」에서 시인추방론을 주장하였다. 시가 모방하는 대상은 절대 관념이 아니라 그의 허상이다. 따라서 시는 진리나 정의와 무관할 뿐 아니라 오히려 이성이 아닌 감성의 세계를 드러내 인간에게 해를 끼치는 존재이다. 따라서 시인은 진리가 이념이 되고 정의가 실현되는 이상국가인 공화국에서 추방돼야 하는 것이다.

① 효용론 ② 모방론
③ 표현론 ④ 구조론

> **해설** 플라톤은 「공화국」 또는 「이상국」에서 시인추방론을 주장하였다. 눈에 보이지 않는 진리를 발견하기 위해서는 이성의 힘으로 진리에 도달해야 한다. 그러나 예술가는 감성에 의존하기 때문에 그들의 작품에 독자들이 감동을 느끼면 결국은 이성이 마비되어 진리로부터 동떨어지게 된다. 즉, 시가 인간에게 나쁜 감정을 조장한다고 하여 부정적 견해로 모방설을 전개하였다.

26 다음은 플라톤의 예술관이다. ㉠, ㉡, ㉢, ㉣에 들어갈 말로 적절한 것은?

> 예술작품은 본질에 대한 이데아로서의 세계, 즉 (㉠)도 아니고, 현상으로서의 세계, 즉 (㉡)도 아니고, 현상의 허상일 뿐이다. 따라서 독자에게 악영향을 끼치는 것이다. 그 까닭은 진리가 아니라 현상의 세계를 모방하고, (㉢)이/가 아니라 (㉣)의 세계를 키우기 때문이다. 그러므로 시인은 추방해야 한다. 그들은 지식이 아니라 영감, 즉 올바른 정신이 상실된 상태에서 작품을 만든다.

① ㉠ : 감정
② ㉡ : 신의 이데아를 모방해서 목수가 만든 탁자
③ ㉢ : 신이 만든 탁자
④ ㉣ : 이성

> **정답** 24 ① 25 ② 26 ②

플라톤의 예술관
- 본질에 대한 이데아로서의 세계(<u>신이 만든 탁자</u>)
- 현상으로서의 세계(<u>신의 이데아를 모방해서 목수가 만든 탁자</u>)
- 독자에게 악영향을 끼치는 것(→ <u>진리</u>가 아니라 <u>현상</u>의 세계를 모방하고, 이성이 아니라 감정의 세계를 키움)

27 플라톤의 '침대 또는 탁자의 예'에 대한 설명으로 <u>부적절한</u> 것은?

① 창조자 : 탁자의 이데아를 지닌 사람
② 제작자 : 실재하는 탁자를 만든 사람
③ 모방자 : 탁자를 그린 사람
④ 시인 : 시를 만드는 사람으로 제작자에 속한다.

플라톤에 의하면 시인 역시 화가와 같이 <u>모방자</u>에 속한다.

28 플라톤의 '시인추방론'에 관한 설명으로 적절한 것은?

① 시인은 사물의 본질인 이데아를 파악할 수 있다.
② 진리는 순수한 이성만을 통해 파악할 수 있다.
③ 예술가는 인간의 지성과 이성에 호소한다.
④ 플라톤의 『시학』에서 모방의 개념과 관련하여 언급되었다.

'시인추방론'은 플라톤이 시를 도덕적·공리주의적 입장에서 바라보고 부정한 것이다. '시인추방론'은 플라톤이 『국가』에서 주장한 것인데, 플라톤에게 진리란 사물 속에 내재하는 본질을 말하며 <u>순수한 이성을 통해서</u> 밝은 눈으로 세상을 보고, 세상을 보되 보이는 것만 보지 않고 그 너머의 세계까지 포착 가능한 진리를 '이데아'라고 명명하였다.

29 아리스토텔레스의 모방이론에 대한 설명으로 옳지 <u>않은</u> 것은?

① 모방은 인간만이 지닌 본능적 행위이다.
② 고상한 인물을 모방할 때 비극이 된다.
③ 모방의 대상은 인간 자체이다.
④ 모방에는 주관성이 배제되고 극도의 객관성이 나타난다.

아리스토텔레스는 문학예술은 그 모방의 대상이 <u>인간의 행동</u>이며, 그 인물들은 다시 고상한 인물과 비천한 인물로 양분된다고 하였다.

정답   27 ④   28 ②   29 ③

PART 01
PART 02
PART 03
PART 04
PART 05
PART 06
PART 07

30 아리스토텔레스가 주장한 문학예술의 모방의 대상은?

① 자연   ② 사물의 외형

③ 우주   ④ 인간의 행동

> 해설 아리스토텔레스의 모방론에서 문학예술의 모방의 대상은 인간의 행동이다. 아리스토텔레스는 그의 저서 『시학』에서 문학이 모방이라 할 때, 모방의 세 가지 측면을 ㉠ 모방의 대상(인간의 훌륭한 행위), ㉡ 모방의 매체(즐거움을 주는 언어), ㉢ 모방의 방식(연기)이라 했다.

31 다음 중 ( ) 안에 들어갈 말로 적절한 것은?

> 플라톤에 의하면, ( )은/는 사물에 내재하는 본질적인 것으로서, 우리 눈으로는 볼 수 없으며, 다만 순수한 이성을 통해서만 파악될 수 있는 것이다.

① 공화국   ② 이데아

③ 이념   ④ 모방

> 해설 이데아(진리) : 사물에 내재하는 본질적인 것이다. 우리 눈으로 볼 수 없으며, 순수한 이성을 통해서만 파악된다.

32 모방이론에 대한 설명으로 부적절한 것은?

① 플라톤 : 문학 논의에서 '모방'이라는 말의 최초 사용자

② 아리스토텔레스 : 플라톤의 모방이론의 수정자

③ 문학 : 현실에 대한 제작자의 일방적 모방 행위의 결과로 간주된다.

④ 역사와 시의 차이 : 역사는 보편성의 세계를 모방하고, 시는 특수성의 세계를 모방

> 해설 역사와 시의 차이 : 역사는 특수성의 세계를 모방하고, 시는 보편성의 세계를 모방

정답   30 ④   31 ②   32 ④

33 다음 중 문학을 보는 관점 가운데 모방이론에 해당하는 것은?

① 모방론의 원조는 독일 철학자 칸트이다.
② 쾌락보다는 교훈에 중점을 두는 문학관이다.
③ 우주의 모습과 인간의 경험을 재현한다는 관점에서 문학을 바라보는 것이다.
④ 복잡한 이론적 체계를 지니고 있으며, 가장 최근에 인식된 이론적 관점이다.

<u>해설</u>　모방이론
　　⊙ 문학을 인간의 현실 또는 체험 내용을 반영한 것으로 보는 견해로, 모방설은 언어를 수단으로
　　　하여 <u>우주의 모습과 인간의 경험을 재현</u>한 것이라고 정의했으며, 문학은 인생을 모방하는데
　　　인생의 아주 특수한 한 면만을 모방 재현하는 것이 아니라 보편타당성 있는 면을 모방하는
　　　것이므로 진리를 제시한다고 하였다.
　　ⓒ 문학의 세계는 모방의 세계이며 허구의 세계이다.
　　ⓒ 문학은 현실에 대한 제작자의 일방적 모방 행위의 결과로 간주한다.
<u>오답</u>　① 모방론의 원조는 플라톤이고, 아리스토텔레스가 대표적이다.
　　② 효용이론에 해당한다.

34 다음 시조에 나타나는 문학의 기능으로 옳은 것은?

> 어버이 살아신 제 섬길 일란 다하여라
> 지나간 후면 애닯아 엇지하리
> 평생에 고쳐 못할 일이 이뿐인가 하노라.
>
> － 정철, 「훈민가」 －

① 쾌락적 기능　　　　　　　　② 비판적 기능
③ 교시적 기능　　　　　　　　④ 오락적 기능

<u>해설</u>　제시문은 정철이 강원도 관찰사 재임 중 백성들을 교화하기 위해 쓴 「훈민가」(16수) 중 4수이다.
　　③ **교시적 기능** : 문학은 독자들에게 교훈을 주고 인생의 진실을 보여주어 삶의 의미를 스스로
　　　깨닫게 해야 한다.
<u>오답</u>　① **쾌락적 기능** : 문학은 독자들에게 미적·정서적 즐거움을 주어야 한다.
　　② **비판적 기능** : 문학은 독자들에게 사회적 문제를 제기하고, 사회에 대한 비판을 하여 현실의
　　　문제점을 깨닫게 해야 한다.
　　④ **오락적 기능** : 문학은 독자들에게 재미와 흥미로운 이야기를 전달하여 일상에서 벗어나 휴식과
　　　여유를 주어야 한다.

<u>정답</u>　**33** ③　　**34** ③

35 다음의 설명에 해당하는 문학의 기능은 무엇인가?

> 문학의 즐거움은 알약에 껍질(옷)로 입혀 놓은 당분과 같고, 담겨 있는 심오한 이치는 쓴 약 알맹이와 같다는 것이다.

① 교시적 기능
② 쾌락적 기능
③ 유희적 기능
④ 모방적 기능

해설 ① 로마의 시인 루크레티우스가 『자연계』에서 처음으로 주장한 '문학의 당의정설'이다. 종합적 기능으로 보기도 하지만, 문학의 쾌락적 요소는 유익한 교훈적 사상을 전달(교시적 기능)하기 위한 수단이라는 문학관이다.

오답 ② 쾌락적 기능
⑦ 독자에게 미적·정서적 즐거움을 주는 기능
ⓒ 형식과 예술성 강조

36 다음 설명과 관련 깊은 문학의 기능은?

> • 문학에서 공리성과 효용성이 중요하다.
> • 이 기능이 지나치게 강조될 경우 문학이 사회적 교화의 수단으로 전락할 수 있다는 위험이 있다.
> • 공자는 '사무사(思無邪)'라는 말로 시를 설명하였는데, 이는 문학을 통하여 진실을 깨우친다는 것을 의미한다.

① 교시적 기능
② 쾌락적 기능
③ 유희적 기능
④ 모방적 기능

해설 ① 교시적 기능
⑦ 문학은 독자들에게 교훈을 전해 주고 인생의 진실을 보여주어 삶의 가치와 세계의 본질에 대해 올바른 인식을 하게 해준다.
ⓒ 문학의 사상성을 강조하고 인류의 교사로서의 작자의 의무를 강조한다.

오답 ② 쾌락적 기능
⑦ 문학은 독자에게 고차원적인 정신적 즐거움이나 미적 쾌감을 안겨준다.
ⓒ 문학을 예술이게 하는 언어적 장치나 구조들은 그 자체로서 미적 자질을 형성하여 우리로 하여금 예술이 가져오는 심미적 쾌감을 느끼도록 한다.
③ 유희적 기능 : 언어의 유희적 본질을 활용하여 웃음을 유발하거나, 새로운 의미를 창출한다.
④ 모방적 기능 : 문학작품이 현실을 모방하거나 재현하는 것을 의미한다.

정답 35 ① 36 ①

37 문학의 기능에 대한 다음 설명에서 (   ) 안에 들어갈 말로 가장 적절한 것은?

> 많은 사람이 소설이나 시 등을 즐겨 읽는 것은 문학작품 독서를 통하여 즐거움을 얻을 수 있기 때문이다. 그렇지 않다면 문학을 멀리하였을 것이다. 이를 문학의 쾌락적 기능이라고 할 수 있다. 이때 쾌락이란 관능적·대중적 쾌락이라기보다는 (   )을/를 통한 쾌락이다.

① 윤리적 인식   ② 교훈적 깨달음
③ 미적 정서   ④ 새로운 정보 습득

해설 ③ 문학의 기능 중 '쾌락적 기능'에 대한 개념이다. '쾌락적 기능'은 독자에게 <u>미적·정서적 즐거움</u>을 주는 기능으로 문학의 형식과 예술성을 강조한다.

오답 ①, ② 문학의 교훈적 기능(교시적 기능)과 관련된다.
④ 실용적인 글의 주된 기능이다.

38 다음 설명과 거리가 먼 것은?

> 미적 대상은 공리적 대상과 전혀 다른 것으로서 목적 없음이 그 목적이며, 아름다움과 숭고함을 즐기는 것이야말로 다른 어떤 것도 제공할 수 없는 가치이다.

① 문학주의   ② 미적 자율성
③ 심리주의   ④ 예술을 위한 예술

해설 ③ **심리주의** : 프로이트 이후 본격화된 것으로, 작품의 내용을 통해 작가의 심리를 재구성하거나 정신분석학의 원리에 따라 작품을 해석하는 문학적 입장이다.

오답 문학의 '쾌락적 기능'에 대한 설명이다.
① **문학주의** : 문학이 유일한 가치라고 믿으면서 문학에 집착하는 태도
② **미적 자율성** : 미적 가치나 경험은 진위, 선악과는 구분되는 고유한 원리에 근거한다는 관념
④ **예술을 위한 예술** : 유미주의. 미적 대상은 공리적 대상과 전혀 다른 것으로서 무목적이 미의 목적이며 아름다움과 숭고함을 즐기는 것이야말로 다른 어떤 것도 제공하지 못하는 미의 독자적인 가치이다.

39 다음 중 문학의 기능에 해당하지 <u>않는</u> 것은?

① 심미적 기능　　　　　　　② 교육적 기능
③ 인식적 기능　　　　　　　④ 반복적 기능

> **해설** 미적 체험과 관련된 문학의 기능에는 인식적 기능, 교육적 기능, 심미적 기능 등으로 분류한다. 또한 문학의 기능(기존 학설)은 크게 교시적 기능(공리설, 교훈설)과 쾌락적 기능(오락설)으로 나누기도 한다.

40 「춘향전」, 「심청전」 등 옛 소설들이 권선징악의 교훈을 전하려 했던 태도와 관련된 문학의 기능은?

① 모방적 기능　　　　　　　② 교시적 기능
③ 상싱석 기능　　　　　　　④ 쾌락석 기능

> **해설** **교시적(敎示的) 기능** : 문학은 독자들에게 교훈을 주고 인생의 진실을 보여주어 삶의 의미를 스스로 깨닫게 한다는 입장이다.

41 다음 중 교시적 기능의 난점은?

① 목적문학 · 선전문학과 동일시될 우려가 있다.
② 인생에 대해 지나치게 교화하려 한다.
③ 존재의 의의를 지나치게 탐구한다.
④ 가공적으로 꾸민 이야기를 허용한다.

> **해설** 문학의 공리적 효과를 지나치게 편협하게 해석해서 도덕적인 교훈 일변으로만 나아갈 우려가 있다. 또한, 목적문학 · 선전문학과 동일시될 우려도 있다.

정답　39 ④　40 ②　41 ①

42 문학의 쾌락적 기능에 대한 설명으로 가장 적절한 것은?

① 대중적 오락　　　　　　　　　② 정신적인 즐거움

③ 관능적 쾌락　　　　　　　　　④ 속악(俗惡)한 흥미

> **해설** 문학의 쾌락적 기능 : 문학은 독자에게 고차원적인 <u>정신적 즐거움</u>이나 <u>미적 쾌감</u>을 준다는 입장이다. 즉, 문학은 독자에게 재미와 즐거움을 주어 기쁘게 하는 것이다.

43 문학의 쾌락적 기능 중 순기능에 속하는 것은?

① 도덕적 정신 무장　　　　　　　② 속악한 흥미 유발

③ 마음의 정화작용　　　　　　　④ 대중적 오락성 충족

> **해설** 문학의 쾌락적 기능
> ㉠ 독자에게 재미와 즐거움을 주어 기쁘게 하는 것이다.
> ㉡ 맛본 즐거움이 모두 문학적으로 의의가 있는 것은 아니다.
> ㉢ 관능적 쾌락, 감각적 쾌락, 지적 쾌락을 골고루 만족시켜야 한다.
> ㉣ 카타르시스 효과를 유발시킨다.

44 효용론을 교훈설과 쾌락설로 구분할 때, 쾌락설에 해당하는 것은?

① 조선의 양반들은 민간의 풍속을 어지럽힌다는 이유로 「수호지」를 금서로 정했다.

② 박영희는 사회주의 문학 이론을 알리기 위해 「철야」, 「사냥개」 등을 창작했다.

③ 이광수는 몽매한 민족을 일깨우기 위해 「무정」을 창작했다.

④ 김만중은 어머니의 무료함을 달래주기 위해 「구운몽」을 창작했다.

> **해설** 교훈설(공리설)과 쾌락설(오락설)
> ㉠ **교훈설** : 문학의 효용은 독자나 사회에 대하여 교훈과 영향력을 끼치는 데 있다.
> ㉡ **쾌락설** : 문학은 아름다움과 재미를 통해서 독자에게 흥미와 즐거움을 준다.

45 교시적 기능과 쾌락적 기능의 바람직한 관계는?

① 대립과 긴장의 관계　　　　　　② 공존 및 합체의 관계

③ 주종관계　　　　　　　　　　　④ 표리의 관계

> **해설** 교시적 기능과 쾌락적 기능의 바람직한 관계 : 공존 및 합체(워렌, 『문학의 이론』)

정답 42 ②　43 ③　44 ④　45 ②

46 문학의 구조에 대한 설명으로 적절하지 <u>않은</u> 것은?

① 모든 요소들이 유기적으로 결합된 하나의 통합적 구조를 형성한다.

② 한 작품의 구조 자체는 변함이 없으나, 시대나 사회 상황 또는 개인에 따라 평가가 다르다.

③ 문학은 살아 움직이는 구조이다.

④ 문학의 내용과 형식은 분리되어 존재한다.

<u>해설</u> ④ 문학의 내용(작품에 구현된 정서, 사상, 사건, 주제 등)과 형식(내용을 형상화하기 위한 언어의 표현 형식)은 <u>서로 긴밀하게 결합</u>되어 하나의 작품 속에 융해되어 있는 '유기적 구조'를 가진다.

<u>오답</u> ① 유기적 구조의 개념이다.
②, ③ 동적 구조에 대한 개념이다.

47 다음 중 (   ) 안에 들어갈 말로 적절한 것은?

> 그 충분한 의미에 있어서 (   )(이)란 형태(form)와 동의어라고 할 수도 있을 것이다. 그러나 실제에 있어서 시작 속의 에피소드나 진술, 장면, 행동의 실제 등 상호 간의 관계, 배치, 정리를 의미하는 것으로 사용되는 경향이 있다. 즉, 단어 배치·정리와는 전혀 다르게 사용되는 경향이 있는 것이다. 단어의 배치·정리에는 흔히 스타일이라는 말이 쓰인다.
> — C. 브룩스 —

① 구조   ② 정서
③ 개념   ④ 비평

<u>해설</u> C. 브룩스의 말은 '구조'의 성격을 지적한 말이다.

48 구조이론의 이점에 대한 설명으로 <u>부적절한</u> 것은?

① 문학작품이 문학 외적인 것으로 환원되는 것을 방지한다.

② 문학의 자율성을 확보하고자 하는 노력과 같은 의미이다.

③ 다른 목적을 위한 방편이 될 가능성이 항상 내재한다.

④ 문학론에서 범해진 논리적 모순에서 쉽사리 빠져나올 수 없다.

<u>해설</u> 구조이론에 의하면 종래 문학론에서 범한 논리적 모순에서 쉽사리 빠져나올 수 있다.

<u>정답</u> 46 ④ 47 ① 48 ④

49 문학작품을 하나의 유기체적 형태로 볼 때의 관점으로 가장 알맞은 것은?

① 작품은 그 자체로 완벽한 짜임새를 갖는다.
② 작품의 각 부분은 독립적인 기능을 할 수 있다.
③ 독자에 따라 작품의 의미를 달리 해석할 수 있다.
④ 나무나 짐승 등의 생물처럼 성장·쇠퇴할 수 있다.

> **해설** 문학작품을 하나의 유기체적 형태로 볼 때 문학작품은 그 자체로 완벽한 짜임새를 가진 조직체를 의미한다.

50 문학 작용의 구조이론 중 역동성의 특징으로 가장 알맞은 것은?

① 누구에게나 동일하게 전달되는 주체 의식
② 시대에 따라 부침하는 사조의 영향
③ 경우에 따라 달라질 수 있는 동적인 실체
④ 다른 관점을 적용할 수 없는 완벽한 구조

> **해설** 문학현상은 정적(靜的) 특성이라기보다는 역동성의 개념이다(문학작품은 '역동적인 말의 구조'). 역동성이란 '문학작품은 그것을 받아들이는 독자와 시대에 따라 다양하게 파악되고 받아들여지는 것'을 의미한다.

51 밑줄 친 부분에 대한 설명으로 옳지 <u>않은</u> 것은?

> 문학의 장르 구분 기준은 매우 다양하다. 그러나 플라톤, 아리스토텔레스, 슈타이거에 이르기까지 문학의 전 영역을 세 가지 포괄적인 종류, 즉 <u>서정시·서사시·극시</u>로 나누는 것이 일반적인 관습이다.

① 극시는 인간 행위의 전개를 눈앞에서 연출하여 표현하는 양식이다.
② 서사시는 세 장르 중 분량이 가장 길며 청중을 앞에 놓고 음유시인이 읊는다.
③ 서정시는 시인의 주관적인 감동을 전달하며, 앵글로 색슨족의 「베오울프(Beowulf)」가 대표작이다.
④ 서사시는 사건의 전개를 객관적으로 이야기하는 형식으로, 그리스 호메로스의 「일리아드(Iliad)」가 대표작이다.

정답   49 ①   50 ③   51 ③

해설 ③ 서정시 : 시인 자신의 주관적인 정서나 감동을 높이 노래하는 식으로 표현하는 시이다. 주로 고대 그리스나 로마에서 발생하여 르네상스 시대에 절정을 이루었다. 페트라르카, 셰익스피어, 존 밀턴 등이 대표작가이다. 앵글로 색슨족의 「베오울프(Beowulf)」는 영웅 서사시의 대표작이다.

오답 ① 극시 : 주로 희곡 형식으로 쓰여져 연극적 요소를 가진 장편의 시로, 인간 행위의 전개를 눈앞에서 연출하여 표현하는 양식이다.

② 서사시 : 일정한 사건을 이야기 구조로 표현한 시로, 세 장르 중 분량이 가장 길며, 음유시인이 청중을 앞에 놓고 읊는 형태로 진행되었다.

④ 서사시 : 서사를 중심으로 하고 있어, 그 주제는 역사적인 사건, 신의 행적, 영웅의 일대기 등 고대의 중요한 인물의 이야기를 객관적으로 담아냈으며, 호메로스의 「일리아스(Iliad)」와 「오디세이아(Odyssey)」가 대표작이다.

52 문학 장르의 세 가지 기본형에 해당하지 <u>않는</u> 것은?

① 극 양식
② 서정 양식
③ 교술 양식
④ 서사 양식

해설 3분법 : 아리스토텔레스, 『시학』, 서정시, 서사시, 극시
→ 헤겔, 슈타이거 : 서정 양식, 서사 양식, 극 양식
③ 교술 양식 : 작품의 외적 개입으로 이루어지는 자아의 세계화이다.

오답 기존의 서정 양식, 서사 양식, 극 양식에 교술 양식을 추가하여 4분법을 제시한 학자는 조동일이다.
① 극 양식 : 작품 외적 자아의 개입 없이 이루어지는 자아와 세계의 대결이라고 했다.
② 서정 양식 : 작품 외적 세계의 개입 없이 이루어지는 세계의 자아화(自我化)이다.
④ 서사 양식 : 작품 외적 자아의 개입으로 이루어지는 자아와 세계의 대결이다.

53 문학 장르를 나누는 기준에 대한 설명으로 옳지 <u>않은</u> 것은?

① 독자와의 관계에 따라 운문문학, 산문문학으로 나눌 수 있다.
② 작품의 매체, 형태에 따라 기록문학, 구비문학으로 나눌 수 있다.
③ 창작 목적에 따라 순수문학, 참여문학, 계몽문학으로 나눌 수 있다.
④ 제재와 성격에 따라 농촌소설, 연애소설, 역사소설, 풍속소설로 나눌 수 있다.

해설 ① 운문문학, 산문문학을 나누는 기준은 <u>언어의 형태</u>이다. 독자와의 관계에 따라서는 <u>오락문학, 대중문학, 통속문학</u>으로 나눌 수 있다.

오답 ② 기록문학과 구비문학을 나누는 기준은 '언어의 매체(전달 방식)'이다.
③ 순수문학, 참여문학, 계몽문학은 창작 목적(작품에 나타나는 작가의 태도)에 따른 분류이다.
④ 농촌소설, 연애소설, 역사소설, 풍속소설은 제재의 성격에 따른 분류이다.

정답 **52** ③ **53** ①

54 문학의 장르에 대한 설명으로 적절하지 <u>않은</u> 것은?

① 장르를 나누는 방법은 다양하다.
② 시 장르보다 소설 장르를 우월한 것으로 본다.
③ 민족 문학별로 하위 장르는 다르게 나타난다.
④ 각 장르는 소재와 형식에 따라 그 특징이 규정된다.

> **해설** ② 문학 장르의 차이는 주제를 표현하는 방식의 차이일 뿐이지 우열의 차이는 아니므로 시 장르보다 소설 장르를 우월한 것으로 볼 수는 없다.

> **오답** ① 문학의 장르는 작품의 매체·형태, 제재의 성격, 창작 목적(작품에 나타나는 작가의 태도), 독자와의 관계 상황 등 다양한 기준에 따라 구분된다.
> ③ 문학의 상위 갈래는 전 세계적으로 일관적이나 민족 문학별로 하위 장르는 다르게 나타난다.
> ④ 문학의 장르는 상호 공통적인 특성을 지닌 문학작품들이 모여서 일관된 틀을 이룬 것이므로 각 장르는 소재와 형식에 따라 그 특징이 규정된다.

55 서정 양식의 하위 장르에 해당하지 <u>않는</u> 것은?

① 시조   ② 판소리
③ 향가   ④ 고려속요

> **해설** ② 판소리는 서정 양식, 서사 양식, 극 양식의 특징이 복합된 종합 예술이나, 이야기가 중심된 것이므로 '서사 양식'의 하위 갈래로 보는 견해가 지배적이다.
> ≫ 기본 갈래에서 서정 양식의 가장 대표적인 하위 갈래는 시이다. 한국의 문학 갈래(변종 갈래) 중에서는 고대 시가, 향가, 고려가요, 고려속요, 시조 등이 대표적이다.

56 (   ) 안에 공통으로 들어갈 말로 알맞은 것은?

> 작품에 대한 사실 기술 가운데 중요한 것은 (   ) 귀속에 관한 확정이다. 즉, 한 작품이 어느 (   )에 속하는가를 작품 사실의 기술을 통해 확정하는 것이다. 사실 낭만주의 이전의 시대에서 서구의 문학 비평은 넓은 의미의 (   ) 비평이었다. 중요한 문학 (   )은/는 명백한 특징을 저마다 가지고 있다고 생각되었다. 따라서 작품 집필에서 (   )의 개별적 특징이 살아야 한다고 보았다. (   )이론은 각 (   )에 걸맞은 인물과 소재와 문체가 있다고 보았고 이에 특정 (   )와/과 특정한 인간의 사이에 연속성을 설정하였다.

① 장르   ② 상징
③ 플롯   ④ 구조

해설 ① **장르** : 작품의 형식, 내용, 표현 등의 객관적 구성 계기에서 공통성(共通性)을 가지는 무리들로 구분하여 체계화한 일종의 틀을 말한다.

오답 ② **상징** : 어떤 관념이나 사상을 구체적인 사물이나 심상(心像)을 통해 암시하는 일.
③ **플롯** : 소설, 영화 등에서 이야기를 구성하는 일련의 사건 또는 사건의 논리적인 패턴과 배치를 의미한다.
④ **구조** : 문학작품의 내용과 형태를 총괄하는 총체적 형태이다.

57 일반적으로 장르를 구분하는 기준이 <u>아닌</u> 것은?

① 문예사조와 시대
② 작품의 매체 · 형태
③ 작품이 택하는 제재의 성격
④ 창작 목적, 작품에 나타나는 작가의 태도

해설 일반적으로 장르를 구분하는 기준
㉠ 작품의 매체 · 형태
㉡ 작품이 택하는 제재의 성격
㉢ 창작 목적, 작품에 나타나는 작가의 태도
㉣ 독자와의 관계에서 고려될 수 있는 몇 가지 상황

58 '작품의 매체 · 형태에 따른 분류'에 대한 설명으로 적절하지 <u>않은</u> 것은?

① 형태에 따라 운문과 산문으로 나눌 수 있다.
② 매체에 따라 문학을 구전문학, 기록문학으로 나눌 수 있다.
③ 자연시와 예술시로 나누기도 한다.
④ 매체에 따라 개인적인 문학과 집단적인 문학으로 나눌 수도 있다.

해설 작품의 형태에 따라 운문과 산문, 매체에 따라 구전문학과 기록문학 또는 자연시와 예술시로 나눌 수 있다.

59 '장르'란 용어의 개념을 도입한 까닭으로 적절하지 <u>않은</u> 것은?

① 문학을 이해하는 데 상당한 편의를 얻는다.
② 문학작품 상호 간의 복잡한 관계가 정리될 수 있다.
③ 문학과 생물학을 함께 논의하기에 편리하다.
④ 문학사의 서술에서 새로운 국면이 타개된다.

정답 57 ① 58 ④ 59 ③

'장르'를 도입함으로써 얻을 수 있는 효과 : 문학 이해에 있어 상당한 편의를 얻을 수 있고, 문학작품 상호 간의 복잡한 상관관계가 어느 정도 정리되며, 설명적 편의를 얻을 수 있고, 문학사의 서술에도 새로운 국면이 타개된다.

60 ( ) 안에 들어갈 말로 알맞은 것은?

소설은 ( )을/를 기준으로 하여 연애소설, 역사소설, 농촌소설, 풍속소설 등으로 분류할 수 있다.

① 작품의 매체와 형태   ② 독자와의 관계
③ 제재와 성격   ④ 창작 목적

소설은 제재와 성격에 따라 농촌소설, 연애소설, 해양소설, 역사소설 등으로 구분할 수 있다.

61 다음 중 장르의 구분에 관한 설명으로 가장 틀린 것은?

① 서정 갈래의 본질은 자아와 세계의 대결이다.
② 표현 방식에 따라 소설문학, 시문학, 극문학으로 나눈다.
③ 언어의 형태에 따라 운문문학과 산문문학으로 나눈다.
④ 언어의 전달 방식에 따라 구비문학과 기록문학으로 나눈다.

① 서정 갈래는 자아와 세계의 어느 한 쪽으로 귀착한다. 자아와 세계의 대결은 서사 갈래에 해당된다.

② 표현 방식에 따라 : 일반적으로 3분법과 4분법이 보편화되어 있다. 서정 장르는 시로, 서사 장르는 소설로, 극 장르는 희곡으로 구체화된다.
③ 언어의 형태에 따라 : 운문문학과 산문문학으로 나눈다.
④ 언어의 전달 방식에 따라 : 구비문학과 기록문학으로 나눈다.

62 장르의 구분기준 가운데 '대중문학 / 순문학'을 나누는 기준에 해당하는 것은?

① 작품의 매체 또는 형태   ② 작품 속에 수용된 제재의 성격
③ 창작 목적과 작가의 태도   ④ 독자와의 관계에서 고려된 상황

정답 60 ③   61 ①   62 ④

PART 01
PART 02
PART 03
PART 04
PART 05
PART 06
PART 07

해설 ④ 독자와의 관계를 고려하여 통속문학, 대중문학, 순수문학 등으로 구별할 수 있다.

오답 ① 표현 형태 또는 매체에 따른 구분기준으로 운문과 산문, 기록문학과 구비문학 등으로 구별할 수 있다.
② 제재의 성격에 따른 구분기준으로 농촌소설, 계급소설, 역사소설 등으로 구별할 수 있다.
③ 작가의 세계관이나 문학관에 따른 구분기준으로 문학사조와 유파 등으로 구별할 수 있고, 독자를 대하는 작가의 태도에 따라 참여문학, 순수문학, 목적문학 등으로 구별할 수 있다.

63 다음 중 한국 문학의 4갈래에 해당하지 <u>않는</u> 것은?

① 서정 갈래　　　　　　　　　② 극 갈래
③ 설화 갈래　　　　　　　　　④ 교술 갈래

해설 한국 문학의 4갈래
㉠ 서정 갈래 : 삶의 서정이나 시각을 시적 형식으로 그리는 양식
㉡ 교술 갈래 : 객관적 사실에 대한 관조나 사색 등을 나타내는 양식
㉢ 시사 갈래 : 복잡하고 다양한 삶의 양상을 소설적 기법으로 형상화하는 양식
㉣ 극 갈래 : 무대에서 삶의 총체적 모습을 행동과 대화로 보여주는 양식

64 다음 중 스타일(문체)을 결정하는 기본 요소가 <u>아닌</u> 것은?

① 어휘, 낱말의 선택 방식　　　② 비유적인 언어의 사용 빈도와 그 유형
③ 운율적인 유형　　　　　　　④ 관념 내용과 철학성

해설 스타일(문체)을 결정하는 기본 요소
㉠ 어휘, 낱말의 선택방식
㉡ 비유적인 언어의 사용 빈도와 그 유형
㉢ 운율적인 유형
㉣ 문장의 구조와 수사적 표현의 효과

65 다음 중 스타일(문체)을 결정하는 요소가 <u>아닌</u> 것은?

① 문장의 구조　　　　　　　　② 서체의 종류
③ 운율의 유형　　　　　　　　④ 낱말의 선택

해설 스타일(문체)을 결정하는 기본 요소
㉠ 어휘, 낱말의 선택방식
㉡ 비유적인 언어의 사용 빈도와 그 유형
㉢ 운율적인 유형
㉣ 문장의 구조와 수사적 표현의 효과

정답　63 ③　64 ④　65 ②

66 스타일(문체)에 영향을 미치는 한국어의 특징으로 볼 수 <u>없는</u> 것은?

① 주어와 서술어　　　　　　　　② 독특한 자음체계
③ 의성어, 의태어, 첩어의 풍부성　④ 활용어미

> **해설** 스타일(문체)에 영향을 미치는 한국어의 특징
> ㉠ 독특한 음운체계(자음의 삼중체계)
> ㉡ 부사, 형용사의 풍부(특히, 의성어, 의태어, 첩어)
> ㉢ 활용어미

67 다음 중 산문이나 시에 나타나는 표현의 투로 화자나 작가가 말하고자 하는 바를 표현한 방법은?

① 문체　　　　　　　　② 개성
③ 독창　　　　　　　　④ 참신성

> **해설** 문체는 서구에서는 스타일이라고 하는데 문학 용어사전에 의하면 '산문이나 시에 나타나는 표현의 투'라고 풀이되어 있다. 또한, 이것은 '화자나 작가가 말하고자 하는 바를 표현한 방법'이라고도 한다.

68 스타일(문체)을 결정해 주는 기본 요소로 적절하지 <u>않은</u> 것은?

① 어휘의 선택 방식
② 비유적인 언어의 사용 빈도와 그 유형
③ 문장의 개성
④ 문장의 구조 및 수사적 표현의 효과

> **해설** 스타일(문체)을 결정해 주는 기본 요소 : 어휘나 낱말들의 선택 방식, 비유적인 언어의 사용 빈도와 그 유형, 운율의 유형, 문장의 구조 및 수사적인 표현의 효과

정답　66 ①　67 ①　68 ③

PART **02** 시론

01 시와 언어

1 시의 정의와 특성

(1) 시의 개념

① **동양** : 한나라 때 부(賦)라는 양식이 나타나기 이전까지는 실용적인 글을 의미한다.
② **서양** : 서정시, 서사시, 극시를 문학이라 하는 것으로 보아 '문학'과 동의어이다.

(2) 시의 정의

① 시는 인간의 사상(思想)과 정서(情緒)를 함축적이며 운율적(韻律的)인 언어로 형상화
(形象化)하여 나타내는 운문 문학의 한 갈래이다.
② 시는 정서적 감동을 통한 사상의 형상화와 운율적이고 내포적인 언어를 통한 예술미가
특징이다.

(3) 시의 특성

① **운율성** : 음악성으로서 리듬이 있는 운율적 언어로 표현한다.
② **사상성**
  ㉠ 의미 있는 내용으로서 시인의 인생관·세계관이다.
  ㉡ 사상은 직접 드러나지 않고, 정서와 융합하여 나타난다.
③ **정서성**
  ㉠ 주관성으로서의 시인의 순화된 개성적 정서가 바탕이 된다.
  ㉡ 시의 내용은 사상과 정서이지만, 주된 요소는 사상이 아니라 정서이다.
④ **압축성** : 가장 짧은 형태의 문학 양식으로 압축과 생략을 통해 시적 의미를 표현한다.
⑤ **영상성** : 시는 심상을 사용하여 사상과 감정을 구체화한다.
⑥ **주관성** : 시는 시인의 내면적 정서의 주관적인 토로이다.
⑦ **자기 목적성** : 시는 다른 목적을 달성하기 위한 도구가 아니라 자체에 목적이 있다.
⑧ **간접적 전달성** : 시적 자아(서정적 자아)라는 대리인을 통한 전달이다.

2 시의 요소

(1) 구성 요소

① 음악적 요소 : 운율(리듬) → 순수시(시문학파)
② 회화적 요소 : 심상(이미지) → 주지시(모더니즘파)
③ 의미적 요소 : 주제(사상) → 경향시(예맹파), 참여시

(2) 내용 요소

① 주제 : 시에 담긴 중심 사상
② 소재 : 시의 내용을 이루는 모든 재료
③ 제재 : 주제를 뒷받침하는 가장 대표적 소재
④ 심상(이미지) : 시에서 마음속에 떠오르는 감각적 인상 및 비유적 언어

3 시의 언어

(1) 시어의 개념

시의 언어는 시에서 사용되는 언어로 일상어이면서도 일상어 속에 용해될 수 없는 풍부하고 다양한 정서적 의미와 독자성을 갖는 언어이다.

(2) 언어의 두 가지 측면

① 지시적 의미(외연, 사전적 의미, 개념 표시) : 사전에 정의된 말의 일반적 의미, 즉 사회적으로 공인된 비개인적 의미를 말한다. 모든 사람에게 같은 뜻으로 파악되는 언어로, 이는 객관적 논술이나 설명에 쓰인다.
② 함축적 의미(내포, 정서 환기) : 지시적 의미를 구체적인 문맥 속에서 확대, 심화시킨 언어이다. 다의적, 암시적, 상징적인 의미를 갖게 되며 독자의 감각적, 정서적 반응을 불러일으키는 글(문학, 광고 등)에 쓰인다.

(3) 시어의 특성

① 시어는 함축적 의미를 지닌다.
② 시어는 운율을 지닌다.
③ 시어는 압축, 생략되어야 한다.
④ 시어는 심상, 어조 등의 방법에 의하여 긴장과 대립의 구조를 갖는다.
⑤ 시어는 도치, 반복, 점층 등의 방법에 의하여 긴장과 대립의 구조를 갖는다.

시어	일상적 · 과학적 언어
• 함축적, 다의적, 정서적, 암시적, 내포적	• 지시적, 개념적, 외연적
• 간접적, 개인적, 주관적, 운율적	• 직접적, 비개인적, 객관적, 비운율적
• 비약적이거나 날카로운 면을 지님	• 논리적이며 객관적인 면을 지님
• 시인의 느낌, 태도, 해석을 나타냄	• 사실, 정보의 전달
• 리듬, 이미지, 어조 등이 중요한 역할	• 사전적, 문맥적 의미

△ 4 시의 언어에 대한 이론

(1) 소쉬르(F. Saussure)

우리가 쓰는 일상어를 외연과 내포로 구별한다.

① 외연(外延, denotation) : 사회적으로 공인된 사전적 · 지시적 의미이다.

② 내포(內包, connotation) : 화자가 처한 상황에 따라 달리 쓰이며, 여러 부수적 의미 혹은 함축적 의미를 포함한다. **예** '형광등' → 반응이 느린 사람

(2) 리차즈(I. A. Richards)

시어를 일상어와 대비하지 않고 과학적 언어와 대비한다.

① 과학적 언어

    ㉠ 증명이 가능한 진술(statement)의 차원에서 쓰인다.

    ㉡ 법조문의 경우가 이와 유사하다.

    ㉢ 오직 한 가지 대상만을 지시하는 언어의 지시적 기능에 해당한다.

    ㉣ 소쉬르의 '외연'에 해당한다.

    ㉤ 내용이 애매하여 여러 가지 해석이 가능하다면 과학적 법칙의 성립이 불가능할 뿐 아니라, 법질서의 확립도 혼란에 빠질 것이기 때문이라는 것이 이론의 토대가 된다.

② 시적 언어

    ㉠ 서로 모순, 충돌하는 것을 한 문맥 안에 수용함으로써 여러 의미로 해석을 가능하게 한다.

    ㉡ 진술의 차원에서 보면 시어는 거짓에 속한다.

Plus UP! 의사진술과 진술

• **의사진술** : 언어의 지시적 기능의 차원이고, 과학적 언어의 영역이며, 한 가지 대상만을 지시하고, 모순 · 충돌을 한 문맥에서 수용하지 않는다.

• **진술** : 언어의 정서적 기능의 차원이고, 시적 언어의 영역이며, 지시 대상에 대한 혼동 자체가 문제되지 않으며, 모순 · 충돌을 한 문맥에서 수용한다.

5 시어의 함축성(含蓄性)

① 시는 압축된 형식으로 이루어져 있기 때문에 겉으로 드러난 지시적 의미뿐만 아니라 그 단어의 내포된 주변적 의미나 비유적 의미, 나아가 분위기 등 언어의 모든 기능성을 활용하게 된다.

② 이처럼 한 언어 속에 다층적으로 포함된 연상적 의미를 포괄하여 함축성(implication) 이라고 한다.

③ 시적 화자의 정서, 분위기, 어조, 주제 등을 바탕으로 시어나 시구가 문맥에서 얻고 있는 함축적 의미를 추리한다.

④ 같은 시어라 하더라도 사용되는 문맥이 달라지면 서로 다른 함축적 의미를 갖는다.

6 시어의 애매성과 긴장언어

(1) 시어의 애매성

① 엠프슨(W. Empson)은 『애매성의 일곱 가지 유형』을 통해 시어의 특징을 설명한다.
  ㉠ 한 낱말 또는 문장이 동시에 여러 방향으로 효과를 미치는 경우
  ㉡ 둘 이상의 뜻이 모두 저자가 의도한 단일한 뜻을 형성하는 데에 같이 참여하는 경우
  ㉢ 일종의 동음이의어로서 한 낱말로 두 가지의 다른 뜻이 표현되는 경우
  ㉣ 서로 다른 의미들이 합쳐져서 저자의 착잡한 정신상태를 나타내는 경우
  ㉤ 일종의 직유로서 그 직유의 두 개념은 서로 잘 어울리지 못하나, 저자가 하나의 개념에서 다른 개념으로 옮겨가고 있음(불명확에서 명확으로 나아가고 있음)을 보이는 경우
  ㉥ 하나의 진술이 모순되든가 또는 부적절하여 독자가 스스로 해석을 내려야 하는 경우
  ㉦ 하나의 진술이 근본적으로 모순되어서 저자의 정신에 원천적 분열이 있음을 보이는 경우

② 애매성이란 한 말 가운데 양자 택일을 필요로 하는 반응이 개입되는 경우를 가리킨다.

③ 시에서 애매성은 적극적으로 수용하여 받아들여야 할 언어의 자질 가운데 하나이다.

④ 행간(行間)걸침
  ㉠ 행간걸침이란 시인이 일정한 의도를 가지고 의미상 한 행으로 배열되어야 할 시구를 다음 행에 걸쳐 놓는 것을 말한다.
  ㉡ 다음 시조는 황진이의 대표작으로, 표현상 묘미는 가운데 중장의 '제 구타야'의 읽기에 따라 역할이 달라지는 행간(行間)걸침의 좋은 예이다.
  ㉢ 문맥상 '제 구타야'는 끝에 종장으로 이어지는 말이지만 이것을 '이시랴 하더면 제 구타야 가랴마는'의 앞뒤 바꿔 쓰기로 볼 수 있다.

> 어져 내 일이야 그릴 줄을 모르더냐.
> 이시랴 하더면 가랴마는 제 구타야,
> 보내고 그리는 정은 나도 몰라 하노라.
>
> – 황진이 –

💎 위의 시조는 시적 화자가 님을 떠나보낸 아쉬움과 그리움을 솔직하게 표현하고 있다. 이 작품이 조선시대 이별 시가의 높은 경지를 보여주고 있다는 평가를 받는 것은 중장의 마지막에 나오는 '제 구타야'라는 표현 때문이다. 여기서 '제 구타야'는 두 가지 의미로 해석될 수 있다.
> 첫째, (내가) 있으라고 했으면 (님이) 굳이 갔겠는가. / (나는 님을) 보내고 그리워한다.
> 둘째, (내가) 있으라고 했으면 (님이) 갔겠는가. / (나는) 굳이 (님을) 보내고 그리워한다.
> '제 구타야'의 '제'는 '님'이 될 수도 있고, '시적 화자'인 황진이 자신이 될 수도 있다. 다시 말해, '제 구타야'가 중장에 걸리는지, 종장에 걸리는지에 따라 의미상의 변화가 있을 수 있다. 중장에 걸릴 경우, 시적 화자가 님에게 있으라고 말하지 못한 자책과 후회의 정서가 강하게 드러나고, 종장에 걸릴 경우, '님'을 보내는 시적 화자의 자발성이 더 강조된다.

(2) 긴장언어

① 언어학 용어인 'denotation', 'connotation'이라는 용어 대신에 논리학에서 '외연'과 '내포'를 가리키는 용어인 'extension', 'intension'이라는 용어를 사용한다.

② 시에 쓰이는 언어는 텐션(tension)언어여야 한다고 주장한다.

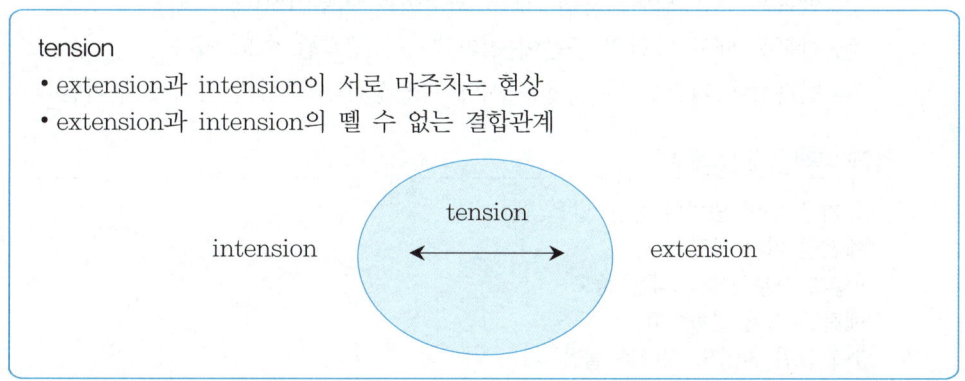

tension
• extension과 intension이 서로 마주치는 현상
• extension과 intension의 뗄 수 없는 결합관계

intension ← tension → extension

③ A. 테이트는 과거의 연구자들이 시의 의미를 외연과 내포로 이분한 뒤, 내포적 의미만 강조한 것을 비판하고, 외연과 내포의 긴장관계를 생각해야 한다고 주장한다.

④ 시에서는 내포의 힘이 강한 것은 분명하지만, 그렇다고 해서 외연의 요소가 사라지는 것은 아니라고 강조한다.

1 시의 운율(韻律)

(1) 개념

① 시를 읽을 때 느껴지는 말의 가락이다.

② '운(韻)'과 '율(律)'이 합쳐진 말로, 시의 음악성을 형성하는 요소이다.

  ㉠ 운(韻) : 같거나 비슷한 소리가 규칙적으로 반복 예 두운, 요운, 각운 등

  ㉡ 율(律) : 고저, 장단, 강약, 음보 등이 규칙적으로 반복 예 고저율, 장단율, 강약률, 음보율 등

③ 운율은 규칙적인 리듬이 겉으로 드러나는 '운(韻)'과 '율(律)' 이외에도, 형태로 포착할 수는 없지만 시 속에 미묘하게 내재된 음악적 요소까지 포함한다.

④ 시의 운율을 형성하는 가장 본질적인 요소는 '반복'이다.

(2) 반복과 병렬

① 반복

  ㉠ 반복은 같은 낱말, 구절, 행의 되풀이로 이루어진다.

  ㉡ 반복은 때로 약간의 음운이 첨가되거나 생략될 수도 있다.

  ㉢ 반복성에 기반을 둔 운율은 시에 통일성과 연속성의 감각을 부여한다.

> **Plus UP!**   반복의 예
>
> 봄 가을 없이 밤마다 돋는 달을
> "예전엔 미처 몰랐어요."
> 이렇게 사무치게 그리울 줄도
> "예전엔 미처 몰랐어요."
> 달이 암만 밝아도 쳐다볼 줄을
> "예전엔 미처 몰랐어요."
> 이제금 저 달이 설움인 줄은
> "예전엔 미처 몰랐어요."   – 김소월, 「예전엔 미처 몰랐어요」 –
>
> 💎 각 연의 2행에 "예전엔 미처 몰랐어요."가 반복되면서 시의 운율을 형성한다.

② 병렬

  ㉠ 병렬은 넓은 의미에서 반복의 일종이지만, 반복과는 달리 '대조'의 개념에서 출발한다.

  ㉡ 병렬은 주로 대비되는 두 구절 사이의 대조 혹은 대응의 원리를 통해 운율을 만들어 낸다.

PART 01
PART 02
PART 03
PART 04
PART 05
PART 06
PART 07

Plus UP!　반복이나 병렬의 변형

산산히 부서진 이름이여!
허공(虛空) 중에 헤어진 이름이여!
불러도 주인 없는 이름이여!
부르다가 내가 죽을 이름이여!
　　　　　　　　　　　　　　　　　　　　　　－ 김소월, 「초혼」 일부 －

병렬은 유사한 문법적 구조나 의미를 가진 어구나 구절, 시행 등을 나란히 늘어놓는 수사법으로, 균형감과 리듬감을 형성하고 의미를 효과적으로 전달한다. 이 작품은 체언 '이름이여' 앞에 '산산히 부서진', '허공(虛空) 중에 헤어진', '불러도 주인 없는' 등의 유사한 관용구를 반복하여 임을 상실한 절망감을 표현하고 있다. 또한 3음보와 '이름이여'의 동일한 시어를 반복하여 리듬감을 더하고 있다.

(3) 운율의 효과

① **정서적·미적 효과** : 독자들은 운율을 통해 안정감과 흥분, 기쁨과 슬픔, 두려움과 설렘 등의 정서와 언어의 아름다움을 느끼게 된다.
② **분위기와 어조 형성** : 같은 상황이나 내용이라도 어떠한 운율로 표현하는가에 따라 시의 분위기나 화자의 어조가 다르게 느껴진다.
③ **주제와 시인의 의도 부각** : 운율이라는 음악적 효과는 시인이 드러내려는 중심 내용과 어우러져 주제를 부각시키며, 독자들은 이를 통해 작품에 대한 강한 인상을 받게 된다.

(4) 운율의 형성 요소

① **동일 음운의 반복** : 특정 음운(자음, 모음)의 반복

- 갈래갈래 갈린 길('ㄱ'과 'ㄹ'의 반복)
- 푸름 속에 펄럭이는 피깃발의 외침('ㅍ'의 반복)
- 얄리얄리 얄라셩 얄라리 얄라('ㄹ'과 'ㅇ'의 반복)

② **동일 음절의 반복**

- 일편단심 굳은 마음 일부종사 뜻이오니 일개 형벌 치옵신들 일 년이 다 못 가서 일각인들 변하리까?('일'이라는 음절의 반복)
- 이슬은 구슬이 되어 마디마디 달렸다.('슬'이라는 음절의 반복)
- 나두야 간다 / 나의 이 젊은 나이를 / 눈물로야 보낼 거냐. / 나두야 가련다.('나'라는 음절의 반복)

③ 동일 단어의 반복

> 비가 <u>온다</u> / <u>오누나</u> / <u>오는</u> 비는 / <u>올지라도</u> / 한 닷새 <u>왔으면</u> 좋지

④ 음절수의 반복 : 일정한 수의 음절수 반복

> - 3 · 3 · 2조 : 살어리 살어리랏다. 청산에 살어리랏다
> - 3 · 4조 : 시조나 가사
> - 7 · 5조 : 산 너머 / 남촌에는 / 누가 살길래
>   해마다 / 봄바람이 / 남으로 오네.

⑤ 음보의 반복 : 동일한 길이의 소리의 묶음 단위 반복

> - 돌담에 / 속삭이는 / 햇발같이(3음보)
> - 담머리 / 넘어 드는 / 달빛은 / 은은하고(4음보)

> 💎 · 우리 시가의 가장 두드러진 운율은 음보율이다.
>   · 고려속요와 경기체가는 3음보, 시조와 가사는 4음보이다.

⑥ 음성상징어의 사용 : 의성어 · 의태어의 사용

> - 삐이 뱃종 뱃종! / 하는 놈도 있고
> - 층암 절벽상의 폭포수는 콸콸, 수정렴 드리운 듯, 이 골 물이 주루루룩

⑦ 통사 구조의 반복 : 동일한 문장 구조를 반복 배치함으로써 운율적 인상과 의미의 강조 효과를 동시에 노리는 방법

> 그러는 동안에 영영 잃어버린 벗도 있다.
> 그러는 동안에 멀리 떠나버린 벗도 있다.
> 그러는 동안에 몸을 팔아버린 벗도 있다.
> 그러는 동안에 맘을 팔아버린 벗도 있다.   – 신석정, 「꽃덤불」 –

> 💎 'A-A-B-A' 구조 : 우리 시가에 나타나는 대표적 통사 구조
>   · 노세 노세 젊어서 노세. – 민요
>   · 산에는 꽃 피네 / 꽃이 피네 // 갈 봄 여름 없이 / 꽃이 피네. – 김소월, 「산유화」
>   · 창(窓) 내고쟈 / 창(窓)을 내고쟈 / 이 내 가슴에 / 창(窓)을 내고쟈. – 사설시조
>   · 살어리(랏다) 살어리랏다. 청산에 살어리랏다 –「청산별곡」

◢ 2 운율의 종류

(1) 외형률(外形律)

- 시어의 일정한 규칙에 따라 생기는 운율로 시의 표면에 드러나기 때문에 규칙성을 가시적으로 확인할 수 있다.
- 자유시는 외형률과 내재율 모두 가질 수 있으나, 정형률은 외형률의 하위 개념으로 운율의 정형성을 지니는 것으로 정형시에만 쓰인다.

① 음위율(音位律) : 말소리가 일정한 위치에서 규칙적으로 반복될 때 느끼는 운율로 '압운법'에 해당된다.

    ㉠ 두운(頭韻) : 시행이나 시구의 첫머리에 특정 음운이나 음절을 반복

    ㉡ 요운(腰韻) : 시행이나 시구의 중간에 특정 음운이나 음절을 반복하는 것인데, 요운을 일치시키면 시가 지나치게 작위적이 될 위험이 있으므로 실험적인 시에 일부 나타날 뿐 일반적인 시에 사용하기는 어렵다.

    ㉢ 각운(脚韻) : 시행의 끝이나 연의 끝에 형성된 운

② 음수율(音數律)

    ㉠ 일정한 수의 음절이 규칙적으로 반복되어 이루어지는 운율이다.

    ㉡ 이광수, 조윤제 등의 초창기 국문학자에 의해 제기되었다.

    ㉢ 음수율은 연구자들이 밝히고자 했던 시조나 가사의 운율조차 제대로 규명하지 못했다는 비판을 받아 왔다.

    ㉣ 한국시의 기본적인 리듬이 4・4(3・4)조, 7・5조, 3・3・4조 등의 음절의 숫자에 따라 형성된다고 보는 견해이다.

    ㉤ 시조나 가사 등의 고전시가는 4・4조가 되풀이되면서 한 편의 시가 된다.

    ㉥ 최남선・김억・김소월 등의 근대시는 7・5조가 되풀이되면서 한 편의 시가 된다.

    ㉦ 현대 자유시 중에도 음수율을 바탕으로 하고 있는 시가 있다.

③ 음보율(音步律)

    ㉠ 한정된 수의 음절들이 이루어진 음보의 규칙적 반복으로 이루어지는 율격이다.

    ㉡ 음보의 휴지(休止) 및 의미상의 단락으로 구분되어진다.

    ㉢ 이 음보가 규칙적으로 반복되는 수에 따라 3음보, 4음보 등으로 나누어진다.

    ㉣ 일정한 음절수로 이루어진 소리마디로 등장성(等長性)에 따른 운율이다.

    ㉤ 정병욱에 의해 주창되었다.

    ㉥ 음수율의 한계를 극복하고 한국 시가 운율론에 새로운 가능성을 제시했다.

    ㉦ 현재 한국 시가 운율론의 핵심을 이루고 있다.

    ㉧ 한국 시가에서 가장 자주 쓰이는 것은 2음보, 3음보, 4음보이다.

    ㉨ 2음보와 3음보는 민요에, 4음보는 시조와 가사에 주로 쓰이는 운율이다.

    ㉩ 음절수가 다르더라도 같은 음보를 형성할 수 있다.

④ 음성률(音聲律)
　　㉠ 음의 고저(高低), 장단(長短), 강약(强弱) 등의 음악적 요소가 규칙적으로 반복되는 운율이다.
　　㉡ 영시(英詩)의 강약률, 한시(漢詩)의 평측법(平仄法) 등이 이에 속한다.
　　㉢ 한국의 현대시에는 나타나지 않는 운율이다.
　　　ⓐ 고저율
　　　　• 소리의 고저가 규칙적으로 반복되거나 교체되는 운율
　　　　• 주로 중국의 한시
　　　ⓑ 장단율
　　　　• 장음과 단음이 규칙적으로 교체되거나 반복되는 운율
　　　　• 고대 그리스나 인도의 산스크리트의 시
　　　ⓒ 강약률
　　　　• 강세가 있는 강한 음절과 강세가 없는 음절이 대립되어 음보를 구성하고, 이러한 음보들이 반복되는 운율
　　　　• 영시, 독일시 등 게르만 계통

(2) 내재율(內在律)

① 형식상의 제한이 없으며 운율이 밖으로 드러나지 않고 글 내면에 흐르는 호흡이나 느낌이 리듬을 가진 것이다.
② 심리적인 리듬으로서 시 속에 숨은 형식이라고 할 수 있다.
③ 자유시나 산문시에 나타나는 운율이다.
④ 시인이 형상화하고자 하는 주제 의식에 따라 형성되는 주관적이고 개성적인 운율로 작품 속에 흐르는 시인 특유의 호흡이라 할 수 있다.

　🔷 **외형률과 정형률** : 정형률은 고정된 형식의 운율로 외형률의 하위 개념이다. 현대시에서는 정형률을 가진 시조만이 정형시이며, 7·5조 3음보의 외형률을 지닌 「진달래꽃」(김소월)까지도 자유시로 본다.

◢ 3 시의 갈래

(1) 형식에 따른 갈래

① 정형시(定型詩)
　　㉠ 정형시는 시구나 글자의 수, 배열순서, 운율 등이 일정한 형식적 제약 속에서 표현되는 시를 말한다. 즉, 고정된 형식을 지닌 시이다.
　　㉡ 외형률에 의해 쓰인 시를 보통 정형시라고 한다.
　　㉢ 행이 리듬의 단위가 된다.
　　㉣ 우리나라 시가에서 가장 대표적인 정형시는 시조이다.

Plus UP! 고유의 정형시

> 태산이 높다 하되 하늘 아래 뫼이로다.
> 오르고 또 오르면 못 오를리 없건마는
> 사람이 제 아니 오르고 뫼만 높다 하더라.

🔹 위 시조는 조선시대 양사언(陽士彦)의 시조로 노력하지도 않고, 하는 일이 잘 되지 않는다고 한탄만 하지 말고 열심히 살라는 뜻을 담고 있으며, 4음보 율격을 이루고 있다.

② **자유시**(自由詩)
    ㉠ 자유시는 외형적으로 뚜렷한 운율이나 형태적 규제에 구애받지 아니하고 자유로운 형식으로 자유롭게 쓴 시를 말한다.
    ㉡ 이 형식은 어떤 정해진 틀은 없지만 그 나름의 자유로운 리듬, 즉 내재율을 지닌다.
    ㉢ 행이 리듬과는 상관없이 구분되는 경우가 많다.
    ㉣ 현대시조(정형시)를 제외한 대부분의 현대시이다.

Plus UP! 정형시와 자유시

정형시는 일정한 규칙에 따라 이루어진 고정된 형식의 시를 말하며, 완전성의 미학을 보여주려는 고전주의 정신의 형태로 외재율을 지닌다. 반면 자유시는 일정한 규칙이 없이 시인 자신의 독자적인 형식을 구사하여 개인의 사상 및 감정을 표출하는 형식의 시로, 개성적이며 자유로운 형식으로 내재율을 지닌다.

③ **산문시**(散文詩)
    ㉠ 한 연 전체가 줄글로 되어 있거나, 시 전체가 줄글로 짜인 시를 말한다.
    ㉡ 산문시는 문자 그대로 산문으로만 된 시가 아니고, 산문적인 언어를 사용하되 그 나름의 자연스러운 내재율을 가지고 있다.
    ㉢ 정형시와 같은 외형적인 운율이 없고, 자유시와 같은 리듬이나 행(行)과 연(聯) 구분도 없이 산문적인 형태에 서정적 내용을 담는 시 형태이다.

🔹 산문시가 산문과 구별되는 요소 : 내재율, 시적 언어, 압축적 표현, 함축적 의미

(2) 내용에 따른 갈래

① **서정시**(抒情詩)
    ㉠ 시인의 주관적 정서와 감동을 깊이 있게 노래하는 시이다.
    ㉡ 개성적인 정서나 정감 표현, 언어의 미적인 표현 등이 그 특징적인 요소이다.
    ㉢ 주로 고대 그리스나 로마에서 발생하여 르네상스 시대에 절정을 이루었다.
    ㉣ 서양 : 페트라르카, 셰익스피어, 존 밀턴 등이 대표 작가이다.
    ㉤ 한국 : 향가, 고려속요, 시조, 현대시 등

② 서사시(敍事詩)

   ㉠ 고대에 성행한 양식으로, 이야기가 있는 시이다.

   ㉡ 분량이 서정시보다 훨씬 길고, 그 속에는 일정한 배경과 여러 인물이 등장하여 복잡한 이야기를 구성한다. 즉, 영웅적인 개인의 업적이나 집단의 중대한 행적을 노래한 비교적 긴 형식의 이야기체 시이다.

   ㉢ 서사를 중심으로 하고 있어, 그 주제는 역사적인 사건, 신의 행적, 영웅의 일대기 등 고대의 중요한 인물의 이야기를 객관적으로 담아냈다.

   ㉣ **서양** : 호메로스의 「일리아스(Iliad)」와 「오디세이아(Odyssey)」가 대표작이다.

   ㉤ **한국**

      ⓐ **최초의 집단 서사시** : 「구지가」

      ⓑ **최초의 한문 서사시** : 「동명왕」(이규보)

      ⓒ **최초의 한글 서사시** : 「용비어천가」

      ⓓ **최초의 현대 서사시** : 「국경의 밤」(김동환)

      ⓔ **현대 서사시** : 「금강」(신동엽), 「남해 찬가」·「낙동강」(김용호) 등

③ 극시(劇詩)

   ㉠ 주로 희곡 형식으로 쓰여 연극적 요소를 가진 장편의 시로 인간 행위의 전개를 눈앞에서 연출하여 표현하는 양식이다.

   ㉡ 고대 그리스 시대부터 발생하여 셰익스피어 시대에 성행하였던 양식으로 현대에는 서사시보다 더 보기가 드물다.

   ㉢ 괴테의 「파우스트」가 대표작이다.

(3) 태도에 따른 갈래

① 주정시(主情詩)

   ㉠ 인간의 감정이나 정서를 그 내용으로 하는 개인적, 주관적 성격의 시이다.

   ㉡ 좁은 의미의 서정시는 대개 주정시를 일컫는다.

② 주지시(主知詩)

   ㉠ 인간의 감정보다는 지적인 측면을 중시하여 관념이나 의식, 지성의 표현을 주로 다루는 시이다.

   ㉡ 시의 회화성을 중시하여 시각적 이미지를 두드러지게 사용하거나 현대 문명에 대한 비판적 태도를 드러내는 작품이 많다.

③ 주의시(主意詩)

   ㉠ 인간의 정신 세계 중 강한 의지 표현에 중점을 두고 전개되는 시이다.

   ㉡ 시에서 순수하게 의지적인 면만을 다루기는 어려우므로 대개 지성과 감정을 동반하게 된다.

(4) 목적에 따른 갈래

① 순수시(純粹詩)
   ㉠ 시 작품에서 의미를 전하는 산문적 요소를 없애고 순수하게 감동을 일으키는 정서적 요소만으로 쓴 시이다.
   ㉡ 프랑스의 시인 발레리가 제창하였다.
   ㉢ 모든 예술이 음악의 상태를 동경한다는 전제 아래, 시를 완전히 음악화하려고 하였다.
   ㉣ 개인의 순수한 정서를 형상화한 시로 작품 자체의 예술적 가치를 중시한다.

② 참여시(參與詩)
   ㉠ 정치·사회 등 현실 문제에 대하여 비판적인 의식을 가지고 그 변혁을 촉구하는 내용을 담은 시이다.
   ㉡ 현실에 대해 비판적이고 사회 변혁에 실천적인 역할을 해야 한다는 문학 이념을 표방한다.
   ㉢ 작품 창작을 통해 현실에 개입하는 작가의 사회적 책임을 강조한다.
   ㉣ 한국 : 1960년대 김수영과 신동엽이 대표적 작가이다.

03 비유의 이해

1 비유의 개념과 성립 요건

(1) 비유의 개념

① 비유는 표현하려는 대상을 다른 대상에 빗대어 나타내는 표현법을 통틀어 이르는 말이다.
② 비유는 주지(主旨)를 드러내기 위해 '다른 사물이나 관념'[媒體]을 이용하는 표현 방법이다. 이때 주지와 매체는 유사성이나 동일성에 기반하여 1 : 1의 관계를 가진다.
③ 비유는 표현하고자 하는 바를 구체적이고도 생생하게 나타내기 위해 다른 사물을 이끌어 쓰는 수사적 방법이다. 이때 나타내려는 대상을 원관념이라 하고, 그것을 나타내기 위하여 끌어들인 매개물을 보조관념이라 한다.
④ 비유는 표현하고자 하는 추상적 대상(= 원관념)을 그와 유사성을 지닌 다른 대상(= 보조관념)에 빗대어 구체화하는 수사법의 일종이다.

(2) 비유의 성립 요건

① 비유의 효과적 이해를 위해 I. A. 리차즈는 원관념(주지)과 보조관념(매체)의 개념을 도입하였다.
② 주지는 원관념과 유사하며, 매체는 보조관념과 유사하다.
③ **원관념**(주지) : 드러내고자 하는 사상 혹은 정서
④ **보조관념**(매체) : 원관념을 드러내는 수단 또는 표현 방식
⑤ 원관념과 보조관념이 비유로 성립하려면 두 관념 사이에 유추 관계가 내포되어 있어야 한다.

(3) 비유의 효과

① 새로운 의미를 발견한다.
② 상상력을 위한 유추를 발견한다.
③ 낡은 표현 방식을 탈피한다.

2 비유의 유형

(1) 직유(直喩)

① 원관념을 보조관념에 직접적으로 연결한 수사법으로 '명유(明喩)'라고도 한다.
② 'A는 B와 같다.'라는 의미적 유사성에 바탕을 둔다.
③ 비슷한 성질이나 모양을 가진 두 사물을 '~같이, ~ 같은, ~처럼, ~듯이, ~ 양' 등의 말로 연결하여 원관념을 보조관념에 직접 비유한다.
④ 원관념과 보조관념의 관계가 비교적 직선적이며 명쾌하게 드러나는 경우를 말한다.

> 예 • 병든 나무처럼 생명이 부대낄 때 (유치환, 「생명의 서」)
> • 새악시 볼에 떠도는 부끄럼같이 / 시의 가슴에 살포시 젖는 물결같이 (김영랑, 「돌담에 속삭이는 햇발」)
> • 육신이 흐느적 흐느적 피로했을 때만 정신이 은화(銀貨)처럼 맑소 (이상, 「날개」)
> • 산허리는 온통 메밀밭이어서 피기 시작한 꽃이 소금을 뿌린 듯이 흐붓한 달빛에 숨이 막힐 지경이다. (이효석, 「메밀꽃 필 무렵」)
> • 湖水(호수)에 안개 끼어 자욱한 밤에 / 말없이 재 넘는 초승달처럼 / 그렇게 가오리다 / 임께서 부르시면 (신석정, 「임께서 부르시면」)

(2) 은유(隱喩)

① 원관념과 보조관념을 직접적으로 연결하지 않고 간접적으로 연결시키는 방법으로 '암유(暗喩)'라고도 한다.

② 'A는 B이다.'라는 동일성(identification)에 근거한 비유이다.

③ 기존의 의미 세계에 숨겨져 있는 새 세계를 발견하고, 그 이미지를 드러내는 역할을 한다.

④ 언어에 새로운 생명력을 불어넣고 표현(혹은 의미)의 범위를 확대시킨다.

(3) 은유의 유형

① A = B : 원관념과 보조관념이 'A는 B이다.'의 형식
  - 예
    - 내 마음은 호수요. (김동명, 「내 마음은」)
    - 낙엽은 폴란드 망명 정부의 지폐 (김광균, 「추일서정」)
    - 구름은 보랏빛 색지 위에 / 마구 칠한 한 다발 장미 (김광균, 「데생」)
    - 나는 한 마리의 어린 짐승 (김종길, 「성탄제」)
    - 이것(깃발)은 소리 없는 아우성 (유치환, 「깃발」)
    - 나는 나룻배, 당신은 행인, 당신은 흙발로 나를 짓밟습니다. (한용운, 「나룻배와 행인」)
    - 얇은 사 하이얀 고깔은 고이 접어서 나빌레라. (조지훈, 「승무」)
    - 님이여, 당신은 백 번이나 단련한 금결입니다. (한용운, 「찬송」)

② A의 B : 원관념이 보조관념을 꾸미듯이 연결
  - 예
    - 낙엽의 산더미 : 산더미처럼 쌓여 있는 낙엽 (이효석, 「낙엽을 태우면서」)
    - 人類通性(인류 통성)과 時代良心(시대 양심)이 正義(정의)의 軍(군)과 人道(인도)의 干戈(간과)로써 護援(호원)하는 今日(금일) (「기미독립선언서」)
    - 님의 사랑은 뜨거워 / 근심 산(山)을 태우고 / 한(恨) 바다를 말리는데 (한용운, 「님의 손길」)

③ ? = B : 원관념이 직접 드러나 있지 않고 보조관념만 드러나 있는 것(유사성)
  - 예
    - 귀밑에 해묵은 서리 : 백발 (우탁, 「탄로가」)
    - 퍼뜩 차창으로 스쳐가는 인정아 : 고향 풍경 (장순하, 「고무신」)
    - 조그만 담배 연기를 내뿜으며 급행열차가 들을 달린다. : 기차의 굴뚝 연기 (김광균, 「추일서정」)
    - 하늘도 그만 지쳐 끝난 고원(高原) 서리발 칼날진 그 위에 서다. : 매섭고 준열한 일제 치하의 현실 (이육사, 「절정」)
    - 순정은 물결같이 바람에 나부끼고 : 깃발 (유치환, 「깃발」)

④ 사은유(死隱喩) : 처음 비유되었을 때는 참신했지만, 오랜 세월 동안에 그 참신성을 잃은 것
  - 예 인생은 일장춘몽, 침묵은 금이다

(4) 대유법(代喻)

① 사물의 부분이나 특징으로 대상 전체를 나타내는 비유법이다.
② 환유(metonymy)와 제유(synecdoche)로 구분된다.

　　㉠ 환유(換喻)

　　　　ⓐ 사물의 속성이나 특징, 밀접한 관계가 있는 것을 보조관념으로 취하여 대상 자체를 표현하는 방법이다.
　　　　ⓑ 원관념과 보조관념이 1 : 1의 관계이다.
　　　　ⓒ 원인으로써 결과를 대신하거나 결과로써 원인을 대신하는 것이다.

　　　　　예
　　　　　　• 껍데기는 가라 / 한라에서 백두까지 : 우리나라 (신석정, 「껍데기는 가라」)
　　　　　　• 달빛을 타고 아련히 파고드는 브람스 : 브람스가 작곡한 음악
　　　　　　• 요람에서 무덤까지 : '요람'은 인생의 유년기, '무덤'은 죽음을 뜻한다.
　　　　　　• 핫바지가 명동 거리에 나타났다. : 촌사람
　　　　　　• 백의 천사 : 간호원
　　　　　　• 태극기가 일장기를 눌렀다. : 한국이 일본을 이겼다.

　　㉡ 제유(提喻)

　　　　ⓐ 어떤 사물을 그것과 연관성이 있는 다른 사물로 대신하는 비유법이다.
　　　　ⓑ 환유의 하위 개념으로, 부분으로서 전체를 대신하는 것이다.
　　　　ⓒ 원관념과 보조관념이 1 : 多의 관계를 형성한다.

　　　　　예
　　　　　　• 약주 : 술
　　　　　　• 사람은 빵만으로 살 수는 없다. : 모든 식량
　　　　　　• 강호(江湖)애 병이 기퍼 : 자연 (정철, 「관동별곡」)
　　　　　　• 새 노래는 공으로 들으랴오. : 자연 (김상용, 「남으로 창을 내겠소」)
　　　　　　• 무릇 피와 기운이 있는 것은 사람으로부터 소, 말, 돼지, 양, 벌레, 개미에 이르기까지 모두가 한결같이 살기를 원하고 죽기를 싫어하는 것입니다. : 생명
　　　　　　　(이규보, 「슬견설」)

◢ 3 　휠라이트의 비유론

(1) 휠라이트의 비유론

① 휠라이트에 의하면 비유는 그 기본구조에 있어서 치환과 병치 두 가지 양식으로 나눈다.
② 치환은 둘 사이의 연관성을 바탕으로 하나의 개념을 다른 개념으로 바꾸어 놓는 것이고, 병치는 연관성을 무시한 채 두 개념을 병치함으로써 두 개념이 대립 또는 종합되어 제3의 의미를 획득하는 방법이다.
③ 휠라이트의 비유론은 형태론을 지양하여 비유의 본질을 밝히고자 한 것이다.

(2) 치환은유(epiphor) 또는 치환비유

① 보통 알고 있는 전통적 은유(비유)의 개념에 해당한다.
② 원관념과 보조관념의 관계가 유사성이나 연관성에 의해 파악될 수 있다.
③ 일상적 의미가 새로운 의미로 상승하는 것을 의미한다.
④ 의미의 변화와 시적 초월을 획득할 수 있는 근원적인 힘을 제공한다.
⑤ B라는 개념을 이용하여 A라는 개념을 보다 효과적으로 제시하는 것이다.
⑥ 'A는 B이다.'라는 형식을 취할 수밖에 없기 때문에, 어쩔 수 없이 양자 사이의 연관성
이라는 논리적 제약이 따르게 된다.

> 내 마음은 湖水요,
> 그대 저어 오오.
> 나는 그대의 흰 그림자를 안고, 옥같이
> 그대의 뱃전에 부서지리다.
>
> 내 마음은 촛불이오,
> 그대 저 문을 닫아 주오.
> 나는 그대의 비단 옷자락에 떨며, 고요히
> 최후의 한 방울도 남김없이 타오리다.
>
> 내 마음은 나그네요,
> 그대 피리를 불어주오.
> 나는 달 아래 귀를 기울이며, 호젓이
> 나의 밤을 새이오리다.
>
> 내 마음은 落葉이요,
> 잠깐 그대의 뜰에 머무르게 하오.
> 이제 바람이 일면 나는 또 나그네같이, 외로이
> 그대를 떠나오리다.   – 김동명, 「내 마음은」 –
>
> 🔷 원관념인 '내 마음'이 '호수', '촛불', '나그네', '낙엽' 같은 구체적 보조관념으로 치환됨으로
> 써, 독자의 상상력의 폭을 확대하고 있다. 은유법은 원관념은 숨기고 보조관념만 드러내어
> 표현하려는 대상을 설명하거나 그 특질을 묘사하는 표현법이다. 원관념과 비유되는 보조
> 관념을 같은 것으로 보므로 'A(원관념)는 B(보조관념)이다.'의 형태로 나타난다.

(3) 병치은유(diaphor)

① 병치와 종합에 의해 새 의미를 창조해낸다.
② A와 B 사이에는 아무런 연관성도 암시되지 않는다.
③ 두 구절 사이의 독립성이 최대한 인정되는 가운데 둘 사이의 의미론적 상관관계를 유
추하게 만든다.

④ 일상적으로 생각할 수 없었던 것을 은유적 구조를 통하여 새롭고 역동적인 의미와 이미지로 변화시킨다.

> 무수한 군중 속의 얼굴들이 자아내는 환영,
> 물기 어린 검은 가지에 매달려 있는 꽃잎들
>
> – 에즈라 파운드, 「In a station of the Metro」 –
>
> 💎 지하철역을 나오는 군중의 얼굴과, 물기 어린 검은 가지에 매달린 꽃잎이 병치되어 있다. 첫 번째 행과 두 번째 행은 각각 독립성을 유지하면서 아무런 상관관계를 맺지 않고 있다. 그러나 이질적인 두 개의 이미지(군중과 꽃잎)가 서로 병치되면서 새로운 차원의 의미를 생산한다. 즉, 피곤하고 우울한 서민들의 표정을 함축적으로 제시하는 것이다.

4 막스 블랙의 비유론

(1) 대치론

① 가장 일반적으로 통용되어 온 비유론이다.
② 우리가 전달하고자 하는 내용을 바꾸어 말하는 표현법이다.
③ 원래 의도한 바를 효과적으로 전달하기 위해 비유를 끌어들이는 경우를 말한다.
④ 원관념과 보조관념 사이의 상관관계를 쉽게 유추할 수 있도록 한다.
⑤ 유추가 거의 필요 없다.

> 키다리(→ 전봇대), 마른 남자(→ 멸치)

(2) 비교론

① 매우 이질적인 두 개의 관념을 서로 연결시키는 경우이다.
② 유추가 추가되며, 그만큼 더 많은 상상력이 요구된다.

> 막스 블랙은 "리차드 왕은 사자와 같다."라는 문장을 통해 비교를 설명하였다. '리차드 왕'과 '사자'는 서로 비교됨으로써, 용감성 이외에도 우두머리, 위엄 등의 속성을 교차시킨다.

(3) 상호작용론

① 막스 블랙이 설정한 문학용어이다.
② 상호 모순되는 개념을 강제로 결합시켜, 원관념의 의미를 더욱 확장시키는 것이다.
③ 비유를 구성하는 두 관념이 이질적일수록 효과가 더 커진다.
④ 비유는 문맥을 떠나서는 성립될 수 없다.

> 사랑하는 나의 하나님, 당신은
> 늙은 비애(悲哀)다.
> 푸줏간에 걸린 커다란 살점이다.
> 詩人 릴케가 만난
> 슬라브 女子의 마음 속에 갈앉은
> 놋쇠 항아리다.
> 손바닥에 못을 박아 죽일 수도 없고 죽지도 않는
> 사랑하는 나의 하나님, 당신은 또
> 대낮에도 옷을 벗는 어리디어린 純潔(순결)이다.
> 三月에
> 젊은 느릅나무 잎새에서 이는
> 연둣빛 바람이다.   – 김춘수, 「나의 하나님」 –

🔹 위 시의 원관념인 '하나님'의 속성은 신성한 절대자이다. 그런데 시인은 늙은 비애, 푸줏간에 걸린 고깃덩어리, 놋쇠 항아리 등 인간적이고 세속적인 단어로 전이시킨다. 이 경우 원관념과 보조관념 사이의 관계는 유사성보다는 이질성, 대립성 혹은 상반성이 더 크다. 따라서 이 시는 상호 모순되는 개념을 강제로 결합시켜, 원관념인 '하나님'의 의미를 너욱 확장시킨 것이다.

5 기타 표현 기법

(1) 중의법(重義法)

하나의 말을 가지고 두 가지 이상의 의미를 나타내는 방법이다.

예 • 청산리 벽계수(碧溪水)야 수이 감을 자랑 마라. : 푸른 시냇물, 이은원 (황진이의 시조)
• 명월(明月)이 만공산(滿空山)하니 쉬어 간들 어떠리. : 밝은 달, 황진이 (황진이의 시조)
• 수양산 바라보며 이제(夷濟)를 한(恨)하노라. : 중국 수양산, 수양대군 (성삼문, 「절의가」)
• 주려 죽을진들 채미도 하난 것가. : 고사리를 캠, 세조의 녹봉 (성삼문, 「절의가」)
• 남원 읍내 추절(秋節) 들어 떨어지게 되었다니 : 가을 절기, 변 사또의 횡포
• 객사에 봄이 들어 이화 춘풍(李花春風) 날 살린다. : 배꽃 향기를 머금은 봄바람, 이몽룡
• 천 리를 가는 사람이 십 리 안에서 놀 수야 있느냐? : 먼 곳, 큰 일 / 가까운 곳, 사소한 일

(2) 풍유법(諷諭法)

풍자성을 동반한 은유를 풍유라 한다. 일반적으로 속담, 격언, 우화 등에 사용된다. 풍유는 비유되는 보조관념이 재치, 기지(機智), 유머와 어울려 읽는 이로 하여금 흥미를 느끼게 한다.

예 • 초록은 동색이요 가재는 게 편이라, 양반은 도시 일반이오그려.
• 익은 벼가 고개를 숙인다.
• 지렁이도 밟으면 꿈틀한다.

- 빈 수레가 요란하다.
- 소 잃고 외양간 고친다.

(3) 희언법(戲言法, 언어유희)

같은 말을 다른 뜻으로 쓰거나 동음이의어(同音異義語)를 써서 뜻의 묘(妙)를 부리는 기교이다.

- 서방인지 남방인지 걸인 하나 왔다. (書房 → 西方, 南方)
- 울고 나니 곡성 원님 (谷城 → 哭聲)
- 개잘량이라는 양 字에 개다리소반이라는 반 字 쓰는 兩班이 나오신단 말이오. (양 + 반 → 兩班)
- 네가 일정한 지아비를 섬겼을까? 이부를 섬겼네. 뭣이 이부를 섬기고 어찌 열녀라 하겠느냐? 두 二 자가 아니오라 외얏 李 자 李夫로소이다. (李夫 → 李夫, 二夫)

(4) 연쇄법(連鎖法)

앞 말의 끝부분을 다음 말의 첫 부분에 놓고 자꾸 반복하면서 문장을 연결시켜 가는 방법이다.

- 고인도 날 몯 보고 나도 고인 몯 뵈
  고인을 몯 뵈도 녀던 길 알픠 잇니
  녀던 길 알픠 잇거든 아니 녀고 엇뎔고 (이황, 「도산십이곡」)
- 닭아, 닭아 우지 마라, 네가 울면 날이 새고 날이 새면 나 죽는다. 나 죽기는 섧지 않으나…….
- 맛있는 건 바나나, 바나나는 길어, 길면 기차, 기차는 빨라, 빠르면 비행기, 비행기는 높아, 높은 것은 백두산 ……

(5) 억양법(抑揚法)

처음에는 칭찬했다가 나중에 비난하거나, 반대로 처음에는 비난했다가 나중에는 칭찬해 주는 표현기교이다. 중심 내용은 항상 뒷부분에 있다.

- 몰골은 흉악하지만 문자 속은 기특하오. (「춘향전」)
- 네 아무리 기골이 장대하고 위풍이 있다 하나 언변이 없고 의사 부족하니 (「별주부전」)
- 제주도는 조그만 섬이지만 해양의 관문이다.
- 한국의 주지시는 반낭만주의적 처지에서 '방법의 지각'을 가지려 했다는 것은 시사상(詩史上)의 획기적인 일이다. 그러나 방법의 기초가 되는 인생관과 세계관에 대한 인식이 없었다.
- 그녀는 얼굴은 예쁘지만, 성질이 못됐다.

(6) 대조법(對照法)

서로 대립되는 단어나 의미를 맞세워 그 차이에 의하여 강하게 표현하는 방법이다.

예
- 인생은 짧고, 예술은 길다. (의미의 대립)
- 강이 파라니 새가 더욱 희고 (색채의 대립)
- 들을 제는 우레러니 보니는 눈이로다. (청각과 시각의 대립)
- 산천은 의구(依舊)하되 인걸은 간 데 없다. (자연의 영원성과 인생의 유한성 대조)
- 까마귀 싸우는 골에 백로야 가지 마라. (선악의 대조)
- 여자는 약하나, 어머니는 강하다.
- 질서는 일종의 희극이지만, 혼란은 일종의 비극이다.

(7) 반어법(反語法, 아이러니) : 언어와 상황의 모순

겉으로 표현한 의미와 속으로 숨어 있는 의미를 서로 반대되게 나타내는 방법이다.

예
- 죽어도 아니 눈물 흘리오리다. (김소월, 「진달래꽃」)
- 요, 얄미운 것 ('귀엽다'는 의미)
- 인물 났네. (잘못을 저지른 친구를 보고)
- 바삭바삭하는 가는 모래 벼랑에 / 군밤 닷 되를 심습니다.
  그 밤이 움이 돋아 싹이 나야만 / 덕 있는 임을 이별하고 싶습니다. (고려가요 「정석가」)
- 먼 훗날 당신이 찾으시면 / 그때에 내 말이 잊었노라….
  오늘도 어제도 아니 잊고 / 먼 훗날 그때에 잊었노라. (김소월, 「먼 후일」)
- 외우기도 좋아라 하급반 교과서 (김명수, 「하급반 교과서」)

(8) 역설법(逆說法, paradox)

표면적으로는 이치에 어긋난 듯 하지만, 내면적으로는 깊은 진리의 말을 담고 있는 표현 수법이다. 역설법 중에서 '수식어 + 피수식어'의 관계로 된 것을 '모순 형용'이라고 한다.

예
- 군중 속의 고독
- 작은 거인
- 찬란한 슬픔의 봄을 (김영랑, 「모란이 피기까지는」)
- 외로운 황홀한 심사 (정지용, 「유리창」)
- 괴로웠던 사나이, 행복한 예수 그리스도처럼 (윤동주, 「십자가」)
- 결별이 이룩하는 축복에 싸여 / 지금은 가야 할 때. (이형기, 「낙화」)
- 이것은 소리 없는 아우성 (유치환, 「깃발」)
- 시를 쓰면 이미 시가 아니다. (시의 작위성을 경계)
- 어린이는 어른의 아버지다. (어린이의 순수성과 진실성을 표현)
- 정작으로 고와서 서러워라. (조지훈, 「승무」)

PART 01
PART 02
PART 03
PART 04
PART 05
PART 06
PART 07

- 타고 남은 재가 다시 기름이 됩니다. (한용운, 「알 수 없어요」)
- 님은 갔지마는 나는 님을 보내지 아니하였습니다. (한용운, 「님의 침묵」)
- 나는 향기로운 님의 말소리에 귀먹고 꽃다운 님의 얼굴에 눈 멀었습니다. (한용운, 「님의 침묵」)
- 천추(天秋)에 죽지 않는 논개여, / 하루도 살 수 없는 논개여. (한용운, 「논개의 애인이 되어 그의 묘에」)
- 님이여, 당신은 의(義)가 무거웁고 / 황금(黃金)이 가벼운 것을 잘 아십니다. (한용운, 「찬송」)
- 겨울은 강철로 된 무지갠가 보다. (이육사, 「절정」)

(9) 문답법(問答法)

자문자답의 형식을 취하여 변화 있게 표현하는 기법이다.

예 • 아희야, 무릉이 어디오, 나는 옌가 하노라. (조식, 「한정가」)
- 그것은 누구일까요? ⋯ 천만 뜻밖에도 바로 우리 아가씨였습니다. (알퐁스 도데, 「별」)
- 사람은 무엇을 위하여 사는가? 이상을 위하여 산다. 이상을 위하여 산다는 것은 오직 인간만이 누릴 수 있는 특권이다. (문답법, 연쇄법)
- 오늘은 또 몇 십리 어디로 갈까. / 산으로 올라갈까 들로 갈까

  오라는 곳이 없어 나는 못 가오. (김소월, 「길」)

  🔹 현전 향가 중 문답법을 취하는 유일한 작품은 「찬기파랑가」이다.

(10) 설의법(設疑法)

누구나 알 수 있는 진술을 일부러 의문 형식을 취하여 스스로 판단하도록 하는 기법(반어 의문문)이다.

예 • 한 치의 국토라도 빼앗길 수 있는가?
- 님 향한 일편단심이야 가실 줄이 이시랴. (정몽주, 「단심가」)
- 어디 닭 우는 소리 들렸으랴. (이육사, 「광야」)
- 그대의 꽃다운 혼 어이 아니 붉으랴. (변영로, 「논개」)
- 그렇지 않아도 구슬픈 내 가슴이어든 심란한 이 정경에 어찌 견디랴? (현진건, 「불국사 기행」)

04   시와 이미지

◢ 1   이미지의 이해

(1) 이미지(image)의 개념

① 심상(心象)이라고도 한다.
② 감각에 의하여 획득한 현상이 마음속에서 재생된 것을 말한다.
③ 신체의 지각 작용에 의해 제작되는 감각의 마음속 재생으로 정의될 수 있다.
④ 시가 독자들에게 미치는 총체적 효과는 시 속에 나타나는 여러 이미지들의 유기적 결합에 의하여 형성된다.
⑤ 이미지는 사상이나 관념의 감각화에 결정적인 구실을 한다.

(2) 이미지의 시적 기능

① **구체성(具體性)** : 추상적인 관념을 구체적인 언어로 생생하게 전달하는 것
   - 예 '그 사람은 아름답고 우아하다.'는 개념적 진술보다는 '그 사람은 아침 이슬을 머금은 한 송이 백합 같다.'는 표현이 훨씬 구체적이다.
② **함축성(含蓄性)** : 하나의 단어가 여러 의미를 내포하고 있는 특성이다.
   - 예 한용운의 작품에 나타난 '님'
     - 개인적, 주관적 의미의 님 : 여인, 애인 등
     - 규범적, 종교적 의미의 님 : 조국, 민족, 부처 등
     - 이상적, 추구적 의미의 님 : 정의, 진리, 자유, 평화 등
③ **감각의 직접성** : 이미지는 대개 감각적 경험과 구체적 사물을 나타내는 언어로써 이루어지기 때문에 뚜렷하고도 직접적인 인상을 준다.
   - 예 구름에 달 가듯이 / 가는 나그네
④ **연상성, 정서환기의 효과**
   - 예 "길은 구겨진 넥타이처럼 풀어져"란 구절에서 굽어진 길을 연상할 수 있다.

> **✍ Plus UP!**   이미지의 기능 : 루이스(C. D. Lewis)
>
> - **신선미** : 어휘 소재를 밑천으로 빚어내는 새로움, 일종의 생명감, 내지는 쾌락을 뜻한다.
> - **강렬성** : 함축적 의미로서 언어의 탄력감, 긴축미 같은 것을 가리킨다.
> - **환기력** : 시적 정렬에 대한 반응(정서의 환기)으로서 정서적 반응을 뜻한다.

(3) 이미지의 제시 방법

① **묘사적 이미지** : 묘사나 감각적 수식어의 구사, 서술에 의해 제시되는 이미지이다.

　　예 • 지나가던 구름이 하나 새빨간 노을에 젖어 있었다. – 김광균, 「외인촌」

　　　　• 파르란 구슬빛 바탕에 / 자주빛 회장을 받친 회장저고리 / 회장저고리 하얀 동정이
　　　　　환하니 밝도소이다. – 조지훈, 「고풍의상」

　　　　• 바알간 숯불이 피고 / 외로이 늙으신 할머니가
　　　　　애처로이 잦아드는 어린 목숨을 지키고 계시었다. – 김종길, 「성탄제」

② **비유적 이미지** : 보조관념을 통해 원관념의 속성을 표현하는 심상으로 직유법, 은유법
　등 비유법을 사용한다.

　　예 • 늘어선 고층 창백한 묘석같이 황혼에 젖어 (직유)

　　　　• 낙엽은 폴란드 망명 정부의 지폐 (은유)

　　　　• 내 마음은 호수요. (은유)

　　　　🔷 본격적인 시의 이미지는 묘사가 아닌 비유에 의해 주로 이루어진다.

③ **상징적 이미지** : 상징적 표현에 의해 사물의 영상을 드러내는 심상으로, 비유적 심상보
　다 폭과 깊이가 넓고 깊으며, 대체로 한 편의 작품 속에서 반복적으로 쓰이면서 시가
　지니는 분위기를 응집시킨다.

　　예 쫓아오던 햇빛인데 / 지금 교회당 꼭대기 / 십자가에 걸리었습니다.

　　　　→ **십자가** : 시인 자신이 동경하는 도덕적·종교적 생활의 목표

◢2 이미지의 유형

(1) 단일 이미지

하나의 감각만 사용하는 이미지

① 시각적 이미지

　㉠ 색채, 명암, 모양, 움직임 등을 시각(눈)을 통하여 마음속에 떠올리도록 표현한 시어
　　나 시구의 이미지이다.

　㉡ 시의 회화성을 이루는 근간이다.

　㉢ 시각적인 감각 형상을 바탕으로 한다.

> 들길은 마을에 들자 붉어지고
> 마을 골목은 들로 내려서자 푸르러졌다.
> 바람은 넘실 천(千) 이랑 만(萬) 이랑
> 이랑 이랑 햇빛이 갈라지고
> 보리도 허리통이 부끄럽게 드러났다.　　　　　　　　　　　－ 김영랑, 「오월」 일부 －
>
> 🔷 • 이 시에서 제시되는 시어에는 시각적 이미지가 잘 나타나 있다.
> 　　• 들길에서 본 마을의 붉은 황톳길과 마을 골목에서 본 푸른 들판이 붉은색과 푸른색의
> 　　　대비를 통해 그림처럼 그려지고 있다.
> 　　• 바람이 불며 햇빛이 비치는 보리밭에서 이제 피어나는 보리의 모습을 '허리통이 부끄럽
> 　　　게 드러났다.'고 의인화해서 표현하고 있다.

　　　🔵예 • 바람 없는 밤을 꽃 그늘에 달이 오면
　　　　　　　• 어두운 방 안엔 / 바알간 숯불이 피고

② 청각적 이미지
　　㉠ 청각을 통하여 마음속에 떠올리도록 표현한 시어나 시구의 이미지이다.
　　㉡ 소리, 음성, 음향 등 청각적 심상을 통해 제시되는 것이다.

> 새벽마다 고요히 꿈길을 밟고 와서
> 머리맡에 찬물을 쏴아 퍼붓고는
> 그만 가슴을 디디면서 멀리 사라지는
> 북청 물장수
>
> 물에 젖은 꿈이
> 북청 물장수를 부르면
> 그는 삐걱삐걱 소리를 치며
> 온 자취도 없이 다시 사라진다.　　　　　　　　　　　－ 김동환, 「북청 물장수」 일부 －
>
> 🔷 '쏴아', '삐걱삐걱' 등의 의성어를 사용하여 청각적 심상을 드러내고 있다.

　　　🔵예 • 접동접동 아우래비 접동
　　　　　　　• 꿀벌이 잉잉거릴 때

③ 후각적 이미지 : 냄새를 후각(코)을 통하여 마음속에 떠올리도록 표현한 시어나 시구의
　　이미지이다.
　　　🔵예 • 매화 향기 홀로 아득하니
　　　　　　• 그녀에게 장미꽃 내음이 난다.

④ 미각적 이미지
　　㉠ 맛을 미각(혀)을 통하여 마음속에 떠올리도록 표현한 시어나 시구의 이미지이다.
　　㉡ 후각 이미지와 미각 이미지가 냄새와 맛이라는 연관성 때문에 함께 나타나는 경우가
　　　많다.

온 집안에 퀴퀴한 돼지 비린내
사무실패들이 이장집 사랑방에서
중툣을 잡아 날궂이를 벌인 덕에
우리들 한산 인부는 헛간에 죽치고
개평 돼지비계를 새우젓에 찍는다.
끗발나던 금광시절 요리집 얘기 끝에
음담패설로 신바람이 나다가도
벌써 여니레째 비가 쏟아져
담배도 전표도 바닥난 주머니
작업복과 뼛속까지 스미는 곰팡내   – 신경림, 「장마」 –

- '돼지 비린내', '헛간', '담배', '작업복', '곰팡내' 등은 직·간접적으로 후각 이미지와 연관
  되고 있다.
- '개평 돼지비계를 새우젓에 찍는다.'나 '끗발나던 금광시절 요리집 얘기 끝에'는 미각 이
  미지가 중심을 이루는 행이다.

예
- 고추 당추 맵다 해도 시집살이 더 맵더라.
- 달콤한 사랑의 세월
- 쓰디쓴 인생을 맛보다.

⑤ **촉각적 심상**

㉠ 감촉을 촉각(살갗)을 통하여 마음속에 떠올리도록 표현한 시어나 시구의 이미지이다.

㉡ 열감각 이미지, 냉감각 이미지, 감촉 이미지로 나눌 수 있다.

(가) 누가 먼저 신었던 신바닥의 온기   – 고은, 「早春修身」 일부 –

(나) 소낙비를 그리는 너는 情熱의 女人
    나는 샘물을 길어 네 발등에 붓는다.

    이제 밤이 차다.
    나는 또 너를 내 머리맡에 있게 하마.   – 김동명, 「파초」 일부 –

(다) 내 손에 호미를 쥐어다오.
    살찐 젖가슴과 같은 부드러운 이 흙을
    발목이 시도록 밟아도 보고, 좋은 땀조차 흘리고 싶다.
                              – 이상화, 「빼앗긴 들에도 봄은 오는가」 일부 –

(가) '신바닥의 온기' : 열감각 이미지
(나) '밤이 차다' : 냉감각 이미지
(다) '살찐 젖가슴과 같은 부드러운 이 흙' : 감촉 이미지

　　예 • 차디찬 얼음 같은 표정
　　　　• 젊은 아버지의 서느런 옷자락에
　　　　• 내 마음은 보드라운 양탄자

⑥ 냉온 감각적 이미지
　　㉠ 차가운 것과 뜨거운 것이 만나는 냉온 감각을 통하여 마음속에 떠올리도록 표현한 시어나 시구의 이미지이다.
　　㉡ 넓은 의미의 촉각적 심상에 포함된다.
　　　　예 서느런 옷자락에 / 열로 상기한 볼을 말없이 부비는 것이었다.

⑦ 근육 감각적 이미지
　　㉠ 근육 감각 이미지란 근육의 긴장과 이완 또는 근육의 움직임을 나타내는 역동적 이미지를 말한다.
　　㉡ '쥐다', '밟다'와 같은 동사와 연관된 이미지는 근육 감각 이미지로 분류하는 것이 타당하다.
　　　　예 발목이 시리도록 밟아도 보고

⑧ **역동적 이미지** : 남성스러운 강한 인상과 격렬한 움직임을 나타내는 이미지이다.
　　예 모든 산맥들이 바다를 연모해 휘달릴 때도

(2) 결합 이미지

둘 이상의 감각이 결합된 경우를 말한다.

① 공감각적 이미지
　　㉠ 한 종류의 감각을 다른 종류의 감각으로 전이시켜 표현하는 것이다.
　　㉡ 공감각적 이미지는 감각적 인상을 개성적으로 전달하기 위한 방법이다.
　　　ⓐ 청각의 시각화
　　　　예 • 흔들리는 종소리의 동그라미 속에서 – 정한모, 「가을에」
　　　　　　• 분수처럼 흩어지는 푸른 종소리 – 김광균, 「외인촌」
　　　　　　• 사방에서 새소리 번쩍이며 흘러내리고 – 이성복, 「서시」
　　　　　　• 해설피 금빛 게으른 울음을 우는 곳 – 정지용, 「향수」
　　　　　　• 밤바람 소리 말을 달리고 – 정지용, 「향수」
　　　ⓑ 청각의 후각화
　　　　예 향기로운 님의 말소리 – 한용운, 「님의 침묵」
　　　ⓒ 시각의 청각화
　　　　예 • 금으로 타는 태양의 즐거운 울림 – 박남수, 「아침 이미지」
　　　　　　• 이것은 소리 없는 아우성 – 유치환, 「깃발」
　　　ⓓ 시각의 촉각화
　　　　예 • 피부의 바깥에 스미는 어둠 – 김광균, 「와사등」

- 새파란 초승달이 시리다. – 김기림, 「바다와 나비」
    - ⓔ **시각의 후각화**
        - 예 • 관이 향기로운 너는 – 노천명, 「사슴」
        - 달은 과일보다 향그럽다. – 장만영, 「달·포도·잎사귀」
    - ⓕ **촉각의 시각화**
        - 예 동해 쪽빛 바람에 – 유치환, 「울릉도」
    - ⓖ **촉각의 미각화**
        - 예 매운 계절의 채찍에 갈겨 – 이육사, 「절정」
- ② **복합 감각적 이미지**
    - ㉠ 둘 이상의 감각을 병치시키는 것을 말한다.
    - ㉡ 감각의 전이가 일어나지 않고 두 감각이 독립적으로 존재한다.
        - 예 • 집집마다 누룩을 디디는 소리, 누룩이 뜨는 내음새(청각+후각) – 오장환, 「고향 앞에서」
        - 손톱으로 톡 튀기면 쨍하고 금이 갈 듯(시각+청각) – 이희승, 「벽공」

◢ 3 시의 어조(語調)

(1) 어조의 개념

① 어조란 시에 드러난 목소리로, 시적 대상에 대해 시적 자아가 드러내는 태도를 말한다.
② 어조는 시적 분위기나 정서와 밀접한 관계가 있으며, 주로 시어와 어미에서 나타난다.
③ 어조의 종류는 우리의 감정 변화만큼이나 많다.
④ 어조는 한 작품에서 일관되게 나타나는 수도 있고, 시상 전개 도중 변화하는 경우도 있다.

(2) 어조를 형성하는 요인

① **서술 어미** : 의문형, 명사형, 명령형의 종결 어미를 통하여 어조의 특성을 드러낸다.
② **시어의 딱딱함과 부드러움** : 이육사는 거친 남성적 어휘를 즐겨 쓰는 데 비해, 한용운은 부드러운 여성적 어휘를 주로 쓰고 있다.
③ **시어의 음성적 자질(음운의 선택)** : 울림소리(유성음)는 부드러운 느낌을 주고, 「청산별곡」의 후렴구 '얄리얄리 얄라셩'의 'ㄹ' 음은 율동감을 주며, 박목월의 「청노루」에 주로 사용된 'ㄴ' 음은 아늑하고 은은한 분위기를 준다.
④ **시형의 길이와 호흡** : 김소월, 이육사 등의 작품은 절제된 길이와 호흡을 주로 사용하는 데 비하여, 한용운, 박두진 등은 산문조의 긴 호흡을 주로 사용한다.
⑤ **문체의 유형** : 한용운의 작품에서는 주로 경어체가 쓰이고, 김남조, 김현승 등은 기도체의 어조를 많이 사용한다.
⑥ **감정 표출의 유형** : 의지적이고 적극적으로 감정을 표출하는 남성적 어조와 소극적으로 감정을 표출하는 여성적 어조를 통하여 작품의 분위기를 형성하기도 한다.

(3) 어조의 기능

① 시 전체의 분위기를 형성한다.
② 주제의 형상화에 기여한다.
③ 시인의 개성을 표출한다.

05 시와 상징

◢ 1 상징의 개념

① 'symbol'의 역어에 해당한다.
② 어떤 구체적 사물이 또 다른 영역의 의미를 암시하거나 환기시켜 주는 것을 뜻한다.
③ 원관념과 보조관념의 관계에서 보면, 원관념은 배제되고 보조관념이 독립되어 함축적 의미와 암시적 기능을 갖는다.
④ 가시(可視)의 세계나 물질의 세계가 불가시(不可視)의 세계나 정신의 세계를 대신하는 표현양식으로 정의될 수 있다.
⑤ 작품 속의 어떤 사물이 그 자체의 의미를 유지하면서 보다 포괄적인 다른 의미까지 띠는 현상을 시적 상징이라고 한다.

◢ 2 상징과 은유

① 은유는 원관념이 숨겨져 있든 드러나 있든 원관념과 보조관념의 관계가 1 : 1의 관계인 데 비해, 상징은 원관념의 경우에 따라서 여러 가지 해석이 가능한 1 : 多의 관계를 가진다.
② 상징은 은유에 비해 훨씬 고차원의 유추 과정을 통해 이해된다.
③ 은유의 경우 주지(원관념)와 매체(보조관념) 사이에 어떤 유사성이 존재하지만, 상징은 두 개념 사이에 유사성을 토대로 성립되는 것은 아니다.
④ 은유는 원관념이 거의 한정되어 있고, 상징은 원관념이 무한히 확대될 수 있다. 상징의 원관념을 달리 의사주체라고도 한다.
⑤ 일종의 사회적 약정에 해당된다.
⑥ 상징은 공동체 구성원을 결속시키거나 배제하는 기능을 한다.

⌐ 3 상징의 종류

(1) 관습적 상징

관습적 상징은 같은 문화권 안에서 문화적 전통이나 사회적 관습 속에서 자연스럽게 만들어진 상징이다. 관습적 상징에는 자연적·제도적·알레고리적 상징이 있다.

① **자연적 상징** : 자연물이 인간에게 주는 보편적 의미의 상징이다.

> **예** • 해 → 희망
> • 밤 → 절망
> • 매난국죽(梅蘭菊竹) → 사군자(四君子)

② **제도적 상징** : 오랜 세월 동안 사용되어 그 의미가 관습적으로 보편화되어 쓰이는 상징이다.

> **예** • 태극기 → 대한민국
> • K.S. 마크 → 정부의 품질보증

③ **알레고리적 상징**

> **예** • 대나무 → 절개
> • 비둘기 → 평화

(2) 개인적 상징(창조적 상징)

① 개인적 상징은 시인 자신이 독창적으로 만들어 낸 상징이다.

② 이미 알고 있는 것이 아닌 시인 자신의 개성이나 창조적 능력에 의해 생성된 것이다.

> **예** • 내가 그의 이름을 불러 주었을 때 / 그는 나에게로 와서 / 꽃이 되었다. : 의미를 지닌 존재 (김춘수, 「꽃」)
> • 빼앗긴 들에도 봄은 오는가? : 국권의 상실 (이상화, 「빼앗긴 들에도 봄은 오는가」)
> • 내 고장 칠월은 / 청포도가 익어 가는 시절 : 이상 세계 (이육사, 「청포도」)
> • 모란이 피기까지는 / 나는 아직 나의 봄을 기다리고 있을 테요. : 순수한 미적 대상 (김영랑, 「모란이 피기까지는」)
> • 윤동주, 「십자가」 : 종교적·도덕적 생활의 목표
> • 김광섭, 「성북동 비둘기」 : 현실에서 소외된 삶의 계층
> • 아, 아버지가 눈을 헤치고 따 오신 / 그 붉은 산수유 열매 : 아버지의 헌신적 사랑 (김종길, 「성탄제」)

(3) 원형적 상징

① 원형적 상징은 신화와 역사, 종교 등에서 수없이 되풀이되는 이미지나 모티브이다.
② 전인류적 보편성을 갖는 상징으로 민족과 시대를 초월하여 수용되는 상징이다.
　　예 물 → 생명력, 탄생, 정화
　　　　이상의 「날개」에서 '방'의 의미 : 단군신화에 나타난 (동굴)의 원형을 상징한다.

4 재문맥화와 장력상징

(1) 재문맥화

이미 알려져 있는 상징을 시인의 독창적인 상상력으로 다시 사용하는 것을 말한다.

> 서정주의 「국화 옆에서」와 같은 작품의 경우를 보자.
> 국화는 이미 알려진 대로 오상고절(傲霜孤節)의 전통적 상징을 가지고 있지만, 서정주는 이를 재문맥화하여, 중년 여인의 고결한 아름다움으로 그려내고 있다.

(2) 장력상징

① 장력상징은 휠라이트가 사용한 개념이다.
② 장력상징은 필연적으로 의미가 조작되고 그 의미가 애매하다.
③ 장력상징은 개인적·창조적 상징을 방법론적으로 좀 더 세밀하게 설명한 것이다.
④ 장력상징은 그 의미가 이전에는 전혀 알려져 있지 않은 것이며, 시인이 새롭게 창조하는 것이다.

(3) 약속상징(협의상징)

① 휠라이트가 상징을 장력상징과 약속상징의 두 유형으로 나눈 것이다.
② 약속상징은 한번 굳어져 버리면 의미의 가변성이 허용될 여지가 사라진다.
③ 약속상징은 이미 한 사회나 조직 안에서 되풀이 사용하여 그 의미 해석의 테두리가 정해져 있는 경우이므로 관습적 상징과 크게 다르지 않다.

01 시에 대한 설명으로 <u>부적절한</u> 것은?

① 시는 문학의 장르 가운데서 가장 오랜 역사를 가지고 있다.

② 시는 그 발생에서부터 독립된 예술양식이었다.

③ 고대에서 문학과 시는 동의어의 개념이었다.

④ 시는 문학의 다른 장르에 비해 현저하게 음악성에 의거하는 특징을 지닌다.

> 해설 시의 출현은 원시종합예술(민요와 무용 등이 혼용된 상태)에서 비롯되었다.

02 다음 중 시에 대한 설명으로 가장 적절한 것은?

① 과거에 경험한 사건의 내용을 논리적으로 전달한다.

② 미래에 대한 예측과 전망을 과학적으로 제시한다.

③ 사회가 공유하는 전통적 가치의 당위성을 객관적으로 입증한다.

④ 시인이 간직하고 있는 감성과 정서를 창조적으로 표현한다.

> 해설 시는 인간의 사상과 정서를 함축적이고 운율적으로 형상화한 문학의 한 갈래이다.

03 시적 언어의 특징으로 옳지 <u>않은</u> 것은?

① 소리가 빚어내는 효과를 활용한다.

② 일정한 형식을 통하여 운율을 만든다.

③ 정서와 상상력을 통하여 시상을 전개한다.

④ 하나의 대상을 지시하며, 뜻을 명확히 드러낸다.

> 해설 ④ 하나의 대상을 지시하며 뜻을 명확히 드러내는 언어는 일상적, 과학적 언어이다.
>
> 오답 ① 시어는 음악성을 지니므로 소리가 빚어내는 효과를 활용한다.
> ② 시어는 일정한 형식의 반복과 변조를 통하여 운율을 만든다.
> ③ 시는 절제된 언어와 압축된 형태로 표현되는 예술이므로 정서와 상상력을 통하여 시상을 전개한다.

정답 **01** ② **02** ④ **03** ④

PART 01
PART 02
PART 03
PART 04
PART 05
PART 06
PART 07

04 다음 비평문과 관련 있는 시적 언어의 특성은?

> 김소월의 시 「산유화」에는 "산(山)에 / 산(山)에 / 피는 꽃은 / 저만치 혼자서 피어 있네"
> 라는 구절이 있다. 여기서 '저만치'는 '저기, 저쪽(장소)', '저렇게(상태)', '저와 같이(정황)'
> 모두를 지칭하는 동시에 둘 중 어느 하나를 정확하게 의미하지 않는다. 그러나 그로 인
> 해 이 시에 대한 해석은 보다 풍부하게 이루어질 수 있다.

① 주관성   ② 감수성
③ 애매성   ④ 추상성

> **해설** ③ **애매성** : 하나의 시어가 함축적으로 사용되어 양자택일을 필요로 하는 반응이 개입되는 경우를
> 가리키는데, 해석상 다의성을 지니게 된다. 엠프슨(W. Empson)은 『애매성의 일곱 가지 유형』
> 에서 시어의 특성을 제시하고 있다.
>> **시어의 특성**
>> ㉠ 산문적 언어와는 달리 독특한 운율, 즉 음악성을 지닌다.
>> ㉡ 지시적 의미 외에 함축적 의미를 지닌다.
>> ㉢ 다양한 의미를 내포하는 '다의성(애매성)'을 지닌다.
>> ㉣ 어조를 통해 시적 자아의 정서를 나타낸다.

05 다음 설명과 관련 깊은 시어의 특징은?

> 시는 언어를 지시적으로 사용하는 논문과는 달리 언어를 함축적으로 사용한다. 시의 언어는
> 정서적·함축적으로 활용되기 때문에 이해하기 어려운 경우가 많다. 특히 문맥의 불확실한 구
> 조나 시어 자체가 지닌 다의성(多義性)에 의하여 의미가 여러 겹으로 읽히기도 한다. 엠프슨
> (W. Empson)은 이 양상을 일곱 가지 유형으로 구분하여 설명하기도 하였다.

① 객관성   ② 애매성
③ 난해성   ④ 문맥성

> **해설** ② **애매성** : 한 말 가운데 양자택일을 필요로 하는 반응이 개입되는 경우를 가리킨다.
>> 엠프슨(W. Empson)은 다음과 같이 『애매성의 일곱 가지 유형』을 통해 시어를 설명하고 있다.
>> ㉠ 한 낱말 또는 문장이 동시에 여러 방향으로 효과를 미치는 경우
>> ㉡ 둘 이상의 뜻이 모두 저자가 의도한 단일한 뜻을 형성하는 데에 같이 참여하는 경우
>> ㉢ 일종의 동음이의어로서 한 낱말로 두 가지의 다른 뜻이 표현되는 경우
>> ㉣ 서로 다른 의미들이 합쳐져서 저자의 착잡한 정신상태를 나타내는 경우
>> ㉤ 일종의 직유로서 그 직유의 두 개념은 서로 잘 어울리지 못하나, 저자가 하나의 개념에서
>>   다른 개념으로 옮겨가고 있음(불명확에서 명확으로 나아가고 있음)을 보이는 경우
>> ㉥ 하나의 진술이 모순되든가 또는 부적절하여 독자가 스스로 해석을 내려야 하는 경우
>> ㉦ 하나의 진술이 근본적으로 모순되어서 저자의 정신에 원천적 분열이 있음을 보이는 경우

정답 **04** ③   **05** ②

06 『애매성의 일곱 가지 유형』을 통해 시어의 특징을 설명한 사람은?

① 콜리지   ② I. A. 리차즈

③ R. P. 워렌, C. 브룩스   ④ W. 엠프슨

> **해설** W. 엠프슨이 말한 『애매성의 일곱 가지 유형』
> ㉠ 한 낱말 또는 문장이 동시에 여러 방향으로 효과를 미치는 경우
> ㉡ 둘 이상의 뜻이 모두 저자가 의도한 단일한 뜻을 형성하는 데에 같이 참여하는 경우
> ㉢ 일종의 동음이의어로서 한 낱말로 두 가지의 다른 뜻이 표현되는 경우
> ㉣ 서로 다른 의미들이 합쳐져서 저자의 착잡한 정신상태를 나타내는 경우
> ㉤ 일종의 직유로서 그 직유의 두 개념은 서로 잘 어울리지 못하나 저자가 하나의 개념에서 다른 개념으로 옮겨가고 있음을 보이는 경우
> ㉥ 하나의 진술이 모순되든가 또는 부적절하여 독자가 스스로 해석을 내려야 하는 경우
> ㉦ 하나의 진술이 근본적으로 모순되어서 저자의 정신에 원천적 분열이 있음을 보이는 경우

07 다음 중 시의 언어에 대한 설명으로 적절하지 <u>않은</u> 것은?

① 시의 언어는 본래 일상어와 구별되어 존재한다.

② 시의 언어는 대상의 정확한 지시를 위한 것이 아니라, 어떤 정서적 효과를 불러일으키기 위한 절제된 언어의 기능을 한다.

③ 시의 언어는 의사 진술, 함축성, 애매성, 사물성 등의 특징이 있다.

④ 시의 언어는 관련 대상을 지시하는 데 효과적인 것을 목적으로 하지 않는다.

> **해설** ① 시의 언어는 일상어와 구별되어 존재하는 것이 아니라 시인이 일상 언어에 특별한 의미를 부여하여 사용함으로써 만들어지는 언어이다.
> ≫ **시어의 특성**
> ㉠ 함축적, 다의적, 정서적, 암시적, 내포적
> ㉡ 간접적, 개인적, 주관적, 운율적
> ㉢ 비약적이거나 날카로운 면을 지님
> ㉣ 시인의 느낌, 태도, 해석을 나타냄
> ㉤ 리듬, 이미지, 어조 등이 중요한 역할

08 같은 구절이라도 독자에 따라 의미가 다르게 읽히는 것을 설명하는 시적 언어의 특성은?

① 사실적 특성   ② 사전적 특성

③ 함축적 특성   ④ 지시적 특성

> **해설**   함축성
> ㉠ 말이나 글이 그 속에 많은 뜻을 집약하여 가지고 있는 성질을 말한다.
> ㉡ 하나의 시어는 다양한 의미를 지닐 수 있다.
> ㉢ 기존에 사용되던 언어의 일반적인 의미에 새로운 의미를 덧붙이거나 전복시키는 기능을 하기도 한다.

09 다음 시에 대한 설명으로 바르지 <u>않은</u> 것은?

> 죽는 날까지 하늘을 우러러
> 한 점 부끄럼이 없기를
> 잎새에 이는 바람에도
> 나는 괴로워했다
> 별을 노래하는 마음으로
> 모든 죽어가는 것들을 사랑해야지
> 그리고 나한테 주어진 길을
> 걸어가야겠다.
>
> 오늘 밤에도 별이 바람에 스치운다.

① '별'과 '밤'은 대조적인 이미지를 지닌 시어이다.

② '과거 → 현재 → 미래'라는 시간적 흐름에 따라 시상을 전개하고 있다.

③ '잎새에 이는 바람'은 화자의 내면적 갈등을 드러낸다.

④ 고백적이고 의지적인 어조의 작품이다.

> **해설**   ② 시상 전개 방식은 '역순행식 구성'이다. 1연 '1행~4행'은 '과거(삶의 부끄러움과 괴로움)', '5행~8행'은 '미래(미래의 삶에 대한 결의)', 그리고 2연은 '현재(현재의 상황적 갈등)'이다.
>
> **오답**   ① '별'은 '희망, 이상의 세계, 순수한 자아의 세계'를, '밤'은 '암담한 현실, 식민지 상황'을 의미하는 시어로 서로 대조적 이미지를 지닌다.
> ③ '잎새에 이는 바람'은 시인의 섬세하고 결백한 심성을 잘 드러내 주고 있는 구절로 아주 작은 시련에도 괴로워하는 화자의 내면적 갈등을 시각적 심상으로 표현하고 있다.
> ④ 식민지 상황에 처해 있는 젊은 지식인의 고뇌와 그리고 그것을 극복하려는 의지를 고백적 어조로 표현하고 있다.

> **정답**   **08** ③   **09** ②

10 다음 중 시적 언어에 대한 설명으로 적절한 것은?

① 시의 언어는 특별히 따로 존재한다.

② 시의 언어는 논리적 설명에 바탕을 둔다.

③ 시의 언어는 무엇을 명확히 설명하기 위한 차원에서 쓰인다.

④ 시어는 정확한 의사전달 수단이라기보다 감동을 전달하기 위해 쓰인다.

> **해설** 현대시에서는 시적 언어와 비시적 언어의 구별이 불명확하다. 시어와 일상어(비시적 언어) 사이에 차이가 있다면 그것은 언어 자체에 있는 것이 아니라, 언어를 다루는 시인의 태도에서 기인하는 것이다. 즉, 시어와 비시적 언어는 그 기능상의 이질성에서 차이가 생긴다. 오늘날 한국의 현대시에서 비속어나 욕설까지도 심심치 않게 대할 수 있는 것은, 비시적 언어란 없다는 생각을 단적으로 표현하고 있는 것이라고 볼 수 있다.

11 다음 설명과 관련된 시어의 특성은?

> 하나의 시어는 다양한 의미를 지닐 수 있다.

① 구체성   ② 함축성

③ 과학성   ④ 외면성

> **해설** 함축성은 말이나 글이 그 속에 많은 뜻을 집약하여 가지고 있는 성질을 말한다. 즉, 하나의 시어는 다양한 의미를 지닐 수 있다. 시어의 함축성은 기존에 사용되던 언어의 일반적인 의미에 새로운 의미를 덧붙이거나 전복시키는 기능을 하기도 한다.

12 다음 설명에 해당하는 것은?

> 하나의 시어는 여러 의미로 해석될 수 있다. 예를 들어 한용운의 시에서 '님'은 부처, 조국, 연인 등 다양하게 해석된다.

① 시어의 긴장   ② 시어의 애매성

③ 시어의 오류   ④ 시어의 함축성

> **해설** 제시된 내용은 시어의 함축성에 관한 설명이다.
> ② **시어의 애매성** : 한 낱말 또는 문장이 동시에 여러 방향으로 효과를 미치는 것. 하나의 말 가운데 양자택일을 필요로 하는 반응이 개입되는 경우를 가리킨다.

13 시의 운율(韻律)에 대한 설명으로 옳지 <u>않은</u> 것은?

① 시의 음악적 요소를 칭하는 말이다.

② 운(韻)은 비슷한 음성 요소가 규칙성을 띠고 반복하는 것을 일컫는다.

③ 우리나라 시는 중국과 서구의 시에 비하여 음성률(音聲律)이 발달된 것으로 평가된다.

④ 율(律)은 발음되는 소리의 시간 단위를 무리지음으로써 발생하는 리듬을 일컫는다.

| 해설 | ③ 우리나라 시는 음성률이 발달한 중국과 서구의 시에 비하여 음보율이 발달된 것으로 평가된다.

| 오답 | ① 시의 '운율'은 '운(韻)'과 '율(律)'의 합성어로 시에 사용되는 말소리(詩語)의 규칙적인 순환(반복)에 의하여 이루어지는 음악적 요소를 칭하는 말이다.

② 운(韻) : 같거나 비슷한 음이 규칙적으로 시행이나 연의 일정한 위치에서 반복되는 것으로 위치에 따라 '두운, 요운, 각운' 등으로 나눌 수 있다.

④ 율(律)은 고저, 장단, 강약, 음보 등의 규칙적인 반복으로 형성되며, '음수율, 음보율, 음성률' 등으로 나눌 수 있다.

14 (   ) 안에 공통으로 들어갈 말로 알맞은 것은?

> (   )은 강세 또는 악센트가 있는 음과 그것이 없는 음이 하나의 단위를 이루어 규칙적으로 반복되는 율격을 말한다. 영시의 경우에는 (   )에 의하여 율격이 구성된다. 이때 반복되는 기본적인 단위를 음보(foot)라고 한다. 소리의 강세 또는 악센트에 의하여 약강격, 강약격, 약약강격, 강약약격 등으로 단위가 이루어짐을 볼 수 있다.

① 강약률   ② 감각률

③ 고저율   ④ 음수율

| 해설 | ① **강약률(强弱律)** : 강약률은 악센트가 있는 강한 음절과 악센트가 없는 약한 음절이 규칙적으로 반복되는 율격으로, 영어로 쓰인 영시(英詩)가 강약률을 지니는 대표적인 예시이다.

| 오답 | ② **감각률** : 감각을 느끼는 수준이나 능력을 나타내는 척도이다. 대표적으로 시각, 청각, 후각, 미각, 촉각 등의 오감(五感)이 있다.

③ **고저율** : 소리의 고저가 규칙적으로 교체 반복되는 율격으로 주로 한시에 나타난다.

④ **음수율** : 음절의 수를 일정하게 나타내어 운율을 표현하는 것으로 3·4조, 4·4조, 7·5조 등이 대표적이다.

| 정답 | **13** ③   **14** ①

15 2~5음절이 결합되어 이루어진 구절을 규칙적으로 반복하여 얻는 운율은?

① 음보율   ② 음수율

③ 내재율   ④ 강약률

해설 ② **음수율** : 음절의 수가 단위로 되어 그것이 규칙적으로 반복될 때 이루어지는 운율

오답 ① **음보율** : 한정된 수의 음절들이 모여 이루어진 음보의 규칙적 반복으로 이루어지는 운율
③ **내재율** : 외형률과 다르게 운율을 겉으로 표현하지 않고, 내용 및 표현된 단어에서 느낄 수 있는 운율
④ **강약률** : 악센트가 있는 언어, 영미 시에서 주로 나타나는 운율
     ≫ **음성률** : 말소리의 고저, 음의 강약, 장단, 음질 등이 규칙적으로 반복되어 아름다움을 느끼게 하는 운율이다. 한시(漢詩), 영시(英詩)에 주로 쓰인다.

16 다음 시의 운율에 대한 설명으로 옳은 것은?

> 늦은 저녁때 오는 눈발은 말집 호롱불 밑에 붐비다.
> 늦은 저녁때 오는 눈발은 조랑말 발굽 밑에 붐비다.
> 늦은 저녁때 오는 눈발은 여물 써는 소리에 붐비다.
> 늦은 저녁때 오는 눈발은 변두리 빈터만 다니며 붐비다.
>
> — 박용래, 「저녁 눈」 —

① 외형률보다 내재율이 두드러진다.

② 전통적인 7 · 5조의 음수율을 구사한다.

③ 자유시에 속하며 운율을 느끼기 어렵다.

④ 반복되는 구절을 통해 운율이 형성된다.

해설 ④ 총 4행의 시다. 각 행이 '늦은 저녁때 오는 눈발은 ~ 붐비다'의 유사한 통사(문장) 구조의 반복으로 운율을 형성하고 있다.

오답 ① '늦은 저녁때 오는 눈발은 ~ 붐비다'의 동일 어구의 반복이 표면적으로 드러나 운율을 형성하고 있으므로 내재율보다는 외형률의 성격이 두드러진다.
② 민요시에 나타나는 전통적인 7 · 5조의 음수율은 사용되지 않았다.
③ 갈래상 자유시에 속하지만 반복되는 구절을 통해 운율을 쉽게 느낄 수 있다.

정답 15 ②   16 ④

PART 01
PART 02
PART 03
PART 04
PART 05
PART 06
PART 07

17 다음 시의 음보율은?

> 나 보기가 역겨워
> 가실 때에는
> 말없이 고이 보내 드리오리다.
>
> 영변에 약산
> 진달래꽃
> 아름 따다 가실 길에 뿌리오리다.

① 2음보 　　　　　　　　　② 3음보
③ 4음보 　　　　　　　　　④ 5음보

해설　② **진달래꽃** : 음보율 – 3음보(나 보기가 / 역겨워 / 가실 때에는). 음수율 – 7 · 5조(나 보기가
　　　역겨워 / 가실 때에는)
　　▶ 우리나라 시가에서 주로 쓰이는 것은 2음보, 3음보, 4음보이다. 2음보와 3음보는 민요에, 4음보
　　　는 시조와 가사에 주로 쓰이는 운율이다.

18 다음 중 시의 운율과 관련된 설명이 <u>아닌</u> 것은?

① 감각에 의하여 획득한 현상이 마음속에서 재생된 이미지
② 음운이나 음절 혹은 단어나 구절의 반복
③ 대비되는 두 구절 사이의 대조 혹은 대응
④ 같은 단위를 되풀이하거나 교차함으로써 성립되는 반복과 병렬

해설　① 심상(이미지)에 대한 설명이다.
오답　운율은 시를 읽을 때 느껴지는 말의 가락이다. '운(韻)'과 '율(律)'이 합쳐진 말로, 시의 음악성을
　　　형성하는 요소이다.
　　　②, ③, ④ : 운율 형성의 요소에 해당한다.

정답　**17** ②　　**18** ①

19 다음 시에 대한 설명으로 옳지 <u>않은</u> 것은?

> 그립다
> 말을 할까
> 하니 그리워
>
> 그냥 갈까
> 그래도
> 다시 더 한번 …
>
> – 김소월, 「가는 길」 –

① 전통적인 음조의 구속에서 자유롭지 못한 시이다.
② 시의 음조에 대한 작가의 남다른 관심을 보여 준다.
③ 행의 변화로써 임과 이별하는 화자의 망설이는 몸짓을 보여 준다.
④ 7·5조 3음보를 3(4)·4(3)·5의 3행으로 배열함으로써 단조로움을 피한다.

> **해설** ① 전통적인 음조의 구속이란 '정형률'을 말한다. 이 시는 전체적으로 3음보의 율격을 지니고 있지만 내재율의 자유시이다.

> **오답** ② 시행의 길이와 속도, 어조의 변화는 전통시에서 볼 수 없는 작가의 남다른 관심을 보여 준다.
> ③ 1연과 2연에서는 한 음보를 각각 한 행으로 배열한 느린 호흡은 화자가 아쉬움에 망설이는 모습을 효과적으로 표현한다.
> ④ 7·5조 3음보를 1행이 아닌 3(4)·4(3)·5의 3행으로 배열함으로써 단조로움을 피한다.

20 시의 운율에 대한 설명으로 옳지 <u>않은</u> 것은?

① 음보율은 시간적 등장성과 반복에 기초한 율격 유형이다.
② 압운(rhyme)은 시행의 일정한 자리에 같은 운을 규칙적으로 다는 것을 말한다.
③ 음수율은 운율 측정의 단위로 음절을 설정하고 음절 수를 통계내어 유형을 만든 것이다.
④ 한국의 시는 국어의 특성상 강·약의 음절이 규칙적으로 배합되어 나타나는 강약률을 주된 운율적 속성으로 삼아왔다.

> **해설** ④ '강약률'은 강세가 있는 강한 음절과 강세가 없는 음절이 대립되어 음보를 구성하고, 이러한 음보들이 반복되는 율격 현상으로 영시(英詩), 독일시(獨逸詩) 등 게르만 계통의 시가 여기에 해당한다. 한국시의 가장 두드러진 운율은 '음보율'이다.

정답 | **19** ① | **20** ④

PART 01

PART 02

PART 03

PART 04

PART 05

PART 06

PART 07

오답 ① **음보율** : 시를 읽을 때 끊어 읽는 단위를 반복적으로 배치한 운율의 하나로 시간적 등장성과 반복에 기초한 율격 유형이다.
② **압운(rhyme)** : 시행의 어떤 자리에 일정한 소리를 배분하여 그것이 체계적으로 대응 반복하게 함으로써 운율을 형성하는 장치로 한시와 영시 등의 각운(脚韻, end rhyme)이 그 대표적인 예가 된다.
③ **음수율** : 글자 수(음절)를 규칙적으로 배열하여 운율을 나타내는 것을 말한다.

21 ( ) 안에 들어갈 말로 알맞은 것은?

> 시의 리듬을 결정하는 요소 가운데 특정한 위치에서 특정한 소리의 반복을 활용하는 방법을 ( )(이)라고 한다. 이것은 주로 서구의 시나 중국의 한시에서 널리 쓰이지만 우리 시에서는 특별한 역할을 하지 못한다.

① 평측   ② 압운
③ 강약   ④ 고서

해설 ② **압운(押韻)**
㉠ 시행의 일정한 자리에 발음이 비슷한 음절의 같은 운이 규칙적으로 들어가는 것을 뜻한다.
㉡ 주로 서구의 시나 중국의 한시에서 널리 쓰이지만, 우리 시에서는 특별한 역할을 하지 못한다.

오답 ① **평측** : 한시를 작성할 때, 한자의 고저에 따라 시어를 배치하여 음의 조화를 이루는 작시법
③ **강약** : 소리의 강함과 약함
④ **고저** : 소리의 높음과 낮음

22 다음 작품에서 나타나는 가장 두드러진 운율은?

> 태산이 높다 하되 하늘 아래 뫼이로다.
> 오르고 또 오르면 못 오를 리 없건마는
> 사람이 제 아니 오르고 뫼만 높다 하더라.

① 장단율   ② 음보율
③ 고저율   ④ 강약률

해설 ② **음보율**
㉠ 끊어 읽는 단위인 음보를 반복적으로 배치한 운율
㉡ 3~4음절이 하나의 끊어 읽기 단위가 되어 반복적으로 배치된 형태
㉢ 시조의 기본적인 리듬은 음보율이고, 음보율 중 4음보율을 활용

정답 **21** ② **22** ②

① 장단율

　　㉠ 장음과 단음이 규칙적으로 교체되거나 반복되는 운율

　　㉡ 고대 그리스나 인도의 산스크리트의 시

　　㉢ 우리말의 경우 고저의 구별이 어려운 것처럼 장단 역시 구별이 쉽지 않음

③ 고저율

　　㉠ 소리의 고저가 규칙적으로 반복되거나 교체되는 운율

　　㉡ 주로 중국의 한시

④ 강약률

　　㉠ 강세가 있는 강한 음절과 강세가 없는 음절이 대립되어 음보를 구성하고, 이러한 음보들이 반복되는 운율

　　㉡ 영시, 독일시 등 게르만 계통

23　다음 시의 운율에 대한 설명으로 옳지 <u>않은</u> 것은?

> 그립다
> 말을 할까
> 하니 그리워.
>
> 그냥 갈까
> 그래도
> 다시 더 한번 …….
>
> 저 山에도 가마귀, 들에 가마귀,
> 西山에는 해 진다고
> 지저귑니다.
>
> 앞 江물, 뒷 江물,
> 흐르는 물은
> 어서 따라오라고 따라가자고
> 흘러도 연달아 흐릅디다려.
>
> － 김소월, 「가는 길」 －

① 느린 호흡에서 빠른 호흡으로 변화한다.

② 7·5조의 3음보율을 바탕으로 하고 있다.

③ 양성모음의 중첩을 통해 경쾌한 리듬감을 형성하였다.

④ 4연에서 'ㄹ' 음을 반복하여 부드러운 강물의 흐름을 표현했다.

정답　**23** ③

해설 ③ 이별의 아쉬움과 그리움을 시행의 의도적 배열을 통한 리듬감으로 형성하고 있지만, 양성모음 의 중첩을 통한 리듬감은 없다.

오답 ① 1연과 2연에서는 한 음보를 각각 한 행으로 배열하여 느린 호흡으로, 3연과 4연은 2음보 또는 3음보를 한 행에 배치하고 휴지를 줄여 빠른 호흡으로 변화를 주고 있다.
② 전체적으로 민요조 리듬인 7·5조의 음수율과 3음보의 음보율을 바탕으로 하고 있다.
④ 4연에서는 유음인 'ㄹ' 음을 반복하여 부드러운 강물의 흐름을 표현하고 있다.

24 시의 운율을 형성하는 가장 본질적인 요소는?

① 어조　　　　　　　　　　② 길이
③ 반복　　　　　　　　　　④ 이미지

해설 운율은 시의 음악성을 드러내기 위해 사용되는 용어로 규칙적 반복을 통해 성립된다.

25 외형률과 내재율에 대한 설명으로 옳지 <u>않은</u> 것은?

① 각 나라마다 자기 나라말에 가장 알맞은 운율의 패턴이 구체화된 것이 외형률이다.
② 외형률을 창조적으로 변형시킨 것이 내재율이다.
③ 내재율과 변형률의 관계는 변형과 기본형의 관계이다.
④ 외형률은 시대에 뒤떨어진 낡은 형식이다.

해설 우리는 흔히 외형률이라고 하면 시대에 뒤떨어진 낡은 의상처럼 생각하기 쉬운데 외형률은 오랜 세월에 걸쳐 갈고 닦은 한 민족의 리듬 의식이 응결되어 나타난 결과이다.

정답 **24** ③　**25** ④

26 다음 시의 율격에 대한 설명으로 적절한 것은?

> 물구슬의 봄 새벽 아득한 길
> 하늘이며 들 사이에 넓은 숲
> 젖은 향기(香氣) 불긋한 잎 위의 길
> 실그물의 바람 비쳐 젖은 숲
> 나는 걸어가노라 이러한 길
> 밤저녁의 그늘진 그대의 꿈
> 흔들리는 다리 위 무지개 길
> 바람조차 가을 봄 걷히는 꿈
>
> – 김소월, 「꿈길」 –

① 각각의 시행 마지막 단어가 반복되면서 두운을 이루고 있다.
② '길', '숲', '꿈'에서 보듯이, 엄격한 운이 적용되고 있다.
③ 단순 율격이다.
④ 반드시 각운을 지켜야 한다는 규칙이 적용되고 있다.

> **해설** ① 각각의 시행 마지막 단어가 반복되면서 <u>각운</u>을 이루고 있다.
> ② '길', '숲', '꿈'에서 보듯이, 엄격한 운이 적용되지 <u>않는다</u>.
> ④ 반드시 각운을 지켜야 한다는 규칙이 적용되지 <u>않는다</u>.

27 현재 한국시의 운율을 형성하는 기본적인 단위로서 가장 폭넓게 받아들여지고 있는 것은?

① 음수(音數) ② 음보(音步)
③ 병렬(竝列) ④ 각운(脚韻)

> **해설** 현재 한국시의 운율을 형성하는 기본적인 단위로서 가장 폭넓게 받아들여지고 있는 것은 음보(音步)이다. 2음보와 3음보는 민요에, 4음보는 시조와 가사에 주로 쓰이는 운율이다.

28 다음 〈보기〉의 내용에 해당하는 시의 운율은?

> **보기**
> • 시조와 가사에 주로 나타난다.
> • 사대부 계층의 질서의식을 나타내는 데에 적합하다.

① 2음보율 ② 3음보율
③ 4음보율 ④ 5음보율

기출유형 다잡기

PART 01
PART 02
PART 03
PART 04
PART 05
PART 06
PART 07

해설 2음보와 3음보는 주로 민요에 쓰이는 운율이다. 4음보는 시조와 가사에 주로 쓰이는 운율로, 사대부 계층의 질서의식을 나타내는 데에 적합하다. 즉, 시조와 가사는 사대부들의 유교적 관념이나 삶을 표현하는 데 적합한 시가의 형태였다.

29 음수율에 대한 설명으로 옳지 <u>않은</u> 것은?

① 음절의 숫자에 따라 리듬이 형성된다는 생각에서 비롯되었다.
② 음수율을 통해 시조나 가사의 운율이 제대로 밝혀졌다.
③ 시조나 가사와 같은 고전시가에서는 4·4조가 되풀이된다.
④ 근대시에서는 7·5조가 되풀이된다.

해설 음수율은 연구자들이 밝히고자 했던 시조나 가사의 운율조차 제대로 밝혀지지 않는다는 비판을 받아 왔다. 시조나 가사 가운데는 3·4조나 4·4조로 딱 맞아 떨어지는 작품은 오히려 소수이고, 음설적 정형성을 갖지 않는 작품이 훨씬 다수이다.

30 다음 시에 나타난 운율의 형태로 볼 수 <u>없는</u> 것은?

> 청석령(青石嶺) 지나거냐 초하구(草河口) 어디메오.
> 호풍(胡風)도 참도 찰샤 궂은 비는 무슨 일고.
> 뉘라서 내 행색(行色)을 그려내어 님 계신 데 드릴고.

① 각운   ② 음보율
③ 장단율   ④ 음수율

해설 작자는 봉림대군. 병자호란의 패전으로 소현세자와 함께 볼모가 되어 청나라 심양으로 끌려갈 때, 청석령을 지나며 부른 노래로 각운, 음보율, 음수율 등이 나타나 있으나 장단율은 관련이 없다.

31 다음 시조에 대한 설명으로 적합하지 <u>않은</u> 것은?

> 이 몸이 죽어 가서 무엇이 될고 하니
> 봉래산 제일봉에 낙락장송 되었다가
> 백설이 만건곤할 제 독야청청 하리라.

① 우리 고유의 정형 시조이다.
② 종장의 첫 음보는 3음절로 고정되어 있다.
③ 4음보 율격을 이루고 있다.
④ 이 시조를 쓴 이는 정몽주이다.

핵심정리
 ㉠ 갈래 : 평시조, 단시조, 정형시
 ㉡ 율격 : 3(4) · 4조, 4음보
 ㉢ 성격 : 절의가(節義歌)
 ㉣ 작자 : 성삼문
 ㉤ 제재 : 낙락장송
 ㉥ 주제 : 굳은 절개

32 다음의 시 구절에서 드러나는 리듬의 특성이 <u>아닌</u> 것은?

> 그러는 동안에 영영 잃어 버린 벗도 있다.
> 그러는 동안에 멀리 떠나 버린 벗도 있다.
> 그러는 동안에 몸을 팔아 버린 벗도 있다.
> 그러는 동안에 맘을 팔아 버린 벗도 있다.

① 대구   ② 대조
③ 반복   ④ 병렬

② 의미나 색채 등의 대조는 나타나 있지 않다.

위 시는 신경림의 「꽃덤불」이다. 1행부터 4행까지 대구법을 사용하였고, '그러는 동안에 ~버린 벗도 있다'라는 유사한 통사구조의 반복과 병렬을 통해 일제 강점하의 비극적 상황을 부각하고 있다.

33 다음 시의 운율에 대한 설명으로 바른 것은?

> 별 하나에 추억과
> 별 하나에 사랑과
> 별 하나에 쓸쓸함과
> 별 하나에 동경과
> 별 하나에 시와
> 별 하나에 어머니, 어머니
>
>   − 윤동주, 「별 헤는 밤」 일부 −

① 반복이 중심이 되고 있다.
② 병렬이 중심이 되고 있다.
③ 반복과 병렬이 변형되어 있다.
④ 반복이나 병렬을 원형 그대로 사용하고 있다.

> **해설** 이 시의 운율은 단순한 반복이나 병렬이 중심되었거나 원형이 그대로 사용되면서 형성된 것은 아니다. 이 시는 '별 하나에 ~과/와'라는 동일한 문장구조가 매 행마다 반복되다가 마지막 행에서는 다소 변화를 주면서 운율감을 나타내고 있다. 그러나 이 시가 단조롭지 않은 것은 반복과 병렬이 시인의 자유로운 상상력과 결합하여 구사되었기 때문이다.

34 (   ) 안에 공통으로 들어갈 말로 알맞은 것은?

> 서정시가 지닌 (   )은 시에서 자아와 대상 사이의 거리를 없애고 동일성의 세계를 추구한다. 이는 소설이 자아와 세계의 갈등을 보여 주는 장르라는 특징과 차별화되는 지점이다. 사물과 자아가 서로 교감할 수 없는 차이를 지켜낼 때, 자아와 세계라는 구분 자체가 사라져 버린다. 서정시에서 말하는 (   )은 자아와 세계 사이의 능률이라는 기반 위에서 둘 사이의 정서를 일체화하는 것이다.

① 객관성   ② 주관성
③ 산문성   ④ 전형성

> **해설** ② **주관성** : 서정시는 화자의 내면적인 정서 표출을 목표로 삼는 문학 장르이므로 객관세계의 사물들은 서정시에서 모두 주관적인 정서의 표출을 위한 도구로 변하게 되는데, 그것이 서정시에서 말하는 '세계의 자아화'이다.
>
> **오답** ① **객관성** : 주관에 영향을 받지 않고 누가 보아도 그러하다고 인정되는 성질
> ③ **산문성** : 운율이나 음절의 수 등에 얽매이지 않고 자유롭게 쓰는 글이 가지고 있는 성질
> ④ **전형성** : 같은 부류 안에서 가장 일반적이고 본질적인 특성

정답   33 ③   34 ②

35 서정시에 대한 설명으로 옳은 것은?

① 시의 대상이 신이나 영웅 또는 역사적 사실이다.

② 지성을 강조하는 주지시 역시 서정시에 포용된다.

③ 객관적인 사실을 노래한 시로 서사지향성을 지닌다.

④ 형태를 기준으로 시를 분류할 때에는 정형시와 대립된다.

> **해설** ② 서정시는 내용상 개인의 정서를 비교적 짧게 압축한 시이다. 좁은 의미의 서정시는 대개 주정시를 말하지만, 넓은 의미로는 지성을 강조하는 주지시 역시 서정시에 포함된다.

> **오답** ①, ③ **서사시** : 분량이 서정시보다 훨씬 길고, 그 속에는 일정한 배경과 여러 인물이 등장하여 복잡한 이야기를 구성한다. 즉, 영웅적인 개인의 업적이나 집단의 중대한 행적을 노래한, 비교적 긴 형식의 이야기체 시이다.
> ④ 형태를 기준으로 시를 분류할 때 정형시와 대립되는 것은 <u>자유시</u>이다.

36 시의 갈래에 대한 설명으로 옳지 <u>않은</u> 것은?

① 정형시란 시의 형식이 일정한 규칙으로 이루어진 시이다.

② 산문시란 시적인 내용을 산문의 형태로 표현하여 어떠한 리듬도 배격한 시이다.

③ 자유시란 정형시가 지닌 일정한 형식적 제한을 벗어나 형식을 자유롭게 창조한 시이다.

④ 서사시란 종종 영웅시의 형태를 띠며, 호메로스의 「일리아스」, 「오디세이아」 등을 예로 들 수 있다.

> **해설** ② **산문시** : 산문처럼 행 구분을 하지 않고 줄글로 이어 쓰는 형태이지만 다른 점은 시적 기법을 사용하여 의미를 전달하며, 내재율을 지니고 있다.

> **오답** ① **정형시**
> ㉠ 시조, 율시 등과 같이 형식에 제한이 있는 시를 말한다.
> ㉡ 자유시, 산문시와 대립되는 개념이다.
> ㉢ 두운법, 압운을 따르는 경우, 음절의 수에 규칙을 주는 경우, 문자의 수를 일률적으로 맞추는 경우 등 형식별로 여러 가지 제한 사항을 들 수 있다.
> ③ **자유시**
> ㉠ 정형시에 대립되는 개념이다.
> ㉡ 전통적인 형식을 떠나서 자유로운 표현으로 작자의 감정이 표현된 시를 말한다.
> ④ **서사시**
> ㉠ 신이나 영웅의 업적, 역사적 사건 등을 주제로 한 시로, 민족이나 국가의 문화를 담고 있다.
> ㉡ 이규보의 「동명왕편」, 호메로스의 「일리아스」, 「오디세이아」, 단테의 「신곡」 등

정답 35 ② 36 ②

37 서사시에 대한 설명으로 적절하지 <u>않은</u> 것은?

① 신화적 영웅의 역사적 사건을 다룬다.

② 서양에서는 「일리아스」나 「오디세이아」를 그 원류로 본다.

③ 어떤 줄거리를 가진 사건이나 이야기를 서술하는 운문이다.

④ 정서 표현을 주요 특성으로 한다는 점에서 궁극적으로 서정시의 한 갈래이다.

> **해설** ④ 서사시는 정서 표현보다는 이야기를 담아내는 것에 중점을 두기 때문에 서정시와는 다른 갈래의 시이다.

> **오답** ① 서사시는 영웅의 일생, 신의 행적, 국가의 흥망 등을 주 소재로 다룬다.
> ② 서양에서는 그리스 신화를 읊은 「일리아스」나 「오디세이아」를 그 원류로 본다.
> ③ 서사시는 다양한 인물과 사건이 등장하며, 사건들을 총체적으로 기술하는 운문이다.

38 다음 중 시의 형식상 갈래로 볼 수 <u>없는</u> 것은?

① 자유시   ② 정형시
③ 순수시   ④ 산문시

> **해설** 시의 형식·내용상 갈래
> ㉠ 시의 형식상 갈래
> • **정형시** : 일정한 형식에 맞추어 쓴 시. 우리나라 시가에서 가장 대표적인 정형시는 시조이다.
> • **자유시** : 정해진 형식 없이 자유롭게 표현한 시. 자유시의 리듬인 내재율은 작품마다 다르다.
> • **산문시** : 시의 내용을 행의 구분 없이 줄글 형태로 표현한 시. 자유시의 한 극단적 양상이라고 할 수 있다.
> ㉡ 시의 내용상 갈래
> • **서정시** : 개인의 감정과 느낌, 생각 등을 표현한 시
> • **서사시** : 일정한 사건을 이야기 구조로 표현한 시. 중요한 의미를 가진 주제를 고상한 문체로 다룬 이야기체의 장시
> • **극시** : 연극의 형식을 취하거나 극적 구성을 가지고 있는 장편의 시

39 다음 중 자유시의 특성에 대한 설명으로 알맞은 것은?

① 시조처럼 엄격한 정형이 있다.

② 리듬은 주로 외형률이다.

③ 운율 자체가 존재하지 않는다.

④ 시의 행이 리듬과 관계없이 구분된다.

정답 37 ④   38 ③   39 ④

PART 01

PART 02

PART 03

PART 04

PART 05

PART 06

PART 07

자유시는 정해진 형식 없이 자유롭게 표현한 시로, 자유시의 리듬인 내재율은 작품마다 다르며, 현대시의 대부분이 이 주류를 이룬다. 자유시에서 시의 운율은 따로 정해진 일정한 형식이 존재하지 않고 표현 내용에 따라 임의로 그 형식이 결정된다. 자유시에서는 행이 리듬과 관계없이 구분되는 경우가 많다.

40 산문시에 대한 설명으로 부적절한 것은?

① 자유시의 한 극단적 양상이라고 할 수 있다.
② 운율의 바탕이 되는 행과 연의 구분을 없앤 시를 가리킨다.
③ 산문의 일종이다.
④ 내재율이 존재하는 내적인 구조를 지닌다.

산문시는 산문이 아니다. 산문시는 내재율이며 시 정신을 중요하게 여기나, 산문은 그렇지 않다.

41 (   ) 안에 공통으로 들어갈 말로 알맞은 것은?

이육사의 시 「절정」의 "겨울은 강철로 된 무지개"와 기형도의 시 「조치원」의 "청년들은 톱밥같이 쓸쓸해 보인다."라는 표현은 시인의 독특한 상상력과 관점이 투영된 매우 참신한 시적 (   )에 속한다. 일상인의 눈으로는 서로 관계가 멀어 보이는 '겨울'과 '무지개', 그리고 '청년'과 '톱밥'의 유사성을 발견하고 연결할 수 있는 능력이야말로 지금까지 존재하지 않았던 독특한 (   )을/를 창조하는 시인의 능력일 것이다.

① 비유   ② 정서
③ 교훈   ④ 율격

① 비유(比喩) : 어떤 대상을 더욱 효과적으로 표현하기 위해 유사성을 지닌 다른 대상에 견주어 표현하는 방법이다. 표현하고자 하는 대상(원관념)을 이미 알고 있는 다른 현상이나 사물의 모습(보조관념)에 빗대어 표현하는 방법이다. 비유법에는 '은유, 직유, 대유' 등이 있다.

② 정서 : 사람의 마음에 일어나는 여러 가지 감정
③ 교훈 : 앞으로의 행동이나 생활에 도움이 되거나 참고할 만한 경험적 사실
④ 율격 : 일정한 구조로 반복, 지속되는 소리의 질서

정답   40 ③   41 ①

42 (   ) 안에 들어갈 말로 알맞은 것은?

> 은유는 크게 (㉠)와 (㉡)로 나누어진다. (㉠)란 보조관념이 원관념을 대체하는 방법을 사용하는 은유의 한 양상을 가리킨다. (㉠)는 은유의 전통적이고 일반적인 형식으로서, 대부분의 은유가 (㉠)에 해당된다. (㉠)는 유사성의 발견을 기본 원리로 하지만, (㉡)는 유사성과 무관하다. 다시 말해, (㉡)는 시구와 시구를 나란히 배치함으로써 그 병렬과 종합을 통하여 새로운 의미를 창조한다. (㉠)가 원관념과 보조관념 사이의 상관관계를 중시하는 데 비해서, (㉡)는 사실상 두 개의 대상 사이의 상관관계를 필요로 하지 않는다.

	㉠	㉡
①	환유	제유
②	병치은유	치환은유
③	제유	환유
④	치환은유	병치은유

해설 **휠라이트의 비유론** : 치환은유(epiphor)와 병치은유(diaphor)
  ㉠ **치환은유**(epiphor)
   • 보통 알고 있는 전통적 은유의 개념에 해당한다.
   • 원관념과 보조관념의 관계가 유사성이나 연관성에 의해 파악될 수 있다.
   • 'A는 B이다.'라는 형식을 취할 수밖에 없기 때문에, 어쩔 수 없이 양자 사이의 연관성이라는 논리적 제약이 따르게 된다.
  ㉡ **병치은유**(diaphor)
   • 병치와 종합에 의해 새 의미를 창조해 낸다.
   • A와 B 사이에는 아무런 연관성도 암시되지 않는다.
   • 두 구절 사이의 독립성이 최대한 인정되는 가운데 둘 사이의 의미론적 상관관계를 유추하게 만든다.
  ≫ ㉠ **환유**
   • 어떤 사물을 그 사물의 속성이나 특징으로 대치하는 것이다.
   • 원인으로써 결과를 대신하거나 결과로써 원인을 대신하는 것이다.
  ㉡ **제유**
   • 어떤 사물을 그것과 연관성이 있는 다른 사물로 대신하는 것이다.
   • 부분으로서 전체를 대신하는 것이다.

정답 **42** ④

43 다음 설명을 읽고 〈보기〉의 시를 분석한 내용으로 옳은 것은?

> 리처즈는 비유를 주지(主旨)와 매체(媒體)의 결합 구조로 설명한다. 주지는 시인이 본래 표현하고 드러내려는 사물, 즉 원관념을 뜻하며, 매체는 주지를 효과적으로 나타내기 위하여 비교하는 또 하나의 사물이라고 할 수 있다.

보기

> 새가 우는 소리는
> 그의 영혼의 가장 깊은 속살을
> 쪼아대는 언어의 즙이다.
>
> 새가 나는 공간은
> 그의 가냘픈 의지가
> 쌓아올리는 부재의 계단이다.

① 시에서의 주지는 "새"이다.
② 시에서의 주지는 "언어의 즙"이다.
③ 시에서의 매체는 "부재의 계단"이다.
④ 시에서의 매체는 "새가 나는 공간"이다.

해설 리처즈의 '비유'는 '은유'에 대한 설명이고, 〈보기〉는 이광석의 「새」이다.
ㄱ 1연
• 주지 : 새가 우는 소리
• 매체 : 언어의 즙
ㄴ 2연
• 주지 : 새가 나는 공간
• 매체 : 부재의 계단
오답 ① "새"는 제목이다.
② "언어의 즙"은 매체이다.
④ "새가 나는 공간"은 주지이다.

정답 43 ③

44 (   ) 안에 공통으로 들어갈 말로 알맞은 것은?

> 휠라이트가 제시한 (   )은유의 예는 이러하다. 에즈라 파운드의 「지하철 정거장에서」에 있는 "군중 속에서 유령처럼 나타나는 이 얼굴들. / 까맣게 젖은 나뭇가지 위의 꽃잎들."을 인용한다. 이 시에서 (   )되어 있는 것은 "얼굴들"과 "꽃잎들"이다. 이 두 가지가 서로 같은 것인지 또는 다른 것인지 판단이 유보된다는 점에서 (   )은유는 해체주의적 관심까지 불러일으킨다.

① 관습　　　　　　　　　　② 병치
③ 내재　　　　　　　　　　④ 해석

해설 휠라이트 : '치환은유(epiphor)'와 '병치은유(diaphor)'
② 병치은유 : A와 B 사이에는 아무런 연관성도 암시되지 않는다. 두 구절 사이의 독립성이 최대한 인정되는 가운데 둘 사이의 의미론적 상관관계를 유추하게 만든다. 위 시의 "얼굴들"과 "꽃잎들"은 각각 독립성을 유지하면서 아무런 상관관계를 맺지 않고 있으나 이질적인 두 개의 이미지(군중과 꽃잎)가 서로 병치되면서 새로운 차원의 의미를 생산한다. 즉, 피곤하고 우울한 서민들의 표정을 함축적으로 제시하는 것이다.
≫ '치환은유'는 둘 사이의 연관성을 바탕으로 하나의 개념을 다른 개념으로 바꾸어 놓는 것이고, '병치은유'는 연관성을 무시한 채 두 개념을 병치함으로써 두 개념이 대립 또는 종합되어 제3의 의미를 획득하는 방법이다.

45 다음 표현에 대한 설명으로 옳은 것은?

> (가) : 나의 첫사랑은 별처럼 아름다웠다.
> (나) : 오늘 밤에도 별이 바람에 스치운다.

① (가)와 (나)는 모두 은유적 표현이다.
② (가)와 (나)는 모두 상징을 활용한 표현이다.
③ (가)는 직유적 표현이고, (나)는 상징을 활용한 표현이다.
④ (가)는 상징을 활용한 표현이고, (나)는 은유적 표현이다.

해설 (가) **직유법** : B처럼 A(별처럼 아름다운 나의 첫사랑)
(나) **상징법** : 별(순수한 삶)

정답 44 ② 　 45 ③

46 다음은 제유법과 환유법에 대한 설명이다. 이 중 틀린 설명은?

> ㉠ 제유와 환유는 모두 대유법에 속한다.
> ㉡ 제유는 부분으로 전체를 비유하는 것이다.
> ㉢ 환유는 시간적 연속성을 가지고 비유하는 것이다.
> ㉣ '펜은 칼보다 강하다.'는 환유의 사례이다.

① ㉠   ② ㉡
③ ㉢   ④ ㉣

해설 ㉢ : '환유'는 시간적 연속성을 가지고 비유하는 것이 아니라 공간적, 시간적, 인과적 인접성을 중시하는 표현 기법이다.

오답 ㉠ : '대유법'은 직접 그 사물의 명칭을 쓰지 않고 그 일부로써 혹은 그 사물의 특징으로써 전체를 나타내는 방법으로 '제유법'과 '환유법'으로 나뉜다.
㉡ : '제유법'은 같은 종류의 사물 중에서 어느 한 부분으로써 전체를 알 수 있게 표현하는 방법이다.
㉣ : '펜은 칼보다 강하다.'에서 '펜'은 '글쓰기나 지성'을, '칼'은 '무력이나 폭력'의 속성으로 '환유법'이다.

47 다음에 사용된 수사법 중 그 종류가 다른 것은?

① 내 마음은 호수요
② 돌담에 속삭이는 햇발같이 / 풀 아래 웃음 짓는 샘물같이
③ 사과같이 예쁜 내 얼굴
④ 나 보기가 역겨워 가실 때에는 죽어도 아니 눈물 흘리오리다.

해설 ④ 속마음과 반대로 말하는 '반어법'은 비유법이 아니라 '변화법'의 일종이다.

오답 비유법 : 은유법, 직유법, 대유법 등이 있다.
① 은유법으로 원관념과 보조관념을 직접적으로 연결시키지 않고 간접적으로 연결시키는 방법이다. "A(원관념)는 B(보조관념)이다."의 형태로 나타난다.
②, ③ 직유법으로 원관념을 보조관념에 직접적으로 연결시킨 수사법이다. 비슷한 성질이나 모양을 가진 두 사물을 '~같이, ~ 같은, ~처럼, ~듯이, ~ 양' 등의 말로 연결하여 직접 비유한다.

48 리처즈(I. A. Richards)의 비유에 대한 다음 설명에서 (   ) 안에 들어갈 말로 알맞은 것은?

> 시인이 본래 표현하고 드러내려는 대상이 (㉠   )(이)라면, 이를 효과적으로 나타내기 위하여 비교하는 것이 (㉡   )이다.

	㉠	㉡			㉠	㉡
①	직유	은유		②	은유	직유
③	원관념	보조관념		④	보조관념	원관념

해설 I. A. 리처즈의 '비유'
㉠ **원관념**(주지) : 드러내고자 하는 사상 혹은 정서
㉡ **보조관념**(매체) : 원관념을 드러내는 수단 또는 표현 방식
㉢ 원관념과 보조관념이 비유로 성립하려면 두 관념 사이에 유추관계가 내포되어 있어야 한다.

49 다음 설명에 해당하는 은유의 유형은?

> • '요란한 색깔', '요란한 향수'와 같은 것이 한 예이다.
> • '분수처럼 흩어지는 푸른 종소리'는 이것의 고전적인 사례이다.

① 감각 영역의 의미 전이를 꾀하는 은유
② 인간이 아닌 것에 인간의 특징을 부여하는 인간화 은유
③ 추상적인 것에 구체적 형상을 부여하는 구상화의 은유
④ 무생물에 생명이 있는 것의 특징을 부여하는 애니미즘 은유

해설 ① **공감각** : 감각 영역의 의미 전이
• '요란한 색깔' : 시각의 청각화
• '요란한 향수' : 후각의 청각화
• '분수처럼 흩어지는 푸른 종소리' : 청각의 시각화

오답 ② 의인법
③ 구상화
④ 활유법

정답	48 ③	49 ①

PART 01
PART 02
PART 03
PART 04
PART 05
PART 06
PART 07

50 (   ) 안에 공통으로 들어갈 말로 알맞은 것은?

> "내 마음은 호수요"라는 시 구절에서는 (   )를 활용하고 있다. (   )는 비교격 조사 없이 원관념('내마음')과 보조관념('호수')을 동일한 것으로 표현하는 비유이다. 즉, 두 사물을 순간적으로 동일시하여 나타내거나 두 낱말을 결합하여 독특한 뉘앙스를 띤 다른 차원의 사물로 직접 나타내는 효과를 말한다.

① 제유   ② 은유
③ 환유   ④ 풍유

해설 ② 은유 : 원관념('내마음')과 보조관념('호수')을 비교격 조사 없이 'A는 B이다.' 형태로 동일한 것으로 표현하고 있다.

오답 ① 제유 : 사물의 일부분으로 그 사물의 전체를 표현하는 수사법
③ 환유 : 사물의 속성, 특징, 관련 대상 등을 이용하여 그 사물을 나타내는 수사법
④ 풍유 : 원관념을 완전히 은폐시키고 보조관념만을 드러내 숨겨진 본뜻을 암시하는 수사법. 우언법. 대개 의인화의 과정을 거친다.

51 다음 작품에 사용된 수사법은?

> 흰 저고리 치마가 슬픈 몸집을 가리고
> 흰 띠가 가는 허리를 질끈 동이다.
>
>   – 윤동주, 「슬픈 족속」 –

① 은유   ② 직유
③ 환유   ④ 의인

해설 ③ 환유 : 사물의 속성, 특징, 관련 대상 등을 이용하여 그 사물을 나타내는 수사법이다. 위 시에서는 보조관념(흰 저고리, 흰 띠)을 통해 원관념(일제 치하의 조선인)을 나타내고 있다.

오답 ④ 의인
       ㉠ 사물이나 추상적 개념과 같은 인격이 없는 대상에 인격을 부여하여 표현하는 수사법
       ㉡ 생명이 없는 무생물을 생명이 있는 것으로 표현하는 활유법의 하위 부류

정답   50 ②   51 ③

52 직유와 은유의 본질적 차이점을 바르게 말한 것은?

① 직유 : 운율성, 은유 : 회화성   ② 직유 : 유사성, 은유 : 동일성

③ 직유 : 직접적, 은유 : 간접적   ④ 직유 : 개인적, 은유 : 사회적

> **해설** 직유는 'A는 B와 같다.'라는 의미적 유사성에 바탕을 두고, 은유는 'A는 B이다.'라는 동일성에 바탕을 둔다.

53 다음 밑줄 친 부분의 비유를 순서대로 옳게 연결한 것은?

> 내 마음은 낙엽이요.
> 잠깐 그대의 뜰에 머무르게 하오.
> 이제 바람이 일면 나는 또 나그네같이, 외로이
> 그대를 떠나오리다.

① 직유, 은유   ② 은유, 직유

③ 제유, 은유   ④ 은유, 환유

> **해설** '내 마음은 낙엽이요'에서는 은유법, '또 나그네같이'에서는 직유법이 사용되었다.
> '내 마음'을 원관념으로 하고 그것에 상응하는 보조관념인 '호수', '촛불', '나그네', '낙엽'을 제시하는 함축적 표현으로 은유법이 사용되었다. 직유법은 원관념을 보조관념에 직접적으로 연결시킨 수사법으로 '마치', '~같이', '~처럼', '~ 양', '~듯' 등의 연결어를 사용한다.

54 ( ) 안에 들어갈 말로 알맞은 것은?

> 비유는 원관념과 보조관념 사이의 ( ) 관계에 의해 형성되는 유사성을 통해 새로운 의미를 만들어 낸다.

① 유추적   ② 논리적

③ 대조적   ④ 감성적

> **해설** 작가가 드러내고자 하는 사상·정서인 원관념(주지)과 원관념을 드러내는 수단 또는 표현 방식인 보조관념(매체)이 비유로 성립하려면 두 관념 사이에 유추관계가 내포되어 있어야 한다.

> **정답** 52 ②   53 ②   54 ①

55 다음 시에 사용된 수사법이 바르게 묶인 것은?

> 구름 빛도 가라앉고 섬들도 그림진다.
> 끓던 물도 검푸르게 잔잔히 숨더니만
> 어디서 살진 반달이 함(艦)을 따라 웃는고.

① 은유법, 의인법   ② 영탄법, 의인법

③ 직유법, 도치법   ④ 대유법, 영탄법

> **해설** 중장 "끓던 물도 검푸르게 잔잔히 숨더니만"과 종장 "어디서 살진 반달이 함(艦)을 따라 웃는고."에서 의인법이, 종장 "따라 웃는고."에서 영탄법이 나타나 있다.

56 치환은유에 대한 설명으로 부적절한 것은?

① 보통 알고 있는 은유의 개념에 해당한다.

② 원관념과 보조관념의 관계가 유사성이나 연관성에 의해 파악될 수 있다.

③ B라는 개념을 이용하여 A라는 개념을 보다 효과적으로 제시하는 것이다.

④ 일상적으로 생각할 수 없었던 것을 새롭고 역동적인 의미와 이미지로 변화시킨다.

> **해설** 병치은유 : 일상적으로 생각할 수 없었던 것을 은유적 구조를 통하여 새롭고 역동적인 의미와 이미지로 변화시킨다.

57 다음 시 구절에서 사용된 수사법은?

> 무수한 군중 속의 얼굴들이 자아내는 환영
> 물기 어린 검은 가지에 매달려 있는 꽃잎들

① 비교　　　　　　　　　　② 도치
③ 병치　　　　　　　　　　④ 대조

해설 지하철역을 나오는 군중의 얼굴과, 물기 어린 검은 가지에 매달린 꽃잎이 병치되어 있다. 첫 번째 행과 두 번째 행은 각각 독립성을 유지하면서 아무런 상관관계를 맺지 않고 있다. 그러나 이질적인 두 개의 이미지(군중과 꽃잎)가 서로 병치되면서 새로운 차원의 의미를 생산한다. 즉, 피곤하고 우울한 서민들의 표정을 함축적으로 제시하는 것이다.

58 다음 시에서 가장 많이 쓰여진 비유법은?

> 내용 없는 아름다움처럼
> 가난한 아희에게 온
> 서양 나라에서 온
> 아름다운 크리스마스 카드처럼
> 어린 양들의 등성이에 반짝이는
> 진눈깨비처럼

① 직유법　　　　　　　　　② 은유법
③ 제유법　　　　　　　　　④ 환유법

해설 위 시는 김종삼의 「북치는 소년」으로 김종삼의 시 전반의 특성을 밝히는 대표작이라고 할 수 있다. 가장 많이 쓰여진 비유법은 직유법이다.

59 반어(反語)와 역설(逆說)에 대한 설명으로 옳지 <u>않은</u> 것은?

① 역설은 '초월'의 의미를 지닌 말로 '패러독스(paradox)'라고도 한다.
② 반어는 '숨기다', '시치미 떼다'의 의미를 지닌 말로 '아이러니(irony)'라고도 한다.
③ 역설은 문장 자체에 모순이 있으나, 반어는 표현과 상황이 반대된다는 특징이 있다.
④ '죽어야 산다.', '어린이는 어른의 부모이다.'와 같은 문장은 아이러니의 전형적인 예이다.

정답 57 ③　58 ①　59 ④

해설 ④ '죽어야 산다.'나 '어린이는 어른의 부모이다.'와 같은 문장은 '역설'의 전형적인 예이다.

오답 ① **역설(逆說)** : 병치된 개념이 논리적으로 대립하는 '가치의 충돌' 개념으로 '패러독스(paradox)'라고도 한다.

② **반어(反語)** : '반어'는 표현의 효과를 높이기 위하여 뜻하고자 하는 것과는 반대로 말이나 글 등을 표현하는 용법이다. '숨기다', '시치미 떼다'의 의미를 지닌 말로 '아이러니(irony)'라고도 한다.

③ '역설'은 표면적으로는 이치에 어긋난 듯 하지만, 내면적으로는 깊은 진리의 말을 담고 있으나, '반어'는 겉으로 표현한 의미와 속으로 숨어 있는 의미를 서로 반대되게 나타내는 방법이다.

60 다음의 작품에 사용된 문학 기법은?

> 눈보라 비껴 나는
> ─全─群─街─道─
>
> 퍼뜩 차창으로
> 스쳐 가는 인정(人情)아!
>
> 외딴집 섬돌에 놓인
>
> 하나
>   둘
> 세 켤레
>
> – 장순하, 「고무신」 –

① 낯설게 하기   ② 관념의 구체화
③ 주객전도   ④ 공간의 이동

해설 **낯설게 하기** : 비일상적인 독특한 리듬, 비유, 역설 등을 사용하는 것이다.
① 위의 작품은 현대시조 작품으로 일단 기존의 장별 배행 구조에서 벗어나 구별 배행을 취하고 있으며, 'ㅡ'나 종장의 '하나, 둘, 셋'의 시어 배행을 낯설게 하여 기존의 시조 형식에서 탈피하고 있다.

오답 ② **관념의 구체화** : 눈에 보이지 않는 추상적인 관념을 눈에 보이는 것처럼 구체화하는 것이다.
③ **주객전도** : 주체와 객체를 바꾸어 표현한 것이다.
④ **공간의 이동** : 화자가 직접 공간을 움직이며 이동하는 문학 기법을 말한다.

정답 60 ①

기출유형 다잡기

PART 01

PART 02

PART 03

PART 04

PART 05

PART 06

PART 07

61 다음의 시 구절에서 시적 긴장(tension)을 위해 사용된 수사법이 <u>아닌</u> 것은?

> 죽어도 아니 눈물 흘리오리다.

① 도치법   ② 과장법

③ 은유법   ④ 반어법

해설 '죽어도'는 과장법, '아니 눈물'은 도치법에 해당되며 또한 반어적 표현이 사용되었다. 그러나 은유법은 드러나지 않는다. 이 시구에서는 눈물을 흘리지 않겠다는 외연적 의미보다 눈물을 참기 위하여 안간힘을 쓰는 내포적 의미가 더 큰 진폭을 갖고 독자에게 전달되도록 꾸며져 있다.

62 시적 이미지에 대한 설명으로 옳지 <u>않은</u> 것은?

① 신선하고 독창적일 때 표현 효과가 크다.

② 감각적인 체험의 재생일 때 표현 효과가 크다.

③ 비유나 상징 등의 표현 기교와 결합하는 것이 효과적이다.

④ 시의 주제와 관계없이 독립적인 맥락에서 형성해야 한다.

해설 ④ 시적 이미지는 의미를 전달하는 기능을 갖기 때문에 시의 주제와 밀접한 연관성이 있으며, 독립적인 맥락이 아니라 여러 이미지들의 유기적 결합에 의하여 형성해야 한다.

오답 ① 시적 이미지는 대상을 구체적이고 생생하게 표현하므로 신선하고 독창적일 때 표현 효과가 크다.

② 시적 이미지는 보통의 언어로 풀이하기 어려운 마음의 상태를 효과적으로 나타내므로 감각적인 체험의 재생일 때 표현 효과가 크다.

③ 시적 이미지는 '묘사, 비유, 상징' 등을 통해 제시되므로 비유나 상징 등의 표현 기교와 결합하는 것이 효과적이다.

63 밑줄 친 부분에서 나타난 이미지가 <u>아닌</u> 것은?

> 날카로운 고탑같이 언덕 위에 솟아 있는
> 퇴색한 성교당의 지붕 위에선
> <u>분수처럼 흩어지는 푸른 종소리</u>
>
>   – 김광균, 「외인촌」 –

① 시각적 이미지   ② 청각적 이미지

③ 촉각적 이미지   ④ 공감각적 이미지

정답 61 ③   62 ④   63 ③

③ 피부 감각적 심상과 전신 감각적 심상을 포함하는 촉각적 이미지는 제시되지 않았다.

① 시각적 이미지 : 분수처럼 흩어지는, 푸른
② 청각적 이미지 : 종소리
④ 공감각적 이미지 : 감각의 전이. 청각의 시각화(종소리 → 분수, 푸른)

64 **시구의 심상이 나머지 셋과 다른 것은?**

① 파아란 바람이 불고 가을이 있습니다.
② 타고 남은 재가 다시 기름이 됩니다.
③ 피부의 바깥에 스미는 어둠
④ 매운 계절의 채찍에 갈겨

② 한용운, 「알 수 없어요」 : 역설법. 소멸의 이미지를 생성의 이미지로 연결

① 윤동주, 「자화상」 : 공감각적 심상[촉각의 시각화]
③ 김광균, 「와사등」 : 공감각적 심상[시각의 촉각화]
④ 윤동주, 「절정」 : 공감각적 심상[촉각의 미각화]

65 **다음 시에 대한 설명으로 옳은 것은?**

> 구름은
> 보랏빛 색지(色紙) 우에
> 마구 칠한 한다발 장미(薔薇).
>
> 목장(牧場)의 깃발도 능금나무도
> 부을면 꺼질 듯이 외로운 들길.

① "외로운 들길"은 세태의 복잡함을 반어적으로 표현하고 있다.
② "들길"에서 느끼는 "외로움"을 "부을면 꺼질 듯" 하다는 청각적 표현으로 치환한다.
③ "보랏빛 색지 우에 / 마구 칠한 한다발 장미"는 촉각적 이미지를 시각화한 것이다.
④ "구름"을 "색지 우에 / 마구 칠한 한다발 장미"라고 하여 화려한 시각 이미지로 제시한다.

④ "구름"을 "색지 우에 / 마구 칠한 한다발 장미" : 은유를 통해 대상을 선명한 시각적 이미지로 제시하고 있다.

① "외로운 들길" : 세태의 복잡함을 반어적으로 표현한 것이 아니라 저녁 하늘을 보는 화자의 쓸쓸한 감정이 투영된 것이다.
② "들길"에서 느끼는 "외로움"을 "부을면 꺼질 듯" 하다 : 청각적 표현이 아니라 시각적 이미지로 치환하고 있다.
③ "보랏빛 색지 우에 / 마구 칠한 한다발 장미" : 촉각적 이미지는 없고, 시각적 이미지만 제시되었다.

66 다음 시에 대한 설명으로 옳지 <u>않은</u> 것은?

> 얇은 사(紗) 하이얀 고깔은
> 고이 접어서 나빌레라.
>
> 파르라니 깎은 머리
> 박사(薄紗) 고깔에 감추오고
> 두 볼에 흐르는 빛이 정작으로 고와서 서러워라.
>
> – 조지훈, 「승무」 –

① 시적 허용을 통하여 시어를 새롭게 쓰고 있다.
② 은유를 통하여 서로 다른 존재를 융합하고 있다.
③ 청각적 이미지를 활용하여 감각을 환기하고 있다.
④ 역설적인 의미를 통하여 정서를 불러일으키고 있다.

> 해설 ③ 청각적 이미지는 사용되지 않았다. 주로 시각적 이미지를 활용하여 '춤을 추기 전 여승의 모습'
> 을 제시하고 있다.
>
> 오답 ① 시적 허용(음절의 확대) : 하이얀, 감추오고
> ② 은유(A는 B) : 하이얀 고깔은 ~ 나빌레라
> ④ 역설법 : 정작으로 고와서 서러워라.

67 다음 시의 특징으로 적절하지 <u>않은</u> 것은?

> 차단 — 한 등불이 하나 비인 하늘에 걸려 있다.
> 내 호올로 어딜 가라는 슬픈 신호냐.
>
> 긴 — 여름해 황망히 나래를 접고;
> 늘어선 고층(高層) 창백한 묘석(墓石)같이 황혼에 젖어
>
> 찬란한 야경 무성한 잡초인 양 헝클어진 채
> 사념(思念) 벙어리 되어 입을 다물다.
>
> – 김광균, 「와사등」 –

① 비유적   ② 감각적
③ 애상적   ④ 역동적

④ **역동적 이미지** : 힘찬 동작이나 행위를 묘사한 이미지로 위 시에서는 찾아볼 수 없다. 위 시는 고요하고 멈춰있는 정적 이미지에 가깝다.

① **비유적**
　　　㉠ **은유법** : '차단한 등불 ～ 슬픈 신호냐'
　　　㉡ **직유법** : '고층 창백한 묘석같이', '무성한 잡초인 양'
　② **감각적**
　　　㉠ 전체적으로 시각적 이미지가 나타나 있다.
　　　㉡ **촉각적 이미지** : '차단 – 한(차디찬)'
　③ **애상적** : 슬픈 분위기, 서글픈 정서 – '슬픈 신호냐'

68　(　　) 안에 공통으로 들어갈 말로 알맞은 것은?

> 시에서 (　　)은/는 리처즈가 그의 유명한 저서 『실천비평』에서 규정한 대로 '청자를 대하는 태도'의 문제로 귀결된다. 시적 발화에서 드러나는 (　　)은/는 말하고 있는 상대에게 어떤 태도를 취하고 있는가를 그대로 보여 주는 것이기 때문이다.

① 어조　　　　　　　　　　② 심상
③ 비유　　　　　　　　　　④ 상징

① **어조**
　　　㉠ 시에 드러난 목소리로, 시적 대상에 대해 시적 자아가 드러내는 태도를 말한다.
　　　㉡ 어조는 시적 분위기나 정서와 밀접한 관계가 있으며, 주로 시어와 어미에서 나타난다.
　　　㉢ 어조의 종류는 우리의 감정 변화만큼이나 많다.

② **심상**
　　　㉠ 사물의 감각적 형상(形象)
　　　㉡ 감각기관에 의해 마음속에 떠오르는 대상에 대한 영상이나 대상을 감각적으로 인식하도록 자극하는 말
　③ **비유**
　　　㉠ 표현하고자 하는 사물(원관념)을 그것과 유사성(유추관계)이 있는 다른 사물(보조관념)로 표현
　　　㉡ 선명한 인상을 제시하거나 함축성 있는 의미를 나타내는 기법
　④ **상징**
　　　㉠ 상징은 가시(可視)의 세계나 물질의 세계가 불가시(不可視)의 세계나 정신의 세계를 대신하는 표현 양식
　　　㉡ 상징은 추상적인 사물이나 관념 또는 사상을 구체적인 사물로 나타내는 일 또는 그 사물

69 다음 시 구절에서 드러나는 주된 이미지는?

> 온 집안에 퀴퀴한 돼지 비린내

① 미각적 이미지   ② 공감각적 이미지
③ 후각적 이미지   ④ 시각적 이미지

해설   위 시는 신경림의 「장마」이다. '돼지 비린내'는 직·간접적으로 후각 이미지와 연관되고 있다.
③ **후각적 이미지** : 냄새를 나타내는 시어, 시구를 통해 떠오르는 모습이나 느낌

오답   ① **미각적 이미지** : 맛을 나타내는 시어를 통해 떠오르는 모습이나 느낌
② **공감각적 심상** : 한 종류의 감각을 다른 감각으로 전이시켜 표현하는 경우
④ **시각적 이미지** : 빛깔, 명암, 상태, 움직임 등을 나타내는 시각적인 시어나 시구

70 다음 중 촉각 이미지에 대한 예가 <u>아닌</u> 것은?

① 발목이 시도록 밟아도 보고
② 누가 먼저 신었던 신바닥의 온기
③ 나는 샘물을 길어 네 발등에 붓는다. 이제 밤이 차다.
④ 살찐 젖가슴과 같은 부드러운 이 흙

해설   '쥐다', '밟다'와 같은 동사와 연관된 이미지는 근육감각 이미지로 분류하는 것이 타당하다. 근육감각 이미지란 근육의 긴장과 이완 또는 근육의 움직임을 나타내는 역동적 이미지를 말한다.

71 다음 중 공감각적 이미지가 사용된 표현은?

① 아아, 너는 산새처럼 날아갔구나!
② 분수처럼 흩어지는 푸른 종소리
③ 머언 산 청운사 낡은 기와집
④ 보랏빛 색지 위에 마구 칠한 한 다발 장미

해설   ② 분수처럼 흩어지는 푸른 종소리 – 청각의 시각화

| 정답 | 69 ③ | 70 ① | 71 ② |

72 다음 중 공감각 이미지에 대한 예가 <u>아닌</u> 것은?

① 금빛 게으른 울음을 우는 곳
② 분수처럼 흩어지는 푸른 종소리
③ 동해 쪽빛 바람에 사념의 머리 곱세 씻기우고
④ 아름다운 나무의 꽃이 시듦을 보시고

④ 김현승, 「눈물」 : 시각적 심상

① 정지용, 「향수」 : 금빛 게으른 울음(청각의 시각화)
② 김광균, 「외인촌」 : 분수처럼 흩어지는 푸른 종소리(청각의 시각화)
③ 유치환, 「울릉도」 : 동해 쪽빛 바람(촉각의 시각화)

73 (   ) 안에 들어갈 말로 알맞은 것은?

> 문학적 상징은 관점에 따라 유형별로 나눌 수 있다. (㉠)은 시인의 지적인 상징으로서 특정한 작가의 작품을 넓게 읽어 보면 드러난다. (㉡)은 과거의 역사나 문화에서 빌려 와서 구사하는 것이다. (㉢)은 보편적 인간 경험을 연상시키는 듯한 문학적 상징이다.

	㉠	㉡	㉢
①	개인적 상징	관습적 상징	원형적 상징
②	개인적 상징	원형적 상징	관습적 상징
③	원형적 상징	관습적 상징	개인적 상징
④	원형적 상징	개인적 상징	관습적 상징

㉠ 개인적 상징 : 시인 자신이 독창적으로 만들어 낸 상징이다.
㉡ 원형적 상징 : 신화와 역사, 종교 등에서 수없이 되풀이되는 이미지나 모티브이다.
㉢ 관습적 상징 : 같은 문화권 안에서 문화적 전통이나 사회적 관습 속에서 자연스럽게 만들어진 상징이다.

74 다음 (   ) 안에 들어갈 말로 알맞은 것은?

> 현실의 환경 속에서 인간은 타인과 삶을 공유한다. 따라서 문학에는 현실이 반영되기 마련이다. 문학 속에 반영되는 현실은 대개 상징적으로 표현되는데, 이때 시인은 사적으로 특수한 의미를 가지는 (㉠   )뿐만 아니라 타인과 공유할 수 있는 (㉡   )을 이용하기도 한다. 여기서 시인의 시적 개성은 확대되어 보다 널리 적용되는 세계성을 띤다. 한편 시간적으로나 지리적으로나 상당한 거리에 있어서 역사적으로 어떤 영향을 주고받거나 인과성이 전혀 없는 이질 문화 사이에서 동일한 상징이 존재하기도 하는데, 이를 (㉢   )이라고 한다.

	㉠	㉡	㉢
①	개인적 상징	원형 상징	보편적 상징
②	원형 상징	역사적 상징	보편적 상징
③	개인적 상징	보편적 상징	원형 상징
④	보편직 상징	개인적 상징	초역사적 상징

해설 ㉠ 개인적 상징
- 시인 자신이 독창적으로 만들어낸 상징이다.
- 괄호 앞 '사적으로 특수한 의미를 가지는'

㉡ 보편적 상징
- 같은 문화권 안에서 문화적 전통이나 사회적 관습을 바탕으로 자연스럽게 만들어진 상징이다.
- 괄호 앞 '타인과 공유할 수 있는', 괄호 뒤 '보다 널리 적용되는 세계성'

㉢ 원형 상징
- 신화와 역사, 종교 등에서 수없이 되풀이되는 이미지나 모티브를 활용한 것으로, 민족과 시대를 초월하여 수용되는 상징이다.
- 괄호 앞 '이질 문화 사이에서 동일한 상징'

정답 74 ③

75 아래에서 설명한 시의 수사법이 적용된 시구로 가장 옳은 것은?

> 본래의 의미와 의도를 더욱 효과적으로 강조하기 위해 그것을 가장하거나 위장하는 것이다. 즉, 본래의 의도를 숨기고 반대되는 말로 표현하는 것으로, 표면의미(표현)와 이면의미(의도) 사이에 괴리와 모순을 통해 시적 진실을 전달하는 표현방법이다.

① 돌담에 속삭이는 햇발같이 / 풀 아래 웃음 짓는 샘물같이 – 김영랑, 「돌담에 속삭이는 햇발」

② 내가 그의 이름을 불러 주었을 때 / 그는 나에게로 와서 / 꽃이 되었다 – 김춘수, 「꽃」

③ 산은 나무를 기르는 법으로 / 벼랑에 오르지 못하는 법으로 / 사람을 다스린다
　　　– 김광섭, 「산」

④ 나보기가 역겨워 / 가실 때에는 / 죽어도 아니 눈물 / 흘리오리다 – 김소월, 「진달래꽃」

해설 '반어법'에 대한 설명이다.
　　④ **반어법** : "죽어도 아니 눈물 / 흘리오리다"

오답 ① **직유법** : "돌담에 속삭이는 햇발같이 / 풀 아래 웃음 짓는 샘물같이"
　　② **상징법** : "꽃"(의미 있는 존재)
　　③ **반복법** : "산은 나무를 기르는 법으로 / 벼랑에 오르지 못하는 법으로"
　　　의인법 : "산은 ～ 사람을 다스린다"

76 다음 시에 대한 설명으로 적절하지 <u>않은</u> 것은?

> 마음도 한자리 못 앉아 있는 마음일 때,
> 친구의 서러운 사랑 이야기를
> 가을 햇볕으로나 동무 삼아 따라가면,
> 어느새 등성이에 이르러 눈물 나고나.
>
> 제삿날 큰집에 모이는 불빛도 불빛이지만,
> 해 질 녘 울음이 타는 가을 강을 보겄네.
>
> 저것 봐, 저것 봐,
> 네보담도 내보담도
> 그 기쁜 첫사랑 산골 물소리가 사라지고
> 그다음 사랑 끝에 생긴 울음까지 녹아나고
> 이제는 미칠 일 하나로 바다에 다 와 가는
> 소리 죽은 가을 강을 처음 보겄네.
>
> — 박재삼, 「울음이 타는 가을 강」 —

① 공감각적 이미지를 활용해 시상을 전개하고 있군.
② 첫사랑과 관련된 시어를 반복하여 운율을 형성하고 있군.
③ 대조적 속성을 지닌 소재를 통해 정서를 부각하고 있군.
④ 전통적 어조를 사용해 예스러운 정감을 살리고 있군.

해설 ② '첫사랑', '사랑', '울음' 등 첫사랑과 관련된 시어를 반복하고 있긴 하지만 운율의 형성과는
관련이 없다. 이 작품의 운율 형성의 주 요인은 '저것 봐, 저것 봐, / 네보담도 내보담도'의
시어와 '~네'의 어미의 반복이다.

오답 ① **울음이 타는 가을 강** : 시각(해 질 녘 가을 강의 노을)의 청각(울음)화
③ '물(울음이 타는 가을 강, 산골 물소리, 바다, 소리 죽은 가을 강)'과 '불(가을 햇볕, 제삿날 큰집에
모이는 불빛, 해 질 녘 울음이 타는 가을 강)'의 대조적 속성을 지닌 소재를 통해 '인간의 본원적
인 한'이라는 정서를 효과적으로 부각하고 있다.
④ '-고나'의 판소리 어조와 '-겄네'의 민요조의 방언에 사용하는 종결어미를 사용하여 예스러운
정감을 살리고 있다.

정답 **76** ②

77 밑줄 친 시어에 해당하는 상징의 유형은?

> 바다는 병이고 죽음이기도 하지만, 바다는 또한 회복이고 부활이기도 하다. 바다는 내 유년이고, 바다는 또한 내 무덤이다.

① 개인적 상징　　　　　　　　　② 관습적 상징
③ 보편적 상징　　　　　　　　　④ 인습적 상징

해설 김춘수의 시 「처용 단장」에 대해 필자가 『문학사』(1976년 2월호)에 발표한 「내가 사랑하는 한마디 말」 중에서 발췌한 내용이다.
　① **개인적 상징**(창조적 상징, 맥락적 상징) : 개인이 특정 사물에 의미를 부여한 것으로 개인에 의해 창조된 상징이다.
　▶ '바다'의 상징
　　㉠ **병과 죽음** : 시인에게 고통과 죽음을 상징하는 요소로, 그의 삶의 어려움을 반영하고 있다.
　　㉡ **회복과 부활** : 동시에 치유와 재생의 힘을 가진 것으로, 절망 속에서도 희망을 찾게 해 주는 상징이다.
　　㉢ **유년과 무덤** : 시인의 어린 시절과 죽음의 장소를 상징하며, 그의 삶의 전체적인 부분을 아우르고 있다.

오답 ② **관습적 상징**(제도적 상징) : 같은 문화권 안에서 문화적 전통이나 사회적 관습 속에서 자연스럽게 만들어진 상징이다.
　③ **보편적 상징**(원형적 상징) : 민족, 문화, 시대를 초월하여 모든 사람들이 공감하고 이해할 수 있는 상징이다.
　④ **인습적 상징** : 어떤 기호나 표징물이 오랜 세월 동안 사람들에게 보편적으로 통용되면서 습관적으로 인식되어 온 상징이다.

78 다음 중 은유와 상징을 '원관념 : 보조관념'의 대응 관계로 바르게 나타낸 것은?

	은유	상징		은유	상징
①	1 : 1	1 : 1	②	1 : 다(多)	1 : 1
③	1 : 1	1 : 다(多)	④	1 : 다(多)	1 : 다(多)

해설 은유는 원관념과 보조관념이 1 : 1의 관계임에 비해, 상징은 경우에 따라 1 : 다(多)의 관계를 갖는다. 은유는 원관념과 보조관념이 관련성이 있으나, 상징은 원관념과 보조관념 사이에 유사성이 없다.

정답 77 ① 78 ③

79 상징과 은유의 차이에 대한 설명으로 <u>부적절한</u> 것은?

① 은유는 주지(원관념)와 매체(보조관념)의 관계가 1 : 1의 관계이나, 상징은 1 : 多의 관계를 갖기도 한다.

② 상징은 은유에 비해 훨씬 고차원의 유추 과정을 통해 이해된다.

③ 은유는 주지(원관념)와 매체(보조관념) 사이에 유사성이 존재하나, 상징은 유사성이 존재하지 않는다.

④ 은유는 공동체 구성원을 결속시키거나 배제하는 기능을 하나, 상징은 그렇지 않다.

> **해설** 상징이 공동체 구성원을 결속시키거나 배제하는 기능을 한다.

80 다음 상징의 종류 중 성격이 <u>다른</u> 것은?

① 창조적 상징　　　　　　　　② 제도적 상징
③ 자연적 상징　　　　　　　　④ 알레고리적 상징

> **해설** 상징의 종류
>
> | 관습적 상징 | • 자연적 상징 : 매난국죽(梅蘭菊竹) → 사군자(四君子)
• 제도적 상징 : 태극기 → 대한민국
• 알레고리적 상징 : 대나무 → 절개, 비둘기 → 평화 |
> |---|---|
> | 창조적 상징 | • 시인 자신이 독창적으로 만들어 낸 상징
• 이미 알고 있는 것이 아닌 시인 자신의 개성이나 창조적 능력에 의해 생성된 것이다. |

81 다음에서 설명하고 있는 것은?

> 국기나 상표, 학교나 단체의 배지(badge, 휘장) 등은 어떤 사상이나 이념을 대신한다. 태극기가 대한민국을, K.S. 마크가 정부의 품질보증을, 학교의 배지가 그 학교의 건학 이념을 각각 표상하는 것이 그 예가 된다.

① 개인적 상징　　　　　　　　② 제도적 상징
③ 원형적 상징　　　　　　　　④ 자연적 상징

정답　79 ④　　80 ①　　81 ②

② **제도적 상징** : 오랜 세월 동안 사용되어 그 의미가 관습적으로 보편화되어 쓰이는 상징이다.
　　🔵예 태극기 → 대한민국, K.S. 마크 → 정부의 품질보증

① **개인적 상징** : 시인 자신이 독창적으로 만들어 낸 상징이다.
③ **원형적 상징** : 전 인류적 보편성을 갖는 상징으로 민족과 시대를 초월하여 수용되는 상징이다.
　　🔵예 물 → 생명력, 탄생, 정화
④ **자연적 상징** : 자연물이 인간에게 주는 보편적 의미의 상징이다. 🔵예 해 → 희망, 밤 → 절망

82　다음 중 재문맥화의 예를 보여주는 것은?

① 소나무(절개) : 나태를 먹고 사는 한 마리 짐승 / 소나무의 지긋한 하품이여.
② 대나무(지조) : 어느 놈이 다 바꾼들 대나무야 꺾이랴.
③ 진달래(정한) : 곱고도 붉은 진달래꽃 참으로 아니 서러우랴.
④ 비둘기(평화) : 나와 같이 그 나라에 가서 비둘기를 키웁시다.

위에서 의미가 바뀐 것은 소나무밖에 없다. 소나무는 재문맥화를 통해 변화를 거부하는 나태한 존재를 상징하는 것으로 그려지고 있다.

83　약속상징과 장력상징에 대한 설명으로 옳지 않은 것은?

① 휠라이트가 상징을 두 유형으로 나눈 것이다.
② 약속상징은 한번 굳어져 버리면 의미의 가변성이 허용될 여지가 사라진다.
③ 장력상징은 필연적으로 의미가 조작되고 그 의미가 애매하다.
④ 약속상징이란 개인적·창조적 상징을 방법론적으로 좀 더 세밀하게 설명한 것이다.

약속상징은 이미 한 사회나 조직 안에서 되풀이 사용하여 그 의미해석의 테두리가 정해져 있는 경우이므로 관습적 상징과 크게 다르지 않다. 개인적·창조적 상징을 방법론적으로 좀 더 세밀하게 설명한 것은 장력상징이며, 이것은 새로 창조되는 것이므로 그 이전에는 의미가 전혀 알려져 있지 않았음을 뜻한다.

PART 03

소설론

01 소설의 본질

1 소설의 어원

(1) 중국

'小說(소설)'이라는 명칭은 '莊子(장자)'의 「외물편(外物篇)」에서 처음 나타난다.

💎 "소설을 꾸며 수령의 마음에 들려는 자는 크게 되기 어렵다." – 장자의 「외물편」

① "풀어 헤쳐 드러낸 작은 이야기"

② 小說 → 小 + 說

③ 小 : 작은 점 세 개

④ 說 → 言[말] + 兌[脫 : 풀어 헤쳐 속의 것을 끌어냄]

(2) 한국

고려 때 이규보의 패관문학인 『백운소설』에서 명칭이 처음 사용된다.

(3) 서양

소설에 대한 자의가 다양하다.

① novel : 중편 이상의 길이를 가진 것으로, roman보다 새로운 이야기

② roman : 로망어로 쓴 이야기 및 중세기 사담

③ fiction : 지어낸 이야기

④ story : 사실의 이야기(= history)

2 소설의 기원에 대한 견해

(1) 고대 서사시의 형태에서 찾으려는 견해

① 소설의 특질 중에서 이야기(story)와 서술(narration)에 주목한다.

② 몰톤(Moulton), 루카치(Lukács), 허드슨(Hudson) 등이 대표자이다.

    ㉠ **몰톤(Moulton)** : "서사시는 고대의 운문대화와 근대소설을 포함한다."

    ㉡ **루카치(Lukács)** : "문학에서 서사양식은 고대에는 서사시, 근대에는 소설로 나타나고 있다."

    ㉢ **허드슨(W. H. Hudson)** : "서사시는 성장의 서사시(고대와 중세시대), 예술의 서사시(문예부흥시대), 인생의 서사시(근대소설)로 나눈다."

(2) 중세 로망스에서 찾으려는 견해

① 로망스 역시 이야기 문학의 형식을 취하고 있음에 주목한다.

② 로망스의 기원

  ㉠ 영국에서는 700년경으로, 독일에서는 750년경으로 추측하기는 하나 구체적인 작품은 없는 편이다.

  ㉡ 프랑스 – 11세기, 스페인 – 12세기로 본다.

  ㉢ 서구문학사에서 로망스의 가장 오래된 작품으로는 「Strassburg Oaths」를 흔히 이야기한다.

③ 로망스의 내용 : 기사들의 황당무계한 무용담, 연애담

④ 티보데(A. Thibaudet)는 라틴어에 대한 방언(로망어)으로 쓴 이야기인 기사도 문학이 뒤에 로망이 되었다고 설명한다.

⑤ 대표작품 : 「아더왕 이야기」, 「샬르망 이야기」

(3) 근대사회의 산물로만 보려는 견해

① 이야기 자체보다는 인간성의 탐구와 인생에 대한 표현에 주목하고, 리얼리즘 측면을 강조한 것에서 비롯된 것이다.

② 근대소설의 등장배경에 대한 두 가지 견해

  ㉠ 사회적·역사적 입장 : 봉건주의의 붕괴라는 사회적 변화에서 비롯되었다.

> **⚓ Plus UP!** 케틀의 「영국소설의 개관」
>
> • 봉건주의의 붕괴라는 사회적 변화가 소설양식의 발생을 가져왔다.
> • 서구에서는 부르주아 계급의 등장과 함께 근대적인 의미의 소설양식이 등장했다.
> • 소설에 있어서의 리얼리즘에 대한 충동은 봉건주의 및 봉건주의적 질서의 변화를 요구하는 의지를 보여주는 것이다.

  ㉡ 문학양식의 발달사 또는 변천사의 입장 : 로망스 양식의 거부감에서 비롯되었다.

③ 근대소설의 발생요인 : 근대소설의 발생요인에는 근대적 인간관의 발견, 부르주아계급의 등장, 부조리한 세계에 대한 비판정신, 도시·물질 중심의 근대사회의 복잡 다양한 현실을 그리기 위해서는 자유로운 산문형식의 소설이 요구되었다.

④ 최초의 근대소설 : 『파멜라』(리차드슨 : Richardson)

  ㉠ 최초의 근대소설이다.

  ㉡ 서간체 소설이다.

  ㉢ 가정부를 주인공으로 등장시키고 있다.

  ㉣ 자유로운 산문의 형식을 취하고 있다.

◢ 3 소설의 개념과 특성

(1) 소설의 개념

소설은 인간의 삶에 관한 있을 법한 사건을 작가의 상상에 의해 가공적으로 꾸며 내어 산문으로 표현한 문학의 한 갈래이다. 즉, 소설은 허구적인 이야기와 서술적인 산문으로 인생을 표현하는 창작문학으로 인물, 사건, 배경과 같은 요소를 통해 하나의 허구적인 세계를 그려낸다.

① 허구적인 이야기

    ㉠ 소설은 작가에 의해 창조된 기록이다.

    ㉡ 소설은 가공된 이야기의 기록이다.

    ㉢ 소설은 <u>개연성</u>이 있게 꾸민 이야기이다.

           └▶ 실제로 있었던 일은 아니나, 일어날 가능성이 있는 일

    ㉣ 소설은 <u>진실성</u>이 있는 참말 같은 거짓말이다.

           └▶ 허무맹랑한, 거짓의 이야기는 아니다.

✎ Plus UP!　소설과 역사의 차이

소설	역사
있을 수 있는 일	실제 있었던 일
what might be	what is, what was
개연성	사실성

② 서술적인 산문

    ㉠ 소설은 서술에 의존한다.

    ㉡ 소설은 화자를 통해 사건을 보여주는 서사의 방법을 취한다.

    ㉢ 서술은 소설과 희곡을 구별하는 두드러진 특징이다.

           ┌ 소설 : 서술의 방법

         └▶ └ 희곡 : 표출의 방법

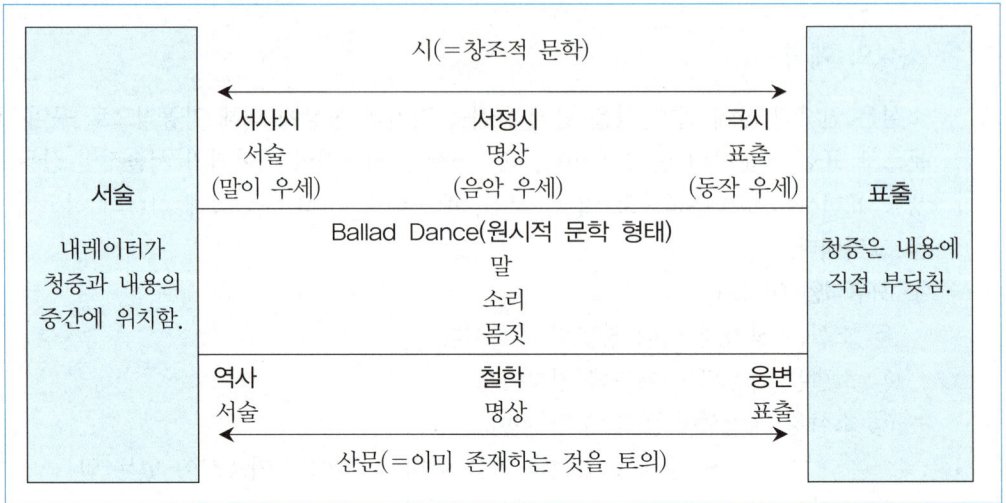

③ 인생을 표현하는 창작문학
ㄱ 소설은 인간의 구체적인 삶과 관계가 있다.
ㄴ 소설은 우리의 삶을 근거로 하는 인생의 이야기이다.

(2) 소설의 특성

① **서사성** : 소설은 인물·사건·배경 등을 갖추고, 일정한 시간의 흐름에 따라 이야기(story)가 전개된다.
② **허구성** : 소설은 실제로 있었던 이야기가 아니라, 작가의 상상력에 의하여 창조된 개연성 있는 허구의 세계이다.
③ **진실성** : 소설은 허구의 세계를 그리지만 진실을 지닌 인생의 표현이다.
④ **모방성** : 소설은 현실을 모방·반영한다.
⑤ **산문성** : 소설은 운문이 아닌 산문으로 쓰여지는 대표적인 산문문학 양식이다.
⑥ **예술성** : 소설은 예술의 한 형식으로서, 그에 상응하는 형식미와 예술적 기교를 갖추어야 한다.
⑦ **객관성** : 시가 주관적인 문학임에 비하여, 소설은 객관적인 문학이다.

4 로망스와 노벨(소설)

(1) 특징

① 로망스의 특징
ㄱ 로망스는 일반적으로 현실도피의 성격이 강한 문학양식으로 인식되고 있다. 즉, 역사적·사회적 상황이나 시대적 삶에 대한 문제를 대상으로 하지 않는다.

ⓛ 로맨스는 역사의 변화나 시대의 변화와는 거의 무관한 영원불멸의 인간정신을 다루기 때문에 프라이(N. Frye)는 로맨스는 시대를 초월해서 반복 출현한다고 설명했다.

ⓒ 로맨스의 주인공은 비현실적인 인물이다.

ⓔ 삶에 대해 감성적이고 환상적으로 접근한다.

ⓜ 소설의 유형 가운데 '멜로드라마'와 가장 관계가 깊은 것은 로맨스(romance)이다. 오늘날에도 로맨스는 멜로드라마라는 이름으로 자주 발견되며 공상소설, 연애소설, 괴기소설, 탐정소설 등의 형태로 나타나고 있다.

② 노벨(소설)의 특징

ⓖ 노벨은 인간의 삶을 대상으로 삼으며 경험의 세계를 직접 다루려 한다는 점에서 로맨스와 일치하고 우리 삶에 대한 감상적인 접근법을 거부하고 독자를 계몽시키려 한다는 점에서는 철학적 이야기와 일치한다.

ⓛ 노벨의 주인공은 한 사회나 집단을 대표하는 인물이다.

ⓒ 리얼리즘적 측면에서 긴밀성과 절제의 논리를 줄거리로 삼는다.

(2) 공통점

로맨스와 소설(노벨)은 모두 관념론이나 추상론보다는 구체적인 삶의 문제와 인간적인 여러 정황을 다룬다. 즉, 삶의 이론적인 문제보다 인간의 구체적인 삶과 경험의 세계에 관심을 둔다는 공통점을 갖고 있다.

(3) 차이점

① 쉬로더(M. Z. Shroder)의 견해(「소설장르론」) : 노벨과 로맨스는 모두 구체적인 삶의 문제와 인간적인 여러 정황을 다룬다. 노벨은 아이러니컬한 허구의 형태를 본질로 삼는 양식이다. 아이러니의 형질이 없는 로맨스와 철학적 강담 사이의 중간지대에 노벨이 놓인다고 보았다.

구분	로맨스	노벨
양식	인플레이션(과장된 삶, 부풀림) 양식	디플레이션(절제, 일상, 압축) 양식
주인공	영웅호걸, 절세가인	다양한 인간 무리
성격	비논리적, 비사실적, 현실도피적	논리적, 사실적, 현실적
줄거리	주인공이 자신이 영웅임을 증명하는 과정을 다룬다. 즉, 영웅으로서의 잠재력을 실현시키는 과정을 다룬다.	부르주아 계급의 생활, 사업, 근대도시에서 펼쳐지는 다양한 삶의 모습을 대상으로 그들의 현실과 이상의 괴리를 그린다.
아이러니	아이러니의 형질이 없다.	아이러니의 형질이 농후하다.

② 아우어바흐(E. Auerbach)의 견해 : 아우어바흐는 로망스의 양식이 일상적인 삶의 모습을 그린 것이 아니라서 리얼리즘의 정신과는 배치되며 이러한 점에서 소설과 정확하게 다르다는 견해를 보인다. 그리고 그는 로망스에 역사의식이 결핍되어 있다고도 하였다.

구분	로망스	노벨
모방정신	일상적인 삶의 모습이 아니다.	일상적인 삶의 모습을 모방한다.
역사의식	결핍	충만

③ 볼튼(M. Boulton)의 견해
  ㉠ "로망스의 주인공은 일상적인 여러 문제들, 이를테면 법이라든가, 경력, 생계 등의 문제에 별로 신경을 쓰지 않고 감기 등을 거의 앓지 않는다."고 지적하였다.
  ㉡ 로망스의 주인공들은 현실 밖에서 존재하는 색다른 존재이다.
  ㉢ 리얼리즘 소설과 로망스의 차이점으로 플롯, 인물, 배경, 도덕의식, 독자의 동일시, 작가의 모색, 문체, 성공할 경우 등 8가지 기준을 밝히고 있다.

④ 오늘날에도 로망스는 멜로드라마라는 이름으로 자주 발견되며 공상소설, 연애소설, 괴기소설, 탐정소설 등의 형태로 나타나고 있다. 그리고 아직도 많은 수의 독자가 이러한 로망스의 양식을 즐겨 찾고 있다.

02 소설의 요소

1 소설의 3요소와 구성의 3요소

(1) 소설의 3요소

① 주제 : 작가가 작품을 통하여 나타내고자 하는 중심적인 의도(작가의 인생관, 세계관)를 말한다.
② 구성
  ㉠ 주제를 효과적으로 드러내기 위해 작가가 사건들을 필연적인 인과관계로 배열한 구조를 말한다.
  ㉡ 소설의 예술성을 가능하게 하는 요인 중 핵심적인 역할을 한다.
③ 문체 : 말이 어떤 개성적 특징을 보이며, 어떠한 질서에 따라 어떻게 조직되어 있는가를 일컫는 말로 작자의 개성이 드러난 표현이다.

(2) 구성의 3요소

① **인물** : 작가의 상상에 의해 창조된 사건의 행위자이며 이야기의 주체이다.
② **사건** : 사건은 주제를 향하여 필연적으로 발생하고 전개된다.
③ **배경** : 사건이 발생하고 인물이 활동하는 구체적인 시간과 공간, 상황을 말한다.

◢ 2 소설의 주제

(1) 주제의 개념

① **주제의 개념** : 주제는 작품 속에 구체적으로 나타내려는 작가의 의도 또는 작품의 핵심
적 의미라 할 수 있다.
ⓐ 작가의 인생관과 세계관 또는 문제의식
ⓑ 작가가 작중 인물에 대해 가지고 있는 느낌을 추상화한 것
ⓒ 사건, 인물, 배경 등을 통합시켜 주는 형이상학적 에너지
ⓓ 작가가 나타내려고 하는 중심사상
ⓔ 소재를 다루어 나가는 통일된 원리
ⓕ 작가가 소재에 대하여 느낀 인생의 의미를 구체화시킨 것
② **주제와 제재의 관계**(R. V. Cassill)
ⓐ **주제** : 작가가 말하고자 하는 의도를 말한다. 주제는 제재의 독특한 속성을 일반화·
추상화한 끝에 얻은 것이다.
ⓑ **제재** : 제재는 특수한 상황이나 경우를 뜻하며, 주제를 표현하기 위해 동원되는 재료
나 근거이다.
ⓒ 주제는 목적이 되고, 제재는 그 목적을 이루기 위한 효과적인 수단이나 구체적 과정
이다.
ⓓ 주제는 추상화의 산물이지만, 제재는 구체적인 것이다.

(2) 주제 형상화 방법

① **명시적 방법** : 직접적인 진술(서술)에 의해 주제를 제시한다.
② **암시적 방법** : 전체적인 서사 구조(인물의 행동, 대화, 갈등 구조, 배경, 문체의 유기적
통합, 소재의 상징성 등)에 의해 암시적으로 주제를 제시한다.

(3) 주제 파악의 방법

① 인물이 세계에 대해 어떻게 생각하고 행동하는지를 살펴본다.
② 서술자의 인물이나 사건에 대한 논평이나 해석을 살펴본다.
③ 설정된 배경과 인물이 처한 상황 사이의 관계를 파악한다.

(4) 주제와 갈등 구조

① 작가가 주제를 드러내기 위해서는 작품 속에 갈등의 양상을 제시하여야 한다.

② 갈등 구조는 주제적 요인이 된다.

③ 갈등 구조의 양상

    ㉠ 근대소설 이전의 갈등 구조

        ⓐ 두 개인, 즉 선인과 악인의 대립(멜로드라마의 대부분)

        ⓑ 개인과 사회 사이의 대립(사회소설의 경우)

        ⓒ 한 개인의 내면적 갈등

    ㉡ 근대소설의 갈등 구조

        ⓐ 인간적인 것과 비인간적인 것 사이의 대립

        ⓑ 낡은 것과 새 것 사이의 마찰

        ⓒ 있는 자와 없는 자 사이의 대립

        ⓓ 도시적인 것과 비도시적인 것 사이의 대립

        ⓔ 전통적·토속적인 것과 외래적인 것 사이의 충돌현상

        ⓕ 개성적인 삶과 상식적인 삶 사이의 충돌현상

        ⓖ 한 개인의 인간적인 조건(죽음 등)과 대결하는 모습

(5) 인물과 갈등의 유형

① 한 개인의 내면적 갈등 : 한 개인의 양면적 자아, 즉 진실과 허위, 선과 악 등이 갈등을 일으키는 것으로 개인의 내면(심리적) 갈등을 말한다.

    예 주요섭의 「사랑손님과 어머니」, 김만중의 「구운몽」 등

② 외적 갈등 : 적대자나 반동세력과의 갈등을 말한다.

    ㉠ 개인 대 개인의 갈등 : 각 인물 사이의 갈등으로 가장 보편적 갈등 유형이다. 주로 주동인물과 반동인물 사이의 갈등이 대표적이다.

    ㉡ 개인 대 사회의 갈등

        ⓐ 주인공과 주인공이 속해 있는 사회적 환경과의 갈등

        ⓑ 주로 사회 체제나 제도상의 모순 때문에 등장인물이 겪는 갈등

    ㉢ 개인 대 운명의 갈등 : 개인이 삶의 과정에서 운명적으로 겪는 갈등이다.

    ㉣ 인간 대 자연의 갈등 : 등장인물과 이들의 행동을 제한하는 자연현상과의 갈등이다.

◢ 3 소설의 플롯(구성)

(1) 플롯의 개념

① 플롯의 개념

   ㉠ 플롯은 소설의 구조 및 짜임새이다.

   ㉡ 예술적 효과를 낳기 위한 서술상의 기술이다.

   ㉢ 인물, 사건, 사상 등의 여러 요소를 보다 효과 있게 정리하고 종합하는 힘이다.

   ㉣ 인과관계에 의한 사건의 전개와 배열이다.

   ㉤ 소설의 주제를 보다 선명하게 드러내기 위한 방법이다.

   ㉥ 소설의 예술미를 형성하기 위한 논리적·지적인 활동이다.

② 플롯과 스토리의 비교

   ㉠ 포스터(E. M. Forster)의 『소설의 양상』

플롯(plot)	스토리(story)
인과관계에 바탕을 둔 사건의 서술, 소설 속의 사건과 다른 사건을 연결시킬 수 있는 능력이 필요	시간적 순서대로 배열된 사건의 서술
예 "왕이 죽자 왕비도 슬퍼서 죽었다." – '왜(why)'의 반응을 이끌어내는 것	예 "왕이 죽고 왕비가 죽었다." – '그리고(and)'의 반응을 이끌어내는 것
'차창을 통해 시선을 집중시키는 나무들과 집'	'앞마당에 내던져진 잡초와 돌들'

   ㉡ 빅토르 쉬클로프스키(Victor Shklovsky) : 플롯은 스토리가 낯설게 되고 창조적으로 뒤틀려지고 그리고 소외되게끔 하는 방법을 제시하는 것이다.

   ㉢ 쉬클로프스키를 비롯한 형식주의자들은 문학성을 밝히는 일에 관심을 기울이는데, 문학과 문학이 아닌 것의 차이를 설명하고자 '낯설게 하기'라는 개념을 만들어 낸다. 일상적인 우리의 삶의 구조를 예술적인 색채가 있는 소설의 구조로 바꾸기 위해서는 플롯이라는 방법을 통해서만 가능하다고 본다.

   ㉣ 아리스토텔레스는 『시학』에서 뮈토스(mythos)를 이야기가 흘러가는 순서를 정한 줄거리, 일종의 이야기의 흐름이라는 의미로 정의했고, 현대에 이르러서는 작품의 플롯이나 이야기의 구성, 흐름 등과 유사한 의미로 이해되고 있다.

   ㉤ 러시아의 형식주의에서는 '파블라(fabula)'[주어진 시간과 공간 안에서 사건들을 시간적으로 배열하는 것 → 스토리]와 '슈제트(syuzhet)'[이야기 안에서 파블라가 제시되는 부분을 말하며, 수용자에게 어떻게 구성해서 받아들이는가에 해당하는 것 → 플롯]로 분류했다.

(2) 플롯의 유형

① 이야기 수에 따른 분류

㉠ 단순 플롯(단일한 플롯)
ⓐ 단편소설에 많이 사용된다.
ⓑ 통일되고 압축된 긴장감을 나타내도록 사건이 전개된다.
ⓒ 단순하고 단일한 사건의 단순하고 단일한 진행이다.
ⓓ 대개 사건의 진행이 시간적 순서에 따른다.

㉡ 복합 플롯(복잡한 플롯)
ⓐ 장편에 많이 쓰이며, 드물게 단편에도 쓰인다.
ⓑ 둘 이상의 플롯을 함께 진행시킨다.
ⓒ 사건의 진행이 자연적인 시간의 순서가 아닌, 작가의 의도에 따라 전개되는 역행법을 구사한다.
ⓓ 주된 사건과 부수적인 사건이 교차되거나 동시에 진행된다.
ⓔ 통일성 있게 집약되어야 한다.

② 사건 진행 방식에 따른 분류

㉠ 평면적 구성
ⓐ 사건을 시간의 순서(과거 – 현재 – 미래)대로 진행시키는 것이다.
ⓑ 로망스, 우리나라 고전소설이 거의 이에 속한다.
ⓒ 가장 기초적인 방법이다.
ⓓ 독자에게 흥미를 주지는 못한다.
ⓔ '진행적 · 순차적 · 추보식 구성'이라고도 한다.

㉡ 입체적 구성
ⓐ 사건을 자연적인 시간의 순서가 아닌 역행적 순서로 진행시키는 것이다.
ⓑ 현대소설, 특히 심리 소설에 많이 나타나는 구성 방법이다.
ⓒ '역전적 · 역순행적 구성'이라고도 한다.

㉢ 평행적 구성
ⓐ 두 가지 이상의 사건을 동시(평면적 진행과 입체적 진행을 동시)에 진행시키는 것이다.
ⓑ 서로 장소가 다른 곳에서 일어나는 사건을 동시에 진행시키는 방법이다.
ⓒ 영화의 이중노출의 기법에서 영향을 받았다.

③ 주인공의 성공 여부에 따른 분류

㉠ 상승 구성 : 주인공이 처음부터 고난을 겪고 나중에 가서 행복하게 되는 이야기의 짜임을 말한다. 고대 소설에서 주로 쓰이고 'U자형 소설'이라고도 한다.
㉡ 하강 구성 : 주인공의 지향이 실패하는 구성으로 비극적 결말을 보인다.

④ 통합성의 정도에 따른 분류
  ㉠ 극적 구성(유기적 구성) : 작중의 여러 가지 사건 등이 하나의 이야기로 통합되는 구성
  ㉡ 삽화 구성(산만한 구성 혹은 이완된 구성) : 불필요하거나 부수적인 사건이 큰 긴밀성
     이 없는 상태에서 섞여 있는 구성
⑤ 이야기의 짜인 틀에 따른 분류
  ㉠ 피카레스크식 구성 : 독립된 각각의 이야기가 동일한 주제로 엮어지거나, 각각 다른
     이야기에 동일한 주인공이 등장하는 구성이다. 인과관계에 의하지 않고 산만하고 개
     별적으로 진행되는 피카레스크 소설에서 유래한 구성 방법이다.
     예 조세희의 「난장이가 쏘아 올린 작은 공」, 박태원의 「천변풍경」 등
  ㉡ 옴니버스 구성 : 독립된 짧은 이야기를 묶어 한 편의 이야기를 만드는 구성으로 피카
     레스크와 유사하나 서로 다른 인물들이 등장한다.
     예 '봉산 탈춤' 등 전통극의 특징
  ㉢ 액자식 구성
     ⓐ 전체적인 큰 이야기 속에 또 다른 이야기가 전개되는 구성이다.
     ⓑ 외부 이야기(外話, 외부 액자)는 사실성과 진실성을 부여하는 역할을 하며, 내부
        이야기(內話, 내부 액자)는 주제 의식을 드러낸다.
     ⓒ 액자 구성은 거의 '내가 보고 들은 이야기'의 형식을 취하기 때문에 전체적 시점은
        1인칭 관찰자 시점이고, 내부 액자의 시점은 전지적 작가 시점으로 시점의 변화
        가 일어난다.
     ⓓ 이 방식은 '객관적으로 약간의 거리를 두는 효과'를 나타내기도 한다.
     예 박지원의 「허생전」, 현진건의 「고향」, 김동리의 「등신불」·「무녀도」, 김동인의
        「광화사」·「광염쏘나타」·「배따라기」·「붉은 산」, 황순원의 「목넘이 마을의 개」,
        이청준의 「선학동 나그네」·「눈길」, 박완서의 「그 여자네 집」, 안국선의 「금수회
        의록」, 김만중의 「구운몽」 등

(3) 플롯의 이론

① 굿맨(P. Goodman)의 분류 : 문학의 양식에 따른 분류이다.
  ㉠ 진지한 플롯 : 비극의 플롯
  ㉡ 희극적 플롯
  ㉢ 소설적 플롯
② 프리드만(N. Friedman)의 분류
  ㉠ 운명의 플롯 : 사회학적 상상력에 바탕을 둔 존재로서의 인간, 사회적 동물로서의 인
     간에 관심을 기울이는 소설에서 발견된다.
  ㉡ 인물의 플롯 : 심리주의 소설, 자의식의 소설에서 많이 발견된다.
  ㉢ 사상의 플롯 : 종교소설이나 철학적인 소설, 계몽주의 소설, 지식인 소설에서 발견된다.

(4) 플롯의 단계

① 플롯의 전개과정
  ㉠ **아리스토텔레스** : 『시학』에서 '시작 – 중간 – 끝'의 3단계를 주장하였다.
  ㉡ **포스터 해리스** : 「소설의 기본공식」에서 '상황 – 갈등 – 위기 – 절정'의 4단계를 주장하였다.
  ㉢ **브룩스와 워렌** : 『소설의 이해』에서 '발단 – 갈등 – 절정 – 대단원'의 4단계를 주장하였다.
  ㉣ **일반적인 경우** : '발단 – 전개 – 위기 – 절정 – 결말'의 5단계가 일반적이다.

② 플롯의 5단계 구성
  ㉠ **발단** : 소설이 처음 시작되는 부분으로 사건의 윤곽이 드러나고 등장인물이 소개되며, 배경이 제시된다.
  ㉡ **전개(갈등)** : 발단이 발전하여 사건과 사건이 복잡하게 얽히거나 등장인물 간의 내적 갈등 또는 외적 갈등이 일어나면서 대립하는 양상이 전개되며 주제와 긴밀하게 연관된다.
  ㉢ **위기** : 인물 간의 갈등이 심화되고, 위기감이 조성된다.
  ㉣ **절정(클라이맥스)** : 긴장감과 갈등이 최고조에 이르고, 해결의 실마리가 제시되며, 주제가 뚜렷이 나타난다.
  ㉤ **결말** : 소설의 결말부분으로 주인공의 운명이 분명해지고 사건이 해결되는 부분이다.

(5) 복선과 암시

① **복선**
  ㉠ '암시'가 가질 수 있는 우연성을 배제하고, 사건에 필연성을 부여한다.
  ㉡ 앞부분에서 인물의 행동이나, 대화, 소재 등을 제시하여 뒷부분의 사건과 필연적으로 연결되도록 하는 기법이다.
  ㉢ 복선 없이 일어나는 사건은 당황하기가 쉬우며 작품 전개에 무리도 가져온다.
② **암시** : 구체적인 사건이나 소재가 아니더라도 앞으로 일어날 일을 넌지시 알리거나, 의미를 깨우치도록 하는 요소로 복선에 비해 추상적이고 포괄적인 상태로 나타난다.

4 소설의 인물

(1) 인물의 개념

① 소설에서 인물이란 외부에서의 관찰의 대상, 즉 작중 인물이다.
② 그 인물의 내적 속성, 즉 인물의 성격이라는 두 속성을 동시에 지닌다.
③ 소설에서 가장 중요한 요소는 인물과 인물의 성격이다.

(2) 인물의 유형

① 역할에 따른 분류(주제의 방향에 따라)
　㉠ 주동 인물
　　ⓐ 프로타고니스트(protagonist)
　　ⓑ 작품의 주인공으로 소설의 이야기를 이끌며 주제를 부각시키는 인물
　　ⓒ 주동적 역할을 수행하는 긍정적 성격의 인물
　　ⓓ 작가가 긍정의 감정을 독자에게 전달하려는 인물
　㉡ 반동 인물
　　ⓐ 앤타고니스트(antagonist)
　　ⓑ 주인공의 의지, 행위에 대항하여 갈등을 일으키는 인물
　　ⓒ 주인공에 대립되는 반대자・적대자・갈등을 일으키는 부정적 성격의 인물
　　ⓓ 작가나 독자가 부정하거나 부정해야 할 인물
　㉢ 주변적 인물
　　ⓐ 작품에서 주된 이야기를 이끌어가는 주인공이나 중심인물과 비교하여, 간접적으로 사건의 전개에 영향을 미치거나, 주인공의 행동이나 심리에 영향을 주는 인물
　　ⓑ 주인공이나 중심 인물에 비해 중요도가 낮고, 주로 배경이나 분위기를 묘사하거나, 주인공의 성격이나 행동을 이해하는 데 도움을 주는 역할을 하는 인물
② 성격의 변화 여부에 따른 분류
　㉠ 평면적 인물
　　ⓐ 정적 인물(靜的 人物), 2차원적 인물
　　ⓑ 작품 전편을 통하여 성격이 변하지 않는 인물
　　ⓒ 환경의 영향을 받지 않는 인물
　　ⓓ 평면적 인물은 작품 내내 일관된 성격을 지니고 있어서 독자의 상상력이나 기대를 벗어날 수 없다.
　㉡ 입체적 인물
　　ⓐ 동적 인물(動的 人物), 발전적 인물, 3차원적 인물, 원형적 인물
　　ⓑ 한 작품 속에서 환경과 사건의 진전에 따라 성격이 변화하고 발전하는 인물
　　ⓒ 극적 인물이라고도 하며 현대소설에서 많이 등장한다.
　　ⓓ 입체적 인물은 인생의 다양한 면을 보여주며, 독자의 예측을 초월한다.
③ 대표성의 여부에 따른 분류
　㉠ 전형적 인물
　　ⓐ 유형적 인물
　　ⓑ 사회의 어떤 계층이나 집단의 공통된 성격적 기질을 대표하는 인물
　　ⓒ 어떤 집단이나 계층 혹은 시대나 상황을 대표하는 인물이며, 이 인물을 통해 소설의 배경이 되는 사회현실이나 사건이 잘 드러난다.

      ⓒ 개성적 인물

          ⓐ 전형성에서 탈피한 인물, 자기만의 독자적인 성격을 가진 인물

          ⓑ 시대의 흐름을 거부하고 자신의 의지와 주관을 관철하면서 성격이 변해가는 인물

          ⓒ 현대의 인간을 그린 오늘날의 소설에서 많이 보이는 독자적인 성격의 인물

   ④ 시기에 따른 분류

      ㉠ 고전소설 : 전형적, 평면적 인물

      ㉡ 현대소설 : 입체적, 개성적 인물

         💎 가장 이상적 인물 : 전형적 인물 + 개성적 인물

🦋 Plus UP!　문제적 인물

> 인물의 유형 중 문제적 인물(problematic individual)은 대개 근대사회 이후에 나타난 소설의 새로운 주인공 유형을 일컫는다. 루카치에 따르면, 소설의 주인공은 개인과 세계 사이에 놓인 내적인 괴리의 산물이며, 근대사회의 소설 주인공들은 자신이 처한 세계가 행복하고 아늑한 사회가 아니기 때문에 여기에 반항하거나 갈등을 겪는다. 문제적 인물은 주로 부정적이고 타락한 사회현실의 모순과 비리를 폭로하기 위해 설정된 인물이다. 근대소설에 있어서 주인공은 타락한 세상에서 진정한 가치를 추구해 가는 문제적 인물로 설정되어 있는 경우가 많다.

(3) 인물(성격)의 제시 방법

   ① **직접적 제시**(분석적, 해설적, 편집자적, 논평적, 요약적, 설명적)

      ㉠ 작가가 등장인물의 특성이나 성격을 직접적으로 설명·요약·분석·해설하는 방법

      ㉡ '말하기'의 수법 : 서술 중심

      ㉢ 등장인물의 심리를 세밀하게 분석하여 설명해 주고 소설의 속도를 빠르게 해 주는 이점이 있는 반면, 사건의 진행을 방해하며 추상적인 설명으로 흐르기 쉬운 단점이 있다.

   ② **간접적 제시**(극적 제시, 장면적 제시, 입체적, 묘사적, 보여주기 유형)

      ㉠ 인물의 성격을 대화와 행동으로 나타내므로 독자 스스로의 판단이 가능하다.

      ㉡ '보여주기'의 수법

      ㉢ 인물의 성격을 생생하게 구체적으로 드러내는 이점이 있지만, 작가의 견해를 나타내기에 불편하여 인물의 제시가 불명확해지기 쉽고, 소설의 속도가 느려지는 단점이 있다.

   ③ **미셸 제라파**(M. Zeraffa)**의 주장** : 작가가 등장인물을 창조할 때에는 다음을 염두에 두어야 한다. – 『소설과 사회』

      ㉠ 인간에 대한 보편적 관념과 우연적인 사회적 현실 사이의 틈에 대해 날카로운 인식을 지녀야 한다.

      ㉡ 주인공은 이상과 현실 사이의 분열 및 괴리현상이 빚어낸 희생물임을 인식해야 한다.

ⓒ 작가는 이러한 분열과정에서 작중 인물이 왜 고통을 겪어야 하는지 그 원인을 분석해 내야 한다.

ⓔ 작가들은 영원히 화해될 것 같지 않은 두 세계 사이를 보다 조화로운 경지로 이끌어 가려 함으로써 단절의 현상을 끝내려고 한다.

5 소설의 시점

(1) 시점(視點)의 개념

① 사건을 바라보는 서술자의 입장이나 각도를 말한다.
② 시점은 소설의 의미 방향을 결정하는 한 요소이다.

(2) 서술자

① 작가가 아니라 작가가 만들어 낸 허구적 대리인이다.
② 서사 내용과 독자 사이에 개입하는 화자이다.
③ 서술자의 관점에 따라 이야기의 서술이 달라진다.

(3) 시점의 분류 기준

① **서술자의 위치** : 서술자가 등장인물이냐 아니냐에 따라 1인칭 시점과 3인칭 시점이 구분된다.
② **서술자의 태도** : 서술자가 인물의 내면 속에 들어가느냐 밖에서 관찰만 하느냐에 따라 주인공 시점과 관찰자 시점이 구분된다.

구분	사건의 내부적 분석	사건의 외부적 관찰
서술자 = 등장인물	1인칭 주인공 시점	1인칭 관찰자 시점
서술자 ≠ 등장인물	전지적 작가 시점	작가 관찰자 시점

(4) 시점의 분류 : 퍼시 라보크(P. Lubbock)

① 1인칭 주인공 시점(1인칭 서술자 시점, 1인칭 주관적 시점)
  ㉠ 주인공이 자기 자신의 이야기를 하는 시점이다.
  ㉡ 주인공의 심리묘사와 내면세계를 그리는 데 유용하다.
  ㉢ 자기 자신의 이야기를 하므로 독자에게 신뢰감을 줄 수 있으나, 객관성 유지가 어렵다.
  ㉣ 서술자(작가)와 작중 인물의 거리가 가장 가깝다.
  ㉤ 서간체 소설, 수기체 소설, 사소설(私小說), 심리소설 등에 주로 쓰인다.
  ⓔ 김유정의 「동백꽃」・「봄봄」, 최서해의 「탈출기」, 이상의 「날개」, 염상섭의 「만세전」, 유진오의 「창랑정기」, 오상원의 「유예」, 이청준의 「눈길」 등

② 1인칭 관찰자 시점(1인칭 목격자 시점, 1인칭 객관적 시점)
  ㉠ 주인공이 아닌 '나'가 주인공의 이야기를 관찰하여 서술하는 시점이다.
  ㉡ 인물의 초점은 '나'가 아니라 주인공에게 주어진다.
  ㉢ 화자인 나의 주관성과 주인공의 객관적 세계를 조화시킬 수 있으나, 독자의 폭넓은
     관찰과 경험의 기회를 제한하여 화자의 눈에 비친 세계 밖에 다룰 수 없는 단점이
     있다.
  ㉣ 주인공의 내면을 숨김으로써 긴장과 경이감을 자아내는 효과를 내는 장점이 있다.
  ㉤ 본격적인 이야기를 하기 위한 서두설명이 따르므로 주도적 시점이라고도 한다.
  예 주요섭의 「사랑손님과 어머니」, 김동리의 「화랑의 후예」, 현진건의 「빈처」, 윤흥길의 「장
     마」, 이문열의 「우리들의 일그러진 영웅」 등
③ 전지적 작가 시점(파노라마적 시점)
  ㉠ 전지적(全知的)이고 분석적인 작가가 전지전능한 위치에서 서술하는 시점이다.
  ㉡ 모든 인물의 심리 묘사가 가능하다.
  ㉢ 아직 등장하지 않은 인물까지 미리 알 수 있다.
  ㉣ 등장인물의 운명까지 미리 알 수 있다.
  ㉤ 작가의 서술에 융통성을 주나, 지나치게 주관적이고 작가의 목소리가 작품 속에 튀어
     나와 예술성을 상실할 수도 있다.
  ㉥ 서술자가 모든 것을 다 밝혀 주기 때문에 독자들은 상상하거나 유추하거나 종합할
     필요가 전혀 없이 그대로 받아들이기만 하는 단점이 있다.
  ㉦ 작가의 사상과 인생관을 직접 드러낼 수 있는 특징이 있다.
  예 고대소설, 염상섭의 「삼대」, 정한숙의 「금당 벽화」, 이광수의 「무정」, 채만식의 「태평
     천하」, 이효석의 「메밀꽃 필 무렵」, 황석영의 「삼포 가는 길」, 심훈의 「상록수」 등
④ 3인칭 관찰자 시점(작가 관찰자 시점, 3인칭 객관적 시점)
  ㉠ 작가가 외부 관찰자 입장에서 인물의 외적 상황만을 서술하는 시점이다.
  ㉡ 해설이나 평가를 하지 않고, 인물이나 사건을 그대로 제시한다.
  ㉢ 인물의 직접적 제시가 불가능하고 간접적 제시로만 표현한다.
  ㉣ 인물의 내부 심리 묘사가 불가능하다.
  ㉤ 서술자가 개입하지 않아 가장 객관적인 시점이다.
  ㉥ 서술자와 작중 인물의 거리가 가장 멀다.
  예 황순원의 「소나기」, 김동인의 「감자」, 염상섭의 「두 파산」, 이주홍의 「메아리」 등

(5) 시점 분류에 대한 학자들의 견해

① 브룩스(Brooks)와 워렌(Warren)의 분류 : 『소설의 이해』

㉠ 1인칭 서술, ㉡ 1인칭 관찰자 서술, ㉢ 전지적 작가 서술, ㉣ 작가 관찰자 서술 등의 4가지 측면에서 분석하였다. 이 중에 ㉠과 ㉡은 작품의 등장인물이 화자가 되며, ㉢과 ㉣은 화자가 작품의 등장인물이 아닌 경우이다.

화자의 성격	사건의 내면적 분석	사건의 외적 관찰
스토리의 등장인물로서의 화자	㉠ 주인공이 자신의 이야기를 한다(1인칭 주인공 시점).	㉡ 부수적 인물이 주인공의 이야기를 한다(1인칭 관찰자 시점).
스토리의 등장인물이 아닌 화자	㉢ 분석적이고 전지적인 작가가 사상과 감정을 포함한 이야기를 한다(전지적 작가 시점).	㉣ 작가가 외부 관찰자로서 이야기를 한다(작가 관찰자 시점).

② 스탠톤(R. Stanton)의 분류 : 『소설의 입문』

㉠ **중심인물로서 1인칭 시점** : 주인공이나 그에 상응하는 인물이 그 자신의 목소리로 이야기를 이끌어 나간다.

㉡ **주변인물로서 1인칭 시점** : 조연 혹은 단역에 해당하는 인물이 이야기를 이끌어 나간다.

㉢ **제한적 3인칭 시점**

ⓐ 작가가 3인칭으로 된 모든 작중 인물들에 대해 언급한다.

ⓑ 한 인물에 의해 보인 것과 들려진 것, 생각된 것만을 제한적으로 서술한다.

㉣ **전지적 3인칭 시점**

ⓐ 작가는 3인칭으로 된 모든 인물에 대해 언급한다.

ⓑ 보고 듣고 생각하는 시점에 제한이 없다.

③ 메레디스(R. C. Meredith)와 피츠제럴드(J. D. Fitzgerald)의 분류

㉠ 1인칭 주인공 화자

㉡ 3인칭 주인공 화자

㉢ 1인칭 보조인물 화자

㉣ 3인칭 보조인물 화자

㉤ 1인칭 주변인물 화자

㉥ 3인칭 주변인물 화자

㉦ 1인칭 이동관점 화자들

㉧ 3인칭 이동관점 화자들

1 　뮤어의 분류

뮤어(E. Muir)는 『소설의 구조』에서 행동 소설, 성격 소설, 극적 소설, 연대기 소설, 시대 소설 등의 5가지로 소설의 유형을 나누었다.

(1) 행동 소설

① 스토리 중심의 소설을 말한다(중세의 로망스, 고전소설 등).
② 인생을 그린 소설이라기보다는 욕망의 환상도를 그린 소설이다.
③ 박력 있는 사건을 통해 즐거움을 느낄 수 있는 것이 장점이다.
④ 인간의 비현실적인 욕망을 대리 충족시켜 준다.
⑤ 리얼리즘과는 거리가 멀다.
⑥ 독자의 호기심과 기대감을 유발하면 성공한 것으로 평가한다.
⑦ 오늘날 모험소설, 범죄소설, 탐정소설 등이 이에 속한다.
⑧ **대표작** : 『보물섬』, 『아이반호』, 『톰소여의 모험』 등이 있다.

(2) 성격 소설

① 등장인물의 성격을 공간적으로 탐구하는 소설이다.
② 사건보다는 등장인물에 대해 더 많이 설명하고 의미를 부여한다.
③ 공간적 사회, 평면적인 사회를 배경으로 당시의 풍습을 보여주고, 주인공의 성격과 생활의 양상을 나타내는 소설이다.
④ 행동소설은 인물이 플롯에 맞게 만들어지나, 성격소설은 인물을 분명하게 하기 위해 플롯이 만들어진다.
⑤ **대표작** : 『허영의 시장』(채커레이)

(3) 극적 소설

① 행동의 강렬성이 나타나 있고 극적인 개성을 그리는 소설이다.
② 공간의식은 희박하며 시간 속에서의 플롯의 집중적 전개만을 중시하는 소설이다.
③ 작중 인물의 특징이 사건을 일으키고 그 사건이 인물을 변화시키는 소설이다.
④ 행동소설과 성격소설의 종합된 형태이다.
⑤ 인물과 사건 사이의 긴장관계를 펼쳐 보인다.
⑥ **대표작** : 『백경』(멜빌), 『폭풍의 언덕』(브론테)

(4) 연대기 소설

① 시간과 공간을 총체적으로 그리는 소설이다.

② 흔히 총체소설이라고도 한다.

③ 한 개인의 삶의 과정을 거대한 사회를 배경으로 그린다.

④ 성격소설과 극적소설의 이중적 효과를 거둘 수 있다.

⑤ 시간과 공간 양면에 걸친 포괄적인 인생도를 그리고, 보편성을 달성하려는 소설이다.

⑥ 극적소설의 플롯이 긴밀한 논리의 발전임에 비해, 연대기소설의 플롯은 몇 개의 삽화로 엮어지는 외적 진행, 즉 인간의 지성이 포착한 시간 속에 결합되어 있다.

⑦ **대표작** : 『아들과 연인』(로렌스), 『젊은 예술가의 초상』(조이스), 『야곱의 방』(울프)

(5) 시대 소설

① 한 시대의 풍습과 특별한 환경을 그리려는 소설이다.

② 모든 시대의 공통된 삶과 인간의 참 모습을 제시하려 하지는 않는다.

③ 어느 한 시대의 풍습과 그 사회를 대변하거나 상징하는 인물을 보여주는 것에 그친다.

④ **대표작** : 『아메리카의 비극』(드라이저)

◢ 2 프라이의 분류

프라이(N. Frye)는 로망스(romance), 노벨(novel), 고백(confession), 해부(anatomy) 등의 4가지로 소설의 유형을 나누었다.

(1) 로망스와 노벨

① **성격창조의 면에서 차이** : 로망스의 주인공은 다소 비현실적인 인물인 데 비하여, 노벨의 주인공은 한 사회나 집단을 대표하는 인물이다.

구분	로망스	노벨
등장인물의 특징	비현실적인 인물(시대적 맥락이나 사회적 문맥에서 설명할 수 없는, 진공관 속의 인물이다.)	한 사회나 집단을 대표하는 인물(한 사회의 의미를 푸는 열쇠와 같은 존재이다.)

② 로망스와 노벨의 성격을 공유하는 작품 : 『보바리 부인』(플로베르)

(2) 고백(confession)

① 자서전적인 소설의 형식을 말한다.

② 고백은 개인에 대한 관심이 짙으며 내용이 지적이다.

③ 현대소설의 주요한 형태 중의 하나이다.

④ 서술의 대상이 실존인물이 아닌 가공인물이며, 실제로 있었던 사건의 기록이 아니고 작가가 꾸며 낸 사건인 경우에만 소설의 범주에 넣을 수 있다.

⑤ **대표작** : 『고백록』(어거스틴), 『참회록』(루소), 『수상록』(몽테뉴)

(3) 해부(anatomy)

① 인물이나 사건보다는 사상이나 관념에 관심을 기울이는 양식이다.
② 해부는 사회에 대한 관심이 짙으며 지적이다.
③ 관념소설이나 주제소설이 이에 속한다.
④ 인간의 여러 가지 정신태도를 취급하며 그것을 풍자하고 냉소하면서 인생을 해부하고 비판하는 양식이다.
⑤ 고백이 내향적인 성격이 강한 반면, 해부는 외향적인 성격이 강하다.

◢ 3 루카치의 분류

루카치(Lukács)는 주인공의 존재양식을 기준으로 삶의 전체성이 어떤 모습으로 형상화되느냐에 따라 근대소설을 추상적 이상주의 소설, 심리소설, 교양소설, 톨스토이의 소설형의 4가지 유형으로 나눈다.

(1) 추상적 이상주의 소설(추상적 관념론의 소설)

① 주인공의 행동양식이 맹목적 신앙에 가까운 좁은 의식에 지배를 받는 소설의 형태이다.
② 관념의 실현을 위해 직접적이고 직선적인 길을 밟는 주인공의 활동이 특징이다.
③ 주인공은 자신이 추구하는 가치를 위해 광신적인 모습을 보인다.
④ **대표작** : 『돈키호테』(세르반테스), 『적과 흑』(스탕달)

(2) 심리소설(환멸의 낭만주의 소설)

① 작중 인물의 내면세계를 분석하는 데 주력하는 소설이다.
② 주인공의 수용세계와 의식세계가 넓어 인습으로 가득 찬 세계에서 만족을 느끼지 못한다.
③ 정신분석학의 도움을 받아 인간의 의식세계에 보다 깊이 파고든다.
④ **대표작** : 『오블로모프』(곤자로프)

(3) 교양소설

① 주인공이 일정한 삶의 형성이나 성취에 도달하기까지의 과정을 그린 소설이다.
② 주인공은 인습의 세계를 수용하는 것도, 세계의 복잡성을 거부하는 것도 아닌, 앞의 두 유형의 중간의 입장을 취한다.
③ 주인공은 '남성적인 성숙'으로 특징지을 수 있다.
④ **대표작** : 『빌헬름 마이스터의 수업시대』(괴테), 『싯다르타』(헤르만 헤세)

(4) 톨스토이의 소설형(삶의 사회적 형식을 초월하려는 소설)

① 문화를 초월하여 자연에 대한 본질적인 체험과 구체적이고 실재적인 세계의 체험을 표현한 소설이다.

② 우리 삶의 전체성의 범주를 다룬 소설이다.

Plus UP! 티보데(A. Thibaudet)의 소설 분류

- **총체소설** : 개개의 등장인물보다 집단적 사회상을 묘사하는 데 주력하는 작품
- **피동소설** : 가장 단순한 소설의 유형으로 특별한 창작상의 원리나 기교를 전제로 하지 않는다. 인생 그 자체에서 원리를 섭취한다. 피동소설은 기록소설, 완만한 진전을 보이는 진행성 소설, 돌발적 변이의 진행성 소설로 구분한다.
- **능동소설** : 작가의 독창적인 구성이 명백히 드러나는 작품

4 단편소설과 장편소설

(1) 단편소설의 특징

① 단숨에 읽을 수 있을 만큼 양이 적다(200자 원고지 100매 내외).

② 단일한 예술적 효과와 인상의 통일을 나타낸다. → 단일한 주제, 단일한 성격, 단일한 사건으로 구성한다.

③ 표현기교가 뛰어나고 압축된 구조를 지닌다.

④ 인생의 단면을 예리하게 그린다.

(2) 장편소설의 특징

① 사회와 인간, 우리들의 삶을 총체적으로 그린다.

② 주제와 사상에 더 많은 초점을 둔다. → 소설적 기교에 크게 의존하지 않는다.

③ 복합구성을 취하며, 여러 개의 에피소드를 연결시켜 나가며 구성을 발전시킨다.

④ 등장인물은 평면적이기보다는 입체적인 인물이 알맞다.

⑤ 장편소설의 형식은 비교적 길고, 시점이 계속 이동한다.

⑥ 장편소설은 인생과 사회에 대한 깊은 통찰과 체험을 바탕으로 풍부한 사상과 깊이 있는 인생관을 제시한다.

⑦ 자유로운 구성을 통하여 과거나 현실을 전면적으로 그린다.

01 소설에 대한 설명으로 옳지 <u>않은</u> 것은?

① 작가의 주관에 의하여 변형될 수 있는 허구의 이야기이다.

② 평범한 인간이 아닌 특별한 인간의 생활을 담은 이야기이다.

③ 허구가 참인 듯이 보이도록 하는 리얼리티가 있는 이야기이다.

④ 일정한 형식에 따라 언어예술의 아름다움이 표현된 이야기이다.

> **해설** ② 소설은 인간의 삶에 관한 있을 법한 사건을 작가의 상상에 의해 가공적으로 꾸며 내어 산문으로 표현한 문학의 한 갈래이다. 특별한 인간의 생활을 담은 것만은 아니다.

> **오답** ① 소설은 작가에 의해 창조된 허구적 이야기이다.
> ③ 소설은 단순한 허구가 아니라 개연성(실제로 있었던 일은 아니나, 일어날 가능성이 있는 일) 있게 꾸민 이야기이다.
> ④ 소설은 형식미와 예술미가 있는 이야기이다.

02 소설 양식의 특성에 대한 설명으로 옳지 <u>않은</u> 것은?

① 인물과 상황을 중심으로 이야기를 풀어나가는 양식이다.

② 인간의 삶을 다루지만 허구적인 요소를 더해 꾸며 낸 이야기 양식이다.

③ 시인과 화자의 관계와 달리 소설가와 서술자는 동일한 존재로 인식된다.

④ 갈등을 다루는 이야기라는 측면에서 그 구조를 갈등 구조라고 부르기도 한다.

> **해설** ③ 소설은 작가에 의해 창조된 허구이므로 서술자는 소설가(작가)가 아니라 작가의 허구적 대리인 이다.

> **오답** ① 소설은 인물, 사건, 배경과 같은 요소를 통해 이야기를 풀어나가는 양식이다.
> ② 소설은 인간의 삶에 관한 있을 법한 사건을 작가의 상상에 의해 가공적으로 꾸며 내어 산문으로 표현한 문학이다.
> ④ 소설은 '자아와 세계와의 대립'을 다루므로 소설의 구조를 갈등 구조라고 부르기도 한다.

정답 01 ② 02 ③

03 서양과 동양에서 각각 소설의 전신(前身)으로 볼 수 있는 것의 연결이 옳은 것은?

① 콩트 – 세태소설(世態小說)　　② 콩트 – 전기소설(傳奇小說)

③ 로망스 – 전기소설(傳奇小說)　　④ 로망스 – 세태소설(世態小說)

> **해설** ④ 소설의 기원을 '서양'에서는 '신화 → 로망스 → 소설(노벨)'의 형태로 인식하는 반면, '동양'에서는 현실의 인생 내용을 중심으로 한 사건을 허구적으로 서술한 산문체의 문학 양식으로, 민심의 소재를 파악하기 위해 채집한 이야기책이란 뜻이 있다.
> ㉠ **서양 – 로망스** : 중세 기사의 모험과 사랑을 담은 이야기, 즉 기사도 문학을 다루며, 넓은 의미로는 이러한 특징을 아우른 전기적(傳奇的)·모험적·공상적인 통속소설을 이른다.
> ㉡ **동양 – 세태소설** : 어떤 특정한 시기의 풍속이나 세태의 한 단면을 묘사하는 소설이다.
>
> **오답** • **콩트** : 단편소설보다도 더 짧은 소설을 의미하며 유머, 풍자, 기지를 담고 있다. 판타지나 위트를 특징으로 하는 짧은 이야기의 문학 장르이다.
> • **전기소설(傳奇小說)** : 괴기, 애정 등을 내용으로 하며, 문어로 쓰인 설화와 소설의 중간 단계에 있는 문학 양식이다.

04 다음 설명에 해당하는 장르는?

> • 역사나 전설에서 따온 것이 아닌 비전통적인 플롯을 채용한다.
> • 재래의 문학 관습에 의하여 제약된 환경과 유형적인 인물의 제시가 아니라 구체적인 환경 속에서 개별화된 작중 인물을 제시한다.
> • 작중 인물을 시간의 흐름 속에서 발전시키고 또 과거의 경험이 현재 행위의 원인이 되는 등 시간을 통한 인과관계를 중시한다.

① 소설　　　　　　　② 신화

③ 설화　　　　　　　④ 로망스

> **해설** ① 소설
> ㉠ 비전통적인 플롯을 채용
> ㉡ 개별화된 작중 인물 제시
> ㉢ 시간을 통한 인과관계를 중시
>
> **오답** 나머지는 모두 전통적인 플롯이 사용되고, 유형적인 인물이 제시되며, 필연적인 인과성이 배제된다.
> ② 신화
> ㉠ 한 나라 혹은 한 민족으로부터 전승되어 오는 예로부터 섬기는 신을 둘러싼 이야기이다.
> ㉡ 설화의 한 갈래이다.

정답 03 ④　04 ①

③ 설화
    ㉠ 일정한 구조를 가진 꾸며 낸 이야기로 보통 입에서 입으로 전해 내려오는 이야기를 말한다.
    ㉡ 신화, 전설, 민담 등으로 나눌 수 있다.
④ 로망스
    ㉠ 로망스의 주인공은 비현실적인 인물이다.
    ㉡ 역사의 변화나 시대의 변화와는 거의 무관한 영원불멸의 인간 정신을 다룬다.
    ㉢ 비논리적, 비사실적, 현실도피적 특징이다.

05 다음 중 소설에 대한 설명으로 적절하지 <u>않은</u> 것은?

① 인물, 사건, 배경과 같은 요소를 통해 하나의 허구적인 세계를 그려낸다.
② 인간의 구체적인 삶과 매우 밀접한 관계를 지닌다.
③ 있는 그대로의 사실을 객관적으로 기록한다.
④ 서술의 방법을 통해 독자에게 이야기를 전달한다.

> **해설** 소설은 인간의 삶에 관한 있을 법한 사건을 작가의 상상에 의해 가공적으로 꾸며 내어 산문으로 표현한 문학의 한 갈래이다. 즉, 소설은 허구적인 이야기와 서술적인 산문으로 인생을 표현하는 창작문학으로 인물, 사건, 배경과 같은 요소를 통해 하나의 허구적인 세계를 그려낸다.
> ③ 있는 그대로의 사실을 객관적으로 기록한 것은 기록문이다.

06 다음 중 소설의 특징에 대한 설명으로 적절하지 <u>않은</u> 것은?

① 삶의 구체적 체험에 대한 직접적 기록이다.
② 인생을 표현하는 창작문학의 하나이다.
③ 작가의 상상 속에서 만들어진 창조, 가공의 이야기이다.
④ 서술자를 통해 독자에게 이야기의 의미를 전달하는 산문문학이다.

> **해설** ① 삶의 구체적 체험에 대한 직접적 기록은 일기이다.
> **》 소설의 특성**
>   ㉠ **산문성** : 소설은 서술·대화·묘사 등에 의한 산문형식의 문학이다.
>   ㉡ **모방성** : 소설은 사실을 소재로 하여 현실을 모방한다.
>   ㉢ **허구성** : 소설은 작가의 상상 속에서 만들어진 창조, 가공의 이야기(fiction)이다.
>   ㉣ **진실성** : 삶의 참다운 모습과 인생의 진실을 추구한다.
>   ㉤ **서사성** : 소설은 줄거리가 있는 사건을 화자가 말하는 이야기 형식의 문학이다.
>   ㉥ **예술성** : 소설은 형식미와 예술미가 있다.

정답   05 ③   06 ①

07 다음 중 소설의 개념을 올바르게 설명한 것은?

① 소설은 비현실적인 공상을 토대로 한 이야기이다.
② 소설은 가능성을 바탕으로 한 상상력으로 쓴 이야기이다.
③ 소설은 허구이기 때문에 인간의 삶과 관계가 없다.
④ 소설의 기술 방법은 표출의 방법이다.

해설 소설은 허구를 통해 이야기를 보다 현실감 있게 전달하려고 한다. 또한 허구의 개념을 구체화하는 방법은 비현실적인 공상이 아니라 가능성을 바탕으로 하는 상상력이다.

08 다음 설명에 해당하는 것은?

이야기를 보다 현실감 있게 전달하기 위한 소설의 구성방법을 가리키는 용어로 '꾸며진 이야기'라는 뜻이다.

① 구성(plot)
② 줄거리(story)
③ 허구(fiction)
④ 개연성(probability)

해설 소설에서의 '허구(fiction)'란 우리 주변에서 실제로 있었던 일은 아니나 일어날 가능성이 있는 일, 즉 개연성이 있게 꾸민 이야기이다.

09 다음에서 알 수 있는 소설의 성격은?

해밀턴(C. Hamilton)은 "소설은 증류된 인생이다."라고 정의하였다.

① 허구성
② 사실성
③ 산문성
④ 서술성

해설 소설은 작가에 의하여 창조된 가공적인 이야기요, 허구의 세계라고 할 수 있다. 다음에 제시한 말들은 소설의 속성을 잘 파악하고 소설이 현실과 비슷하면서도 현실과 다른 '허구성'을 바탕으로 하는 서사적 허구물임을 드러내고 있다.
• 소설은 증류된 인생이다(C. Hamilton).
• 소설은 인생의 해석이다(W. H. Hudson).
• 소설이란 무엇인가? 가공적인 이야기이다(앙드레 모르와).

정답 07 ② 08 ③ 09 ①

10 실제 있던 일은 아니지만 그럴 수 있다고 수긍할 수 있는 일을 뜻하는 소설의 용어는?

① 보편성   ② 상징성
③ 총체성   ④ 개연성

> **해설** 개연성은 실제로 있었던 일은 아니나, 일어날 가능성이 있는 일을 뜻하며, 개연성에 의해 문학도 일반적인 것, 보편적인 것이 될 수 있다.

11 소설에서의 리얼리티(reality)가 의미하는 바가 <u>아닌</u> 것은?

① 현실 속에서의 사실(fact) 자체   ② 필연성(necessity)
③ 개연성(probability)   ④ 소설 속에서의 진실성

> **해설** 소설에서의 리얼리티는 현실 속에서의 사실(fact) 자체를 뜻하는 것이 아니라, 사건의 필연성과 개연성, 소설 속에서의 진실성을 의미하는 것으로, 작품세계와 현실세계가 같을 수는 없는 것이다. 즉, 현실이 아닌 소설(허구) 속의 리얼리티는 현실 그 자체의 사실은 아니다.

12 소설의 기원에 대한 주장과 그 근거가 바르지 <u>못한</u> 것은?

① 서사시로 보는 견해 : 서사시는 고대의 운문대화와 근대소설을 포함한다.
② 로망스로 보는 견해 : 인간성에 대한 진지한 탐구에 주목한 결과이다.
③ 근대소설로 보는 견해 : 로망스 양식의 거부감에서 비롯되었다.
④ 근대소설로 보는 견해 : 봉건주의의 붕괴라는 사회적 변화가 소설양식의 발생을 가져왔다.

> **해설** 소설의 기원을 서사시로 보는 견해는 소설의 특질 중에서 '이야기'와 '서술'에 주목한 것이다. 몰톤, 루카치, 허드슨 등이 대표자이며, 이들은 각각 서사시는 고대의 운문대화와 근대소설을 포함한다 (몰톤), 문학에서 서사양식은 고대에는 서사시, 근대에는 소설로 나타나고 있다(루카치), 서사시에는 성장의 서사시와 예술의 서사시가 있다(허드슨). 한편, 로망스로 보는 견해는 로망스 역시 이야기 문학의 형식을 취하고 있음에 주목한 것이다. 그리고 근대소설로 보는 견해는 이야기 자체보다는 인간성의 탐구와 인생에 대한 표현에 주목하고, 리얼리즘 측면을 강조한 것에서 비롯된 것이다. 이는 다시 봉건주의의 붕괴라는 사회적 변화가 소설양식의 발생을 가져왔다는 설과 로망스 양식의 거부감에서 비롯되었다는 설로 나뉜다. 따라서 인간성에 대한 진지한 탐구에 주목한 결과라는 것은 소설의 기원을 근대소설로 보는 견해이다.

13 다음 설명에 해당하는 소설 용어는?

> • 사상이고 의미이고 인물과 사건에 대한 해석이다.
> • 소설의 시초요 전체이다. 이것에 의하지 않고는 소설은 그 형태를 이룰 수 없다.
> • 작가가 소재를 다루어 나가는 통일된 원리이다.

① 배경   ② 주제
③ 구성   ④ 모티브

해설 ② 주제
      ⊙ 작가가 나타내려고 하는 중심 사상이다.
      ⓛ 작가가 작중 인물에 대해 가지고 있는 느낌을 추상화한 것이다.
      ⓒ 작가가 소재를 다루어 나가는 통일된 원리이다.

오답 ① **배경** : 사건이 발생하고 인물이 활동하는 구체적인 시간과 공간, 상황이다.
      ③ **구성** : 주제를 효과적으로 드러내기 위해 작가가 사건들을 필연적인 인과관계로 배열한 구조
      이다.
      ④ **모티브** : 작가가 무언가를 창작하는 출발점, 동기, 영감, 원인 등이다.

14 소설의 주제에 대한 설명으로 적절한 것은?
① 제재의 속성을 구체화한 결과물로 볼 수 있다.
② 인물이나 배경 등과 상관없이 독립적으로 형성된다.
③ 작가가 작품 속에서 구현하고자 하는 중심 사상이다.
④ 독자는 작가가 설정해 놓은 주제를 그대로 수용할 필요가 있다.

해설 ③ 주제는 작가가 작품 속에 구체적으로 나타내려는 작가의 의도 또는 중심 사상이다.

오답 ① 제재는 특수한 상황이나 경우를 뜻하며, 주제를 표현하기 위해 동원되는 재료나 근거이다.
      주제는 제재의 속성을 구체화한 결과물이 아니라 작가가 제재에 대하여 느낀 인생의 의미를
      구체화한 것이다.
      ② 주제는 사건, 인물, 배경 등을 통합시켜 주는 형이상학적 에너지이므로 인물이나 배경 등과
      독립적으로 형성될 수 없다.
      ④ 작가가 설정한 주제 의식이 무조건 진리인 것은 아니므로, 독자는 그것을 비판적으로 수용해야
      한다.

정답   **13** ②   **14** ③

15 다음 중 소설의 주제에 대한 설명으로 옳지 <u>않은</u> 것은?

① 일반적으로 작가의 인생관과 세계관을 나타낸다.

② 작가가 자신의 삶과 문제의식을 구체적으로 드러낸 것이다.

③ 작품에 동원되는 재료로 특수한 상황이나 경우를 말한다.

④ 작가가 소재에 대하여 느낀 인생의 의미를 구체화시킨 것이다.

> **해설** ③은 제재에 대한 설명이다.

16 (   ) 안에 들어갈 말로 알맞은 것은?

> 소설에서 사건을 서술하는 방법은 (㉠)와/과 (㉡)(으)로 구분된다. 단순한 시간적 순서에 따른 사건의 서술을 (㉠)(이)라고 하고, 시간적 순서에만 의존하지 않고 사건의 서술에 논리적인 인과관계를 부여하여 놓은 것을 (㉡)(이)라고 한다. 소설에서 어떤 미적 계획에 맞추어 인과적 순서로 이야기 내용을 배치했을 때 그것이 바로 (㉡)에 해당한다.

	㉠	㉡
①	스토리	플롯
②	평면 구성	입체 구성
③	플롯	스토리
④	입체 구성	평면 구성

> **해설** 포스터(E. M. Forster)의 『소설의 양상』
> ㉠ 스토리(story) : 시간적 순서대로 배열된 사건의 서술
> ㉡ 플롯(plot) : 인과관계에 바탕을 둔 사건의 서술
>
> **오답** • 평면 구성 : '과거 → 현재 → 미래'의 시간적 순서대로 진행되는 유형
> • 입체 구성 : 사건을 자연적인 순서에 따르지 않고, 순서를 바꾸어서 진행하는 방법으로 대개 '현재 → 과거' 등으로 시간의 역전이 이루어진다.

17 다음의 설명에 적절한 소설의 요소는?

> • 예술적 효과를 낳기 위한 서술상의 기술이다.
> • 인과관계에 의한 사건의 전개와 배열이다.
> • 주제를 보다 선명하게 드러내기 위한 방법이다.
> • 소설의 구조 및 짜임새이다.

① 문체   ② 배경
③ 플롯   ④ 스토리

> **해설**　③ 플롯
> 　　　ㄱ 소설의 구조 및 짜임새이다.
> 　　　ㄴ 예술적 효과를 낳기 위한 서술상의 기술이다.
> 　　　ㄷ 인과관계에 의한 사건의 전개와 배열이다.
> 　　　ㄹ 소설의 주제를 보다 선명하게 드러내기 위한 방법이다.
> 　　　ㅁ 소설의 예술미를 형성하기 위한 논리적·지적인 활동이다.
>
> **오답**　① 문체
> 　　　ㄱ 글쓴이의 개성적 문장 표현을 의미한다.
> 　　　ㄴ 서술, 묘사, 대화로 이루어진다.
> 　　② 배경
> 　　　ㄱ 사건이 발생하고 인물이 활동하는 구체적인 시간과 공간, 상황이다.
> 　　　ㄴ 사실성(reality), 생동감, 현장감을 부여한다.
> 　　④ 스토리 : 시간적 순서대로 배열된 사건의 서술이다.

18 다음 설명에 해당하는 용어는?

> • 사건을 배열하고 결합하는 서술 원리이다.
> • 일반적으로 '처음 – 중간 – 끝'의 구성으로 이해된다.
> • 이야기를 전개하고 해결하는 원리와 감추고 드러내는 원리의 총체이다.

① 시점   ② 소재
③ 플롯   ④ 줄거리

> **해설**　③ 플롯
> 　　　ㄱ 소설의 구조 및 짜임새이다.
> 　　　ㄴ 인과관계에 의한 사건의 전개와 배열이다.
> 　　　ㄷ 일반적으로 3단 구성은 '처음–중간–끝', 5단 구성은 '발단–전개–위기–절정–결말'로
> 　　　　 이루어져 있다.

정답　**17** ③　**18** ③

① **시점** : 화자가 이야기를 하기 위해 자리 잡은 시선의 각도, 서술의 발화점, 관점을 뜻한다.
② **소재** : 특수한 상황이나 경우를 뜻하며, 주제를 표현하기 위해 동원되는 재료나 근거이다.
④ **줄거리** : 전체 내용을 줄인 글로, 작품에 표현된 사건의 개요를 작성하거나 사건을 요약한 것이다.

19 소설의 플롯에 대한 설명으로 옳지 <u>않은</u> 것은?

① 구성, 구축, 짜임새라고도 부른다.
② 건축에서는 설계에 비유할 수 있다.
③ 사건을 시간적 순서대로 배열한 것이다.
④ 인과관계에 따라 행동을 연결한 것이다.

③ 스토리에 대한 설명이다.

소설의 플롯(plot)
㉠ 스토리를 시간의 순서에 따라 진행하면서도 사건의 성격, 인과관계에 따라서 구성해 놓은 것이다.
㉡ 구성의 중요성은 소설 전체를 짜임새 있게 하고, 긴장감을 이입시키고, 주제를 부각한다는 점에 있다.
㉢ 소설의 짜임새, 골격, 뼈대, 설계도 등의 말로 설명할 수 있다.

20 소설의 플롯에 대한 설명으로 옳지 <u>않은</u> 것은?

① 고대 그리스 시대 『시학』에서 사용한 뮈토스(mythos)라는 말의 번역에서 유래된 것이다.
② 사건을 시간적 순서에 따라 서술하는 것이 아니라 논리적인 관계를 부여하여 사건을 배열하는 것이다.
③ 러시아 형식주의에서 분류한 개념인 파블라(fabula)와 슈제트(syuzhet) 가운데 후자가 플롯 개념에 가깝다.
④ 똑같은 소재의 이야기를 여러 작가가 각각 다르게 작품화할 경우, 플롯은 한 가지이지만 그 스토리는 서로 다르다고 말할 수 있다.

④ 플롯은 작가가 독자적으로 만들어 낸 소설의 구조 및 짜임새이다. 똑같은 소재의 이야기를 여러 작가가 각각 다르게 작품화할 경우, <u>스토리는 한 가지지만 플롯은 서로 각기 다를 수밖에 없다.</u>
▶ **빅토르 쉬클로프스키**(Victor Shklovsky) : 플롯은 스토리가 낯설게 되고 창조적으로 뒤틀려지고 소외되게끔 하는 방법을 제시하는 것이다.

오답 ① 아리스토텔레스는 『시학』에서 뮈토스(mythos)를 이야기가 흘러가는 순서를 정한 줄거리, 일종의 이야기의 흐름이라는 의미로 정의했고, 현대에 이르러서는 작품의 플롯이나 이야기의 구성, 흐름 등과 유사한 의미로 이해되고 있다.
② 소설의 플롯은 논리적인 인과관계에 의한 사건의 전개와 배열이다.
③ 파블라(fabula) : 주어진 시간과 공간 안에서 사건들을 시간적으로 배열하는 것 → 스토리
슈제트(syuzhet) : 이야기 안에서 파블라가 제시되는 부분을 말하며, 수용자에게 어떻게 구성해서 받아들이는가에 해당하는 것 → 플롯

21 ( ) 안에 들어갈 말로 알맞은 것은?

(㉠)은/는 인물이나 배경이 동일하면서도 일어나는 사건이 다른 이야기를 모아 구성하는 방식이다. 보카치오의 「데카메론」이 대표적이다. (㉡)은/는 이야기 속에 다른 이야기를 포함하고 있는 구성이다.

	㉠	㉡
①	옴니버스	액자형 플롯
②	액자형 플롯	옴니버스
③	피카레스크식 구성	옴니버스
④	피카레스크식 구성	액자형 플롯

해설 ㉠ 피카레스크식 구성 : 독립된 여러 개의 이야기를 통일성을 갖도록 모아서 전개하는 방식으로, 주로 인물이나 배경이 동일하면서도 일어나는 사건이 다른 이야기를 모아 구성하는 방식이다.
㉡ 액자식 구성 : 전체적인 큰 이야기 속에 또 다른 이야기가 전개되는 구성 방식. 외부 이야기(外話, 외부 액자)는 사실성과 진실성을 부여하는 역할을 하며, 내부 이야기(內話, 내부 액자)는 주제 의식을 드러낸다.

오답 옴니버스 구성 : 독립된 짧은 이야기를 묶어 한 편의 이야기를 만드는 구성으로 피카레스크와 유사하나 서로 다른 인물들이 등장한다.

정답 21 ④

22 ( ) 안에 들어갈 말로 알맞은 것은?

> 여러 개의 플롯이 병렬되어 있는 것으로, 하나의 작품 속에서 일정한 짜임새나 순서가 없이 여러 개의 삽화가 이어져 나가는 것이 (㉠)이다. 한편, 하나의 플롯 속에 또 하나의 플롯이 삽입된 유형으로서 구조의 핵심을 이루는 중심 플롯과 그 외곽을 이루는 종속 플롯으로 구성된 것은 (㉡)이다.

	㉠	㉡
①	액자 구성	피카레스크 구성
②	단순 구성	복합 구성
③	피카레스크 구성	액자 구성
④	복합 구성	단순 구성

해설 ㉠ 피카레스크(picaresque) 구성
- 독립된 이야기들이 하나의 주제 아래 모여 있는 구성 방식이다.
- 중심 인물과 배경이 동일하고, 주제가 유사하다.
- 주인공은 악한이며, 그의 행동과 범행을 중심으로 유머가 풍부한 사건이 연속되지만 대부분 악한의 뉘우침과 결혼으로 끝난다.

㉡ 액자 구성(額子構成)
- 액자가 그림을 두르듯 외화(외부 이야기)가 내화(내부 이야기)를 포함하는 문학상의 기법을 말한다.
- 핵심 내용은 대부분 내화이며, 외화는 주로 내부 이야기에 진실성을 부여해 주는 장치로 쓰인다.
- 시점의 변화가 나타난다.

23 다음 중 플롯의 설명이 <u>아닌</u> 것은?
① 인과관계에 의한 사건의 전개와 배열을 말한다.
② 주제를 구현하기 위한 기법이다.
③ 소설의 예술미를 형성하기 위한 논리적 · 지적 활동이다.
④ 스토리를 재구성하는 데 중점을 둔다.

해설 포스터(E. M. Forster)는 『소설의 양상』에서 플롯을 단순히 스토리를 재구성하는 정도로 보지 않고, 사건의 전개를 논리적이고 지적으로 해나가는 힘으로 이해하고 있다.

정답 22 ③ 23 ④

24 다음 중 플롯(구성)의 단계에 포함되지 <u>않는</u> 것은?

① 발단　　　　　　　　　　　② 계기
③ 클라이맥스　　　　　　　　④ 갈등

> **해설**　플롯(구성)의 단계
> ㉠ **발단** : 소설이 처음 시작되는 부분으로 사건의 윤곽이 드러나고 등장인물이 소개되며, 배경이 제시된다.
> ㉡ **전개(갈등)** : 발단이 발전하여 사건과 사건이 복잡하게 얽히거나 등장인물 간의 내적 갈등 또는 외적 갈등이 일어나면서 '대립하는 양상이 전개되며 주제와 긴밀하게 연관된다.
> ㉢ **위기** : 인물 간의 갈등이 심화되고, 위기감이 조성된다.
> ㉣ **절정(클라이맥스)** : 긴장감과 갈등이 최고조에 이르고, 해결의 실마리가 제시되며, 주제가 뚜렷이 나타난다.
> ㉤ **결말** : 소설의 결말부분으로 주인공의 운명이 분명해지고 사건이 해결되는 부분이다.

25 소설의 구성(plot)에 대한 설명으로 알맞은 것은?

① 하나의 단일한 사건으로만 전개되는 에피소드적 구성
② 중심 사건과 관련 없는 사건 · 삽화들이 산만하게 연결되어 있는 유기적 구성
③ 겉 이야기와 속 이야기로 겹 구조를 이루는 피카레스크식 구성
④ 여러 개의 사건이 교차되고 사건이 역행적으로 진행되는 복합 구성

> **해설**　④ **복합 구성** : 주된 사건과 부수적인 사건이 교차되거나 동시에 진행되며, 사건의 진행이 시간의 순서가 아닌 작가의 의도에 따라 전개되는 역행법이 구사된다.
> **오답**　① **단순 플롯** : 단일한 사건의 단순한 진행으로, 대개 사건의 진행이 시간적 순서에 따른다.
> ② **삽화적 구성** : 작품의 중심 사건과 밀접한 관련성이 없거나 부수적인 것으로 여겨지는 삽화 · 사건들이 산만하게 연결되어 있다.
> ③ **액자식 구성** : 하나의 이야기 속에 하나 또는 그 이상의 이야기가 포함되어 내부 이야기와 외부 이야기로 분리된 구성이다.

26 다음 설명에 해당하는 것은?

> 여러 개의 플롯이 병렬되어 있는 유형으로, 인과관계에 의한 사건의 진행이 아니라 하나의 작품 속에서 일정한 짜임새나 순서가 없이 여러 개의 삽화가 이어져 나가는 플롯이다.

① 단일한 플롯　　　　　　　　② 희극적 플롯
③ 복잡한 플롯　　　　　　　　④ 피카레스크식 플롯

정답　**24** ②　**25** ④　**26** ④

플롯은 일반적으로 단순 플롯(단일한 플롯), 복합 플롯(복잡한 플롯), 피카레스크식 플롯으로 분류할 수 있다.
피카레스크식 구성은 독립된 여러 개의 이야기를 통일성을 갖도록 모아서 전개하는 방식이다. 각각의 독립된 이야기가 같은 주제나 인물을 중심으로 짜여진 연작 형태의 구성방법으로 대표적인 작품에는 보카치오의 「데카메론」, 홍명희의 「임꺽정」 등이 있다.

27 다음 중 스토리와 플롯의 차이가 <u>아닌</u> 것은?

① 스토리의 경우에는 '그리고'라는 반응이 나오고, 플롯의 경우에는 '왜'라는 질문이 나온다.
② 스토리는 시간의 순서에 따라 정리된 사건의 서술이다.
③ 스토리는 인과관계에 중점을 둔 사건의 서술이다.
④ 플롯은 소설 속의 사건과 다른 사건을 연결시킬 수 있는 능력이 필요하다.

인과관계에 중점을 둔 사건의 서술은 플롯을 말한다. 그래서 소설 속의 한 사건과 다른 사건을 연결시킬 수 있는 능력이 요구되는 것이다.

28 근대소설에 주로 나타나는 갈등의 양상이 <u>아닌</u> 것은?

① 선인과 악인의 대립   ② 있는 자와 없는 자의 대립
③ 낡은 것과 새 것의 대립   ④ 인간적인 것과 비인간적인 것의 대립

①은 근대소설 이전의 갈등의 양상이다.

≫ 갈등구조의 양상

근대소설 이전	• 두 개인, 즉 선인과 악인의 대립(멜로드라마의 대부분) • 개인과 사회 사이의 대립(사회소설의 경우) • 한 개인의 내면적 갈등
근대소설	• 인간적인 것과 비인간적인 것 사이의 대립 • 낡은 것과 새 것 사이의 대립 • 있는 자와 없는 자 사이의 대립 • 도시적인 것과 비도시적인 것 사이의 대립 • 전통적·토속적인 것과 외래적인 것 사이의 충돌현상 • 개성적인 삶과 상식적인 삶 사이의 충돌현상 • 한 개인의 인간적인 조건(죽음 등)과 대결하는 모습

정답   27 ③   28 ①

29 ( ) 안에 들어갈 말로 알맞은 것은?

- (㉠)은 하나의 작품 속에서 자신의 성격적 특징을 일관되게 지켜 나간다. 성격의 일관성 또는 단일성이 중시된다는 말이다. 이야기의 전개 과정에서 사건이 변화하고 환경이 바뀌어도 자기 성격의 일관성을 유지한다.
- (㉡)은 한 작품 속에서 이야기의 흐름에 따라 성격이 변화하며 새롭게 발전하기도 한다. 이 같은 특징 때문에 발전적 성격의 인물이라고도 한다.

① ㉠ – 입체적 인물, ㉡ – 평면적 인물
② ㉠ – 평면적 인물, ㉡ – 입체적 인물
③ ㉠ – 주체적 인물, ㉡ – 수동적 인물
④ ㉠ – 수동적 인물, ㉡ – 주체적 인물

해설 ㉠ **평면적 인물**
- 한 작품 속에서 성격의 변화가 없는 인물이다.
- 작품 내내 일관된 성격을 지니고 있어서 독자의 상상력이나 기대를 벗어날 수 없다.
㉡ **입체적 인물**
- 성격이 변화하고 발전하는 인물이다.
- 한 작품 속에서 환경과 사건의 진전에 따라 성격이 변화하고 발전한다.

오답 ㉠ **주체적 인물** : 사건을 이끌어가는 주체로 스스로 행동하고 결정하는 인물이다.
㉡ **수동적 인물** : 남에 의존하는 인물, 누군가의 도움으로 어려움을 이겨내는 인물, 감정 없이 살아가는 인물이다.

30 ( ) 안에 들어갈 말로 알맞은 것은?

( ) 인물은 사회의 어떤 집단이나 계층에 소속된 인물들이 공통적으로 보여 주는 성격의 특징을 잘 대변하는 인물을 말한다. 소설의 등장인물은 고립되어 있는 존재가 아니다. 그는 소설 속에 설정된 시간과 공간에 의하여 어느 시대, 어느 사회에 소속된 개인으로 등장한다. 그러므로 그가 속해 있는 시대의 사회와 집단의 속성에 맞도록 그 성격을 부여받는 것이 당연하다.

① 전형적　　　　② 개성적
③ 입체적　　　　④ 문제적

해설 ① **전형적 인물** : 사회의 어떤 계층이나 집단의 공통된 성격적 기질을 대표하는 인물 = 유형적 인물

② **개성적 인물** : 전형성에서 탈피한 인물, 자기만의 독자적인 성격을 가진 인물
③ **입체적 인물** : 성격이 변화하고 발전하는 인물 = 원형적 인물 = 극적 인물
④ **문제적 인물** : 대개 근대사회 이후에 나타난 소설의 새로운 주인공 유형, 주로 부정적이고 타락한 사회현실의 모순과 비리를 폭로하기 위해 설정된 인물

31 다음 설명에 해당하는 인물은?

> 루카치가 『소설의 이론』에서 제시한 개념으로, 근대 이후에 나타난 소설의 주인공을 일컫는다. 이 인물은 자신이 처한 세계에 대한 불만으로 갈등을 겪고 이로 인해 보편적인 질서에 맞서는 인물로 나타난다. 「죄와 벌」의 라스콜리니코프, 「이방인」의 뫼르소, 「광장」의 이명준이 이에 해당한다.

① 문제적 인물   ② 입체적 인물
③ 개성적 인물   ④ 해설적 인물

① **문제적 인물**(problematic individual) : 대개 근대사회 이후에 나타난 소설의 새로운 주인공 유형. 문제적 인물은 주로 부정적이고 타락한 사회현실의 모순과 비리를 폭로하기 위해 설정된 인물이다.

② **입체적 인물** : 사건이 전개되면서 성격의 변화를 보이는 인물
③ **개성적 인물** : 독자적인 성격의 인물
④ **해설적 인물** : 편집자적 논평

32 다음 설명에 맞는 소설 인물의 유형은?

> • '앤타고니스트'라고도 부른다.
> • 작가가 부정하는 인물
> • 주인공과 대립적 관계에 있는 인물

① 평면적 인물   ② 입체적 인물
③ 반동 인물   ④ 주동 인물

③ **반동 인물**
     ㉠ 앤타고니스트(antagonist)
     ㉡ 작가가 부정하는 인물
     ㉢ 주인공과 대립관계에 있는 인물

① **평면적 인물** : 한 작품 속에서 성격의 변화가 없는 인물이다.
② **입체적 인물** : 성격이 변화하고 발전하는 인물이다.

정답   31 ①   32 ③

④ 주동 인물
    ㉠ 프로타고니스트(protagonist)
    ㉡ 작품 속에서 사건을 주도해 가는 인물
    ㉢ 작가가 긍정하려는 인물

33 다음은 소설의 인물의 유형에 관한 설명이다. 이에 적절한 인물 유형은?

> • 한 작품 속에서 환경과 사건의 진전에 따라 성격이 달라진다.
> • 극적 인물이라고도 하며 현대소설에서 많이 등장한다.
> • 성격이 변화하고 발전하는 인물이다.
> • 인생의 다양한 면을 보여주며, 독자의 예측을 초월하는 인물 유형이다.

① 전형적 인물   ② 반동 인물
③ 평면적 인물   ④ 입체적 인물

해설   ④ 입체적 인물
    ㉠ 사건에 따라 성격이 변화하고 발전하는 인물이다.
    ㉡ 한 작품 속에서 환경과 사건의 진전에 따라 성격이 변화하고 발전한다.
    ㉢ 극적 인물이라고도 하며 현대소설에서 많이 등장한다.
    ㉣ 인생의 다양한 면을 보여 주며, 독자의 예측을 초월한다.

오답   ① 전형적 인물
    ㉠ 어떤 집단이나 계층 혹은 시대나 상황을 대표하는 인물이다.
    ㉡ 이 인물을 통해 소설의 배경이 되는 사회현실이나 사건이 잘 드러나야 한다.
 ② 반동 인물
    ㉠ 작가나 독자가 부정하거나 부정해야 할 인물이다.
    ㉡ 주동 인물(주인공)과 대립관계에 서 있는 인물이다.
 ③ 평면적 인물
    ㉠ 한 작품 내에서 처음부터 끝까지 성격이 변하지 않는 인물이다.
    ㉡ 정적 인물이라고도 하며, 환경의 영향을 받지 않는 인물이다.

34 소설의 인물 유형 중 어떤 사회의 집단이나 계층을 대표하는 보편적인 성격을 지닌 인물을 뜻하는 것은?

① 평면적 인물   ② 전형적 인물
③ 개성적 인물   ④ 입체적 인물

정답   **33** ④   **34** ②

② **전형적 인물** : 어떤 집단이나 계층 혹은 시대나 상황을 대표하는 인물

① **평면적 인물** : 한 작품 속에서 성격의 변화가 없는 인물
③ **개성적 인물** : 전형성에서 탈피한 인물, 자기만의 독자적인 성격을 가진 인물
④ **입체적 인물** : 성격이 변화하고 발전하는 인물

35 다음 설명에 해당하는 인물의 유형은?

> 「춘향전」의 '춘향'이 정절이라는 도덕적 이념을 대변한다면, 「심청전」의 '심청'은 효도라는 도덕적 이념을 대변한다. 염상섭의 「삼대」에 등장하는 '조의관'은 구시대의 지주를 대표하는 인물이다. 이러한 인물들은 대개 집단, 계층, 사회가 요구하는 삶의 양식에 따라 일정한 틀로 고정된 성격을 띠고 있다.

① 전형적 인물   ② 개성적 인물
③ 입체적 인물   ④ 평면적 인물

'대변, 대표, 고정'의 용어에 초점을 둔다.
① **전형적 인물** : 특정 집단이나 계층을 대표하는 인물

② **개성적 인물** : 개인으로서 독자적인 그만의 성격을 지닌 인물
③ **입체적 인물** : 시간이 흐르면서 성격이 발전하거나 변하는 인물
④ **평면적 인물** : 작품의 처음부터 끝까지 성격이 변하지 않는 인물

36 다음 (   ) 안에 들어갈 알맞은 말은?

> (   )은 사회의 어떤 집단이나 계층을 대표하는 성격적 기질을 가진 인물을 말한다.

① 평면적 인물   ② 입체적 인물
③ 전형적 인물   ④ 개성적 인물

소설의 인물 유형
㉠ 성격변화의 양상에 따라
• **평면적 인물** : 작품 속에서 처음부터 끝까지 성격의 변화가 일어나지 않는 인물
• **입체적 인물** : 사건이 전개됨에 따라 성격의 변화를 보이는 인물
㉡ 성격창조의 방식에 따라
• **전형적 인물** : 한 계층이나 집단·세대를 대표하는 성격을 가진 인물
• **개성적 인물** : 개인으로서의 독자적인 성격을 가진 인물

35 ①   **36** ③

37 다음 중 인물의 설정 방법으로 옳지 <u>않은</u> 것은?

① 직접적인 표현법과 간접적인 표현법으로 나뉜다.
② 직접적인 표현법은 극적 방법이라고 부른다.
③ 직접적인 표현법은 등장인물의 성격에 대해 화자의 요약, 설명, 언급과 함께 등장인물의 심리분석과 다른 인물에 대한 보고 등을 통하여 행해지는 방법이다.
④ 간접적인 표현법은 등장인물의 언어행위를 중심으로 다른 인물에게 주는 반응 등을 극적으로 드러내는 방법을 의미한다.

해설 극적 방법이라고 부르는 것은 간접적인 표현법이다.

38 다음 중 소설의 인물에 대한 설명으로 가장 적절한 것은?

① 평면적 인물의 성격은 작품 전반에 걸쳐 지속적으로 변한다.
② 입체적 인물은 고전소설에 주로 등장한다.
③ 개성적 인물은 특정 집단의 공통적인 성격을 대표한다.
④ 입체적 인물은 인생의 다양한 면을 보여 주며, 독자의 예측을 초월한다.

해설 ④ 입체적 인물은 성격이 변화하고 발전하는 인물로 인생의 다양한 면을 보여 주며, 독자의 예측을 초월한다. 즉, 한 작품 속에서 환경과 사건의 진전에 따라 성격이 변화하고 발전한다.

오답 ① 평면적 인물의 성격은 한 작품 속에서 성격의 변화가 없는 인물이다.
② 입체적 인물은 현대소설에서 많이 등장한다.
③ 특정 집단의 공통적인 성격을 대표하는 것은 전형적 인물이다. 개성적 인물은 시대의 흐름을 거부하고 자신의 의지와 주관을 관철하면서 성격이 변해가는 인물을 말한다.

39 다음에서 설명하는 인물의 유형은?

> • 한 작품 속에서 환경의 변화와 사건의 진전에 따라 성격이 변화하는 인물을 가리킨다.
> • 김동인의 소설 「감자」의 주인공 복녀가 그 좋은 예이다.

① 평면적 인물 ② 입체적 인물
③ 전형적 인물 ④ 개성적 인물

해설 ② 「감자」의 주인공 복녀는 입체적 인물의 대표적인 예이다.
» **인물의 유형**(문학적 유형)
   ㉠ **평면적 인물** : 한 작품 속에서 성격의 변화가 없는 인물
   ㉡ **입체적 인물** : 성격이 변화하고 발전하는 인물

정답 **37** ② **38** ④ **39** ②

ⓒ **전형적 인물** : 사회의 어떤 계층이나 집단의 공통된 성격적 기질을 대표하는 인물
ⓔ **개성적 인물** : 전형성에서 탈피한 인물로 시대의 흐름을 거부하고 자신의 의지와 주관을 관철하면서 성격이 변해가는 인물

40 작품 속 인물의 대화나 행동 등으로 인물의 성격을 나타내는 방법은?

① 극적 제시 방법
② 분석적 제시 방법
③ 평면적 제시 방법
④ 희화적 제시 방법

해설 ① **극적 제시 방법** : 인물의 성격을 대화와 행동으로 나타내는 '보여주기'의 방법으로 '간접적, 장면적, 입체적, 묘사적' 방법이라고도 한다. 인물의 성격을 생생하게 구체적으로 드러내는 이점이 있지만, 작가의 견해를 나타내기에 불편하여 인물의 제시가 불명확해지기 쉽고, 소설의 속도가 느려지는 단점이 있다.

오답 ② **분석적 제시 방법** : 작가가 등장인물의 특성이나 성격을 직접적으로 설명·요약·분석·해설하는 '말하기'의 방법으로 '서술'이 중심이 된다. '직접적, 해설적, 편집자적, 논평적, 요약적, 설명적' 방법이라고도 하며, 등장인물의 심리를 세밀하게 분석하여 설명해 주고 소설의 속도를 빠르게 해주는 이점이 있는 반면, 사건의 진행을 방해하며 추상적인 설명으로 흐르기 쉬운 단점이 있다.
③ **평면적 제시 방법** : 작품 전편을 통하여 성격이 변하지 않는 인물, 환경의 영향을 받지 않는 인물인 '평면적 인물'을 제시하는 방법이다.
④ **희화적 제시 방법** : 특징이 두드러진 성질 또는 과장해 표현함으로써 우스꽝스러운 인물을 제시하는 방법이다.

41 다음 내용에 해당하는 소설의 인물 유형은?

- 근대적 세계관과 문제의식을 반영한다.
- 불확실한 가치들의 관계를 스스로 탐구한다.

① 영웅적 인물
② 집단적 인물
③ 평면적 인물
④ 문제적 인물

해설 인물의 유형 중 문제적 인물(problematic individual)은 대개 근대사회 이후에 나타난 소설의 새로운 주인공 유형을 일컫는다. 루카치에 따르면, 소설의 주인공은 개인과 세계 사이에 놓인 내적인 괴리의 산물이며, 근대사회의 소설 주인공들은 자신이 처한 세계가 행복하고 아늑한 사회가 아니기 때문에 여기에 반항하거나 갈등을 겪는다. 문제적 인물은 주로 부정적이고 타락한 사회현실의 모순과 비리를 폭로하기 위해 설정된 인물이다. 근대소설에 있어서 주인공은 타락한 세상에서 진정한 가치를 추구해 가는 문제적 인물로 설정되어 있는 경우가 많다.

정답 **40** ① **41** ④

42 다음 소설의 시점은?

> 나는 아내의 하자는 대로 아내 방으로 끌려갔다. 아내 방에는 저녁 밥상이 조촐하게 차려져 있는 것이다. 생각하여 보면 나는 이틀을 굶었다. 나는 지금 배고픈 것까지도 긴가민가 잊어버리고 어름어름하던 차다.
> 나는 생각하였다. 이 최후의 만찬을 먹고 나자마자 벼락이 내려도 나는 차라리 후회하지 않을 것을, 사실 나는 인간 세상이 너무나 심심해서 못 견디겠던 차다. 모든 일이 성가시고 귀찮았으나 그러나 불의의 재난이라는 것은 즐거웁다.
>
> — 이상, 「날개」 —

① 작가 관찰자 시점 　　　　　② 일인칭 관찰자 시점
③ 전지적 작가 시점 　　　　　④ 일인칭 주인공 시점

해설　④ 일인칭 주인공 시점
　　　㉠ 등장인물인 '나'가 주인공으로 자신의 이야기를 한다.
　　　㉡ 주인공의 심리 묘사나 내면 묘사를 그리는 데 유용하다.

오답　① 작가 관찰자 시점
　　　㉠ 작가가 작품 밖에서 관찰자의 입장이 되어 서술한다.
　　　㉡ 서술자는 자기의 주관을 버리고 객관적인 입장에서 작품의 외적 사실을 묘사한다.
　　② 일인칭 관찰자 시점
　　　㉠ 등장인물인 '나'가 부수적인 인물이 되어 주인공의 이야기를 서술한다.
　　　㉡ 서술자는 해설자로서 작품을 설명해 가는 역할을 한다.
　　③ 전지적 작가 시점
　　　㉠ 작품 밖의 서술자가 전지전능한 위치에서 서술하는 시점이다.
　　　㉡ 등장인물의 운명이나 아직 등장하지 않은 인물까지 미리 알 수 있다.

43 다음의 특징을 갖는 소설의 시점은?

> • 작가가 작중 인물의 모든 것을 알고 있는 시점이다.
> • 작가의 사상과 관념을 소설 속에 배치할 수 있다.
> • 장편소설에 유리한 시점이다.
> • 주인공을 이해하는 데 필요한 심리분석에 있어서 완숙함을 보여줄 수 있는 시점이다.

① 1인칭 주인공 시점 　　　　　② 1인칭 관찰자 시점
③ 3인칭 전지적 작가 시점 　　　④ 3인칭 작가 관찰자 시점

정답　42 ④　　43 ③

③ 3인칭 전지적 작가 시점

    ㉠ 작가가 신적 존재로서 행동과 태도, 감정, 의식 등을 설명한다.

    ㉡ 모든 인물의 심리 묘사가 가능하다.

    ㉢ 작가의 사상과 인생관을 직접 드러낼 수 있는 특징이 있다.

오답 ① 1인칭 주인공 시점 : 작품 속의 '나'가 주인공이면서 동시에 서술자인 경우로 주인공의 심리를 잘 드러낸다.

② 1인칭 관찰자 시점 : 주인공이 아닌 '나'가 주인공의 이야기를 관찰하여 서술하는 시점이다.

④ 3인칭 작가 관찰자 시점 : 서술자가 작품 안에 등장하지 않고 이야기 외부의 관찰자 입장에서 사건을 객관적으로 서술하는 시점이다.

44 다음 소설의 시점은?

> 나는 그녀가 일기를 쓴다는 것을 몰랐다.
>
> 뭘 쓴다는 것이 그녀에게는 도무지 안 어울리는 일이었다. 자기 반성이나 자의식 같은 것이 일기를 쓰게 하는 나이도 아니었다. 그렇다고 학생 때 무슨 글을 써봤다는 소리도 듣지 못했다. 내게 쓴 연애편지 몇 장도 그저 그런 여자스러운 감상을 담고 있을 뿐 글재주 같은 건 없었다.
>
> 그날 나는 낮 시간에 집에 있었다. 간밤에 초상집에 갔다가 새벽에 들어와서 열두 시가 넘도록 늘어지게 잤던 것이다. 자고 일어나보니 집에는 아무도 없었다. 그녀는 아이들을 데리고 시장에라도 간 모양이었다. 물을 마시려고 자리에서 몸을 일으키던 나는 화장대 위에 웬 노트가 놓여 있는 걸 보았다. 당연히 가계부인 줄 알았다. 그런데 일기장이었다.

① 전지적 작가 시점   ② 1인칭 주인공 시점

③ 1인칭 관찰자 시점   ④ 3인칭 관찰자 시점

해설 제시문은 은희경의 「빈처」 중 외화(내가 주인공인 아내를 관찰하는 부분)이다.

③ 1인칭 관찰자 시점 : 부수적 인물인 '나'가 주인공의 이야기를 관찰하여 서술하는 시점

오답 ① 전지적 작가 시점 : 작가가 작중 인물의 모든 것을 알고 있는 시점. 모든 인물의 심리 묘사가 가능하며, 등장인물의 운명까지 미리 알 수 있다.

② 1인칭 주인공 시점 : 작중 화자인 '나'가 주인공으로 자신의 이야기를 하는 시점. 서술자와 인물이 일치한다는 점에서 서술자와 인물의 거리가 가장 가깝고 주동 인물의 내면세계를 제시하는 데 효과적이다.

④ 3인칭 관찰자 시점 : 작가가 작품 밖에서 관찰자의 입장이 되어 서술하는 시점. 서술자는 자기의 주관을 버리고 객관적인 입장에서 작품의 외적 사실을 묘사한다.

정답 44 ③

45 다음에서 설명하는 작품의 시점은?

> • 서술자는 관찰자이므로 주관을 배제하고, 인물이 말하고 행동하는 것을 객관적으로 보여준다.
> • 작품 밖의 서술자가 관찰자의 입장에서 이야기를 하는 시점이다.

① 1인칭 주인공 시점 ② 1인칭 관찰자 시점
③ 3인칭 관찰자 시점 ④ 전지적 작가 시점

해설 3인칭 관찰자 시점(작가 관찰자 시점)은 작품 밖의 서술자가 관찰자의 입장에서 이야기를 하는 시점이다. 작가가 외부적인 관찰자의 입장에서 해설이나 평가를 하지 않고 있는 그대로 작중 인물의 실체를 독자에게 제시한다. 사실주의에서 주로 사용하는 방법이다.
염상섭의 「임종」·「두파산」, 황순원의 「소나기」·「학」, 김동인의 「감자」 등이 있다.

46 다음 작품에 나타난 시점으로 옳은 것은?

> 오새 와서 어머니의 하는 일이란 참으로 알 수가 없는 노릇입니다. 어떤 때는 어머니도 퍽 유쾌하셨습니다. 밤에 때로는 풍금도 타고 또 때로는 찬송가도 부르고 그러실 때에는 나는 너무도 좋아서 가만히 어머니 옆에 앉아서 듣습니다. 그러나 가끔가끔 그 독창은 소리 없는 울음으로 끝을 맺을 때가 많은데, 그런 때면 나도 따라서 울었습니다. 그러면 어머니는 나를 안고 내 얼굴에 돌아가면서 무수히 입을 맞추어 주면서, "엄마는 옥희 하나문 그뿐이야, 응, 그렇지……" 하면서 언제까지나 언제까지나 우시는 것이었습니다.
>
> – 주요섭, 「사랑 손님과 어머니」 –

① 1인칭 주인공 시점 ② 1인칭 관찰자 시점
③ 3인칭 관찰자 시점 ④ 전지적 작가 시점

해설 주요섭의 「사랑 손님과 어머니」는 1인칭 관찰자 시점에 해당한다.
이 소설은 작가 주요섭이 초기의 신경향파적 경향으로부터 탈피하여 쓴 서정성이 강한 휴머니즘 소설이다. 자연주의적 경향과 리얼리즘 요소를 함께 지니고 있는 「사랑 손님과 어머니」는 절제의 미학과 함께 개인의 자유를 지나치게 억압하는 유교적인 인습을 고발한 작품이다.

정답 45 ③ 46 ②

47 다음 내용에 해당하는 소설의 시점은?

> • 서술자가 겉으로 드러나는 등장인물의 모습과 행동을 객관적으로 서술한다.
> • 인생의 한 단면을 예리하게 묘사하는 단편소설에 적합하다.

① 1인칭 주인공 시점   ② 1인칭 관찰자 시점
③ 전지적 작가 시점   ④ 작가 관찰자 시점

> 해설 작가 관찰자 시점
> ㉠ 작가가 작품 밖에서 관찰자의 입장이 되어 서술한다.
> ㉡ 서술자는 자기의 주관을 버리고 객관적인 입장에서 작품의 외적 사실을 묘사한다.
> ㉢ 인생의 한 단면을 예리하게 묘사하는 단편소설에 적당하다.
> ㉣ 극적 시점이라고도 한다.
> ㉤ 구체적인 사건과 행동을 보여준다.

48 다음 소설의 시점으로 옳은 것은?

> 어제 낮에 나는 외숙모의 부음을 들었다. … 어머니가 내려가 있기 때문에 굳이 나까지
> 문상을 가지 않더라도 모양새가 나쁠달 수는 없었으나 외숙을 생각하면 꼭 그런 것도
> 아니었다. 내가 대학에 합격했을 때 그리고 군에서 제대했을 때 외숙이 각각 쌀 한 가마
> 니씩을 화물 열차에 실어 보내왔던 것이다. 요즘 세상에 쌀 두 가마니가 무슨 대수로운
> 것이랴만 외숙에게 대소사가 있을 때마다 그게 묘하게도 빚 감정으로 작용하는 것만큼
> 은 어쨌든 사실이었다.
>
> — 윤대녕, 「천지간」 —

① 1인칭 주인공 시점   ② 1인칭 관찰자 시점
③ 3인칭 관찰자 시점   ④ 전지적 작가 시점

> 해설 위 소설은 삶과 죽음이라는 인간의 근원적 문제를 인연의 끈이라는 운명의 논리로 확대해석한
> 여로형 소설이다.
> ① 1인칭 주인공 시점 : 주인공이 자신의 이야기를 한다.
>
> 오답 ② 1인칭 관찰자 시점 : 부수적 인물인 '나'가 주인공의 이야기를 한다.
> ③ 3인칭 관찰자 시점 : 작가가 외부 관찰자로서 이야기를 한다.
> ④ 전지적 작가 시점 : 분석적이고 전지적인 작가가 사상과 감정을 포함한 이야기를 한다.

PART 01
PART 02
PART 03
PART 04
PART 05
PART 06
PART 07

49 뮤어의 소설 유형 분류에 대한 설명으로 옳지 <u>않은</u> 것은?

① 성격 소설은 개성적이고 새로운 성격을 가진 인물에 초점을 맞춘다.

② 행동 소설은 호기심과 박력 있는 사건을 통하여 독자에게 즐거움을 준다.

③ 극적 소설은 플롯에 초점을 맞추어 주인공의 완결된 체험을 그려낸다.

④ 시대 소설은 탄생, 성장, 죽음을 시간적 순서에 의하여 외적으로 진행시킨다.

> **해설** 뮤어(E. Muir)는 『소설의 구조』에서 행동 소설, 성격 소설, 극적 소설, 연대기 소설, 시대 소설 등의 5가지로 소설의 유형을 나누었다.
> ④ **시대 소설** : 한 시대의 풍습과 특별한 환경을 그리려는 소설. 어느 한 시대의 풍습과 그 사회를 대변하거나 상징하는 인물을 보여주는 것에 그친다.
> ▶ 한 개인의 삶의 과정을 탄생, 성장, 죽음을 시간적 순서에 의하여 외적으로 진행시키는 것은 '연대기 소설'에 대한 설명이다.

> **오답** ① **성격 소설** : 등장인물의 성격을 공간적으로 탐구하는 소설. 공간적 사회, 평면적인 사회를 배경으로 당시의 풍습을 보여주므로 개성적이고 새로운 성격을 가진 인물에 초점을 맞춘다.
> ② **행동 소설** : 스토리 중심의 소설. 호기심과 박력 있는 사건을 통해 독자에게 즐거움을 준다. 모험소설, 범죄소설, 탐정소설 등
> ③ **극적 소설** : 공간 의식은 희박하며 시간 속에서의 플롯의 집중적 전개만을 중시하는 소설. 작중 인물의 특징이 사건을 일으키고 그 사건이 인물을 변화시키는 소설로 행동 소설과 성격 소설의 종합된 형태이다.

50 다음 설명에 해당하는 뮤어(E. Muir)의 소설의 유형은?

> 성격 소설과 극적 소설의 이중적 효과를 지니며 개인의 편력을 거대한 사회를 배경 삼아 그린다. 이 유형에서 가장 중요한 것은 시간 개념이다. 내면적 시간이 아니라, 외면적 시간에 의하여 '탄생·성장·죽음, 그리고 탄생'이라는 순환이 거듭되는 인간의 편력이 나타난다. 뮤어의 분류에 의하면 톨스토이의 「전쟁과 평화」, 제임스 조이스의 「젊은 예술가의 초상」 등이 여기에 해당한다.

① 행동 소설   ② 극적 소설

③ 연대기 소설   ④ 시대 소설

> **해설** ③ 연대기 소설은 인생 자체가 포괄적으로 드러난 일련의 소설을 지칭하는 개념이다. 연대기 소설은 시간을 중심으로 넓은 공간에 걸쳐 탄생, 성장, 죽음이 반복되는 인생의 순환 과정을 보인다.

> **오답** ① 행동 소설은 사건의 진행과 운명의 우여곡절을 주로 시간의 연대기적 구조 속에서 서술하는 유형의 소설을 말한다.
> ② 극적 소설은 공간 배경보다 시간 배경을 더 중요시하는 소설 형식으로 인물의 성격과 행동을 동일시하며, 유동적인 인물이 등장하여 시간 변화와 함께 내적으로 성숙되는 모습을 보인다.
> ④ 시대 소설은 과거의 특정한 시대를 배경으로 하여 쓴 소설을 말한다.

정답 49 ④   50 ③

51 다음 설명과 관계가 있는 소설의 분류로 적절한 것은?

> 주인공이 일정한 삶의 형성이나 성취에 도달하기까지의 과정을 그린 소설로, 주인공은 인습의 세계를 수용하는 것도 세계의 복잡성을 거부하는 것도 아닌, 앞의 두 유형의 중간의 입장을 취한다. 주인공은 '남성적인 성숙'으로 특징 지을 수 있다. 대표적인 작품은 『빌헬름 마이스터의 수업시대』(괴테), 『싯다르타』(헤르만 헤세) 등이 있다.

① 이상주의 소설   ② 교양 소설
③ 심리주의 소설   ④ 톨스토이의 소설형

해설 게오르그 루카치가 분류한 소설 유형 중에서 '교양 소설'에 대한 설명이다.
  ② **교양 소설** : 주인공이 일정한 생의 형성이나 성취에 도달하기까지의 과정을 그린 소설이다. 이때의 주인공은 세계와의 대립 과정에서 대두되는 문제를 해결하기를 포기하는 것도 아니고, 모순으로 가득 찬 인습의 세계를 그대로 수용하는 것도 아니다. 그래서 교양 소설은 '추상적 이상주의 소설'과 '심리 소설'의 중간적 입장을 취한다.

오답 ① **이상주의 소설** : 주인공의 행동양식이 자신이 추구하는 이상적 가치를 맹목적 신앙에 가깝게 추종하는 소설이다.
  ③ **심리주의 소설** : 주인공이 인습으로 가득 찬 세계에서 만족을 느끼지 못하는 내면 의식세계를 분석하는 데 주력한다.
  ④ **톨스토이의 소설형** : 문화를 초월하여 자연에 대한 본질적인 체험과 구체적이고 실재적인 세계의 체험을 표현한 것으로 우리 삶의 전체성의 범주를 다룬 소설이다.

52 뮤어(E. Muir)의 소설 유형 분류에서 다음 설명과 관련 깊은 것은?

> 개인의 편력을 거대한 사회를 배경 삼아 그린다. 흔히 출세 소설이라고도 하는데, 이 유형에서 가장 중요한 것은 시간 개념이다. 내면적 시간이 아니라, 외면적 시간에 의하여 '탄생·성장·죽음, 그리고 탄생'이라는 순환이 거듭되는 인간의 편력이 나타난다. 뮤어의 분류에 의하면 톨스토이의 「전쟁과 평화」, 제임스 조이스의 「젊은 예술가의 초상」 등이 여기에 해당한다.

① 행동 소설   ② 성격 소설
③ 극적 소설   ④ 연대기 소설

해설 뮤어(E. Muir) : 『소설의 구조』. 5가지 소설 유형 분류
  ④ **연대기 소설**
    ㉠ 한 개인의 삶의 과정을 거대한 사회를 배경으로 그린다.
    ㉡ 시간을 중심으로 넓은 공간에 걸쳐 '탄생 – 성장 – 죽음'이 반복되는 인생의 순환 과정을 보여 준다.
    ㉢ 흔히 출세 소설이라고도 한다.

정답 51 ②   52 ④

PART 01

PART 02

PART 03

PART 04

PART 05

PART 06

PART 07

오답 ① 행동 소설
　　　㉠ 스토리 중심의 소설을 말한다(중세의 로맨스, 고전소설 등).
　　　㉡ 인생을 그린 소설이라기보다는 욕망의 환상도를 그린 소설이다.
　　　㉢ 인간의 비현실적인 욕망을 대리 충족시켜 준다.
② 성격 소설
　　㉠ 등장인물의 성격을 공간적으로 탐구하는 소설이다.
　　㉡ 사건보다는 등장인물에 대해 더 많이 설명하고 의미를 부여한다.
　　㉢ 공간적 사회, 평면적인 사회를 배경으로 당시의 풍습을 보여주고, 주인공의 성격과 생활의
　　　양상을 나타내는 소설이다.
③ 극적 소설
　　㉠ 행동의 강렬성이 나타나 있고 극적인 개성을 그리는 소설이다.
　　㉡ 공간 의식은 희박하며 시간 속에서의 플롯의 집중적 전개만을 중시하는 소설이다.
　　㉢ 작중 인물의 특징이 사건을 일으키고 그 사건이 인물을 변화시키는 소설이다.

53 다음 설명에 해당하는 이론가는?

서사체를 분류하는 명칭의 자의성을 피하기 위하여 작품 속에 묘사된 세계와 인물들의 본성에 주목하였다. 신화는 다른 인물이나 주변 환경보다 절대적으로 우월한 영웅의 이야기로, 로맨스는 다른 사람이나 주위 환경보다 어느 정도 우월한 영웅의 이야기로, 소설은 다른 사람뿐만 아니라 환경보다도 열등한 인물의 이야기로, 그리고 아이러니는 힘이나 지적인 면에서 우리 자신보다도 열등한 주인공의 이야기로 분류하였다.

① 르네 웰렉(René Wellek)
② 에드윈 뮤어(Edwin Muir)
③ 볼프강 이저(Wolfgang Iser)
④ 노스럽 프라이(Northrop Frye)

해설 ④ 노스럽 프라이(Northrop Frye) : 『비평의 해부』
　　　역사적인 관점에서 등장인물의 환경, 플롯, 주제 등을 기준으로 서사 양식의 발전 과정을 '신화,
　　　로맨스, 상위모방·하위모방(소설), 아이러니' 등으로 나누었다. 본문은 '등장인물의 환경' 측면에서
　　　주인공의 행동 능력을 기준으로 문학작품을 분류한 것이다.

정답 53 ④

54 루카치(G. Lukács)의 소설 유형 분류에서 다음 설명과 관련 깊은 것은?

> 주인공이 일정한 생의 형성이나 성취에 도달하기까지의 과정을 그린 소설이다. 이때 주인공은 인습으로 가득 찬 세계를 맹목적으로 수용하지 않고 사회의 모든 내적인 가치체계를 포기하지도 않는다. 괴테의 『빌헬름 마이스터의 수업시대』가 여기에 속한다.

① 교양 소설 　　　　　　　　　　② 심리 소설
③ 톨스토이의 소설형 　　　　　　　④ 추상적 이상주의 소설

해설 **루카치** : 주인공의 존재 양식을 기준으로 삶의 전체성이 어떤 모습으로 형상화되느냐에 따라 근대 소설을 4가지로 분류했다.
① 교양 소설
　㉠ 주인공이 일정한 삶의 형성이나 성취에 도달하기까지의 과정을 그린 소설이다.
　㉡ 주인공은 인습의 세계를 수용하는 것도, 세계의 복잡성을 거부하는 것도 아닌, 앞의 두 유형의 중간의 입장을 취한다.
　㉢ 대표작 :『빌헬름 마이스터의 수업시대』(괴테),『싯다르타』(헤르만 헤세)

오답 ② 심리 소설
　㉠ 작중 인물의 내면세계를 분석하는 데 주력하는 소설이다.
　㉡ 정신분석학의 도움을 받아 인간의 의식세계에 보다 깊이 파고든다.
　㉢ 대표작 :『오블로모프』(곤자로프)
③ 톨스토이의 소설형
　㉠ 삶의 사회적 형식을 초월하려는 소설이다.
　㉡ 문화를 초월하여 자연에 대한 본질적인 체험과 구체적이고 실재적인 세계의 체험을 표현한 소설이다.
　㉢ 우리 삶의 전체성의 범주를 다룬 소설이다.
④ 추상적 이상주의 소설
　㉠ 주인공의 행동양식이 맹목적 신앙에 가까운 좁은 의식에 지배를 받는 소설의 형태이다.
　㉡ 관념의 실현을 위해 직접적이고 직선적인 길을 밟는 주인공의 활동이 특징이다.
　㉢ 대표작 :『돈키호테』(세르반테스),『적과 흑』(스탕달)

55 뮤어(Muir)가 분류한 소설에 해당하지 <u>않는</u> 것은?
① 성격 소설 　　　　　　　　　　② 순수 소설
③ 극적 소설 　　　　　　　　　　④ 연대기 소설

해설 **뮤어(E. Muir)의 5가지 소설 유형 분류** :『소설의 구조』
　– 행동 소설, 성격 소설, 극적 소설, 연대기 소설, 시대 소설
　② 순수 소설은 뮤어의 분류 속에 포함되지 않는다.

56 다음 설명에 해당하는 것은?

> • 프라이(Frye)가 분류한 소설의 유형 중 하나이다.
> • 중세적인 기사담, 연애담이나 영웅이야기를 즐겨 다룬다.
> • 내향적이고 개성적이며 영웅주의적이고 귀족적이다.
> • 복수를 함으로써 이상을 성취하는 성격을 다룬다.

① 노벨
② 고백
③ 해부
④ 로맨스

해설 프라이(N. Frye)의 4가지 소설 유형 분류
- 로맨스(romance), 노벨(novel), 고백(confession), 해부(anatomy)
④ **로맨스(로망스)**
  ㉠ 비현실적인 인물이나 이상적인 사랑, 모험 등의 이야기를 다룬다.
  ㉡ 중세 유럽에서 로망스어로 쓰인 기사들의 사랑과 무용담을 다룬 이야기이다.

오답 ① **노벨(노블)**
  ㉠ 한 사회나 집단을 대표하는 인물을 중심으로 한 이야기이다.
  ㉡ 세밀한 성격 묘사, 사회적 배경, 현실적인 사건 등을 다룬다.
② **고백**
  ㉠ 자서전적 소설과 유사한 형태로, 작가의 내면세계나 경험을 솔직하게 드러낸다.
  ㉡ 주관적인 경험과 감정에 초점을 둔다.
③ **해부**
  ㉠ 인물이나 사건을 통해 특정 사상이나 관념을 탐구한다.
  ㉡ 인물과 사건은 사상이나 관념을 드러내기 위한 도구로 활용한다.

57 프라이(N. Frye)가 제시한 소설의 유형 가운데 '멜로드라마'와 가장 관계가 깊은 것은?

① 노벨(novel)
② 로망스(romance)
③ 고백(confession)
④ 해부(anatomy)

해설 프라이(N. Frye)가 제시한 소설의 유형 가운데 '멜로드라마'와 가장 관계가 깊은 것은 로망스(romance)이다. 오늘날에도 로망스는 멜로드라마라는 이름으로 자주 발견되며 공상소설, 연애소설, 괴기소설, 탐정소설 등의 형태로 나타나고 있다. 그리고 아직도 많은 수의 독자가 이러한 로망스의 양식을 즐겨 찾고 있다. 이에 대해 프라이(N. Frye)는 로망스가 시대를 초월하여 반복 출현하는 인류의 원형적 무의식을 찾는 양식인 까닭이라고 하였다.

정답 56 ④ 57 ②

58 소설과 로망스의 차이로 올바른 것은?

① 로망스는 디플레이션의 양식이며, 소설은 인플레이션의 양식이다.
② 소설에 등장하는 남자 주인공은 모두 영웅호걸이며, 여자 주인공은 절세가인이다.
③ 로망스는 긴밀성과 절제의 논리를 줄거리로 삼는다.
④ 로망스는 소설과 다르게 현실도피의 성격이 강하다.

> **해설** 로망스는 일반적으로 현실도피의 성격이 강한 문학양식으로 인식되고 있다. 즉, 역사적·사회적 상황이나 시대적 삶에 대한 문제를 대상으로 하지 않는다.

59 다음 설명에 해당하는 것은?

> 근대소설에 영향을 준 중세 기사들의 황당무계한 무용담, 연애담이 주를 이룬다.

① 비극   ② 서사시
③ 민담   ④ 로망스

> **해설** 로망스는 중세 기사들의 황당무계한 무용담·연애담, 모험적인 이야기로, 오늘날의 멜로드라마, 공상소설, 연애소설, 괴기소설, 탐정소설 등의 형태로 나타난다.

60 소설을 다음과 같이 분류한 사람은?

> 행동 소설, 성격 소설, 극적 소설, 연대기 소설

① 뮤어(E. Muir)   ② 티보데(A. Thibaudet)
③ 프라이(N. Frye)   ④ 루카치(Lukács)

> **해설** 뮤어는 『소설의 구조』에서 소설을 행동 소설, 성격 소설, 극적 소설, 연대기 소설, 시대 소설 등의 5가지로 분류하였다.

58 ④   **59** ④   **60** ①

61 다음 중 고백 소설에 관련된 설명으로 <u>잘못된</u> 것은?

① 자서전적인 소설의 형식을 말한다.

② 프라이는 이 양식의 모델을 성 어거스틴의 『고백록』에서 찾았다.

③ 서술의 대상은 가공인물이 아니고 실존인물이어야 한다.

④ 이 양식의 내용은 대체로 지적이며, 특히 현대소설의 주요한 형태 중 하나이다.

> **해설** 『고백록』이 모델이라고 해서 고백록이나 자서전이 소설의 양식은 아니다. 고백 소설의 서술 대상은 실존인물이 아니라 <u>가공인물</u>이어야 한다.

62 소설의 종류와 그 대표작이 <u>잘못</u> 짝지어진 것은?

① 행동 소설 : 「보물섬」, 「아이반호」, 「톰소여의 모험」

② 연대기 소설 : 「아들과 연인」, 「젊은 예술가의 초상」, 「야곱의 방」

③ 시대 소설 : 「아메리카의 비극」

④ 심리 소설 : 「백경」, 「폭풍의 언덕」

> **해설** 각 소설 유형의 대표작
> ㉠ 행동 소설 : 「보물섬」, 「아이반호」, 「톰소여의 모험」
> ㉡ 성격 소설 : 「허영의 시장」(채커레이)
> ㉢ 극적 소설 : 「백경」(멜빌), 「폭풍의 언덕」(브론테)
> ㉣ 연대기 소설 : 「아들과 연인」(로렌스), 「젊은 예술가의 초상」(조이스), 「야곱의 방」(울프)
> ㉤ 시대 소설 : 「아메리카의 비극」(드라이저)
> ㉥ 고백 소설 : 「고백록」(어거스틴), 「참회록」(루소), 「수상록」(몽테뉴)
> ㉦ 추상적 이상주의 소설(추상적 관념론의 소설) : 「돈키호테」(세르반테스), 「적과 흑」(스탕달)
> ㉧ 심리 소설(환멸의 낭만주의 소설) : 「오블로모프」(곤자로프)
> ㉨ 교양 소설 : 「빌헬름 마이스터의 수업시대」(괴테), 「싯다르타」(헤세)

63 다음에서 설명하는 소설의 유형은?

> 주인공이 일정한 삶의 형성이나 성취에 도달하기까지의 과정을 그린 소설이다.

① 교양 소설   ② 이상 소설

③ 성격 소설   ④ 심리 소설

> **해설** 교양소설은 주인공이 일정한 삶의 형성이나 성취에 도달하기까지의 과정을 그린 것으로, 주인공은 인습의 세계를 수용하는 것도, 세계의 복잡성을 거부하는 것도 아닌, 앞의 두 유형의 중간의 입장을 취한다. 대표작으로는 괴테의 『빌헬름 마이스터의 수업시대』, 헤르만 헤세의 『싯다르타』 등을 들 수 있다.

> **정답** 61 ③   62 ④   63 ①

64 다음에서 설명하는 소설의 유형은?

> • 중세의 로망스나 조선시대의 고대소설처럼 스토리 중심이다.
> • '이어서 무슨 일이 일어날까' 하는 독자의 호기심과 기대감을 유발한다.
> • 독자는 박력 있는 사건을 통해 즐거움을 느낄 수 있다.

① 시대 소설   ② 성격 소설
③ 행동 소설   ④ 심리 소설

> **해설** 행동 소설이란 로망스, 고전소설 등 스토리 중심의 소설을 말한다. 인생을 그린 소설이라기보다는 욕망의 환상도를 그린 소설로, 박력 있는 사건을 통해 즐거움을 느낄 수 있는 것이 장점이다. 오늘날 모험소설, 범죄소설, 탐정소설 등이 이에 속하며, 대표작으로는 「보물섬」, 「아이반호」, 「톰소여의 모험」 등이 있다.

65 다음 중 성격 소설에 대한 설명으로 <u>부적절한</u> 것은?

① 등장인물의 성격을 공간적으로 탐구하는 소설이다.
② 공간의식은 희박하며 시간 속에서의 플롯의 집중적 전개만을 중시하는 소설이다.
③ 공간적 사회, 평면적인 사회를 배경으로 당시의 풍습을 보여주고, 주인공의 성격과 생활의 양상을 나타내는 소설이다.
④ 사건보다는 등장인물에 대해 더 많이 설명하고 의미를 부여한다.

> **해설** 공간의식은 희박하며 시간 속에서의 플롯의 집중적 전개만을 중시하는 소설은 극적 소설이다.

66 다음 중 극적 소설에 대한 설명으로 <u>부적절한</u> 것은?

① 인물과 사건 사이의 긴장관계를 펼쳐 보인다.
② 행동 소설과 성격 소설의 종합된 형태이다.
③ 시간과 공간을 총체적으로 그리는 소설이다.
④ 행동의 강렬성이 나타나 있고 극적인 개성을 그리는 소설이다.

> **해설** 시간과 공간을 총체적으로 그리는 소설은 연대기 소설이다.

정답 64 ③   65 ②   66 ③

67 루카치의 분류에 따른 '추상적 이상주의 소설'의 유형에 해당하는 것은?

① 「싯다르타」　　　　　　　　　② 「노인과 바다」
③ 「돈키호테」　　　　　　　　　④ 「빌헬름 마이스터의 수업시대」

해설　추상적 이상주의 소설은 주인공의 행동양식이 맹목적 신앙에 가까운 좁은 의식에 지배를 받는 소설의 형태로, 관념의 실현을 위해 직접적이고 직선적인 길을 밟는 주인공의 활동이 특징이다. 대표작으로는 세르반테스의 「돈키호테」, 스탕달의 「적과 흑」 등이 있다.

오답　「싯다르타」, 「빌헬름 마이스터의 수업시대」는 주인공이 일정한 생의 형성이나 성취에 도달하기까지의 과정을 그린 교양 소설이다.

68 다음 중 심리 소설의 설명으로 옳지 <u>않은</u> 것은?

① 작중 인물의 내면생활을 분석하는 데 주력하는 소설의 유형이다.
② 주인공의 수용세계와 의식세계가 매우 넓어 인습으로 가득 찬 세계로부터 결코 만족을 느끼지 못한다.
③ 정신분석학의 도움을 받아 인간의 의식세계에 보다 깊이 파고들게 된다.
④ 주인공이 일정한 생의 형성이나 성취에 도달하기까지의 과정을 그린다.

해설　주인공이 일정한 생의 형성이나 성취에 도달하기까지의 과정을 그린 소설은 교양 소설이다. 교양 소설의 주인공은 '남성적인 성숙'으로 특징 지을 수 있다.

69 (　　) 안에 공통으로 들어갈 말로 알맞은 것은?

> (　　)은 인상의 단일성이 그 본질이라고 할 수 있다. 작품 속에 등장하는 인물도 단일하고, 그 인물을 둘러싸고 일어나는 사건도 하나로 집약되어 있으며, 이야기가 전개되는 상황 자체도 단일하기 때문에 전체적으로 일관된 인상을 유지하게 된다. (　　)은 사건의 배경이 되는 시간과 공간도 대개 고정된다. 하나의 사건이 전개되는 과정에 필요한 시간과 공간만을 보여 주기 때문이다.

① 대중소설　　　　　　　　　　② 순수소설
③ 단편소설　　　　　　　　　　④ 과학소설

해설　③ 단편소설
　　ⓐ 단일한 주제, 단일한 성격, 단일한 사건으로 구성한다.
　　ⓑ 단일한 예술적 효과와 인상의 통일을 나타낸다.
　　ⓒ 표현 기교가 뛰어나고 압축된 구조를 지닌다.

정답　67 ③　68 ④　69 ③

① **대중소설** : 많은 사람들이 흥미 위주로 읽게 하기 위하여 지어낸 소설로서, 흔히, 통속소설과 비슷한 의미로 정의하지만, 경우에 따라서는 순수소설과 통속소설로 구분하기도 한다.

② **순수소설** : 작품의 예술성을 추구하는 소설로 작품의 예술적 가치 이외의 어떠한 효용성이나 통속성도 배제하는 소설이다.

④ **과학소설** : 과학적 발견과 과학기술의 발달 및 미래의 사건과 사회 변화가 인간에게 어떤 영향을 미치는가를 다루는 소설이다. 일명 'SF소설'이라 한다.

70 단편소설과 장편소설에 대한 설명으로 옳지 <u>않은</u> 것은?

① 단편소설이 기교 중심의 소설이라면, 장편소설은 주제와 사상성에 초점을 둔 소설이다.

② 단편소설의 구성이 집중적이고 압축적이라면, 장편소설의 구성은 상당히 복잡하고 발전적이다.

③ 단편소설이 인생의 단면을 예각적으로 그린다면, 장편소설은 인간과 사회를 총체적으로 그린다.

④ 단편소설의 인물은 평면적인 성격을 지니는 것이 좋고, 장편소설의 인물은 입체적인 성격을 지니는 것이 좋다.

④ 장편소설의 등장인물은 평면적이기보다는 입체적인 인물이 알맞지만, 단편소설의 인물이 평면적 성격을 지녀야 좋은 것만은 아니다.

① 단편소설은 단일한 예술적 효과를 강조하므로 기교 중심의 소설이라면, 장편소설은 소설적 기교에 크게 의존하지 않고 주제와 사상에 더 많은 초점을 둔다.

② 단편소설은 단일한 사건을 중심으로 전개되므로 구성이 압축적이라면, 장편소설은 복합구성을 취하며 여러 개의 에피소드를 연결해 나가며 구성을 발전시킨다.

③ 단편소설은 인생의 단면을 예리하게 그린다면, 장편소설은 사회와 인간, 우리들의 삶을 총체적으로 그린다.

71 단편소설과 장편소설에 대한 설명으로 옳지 <u>않은</u> 것은?

① 단편 소설의 특징은 통일성과 단일성에 있다.

② 장편 소설은 사회와 인간의 총체적인 모습을 그린다.

③ 단편 소설은 플롯이 복잡한 양상을 띠며, 시점도 다각적으로 이동한다.

④ 단편 소설과 장편 소설을 구분할 때에는 길이뿐만 아니라 작품의 구조적 특질도 함께 고려한다.

정답 70 ④ 71 ③

해설 ③ 장편 소설의 특징이다.

  ≫ 1. 단편(短篇) 소설
  • 200자 원고지 100매 내외의 분량이다.
  • 인생의 단면을 그린다.
  • 주제, 구성, 문체가 단일하여 통일된 인상을 준다.
  2. 장편(長篇) 소설
  • 200자 원고지 1,000매 이상의 분량이다.
  • 사회와 인간, 우리들의 삶을 총체적으로 그린다.
  • 주제, 구성, 문체가 복합적이고 복잡한 양상을 띤다.

72 다음 중 단편소설에 대한 설명으로 틀린 것은?

① 현진건의 「빈처」가 이에 해당한다.
② 구성이 압축적이고 기교적이어야 한다.
③ 단일한 예술석 효과와 인상의 동일이 이루어져야 한다.
④ 자유로운 구성을 통하여 과거나 현실을 전면적으로 그린다.

해설 ④는 장편소설의 특징에 해당한다. 장편소설은 인생과 사회에 대한 깊은 통찰과 체험을 바탕으로 풍부한 사상과 깊이 있는 인생관을 제시한다. 장편소설은 형식이 비교적 길고, 시점이 계속 이동하는 특징을 지닌다.

오답 ①, ②, ③은 단편소설에 대한 내용이다.

73 다음 중 단편소설의 특징으로 올바르지 <u>않은</u> 것은?

① 단숨에 읽을 수 있을 만큼 양이 적어야 한다.
② 단일한 효과와 인상의 통일을 나타내야 한다.
③ 복합 구성을 취하되 여러 개의 에피소드를 연결시켜 나가며 구성을 발전시킨다.
④ 단편소설은 우리 삶의 한 단면을 제시하는 양식이다.

해설 복합구성을 취하되 여러 개의 에피소드를 연결시켜 나가며 구성을 발전시키는 것은 장편소설의 특징이다.

정답 72 ④ 73 ③

74 단편소설과 장편소설에 대한 설명으로 적절하지 <u>않은</u> 것은?

① 단편소설은 압축된 구조로 인생의 단면을 예리하게 그려 낸다.

② 장편소설은 우리들의 삶을 총체적으로 그리기 위해 노력한다.

③ 장편소설의 등장인물은 입체적이기보다 평면적이어야 알맞다.

④ 단편소설은 인상의 통일을 위해 단일한 사건을 긴밀하게 구성한다.

해설 장편소설과 단편소설의 특징
　㉠ 장편소설의 특징
　　• 등장인물은 평면적이기보다는 입체적인 인물이 알맞다.
　　• 사회와 인간을, 우리들의 삶을 총체적으로 그리고 있다.
　　• 장편소설은 주제와 사상에 더 많은 초점을 둔다.
　　• 복합구성을 취하되 여러 개의 에피소드를 연결시켜 나가면서 구성을 발전시킨다.
　　• 시점은 단편과 달리 계속 이동해야 한다.
　㉡ 단편소설의 특징
　　• 단숨에 읽을 수 있을 만큼 양이 적어야 한다.
　　• 단일한 효과와 인상의 통일을 나타내야 한다.
　　• 단편소설은 우리 삶의 한 단면을 제시하는 양식이다.

정답 74 ③

비평론

01 문학비평의 어원과 개념

◢ 1 문학비평의 어원

(1) 동양

'지음(知音)'에 기원을 둔다.

① 유협의 『문심조룡』에서 나온 용어
② 문학의 평가, 비평이란 의미
③ 옳은 비평가, 바른 이해자
④ 자연의 음색을 체득할 수 있어야 한다는 당위성의 개념

(2) 서양

비평을 의미하는 'critique'의 어원

① Krino(그리스어) : 판단하다, 감정하다, 재판하다.
② Criticus(라틴어) : 재판관, 심판, 감정가, 심사원
③ Critical(영어) : 비평적, 위기
④ Crisis(영어)
　　㉠ 의학적 측면 : 위기, 위독, 병세의 전환점
　　㉡ 비평적 측면 : 가치의 불안정, 미해결 상태

◢ 2 문학비평의 개념

(1) 사전의 정의

① 문예 작품에 대한 평론(『큰 사전』)
② 문예 작품이나 작가에 대한 비평(『새국어사전』)
③ 문예 작품의 미와 단점에 대한 지식과 적정의 판단과 가치평가의 기술(『웹스터 새만국사전』)
④ 문예 작품 또는 예술 작품의 특성과 성격을 평가하는 기술(『새영어사전』)
⑤ 문예에 대한 과학적 비평(백철, 『문예사전』)
⑥ 작품의 감상에 의거하여 이에서 예술적 가치, 특성 또는 그 성립에 관한 판단을 적극적으로 발전시켜 이것을 유효하게 독자에게 전달할 수 있게 표현하는 것(『세계문예사전』)

(2) 문학비평의 개념

① 한 작가나 작품을 분석하고 평가하는 행위를 가리키는 개념이다.
② 정확한 비평 기준과 비평적 안목에 의해 작품에 대한 올바른 가치판단을 내리는 실천적인 행위이다.
③ 창작된 작품을 대상으로 독자(비평가)가 가치판단을 내리거나 문학 전반에 대해 심미적인 판단을 내리는 모든 행위로서 문학 전반에 대한 논의를 포함한다.
④ 말을 공평하게 하여 사물의 선악, 시비, 미추 등을 구별하여 평가하는 일이다.
⑤ 가치의 미해결 상태나 불안정을 벗어나 확실한 가치판단을 해 주는 것을 의미한다.
⑥ 대상에 대한 평가와 그 평가에 대한 이론적 근거를 제시하는 것을 의미한다.

3 문학비평의 조건과 의의

(1) 문학비평의 조건

① 위기의식에 투철하여 작품의 가치를 공평하게 평가해야 한다.
② 높은 가치의식을 지녀야 한다.
③ 가치판단에 있어 기준이 있어야 한다.
④ 평가는 판단과 식별이 선행되어야 한다.
⑤ 판단은 작품의 이해와 감상에서 출발해야 한다.
⑥ 비평은 작가와 독자와 관련이 있어야 한다.
　㉠ 비평은 작품을 감상하고 이해하는 데 '매개자'나 '독자의 교사'로서 기능한다.
　㉡ 작품을 평가하는 데 주어진 문학의 과제를 해결하려는 문학가로서의 사명이 있다.
　㉢ 작가를 평가하는 것은 비평가의 권리뿐만 아니라 의무이다(J. M. Murry).
　㉣ 문학 이론을 수립하고 비평의 재평가에 의한 새로운 이론의 발전을 기해야 한다.

(2) 문학비평의 의의

① **문학작품의 의미와 가치 탐구** : 문학비평은 작품의 언어적 특징, 주제, 상징, 문맥 등을 분석하여 작품의 숨겨진 의미를 파악하고 작품이 가진 가치를 평가한다.
② **문학작품의 예술적 가치평가** : 문학비평은 작품의 창의성, 독창성, 예술적 완성도 등을 평가하여 작품의 예술적 가치를 판단하고, 문학작품의 역사적, 문화적 중요성을 조명한다.
③ **문학작품과 사회적 맥락의 관계 탐구** : 문학비평은 작품이 특정 시대와 사회의 영향을 어떻게 받았는지, 그리고 작품이 사회에 어떤 영향을 미치는지 분석하여 문학작품과 사회적 맥락의 관계를 탐구한다.
④ **문학작품에 대한 이해 증진** : 문학비평은 독자들이 문학작품을 더 깊이 이해하고, 문학작품의 의미를 다양하게 해석할 수 있도록 한다.

⑤ 문학작품에 대한 비판적 사고 능력 함양 : 문학비평은 작품에 대한 다양한 관점과 해석을 제시하며, 독자들의 비판적 사고 능력을 함양하는 데 기여한다.

(3) 문학비평의 목적

① 문학작품을 분석, 해석, 평가하여 작품의 의미와 가치를 이해하고, 독자들에게 작품에 대한 새로운 시각과 이해를 제공한다.
② 문학작품을 통해 인간의 삶과 사회, 문화적 현상을 이해한다.
③ 작품의 특성을 분석하고 그 가치를 탐구한다.

(4) 문학비평이 쉽지 않은 근원적인 이유

① 가치판단의 척도가 되는 '자(尺)'가 비평가의 개성에 의해 다를 수 있다.
② 가치판단의 공정성에 대한 객관적 근거 제시가 쉽지 않다.
③ 비평은 객관성을 확보하기 쉽지 않다.

> **Plus UP!** 비평 부정론자 또는 비평 무용론자의 견해
>
> • **안톤 체홉**(Anton Chekhov) : "비평가는 소꼬리에 귀찮게 달라붙는 파리."
> • **김원우** : "누가 가장 정확하게 읽고 자신의 독특한 목소리로 한 작품의 가치와 시대적인 위상을 꿰뚫어 볼 수가 있는가?"

◢ 4 문학비평에 대한 학자들의 견해

① **발레리**(P. Valery) : "비평가는 작품을 재구성하면서 비평가가 바라보는 것에 의해서 한 '판단'에 도달하는 것이다."
② **브륀티에르**(Brunetière) : "비평의 목적은 문학작품을 판단하고 분류하여 설명하는 것이어서 역사와 같은 여러 정념이나 이해관계를 초월해야 하며, 공평한 비평을 위해서는 판단 작용, 곧 평가에 치중해야 한다."
③ **허드슨**(W. H. Hudson) : "문학비평에는 해석과 판단의 두 가지 기능이 있다. 비평가는 판단을 내리는 것이 목적이며, 동시에 목적에 도달하려는 방법으로 해석이 있어야 한다."
④ **시플레이**(Shipley) : "문학비평은 비평가의 개인적 취미에 의한 또는 향수하는 어떠한 미적 관념에 따르는 예술작품의 의식적인 평가이며 감상이다."
⑤ **엘리엇**(T. S. Eliot) : "문학비평의 기본적인 기능은 문학의 이해와 향수(享受)를 촉진하는 것이다."

02 문학비평의 특성

◢ 1 문학비평의 특성

(1) 일반적 특성

① 문학작품에 대한 지적 논의, 해석, 평가를 총괄하는 활동으로, 창작 활동보다 시간적으로 뒤에 위치하며, 작품의 가치를 판단하고 분석하는 역할을 수행한다.
② 문학작품을 이해하고, 그 의미를 파악하며, 독자들에게 작품의 가치를 전달하는 역할을 한다.

(2) 주요 특성

① **해석과 평가** : 문학작품을 분석하고 해석하여 작품의 의미와 가치를 밝히고, 비평가는 작품에 대한 자신의 견해를 제시한다.
② **지적 논의** : 문학작품에 대한 다양한 관점과 해석을 제시하고, 비평가들 간의 지적 교류를 통해 작품에 대한 이해를 깊게 한다.
③ **객관성과 주관성** : 문학비평은 작품에 대한 객관적인 분석과 함께 비평가 자신의 주관적인 견해를 포함할 수 있다.
④ **문학작품의 가치판단** : 문학작품이 가지는 예술적, 사회적, 역사적 가치를 판단하고 평가하여, 작품의 의미를 더 깊이 이해하도록 돕는다.
⑤ **문학작품의 지속적인 연구** : 문학비평은 문학작품에 관한 연구를 지속적으로 수행하여, 문학의 발전을 이끌어간다.

◢ 2 문학비평의 단계

(1) 텍스트 이해(읽기 및 분석)

① 텍스트의 내용, 구조, 문체 등을 면밀히 읽고 분석한다.
② 작가의 의도, 문학적 기법(예 비유, 상징, 이미지), 문학사적 배경 등을 파악한다.
③ 텍스트의 다양한 의미를 탐색하고, 잠재적인 해석 가능성을 고려한다.

(2) 텍스트 해석

① 텍스트의 다양한 의미를 해석하고, 그 해석에 대한 논의를 전개한다.
② 텍스트의 상징, 이미지, 모티프 등을 분석하고, 그것들이 어떤 의미를 지니는지 탐구한다.
③ 다른 문학작품이나 이론, 사회적 맥락과 비교하여 텍스트를 해석한다.

(3) 텍스트 평가

① 텍스트의 가치를 평가하고, 그 가치를 긍정하거나 부정적으로 평가한다.
② 텍스트의 독창성, 예술성, 사회적 의미 등을 고려하여 평가한다.
③ 비평가의 주관적인 판단과 객관적인 분석을 적절히 조화하여 평가한다.

(4) 비평적 논의(감상)

① 텍스트에 대한 해석과 평가 결과를 바탕으로 비평적 논의를 전개한다.
② 비평 논의는 에세이, 논문, 서평 등 다양한 형태로 나타날 수 있다.
③ 다른 비평가들의 해석과 평가를 참고하고, 자신의 견해를 제시한다.

◢ 3 문학비평가의 주요 조건

① **객관성** : 비평가는 문학작품에 대한 개인적인 감정이나 선호보다는 작품의 본질적인 특성과 가치를 객관적으로 분석하고 평가해야 한다.
② **명확성** : 비평의 내용은 명확하고 간결해야 하며, 복잡한 이론이나 용어는 최대한 피하고 일반 독자들도 쉽게 이해할 수 있도록 설명해야 한다.
③ **전문성** : 문학비평가는 해당 분야에 대한 전문적인 지식과 이해를 바탕으로 작품을 분석하고 평가해야 한다.
④ **창의성** : 비평은 기존의 관점이나 해석에 얽매이지 않고, 독창적인 시각과 해석을 제시하여 새로운 지식을 창출해야 한다.
⑤ **분석적 사고력** : 문학작품의 문장, 구조, 주제, 배경 등을 세밀하게 분석하고, 그 의미를 파악하여 비평의 내용을 뒷받침해야 한다.
⑥ **다양한 시각** : 문학작품에 대한 다양한 시각과 해석을 수용하고, 이를 토대로 비평의 내용을 풍성하게 만들어야 한다.
⑦ **논리적 근거** : 비평의 내용은 논리적이고 일관성 있어야 하며, 주장과 근거 사이에 명확한 연결이 있어야 한다.
⑧ **비판적 태도** : 문학작품에 대한 객관적인 분석과 더불어, 작품의 장단점, 사회적 의미, 역사적 배경 등을 비판적으로 평가하는 태도가 필요하다.
⑨ **윤리적 책임감** : 문학비평가는 작품과 작가에 대한 비판적인 태도를 가지면서도, 비판이 작품의 가치를 훼손하거나 작가를 비난하는 방향으로 흘러가지 않도록 윤리적인 책임감을 가져야 한다.

4 문학비평의 특성에 대한 학자들의 견해

(1) 롤랑 바르트(R. Barthes)

① 프랑스의 구조주의 비평가인 바르트(R. Barthes)는 구조주의 비평이론에 입각하여 문학비평의 특성을 설명하였다.
② 비평은 이미 언어로 쓰여진 것을 대상으로 하기 때문에 분석적이고 논리적이다.
③ 비평은 대상언어(object language)에 작용하는 메타언어(meta language)이다.
④ 비평활동은 대상작가의 언어와 비평언어의 관계, 세계와 그 대상으로서의 언어의 관계를 고려해야 한다.
⑤ 비평은 유효성, 즉 논리정연한 기호체계를 이루고 있는가를 발견하는 것이다.

(2) 허쉬(E. D. Hirsch)

① 비평은 작품에 대한 자신의 해석을 남들이 납득할 수 있도록 효과적으로 진술하는 문학장르이다.
② 작품의 분석에서 텍스트 의미의 기본적 파악인 '이해'와 파악된 의미를 다시 해설하는 '해석'은 구별되어야 한다.
③ 해석은 의미의 이해를 위해 독자를 의식하면서 내용을 진술하고 전개하는 기술이다.

(3) 엘리엇(T. S. Eliot)

① 비평은 이해, 향수(享受)이다.
② 비평은 작품을 치밀하게 분석하고 그 참된 의미를 정확하게 해명·진술하기 위해서 '해명 – 교정 – 이해·향수 – 설명'의 합리적인 단계를 거친다.
③ 문예비평의 본질적 기능은 예술 작품의 해명(解明)과 취미의 교정(矯正)이다. 즉, 비평은 문학의 이해와 향수를 조장한다.
④ 비평은 이해와 향수, 그 어느 쪽에도 치우치지 않아야 한다.
⑤ 비평은 작품을 평가하여 가치를 판단하는 작업이다.

03 문학비평의 좌표와 평가 기준

1 문학비평의 좌표

(1) 에이브럼스(M. H. Abrams)의 4가지 좌표

- 『거울과 램프』(The Mirror and the Lamp)
- 작가, 작품, 독자, 우주
① **작가** : 자연을 모방하거나 자신의 마음속에 있는 감정과 그 속에서 일어나는 작용으로 말미암아 어떤 사실을 창조품으로 전환하는 방식을 통하든지 간에 나름대로 개성 있고 독창적인 위치에서 어떤 미적 실체를 만드는 존재이다.
② **작품**
  ㉠ 창조자가 만든 인공적 생산품이자 예술적 부조물이다.
  ㉡ 직접적이거나 간접적이거나 존재하는 사물들에서 유래된 하나의 주제를 갖는 것이다.
  ㉢ 사건들의 객관적 상태 또는 그 상태와 관계를 맺는 무엇을 다루거나 의미하거나 반영하는 것이다.
③ **독자**(청중) : 단순히 작가가 필요로 하는 존재라는 수동적 위치로부터 '참여하기'에 적극 가담하는 경험적 존재이다.
④ **대상**
  ㉠ 자연 또는 우주
  ㉡ 우주는 사람의 행위로 구성되거나 아니면 이념과 감정, 외적 사물과 사건 또는 초감각적 존재로 구성될 수 있다.

(2) 비평 대상에 따른 관점[웰렉(R. Wellek)]

① **외재적 비평**(extrinsic criticism)
  ㉠ 작품을 둘러싸고 있는 외부 환경, 즉 작가·사회·독자와 결부시켜 작품을 이해하고 평가하는 방법
  ㉡ 모방론, 표현론, 효용론 등
② **내재적 비평**(intrinsic criticism)
  ㉠ 작품을 외부 환경과 독립시켜 작품 자체 속에서 파악하는 비평의 관점
  ㉡ 존재론(객관론)

2 에이브럼스(M. H. Abrams)의 4대 관점

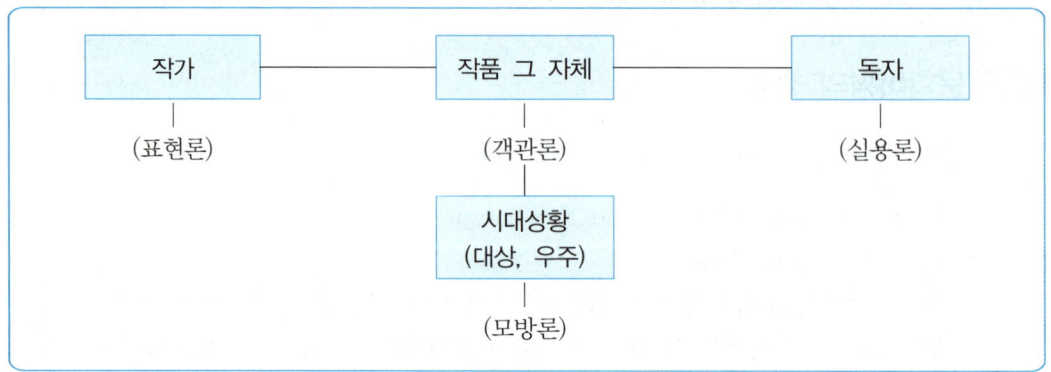

(1) 모방론(mimetic theories) = 반영론

① 개념 및 특징
  ㉠ 문학작품을 우주의 제 양상의 모방으로 설명하는 비평이론이다.
  ㉡ 문학작품은 현실 세계의 반영이다.
  ㉢ 주로 '문학이 자연의 모방'이라고 본 아리스토텔레스의 견해를 따른다.
  ㉣ 문학이 단순한 상상력의 소산이라고 보는 관점을 거부하고, 작가의 세계관과 현실 인식의 타당성이 작품의 높은 성취에 관건이 된다고 보는 입장이다.
  ㉤ 현대 리얼리즘 이론의 정립에 크게 기여하였다.

② 전제
  ㉠ 작품은 항상 인간이 살아가는 모습을 그 내용으로 한다.
  ㉡ 실제로 인간의 삶은 현실 세계에서 영위되고 있으므로 작품은 인간의 현실적 삶을 그 내용의 대상으로 삼고 있다고 할 수 있다.
  ㉢ 작품과 그 내용이 대상으로 삼는 현실 세계 사이에 일정한 관계가 성립될 수 있다.

③ 방법
  ㉠ 작품이 대상으로 삼은 현실 세계에 대해 연구한다.
  ㉡ 작품에 반영된 세계와 대상 세계를 비교 검토한다.
  ㉢ 작품이 대상 세계의 진실한 모습과 전형적 모습을 반영했는가를 검토한다.

④ 장점
  ㉠ 문학이 단순한 상상력의 산물이 아니라 구체적 현실에서 출발한다는 점을 일깨워 준다.
  ㉡ 문학작품의 이해가 구체적 삶의 현실, 시대 및 역사의 이해에까지 확대될 수 있다.

⑤ 단점
  ㉠ 현실 세계를 기계적으로 적용하면 작품이라기보다는 실제 사실들의 조립체 또는 역사 자료가 될 수 있다.
  ㉡ 오류 : 기계론적 반영론, 속류 사회학

(2) 표현론(expressive theories) = 생산론, 작가론

① 개념 및 특징

㉠ 작가 자신의 개인적인 체험과 관련시켜, 작가 자신에 초점을 맞추는 이론이다.

㉡ 문학을 작가의 개인적이고 주관적 체험 중 주로 이성에 의한 객관화 과정을 거치기 이전 상태인 감정의 지배하에 있는 체험의 형상화로 파악하는 입장이다.

㉢ 영감론과 천재론의 논쟁을 거쳐 발전된 이론이다.

㉣ 작품을 올바로 이해하기 위해서는 작품을 지은 작가의 의도를 아는 일이 필요하다고 보아, 작가가 의식적으로 전달하고자 한 내용 이외에도 작가의 무의식이 작용했을 가능성도 고려해야 한다는 입장이다.

㉤ 워즈워드의 '시는 힘찬 감정의 자발적인 넘쳐 흐름'의 낭만주의 문학관의 선언과 밀접한 관련이 깊다.

② 전제

㉠ 인간은 누구나 무엇을 표현하고자 하는 욕구가 있다.

㉡ 작품은 어떤 특성인의 창작이며, 그 작품 속에는 직가의 개성적 체험이 들어 있을 수밖에 없다.

③ 방법

㉠ 작품을 창작한 작가의 의도에 대한 연구

㉡ 작가의 전기(傳記) 연구, 즉 성장 배경, 가계(家系), 학력, 교우관계, 생활 환경, 취미, 주로 영향을 받은 사상, 종교 등에 대한 연구

㉢ 작가의 심리상태, 특히 복합 심리에 대한 연구

④ 단점 : 의도의 오류

㉠ 작가가 표현하고자 의도한 것과 그것이 실제로 표현된 결과인 작품이 서로 일치해야 표현론적 관점이 성립되는데, 실제로는 그 의도와 결과가 일치하지 않는다.

㉡ 애초 작가의 의도를 가지고 작품을 이해·평가하려 한다면 오류를 범할 수 있다.

(3) 실용론(pragmatic theories) = 효용론, 영향론

① 개념 및 특징

㉠ 문학작품이 독자에게 기여하는 양상에 초점을 맞추는 이론이다.

㉡ 문학작품을 독자에게 미적 쾌감·교훈·감동 등의 효과를 주기 위해 만들어진 것으로 보고, 작품의 가치를 독자에게 어떤 효과를 어느 정도 주었느냐에 따라 평가하려는 관점이다.

② 전제

㉠ 독자는 작품을 읽고 그 의미를 획득하는 주체이다.

㉡ 독자가 작품을 읽는 것은 가치 있는 체험을 나누어 가짐으로써 삶에 대한 새로운 인식을 하기 위한 것이다.

③ 방법
　　㉠ 독자의 감동이 무엇이며, 그것이 구체적으로 작품의 어떤 면에서 촉발되는가를 검토한다.
　　㉡ 그 시대의 최고의 지성과 정신 등 객관적이고 타당한 기준이 도입되어야 한다.
④ 장점
　　㉠ 일반 독자들이 쉽게 실천할 수 있는 관점이다.
　　㉡ 독자가 능동적인 주체가 된다.
⑤ 단점
　　㉠ 독자가 작품에서 느낀 의미와 작품의 객관적인 의미가 항상 일치하지는 않는다.
　　㉡ 독자가 주관적으로 느낀 의미를 작품의 진정한 의미라고 생각하는 '감정의 오류'에 빠지기 쉽다.

> 💎 감정의 오류
> • 신비평가인 윔사트와 비어즐리의 주장
> • 문학비평의 기준을 시 작품 자체에 두지 않고, 그 시가 독자에게 주는 심리적 효과에 두려고 하는 데서 생기는 잘못이다.

(4) 객관론(objective theories) = 존재론, 구조론, 절대론

① 개념 및 특징
　　㉠ 작품을 외적인 좌표로부터 분리하여 오직 작품만으로 관찰하는 이론이다. 즉, 작품의 자율성을 인식하는 관점이다.
　　㉡ 작품을 내적 관계를 이루고 있는 부분들에 의해 구성된 자족체로 분석한다.
　　㉢ 작품 자체의 존재 양식에 내재하는 판단기준에 의해서만 판단하려고 한다.
　　㉣ 작품을 이해하는 데 필요한 자료는 작품밖에 없으며, 작품 속에 모든 것이 갖추어져 있다는 견해이다.
　　㉤ 작품 자체를 독립적이고 자율적인 미적 실체로 인정하려는 유미주의와 관련이 깊다.
② 전제
　　㉠ 작품은 그 자체로 독립된 자족적 세계이다.
　　㉡ 작품을 작가나 시대·환경으로부터 독립시켜 이해한다.
　　㉢ 작품 속에서 작품을 이해하고 평가하는 데 필요한 요소들을 찾아낸다.
　　㉣ 작품을 유기적 존재로 본다.
③ 방법
　　㉠ 작품의 언어적 구조를 중시한다.
　　㉡ 지시적 의미보다는 함축적 의미를 찾는다.
　　㉢ 언어의 이미지·비유·상징 등을 주목한다.
　　㉣ 부분들을 유기적으로 통합하고 있는 작품의 구조를 분석한다.

      ⑩ 특히 시에 있어서는 시어와 시어, 행과 행, 연과 전체 작품의 상관관계, 운율과 의미

        와의 관계 등을 분석한다.

   ④ **장점** : 시는 언어에 가장 민감한 갈래이며, 객관론은 문학의 언어 연구에 주력하므로

     시 분석에 뛰어난 성과를 보였다.

   ⑤ **단점**

     ㉠ 장편소설은 현실 반영이며 더 비중이 크므로 객관론은 잘 적용되지 않는다. 그리고

       문학의 언어가 궁극적으로는 역사성을 배제할 수 없다는 점이다.

     ㉡ **독단론적 형식주의** : 오직 작품 자체의 내적 조건에만 충실함으로써 독단에 빠지게 된다.

◢ 3 문학비평의 평가기준

(1) 진실성의 기준

   ① 우주와 작품 구조와의 관계에 초점을 맞출 때 가치평가의 기준이 된다.

   ② 작품 구조가 당대 사회의 변화 과정을 역동적으로 반영하고 있는가에 주목한다.

   ③ 다음과 같은 것을 중요하게 여긴다.

     ㉠ 당대 사회를 움직이는 이데올로기가 잘 반영되어 있는가?

     ㉡ 주인공이 추구하고 있는 이념과 당대 사회가 공유하고 있는 이념 간에 차이가 없는가?

   ④ 존재 차원과 당위 차원으로 나누어 볼 수 있다.

     ㉠ **존재 차원**

       ⓐ 현실적으로 존재하거나 존재했던 세계와 작품을 견주어 보는 것이다.

       ⓑ 당시 사회에 대해 '통합성, 총체성'에 바탕을 두고 있는가가 기준이다.

       🔵**예** 염상섭의 「삼대」, 채만식의 「태평천하」

     ㉡ **당위 차원** : 이데올로기의 변형이나 전환까지도 모색했는가가 기준이 되는 것이다.

       🔵**예** 김동인의 「젊은 그들」, 박종화의 「금삼의 피」

(2) 효용성의 기준

   ① 작품이 독자에게 미치는 영향을 기준으로 하는 것이다.

   ② **효용성의 두 기준** : 쾌락, 교훈

     ㉠ **쾌락** : 쾌락적 욕구에 따른 효용성

     ㉡ **교훈** : 도덕적 감화에 따른 효용성

   ③ 효용성의 기준을 어디에 두느냐에 따라 작품의 평가가 다르게 내려질 수 있다.

   ④ 효용성에 근거를 둔 작품들은 당대 사회의 역사적 상황과도 필연적인 관계를 맺는다.

⑤ 당대 사회가 극단적으로 왜곡되고 모순되었을 때의 효용성의 두 경향
  ㉠ 심각한 주제를 담은 내용의 작품을 요구한다.
    ⑩ 김지하의 「타는 목마름으로」, 양성우의 「겨울공화국」, 박노해의 「노동의 새벽」
  ㉡ 달콤한 내용의 작품을 요구한다.
    ⑩ 서정윤의 「홀로서기」, 도종환의 「접시꽃 당신」

(3) 독창성의 기준

① 작품 자체와 작가의 관계를 기준으로 하는 것이다.
② 작품을 작자 나름의 독특한 생각의 소산이라고 본다.
③ 낭만주의 비평가들에 의해 주로 발전했다. → 제네바학파(장 루세, 장 피에르 리샤르, 조르주 풀레 등)에 의한 현상학적 비평의 진전에 의해 발전을 거듭하였다.
④ 문학을 주관적인 것으로 보는 접근방식의 하나이다.
⑤ 작가의 개성표현인 '독창성'의 발휘 여부는 완전한 새로운 무엇을 창조하는 것에다 시대적 전통 내지는 당대 사회 신념의 올바른 반영 여부가 기준이 되기도 한다.

> 예컨대, 1980년대 임철우의 「달빛 밟기」가 30년대 이효석의 「메밀꽃 필 무렵」이나 70년대 황석영의 「삼포가는 길」에서의 독창적인 공간적·시간적 분위기 설정의 전통을 어떻게 이어받았고, 또 어떻게 새로운 경지를 열어갔느냐의 여부를 판단하는 것이 그의 독창성 여부 판단의 분기점이 될 수 있다.

(4) 복잡성·일관성의 기준

① 문학작품 자체에 초점을 맞출 때 적용될 수 있는 기준이다.
② 아리스토텔레스의 유기체설에 근거한 것이다.
③ 문학작품은 여러 부분들이 조화를 이루어 하나의 전체를 형성하는 것이라고 본다.
④ 사건들의 배열이 단일한 전체를 구성하기 위해 의미 있게 엮이어 짜여야 한다고 본다.
⑤ 복잡성 : 문학작품을 부분 부분의 측면에서 판단하는 가치 기준이다.
⑥ 일관성 : '단일한 전체'로서의 가치판단의 기준이다.
⑦ 형식주의, 구조주의 비평가들이 많이 활용한 비평 기준이다.

04 문학비평의 방법론

◁ 1 역사·전기적 비평

(1) 개념

① 역사주의 비평과 전기적 비평의 합성어이다.

② 서지·주석적 비평을 포괄하는 개념이다.

③ 문학작품을 특정 시대의 역사적 산물로 보고, 작품 속에는 그 시대의 상황과 작자의 의도가 고스란히 반영된 것으로 작품을 이해하고 평가하려는 방법이다.

(2) 선행작업

① 작가에 대한 연구

② 해당 작가와 같은 시대의 다른 작가와의 관련성 여부

③ 작품의 사회적 배경에 대한 연구

④ 역사적 배경

⑤ 작품 텍스트의 존재가치 등에 대한 규명

(3) 연구대상

① 작품의 위상 정립

② 작품 텍스트 확정

③ 쓰여진 언어에 대한 해명

④ 작가에 대한 전기적 접근

⑤ 문학적 관습과 전통의 형성 여부

(4) 전개 양상

① 19세기 프랑스의 비평가인 생트뵈브에 의해서 정립되었다.

② 테느는 생트뵈브의 이론을 발전시켰다.

③ 그레브스타인은 역사·전기적 비평의 6가지 주요 요소를 제시하였다.

(5) 역사·전기적 비평의 주요 이론가

① **생트뵈브**(Charles Augustin Sainte-Beuve, 1804~1860)

ⓐ "내가 확립하고 싶은 것은 문학의 박물학이다."

ⓑ 초지일관 전기적 접근법을 활용하였다.

ⓒ 문학 연구를 인간 자체, 즉 윤리 연구로 본다.
ⓓ 위대한 작품은 바로 그것을 낳게 한 위대한 작가의 창조력이라 한다.
ⓔ 실증주의적 측면이 강하다.
② 테느(Hippolyte Adolphe Taine, 1828~1893)
　　ⓐ 문학 결정의 3요소를 제시하였다.
　　　　ⓐ **인종** : 선천적 혹은 유전적 기질
　　　　ⓑ **환경** : 후천적 성향 및 사회적 환경
　　　　ⓒ **시대** : 인종과 환경이 이미 생산해 낸 작품이 또다시 다음 작품을 생산하는 데에 기여하게 되는 것
　　ⓑ 현재의 역사 · 전기적 비평이 정립되는 데 모태가 되었다.
③ 그레브스타인(S. N. Grebstein) : 역사 · 전기적 비평의 6요소를 제시하였다.
　　ⓐ **원전(原典, text)의 확정**
　　ⓑ **작품에 사용된 언어의 의미 규명** : 작품의 해석보다는 '해설'에 주력하여 작품에 사용된 언어가 그 작품이 제작된 당시의 시 · 공간상의 특수상황에서 어떠한 기능을 발휘했는가를 규명해야 한다.
　　ⓒ **작가의 생애와 사상에 대한 전기적 연구** : 역사적 비평가는 작가의 의도와 작품을 견주어 보기 때문에 작가의 의도를 파악할 수 있는 모든 전기적 정보를 알아야 하며, 비평가가 작가의 정보에 대한 가치 유무를 판단할 수 있는 능력을 가져야 한다.
　　ⓓ **명성과 영향** : 작품이 독자나 다른 작가에게 미친 영향관계를 의미한다.
　　ⓔ **문화** : 문학작품에 존재하는 과거 의식과 예술작품의 시간상의 현존문제이다.
　　ⓕ **문학적 관습** : 문학작품이 어떤 전통을 형성하고 나름대로 문학적 관례 속에서 어디에 위치하는가에 관한 관점이다.

(6) 장점

① 작품을 이해하는 데 완전성과 정확성을 기할 수 있다.
② 하나의 작품과 작가의 위치를 문학적 · 역사적 사건 속에 분명하게 설정할 수 있다.
③ 개별 작품에 대한 통시적 안목을 넓힐 수 있다.
④ 작품에 대한 독자의 이해력을 고양시킨다.

(7) 비판

① 1920년대 이후에 등장하는 형식주의 비평가들에 의해 신랄한 비판을 받는다.
② 비판의 이유 : 발생학적 오류, 과거성에 집착
　　ⓐ **발생학적 오류**
　　　　ⓐ 작품 생산의 원천에 관한 치밀한 조사가 오히려 수단과 목적의 혼동을 야기한다.
　　　　ⓑ 작품에 대한 지식을 너무 많이 쌓다 보니 작품 자체에 대해서는 소홀하게 된다.

    ⓛ 과거성에 집착

        ⓐ 비평 방법이 너무 작품의 과거성에만 집착하여 작품의 현재성을 소홀히 한다.

        ⓑ 작품이 시대의 소산물이지만, 과거의 역사를 그대로 재현하는 것은 어렵다.

◢ 2 형식주의 비평

(1) 개관

① 20세기 영국과 미국에서 가장 영향력 있었던 비평 운동으로 역사주의 비평이 쇠퇴하면서 번성하기 시작했다.

② 18세기 말엽에 대두된 칸트의 '무목적의 목적성'과 19세기에 발표된 '콜리지의 선언'은 형식주의 비평의 성립에 보다 직접적인 영향을 주었다.

③ 러시아 형식주의, 영미 신비평, 신아리스토텔레스학파 등을 모두 포함하는 개념이다.

④ 문맥적 비평, 본질적 비평이라고도 한다.

⑤ 작품 텍스트 자체의 우위성을 옹호하려는 입장의 문학 활동이다.

⑥ 텍스트 자체를 고유한 자율적 존재를 가진 객관적 의미구조로 파악한다.

⑦ '형식'을 내용과 대립되는 의미가 아닌, '일체의 상관관계를 벗어나서 그 자체 안에 어떤 내용을 지니는 구체적이고도 역동적인 하나의 전체'라고 본다.

⑧ 문학작품 전체를 구성하고 있는 부분들을 세밀히 알고자 하며, 부분과 전체의 관계를 통해서 작품의 미적인 구조와 언어적 특성을 밝히고자 하는 비평 방법이다.

⑨ 문학성, 낯설게 하기, 균형과 대비 등을 핵심 개념으로 삼는다(러시아 형식주의).

⑩ 아이러니, 패러독스, 모호성 시 구조분석의 기초가 되는 어조, 운율, 은유 등의 비평 용어가 이에 해당한다(영미 신비평).

(2) 러시아 형식주의

① 개관

    ㉠ 1910년대 말부터 1920년대에 걸쳐 러시아에서 번성했다가 1930년대 볼셰비키 혁명의 정치적 탄압 속에서 억제를 당하게 된 일련의 활발한 문학비평 활동이다.

    ㉡ 미국에 망명한 로만 야콥슨(R. Jakobson)의 '언어학'과 '시학'에의 공헌에 의해 알려졌다.

    ㉢ 문학작품을 언어적 형식, 즉 작품 자체에 내재된 구조적 요소에 초점을 맞추어 분석하는 비평 방법론이다.

    ㉣ 문학작품의 독자적인 예술성을 밝히고, 작품의 형식적 독창성을 강조한다.

    ㉤ 이전의 막연한 정신주의 및 신비주의에 빠져 있는 상징주의자들에 대항하면서 문학은 내용보다 형식(기교)이라며, 문학의 언어를 객관적·과학적으로 파악하려는 방법을 택했다.

    ㉥ **대표 인물** : 보리스 아이헨바움, 쉬클로프스키, 야콥슨, 토마체프스키, 티니아노프 등

② 주요 이론가와 문학 용어
  ㉠ 야콥슨
    ⓐ '문학성(文學性)'
      • "문학 연구의 대상은 문학이 아니라 문학성, 다시 말해 주어진 작품이 문학작품이게 해 주는 어떤 것이다."
      • 문학을 언어의 특수한 예술 영역으로 보고, 문학적 언어는 일반언어와 변별된다.
    ⓑ '균형과 대비' : 시적 언어는 음과 구문의 패턴에 있어 언어의 음, 운과 율, 절의 반복, 균형과 대비 등으로 이루어져 있고, 중심이 되는 단어나 이미지의 유형적 반복과정으로 구성되어 있다.
  ㉡ 쉬클로프스키 : 『예술로서의 장치』
    ⓐ '낯설게 하기' : 예술의 기능은 우리로 하여금 사물을 단순히 인지하게 한다기보다는 사물을 이해하게 하는 것이며, 우리 주변 세계를 낯설게 하고 지각 작용이 자동화되는 자연스러운 경향을 깨뜨리는 것이다.
    ⓑ '난해하게 하기' : 이야기를 미학적 목적을 위해 일부러 어렵게 하거나 방해하는 방법들을 의미한다.
      • 어려운 단어들과 구문의 사용
      • 전통적인 운율상의 관례로부터 이탈
      • 이행이라기보다는 병렬
      • 지연 : 일부러 행동의 속도 늦추기
  ㉢ 티니아노프의 '역동성'
    ⓐ 문학의 현상은 정적(靜的) 특성이라기보다는 역동성의 개념이다(문학작품은 '역동적인 말의 구조').
    ⓑ 문학은 '체계들 중의 체계(system of system)'이다.

(3) 신비평(new criticism)

① 개관
  ㉠ 원래는 1910년 미국 비평가 스피건이 미국 평단의 현학적인 아카데미즘에 반기를 들면서 썼던 말이다.
  ㉡ 1941년 랜섬(J. C. Ransom)의 『신비평』을 통해 구체적으로 방향이 드러나기 시작하였다.
  ㉢ 인상주의 비평과 아마추어의 감정주의를 극복하려 한다.
  ㉣ 브룩스, 워렌, 블랙머, 테이트, 윔사트 등의 미국의 시 비평가와 영국의 리비즈가 신비평의 이론을 바탕으로 비평 활동을 하였다.

ⓜ 주요 개념 : 단어의 의미와 상호작용, 비유, 상징 등

→ 이러한 언어적 요소들이 하나의 중심 테마 주위에 조직되어 있으며, 이 조직이 형성하는 시의 특징을 '결'(랜섬), '긴장'(테이트), '아이러니'(리차즈), '패러독스'(브룩스)라고 부르고, 이러한 것들은 '다양한 충동들의 조화' 내지 '상반되는 세력들의 균형상태'인 하나의 구조 속에 나타나게 된다고 보았다.

② 주요 이론가와 문학 용어

㉠ 윔사트(W. Wimsatt)와 비어즐리(M. Beardsley)

ⓐ 의도의 오류 : 작가가 작품을 쓸 당시 의도했던 바가 고스란히 작품에 반영되는 것이 아니라는 점을 생각해 보면, 대상 작품에 녹아든 작가의 창작 의도를 따지는 것은 한갓 의도의 오류에 빠지는 일이 될 뿐이다.

ⓑ 감정적 오류 : 비평의 기준을 작품 자체에 두지 않고 독자에게 주는 감정적 효과에만 치중하게 되는 잘못이다.

㉡ 랜섬(J. C. Ransom)

ⓐ 구체적 사물의 직접적 촉감에 의해 경험되는 개념을 '결'이라 하였다.

ⓑ 은유를 복잡다단한 세부 사항들이 집적되어 글을 빽빽하게 만드는 '결' 자체라고 보았다.

ⓒ 틀과 결은 서로 떨어질 수 없으면서도 융합될 수 없다고 보았다.

ⓓ 시란 단순한 논리적 구조(틀)에 복잡다단한 세부적 결이 얽혀 있는 것이라 하였다.

㉢ 앨런 테이트(A. Tate)

ⓐ 'extention(밖으로 뻗음)'과 'intention(안으로 모임)'에서 'ex'와 'in'을 빼고 'tention'(긴장)이라는 말을 만들었다.

ⓑ '전달의 오류'를 거론하였다.

ⓒ 시란 외연과 내포가 충만하게 조직된 것이며, 외연과 내포는 긴장 속에서 공존한다고 주장하였다.

㉣ 리차즈(I. A. Richards)

ⓐ 테이트와는 달리 '내포'만이 문학적이라고 생각하였다.

ⓑ 테이트에 따르면 문학에서 내포의 힘이 강한 것은 사실이지만, 아무리 강해도 외연의 요소가 절대로 사라지지는 않는다고 보았다.

ⓒ 언제나 긴장은 있게 마련이고, 그런 긴장이 없는 약한 시가 바로 낭만시 또는 대중적 유행시이다.

ⓓ 17세기 형이상학파의 시, 현대시, 단테의 '거룩한 희극' 등은 긴장이 고조되는 시이다.

PART 01
PART 02
PART 03
PART 04
PART 05
PART 06
PART 07

3 구조주의 비평

(1) 개관

① 1950년대 이후 주로 프랑스를 중심으로 현대 언어학의 이론 모형을 적용하여 문학작품을 엄밀하게 분석하는 비평가들의 활동을 말한다.

② 구조주의 비평은 문학작품 속에 내재된 구조를 밝히고 찾아냄으로써 그 구조적 전체 속에 이루어지는 각 요소들의 관계를 조감할 수 있게 되며, 그 결과 작품에 대한 이해를 더욱 깊게 할 수 있다고 주장한다. 구조주의 비평의 핵심 개념은 비유와 상징이다.

③ 1960년대 들어서면서 소쉬르의 방법과 통찰을 문학에 적용하려고 시도하면서 번성하였다.

④ 문학작품 속에 내재된 구조를 밝히고 찾아냄으로써 그 구조적 전체 속에 이루어지는 각 요소들의 관계를 조감할 수 있게 되며, 그 결과 작품에 대한 이해를 더욱 깊게 할 수 있다고 주장하였다.

⑤ 형식주의 비평이 작품의 언어적 형식 및 구조에 초점을 두고 작품 자체의 형식적 요소에 집중하는 반면, 구조주의 비평은 작품의 전체적인 언어 구조 및 관계에 관심을 두고 작품 내 요소들 간의 관계 및 구조분석을 중시한다.

⑥ 구조주의 비평은 개별 텍스트의 의미를 해석하거나 주어진 텍스트가 좋은 문학작품인지 아닌지를 가리려고 하지 않는다. 해석하고 작품의 질을 평가하는 문제는 표면 현상의 영역이자 파롤의 영역이다. 이 방법론은 문학 텍스트들의 랑그, 그 텍스트들로 하여금 의미를 갖게끔 만드는 구조를 탐색한다. 왜냐하면 문학의 기본 요소들을 식별하고 결합시키는 규칙들을 바로 그 구조가 지배하기 때문이다.

⑦ 구조주의 비평에서 제안하는 기본 구조란 대단히 추상적이고 공허해서 문학의 질을 형성하고 있는 모든 특수한 것들을 소홀히 다룬다는 비난을 면하기 어렵다.

⑧ 대표자 : 소쉬르, 피아제, 레비스트로스, 야콥슨, 롤랑 바르트 등

(2) 주요 이론가와 문학 용어

① 소쉬르(F. Saussure)
　㉠ 언어는 기호들의 체계이다.
　㉡ 체계는 일정한 시점(공시적)에서 볼 때 완전한 체계로서 연구되어야 한다.
　㉢ 각각의 기호는 시니피앙(기표)과 시니피에(기의)로 구성되어 있다.
　㉣ 시니피앙과 시니피에 사이의 관계는 자의적이다.
　㉤ 사람들의 말을 가능하게 하는 기호의 객관적 구조인 랑그(langue)에 관심을 가졌다.

② 피아제(J. Piaget)
　㉠ 전체성 : 요소들의 단순 집합체가 아니라 체계를 특징으로 하는 내재적인 법칙들에 따라 배합, 구성되어 있는 것이다. 따라서 구조 전체는 구조의 법칙에 의존하였다.
　㉡ 구조를 지배하는 법칙은 구조가 구조화되도록 작용한다. 즉, 전체성 내에서 자체의 체계를 이루어 새로운 구조를 만들 수 있는 것이다.

　　　　ⓒ **자동조절성** : 자동조절의 자율성은 스스로의 법칙에 의해서 지속되는 구조의 보존성과 다른 종류의 구조들과 구별되는 폐쇄성을 동시에 지니고 있다.

　③ **레비스트로스**(C. Levistrauss)

　　　　㉠ 야콥슨을 통해 소쉬르의 언어이론을 받아들였다.

　　　　㉡ 소쉬르의 언어 연구를 시니피앙과 시니피에, 랑그와 파롤 사이의 역동적 관계를 제시하는 하나의 자족적 체계로 간주하였다.

　　　　㉢ 신화에 담겨 있는 보편적 구조(보편적 정신활동)를 찾아내고, 이를 사회의 모든 문화 현상에 적용하려 하였다.

　　　　㉣ 모든 신화학을 연결시켜 주는 여러 관계 발견에 초점을 두었다.

　④ **야콥슨**

　　　　㉠ 러시아 형식주의, 체코 구조주의, 현대 언어학의 모든 분야에 영향을 미쳤다.

　　　　㉡ 시적인 것에서 기호는 그 대상으로부터 떨어져 나감. 즉, 기호와 지시 대상 사이의 평상적인 관계가 깨지게 되며 기호는 그 자체 가치 대상으로서의 어떤 독립성을 갖게 되었다.

　⑤ **롤랑 바르트**(R. Barthes)

　　　　㉠ 언어학에서 사용되는 구조분석의 방법론을 이야기 연구에 사용하였다.

　　　　㉡ 이야기는 층위가 다른 기호체계라는 전제로부터 출발하였다.

◢ 4 　사회 · 문화적 비평

(1) 개관

① 작품을 특정 사회와 문화의 산물로 보고, 작품이 그 사회와 문화의 총체성(모순)을 어떻게 반영하였는지 탐구하는 비평이다.

② 사회적 여건이 작가에게 결정적인 영향을 미친다는 입장이다.

③ 작가는 자신의 계급 내지 지위, 이데올로기, 직업의 경제적 조건, 대상으로 삼는 독자층에 의해 결정된다고 본다.

④ 문학작품이란 작품이 쓰인 당시의 시대적 환경에 의해 그 작품의 내용, 가치관, 나아가 형식도 불가피하게 조건이 지워진다고 가정한다.

⑤ 사회주의 문학비평에서는 작품의 내용을 작가의 정치적 의식으로 환원시키는 경향이 있다.

⑥ 독서 행위를 현실과 역사에 대한 합리적 이해와 모순을 극복하기 위한 훈련으로 보고 있으며, 이를 통해 우리의 삶을 바르게 이해하고 편견에 맞서 싸우려는 인간다운 의식을 고양하려 한다.

⑦ **대표자** : 마르크스주의 비평, 테느, 골드만, 루카치 등

(2) 한계

① 문체, 이미지, 상징 등에 대한 이해와 설명이 부족하다.

② 작품 수용의 이해와 설명을 등한시한다.

③ 이데올로기와 목적의식에 치중하고 예술에 대한 정치의 우위를 주장하여, 문학을 정치적 도구로 사용한다는 비판을 받는다.

④ 예술로서의 문학에 소홀하게 되고, 공허한 관념에 얽매일 가능성이 높게 된다.

(3) 마르크스주의 비평

① 문학에 대한 사회학적 접근방법에서 마르크스주의 비평이 가장 두드러진다.

② 테느(H. A. Taine)의 문학결정의 3요인설에 경제적 요소를 첨가하였다.

③ 작가가 사고하고 창작하는 방식을 결정하는 요인 중 특히 당대의 사회적 현실이라고 간주되는 것과의 상관관계에 초점을 둔다.

④ 문학작품은 단순히 당시 사회를 반영하거나 생경한 경향을 노출하는 것이 아니라 훌륭한 예술은 그 사회의 관례를 초월하는 것이라고 본다.

⑤ 예술이 결국 물질이나 경제적 생산에 의해 결정된다는 경직된 방향으로 치우친다.

⑥ 작품의 구조와 사회구조와의 상등 관계에 초점을 맞추는 발생론적 구조주의로서의 문학사회학이 등장하는 계기가 된다.

🖋 Plus UP!   마르크스주의 비평

> 마르크스와 엥겔스의 주장에 따르면 경제구조의 변화는 사회계급구조의 변화를 초래하며, 사회계급은 어느 시기에나 경제적·사회적·정치적 이익을 찾기 위해 투쟁을 수행하고 있으므로 일정 시기의 종교, 사상, 문화(예술과 문학 포함)는 결국 변증법적 방법에 의해 그 시대에 가장 중심이 되는 계급의 구조와 갈등에서부터 파생되는 '이데올로기' 내지 '상부구조'이다.

◢ 5 심리주의 비평

(1) 배경

20세기에 사람들은 전쟁, 경기침체, 혁명 등으로 인간관계의 위기, 불안, 갈등 등의 정신적 혼란을 겪었고, 이러한 문제에 대한 대처방안으로 정신분석학이 각광을 받았으며, 정신분석학은 심리 소설이나 심리주의 비평이 생산되는 밑거름이 된다.

(2) 개관

① 작가의 창작, 작품의 내용, 독자의 수용 등을 인간 심성의 면에서 고찰하는 비평 방법이다.

② 작품에 나타난 인물의 성격이나 작가의 개인적 상징을 분석하기도 하고, 작가의 정신 상태를 작품을 통해 분석하기도 하며, 작품이 독자에게 주는 심리적 영향을 파악하기도 한다.

③ 프로이트의 정신분석학적 방법을 작가의 창작 심리나 문학작품의 해명에 적용하는 방법론이다.

④ 작가의 창작 심리, 문학작품의 내적 심리, 문학작품을 수용하는 독자 심리 등 세 가지 영역을 인간의 심층 심리, 의식의 흐름, 리비도, 콤플렉스, 꿈의 이론, 자동기술법 등의 방법으로 해명하고 분석하려는 방법이다.

⑤ 대표자 : 프로이트, 융, 아들러, 라캉, 홀랜드 등

⑥ 심리주의 소설 : 조이스의 『율리시즈』(1922), 울프의 『댈러웨이 부인』(1925), 포크너의 『음향과 분노』(1929), 이상의 「날개」(1936) 등

(3) 한계

① 작품에 대한 미적 기치의 규명에는 적절한 방법이 되지 못한다.

② 문학을 지나치게 단순화, 환원, 상투적 정형의 형성으로 치닫게 한다.

③ 문학(작품)이나 예술의 건강성에 기여해야 할 비평활동을 신경증이나 콤플렉스 등 왜곡되고 편향된 심층심리에 바탕을 두고 분석해 나가기 때문에 결국 작가의 권위, 순진성, 천재성의 근원 그 자체에 작가의 신경증이 도사리고 있다는 엉뚱한 해석에 도달할 위험성이 있다.

(4) 프로이트(S. Freud)

① 인간의 심리구조 3단계 : 이드(Id), 에고(Ego), 슈퍼에고(Superego)

 ㉠ 이드(Id)

  ⓐ 리비도(성적 에너지)로부터 나온 모든 심적 에너지의 원천이다.

  ⓑ 리비도를 쾌락의 원칙에 따라 반사 동작, 본능적 행위, 욕구 충족에 소비

  ⓒ 이드의 기능이 제한되면 에고와 슈퍼에고가 형성된다.

 ㉡ 에고(Ego)

  ⓐ 이드에서 얻은 에너지이다.

  ⓑ 지각, 기억, 판단, 상상 등의 정신 과정을 발달시킴으로써 개체를 외적 현실에 조화시키고 개체의 외계 지배력을 증가시키는 것이다.

  ⓒ 현실원칙에 의해 지배된다.

  ⓓ 초자아의 지령과 이드의 욕구를 조절하고 의식을 통합해서 현실을 이해하고 대상을 파악하는 역할을 한다.

PART 01
PART 02
PART 03
PART 04
PART 05
PART 06
PART 07

ⓒ 슈퍼에고(Superego)
ⓐ 이드를 억제하고 조정하는 심리이다.
ⓑ 윤리적 검열관이고 양심과 자존심의 보존력이다.
ⓒ 도덕적인 원칙에 의해 움직인다.
ⓓ 호모 섹스나 오이디푸스적 충동, 반사회적인 심리 경향을 억압하고 양심과 자존심을 지켜나가는 지렛대 구실을 한다.
② 오이디푸스 콤플렉스를 주창 : 아이는 성적 욕구로 가득 차 있지만 리비도의 에너지가 남성과 여성을 구별하지 못하며 아이가 생명을 지속하고자 한다면 분명히 보살핌을 받아야 하는데, 이것이 일어나는 메커니즘을 '오이디푸스 콤플렉스'라 한다.
③ 인간의 정신 현상에 대한 해석 : 리비도의 변화와 발전에 근거한다.
④ 승화 : 본능보다 고차원의 문화적 목표에 리비도를 발산하는 것이다.
⑤ 예술 : 리비도 승화작용의 전형적 예로 본다.

(5) 아들러(A. Adler)

① 개인심리학을 창시하였다.
② 무의식 속의 성욕을 공격성으로 바꾸었다.
③ 무의식 대신에 자아의 역할을 강조하였다.

(6) 융(C. F. Jung)

① 분석적 심리학을 창시하였다.
② 도덕성, 종교성을 중시하였다.
③ 집단무의식을 주장하였다.
④ 프로이트의 무의식을 개인무의식과 집단무의식으로 나누었다.
ⓐ 집단무의식
ⓐ '원시적 이미지'라고 부르는 잠재적 이미지의 저장고이다.
ⓑ 집단무의식의 내용을 태고 유형, 원형(archetype)이라고 하였다.
ⓒ 태고 유형
ⓐ **자연물** : 출산, 재생, 죽음, 권력, 마법, 영웅, 어린이, 사기꾼, 신, 악마, 늙은 현인, 어머니인 대지, 거인, 나무, 태양, 달, 바람, 강, 불, 동물 등
ⓑ **인공물** : 고리, 무기 등
ⓒ **중요시 여긴 태고 유형** : 페르소나, 아니마와 아니무스, 그림자, 자기

(7) 라캉

프로이트의 정신분석학에 구조주의 언어학을 더하여 연구하였다.

(8) 홀랜드

① 프로이트의 이론을 다양하게 수정하여 문학작품의 해명에 신기원을 이룩하였다.

② 문학작품이란 무의식적 환상과 그것에 대한 의식적 반응 간의 상호작용을 독자의 마음 속에 생기게 만드는 것이다.

③ 문학작품은 형식이라는 우회 수단을 통해 깊숙한 곳에 자리 잡고 있는 불안과 욕망을 사회적으로 수용될 수 있는 의미로 바꾸기 때문에 즐길 만하다.

> **☆ Plus UP!** 심리주의 비평
>
> 심리주의 비평이란 프로이트 등의 이론인 정신분석학적 방법을 작가의 창작심리나 문학작품의 해명에 적용하는 방법론을 말한다. 프로이트는 본능보다 고차의 문화적 목표에 리비도를 발산 시키는 것을 승화라고 하고 문학이나 예술은 이 승화작용의 결과라고 했다. 즉, 작가의 사상이나 감정이 표출된 작품은 승화된 리비도의 소산인 것이다. 심리주의 비평은 작품의 상징적 요소에 의미를 부여하는 것과 작품의 바탕에 깔린 심층부분까지 분석하기 때문에 문학적 승화작용에 의해 이루어졌다고 볼 수 있다.

6 신화·원형 비평

(1) 개관

① 융의 집단무의식에 기반을 둔다.

② 신화의 체계가 문학작품에 하나의 원형의 패턴으로 존재한다고 믿는 것에서 비롯되었다.

③ 문학 안의 원형적 패턴들을 밝혀놓고 이 패턴들이 문학작품의 형태, 본체 그리고 효과에 어떻게 관계되는가를 밝히는 것이 목적이다.

④ 신화·원형 비평은 문화인류학, 심리학, 비교종교학, 역사, 사회학, 철학, 언어학 등 다양한 학문에 의존하는 문학 비평론이다.

⑤ 심리주의 비평 방법이 인간의 행동 근저에 있는 동기에 관심을 가진다면, 신화 비평 방법은 그러한 동기가 투사되는 상징적 형태나 구조에 더 큰 관심을 기울인다.

⑥ 개인의 내면적 세계나 인성을 밝혀내는 데에 치중하는 심리주의 비평과는 달리, 신화 비평은 한 민족이나 인류 전체의 집단적 성격이나 정신을 밝혀내는 데에 비중을 둔다.

(2) 원형(archetype)의 개념

① 히맨(S. E. Hyman) : 핵심적 인간 체험의 기본적이고도 오래된 패턴들로서, 특별한 감정적 의의를 지닌 어떠한 시의 근원에 놓여 있는 것이다.

② 브룩스(C. Brooks) : 원초적 이미지, 집단무의식의 일부, 같은 종류의 무수한 경험에서 나온 심리적 잔재, 그래서 한 종족에 상속되어 내려오는 반응표시 형태의 일부이다.

③ 융(C. F. Jung) : 옛 조상들의 생활 속에서 되풀이되는 체험의 원초적 심상(primordial image). 즉, 정신적 잔재는 집단무의식 속에서 유전되어 개인적 체험의 선험적 결정자가 되며, 문학, 신화, 종교, 꿈, 개인의 환상 속에 표현되었다.

 ㉠ 페르소나(persona)
  ⓐ '탈' 또는 정신의 '겉면'이다.
  ⓑ 개인이 공적으로 보이는 탈 내지는 겉보기이다.
  ⓒ 사회에 받아들여지기 위해 좋은 인상주기를 목적으로 삼고 있다.

 ㉡ 아니마와 아니무스
  ⓐ 정신의 내면이다.
  ⓑ 남성의 경우 '아니무스', 여성의 경우 '아니마'라고 이름하였다.
  ⓒ 아니마의 원형은 남성적인 정신에서의 여성적인 측면이며, 아니무스의 원형은 여성적인 정신에서의 남성적인 측면이다.

 ㉢ 그림자(shadow)
  ⓐ 모든 원형들 중 인간의 기본적인 동물적 본성(악마 이미지)을 포함한다.
  ⓑ 진화의 역사 속에 꽤 깊은 뿌리를 가지고 있으므로, 모든 원형 중 가장 강하고 잠재적으로 가장 위험한 것이다.
  ⓒ 동성의 타인들과의 관계에 있어서 인간의 최선의 것과 최악의 것의 근본이다.

 ㉣ 자기(self)
  ⓐ 퍼스낼리티의 조직원리이다.
  ⓑ 집단무의식 속의 중심적인 원형이다.
  ⓒ 질서, 조직, 통일의 원형이다.
  ⓓ 모든 원형들과 콤플렉스 및 의식 속의 원형의 표현 형태를 끌어당겨 조화시킨다.

(3) 프레이저(J. G. Frazer)

① 문화인류학자
② 『황금가지』에서 인간에게는 시대를 초월하여 영적인 통일성이 있다고 보아 원시인의 관습, 주술, 원시신앙, 토속신앙, 전설 등을 광범위하게 연구하였다.
③ 주술과 과학과 종교의 상관관계를 규명하였다.
④ 모든 신화는 감추어진 계절의 상징과 풍년을 비는 의식으로 볼 수 있는 근거를 제시하고 있다.

(4) 레비스트로스(C. Levistrauss)

① 「신화의 구조적 연구」는 오늘의 신화 비평이 있게 하는 데에 큰 공헌을 하였다.
② 모든 신화학을 연결해주는 '관계의 꾸러미'를 발견하는 데 초점을 두었다.
③ 이 관계들이 그의 구조적 분석의 궁극적인 대상이다.
④ 인류의 문화는 발전하는 것이 아니라 구조적 동질성을 가진 다양한 문화가 있는 것이다.

⑤ 토착민들의 원시사회와 서양의 문명사회는 관점, 즉 참조체계가 다른 두 사회이다.

⑥ 신화학의 유의미하고 통합적인 구조들은 신화의 분석을 통해 표면에 드러난다.

⑦ 신화의 구조적 법칙들을 발견함으로써 옛날이야기를 과학으로 변형시키려 한다.

(5) 프라이(N. Frye)

① 프레이저의 신화 이론이나 융의 심리학 '집단무의식 이론'을 문학 장르론에 적용하고, 신화·원형 비평을 더욱 체계화하고 새로운 비평으로 확립하였다.

② 『비평의 해부』(1957)에서 비평 이론을 체계화하였다.

③ 고대 의식에서의 죽음, 재생, 구약성서의 낙원, 그리스 사상을 계승한 황금시대에서 원형을 찾는다.

④ 인류가 상실한 낙원을 회복하는 것은 인간이 주위의 환경과 화해하고 일체가 되려는 상태, 곧 동일성(identity)의 회복을 의미한다.

⑤ 문학비평에서 "신화는 궁극적으로 문학 형식의 구조적 조직 원칙인 뮈토스(mythos)를 의미한다."고 본다.

⑥ 의식적인 의미나 의의를 잠재시키고 있는 여러 행위들의 시간적 순열인 제의에서 이야기의 기원을 찾을 수 있다.

⑦ 장르 발생 이전의 이야기 문학의 네 요소인 뮈토스(mythos)를 자연의 주기에서 찾는다.

  ㉠ **봄의 뮈토스** : 희극(comedy)

  ㉡ **여름의 뮈토스** : 로맨스(romance)

  ㉢ **가을의 뮈토스** : 비극(tragedy)

  ㉣ **겨울의 뮈토스** : 아이러니와 풍자

⑧ 『문학의 원형들』(1951)에서 신화의 각 단계를 표로 제시하고 있다.

  ㉠ **새벽, 봄, 출생의 단계** : 영웅의 탄생, 부활과 소생, 창조의 신화(네 단계가 하나의 주기를 이루므로)와 죽음, 겨울·어둠의 힘의 패배 신화, 부속적인 등장인물[아버지와 어머니, 로맨스와 대부분의 디티람보스(디오니소스의 찬송가)와 서사시의 원형]

  ㉡ **절정, 여름, 결혼, 승리의 단계** : 신격화, 신성한 결혼, 낙원 입장의 신화, 부수적 등장인물[친구와 신부, 희극, 목가, 전원시의 원형]

  ㉢ **황혼, 가을, 죽음의 단계** : 조락(凋落), 죽어가는 신, 사고로 인한 사망과 희생, 영웅의 고립의 신화, 부수적 등장인물[배반자와 요정, 비극과 엘레지의 원형]

  ㉣ **어둠, 겨울, 해체의 단계** : 이런 힘들의 승리의 신화, 홍수와 혼동의 되풀이, 영웅의 패배의 신화, 신들의 몰락의 신화, 부수적 등장인물[도깨비와 마녀, 풍자의 원형(⑩ 포프의 「바보전」의 결말부분)]

05 현상학적 비평 – 수용미학 이론 및 기타의 비평방법론

◢ 1 현상학적 비평

(1) 개념

① 훗설(E. Husserl)의 현상학의 개념과 방법을 근거로 하여 예술작품을 분석하는 유형의 비평이다.

② '현상학'은 현상을 그 자체로만 바라보며, 그 이면의 진실은 배제하는 방법론으로 어떠한 현상에 대해 개념적 전제나 가정을 하지 않고 직접 기술하고 연구하는 것을 중요시하는 철학사조이다.

③ 텍스트 밖에 있는 어떤 것으로부터도 전적으로 영향을 받지 않는 완전히 '내재적인' 읽기를 지향한다.

④ 완벽한 객관성과 공정성을 얻으려 애쓰며 그에 따라 자신의 선입견들을 제거하고 작품의 '세계'로 단호하게 뛰어들어가 거기서 발견되는 것을 될 수 있는 한 가장 정확하고 편견 없이 재생해야 한다.

⑤ 전적으로 무비판적이고 비평가적인 분석 방식이다.

⑥ 종래의 관념론과 경험론의 한계를 극복하려는 현대 철학의 중요한 시도인 현상학이 바탕이 되고 있다.

(2) 훗설의 전제

① **현상학적 환원** : 본질학의 정립을 위해 모든 철학적·문화적 각종의 전제 및 선입견을 배제하고 본질에 시선을 돌려야 한다.

② **선험적 환원** : 환원된 본질은 그 자체로서가 아니라 '의식'에 나타난 현상으로만 파악될 수 있다. '의식'은 어떤 대상으로 향해져 있는 것이며, 따라서 의식하는 주체와 의식되는 객체는 상호 불가분의 관계로 결합되어 있다.

(3) 제네바학파

① 훗설의 이론을 문학비평에 적용했다.

② 문학을 주관적인 것으로 보는 접근방식이다.

③ 문학작품은 작가 의식의 독특한 양식이 언어로 구체화된 것이다.

④ 작품 자체에 나타나는 작가 의식의 양상들만 참고해야 한다.

⑤ 관심의 대상은 반복되는 주제, 이미지의 패턴들에서 발견되는 정신의 심층구조이고, 이 구조를 파악하면서 작가가 세계를 살아간 방식, 주체로서의 작가와 객체로서의 세계 간의 현상학적 관계들을 파악하는 것이다.

2 수용미학 이론

(1) 개관

① '독자반응 이론'이라고도 한다.
② 독자반응 이론은 '독자의 작품에 대한 반응'에 초점을 맞춘 독서의 방법으로 1960~70년대 독일과 미국에서 시작된 비평 이론이다.
③ 신비평과 형식주의를 비롯한 전통적 해석이 작가의 창작의도와 작품의 자율성을 지나치게 중시하는 경향이 있으며, 독자는 단지 수용자의 입장에서 작품을 수동적으로 해석한다는 비판에서 출발했다.
④ 작가보다 중요한 것은 독자이고, 작품보다 의미 있는 것은 텍스트라고 단언했다.
⑤ 독자는 능동적이고 주체적으로 텍스트를 읽어서 작품의 의미를 재창조한다.
⑥ 체계적 해석을 가능케 하는 해석학, 텍스트 층위를 분석하는 현상학, 작품을 텍스트 구조로 이해하는 구조주의와 후기구조주의의 영향을 받았다.

(2) 수용미학 이론의 구체적 방법

① **독자 중심의 해석** : 수용미학은 작품의 해석을 독자의 입장에서 바라본다. 독자는 작품의 의미를 능동적으로 생성하고, 자신의 경험과 지식을 바탕으로 작품을 이해한다.
② **작품과 독자의 상호작용** : 수용미학은 작품과 독자 간의 상호작용을 중요하게 생각한다. 작품은 독자에게 다양한 자극을 제공하고, 독자는 이에 반응하여 작품의 의미를 만들어 낸다.
③ **독자 반응의 분석** : 수용미학은 독자가 작품을 읽거나 감상할 때 느끼는 반응을 분석한다. 이를 통해 작품이 독자에게 어떤 영향을 미치는지, 그리고 독자의 반응이 작품의 의미에 어떻게 영향을 미치는지 파악한다.
④ **독자의 역사적, 문화적 배경 고려** : 수용미학은 독자의 역사적, 문화적 배경을 고려하여 작품의 해석을 진행한다. 독자의 배경은 작품의 의미를 이해하는 데 중요한 영향을 미치기 때문이다.
⑤ **다양한 독자 반응의 수용** : 수용미학은 다양한 독자 반응을 수용하고, 이를 작품의 다양한 해석 가능성으로 연결한다. 독자들은 작품에 대한 자신의 반응을 자유롭게 표현하고, 그 반응은 작품의 해석에 대한 새로운 가능성을 열어준다.

3 실존주의 비평

(1) 개념

① 실존주의 철학적 사상을 바탕으로 문학작품을 분석하고 해석하는 비평이다.
② 작중 인물의 선택 계기, 존재의 의미, 인간의 자유와 책임 등을 탐구한다.

③ 인간의 불확실한 존재와 주체성을 강조하며, 개인의 실존적 체험과 선택의 중요성을 강조한다.

④ **대표자** : 사르트르, 알베르 카뮈, 사뮈엘 베케트 등

(2) 실존주의 비평의 특징

① **실존적 체험과 주체성 강조** : 개인의 실존적 체험을 바탕으로 작중 인물의 행동을 분석하며, 인간의 주체성을 강조한다.

② **선택의 중요성** : 인간의 자유와 책임을 강조하며, 작중 인물의 선택 과정과 그 의미를 파악한다.

③ **존재의 의미 탐구** : 문학작품을 통해 인간 존재의 의미, 부조리한 현실, 고통과 불안 등을 탐구한다.

④ **비판적 태도** : 기존의 사회적 규범이나 가치관에 대한 비판적 태도를 취하며, 새로운 시각으로 문학작품을 해석한다.

(3) 실존주의 비평의 활용

① **실존주의 문학작품 분석** : 실존주의 문학작품의 주제, 인물, 문체 등을 분석하고 해석하는 데 활용된다.

② **실존주의 철학 이해** : 실존주의 철학의 사상을 이해하고, 실존주의 사상과 문학의 관계를 탐구하는 데 도움이 된다.

③ **비판적 사고력 함양** : 문학작품을 비판적으로 분석하고 해석하는 과정에서 비판적 사고력과 해석 능력을 키울 수 있다.

◢ 4 해석학적 비평

(1) 개관

① 본문과 독자들 사이의 상호 관계에 관심을 기울이고, 독자의 반응에서 본문의 의미를 해석하는 비평 이론이다.

② 본문의 의미해석에 있어 독자를 반드시 필요한 능동적인 힘으로 보고, 독자의 다양한 반응(해석)에 따라 본문의 의미가 변화할 수 있는 것으로 본다.

③ 근본적으로 문학작품이 어떤 확정된 의미를 갖고 있다는 것을 전제로 하고 있으며, 비평가의 궁극적 임무는 이것을 해명하는 데 있다고 본다.

④ '진술하다, 표현하다, 설명하다, 통역하다'의 뜻을 가진 그리스어 동사에서 유래하였다.

⑤ **대표자** : 허쉬(E. D. Hirsch)와 하이데거(Heidegger), 가다머(Gadamer)가 대표적이다.

(2) 허쉬(E. D. Hirsch)

① 미국의 해석학자
② 『해석에 있어서의 타당성』(1967) : 하나의 텍스트는 수많은 서로 다른 타당한 해석들이 있을 수 있다.
③ 모든 해석들은 작가의 의미가 허용하는 '전형적인 가망성과 가능성들의 체계' 내에서만 움직여야 한다.
④ 작가는 의미를 부여하고, 독자는 의의를 부여하였다.
　㉠ 의미 : 변화하지 않는 것
　㉡ 의의 : 역사를 통해 변화하는 것

(3) 가다머(Gadamer)

① 문학작품의 의미는 결코 그 작가의 의도로써 남김없이 논의되는 것이 아니다.
② 작품은 하나의 문화적·사회적 맥락에서 다른 문화적·사회적 맥락으로 바뀜에 따라 작가나 그와 동시대의 독자들이 결코 예견하지 못했던 새로운 의미들이 발견될 수 있다.
③ 이 유동성은 바로 작품 자체의 성격을 이루는 중요한 부분이다.
④ 모든 해석은 상황에 따르며 특정한 문화의 역사적으로 상대적인 기준에 의하여 형성되고 제약되며 문학 텍스트를 '있는 그대로' 알 수는 없다.

5 페미니즘 비평

(1) 개념

① 페미니즘적 인식에 입각하여 작가와 작품, 장르, 언어 등의 문제에 접근하는 비평이다.
② 여성 작가들과 독자들은 언제나 불리한 입장에서 일해 올 수밖에 없었다는 현실의 자각을 출발점으로 한다.
③ 1960년대 초반 서구의 여성해방 운동의 일부로서 시작되었다.
④ 여성이라는 조건 속에 내재되어 지식을 생산하고 구조화하는 권력관계에 대한 저항적 태도를 고수한다.
⑤ 일차적으로 문화 체계 속에 감추어진 선입견을 드러내며, 이차적으로 그러한 현상의 객관적이고 근본적인 원인을 분석한다.
⑥ 그럼으로써 제한된 영역 속에서 보수성을 유지했던 문화 및 문학을 해체하여 새로운 지식과 관심을 이끄는 추진력으로 작용할 수 있다고 믿는다.
⑦ 최근에는 탈구조주의 비평과 결합하는 경우가 많다.

(2) 페미니즘의 기본 신념

① 여성의 개인적·집단적인 독자성, 특수성, 주체성을 인정하고, 여성의 고유한 역할을 이해해야 한다.
② 여성의 인간적 존엄성과 권리를 왜곡하는 문화적 편견 및 오류를 거부한다.
③ 사회구조 및 여러 가지 조건들이 여성의 삶을 억압해 왔음을 인식하고 억압의 조건들이 변화됨으로써 여성의 지위에 변화가 일어나며, 또한 여성은 그 변화가 가능하며 주체적·능동적인 노력으로 실현될 수 있다.

✿ Plus UP!   비평의 갈래

1. 일반적인 유형
   - **이론비평** : 어떤 보편적 원칙이나 이론으로 문학의 본질, 목적, 기능, 방법 따위의 문제를 다루는 비평
   - **실천비평**(실제비평, 응용비평) : 구체적인 작가나 작품을 주 대상으로 하는 비평
   - **창작비평**(처방비평) : 실제 창작과정과 방법에 대한 비평적 논의를 주안점으로 하는 비평
   - **인상비평** : 객관적이고 과학적인 기준이 아닌 주관적 인상을 바탕으로, 문학작품을 직관적으로 비평하려고 하는 태도
2. 티보데(A. Thibaudet)의 분류
   - **자연발생적 비평** : 작품에 대한 전문적 지식이 없는 일반 문학애호가나 저널리즘 종사자 등 비교적 비전문가에 의해 이루어지는 비평
   - **직업적 비평** : 전문적인 비평가들에 의해 이루어지는 비평
   - **작가비평**(대가비평) : 유명한 작가가 전개하는 비평
3. 왓슨(G. Watson)의 분류
   - **입법비평**(재단비평 : legislative criticism) : 이미 세워진 평가 기준을 바탕으로 작품을 평가하고 작가에게 명령하는 비평
   - **심미비평**(aesthetical criticism) : 어떤 작품을 비평하는 기준을 쾌감이나 미감의 추출, 분석 따위에 두는 주관적인 비평
   - **기술비평**(descriptive criticism) : 작품 자체를 중시하여 그 언어조건이나 구조·형태 등을 분석·해부하고 기술하는 실제비평의 성격
4. 에이브럼스(M. H. Abrams)의 분류
   - **모방론** : 작품이 취급하고 있는 사물과의 관계
   - **실용론** : 작품이 독자에게 미치는 영향관계
   - **표현론** : 작가와 작품과의 관계
   - **객관론**(존재론) : 작품 자체로서의 존재양식의 문제

01 문학비평에 대한 설명으로 옳지 <u>않은</u> 것은?

① 문학을 보는 관점에 따라 그 평가 기준이 달라진다.

② 여러 방법론 중에서도 특별히 우수한 방법이 있다.

③ 작품의 가치를 판별하고 문학의 방향성을 제시한다.

④ 문학작품의 의미를 해석하고 미적인 성과를 평가한다.

> 해설 ② 문학비평은 비평가의 가치와 관점에 따라 다양하게 이루어지므로 다양한 방법 중 어느 것이 특별히 더 우수한 방법이라고 말할 수는 없다.

> 오답 ① 평가는 판단과 식별이 선행되어야 하므로 문학을 보는 관점에 따라 그 평가 기준이 달라질 수밖에 없다.
> ③ 문학비평의 목적은 작품의 특성을 분석하고 그 가치를 탐구하는 데 있다.
> ④ 문학비평은 작품에 대해 가치판단을 내리거나 문학 전반에 대한 심미적인 판단을 내리는 행위이다.

02 비평(criticism)의 어원과 관련 <u>없는</u> 말은?

① 상상력   ② 감정가

③ 재판관   ④ 심사원

> 해설 비평을 의미하는 'critique'의 어원은 다음과 같다.
> ㉠ Krino(그리스어) : 판단하다, 감정하다, 재판하다.
> ㉡ Criticus(라틴어) : 재판관, 심판, 감정가, 심사원
> ㉢ Critical(영어) : 비평적, 위기
> ㉣ Crisis(영어) : (의학적 측면) 위기, 위독, 병세의 전환점 / (비평적 측면) 가치의 불안정, 미해결 상태

정답 **01** ②   **02** ①

03 문학비평에서 다루는 대상이나 영역이라고 할 수 <u>없는</u> 것은?

① 문학이란 무엇인가?
② 작품의 개연성을 어떻게 부여할 것인가?
③ 작품의 가치는 어떻게 평가할 것인가?
④ 한 편의 문학작품이 주는 의미는 무엇인가?

> 해설 문학비평은 창작된 작품을 대상으로 독자(비평가)가 가치판단을 내리거나 문학 전반에 대해 심미
> 적인 판단을 내리는 모든 행위로서 다음과 같은 논의를 하는 것이다.
> ㉠ 문학이란 무엇인가?
> ㉡ 한 편의 문학작품이 주는 의미는 무엇인가?
> ㉢ 한 작가의 위치는 어떠한가?
> ㉣ 작품의 가치는 어떻게 평가할 것인가?
> ㉤ 작품 구조와 당대 사회구조는 어떠한 관련성을 맺는가?
> ㉥ 작가는 어떠한 역할을 하는가?

04 다음 중 문학비평의 목적으로 가장 적절한 것은?

① 작품의 논리적 오류와 결점을 적발한다.
② 작품에 대한 사회적 논의를 차단한다.
③ 작품의 특성을 분석하고 그 가치를 탐구한다.
④ 특정한 기준이나 방법보다는 개인의 순간적인 기분에 따라 작품을 평가한다.

> 해설 문학비평은 작품에 대해 가치판단을 내리거나 문학 전반에 대한 심미적인 판단을 내리는 행위이
> 며, 문학비평의 목적은 작품의 특성을 분석하고 그 가치를 탐구하는 데 있다.

05 문학비평의 의미에 대한 설명으로 옳지 <u>않은</u> 것은?

① 문학작품을 판단하고 식별하는 행위이다.
② 문학작품의 가치를 평가하는 과정을 포함한다.
③ 작품을 감상하는 일도 문학비평의 일종으로 간주한다.
④ 문학작품의 부정적 면모를 부각하는 데에 최종 목표를 둔다.

> 해설 ④ 문학비평의 최종 목적은 작품의 특성을 분석하고 그 가치를 탐구하는 것이다.
> 오답 ①, ②, ③ 문학비평은 작품에 대해 가치판단을 내리거나 문학 전반에 대한 심미적인 판단을
> 내리는 행위이다.

06 다음 중 문학비평의 특성이 <u>아닌</u> 것은?

① 함축적 언어를 추구한다.
② 논리적으로 설득을 한다.
③ 작품의 구조를 밝혀낸다.
④ 설득 요인을 갖춘 주관적 진실에 의존한다.

> **해설** 문학비평이란 작품에 대해 가치판단을 내리거나 문학 전반에 대한 심미적인 판단을 내리는 모든 행위로, 문학은 개인의 체험을 함축적으로 표현하나, 문학비평은 난해한 이론이나 용어 없이 설명이 가능해야 하므로 함축적 표현을 지양한다.

07 다음 중 문학비평의 조건이 <u>아닌</u> 것은?

① 위기의식에 투철하여 작품의 가치를 공병하게 평가해야 한다.
② 높은 가치의식을 지녀야 한다.
③ 가치판단에 있어 기준이 있어야 한다.
④ 평가는 판단과 식별에 선행한다.

> **해설** 평가는 판단과 식별이 선행되어야 한다.

08 다음 중 문학비평에 대한 설명으로 <u>틀린</u> 것은?

① 작품 존재의 근거를 제시해 준다.
② 객관적 지식이나 진실만을 추구한다.
③ 작가가 알지 못했던 부분에 대한 해명을 해준다.
④ 작품을 상호 보완적으로 실천 행위를 가능하게 해준다.

> **해설** 문학비평은 객관적 지식이나 진실만을 추구하는 것이 아니라 평가를 내리는 사람의 주관적 진실에 의존하게 된다. 따라서 비평가마다 여러 가지 견해를 가질 수 있다.

정답 06 ① 07 ④ 08 ②

09 문학비평에서 활용되는 네 가지 주요 좌표에 해당하지 <u>않는</u> 것은?

① 작품　　　　　　　　　　② 문제
③ 독자　　　　　　　　　　④ 작가

10 문학비평의 대상으로 보기 <u>어려운</u> 것은?

① 문학적 텍스트
② 비평이론가의 생애
③ 대중매체와의 연관성
④ 텍스트 생산의 사회·역사적 상황

11 다음 문학비평의 단계이다. (　　　)에 적절한 단계는 무엇인가?

분석 → 해석 → (　　　) → 감상

① 평가　　　　　　　　　　② 정리
③ 분류　　　　　　　　　　④ 확정

12 (   ) 안에 들어갈 말로 알맞은 것은?

> 나에게 있어 문학, 즉 문학적 산물은 한 사람의 전체 성격과 구별될 수 있는 것이 아니다. 나는 개개의 작품을 즐길 수도 있지만, 그 사람 자신을 알지 못하고 작품만 단독적으로 판단하기는 곤란하다. "열매를 보면 그 나무를 알 수 있다."라는 말을 쉽사리 인용할 수 있다. 그건 고로 문학 연구는 자연스럽게 인간 자체, 즉 (   ) 연구로 옮겨진다.

① 심리(心理)　　　　　　　② 전기(傳記)
③ 사상(思想)　　　　　　　④ 세계관(世界觀)

해설　괄호 앞의 조건이 "열매를 보면 그 나무를 알 수 있다."와 '문학 연구는 자연스럽게 인간 자체'이다.
② **전기(傳記)** : 한 사람의 일생 동안의 행적을 적은 기록

오답　① **심리(心理)** : 마음의 작용과 의식의 상태
③ **사상(思想)** : 어떠한 사물에 대하여 가지고 있는 구체적인 사고나 생각
④ **세계관(世界觀)** : 자연적 세계 및 인간세계를 이루는 인생의 의의나 가치에 관한 통일적인 견해

13 문학에 대한 관점과 그 설명의 연결이 옳지 <u>않은</u> 것은?

① 객관론 - 문학은 우주의 현상을 객관적으로 드러내는 도구이다.
② 실용론 - 문학은 독자에게 어떤 영향을 주는 것이다.
③ 모방론 - 문학은 그 대상이 되는 현실의 재현이다.
④ 표현론 - 문학은 작가의 사상과 감정의 표현이다.

해설　**에이브럼스(M. H. Abrams)의 문학 관점** : 모방론, 실용론, 표현론, 객관론(존재론)
① **객관론** : 작품을 외적인 좌표로부터 분리하여 오직 작품만으로 관찰하는 이론이다. 즉, 작품의 자율성을 인식하는 관점이다.

오답　② **실용론** : 작품이 독자에게 기여하는 양상에 초점을 맞추는 관점이다.
③ **모방론** : 문학작품을 우주의 제 양상의 모방으로 설명하는 관점이다.
④ **표현론** : 문학작품을 작가의 자유로운 감정과 사상을 표현한다고 보는 관점이다.

정답　**12** ②　　**13** ①

14 문학비평의 관점 중 다음의 설명에 적절한 관점은 무엇인가?

> 작품이나 문학에 영향을 미치는 작가의 심리, 생애, 역사적 배경, 사회적 상황 등의 외부적 요인을 중시하는 관점이다.

① 내재적 관점 ② 외재적 관점
③ 절대주의적 관점 ④ 반영론적 관점

<u>해설</u> ② **외재적 관점** : 작품이나 문학에 영향을 미치는 작가의 심리, 생애, 역사적 배경, 사회적 상황 등의 외부적 요인을 중시하는 관점이다.

<u>오답</u> ① **내재적 관점** : 작품의 독자적 구성, 형식, 언어, 문체, 운율, 표현 기법, 미적 가치 등 내부적 사실을 중시하는 관점이다.
③ **절대주의적 관점** : 작품 외부의 요소를 배제시키고 작품 내부의 요소만으로 작품을 절대적으로 보고 해석·비평·감상하는 방법이다.
④ **반영론적 관점** : 문학작품을 해석할 때 작품과 사회·문화적 배경의 관계를 근거로 작품이 현실세계를 어떻게 반영하고 있는지 살펴보는 관점이다.

15 다음 설명에 해당하는 문학 이론가는?

> 한 예술작품 속에는 작가, 작품, 독자, 우주라는 네 가지 요소가 포함되어 있다. 그는 예술작품과 이 네 가지 요소의 관계에 대한 해석을 통하여 비평 이론의 구조를 설명하였다.

① 플라톤(Platon) ② 사르트르(Sartre)
③ 바르트(Barthes) ④ 에이브럼스(Abrams)

<u>해설</u> **에이브럼스(Abrams)** : 『거울과 램프(The Mirror and The Lamp)』에서 거울과 램프를 문학의 가장 큰 상징적 특징으로 보고 문학의 일반론을 전개하였다.
㉠ 문학은 하나의 예술 형식으로서 '작가, 독자, 작품, 우주'라는 네 가지 요소가 유기적으로 결합된 하나의 생명체와 같은 것이다.
㉡ 작품과 우주(자연)의 관계에서 모방론을, 작품과 독자의 관계에서 효용론을, 작품과 작가의 관계에서 표현론을, 그리고 작품 자체의 관점에서 존재론이 성립될 수 있음을 강조하였다.

<u>정답</u> **14** ② **15** ④

16 문학에 대한 입장이 나머지 셋과 <u>다른</u> 하나는?

① 작품은 저절로 우연히 생기는 것이 아니라 작가의 의도에서 나온다.

② 작품을 판단하기 위해서는 작가가 무엇을 의도하였는가를 알아야 한다.

③ 세상에 발표되는 모든 작품은 우선 '잘 만들고자 하는 의도'에서 만들어졌다.

④ 작품에 나타난 개성이나 정신을 자연인인 작가 자신의 것으로 보아서는 안 된다.

해설 ④ 작가의 의도를 배제하는 입장
⊙ 작품에 나타난 개성이나 정신이 작가 자신의 것으로 단정할 수 없다.
ⓒ 작가가 주제를 선택하는 데 있어 개성이 아닌 다른 요소를 고려했을 가능성을 시사한다.
ⓒ 작가가 대중문화의 속성을 차용하거나, 전통적인 예술 형식과는 다른 방식으로 표현했을 가능성도 있다.

오답 ①, ②, ③ 작가의 의도를 중시하는 입장(표현론)
» 표현론(생산론)
⊙ 작품을 작가의 체험·사상·감정의 표현물로 본다.
ⓒ 문학이란 작가의 영감 혹은 천재성이 창작이라는 활동으로 표출된 것이라 여긴다.
ⓒ 작품의 정확한 이해를 위해서는 작품의 작가의 의도, 전기적(傳記的) 자료, 심리 상태 등 작가의 모든 것을 작품에 연관시켜 해석한다.

17 다음 내용과 관련 깊은 관점은?

• 시는 강렬한 정서의 자발적 유출이다. − 워즈워스 −
• 시는 뜻을 나타내고 노래는 말을 읊은 것이다. − 유협 −
• 시는 마음에서 우러난다고 하는 것이 믿을 만하다. − 이인로 −

① 모방론적 관점　　　　　　　② 표현론적 관점
③ 효용론적 관점　　　　　　　④ 구조론적 관점

해설 ② 표현론적 관점
⊙ 작가 자신의 개인적인 체험과 관련시켜, 작가 자신에 초점을 맞추는 이론이다.
ⓒ 문학을 작가의 개인적이고 주관적 체험 중 주로 이성에 의한 객관화 과정을 거치기 이전 상태인 감정의 지배하에 있는 체험의 형상화로 파악하는 입장이다.

오답 ① 모방론적 관점
⊙ 문학작품을 우주의 제 양상의 모방으로 설명하는 비평 이론이다.
ⓒ 모방 이론은 현대 리얼리즘 이론의 정립에 크게 기여하였다.
③ 효용론적 관점 : 작품이 독자에게 기여하는 양상에 초점을 맞추는 이론이다.
④ 구조론적 관점
⊙ 작품을 외적인 좌표로부터 분리하여 오직 작품만으로 관찰하는 이론이다. 즉, 작품의 자율성을 인식하는 관점이다.
ⓒ 작품을 내적 관계를 이루고 있는 부분들에 의해 구성된 자족체로 분석한다.

정답 16 ④　17 ②

18 다음 설명에 해당하는 것은?

> • 윔사트(W. K. Wimsatt)와 비어즐리(M. C. Beardsley)가 제시한 용어이다.
> • 작품을 이해하고 평가할 때 작가의 계획 또는 작품 외적인 요인을 판단 기준으로 받아들이려는 태도를 비판하는 개념이다.

① 환경적 오류   ② 감정적 오류
③ 구조적 오류   ④ 의도의 오류

해설 ④ 의도의 오류
    ㉠ 미국의 신비평가인 윔사트(W. K. Wimsatt)와 비어즐리(M. C. Beardsley)가 주장하였다.
    ㉡ 작가의 의도를 파악하여 작품의 의미를 찾으려 할 때 생기는 잘못이다.
    ㉢ 작품은 작품 자체의 의미를 갖고 있어, 작가의 의도와는 무관하다는 입장이다.

오답 ② 감정적 오류
    ㉠ 문학작품 자체만을 중요한 것으로 보고, 독자의 판단이나 심리적 반응은 작품 연구나 비평에 도움이 안 된다고 보는 신비평의 내재적 관점에서 비판하는 오류이다.
    ㉡ 독자의 정서적 반응을 기준으로 문학작품을 판단하는 오류이다.

19 다음 설명과 관련 있는 것은?

> 작가가 아무리 고상한 윤리적 가치와 바람직한 태도로 창작을 한다고 하더라도 그러한 작가의 윤리의식이나 관점이 작품 자체에 그대로 반영되는 것은 아니다.

① 의사 진술   ② 감정의 오류
③ 독단론적 형식주의   ④ 의도의 오류

해설 ④ 의도의 오류
    ㉠ 미국의 신비평가인 윔사트와 비어즐리가 주장
    ㉡ 작품에는 작가가 의도한 그대로 나타나지 않는데도 작가 중심으로 평가할 때 나타나는 오류

오답 ① **의사 진술** : 시적 표현에서 일상적 상식이나 과학적 사실에 어긋나면서도 시적 진실을 나타내는 표현 방식을 의미한다.
② **감정의 오류** : 작품을 독자에게 미치는 영향을 바탕으로 평가를 하게 되면, 작품 자체에 대한 본질적인 평가가 될 수 없기 때문에 나타나는 오류이다.
③ **독단론적 형식주의** : 작품은 작가의 생애, 시대 현실, 독자와의 관계 등 다양한 관계 속에서 형성되는데, 그러한 요소들을 배제하고 작품을 평가할 때 나타나는 오류이다.

정답 18 ④   19 ④

20 ( ) 안에 들어갈 말이 맞게 짝지어진 것은?

> (㉠)은 문학작품이 단순히 작가 개인의 상상력만으로 이루어진 것이 아니라 구체적인 현실을 바탕으로 하여 만들어졌다는 것을 깨닫게 해 준다. 이 관점에 의하면 작품 밖의 현실 세계가 작품 속에 (㉡)이고도 생생하게 묘사되어 있을수록 뛰어난 작품이 된다.

	㉠	㉡
①	반영론	구체적
②	효용론	주술적
③	절대론	사실적
④	표현론	과학적

해설 ① **반영론**(= 모방론) : ㉠ 작품은 작가가 살던 시대 현실을 반영, ㉡ 작품이 창작된 당시의 시대 현실의 모습을 중시하는 관점, ㉢ 거울에 비유, ㉣ 사실주의와 밀접

오답 ② **효용론**(= 수용론) : ㉠ 작품과 독자와의 관계 중시, ㉡ 작품은 독자에게 예술적 감동과 미적 쾌락을 통해 영향을 끼친다는 관점, ㉢ 작품의 어떤 부분이 독자에게 영향을 미치는지를 파악, ㉣ 수용미학과 밀접
③ **절대론**(= 구조론) : ㉠ 작품 자체의 의미를 중시, ㉡ 작품을 언어 구조의 집합체로 보고, 작가나 시대 현실 등의 언어 외적 요소를 배제하는 관점, ㉢ 작품의 자립성과 유기성을 인정하여, 작품 자체의 분석에 초점을 둠, ㉣ 작품 속에 나타난 내적 요소(표현 기법, 운율, 형식, 문체, 미적 범주, 언어)를 연구, ㉤ 형식주의, 구조주의와 밀접
④ **표현론**(= 생산론) : ㉠ 작품과 작가와의 관계 중시, ㉡ 작품은 작가의 감정이나 사상이 표현된 것으로 보는 관점, ㉢ 등불에 비유, ㉣ 작가의 생애나 사상, 정서 등을 연구, ㉤ 낭만주의와 밀접

21 에이브럼스(M. H. Abrams)가 제시한 비평 중 문학의 자율성과 관계 깊은 것은?

① 모방론
② 실용론
③ 표현론
④ 객관론

해설 작품 자체를 독립적이고 자율적인 미적 실체로 인정하려는 비평을 객관론 또는 존재론이라고 한다. 객관론은 외적 좌표로부터 분리하여 오직 작품만으로 관찰하는 이론, 즉 작품의 자율성을 인식하는 관점이다. 작품의 외적인 좌표, 즉 모방론(현실을 반영), 실용론(독자에게 감동, 교훈을 줌), 표현론(작가의 개인적 환경과 영향관계를 담음)이 있다.

정답 **20** ① **21** ④

22 다음 중 존재론에 대한 설명으로 <u>부적절한</u> 것은?

① 작품을 외적인 좌표로부터 분리하여 관찰한다.

② 작품 자체의 존재 양식에 내재하는 판단기준에 의해서만 판단하려고 한다.

③ 작품 자체를 독립적이고 자율적인 미적 실체로 인정하려는 모든 유파가 이에 속한다.

④ 시 작품의 일차적인 근원과 소재를 시인 자신의 마음의 속성과 활동들이라고 본다.

> **해설** **표현론** : 시 작품의 일차적인 근원과 소재를 시인 자신의 마음의 속성과 활동들이라고 본다.

23 다음 중 ㉠과 ㉡에 들어갈 말로 적절한 것은?

> • (㉠)은 우주의 모든 양상을 문학작품이 모방한다고 설명하는 비평 이론이다.
> • (㉡)은 작품이 독자에게 기여하는 양상에 주로 초점을 맞추는 이론이다.

	㉠	㉡
①	객관론	실용론
②	실용론	객관론
③	효용론	모방론
④	모방론	효용론

> **해설** 모방론은 문학작품이 우주의 모든 양상을 모방한다고 설명하는 비평의 이론이며, 효용론은 작품이 독자에게 기여하는 양상에 주로 초점을 맞추는 이론이다.

24 다음 중 외재적 비평에 해당하지 <u>않는</u> 것은?

① 모방론　　　　　　　　　② 존재론

③ 표현론　　　　　　　　　④ 효용론

> **해설** 웰렉(R. Wellek)은 비평 방법을 외재적 비평과 내재적 비평으로 나누었는데, 그에 의하면 모방론, 표현론, 효용론 등은 외재적 비평(extrinsic criticism)에, 존재론은 내재적 비평(intrinsic criticism)에 포함된다.

25 다음 설명과 관련된 학설은?

> 최근 유행하는 환상소설에 대해 독자가 기대하는 것이 무엇인지 분석한다.

① 모방론 ② 효용론
③ 존재론 ④ 표현론

해설 효용론은 작품이 독자에게 기여하는 양상에 주로 초점을 맞추는 이론이다. 즉, 효용론은 작품을 통해 독자가 어떤 형태로든 영향을 받는다는 것이다.

26 다음 중 옳게 연결된 것은?

① 문학과 현실 – 쾌락론 ② 문학작품 자체 – 표현론
③ 문학과 작가 – 구조론 ④ 문학과 독자 – 효용론

해설 ④ 작품과 독사 : 효용론
오답 ① 작품과 시대 상황 : 반영론
② 문학작품 자체 : 구조론
③ 작품과 작가 : 표현론
≫ 쾌락설 : 문학은 아름다움과 재미를 통해서 독자에게 흥미와 즐거움을 준다.
→ 나는 여러 사람이 즐거움을 맛볼 수 있도록 소설을 쓴다(스코트).

27 에이브럼스(M. H. Abrams)가 말한 문학의 구성요소이다. 작품 자체를 가장 중시하는 입장은?

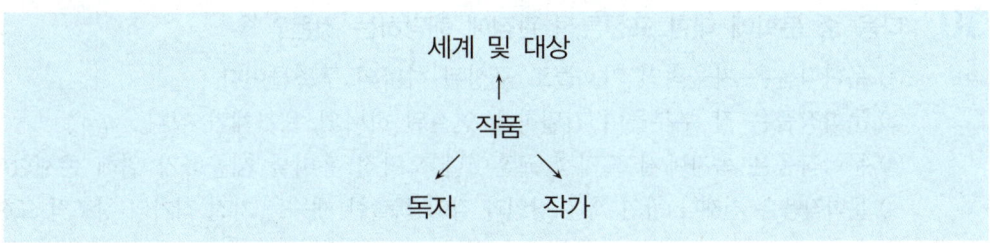

① 반영론 ② 존재론
③ 표현론 ④ 효용론

해설 작품 자체를 독립적이고 자율적인 미적 실체로 인정하려는 비평을 존재론(객관론)이라고 한다. 존재론은 작품을 외적 좌표로부터 분리하여 작품 자체만을 관찰하는 것으로 작품의 자율성을 인식하는 관점이다. 작품의 외적인 좌표를 통한 작품 비평 관점으로는 모방론(현실을 반영), 효용론(독자에게 감동, 교훈을 줌), 표현론(작가의 개인적 환경과 영향관계를 담음)이 있다.

정답 25 ② 26 ④ 27 ②

28 표현론적 관점에서 볼 때 소재가 같아도 작품이 다르게 되는 조건은?

① 작품과 현실과의 관계　　　　② 작품과 독자와의 관계
③ 작품의 존재론적 차원　　　　④ 작품과 작가와의 관계

> **해설** 표현론적 관점은 작품이 작가의 체험이나 사상, 감정 등 전기적 사실과 관련된다고 보며, 문학은 작가의 자기표현이라고 보는 관점이다.
>
> **오답** ① 반영론적 관점, ② 효용론적 관점, ③ 내재적 관점

29 다음 중 표현론에 관한 설명으로 적절한 것은?

① 문학작품은 작가의 현실 체험이 예술적으로 형상화된 것이다.
② 문학작품은 독자의 감각적, 미적, 지적 쾌락을 자극한다.
③ 문학작품은 작가의 영감, 천재성, 광기의 소산이다.
④ 문학작품은 독자의 인생에 변화를 줄 수 있는 감동을 담고 있다.

> **해설** 문학은 모방론, 표현론, 효용론, 존재론의 4가지 관점으로 구분할 수 있다.
> ①은 모방론, ②는 효용론 중 쾌락설, ④는 효용론 중 교훈설이다.

표현론	영감설	문학작품은 작가의 영감이나 천재성, 광기의 소산이다.
	장인설	문학작품은 인간의 상상력이나 후천적인 노력에 의한 것이다.

30 다음 중 문학에 대한 표현론적 관점에 해당하는 것은?

① 문학작품은 자율적인 기호들로 구성된 하나의 구조물이다.
② 문학작품은 각 부분들이 긴밀하게 연결된 하나의 유기체와 같다.
③ 문학작품은 독자에게 도덕적 교훈이나 오락적 흥미를 제공하기 위해 존재한다.
④ 문학작품은 천재나 광인 혹은 장인과 같이 특출한 재능을 가진 작가의 창조적 표현이다.

> **해설** 문학에 대한 **표현론적 관점** : 작품은 작가의 선천적 기질, 천재적인 재능, 광기 등의 영감으로부터 비롯된다는 입장으로 특출한 재능을 가진 작가의 창조적 표현이다.

31 다음 중 문학비평의 평가 기준으로 볼 수 없는 것은?

① 진실성   ② 효용성
③ 독창성   ④ 역사성

> **해설** 문학비평의 평가 기준에는 진실성, 효용성, 독창성, 복잡성, 일관성이 있다.
> ④ 역사성은 문학비평의 평가 기준에 포함되지 않는다.
>
> **오답** ① **진실성** : 우주와 작품 구조와의 관계에 초점을 맞추고 있는가, 작품 구조가 당대 사회의 변화 과정을 역동적으로 반영하고 있는가에 주목한다.
> ② **효용성** : 작품이 독자에게 미치는 영향을 기준으로 하는 것이다.
> ③ **독창성** : 작품 자체와 작가의 관계를 기준으로 하는 것이며 복잡성, 일관성은 문학작품 자체에 초점을 맞출 때 적용될 수 있는 기준이다.

32 문학작품의 평가 기준으로 적절하지 <u>않은</u> 것은?

① 진실성   ② 과학성
③ 효용성   ④ 확장성

> **해설** ② **과학성** : 문학은 현실에서 유추된 상상의 세계를 다루므로, 허구적 진실을 추구한다고 할 수 있다. 따라서 과학적으로 실험이나 입증이 가능한지, 그렇지 못한지의 여부는 문학작품의 평가 기준으로 적절하지 못하다.
>
> **오답** ① **진실성** : 작품 구조가 당대 사회의 변화 과정을 역동적으로 반영하고 있는가에 주목한다.
> ③ **효용성** : 작품이 독자에게 미치는 영향을 기준으로 하는 것이다.
> ④ **확장성** : 문학작품을 다양한 관점에서 이해하고 감상하며 평가하는 것을 의미한다.

33 작품 텍스트가 독자에게 미치는 영향에 초점을 맞출 때 적용되는 평가 기준은?

① 진실성   ② 효용성
③ 독창성   ④ 복잡성

> **해설** 문학비평의 평가 기준
> ㉠ **진실성** : 우주와 작품 구조와의 관계에 초점을 맞출 때 가치평가의 기준이 된다.
> ㉡ **효용성** : 작품이 독자에게 미치는 영향을 기준으로 하는 것이다.
> ㉢ **독창성** : 작품 자체와 작가의 관계를 기준으로 하는 것이다.
> ㉣ **복잡성·일관성** : 문학작품 자체에 초점을 맞출 때 적용될 수 있는 기준이다.

정답	31 ④	32 ②	33 ②

PART 01
PART 02
PART 03
PART 04
PART 05
PART 06
PART 07

34 다음은 형식주의·구조주의 비평가들이 많이 활용하는 것이다. 다음과 관련되어 있는 평가 기준은?

> • 좋은 플롯이다.
> • 짜임새가 있다.
> • 적합한 구성력을 갖추고 있다.
> • 조화와 균형의 하모니가 강점이다.

① 진실성   ② 효용성
③ 독창성   ④ 복잡성과 일관성

해설 복잡성과 일관성 : 조화와 균형의 상태로 될 수 있는 생동력의 바탕이 있느냐가 가치평가의 기준이다.

35 문학작품의 평가 기준 중 진실성에 대한 설명으로 <u>부적절한</u> 것은?
① 우주와 작품 구조와의 관계에 초점을 맞출 때 가치평가의 기준이 된다.
② 작품 구조가 당대 사회의 변화 과정을 역동적으로 반영하고 있는가에 주목한다.
③ 작품이 독자에게 미치는 영향을 기준으로 하는 것이다.
④ 당대 사회를 움직이는 이데올로기가 잘 반영되어 있는가를 중요하게 여긴다.

해설 효용성 : 작품이 독자에게 미치는 영향을 기준으로 하는 것이다.

36 문학비평의 평가 기준과 문학비평의 좌표를 <u>부적절하게</u> 연결시킨 것은?
① 우주와 작품 구조와의 관계에 초점을 맞출 때 – 진실성
② 작품 텍스트가 독자에게 미치는 영향에 초점을 맞출 때 – 효용성
③ 작품 자체와 작가의 관계에 초점을 맞출 때 – 독창성
④ 우주·독자·작가 모두에게 초점을 맞출 때 – 복잡성·다양성

해설 문학 자체에 초점을 맞추어 평가 기준을 삼는 것이 복잡성·다양성과 일관성의 기준이 되는 것이다.

37 역사 · 전기적 비평의 특징에 해당하지 <u>않는</u> 것은?

① 비평가는 작품의 믿을 만한 원전을 사용하고 있다는 점을 분명히 한다.

② 비평가는 작품을 '한 시대에 소속된' 것으로 보고 작품을 시대의 문화적 구성물로 파악한다.

③ 작가의 인성과 물질적 환경, 특히 검토 중인 작품의 구성에 영향을 미친 환경적 비속어 작품을 비평한다.

④ 언어의 불안정성에 초점을 맞추어 작품이 생산하는 모순된 해석들을 찾아내고 그 의미 전달의 불가능성을 탐구한다.

> **해설** ④ 해체주의 비평
> ㉠ 언어의 불안정성에 초점을 맞추어 작품이 생산하는 모순된 해석들을 찾아내고 그 의미 전달의 불가능성을 탐구한다.
> ㉡ 텍스트 내부에 존재하는 의미의 모순을 탐색한다.
> ㉢ 언어는 표현 가능한 의미를 끊임없이 흩뿌린다는 점에서 모호하고 불안정한 동시에 역동적이다.

> **오답** ① 원전의 확정 : 비평가의 최초의 작업은 믿을 만한 원전의 확인과 확정으로부터 시작된다.
> ② 문화 : 하나의 작품은 당대의 이데올로기를 반영한 소산물이므로 비평가는 문학작품의 과거성과 현재성에 관심을 갖고 작품을 시대의 문화적 구성물로 파악한다.
> ③ 언어의 규명 : 원전이 확정된 후 작품에 사용된 언어가 그 작품이 제작된 당대의 시간과 공간상의 특수한 상황에서 어떠한 기능 발휘를 했는가를 규명해야 한다.

38 비평가와 그의 저술의 연결이 옳은 것은?

① 프라이 – 『비평의 해부』(Anatomy of Criticism)

② 브룩스 – 『문학의 이론』(Theory of Literature)

③ 소쉬르 – 『잘 빚어진 항아리』(The Well Wrought Urn)

④ 윌렉 – 『일반언어학강의』(Course in General Linguistics)

> **해설** ① 프라이 – 『비평의 해부』(Anatomy of Criticism) : 장르 체계를 이론화하고 언어화

> **오답** ② 브룩스 → 워렌(A. Warren)과 웰렉(R. Wellek) – 『문학의 이론』(Theory of Literature) : 미국 신비평(new criticism)의 토대를 제공. 문학의 본질적 접근에 비본질적 접근 혼용
> ③ 소쉬르 → 브룩스 – 『잘 빚어진 항아리』(The Well Wrought Urn) : 미국 신비평(new criticism)의 기수. 시(詩)에 관한 이론서. "자신의 작업에서 모든 모호함을 제거하려고 노력하는 과학자와는 다르게, 시인은 경험을 더 잘 표현할 수 있기 때문에 그 위에서 번창한다."고 주장
> ④ 윌렉 → 소쉬르 – 『일반언어학강의』(Course in General Linguistics) : 구조주의 언어학의 아버지. 언어를 구조적 체계로 분석하는 방법론을 제시. 주요 개념은 '기호'와 '기호 체계'

> **정답** 37 ④　38 ①

39 신비평의 속성과 가장 가까운 구호는?

① "작품을 보라. 작품의 원문 자체를 음미하라."
② "환경을 보라. 작품은 환경에서 자라난다."
③ "작가를 보라. 작품은 작가의 분신이다."
④ "독자를 보라. 독자는 작가의 거울이다."

해설 ① '신비평'은 작품 생성의 사회적 배경이나 사상, 작가의 생애 따위를 배제한 채, 독립된 하나의 언어 세계로서 작품을 이해하고 그 구조 및 수법과 형태를 밝히려는 문학의 비평이므로 "작품을 보라. 작품의 원문 자체를 음미하라."가 가장 적합하다.

오답 ② **사회·문화적 비평**: 문학작품이란 작품이 쓰인 당시의 시대적 환경에 의해 그 작품의 내용, 가치관, 나아가 형식도 불가피하게 조건이 지워진다고 가정한다. → "환경을 보라. 작품은 환경에서 자라난다."
③ **심리주의 비평**: 정신분석학적 방법을 작가의 창작 심리나 문학작품의 해명에 적용하는 방법론이다. → "작가를 보라. 작품은 작가의 분신이다."
④ **수용미학 비평**: 작가의 지향 행위가 문학작품 속에 기록되는 것이며, 독자는 독자의 의식 속에서 작품을 다시 체험하였다. → "독자를 보라. 독자는 작가의 거울이다."

40 비평 방법과 그에 대한 설명의 연결이 옳지 <u>않은</u> 것은?

① 원전 비평 – 활자화되어 있는 작품의 진위 여부를 다룬다.
② 원형 비평 – 문학작품을 사회적 사건과의 복잡한 상호 관계 속에서 분석한다.
③ 신화 비평 – 신화적 모티프를 문학작품에서 찾아 그것이 어떻게 재창조되었나를 연구한다.
④ 구조주의 비평 – 현대 언어학을 모델로 하여 문학작품을 분석하고 해석한다.

해설 ② **원형 비평**: 문학작품에서 신화의 원형을 찾아내어 작가가 어떻게 재현했는지 연구하는 문학 비평 방법론이다. '신화 비평'이라고도 불리며, 복합 학문적 성격을 지니고 있다.

오답 ① **원전 비평**: 활자화된 수많은 작품 중에서 저자의 원문이나, 손상된 본문을 재구성하는 것이 목적이므로 작품의 진위 여부를 다룬다.
③ **신화 비평**: 신화의 원형을 문학작품 내에서 찾고, 작가들에 의해 어떻게 재현, 재창조되어 있는가를 연구하는 문학비평 방법론이다.
④ **구조주의 비평**: 소쉬르의 구조언어학을 모태로 하여 문학작품 속에 내재된 구조를 밝히고 이를 통해 문학작품을 분석하고 해석한다.

정답 39 ① 40 ②

41 다음 설명에 해당하는 비평 방법은?

> • 보통 20세기 초 러시아와 체코를 중심으로 발흥하였던 문학 이론을 지칭한다.
> • 이 이론에서 나온 문학의 언어적 용법에 대한 설명 중 하나가 '낯설게 하기'이다.
> • 핵심 비평가는 "우리 주변의 세계를 낯설게 하고, 지각의 자연스러운 경향을 깨뜨리는 것이 예술의 기능이다."라고 주장하였다.
> • 문학의 내용보다는 언어를 조직하는 특수한 장치에 흥미를 가졌다.

① 형식주의 비평   ② 주지주의 비평
③ 리얼리즘 비평   ④ 실증주의 비평

해설 ① **형식주의 비평**
　　ⓐ 1910년대 말부터 1920년대에 걸쳐 러시아와 1930년대 초 체코를 중심으로 번성했던 문학비평이다.
　　ⓑ 형식주의 비평에서 문학의 언어적 용법 중 대표적인 것은 '낯설게 하기'와 '난해하게 하기'이다.
　　ⓒ **쉬클로프스키** : "예술의 기능은 우리로 하여금 사물을 단순히 인지하게 한다기보다는 사물을 이해하게 하는 것이며, 우리 주변 세계를 낯설게 하고 지각 작용이 자동화되는 자연스러운 경향을 깨뜨리는 것이다."
　　ⓓ 문학의 형식적인 측면에 역점을 두었으며, 나아가 문학의 특성을 일반화하여 그 본질을 밝히고자 하였다.

오답 ② **주지주의 비평** : 지성의 우위를 중시하는 문학론이다. 현대 문명의 위기 극복과 전통적 질서의 회복을 목표로 하며, 탐미주의, 주의주의, 주정주의와 반대되는 입장이다.
③ **리얼리즘 비평** : 리얼리즘 문학을 다루는 비평으로, 리얼리즘의 정의와 특징, 작품의 해석 등을 다룬다.
④ **실증주의 비평** : 프랑스 대혁명으로 촉발된 19세기 유럽의 정치 사회적인 대혼란을 종식시키고자 제시되었으며, 신의 섭리라든가 하는 신학적이며 초월적이고 형이상학적인 것들을 배격하고 관찰이나 실험 등으로 검증이 가능한 지식만을 인정하고자 하는 태도와 방법론이다.

정답 41 ①

42 (   ) 안에 들어갈 말로 알맞은 것은?

> 시 작품에 '해'에 관한 이미지와 '달'에 관한 이미지가 담겨 있다면 우리는 이 둘이 어떻게 어울려 하나의 구조를 형성하는가에 흥미를 느낄 수도 있다. 그러나 각 이미지의 의미는 전적으로 두 이미지가 맺고 있는 관계의 문제라고 주장할 때에만 비로소 당신은 공식적인 (   )가 되는 것이다. 그 이미지들은 '실체적'인 의미를 가지는 것이 아니라 '상관적(相關的)'인 의미만을 가진다. 그것들을 설명하기 위하여 시 작품 밖으로 나가서 해와 달에 관하여 알고 있는 것을 동원할 필요는 없다. 그것들은 서로를 설명하고 규정한다.

① 모방론자   ② 구조주의자
③ 해체론자   ④ 탈식민주의자

해설 ② **구조주의 비평**(구조주의자)
　　ⓐ 근본 요소들 사이의 상호 관계 위에 정신적, 언어적, 사회적, 문화적 '구조'가 성립하며, 그 구조에서 특정 개인이나 문화의 의미가 생산된다는 관점이다.
　　ⓑ 문학작품 속에 내재된 구조를 밝히고 찾아냄으로써 그 구조적 전체 속에 이루어지는 각 요소들의 관계를 조감할 수 있게 되며, 그 결과 작품에 대한 이해를 더욱 깊게 할 수 있다고 주장한다. 구조주의 비평의 핵심 개념은 비유와 상징이다.
　　ⓒ 1960년대 들어서면서 소쉬르의 방법과 통찰을 문학에 적용하려고 시도하면서 번성하였다.
　　ⓓ 의미 체계는 상호 관련성을 가진 자족적인 구조로 이루어졌다고 보았다.

오답 ① **모방론자** : 예술을 외부 대상의 외관이나 본질을 모방하거나 재현하는 활동이라고 보는 사람들이다.
③ **해체론자** : 텍스트(text)가 갖는 다중성이나 미비점 등의 불완정성으로 야기되는 의미의 왜곡과 재해석의 충돌 등을 부정적으로 바라보는 것이 아니라 긍정적인 측면에서 텍스트(text)의 분해와 재조립이라는 순기능적인 과정의 재해석을 통해 다양한 사실의 공존을 시도하였다.
④ **탈식민주의자** : 식민주의와 제국주의를 비롯한 정치적 상황에서 벗어나려는 일련의 사상·문학적 운동을 총칭하는 단어이다.

정답　**42** ②

43 다음 설명과 관련 있는 비평 방법은?

> 부왕 살해에 대한 복수의 책임을 지고 있는 햄릿이 왜 그 책임을 회피하고자 하는가에 대하여 다음처럼 분석할 수 있다. 햄릿은 어머니에 대한 애정이 과도하여 평상시에 아버지에 대해서도 질투를 느낄 정도였다. 그러므로 부왕의 죽음은 햄릿의 유아기적이고도 은밀한 소원으로 억눌려 있다가 이제 그 내밀한 욕구가 성취된 셈이다. 그것도 자신과 아주 가까운 숙부에 의하여 이루진 것이다. 그러나 만족감을 누릴 사이도 없이 그 살해자와 모친과 결합함으로써 또다시 경쟁자로 등장한다. 그리하여 그를 증오할 수는 있지만 부왕 살해라는 숙부의 행위에 내적으로 동조한 혐의가 있으니 주저하고 있는 것이다.

① 사회문화 비평　　　　　　　　② 행동주의 비평
③ 심리주의 비평　　　　　　　　④ 독자반응 비평

해설 ③ **심리주의 비평** : 정신분석학적 방법을 작가의 창작 심리나 문학작품의 해명에 적용하는 방법론이다. '프로이트'는 인간의 심리구조를 '이드(Id), 에고(Ego), 슈퍼에고(Superego)'로 규정하고 '오이디푸스 콤플렉스'를 주창하였다.

오답 ① **사회문화 비평** : 문학과 사회의 관계에 깊은 관심을 갖는 방법론으로, 문학작품이란 작품이 쓰인 당시의 시대적 환경에 의해 그 작품의 내용, 가치관, 나아가 형식도 불가피하게 조건이 지워진다고 가정한다.
② **행동주의 비평** : 관찰과 예측이 가능한 행동들을 통해 인간이나 동물의 심리를 객관적으로 연구할 수 있다고 보는 심리학 이론이다. 행동주의는 '자극 → 반응'이라는 틀을 기반으로 한다.
④ **독자반응 비평** : 문학 연구에 있어서 독자의 독서 행위와 역할을 강조하는 해석 방법이다.

44 사회·문화적 비평의 한계로 옳은 것은?
① 경직된 목적의식으로 관념에 사로잡힐 수 있다.
② 공시적 관점에 주목하여 역사적 변화를 도외시할 수 있다.
③ 문체, 이미지, 상징 등에 대한 이해와 설명이 부족할 수 있다.
④ 심층 심리에 지나치게 관심을 둠으로써 과도한 해석을 할 수 있다.

해설 사회·문화적 비평은 문학과 사회의 관계에 깊은 관심을 갖는 방법론으로 사회적 여건이 작가에게 결정적인 영향을 미친다는 입장이다.
③ 문학작품과 시대 상황, 사회현실과의 관련성에 초점을 두기 때문에 역사적 인식에 바탕을 두고 있는 것이 장점이다. 그러나 문체, 이미지, 상징 등에 대한 이해와 설명이 부족하거나 작품 수용의 이해와 설명을 등한시한다는 한계가 있다.

오답 ① 마르크스주의 비평의 한계
② 구조주의 비평의 한계
④ 심리주의 비평의 한계

정답 43 ③　　44 ③

45 (   ) 안에 공통으로 들어갈 말로 알맞은 것은?

> • 문학의 역사와 현실의 관계를 중요시하는 태도에 기초한다.
> • 그리고 한 문학작품의 출현을 역사적 사건처럼 취급하는 데에서 시작된다.
> • 문학의 기원, 특정한 문학의 갈래 발생, 문학의 시대적 변천은 (   )의 중요한 관심사
> 이다. (   )에서는 문학의 사회·역사적인 의미와 가치를 추출하는 것이 중요하다.

① 신비평   ② 구조주의 비평
③ 원형 비평   ④ 역사주의 비평

해설 ④ **역사주의 비평** : 문학작품을 특정 시대의 역사적 산물로 보고, 작품 속에는 그 시대의 상황과
         작자의 의도가 고스란히 반영된 것으로 작품을 이해하고 평가하려는 방법

오답 ① **신비평** : 1941년 랜섬(J. C. Ransom)의 『신비평』을 통해 구체적으로 방향이 드러나기 시작.
         한 작품 속에 내재한 구성 요소들의 복잡한 상호 관계를 자세하고 정교하게 분석(정독 중시).
         말의 함축적·연상적 의미와 비유적 언어의 다양한 기능인 상징·은유·이미지를 특별히 강
         조. 랜섬, 앨런 테이트, 리차즈 등
      ② **구조주의 비평** : 1950년대 이후 주로 프랑스를 중심으로 현대 언어학의 이론 모형을 적용하여
         문학작품을 엄밀하게 분석하는 비평가들의 활동. 문학작품 속에 내재된 구조를 밝히고 찾아냄
         으로써 그 구조적 전체 속에 이루어지는 각 요소들의 관계를 조감할 수 있게 되며, 그 결과
         작품에 대한 이해를 더욱 깊게 할 수 있다고 주장. 소쉬르, 피아제, 레비스트로스, 야콥슨 등
      ③ **원형 비평** : 신화의 체계가 문학작품에 하나의 원형의 패턴으로 존재한다. 문학 안의 원형적
         패턴들을 밝혀 놓고 이 패턴들이 문학작품의 형태, 본체 그리고 효과에 어떻게 관계되는가를
         밝히는 것이 목적. 프레이저(J. G. Frazer), 말리노프스키(B. K. Malinowski), 융(C. G. Jung) 등

46 (   ) 안에 공통으로 들어갈 말로 알맞은 것은?

> 형식주의 비평가들은 사물에 대한 관습적 반응과 새로운 지각, 사물에 대한 기계적 인식
> 과 발견 사이의 대립에 기초해서 (   )을/를 처음으로 제시하였다. (   )은/는 예
> 술이 삶과 경험에 대한 인간의 감각을 새롭게 한다는 힘으로부터 출발한다.

① 낯설게 하기   ② 무의식의 세계
③ 의식의 흐름   ④ 구조적 상동성

해설 ① **낯설게 하기** : 쉬클로프스키. 예술의 기능은 우리로 하여금 사물을 단순히 인지하게 한다기보
         다는 사물을 이해하게 하는 것이며, 우리 주변 세계를 낯설게 하고 지각작용이 자동화되는
         자연스러운 경향을 깨뜨리는 것이다.
      » **난해하게 하기** : 이야기를 미학적 목적을 위해 일부러 어렵게 하거나 방해하는 방법들을
         의미한다.

정답 **45** ④   **46** ①

오답 　② **무의식의 세계** : 심리주의 비평. 프로이트 정신분석학 이후 발달. 내면 세계(무의식)를 분석
　③ **의식의 흐름** : 심리주의 비평. 소설 속 인물의 파편적이고 무질서하며 잡다한 의식 세계를 자유로운 연상 작용을 통해 가감 없이 그려내는 방법
　④ **구조적 상동성** : 모더니즘 시 이론

47 다음 핵심어와 관련 있는 비평 방법은?

> 프로이트, 라캉, 꿈, 무의식, 자아, 초자아, 이드, 욕망, 상상계, 상징계

① 원형 비평　　　　　　　　　② 심리주의 비평
③ 구조주의 비평　　　　　　　④ 사회・문화적 비평

해설　**심리주의 비평**
　㉠ 1895년 프로이트(S. Freud)의 '정신분석'이 배경
　㉡ 정신질환은 잠재의식, 즉 무의식 속의 콤플렉스에 기인
　㉢ 콤플렉스를 발견하기 위해 대화, 연상, 꿈의 분석 등의 방법을 사용
　㉣ 인간의 심리구조 : 이드(Id), 에고(Ego), 슈퍼에고(Superego)
　㉤ 라캉 : 프로이트의 정신분석학에 구조주의 언어학을 더하여 연구. 상상계, 상징계, 실재계의 세계관

48 다음은 이육사의 「광야」에 대한 비평이다. 이 설명이 속하는 비평은?

> • 백마 탄 초인에게서 강력한 부상(父像)이나 옛 신령들인 혁거세 왕을 연상한다.
> • 광야는 이러한 대부신에게 바치는 초혼으로 간주한다.

① 신비평　　　　　　　　　　② 신화・원형 비평
③ 구조주의 비평　　　　　　　④ 전기 비평

해설　② **신화・원형 비평** : 신화의 체계가 문학작품에 하나의 원형의 패턴으로 존재한다고 믿는 것에서 비롯된 비평론으로 문학 안의 원형적 패턴들을 밝혀 놓고 이 패턴들이 문학작품의 형태, 본체 그리고 효과에 어떻게 관계되는가를 밝히는 것을 목적으로 한다.

오답　① **신비평** : 기존의 실증주의적인 문학 연구의 한계를 지적하고 문학작품, 특히 시 작품 자체만을 분석하고 평가하는 비평 이론이다. 정치적・사회적 영향들, 관념사, 사회적 배경, 또는 원천에 대한 연구로부터 구별된 것으로 문학을 인식하고 문학의 구조를 파헤친다.
　③ **구조주의 비평** : 문학작품 속에 내재된 구조를 밝히고 찾아냄으로써 그 구조적 전체 속에 이루어지는 각 요소들의 관계를 조감할 수 있게 되며, 그 결과 작품에 대한 이해를 높일 수 있다고 본다.
　④ **전기 비평** : 작품을 해석, 평가하는 데 있어서 작자와 작품을 떼어서 보지 않고 작가의 성장 과정이나 교육 정도, 교우 관계, 종교 관계, 일상적인 버릇 등에 걸친 일련의 전기적 자료를 조사하여 작품 해설과 평가에 적용하는 비평 방법이다.

정답　**47** ②　　**48** ②

49 다음 설명에 해당하는 비평으로 맞는 것은?

> 고전 작품이나 문헌 따위에서 하나의 내용을 담고 있는 여러 가지 문서나 책이 있는 경우, 서로 틀리고 맞는 부분을 비판하고 연구하여 올바른 본문을 정하는 일

① 신비평　　　　　　　　　　② 원전 비평
③ 구조주의 비평　　　　　　　④ 전기 비평

해설 원전 비평
　　㉠ 일명 원본비평(原本批評)이라고 불리는 실증주의적이며 서지학적인 성격을 띤 비평 방법이다.
　　㉡ 한 작가의 텍스트를 본래의 순수성을 회복하는 한편, 판을 거듭함에 따라 생기는 와전으로부터 그 순수성을 보존하려는 것이 목표이다.
　　㉢ 작가가 써낸 원본에서 손상된 대목이나 오류를 최소로 줄이고 또는 원작대로 복원하는 비평 활동을 가리킨다.

50 다음 설명과 관계 깊은 비평 이론은 무엇인가?

> 문학작품 전체를 구성하고 있는 부분들을 세밀히 알고자 하며, 부분과 전체의 관계를 통해서 작품의 미적인 구조와 언어적 특성을 밝히고자 하는 비평 방법이다. 문학성, 낯설게 하기, 균형과 대비 등을 핵심 개념으로 삼는다. 대표적인 학자로 로만 야콥슨, 빅토르 쉬클로프스키 등이 있다.

① 역사·전기적 비평　　　　　② 형식주의 비평
③ 구조주의 비평　　　　　　　④ 사회·문화적 비평

해설 ② 형식주의 비평
　　㉠ 문학작품 전체를 구성하고 있는 부분들을 세밀히 알고자 하며, 부분과 전체의 관계를 통해서 작품의 미적인 구조와 언어적 특성을 밝히고자 하는 비평이다.
　　㉡ 문학성(야콥슨), 낯설게 하기, 균형과 대비(쉬클로프스키)
　　㉢ 로만 야콥슨, 빅토르 쉬클로프스키

오답 ① **역사·전기적 비평** : 문학작품을 특정 시대의 역사적 산물로 보고, 작품 속에는 그 시대의 상황과 작가의 의도가 고스란히 반영된 것으로 작품을 이해하고 평가하려는 방법이다.
③ **구조주의 비평**
　　㉠ 현대 언어학의 이론 모형을 적용하여 문학작품을 엄밀하게 분석하는 비평가들의 활동을 말한다.
　　㉡ 1960년대 들어서면서 소쉬르의 방법과 통찰을 문학에 적용하려고 시도하면서 번성하였다.
　　㉢ 문학작품 속에 내재된 구조를 밝히고 찾아냄으로써 그 구조적 전체 속에 이루어지는 각 요소들의 관계를 조감할 수 있게 되며, 그 결과 작품에 대한 이해를 더욱 깊게 할 수 있다고 주장하였다.
　　㉣ 소쉬르, 피아제, 레비스트로스, 야콥슨 등

정답 49 ② 　50 ②

④ 사회·문화적 비평
  ㉠ 문학과 사회의 관계에 깊은 관심을 갖는 방법론이다.
  ㉡ 사회적 여건이 작가에게 결정적인 영향을 미친다는 입장이다.
  ㉢ 작가는 자신의 계급 내지 지위, 이데올로기, 직업의 경제적 조건, 대상으로 삼는 독자층에 의해 결정된다고 본다.
  ㉣ 마르크스, 테느, 골드만

51 다음의 비평 방법은 무엇인가?

- 서지·주석적 비평을 포괄하는 개념이다.
- 작품 속에는 그 시대의 상황과 작자의 의도가 고스란히 반영된 것으로 작품을 이해하고 평가하려는 방법이다.

① 구조주의 비평 ② 심리주의 비평
③ 현상학적 비평 ④ 역사·전기적 비평

해설 ④ 역사·전기적 비평
  ㉠ 역사주의 비평과 전기적 비평의 합성어이다.
  ㉡ 서지·주석적 비평을 포괄하는 개념이다.
  ㉢ 문학작품을 특정 시대의 역사적 산물로 보고, 작품 속에는 그 시대의 상황과 작자의 의도가 고스란히 반영된 것으로 작품을 이해하고 평가하려는 방법이다.

오답 ② 심리주의 비평
  ㉠ 프로이트의 정신분석학적 방법을 작가의 창작 심리나 문학작품의 해명에 적용하는 방법론이다.
  ㉡ 심리 소설이 생산되는 밑거름이 된다.
  ㉢ 조이스의 『율리시즈』(1922), 울프의 『댈러웨이 부인』(1925), 포크너의 『음향과 분노』(1929), 이상의 「날개」(1936) 등
③ 현상학적 비평
  ㉠ 현상학의 개념과 방법을 근거로 하여 예술작품을 분석하는 유형의 비평이다.
  ㉡ 독일의 철학자 훗설(E. Husserl)이 대표적이다.
  ㉢ 종래의 관념론과 경험론의 한계를 극복하려 했다.

52 다음 중 비평론의 입장이 <u>다른</u> 하나는?

> ⓐ 신뢰할 수 있는 원본의 확인과 확정 작업이 필요하다.
> ⓑ 작품 속의 언어가 작품 구조 속에서 어떠한 기능을 하는지 파악해야 한다.
> ⓒ 작품이 독자나 다른 작가에게 미친 영향관계를 의미한다.
> ⓓ 문맥적 비평, 본질적 비평이라고도 한다.

① ⓐ　　　　　　　② ⓑ　　　　　　　③ ⓒ　　　　　　　④ ⓓ

해설　ⓓ 형식주의 비평(문맥적 비평, 본질적 비평)

오답　ⓐ, ⓑ, ⓒ 역사ㆍ전기적 비평

53 다음 글과 같이 문학작품을 해석하는 비평 방법론은?

> 「심청전」은 심청의 효심과 아버지의 눈뜸이라는 모티브를 활용한 이야기이다. 이야기가 전개되면서 여러 가지 고행을 수행하는 동안 심청은 구걸, 효친(孝親) 이외에 자기 희생이라는 종교적 시련을 겪고, 현실에 환생한다. 그리고 이 결정적인 시련이 바다라는 자연 안에서 치러졌다는 것은 매우 상징적이다. 땅과 바다에서 자신의 성스러운 탐색을 수행한 심청은 연꽃에 싸여 환생한다. 동물적인 차원과 식물적 속성이 심청에게 합일되는 것이다. 이런 과정을 겪었기에 왕비가 된 심청은 대모(大母)의 상을 획득한다.

① 현상학적 비평　　　　　　　　　② 구조주의 비평
③ 독자반응 비평　　　　　　　　　④ 신화ㆍ원형 비평

해설　④ **신화ㆍ원형 비평** : 문학작품에서 신화의 원형을 찾아내고, 그것이 어떻게 재현되었는가를 탐구하는 비평이다.
　　ㄱ '시련이 바다라는 자연 안에서 치러졌다', '땅과 바다에서 자신의 성스러운 탐색을 수행', '동물적인 차원과 식물적 속성이 심청에게 합일되는 것', '왕비가 된 심청은 대모(大母)의 상을 획득한다' 등의 내용에서 신화ㆍ원형 비평과 관련된 것임을 알 수 있다.
　　ㄴ '대모'의 사전적 의미는 '특정한 분야나 단체에서 권위가 있고 영향력이 큰 여자'를 말하는데, 신화 속에서는 이야기의 주인공인 '신' 또는 '신적 존재'를 가리킨다. 즉, 심청이 신화적 원형에 해당하는 인물임을 부각하고 있는 것이다.

오답　① **현상학적 비평**
　　ㄱ 현상학의 개념과 방법을 근거로 하여 예술작품을 분석하는 유형의 비평이다.
　　ㄴ 텍스트 밖에 있는 어떤 것으로부터도 전적으로 영향을 받지 않는 완전히 '내재적인' 읽기를 지향한다.
　　③ **독자반응 비평** : 문학 텍스트 이해란, 이것을 읽고 소화시키는 '독자의 반응'에 의해서 이루어지고, 텍스트의 의미 내용은 이에 대한 독자의 반응들이 모인 집합체로서, 이를 근거로 작품 평가까지도 이루어지는 것을 의미한다.

정답　**52** ④　　**53** ④

54 다음 설명에 해당하는 것은?

- 믿을 만한 원전을 확정하는 작업으로부터 비평을 시작한다.
- 작가의 생애와 외적 환경들, 특히 작가의 창작 과정에 영향을 미친 것에 비추어 작품을 정밀하게 탐구한다.
- 작품에 사용된 언어가 그 작품이 창작된 특정한 시간과 공간에서 지녔던 특수한 의미를 설명하기 위하여 적절한 기록과 사실을 찾는다.

① 신화 비평   ② 심리주의 비평
③ 구조주의 비평   ④ 역사·전기적 비평

해설 ④ **역사·전기적 비평** : 문학작품을 특정 시대의 역사적 산물로 보고, 작품 속에는 그 시대의 상황과 작자의 의도가 고스란히 반영된 것으로 작품을 이해하고 평가하려는 방법이다.
　　 » **그레브스타인**(S. N. Grebstein) : 역사·전기적 비평의 6요소를 제시하였다.
　　　 ㉠ 신뢰할 수 있는 원전(原典, text)의 확정
　　　 ㉡ 작품에 사용된 언어의 의미와 기능 규명
　　　 ㉢ 작가의 생애와 사상에 대한 전기적 연구
　　　 ㉣ 명성과 영향(작품이 독자나 다른 작가에게 미친 영향관계)
　　　 ㉤ 문화(문학작품에 반영된 당대 문화의 시대정신)
　　　 ㉥ 문학적 관습(문학작품이 형성한 전통과 관례)

오답 ① **신화 비평** : 문학 안의 원형적 패턴들을 밝혀놓고 이 패턴들이 문학작품의 형태, 본체 그리고 효과에 어떻게 관계되는가를 밝히는 비평이다.
　　 ② **심리주의 비평** : 정신분석학적 방법을 작가의 창작 심리나 문학작품의 해명에 적용하는 비평이다.
　　 ③ **구조주의 비평** : 문학작품 속에 내재된 구조를 밝히고 찾아냄으로써 그 구조적 전체 속에 이루어지는 각 요소들의 관계를 조감하는 비평이다.

55 심리주의 비평가의 작업에 대한 설명으로 옳지 <u>않은</u> 것은?

① 작품이 독자를 매료하는 비밀을 추적한다.
② 표면적 진술 이면에 숨어 있는 여러 층의 잠재적 의미를 포착한다.
③ 시간과 공간을 뛰어넘어 발현되는 보편적인 상징에 기대어 작품을 해석한다.
④ 작품을 작가의 정신의 반영과 투사로 다루기 위하여 정신분석학의 방법을 사용한다.

해설 ③ 구조주의 비평에 대한 설명이다. '비유와 상징'은 구조주의 비평의 핵심이다.
　　 » **심리주의 비평**
　　　 ㉠ 작품 속에 반영되어 있는 작가의 심리나 무의식의 흐름을 심리학적으로 추정하는 비평의 방법이다.

정답 **54** ④   **55** ③

ⓛ 작가의 창작 심리, 작품의 심리적 분석, 독자에 대한 심리적 영향 등에 대한 연구는 심리주의적 비평에서 아주 중요하다.
ⓒ 정신분석학적 방법을 활용한다.

56 작가의 죽음과 독자의 탄생을 주장한 비평가는?

① 바르트(Barthes)
② 야콥슨(Jakobson)
③ 제임슨(Jameson)
④ 리처즈(Richards)

해설 **롤랑 바르트**(R. Barthes)
　ⓐ 구조주의 비평의 이론가이다.
　ⓑ **'작자의 죽음'과 '독자의 탄생'** : 글은 시대의 산물이므로, 독자는 저자의 의도를 파악하고 그를 이해할 필요가 없다. 글이 작가의 손을 떠나는 순간 작가는 자신의 작품 해석에 관여할 수 없기 때문에, 독자의 탄생이 시작된다.
　ⓒ 언어학에서 사용되는 구조분석의 방법론을 이야기 연구에 사용하였다.

57 (   ) 안에 들어갈 말로 알맞은 것은?

- 융(C. Jung)이 『원형과 집단무의식』에서 우리의 정신 과정을 분류하기 위하여 사용한 용어로, 생명과 정열의 근원을 뜻하며 문학작품 속에서는 선(善)이나 활력(活力)과 연관된다.
- 이 중 (㉠   )는 남성의 무의식 내에 들어있는 여성적 요소를 지칭하고, (㉡   )는 여성의 무의식에 자리한 남성적 요소를 지칭한다.

	㉠	㉡
①	페르소나(persona)	섀도(shadow)
②	섀도(shadow)	페르소나(persona)
③	아니마(anima)	아니무스(animus)
④	아니무스(animus)	아니마(anima)

해설 신화 비평가인 융(C. Jung)의 『원형과 집단무의식』에서 나오는 용어의 개념이다.
　㉠ **아니마**(anima) : 원형은 남성적인 정신에서의 여성적인 측면
　㉡ **아니무스**(animus) : 원형은 여성적인 정신에서의 남성적인 측면
오답
- **페르소나**(persona) : 개인이 공적으로 보이는 탈 내지는 겉보기이다.
- **섀도**(shadow) : 모든 원형들 중 인간의 기본적인 동물적 본성(악마 이미지)이다.

정답 **56** ① **57** ③

58 '낯설게 하기'에 대한 설명으로 옳지 <u>않은</u> 것은?

① 형식주의 비평에서 제시한 개념이다.

② 사물에 대한 관습적 반응과 대립된다.

③ 문학이 인간의 감각을 새롭게 한다고 본다.

④ 문학의 내용과 형식 중 형식에만 적용된다.

> **해설** ④ 문학의 내용과 형식은 서로 분리될 수 없고, 형식의 새로움은 지금까지 기계적으로 지각되었기 때문에 '낯설게 하기'는 문학의 내용과 형식 모두 적용된다.

> **오답** ① '낯설게 하기'는 러시아의 형식주의 비평가인 빅토르 쉬클로프스키가 제시한 용어이다.
> ② '낯설게 하기'는 사물에 대해 자동적이며 습관화된 틀 속에 갇혀 일상화되어 있는 관습적 반응과는 대립되는 개념이다.
> ③ '낯설게 하기'는 자동화된 일상적 인식의 틀을 깨고 낯설게 하여 사물에게 본래의 모습을 찾아 주는 것이다.

59 다음 설명에 해당하는 문학비평 방법은?

> 이광수의 장편소설 「무정」은 20세기 초반의 한국 사회를 배경으로 그 시대 한국인의 삶을 보여 준다. 한용운의 시집 『님의 침묵』은 일제 강점기의 암울한 현실 속에서 절대적인 존재로서의 시적 대상인 '님'을 노래함으로써, 일제 강점기 한국인의 정서를 대변하고 있다. 이처럼 문학은 시대적 조건과 역사적 상황을 떠나서는 이해할 수 없다.

① 역사주의 비평   ② 형식주의 비평

③ 구조주의 비평   ④ 심리주의 비평

> **해설** '시대적 조건과 역사적 상황'에 초점을 둔다.
> ① **역사주의 비평** : 작품이 만들어진 시대의 역사적 사실 및 사회적 상황, 작가 등을 기준으로 작품을 평가하려는 비평이다.

정답   **58** ④   **59** ①

PART 04 비평론 **235**

60 다음 설명에 해당하는 문학 비평 방법은?

> 비극 「오이디푸스 왕」에서 주인공 오이디푸스는 아버지를 살해하고 어머니와 결혼하게 될 것이라는 운명이 주어진다. 그 예언이 들어맞지 않도록 하기 위하여 갖은 노력을 했음에도 예언은 그대로 실현된다. 이 이야기의 핵심은 보편적인 인간의 체험이라고 할 수 있는데 여기서 우리는 '오이디푸스 콤플렉스'라는 보편적 감정의 복합체와 만나게 된다.

① 구조주의 비평 ② 심리주의 비평
③ 현상학적 비평 ④ 사회·문화적 비평

해설 '오이디푸스 콤플렉스'에 초점을 둔다. '오이디푸스 콤플렉스'는 오스트리아의 정신과 의사인 프로이트가 주장한 개념으로, 아들이 동성인 아버지에게는 적대적이지만 이성인 어머니에게는 호의적이며 무의식적으로 성(性)적 애착을 가지는 복합 감정을 말한다.
② **심리주의 비평** : 문학의 창작 심리와 작품 속의 인물이나 사상, 상징 등을 정신분석학적 방법으로 해명한 비평 방법이다.

오답 ① **구조주의 비평** : 문학작품을 특별한 언어 구조의 한 형식으로 파악하여, 작품에 내재한 고유한 '구조'를 밝히려는 비평이다.
③ **현상학적 비평** : '현상학은 현상을 그 자체로만 바라보며, 그 이면의 진실은 배제하는 방법론이다. 현상학적 비평은 텍스트 밖에 있는 어떤 것으로부터도 전적으로 영향을 받지 않는 완전히 '내재적인' 읽기를 지향한다.
④ **사회·문화적 비평** : 문학작품을 특정 사회와 문화의 산물로 보고, 작품이 그 사회와 문화의 총체성(모순)을 어떻게 반영하였는지 탐구하는 비평이다.

61 역사·전기비평의 선행 작업으로 볼 수 <u>없는</u> 것은?
① 작가에 대한 연구
② 작품의 사회적 배경에 대한 연구
③ 작품 텍스트 자체에 대한 연구
④ 작품 텍스트의 존재가치 등에 대한 규명

해설 **역사·전기 비평의 선행 작업** : 작가에 대한 연구, 해당 작가와 같은 시대의 다른 작가와의 관련성 여부에 대한 연구, 작품의 사회적 배경에 대한 연구, 역사적 배경에 대한 연구, 작품 텍스트의 존재가치 등에 대한 규명이다.

정답 **60** ② **61** ③

62 다음에서 설명하는 비평 방법으로 옳은 것은?

> 작품 원전의 확정, 사용된 언어의 의미 규명, 작가의 생애에 대한 탐구를 목표로 한 문학 비평의 방법이다.

① 재단 비평   ② 원형 비평
③ 심리주의 비평   ④ 역사・전기 비평

> **해설** 역사・전기 비평 : 문학작품을 특정 시대의 역사적 산물로 보고, 작품 속에는 그 시대의 상황과 작자의 의도가 고스란히 반영된 것으로 작품을 이해하고 평가하려는 방법이다. 원전(原典, text)의 확정, 작품에 사용된 언어의 의미 규명, 작자의 생애와 사상에 대한 전기적 연구, 작품을 낳게 한 시대의 역사적 조건 규명, 작자와 작품의 상호 관련성 탐구 등을 특징으로 한다.

63 역사・전기 비평의 한계로 볼 수 없는 것은?

① 작품 생산의 원천에 관한 치밀한 조사가 오히려 수단과 목적의 혼동을 야기한다.
② 작품에 대한 지식을 너무 많이 쌓다 보니 작품 자체에 대해서는 소홀하게 된다.
③ 비평 방법이 너무 작품의 과거성에만 집착하여 작품의 현재성을 소홀히 한다.
④ 개별 작품에 대한 통시적 안목을 넓힐 수 없다.

> **해설** 역사・전기 비평은 오히려 개별 작품에 대한 통시적 안목을 넓히기가 용이하다.

64 다음에서 소개하고 있는 비평론에 해당하는 것은?

> • 러시아 형식주의, 신비평, 신아리스토텔레스학파, 블랙머, 윈터스 등을 모두 포함하는 개념이다.
> • 1920년대에 발생, 1930년대에 득세, 1940년대와 1950년대 초엽에 절정을 이룬다.
> • 신비평이라는 용어와 혼동을 일으키는 경우가 많다.
> • 형식적 방법의 원리가 문학 연구라는 과학을 구체화하고 특수화하는 원리라고 주장한다.
> • 텍스트 자체를 고유한 자율적 존재를 가진 객관적 의미구조로 파악한다.

① 형식주의 비평   ② 구조주의 비평
③ 심리주의 비평   ④ 신화 비평

> **해설** 1920년대에 발생하여 1930년대에 득세하고 1940년대와 1950년대 초엽에 절정을 이룬 비평론은 형식주의 비평이다.

정답 62 ④   63 ④   64 ①

65 쉬클로프스키의 '난해하게 하기'의 방법에 속하지 <u>않는</u> 것은?

① 어려운 단어들과 구문의 사용 　　　② 전통적인 운율상의 관례로부터 이탈
③ 은유와 비유 　　　　　　　　　　 ④ 지연

> **해설**　은유와 비유는 낯익은 것을 낯설게 하기 위해 사용되었다.

66 러시아 형식주의 비평가인 쉬클로프스키가 내세운 이론으로 '지각 작용이 자동화되는 자연스러운 경향을 깨뜨리는 것'을 의미하는 것은?

① 언어의 규명 　　　　　　　　　　 ② 지평의 전환
③ 난해하게 하기 　　　　　　　　　 ④ 낯설게 하기

> **해설**　① **언어의 규명** : 그레브스타인의 역사적·전기적 비평의 6가지 주요 요소 중 하나로, 작품의 '해석'보다는 '해설'에 주력하여 작품에 사용된 언어가 그 작품이 제작된 당시의 시·공간상의 특수상황에서 어떠한 기능을 발휘했는가를 밝히는 것을 말한다.
> ② **지평의 전환** : 새로운 작품이 독자에게 수용될지를 결정하는 것을 의미한다. 새로운 작품이 일단 이루어져 있는 경험을 부정하거나 의식화함으로써 지평의 전환이 초래된다.
> ③ **난해하게 하기** : 이야기를 미학적 목적을 위해 일부러 어렵게 하거나 방해하는 방법을 말한다.

67 다음 내용에 해당하는 문학비평의 방법은?

> • 문학성, 낯설게 하기, 균형과 대비 등을 핵심 개념으로 삼는다.
> • 대표적인 학자로 로만 야콥슨, 빅토르 쉬클로프스키 등이 있다.

① 현상학적 비평 　　　　　　　　　 ② 심리주의 비평
③ 형식주의 비평 　　　　　　　　　 ④ 사회·문화적 비평

> **해설**　형식주의 비평은 문학작품 전체를 구성하고 있는 부분들을 세밀히 알고자 하며, 부분과 전체의 관계를 통해서 작품의 미적인 구조와 언어적 특성을 밝히고자 하는 비평 방법이다. 러시아 형식주의, 신비평, 신아리스토텔레스학파, 블랙머, 윈터스 등을 모두 포함하는 개념으로 문학성, 낯설게 하기, 균형과 대비 등을 핵심 개념으로 삼는다. 대표적인 학자로 로만 야콥슨, 빅토르 쉬클로프스키 등이 있다.

68 **형식주의 비평의 한계로 볼 수 없는 것은?**

① 작품 텍스트 분석 및 문학작품의 정확한 이해에 주력했다.

② 시인의 개인적인 상황, 시대적인 배경 등을 무시했다.

③ 문학작품의 자리를 작자 쪽이 아니라 독자 쪽에 두었다.

④ 문학작품이 반영한 그 당대 사회의 시대정신을 무시했다.

해설 작품 텍스트 분석 및 문학작품의 정확한 이해에 주력한 점은 형식주의 비평의 장점이다. 형식주의 비평은 어떤 작품에 대해 많은 관심을 할애할 때에도 언어, 이미지, 서술 방법과 같은 특정한 문제만을 강조했을 뿐 그 밖의 점은 도외시하였다는 한계도 갖고 있다.

69 **다음 중 구조주의 비평의 핵심 개념은?**

① 긴장과 이완

② 의식과 무의식

③ 비유와 상징

④ 기표와 기의

해설 구조주의 비평은 문학작품을 그 내적 구성 요소들과 그 상호 관계의 분석을 통해서 어떤 구성 원리나 규칙의 지배를 받고 어떤 체계에 의해 의미 작용이 일어나고 있으며, 그것이 세계와 우주 속에 있는 어떤 구조와 동질성을 띠고 있는지 밝히고자 한다. 구조주의 비평의 핵심 개념은 비유와 상징이다.

70 **다음 내용이 설명하고 있는 비평 방법론은?**

이 방법론은 개별 텍스트의 의미를 해석하거나 주어진 텍스트가 좋은 문학작품인지 아 닌지를 가리려고 하지 않는다. 해석하고 작품의 질을 평가하는 문제는 표면현상의 영역 이자 파롤의 영역이다. 이 방법론은 문학 텍스트들의 랑그, 그 텍스트들로 하여금 의미 를 갖게끔 만드는 구조를 탐색한다. 왜냐하면 문학의 기본 요소들을 식별하고 결합시키 는 규칙들을 바로 그 구조가 지배하기 때문이다.

① 실증주의 비평

② 형식주의 비평

③ 구조주의 비평

④ 리얼리즘 비평

해설 문학비평의 방법론에는 역사·전기적 비평, 형식주의 비평, 구조주의 비평, 사회·문화적 비평, 심리주의 비평, 신화·원형 비평 등이 있다.

③ 구조주의 비평은 문학작품 속에 내재된 구조를 밝히고 찾아냄으로써 그 구조적 전체 속에 이루어지는 각 요소들의 관계를 조감할 수 있게 되며, 그 결과 작품에 대한 이해를 더욱 깊게 할 수 있다고 주장한다.

정답 68 ① 69 ③ 70 ③

71 구조주의 비평의 한계로 볼 수 <u>없는</u> 것은?

① 비평이 가치평가의 차원이라면, 구조주의 비평은 비평이 아니라 하나의 방법론에 머물고 있다.

② 공시적 관점에 치중하고 있기 때문에 역사적 변화를 도외시하고 있다.

③ 작품 수용의 이해와 설명을 등한시하였다.

④ 문학의 질을 형성하고 있는 모든 특수한 것들을 소홀히 다룬다.

> **해설** 사회 · 문화적 비평 : 작품 수용의 이해와 설명을 등한시한다.

72 다음과 관련된 비평가는?

> • 언어는 기호들의 체계이다.
> • 체계는 공시적 시점에서 볼 때 완전한 체계로서 연구되어야 한다.
> • 각각의 기호는 기표와 기의로 구성되어 있다.
> • 시니피앙과 시니피에 사이의 관계는 자의적이다.

① 소쉬르   ② 피아제
③ 레비스트로스   ④ 야콥슨

> **해설** 소쉬르 : 시니피에, 시니피앙, 언어의 자의성, 랑그, 파롤

73 사회 · 문화적 비평에 대한 설명으로 <u>부적절한</u> 것은?

① 문학과 사회의 관계에 깊은 관심을 갖는 방법론이다.

② 문학작품이란 작품이 쓰여진 당시의 시대적 환경에 의해 그 작품의 내용, 가치관, 나아가 형식도 불가피하게 조건지워진다고 가정한다.

③ 문학작품과 시대 상황, 사회 현실과의 관련성에 초점을 두기 때문에 역사적 인식에 바탕을 두고 있는 것이 장점이다.

④ 문체, 이미지, 상징 등에 대한 충분한 이해와 설명이 바탕이 되고 있다.

> **해설** 문체, 이미지, 상징 등에 대한 이해와 설명이 부족하다.

정답 **71** ③ **72** ① **73** ④

74 사회 · 문화적 비평의 한계로 적절하지 <u>않은</u> 것은?

① 문학작품의 필요성에 근간이 되는 문제, 이미지, 상징에 대한 설명이 부족하다.

② 작품 수용의 이해와 설명을 등한시하였다.

③ 주도적 경향의 예술은 물질적 현존이나 경제적 허세에 의해 결정된다는 경직된 방향으로 치우치게 된다.

④ 문학의 질을 형성하고 있는 모든 특수한 것들을 소홀히 다룬다.

> **해설** "문학의 질을 형성하고 있는 모든 특수한 것들을 소홀히 다룬다."라는 내용은 구조주의 비평에 대한 한계점이다.

75 다음 중 마르크스주의 비평은 어느 비평에 속하는가?

① 형식주의 비평
② 구조주의 비평
③ 역사 · 전기적 비평
④ 사회 · 문화적 비평

> **해설** 마르크스주의 비평은 사회 · 문화적 비평에 해당된다. 문학에 대한 사회학적 접근방법에서 마르크스주의 비평이 가장 두드러진다.

76 프로이트 등의 이론인 정신분석학적 방법을 작가의 창작 심리나 문학작품의 해명에 적용하는 방법론은?

① 심리주의 비평
② 형식주의 비평
③ 신화 · 원형 비평
④ 사회 · 문화적 비평

> **해설** 심리주의 비평 : 작가의 창작 심리나 독자의 수용반응 등에 대한 해명을 해 준다.

77 다음 중 프로이트(S. Freud)의 이론에 <u>어긋나는</u> 것은?

① 인간의 심리구조 : 이드(Id), 에고(Ego), 슈퍼에고(Superego)

② 무의식에 도달하는 왕도 : 꿈

③ 농담 : 리비도적인 내용이나 불안한 내용, 공격적인 내용

④ 문학에서 가장 많이 활용되는 용어 : 엘렉트라 콤플렉스

> **해설** 오이디푸스 콤플렉스 : 문학에서 가장 많이 활용되는 용어

정답 74 ④ 75 ④ 76 ① 77 ④

78 다음 중 프로이트(S. Freud)가 사용한 용어가 <u>아닌</u> 것은?

① 오이디푸스 콤플렉스　　　　　② 정신분석학

③ 슈퍼에고(Superego)　　　　　④ 기표와 기의

> **해설**　소쉬르는 각각의 기호는 기표(시니피앙)와 기의(시니피에)로 구성되어 있다고 하였다.

79 다음과 관련된 심리주의 비평 용어는?

> • 이드를 억제하고 조정하는 심리이다.
> • 윤리적 검열관이고 양심과 자존심의 보존력이다.
> • 도덕적인 원칙에 의해 움직이다.
> • 호모 섹스나 오이디푸스적 충동, 반사회적인 심리경향을 억압하고 양심과 자존심을 지켜나가는 지렛대 구실을 한다.

① 이드　　　　　　　　　　　② 에고

③ 슈퍼에고　　　　　　　　　④ 리비도

> **해설**　① 이드(Id) : 리비도로부터 나온 모든 심적 에너지의 원천
> 　　② 에고(Ego) : 지각, 기억, 판단, 상상 등의 정신 과정을 발달시킴으로써 개체를 외적 현실에 조화시키고 개체의 외계 지배력을 증가시킨다.
> 　　④ 리비도 : 성적 에너지

80 신화 · 원형 비평에 대한 설명으로 <u>부적절한</u> 것은?

① 신화의 체계가 문학작품에 하나의 원형의 패턴으로 존재한다고 믿는 것에서 비롯되었다.

② 문학 안의 원형적 패턴들을 밝혀 놓고 이 패턴들이 문학작품의 형태, 본체 그리고 효과에 어떻게 관계되는가를 밝히는 것이 목적이다.

③ 문학작품의 소재나 주제를 자세히 살피는 분석적 방법이기 때문에 가치 평가적인 면에 있어서는 취약하다.

④ 원형적 패턴이나 반복 등 보편성을 경시하고, 개성이나 독특한 미적 가치를 중시한다.

> **해설**　원형적 패턴이나 반복 등 보편성에 너무 치중하기 때문에 개별 문학작품의 개성이나 독특한 미적 가치를 간과하거나 무시해 버릴 가능성이 많다.

81 다음에서 설명하고 있는 개념은?

- 히맨(S. E. Hyman) : 핵심적 인간 체험의 기본적이고도 오래된 패턴들로서, 특별한 감정적 의의를 지닌 어떠한 시의 근원에 놓여 있는 것이다.
- 브룩스(Cleanth Brooks) : 원초적 이미지, 집단무의식의 일부, 같은 종류의 무수한 경험에서 나온 심리적 잔재, 그래서 한 종족에 상속되어 내려오는 반응표시 형태의 일부이다.
- 융 : 옛 조상들의 생활 속에서 되풀이되는 체험의 원초적 심상(primordial image). 즉, 정신적 잔재. 이것은 집단무의식 속에서 유전되어 개인적 체험의 선험적 결정자가 되며, 문학, 신화, 종교, 꿈, 개인의 환상 속에 표현된다.

① 원형   ② 페르소나
③ 아니마   ④ 아니무스

해설   **원형** : 히맨, 브룩스, 융 등의 견해가 있다.

정답   **81** ①

01 수필의 개념 및 장르의 설정

1 수필의 개념

(1) 수필의 정의

① 인생과 자연에 대한 체험과 관조(觀照)의 내용을 형식에 구애받지 않고 자유롭게 표현한 산문문학의 한 갈래이다.

② 일정한 형식을 따르지 않고 가볍게는 일상적인 느낌이나 체험을 생각나는 대로, 자유롭게 쓰는 산문 형식의 문학이다.

③ 현실성을 넘어 실제로 있었던 일을 기반으로 자신의 사감을 섞어 자유롭게 작성한 글이다.

(2) 수필의 사전적 정의

① 『국어사전』: 수필은 일정한 형식을 따르지 않고 인생이나 자연 또는 일상생활에서의 느낌이나 체험을 생각나는 대로 쓴 산문 형식의 글. 보통 경수필과 중수필로 나뉘는데, 작가의 개성이나 인간성이 두드러지게 나타나며 유머, 위트, 기지가 들어 있다.

② 『우리말 큰 사전』: 어떤 주의가 없이 생각나는 대로 쓴 글

③ 『새 우리말 큰 사전』: 형식에 묶이지 않고 듣고 본 것, 체험한 것, 느낀 것 따위를 생각나는 대로 쓰는 산문 형식의 짧막한 글 또는 그러한 글투의 작품, 사건 체계를 갖지 않으며, 개성적·관조적이며 인간성이 내포되도록 위트(wit)·유머(humor)·예지로써도 표현함. 상화(想華)·만문(漫文)·만필(漫筆)·수필문(隨筆文)

④ 『세계 문예대사전』: 수필은 일반적으로 사전에 어떤 계획이 없이 어떠한 형식의 구애를 받지 않고 자기의 느낌, 기분, 정서 등을 표현하는 산문 양식의 한 장르

2 수필의 장르

(1) 장르의 설정에 대한 여러 견해

① 잡문에 넣는 견해

　㉠ 조윤제(『국문학개설』): 국문학을 시가·가사·소설·희곡·평론·잡문 등으로 나누고, 수필을 잡문에 포함시킨다.

ⓒ 이병기(『국문학개론』) : 산문문학의 하위분류에 설화·소설·일기·내간·기행·잡
문을 설정한 다음, 수필을 잡문에 포함시킨다.

② 독자장르로 설정하는 견해

ⓒ 김동욱(『국문학개설』), 김기동(『국문학개론』) 등

ⓒ 최근 학계의 동향으로 보아, 독자장르로의 설정이 가장 바람직할 것으로 보인다.

③ 교술장르에 넣는 견해 : <u>4분법적인 견해이다</u>(조동일 교수 견해).

└→ 서정갈래·서사갈래·교술갈래·극갈래

📦 **4분법의 장단점**
- **장점** : 기존의 3가지 양식으로 나눌 때에 어느 범주에도 속할 수 없는 경기체가·가전·일기·기행·비평·전기·수필 등의 장르를 나눌 수 있다.
- **단점** : 서정장르나 서사장르에 포함시킬 수 있는 장르도 교술에 속할 수 있다.

(2) 바람직한 설정방법

① 수필은 광범위하여 어떤 한 장르에 포함시키기 어려운 특성이 있다.

② 창조적이며 자유분방한 일반산문을 모두 수필로 보는 것이 바람직하다.

(3) 수필에 속하는 한문학 양식의 예

① 잡기·사부 및 논변·사화를 다룬은 것

└→ 중국 청나라의 요선이 『고문사류찬』에서 분류한 문장의 일종

② 잡저(雜著) : 문인들이 자유로운 형식으로 쓴 글

└→ 『동문선』에서 분류한 40여 종의 양식 중의 하나

③ 잠명(箴銘) : 윤리적이면서도 풍부한 해학을 곁들여 격조가 높다.

ⓒ 잠(훈계의 글) → 관잠(남을 훈계하는 글), 사잠(자신을 훈계하는 글)

ⓒ 명(교훈의 글)

④ 서(書) : 서간체 문학을 대표

ⓒ 당시 사회상, 제도, 풍속 등을 이해하는 데에도 도움이 된다.

ⓒ 작가의 개성과 취미, 체험 등이 잘 나타나 있다.

ⓒ 작가 연구의 자료로도 매우 의미가 있다.

⑤ 이 밖에도 제문(祭文)·축문(祝文)·비문(碑文) 등이 있다.

(4) 한글수필의 예

① 일기 : 궁중일기와 일반일기

② 기행 : 가사형식의 기행문 등

③ 내간 : 주로 여성이 관련되어 있는 편지글

④ 기타 잡문, 제문(祭文)·조사(弔辭) 등

⑤ 한글수필의 대표작 : 「계축일기」, 「산성일기」, 「한중록」, 「의유당일기」, 「규중칠우쟁론기」, 「조침문」 등이 있다.

02 수필의 어원과 구성 방식

◢ 1 수필의 어원

(1) 서양

① 영어의 '에세이'
  ㉠ 'essay'는 'assay'와 어원이 같다.
  ㉡ '시금(trails of metals), 시험(testing), 계획(attempt)'의 뜻을 갖는 말이다.
  ㉢ 프랑스어 'essai('시험해 본다, 시도하다'의 의미)'에서 왔다.
  ㉣ 'essai'는 라틴어의 'exigere('계량하다, 음미하다'의 뜻)'에서 왔다.
② 16세기 몽테뉴의 『수상록』에서 '수필'이라는 용어가 처음 사용되었다. 플라톤의 「대화」, 아우렐리우스의 「명상록」 등도 수필에 해당한다.

(2) 중국

① 당대(唐代)의 시인 백거이의 시 「송령호상공부태원시」에서 '수필'의 용어가 처음 사용되었다. → 장르의 개념이 아닌 '붓을 빨리 놀린다.'라는 뜻으로 쓰였다.
② '수필'이 요즘과 같은 의미로 처음 사용된 것은 남송(南宋) 때 홍매의 『용재수필』이다.

> "나는 게으른 탓으로 책을 많이 읽지 못하였으나, 그때그때 뜻한 바가 있으면 앞뒤의 순서를 가려 정리할 것도 없이 바로바로 기록하여 놓은 것이어서 수필이라 일컫게 되었다."
> – 『용재수필』(74권 5집) –

(3) 우리나라

① 수필류의 책의 원조 : 고려조 고종 때의 이규보의 『백운소설』
② '수필'이라는 말이 처음 나타나는 문헌 : 1652년(효종 3년)에 이민구가 쓴 『독사수필』
  → 장르의 개념이 아니라 독서단평의 개념이다.
③ 문학적인 수필의 효시 : 1683년(숙종 9년)에 나온 조성건의 『한거수필』
④ '수필'이라는 이름의 정착 : 신문학기에 이르기까지 '수상(隨想)·감상(感想)·상화(想華)·만필(漫筆)·수의(隨意)·수감(隨感)·단상(斷想)' 등의 명칭으로 많은 수필이 나오다가 1920년대 이후에 이르러 정착되었다. 이 시기에 춘원은 '상화(想華)'란 명칭으로 「우연애형(牛涎愛兄)에게」라는 작품을 발표하였다.

⑤ 역사적인 의미를 갖는 수필집 : 『백운소설』(이규보), 『역옹패설』(이제현), 『한거수필』
(조성건), 『일신수필』(박지원) 등
  ㉠ 『백운소설(白雲小說)』(이규보) : 시의 창작 과정, 시평, 시 비평사 등 시화집의 성격
  ㉡ 『역옹패설(櫟翁稗說)』(이제현) : 고려 말기의 수필집으로 역사책에 나오지 않은 이문
  (異聞)・기사(奇事)・인물평・경론・시문・서화 품평 등을 수록하고, 자신의 시문
  약간과 책 끝에 이색의 묘지명을 붙였다. 대부분이 시에 대한 논의로, 일종의 시 비
  평서
  ㉢ 『독사수필(讀史隨筆)』(이민구) : 대체로 삼대(三代)로부터 송(宋)에 이르기까지의 사
  실(史實) 중에서 군신윤리, 권모공리, 정교치리, 풍속사적 등에서 바르고 본받을 만
  한 일 또는 바르지 못한 것으로 뒷사람의 경계가 될 만한 일들을 적은 후, 선자(選者)
  의 평을 붙인 독서 단평집
  ㉣ 『한거수필(閑居隨筆)』(조성건) : 안분지족의 풍류와 자연 귀의에의 생활관을 보인다.
  ㉤ 『일신수필(馹迅隨筆)』(박지원) : 『열하일기(熱河日記)』에 포함되어 있는 기행적 수필.
  서문이 있고, 매일 일기체로 기행을 쓰되, 그 속에 '점사(店舍), 거제(車制), 희대(戲
  臺), 시사(市肆), 교량(橋梁)' 등의 제목을 지닌 수필을 포함한다.

◢ 2 수필의 구성 방식

(1) 수필의 구성요소

① 주제 : 수필에서 나타내려는 작자의 주된 생각이나 사상, 작자의 인생관, 세계관 등을
의미한다.
② 소재 : 생활 체험, 인생, 자연 등 수필에 있어서의 글감을 의미한다.
③ 구성 : 주제를 나타내기 위한 효과적인 문장 배치가 필요하다.
④ 문체 : 글에 나타나는 작자의 개성이다.

(2) 수필의 진술 방식

① 설명 : 어떤 사물이나 어떤 사실을 알기 쉽게 풀이하여 일러주는 진술 방식이다.
② 묘사 : 사물의 모습이나 소리, 특징, 상황 등을 그림으로 그리듯이 자세하고도 구체적으
로 그려 보이는 진술 방식이다.
③ 서사 : 어떤 사물의 움직임이나 사건의 진행 상태를 그려 보이는 진술 방식이다.
④ 논증 : 글쓴이가 독자로 하여금 믿거나 받아들이도록 하기 위하여 논리적 근거를 보이
는 방식으로 중수필에 주로 쓰인다.

(3) 일반적 구성 방식

① **직렬(直列)적 구성** : 수필의 각 부분이 인과나 시간적 순서, 공간적 순서 등의 유기적 관계에 놓이는 구성 방식이다. 이 구성의 전형은 '서두 – 본문 – 결말'로 짜이는 3단 구성이다.

② **병렬(並列)적 구성** : 수필의 각 부분이 서로 유기적 관계가 없이 독자적으로 존재하면서 주제에 부합하는 구성 방식이다.

③ **혼합(混合)적 구성** : 직렬적 구성과 병렬적 구성이 혼합되어 있는 구성 방식이다. 전체적으로는 직렬적 구성이나 일부는 병렬적 구성으로 된 경우와 전체적으로는 병렬적 구성이면서 그 부분의 하나하나는 직렬적 구성으로 된 경우 등이 있다.

(4) 자연적 구성 방식

① **시간적 구성** : 시간의 추이에 따르는 구성 방식이다.

② **공간적 구성** : 공간의 이동에 따르는 구성 방식이다.

(5) 논리적 구성 방식

① **연역적 구성** : 주제를 글의 앞 부분에 제시하고 글을 풀어가는 구성 방식이다.

② **귀납적 구성** : 특수한 사례나 예시를 앞세우고 글의 끝 부분에 주제를 제시 또는 암시하는 구성 방식이다.

③ **인과적 구성** : '결과＋원인(이유)'의 짜임 혹은 '원인(이유)＋결과'로 된 구성 방식이다.

---

03 수필의 특성

◢ 1 수필의 특성

(1) 일반적 특성

① 개성의 문학, 자기 고백의 문학, 자조문학
   ⊙ 수필은 작자 자신인 '나'를 직접 드러냄으로써 다른 문학의 갈래에 비해 작자의 개성이 강하게 드러난다(개성의 표출성).
   ⊙ 작자의 체험, 생활 태도, 성격, 인생관 및 세계관 등 개성적인 면모를 솔직하게 표현하는 주관적·고백적인 문학이라 할 수 있다.
② 무형식의 문학(형식의 개방성)
   ⊙ 수필에 형식이 없다는 말은 아무렇게나 써도 된다는 의미가 아니라, 개별 작품 자체가 하나의 완결된 형식을 가진다는 의미이다.

ⓛ 수필은 겉으로 보이지 않는 유기적인 총체성을 내재적으로 가진다고 할 수 있다.

> "문학의 내용, 즉 사상성은 문학의 진리요, 형식과 기교는 문학적 미이다. 즉, 문학의 형식은, 사상을 예술화하는 그릇이라고 할 수 있다. 따라서 시에서는 리듬, 이미지, 메타포, 상징 등이 고려되어야 하고, 소설에서는 플롯, 시점, 인물, 배경 등의 제약을 받지만, 수필은 무형식을 그 형식적 특징으로 하기에 엄격한 형식적 제약 없이 사유에 비치는 모든 것을 표현하면 된다." — 몰톤 –

③ 산문문학
  ㉠ 생활에 젖어 있는 산문정신을 그대로 표현한 문학
  ㉡ 구성적 표현을 반영하는 산문의 문학

> "시는 창조적 표현이고, 산문은 구성적 표현이다. 이렇게 말하면 우리가 앞으로 나가는데 있어서 확립될 것으로 생각되는 것을 대체로 말한 것으로 생각한다. 그러나 창조적이란 말은 비평 어휘 속에서 신중히 사용되지 않으면 안 되며, 결코 구성적이란 말의 대조어가 아니다. 그렇지만 인상을 압축하며 집중화하기 위하여 인상을 기억의 축적에서 분화시키는 정신활동, 즉 응축활동과 분산활동의 둘을 구분하는 것도 사실이다. 시는 응축의 과정에서 발생되고, 산문은 분산의 과정에서 발생되는 것으로 여겨진다." — 리드 「영국 산문의 문제」 –

④ 다양한 제재의 문학
  ㉠ 수필의 제재가 되는 것은 표현 가능한 모든 소재이다.
  ㉡ 글쓴이의 비평적인 통찰력을 거쳐 무엇에든지 창조적 생명력을 불어 넣을 수 있다.

> "수필은 무엇이든지 담을 수 있는 용기라고도 볼 수 있으니 무엇을 그 속에 담든 그것은 오로지 필자 자신의 자유로운 선택에 맡길 수밖에 없다. 그래서 수필은 담은 내용과 그것을 요리하는 필자에 의해서 그 취향이 여러 가지로 변화되는 것이다." — 김진섭, 「수필의 문학적 영역」 –

⑤ 해학적이고 비평 정신을 갖춘 문학
  ㉠ 단순한 신변잡기나 잡문과 달리 수필은 냉철한 통찰력과 예리한 비평 정신을 담는다.
  ㉡ 비평 정신이 유머와 위트로 형상화되어야 더욱 수필다워진다.

> "수필이 단순한 기록에 그쳐서는 우리의 흥미를 긴장시키지 못할 것이다. 거기에는 유머가 있어야 하고, 위트가 있어야 한다." — 피천득 –

⑥ 심미적·예술적 가치의 문학 : 인간의 사상을 제시하고 생활 의식을 찾는다는 점에서 철학적이어야 하지만, 문학적 표현을 무시할 수 없기에 예술성 또한 중시하였다.

⑦ **비전문적인 문학** : 일기, 편지, 수기, 회고록, 기행문이나 감상문 등에 이르기까지 다양한 글들이 수필이 될 수 있듯이, 수필은 글을 쓰는 데 특별한 재능이나 조건이 요구되지 않으므로 누구나 쓸 수 있는 대중적인 문학의 갈래라고 할 수 있다.

⑧ **직접적 전달성** : 허구적 대리인을 거치지 않고, 작가가 자신의 생각이나 사상을 직접 전달한다.

⑨ **인생의 체험과 관조의 문학**

⑩ **대화적 산문** : 독자와의 교감을 중시하는 문학이다.

⑪ **설득의 실용적인 공리성** : 독자를 설득시키는 실용적인 목적으로 사용할 수 있다.

(2) 수필의 요건

① 수필은 자연 발생적이고 지속적인 관찰력을 필요로 한다.

② 사색과 명상의 깊이가 있어야 한다.

③ 가치 감각과 느낌, 공감력을 가져야 한다.

④ 겸허하고 품위가 있는 개성의 반영이다.

⑤ 수필은 문학성을 지녀야 한다.

(3) 수필의 작성 요령

① 소재나 화제는 신선하고 색다른 것이 좋다.

② 어느 정도 구성에 유의하여 조화롭게 써 나간다.

③ 개성이 드러나도록 쓴다.

④ 순탄하고 부드러운 문장으로 자연스럽게 써 나간다.

⑤ 자신의 느낌이나 생각이 잘 전달되도록 구체적이고 감각적으로 쓴다.

⑥ 읽는 이가 흥미와 쾌감을 느끼도록 유머와 위트를 잘 살린다.

◢ 2 수필의 특성에 대한 학자의 견해

(1) 알베레스(R. M. Alberes)

"에세이는 그 자체가 지성을 기반으로 한 정서적·신비적 이미지로 구성된 문학이다."

(2) 몽테뉴(『수상록(Les Essais)』)

글쓰기 방식에 나타난 수필의 3가지 특성을 제시하였다.

① **무형식성**(無形式性) : 삶에서 얻은 다양한 생각과 감상을 일정한 형식이나 논리적인 틀에 얽매이지 않고 자유롭게 글로 풀어내야 한다.

② **자기고백성**(自己告白性) : 자신의 내면을 깊이 탐구하고 사적인 경험, 생각, 감정을 솔직하게 드러내야 한다.

③ **개성**(個性) : 그의 독특한 인생관, 가치관, 세계관이 고스란히 담겨 있어야 한다.

(3) 올더스 헉슬리

수필의 3가지 조건을 '세 개의 극(three poles)'으로 설명했다.

① **개인적 – 자전적 극**(the personal–autobiographical pole) : 작가 자신의 경험, 생각, 감정을 솔직하게 드러내는 것이다.

② **구체적 – 객관적 극**(the concrete–objective pole) : 특정 사물이나 현상에 대한 정보를 객관적으로 기술하는 것이다.

③ **추상적 – 보편적 극**(the abstract–universal pole) : 개인적인 경험과 구체적인 사실을 통해 얻은 교훈이나 깨달음을 보편적인 진리나 철학적 사색으로 확장하는 것이다.

(4) 최승범(『수필문학』)

수필의 특성을 다음의 5가지로 요약하였다.

① **형식의 자유성** : 수필은 어느 장르보다 자유로운 산문이다.

② **개성의 노출성** : 수필은 쓰는 사람 자신이 드러나 있는 글이어야 한다.

③ **유머와 위트성** : 수필은 유머와 위트를 잘 길들여 안고 있는 글이어야 한다.

④ **문체와 품위성** : 수필은 쓰는 사람마다의 독특한 문체로 품위가 있는 글이어야 한다.

⑤ **제재의 다양성** : 수필은 인생과 사회, 우주만물 무엇이든 담을 수 있는 글이다.

04 수필의 종류

1 일반적 분류

(1) 주제의 경중에 따른 분류

① **경수필**(輕隨筆, 개인적 수필)

  ㉠ 비형식적 수필(informal essay)

  ㉡ 예술적 가치를 추구하며, 감정·정서로 전개된다.

  ㉢ 일정한 주제보다 사색이 주가 되는 서정적 수필의 경향

  ㉣ 몽테뉴적인 수필이다.

> 💎 **미셀러니**(miscellany) : 생활 주변에서 일어나는 사소한 일을 소재로 가볍게 쓴 수필. 감성적·주관적·개인적·정서적 특성을 지니는 신변잡기이다.

② 중수필(重隨筆, 사회적 수필)

　㉠ 형식적 수필(formal essay)

　㉡ 실용적 가치를 추구하며, 설명과 논리로 전개된다.

　㉢ 지성적·객관적이며 설득력이 강한 비평적인 수필의 경향

　㉣ 베이컨적 수필이다.

💎 경수필과 중수필의 비교

경수필(informal essay)	중수필(formal essay)
• 몽테뉴적인 수필 경향이다.	• 베이컨적인 수필 경향이다.
• 다양한 형식(무형식)을 띤다.	• 일정한 형식(소논문)을 띤다.
• 개인적·주관적·서정적이다.	• 일반적·객관적·지적이다.
• 개인적 감정, 심리 등이 중심이 된다.	• 보편적 논리, 이성이 중심이 된다.
• 문장의 흐름이 경쾌하다.	• 문장의 흐름이 중후하다.
• 신변잡기적이다.	• 사색적·논설적이다.
• 독자를 즐겁게 한다.	• 독자를 설득, 지식을 전달한다.
• 예술성이 높다.	• 실용성·철학성이 높다.
• 시적(詩的)이다.	• 소논문적이다.
• 화자가 직접 등장한다.	• 화자가 보이지 않는다.
• 서간문, 일기문, 기행문, 감상문, 수상 등	• 소논문, 수상록, 신문 칼럼, 평론, 사설 등

(2) 진술 유형에 따른 분류

① 서정적 수필

　㉠ 일상생활이나 자연에서 느낀 것을 솔직하게, 주정적(主情的)·주관적으로 표현한 수
　　필이다.

　㉡ 인간과 자연의 교감에 기초한 사색적 성격을 지닌다.

　㉢ 표현 기교에 유의하여 예술성을 강조한다.

　예 이양하의 「신록예찬」, 김진섭의 「백설부」, 이상의 「권태」, 나도향의 「그믐달」, 윤오
　　영의 「달밤」 등

② 서사적 수필

　㉠ 인간세계나 자연의 어떤 사건에 대하여, 필자의 주관을 개입시키지 않고 객관적으로
　　서술한 수필이다.

　㉡ 내용의 사실성, 현실성, 서술의 정확성이 중요시된다.

　㉢ 우리나라에서는 기행 수필을 비롯하여 1920년대까지 유행하였다.

　예 최남선의 「백두산 근참기」·「심춘순례」, 이광수의 「금강산 유기」 등

③ 교훈적 수필

　　㉠ 필자의 오랜 체험이나 깊은 사색을 바탕으로 하는 교훈적인 내용을 담은 수필이다.

　　㉡ 인도주의적, 계몽주의적 색채를 띤다.

　　㉢ 내용과 문체가 중후하고, 신념과 삶의 태도 등이 강하게 드러난다.

　　예 심훈의 「대한의 영웅」, 이양하의 「나무」, 김진섭의 「모송론」 등

④ 희곡적 수필

　　㉠ 필자 자신이나 다른 사람이 체험한 사실을 생각나는 대로 서술하되, 사건의 내용 자체에 다분히 극적인 요소가 있어서 작품의 내용 전개가 희곡적으로 전개되는 수필이다.

　　㉡ 극적 사건의 전개가 작품의 내용이며, 문체는 사건 전개에 따라 다양하게 변한다.

　　㉢ 사건 전개가 유기적·통일적 진행을 이루며, 극적 효과를 위해 현재시제가 흔히 쓰인다.

　　예 계용묵의 「구두」, 피천득의 「은전 한 닢」, 이숭녕의 「너절하게 죽는구나」 등

(3) 내용에 따른 분류

① **사색적 수필** : 철학적 명상을 다룬 수필을 말한다.

② **비평적 수필** : 문학, 음악, 미술 등 예술작품이나 작가에 대한 인상, 소감을 밝힌 글이다.

③ **연단적 수필** : 실제 연설문은 아니나 연설적, 웅변적 성격의 글이다.

④ **신변적 수필** : 생활 주변의 일이나 지은이의 신상, 성격 등을 다룬 글이다.

⑤ **사설적 수필** : 개인의 주관이나 의견으로 사회의 여론을 유도하는 글이다.

2 종류에 따른 분류

(1) 2종설

① **백철과 김종균** : 중수필과 경수필

② **조연현** : 에세이와 미셀러니

③ **정한모** : 포멀에세이와 인포멀에세이

④ **김원경** : 개인적 수필과 사회적 수필 등

(2) 3종설 : 히사마쓰 데이이치의 『수필과 문학 의식』

① 문학적 수필

② 문학론적 수필

③ 지식적 수필

(3) 5종설 : 도가와 슈코쓰의 『현대수필론』

현대수필을 경수필이 아닌 '연수필'로 보고, 이를 다음과 같이 5가지로 분류하였다.
① 작가 자신의 경험 또는 고백, 자기반성이라고 할 수 있는 것
② 인생 및 인생에 관한 고려 또는 사견이라고 할 수 있는 것
③ 일상의 사소한 일에 대한 관찰
④ 자연, 즉 천지, 산천, 초목, 화본(花本) 혹은 금수(禽獸), 충어(蟲魚) 등에 관한 것
⑤ 인간사에 대한 작가의 사견이라고 할 수 있는 것

(4) 8종설 : 백철의 『문학개론』

① 사색적 수필, ② 비평적 수필, ③ 스케치 수필, ④ 담화 수필, ⑤ 개인 수필, ⑥ 연단 수필, ⑦ 성격 수필, ⑧ 사설 수필

💎 문덕수의 8종설 : ① 과학적 수필, ② 철학적 수필, ③ 비평적 수필, ④ 역사적 수필, ⑤ 종교적 수필, ⑥ 개인적 수필, ⑦ 강연집, ⑧ 논설집

(5) 10종설 : 『미국 백과사전(The Encyclopaedia)』(1961)

① 여러 가지 타입의 수필
  ㉠ 관찰 수필
  ㉡ 신변 수필
  ㉢ 성격 수필
  ㉣ 묘사 수필
② 보다 형식적인 수필
  ㉠ 비평 수필
  ㉡ 과학 수필
  ㉢ 철학적 수필
③ 다른 특수한 타입의 수필
  ㉠ 담화 수필
  ㉡ 서한 수필
  ㉢ 사설 수필

기출유형 다잡기

01 수필에 대한 설명으로 옳지 <u>않은</u> 것은?

① 동양의 수필과 서양의 에세이는 서로 유사한 속성도 있다.

② 시나 소설과 달리 일정한 형식적 요건을 필요로 하지 않는다.

③ 인생과 자연의 모습을 자유롭게 표현하는 산문문학이라고 할 수 있다.

④ 경수필이 사회적, 객관적, 논리적인 내용을 주로 다루는 반면, 중수필은 개인적, 주관적, 정서적인 내용을 주로 다룬다.

> **해설** ④ 사회적, 객관적, 논리적인 내용을 주로 다루는 것은 중수필이고, 개인적, 주관적, 정서적인 내용을 주로 다루는 것은 경수필이다.

> **오답** ① 동양 수필과 에세이에서 동일한 것을 다룰 수 있다는 견해 : 백철·최승범·정봉구 등
> ② **무형식의 문학**(형식의 개방성) : 개별 작품 자체가 하나의 완결된 형식을 가진다는 의미
> ③ 인생의 체험과 관조의 문학

02 수필 장르에 대한 설명으로 옳지 <u>않은</u> 것은?

① 넓은 의미로 보아 문학 장르에 속한다.

② 문학의 상위 갈래 중 교술에 가장 근사하다.

③ 허구의 조작 및 허구성을 그 특징으로 한다.

④ 서양에서 사용하는 '에세이'라는 장르와 상통한다.

> **해설** ③ 수필은 다른 장르와는 달리 현실 세계가 변형되지 않고 작품 속에 그대로 등장하며, 작가가 직접 서술자가 된다.

> **오답** ① 수필은 문학의 4대 장르 속에 포함된다.
> ② 수필은 '교술 양식'이라는 상위 갈래에 속하는 하위 갈래이다.
> ④ 서양에서는 수필의 어원을 몽테뉴의 '에세이'로 본다.

정답 01 ④ 02 ③

03 다음 중 수필에 대한 설명으로 적절하지 <u>않은</u> 것은?

① 특별한 형식이 정해져 있지 않다.

② 작가의 유머와 위트, 사색과 통찰 등을 바탕으로 한다.

③ 시화, 일기, 서한, 수상 등의 산문류가 포함된다.

④ 작가가 직접 경험한 사건만을 대상으로 삼는다.

> **해설** 수필은 일정한 형식을 따르지 않고 인생이나 자연 또는 일상생활에서의 느낌이나 체험을 생각나는 대로 쓴 산문 형식의 글이다. 따라서 작가가 직접 경험한 사건만을 대상으로 삼는 것은 아니다. 수필 문학은 개성의 문학, 다양한 제재의 문학, '무형식의 형식'을 갖는 문학이다. 또한 해학적이고, 비평 정신을 갖춘 문학이며, 개성이 강한 자기고백의 문학이다.

04 다음 내용에 해당하는 장르는?

> • 형식이 자유로운 글
> • 글쓴이의 체험을 소재로 한 글
> • 개성적 · 고백적 · 서정적 특성을 지닌 글
> • 문체가 정교한 글

① 소설　　　　　　　　　　② 수필

③ 희곡　　　　　　　　　　④ 비평

> **해설** 지문의 내용은 수필의 개념이다.

05 수필을 장르로 넣는 견해에서 4분법적 견해에 속하지 <u>않는</u> 것은?

① 서정적 양식　　　　　　　② 서사적 양식

③ 극적 양식　　　　　　　　④ 감상적 양식

> **해설** 수필의 장르에는 '서정적 양식, 서사적 양식, 극적 양식, 교술적 양식'이 있다.

06 다음은 무엇에 관해 서술한 것인가?

> • 장점 : 기존의 3가지 양식으로 나눌 때에 어느 범주에도 속할 수 없는 경기체가·가전·
> 일기·기행·비평·전기·수필 등의 장르를 나눌 수 있다.
> • 단점 : 서정 장르나 서사 장르에 포함시킬 수 있는 장르도 교술에 속할 수 있다.

① 수필 4분법   ② 소설 4분법
③ 희곡 4분법   ④ 평론 4분법

> **해설** 수필의 4분법의 장·단점의 내용이다.

07 수필의 범주에 들어가지 <u>않는</u> 것은?
① 일기   ② 서한
③ 자서전   ④ 희곡

> **해설** 희곡은 수필의 범주에 들어가지 않으며, 극양식에 해당한다.

08 수필에 속하는 한문학 양식으로 옳지 <u>않은</u> 것은?
① 제문   ② 축문
③ 비문   ④ 극시

> **해설** 극시는 희곡적인 내용을 시적인 표현과 운문으로 창작한 것으로 서정시, 서사시 등과 함께 시의
> 한 부류이다.

09 다음에서 설명하는 한문학 양식은?

> • 당시 사회상, 제도, 풍속 등을 이해하는 데에도 도움이 된다.
> • 작가의 개성과 취미, 체험 등이 잘 나타나 있다.
> • 작가 연구의 자료로도 매우 의미가 있다.

① 잡저(雜著)   ② 잠명(箴銘)
③ 서(書)   ④ 기행

> **해설** 서(書) : 서간체 문학을 대표하며, 작가의 개성과 취미, 체험 등이 잘 나타나 있다.

정답 06 ①   07 ④   08 ④   09 ③

10 다음 중 한글 수필의 예로 적합하지 <u>않은</u> 것은?

① 일기　　　　　　　　　　　② 기행

③ 내간　　　　　　　　　　　④ 잡저(雜著)

　　해설　잡저는 한문학 양식이다.

11 다음 중 그 성격이 <u>이질적인</u> 것은?

① 「계축일기」, 「산성일기」　　　　② 「한중록」, 「의유당일기」

③ 「규중칠우쟁론기」, 「조침문」　　④ 「청산별곡」, 「한림별곡」

　　해설　「청산별곡」은 속요, 「한림별곡」은 경기체가이고, 나머지는 모두 국문 수필이다.

12 다음 중 수필 작품의 예로 옳지 <u>않은</u> 것은?

① 「계축일기」　　　　　　　　② 「산성일기」

③ 「한중록」　　　　　　　　　④ 「홍길동전」

　　해설　「홍길동전」은 한글소설의 예이다.

13 다음 작품이 속한 문학 장르는?

> 「계축일기」, 「산성일기」, 「한중록」, 「의유당일기」, 「규중칠우쟁론기」, 「조침문」 등

① 소설　　　　　　　　　　　② 시

③ 수필　　　　　　　　　　　④ 평론

　　해설　한글수필의 대표작이다.

정답　**10** ④　　**11** ④　　**12** ④　　**13** ③

14 다음 중 문학작품으로서 수필에 속하는 것은?

① 신문기자가 작성한 신문 기사
② 학술적 연구 목적으로 쓴 논문
③ 최근 발표된 시에 대한 감상문
④ 대통령이 발표한 대국민 담화문

해설 수필에는 편지(서한), 일기, 수상문, 자서전(전기문), 기행문, 감상문 등이 포함된다.

15 수필의 명칭과 어원에 대한 설명으로 옳은 것은?

① 심포지엄, 에세이, 미셀러니 등으로 불리기도 한다.
② 몽테뉴의 『수상록』에서 에세이라는 명칭이 사용되었다.
③ 베이컨은 인포말(informal) 에세이 양식의 전형적인 작품을 지었다.
④ 고려시대 이제현의 『역옹패설』에서 수필이라는 명칭을 사용하였다.

해설 ② 16세기 프랑스의 사상가인 몽테뉴의 『수상록 Les Essais』에서 '에세이'라는 명칭이 처음 사용되었다.

오답 ① 에세이, 미셀러니 등으로 불리기도 하지만, '심포지엄'은 토의의 방법으로 수필과는 무관하다.
③ '인포말(informal) 에세이'는 '경수필'로 몽테뉴적 수필의 경향을 말한다. 베이컨은 '중수필(formal essay)'의 특색을 지닌 작품을 발표하였다.
④ 우리나라에서 '수필'이라는 용어가 처음 나타나는 문헌은 1652년(효종 3년)에 이민구의 『독사수필』이다.

16 다음 중 문학적인 수필의 효시가 되는 것은?

① 「한거수필(閑居隨筆)」
② 「독사수필(讀史隨筆)」
③ 「용재수필」
④ 「우연애형(牛涎愛兄)에게」

해설 문학적인 수필의 효시 : 1683년(숙종 9)에 나온 「한거수필(閑居隨筆)」이다.

17 우리나라에서 수필 개념의 정착 과정으로 부적절한 것은?

① 수필류 책의 원조 : 고려조 고종 때의 이규보의 「백운소설」
② '수필'이라는 말이 처음 나타나는 문헌 : 1652년, 이민구의 「독사수필(讀史隨筆)」
③ 문학적인 수필의 효시 : 1683년(숙종 9)에 나온 조성건의 「한거수필(閑居隨筆)」
④ '수필'이라는 이름의 정착 : 「일신수필(馹訊隨筆)」(박지원)

해설 신문학기에 이르기까지 '수상(隨想)·감상(感想)·상화(想華)·만필(漫筆)·수의(隨意)·수감(隨感)·단상(斷想)' 등의 명칭으로 많은 수필이 나오다가 1920년대 이후에 이르러 정착되었다.

정답 14 ③ 15 ② 16 ① 17 ④

18 '수필'이 중국에서 요즘과 같은 의미로 처음 사용된 책은?

① 「용재수필」
② 「송령호상공부태원시」
③ 「독사수필(讀史隨筆)」
④ 「일신수필(馹訊隨筆)」

> **해설** "나는 게으른 탓으로 책을 많이 읽지 못하였으나, 그때그때 뜻한 바가 있으면 앞뒤의 순서를 가려 정리할 것도 없이 바로바로 기록하여 놓은 것이어서 수필이라 일컫게 되었다."
> – 「용재수필」(74권 5집) –

19 '에세이'의 어원에 대한 것으로 <u>부적절한</u> 것은?

① 'essay'는 'assay'와는 어원이 다르다.
② '시금(trails of metals), 시험(testing), 계획(attempt)'의 뜻을 갖는 말이다.
③ 프랑스어 'essai'('시험해 본다, 시도하다'의 의미)에서 왔다.
④ 'essai'는 라틴어의 'exigere'('계량하다, 음미하다'의 뜻)에서 왔다.

> **해설** 'essay'는 'assay'와 어원이 같다.

20 수필에 대한 설명으로 옳지 <u>않은</u> 것은?

① 인생과 자연의 사상을 자유롭게 표현한다.
② 어떤 형식의 구애를 받지 않고 붓 가는 대로 쓴 글이다.
③ 적당한 길이를 가지고 자기를 감동시키는 주제에 대하여 쓴다.
④ 지성을 기반으로 하는 정서적 장르로 산문적이기보다 운문적이다.

> **해설** ④ 수필은 가장 자유로운 형식의 산문문학이다.
>
> **오답** ① 인생과 자연에 대한 체험과 관조(觀照)의 내용을 형식에 구애받지 않고 자유롭게 표현한 교술 문학의 한 갈래이다.
> ② 수필은 다른 문학에 비하여 형식이 자유롭다. 그렇다고 형식이 없이 아무렇게나 쓰는 글은 아니다. 일명 '무형식의 형식'이라 한다.
> ③ 수필은 글쓴이의 내적 심성(心性)이 드러나는 자기 고백적·독백의 문학이다.

정답 18 ① 19 ① 20 ④

21 ( ) 안에 들어갈 말로 알맞지 <u>않은</u> 것은?

> 수필은 마음의 산책이다. 그 속에는 ( )이/가 숨어 있다.

① 유머와 위트
② 인생의 향취와 여운
③ 객관적 가치와 엄정성
④ 다양한 제재와 비평 정신

해설 ③ 수필은 가장 주관적이고 개성적인 글이므로 '객관적 가치와 엄정성'이 불필요하다.

오답 ① 수필은 유머, 위트가 나타나는 글이다.
② 수필은 마음의 산책이다. 그 속에는 인생의 향기와 여운이 숨어 있다.
④ 수필은 제재의 다양성과 비평 정신이 드러나는 글이다.

22 ( ) 안에 공통으로 들어갈 말로 알맞은 것은?

> ( )은/는 사람이다. 그것을 느낄 수 있고, 서술할 수 있으며, 경험할 수 있고, 감지할 수 있으나 분석할 수는 없다. 또한 ( )은/는 작가의 인격을 표현하는, 말하자면 인격 내부를 구체화할 수 있는 구체적인 방법이다.

① 소재
② 주제
③ 문체
④ 구성

해설 ③ 문체 : 작가의 독특한 개성이나 인격을 구체적으로 나타낸 문장의 특이성이다.

오답 ① 소재 : 작가가 주제를 구현하기 위해 선택한 작품의 재료나 글감이다.
② 주제 : 작가가 나타내려는 중심 생각, 사상, 인생관이다.
④ 구성 : 작가의 의도에 따라 제재를 배열하고 결합한 것으로 일정한 형식은 없으나 나름대로의 완결성과 통일성을 지니고 있다.

정답   **21** ③   **22** ③

23 다음 글에 대한 설명으로 옳지 <u>않은</u> 것은?

> 독자여, 여기 이 책은 성실한 마음으로 쓰인 것이다. 이 작품은 초두부터 내 집안일이나 사사로운 일을 말해 보는 것 이외에 다른 어떤 목적도 있지 않음을 밝혀 둔다. 이것은 추호도 그대를 위해서 봉사하거나, 내 영광을 도모해서 한 일이 아니다. 그런 생각은 내 힘에 겨운 일이다. 나의 일가권속이나 친구들의 편의를 도모하기 위한 것으로 내가 세상을 떠난 뒤에 그들이 내 어떤 모습이나 기분의 특징을 이 책에서 찾아보고, 나에 관하여 알고 있는 지식을 더 온전하고, 생생하게 간직하도록 하려는 것이다. 이것이 세상 사람의 호평을 사기 위한 기도였다면, 나는 내 자신을 좀 더 잘 꾸미고 조심스레 내보였을 것이다. 여기에 내 생긴 그대로, 자연스럽고 평범하고 꾸밈없는 나를 보아주기 바란다.
>
> – 몽테뉴(Montaigne), 『수상록』 서문 –

① 위 글은 필자의 상황과 관점을 파악하는 데 도움을 준다.
② 필자의 솔직한 속내를 밝히고 있다는 점에서 수필 장르에 속한다고 할 수 있다.
③ 위 글은 독자와의 직접적인 소통을 추구한다는 점에서 허구적이라고 볼 수 없다.
④ 위와 같은 변명의 글은 독자에게 자신의 진실성을 믿어 달라고 강요하는 요청이다.

> 해설 ④ 『수상록』은 독자에게 자신의 진실성을 믿어 달라고 강요하는 요청이 아니라 인생에 대한 깊은 고찰과 견해, 통찰 등을 피력하고 있다.
>
> 오답 ① 필자는 서문에서 글을 쓰게 된 동기와 자신의 상황을 진솔하게 밝히고 있다.
> ② 고백적이고 독백적인 특징은 수필이 가진 특징이다.
> ③ 필자는 허구적으로 꾸민 이야기가 아니라 자신의 진솔한 감정을 담아 독자와의 직접적인 소통을 추구하고 있다.

24 다음 중 수필의 특성에 대한 설명으로 적절하지 <u>않은</u> 것은?

① 산문문학으로 제재는 다양하고 무한하다.
② 개성적 · 고백적 · 서정적 특성을 지닌다.
③ 플롯에 대한 고려를 필수적으로 해야만 한다.
④ 수필은 형태적, 내용적인 면에 있어 개방된 문학 양식이다.

> 해설 수필은 플롯이나 클라이맥스를 필요로 하지 않는 비전문적인 문학이다.

정답 **23** ④ **24** ③

25 다음 중 수필에 대한 설명으로 <u>잘못된</u> 것은?

① 보통 운문으로 되어 있다.

② 일정한 형식을 따르지 않는다.

③ 어떠한 주의가 없이 생각나는 대로 쓴 글이다.

④ 붓 가는 대로 적어낸 글 또는 그러한 글투의 작품이다.

> 해설　수필은 보통 산문 형식으로 되어 있다.
> 　» **수필의 정의**
> 　　㉠ 형식이 자유로운 글
> 　　㉡ 글쓴이의 체험을 소재로 한 글
> 　　㉢ 개성적 · 고백적 · 서정적 특성을 지닌 글
> 　　㉣ 문체가 정교한 글
> 　　㉤ 단편의 산문적인 글

26 다음 중 수필의 특성으로 적절하지 <u>않은</u> 것은?

① 서술의 시간성　　　　② 개성의 노출성

③ 유머와 위트성　　　　④ 형식의 개방성

> 해설　**수필의 일반적인 특성**
> 　㉠ 개성의 문학, 자기고백의 문학, 자조문학
> 　㉡ 무형식의 문학(형식의 개방성)
> 　㉢ 산문문학
> 　㉣ 다양한 제재의 문학
> 　㉤ 해학적이고 비평 정신을 갖춘 문학
> 　㉥ 심미적 · 예술적 가치의 문학
> 　㉦ 비전문적인 문학

27 다음 중 수필 문학의 특징이 <u>아닌</u> 것은?

① 형식이 자유로운 문학이다.

② 해학적이고 비평 정신을 갖춘 문학이다.

③ 주제가 한정된 문학이다.

④ 개성적 · 고백적 · 서정적 특성을 지닌 문학이다.

> 해설　수필 문학은 개성의 문학, '무형식의 형식'을 갖는 문학이다. 또한 해학적이고, 비평 정신을 갖춘 문학이며, 개성이 강한 자기고백의 문학이다. 수필은 주제가 한정된 문학이라기보다는 다양한 제재의 문학이다.

정답　25 ①　26 ①　27 ③

28 다음에서 설명하는 수필의 특성은?

> "문학의 내용, 즉 사상성은 문학의 진리요, 형식과 기교는 문학적 미이다. 즉, 문학의 형식은, 사상을 예술화하는 그릇이라고 할 수 있다. 따라서 시에서는 리듬, 이미지, 메타포, 상징 등이 고려되어야 하고, 소설에서는 플롯, 시점, 인물, 배경 등의 제약을 받지만, 수필은 무형식을 그 형식적 특징으로 하기에 엄격한 형식적 제약 없이 사유에 비치는 모든 것을 표현하면 된다."
>
> – 몰톤 –

① 개성의 문학, 자기고백의 문학, 자조문학이다.
② 무형식의 문학이다.
③ 허구적인 문학이다.
④ 산문문학이다.

해설 무형식의 문학 : 엄격한 형식적 제약 없이 사유에 비치는 모든 것을 표현하면 된다.

29 다음 중 수필의 특성에 해당하지 않는 것은?

① 개성이 강한 문학이다.
② 심미적·예술적 가치의 문학이다.
③ 체계적 형식의 문학이다.
④ 해학적이고 비평 정신을 갖춘 문학이다.

해설 수필은 인생이나 자연의 모든 사물에서 보고 듣고 느낀 것이나 경험한 것을 형식상 또는 내용상의 제한 없이 자기의 느낌·기분·정서 등을 붓 가는 대로 쓴 글이다.

30 다음에서 설명하는 수필의 특성으로 적절한 것은?

> 시나 소설 등은 각각의 형식, 제재를 여과시켜 주제를 형상화한다. 가령 시는 리듬, 이미지, 메타포, 상징 등이, 소설에서는 플롯이나 시점, 인물, 배경 등의 제약을 받는다. 하지만 수필에서는 그러한 엄격한 제약이 없다.

① 수필은 다양한 제재를 받는다.
② 수필은 무형식의 형식이다.
③ 수필은 개성이 강한 문학이다.
④ 수필은 외형적이고 비평 정신을 갖춘 문학이다.

정답 28 ② 29 ③ 30 ②

PART 01
PART 02
PART 03
PART 04
PART 05
PART 06
PART 07

해설 수필에 형식이 없다는 말은 아무렇게나 써도 된다는 의미가 아니라, 개별 작품 자체가 하나의 완결된 구조와 형식을 가진다는 의미이다. 따라서 수필은 겉으로 보이지 않는 유기적인 총체성을 내재적으로 가진다고 할 수 있다. 즉, 시에서는 리듬, 이미지, 메타포, 상징 등이 고려되어야 하고, 소설에서는 플롯, 시점, 인물, 배경 등의 제약을 받지만, 수필은 무형식을 그 형식적 특징으로 하기에 엄격한 형식적 제약 없이 사유에 비치는 모든 것을 표현하면 된다.

31 다음의 작품에 해당하는 문학의 종류로 맞는 것은?

> 부유함과 궁핍함은 개인의 마음에 달려 있다. 부든 명예든 건강이든, 그것을 소유한 이가 부여한 의미 이상의 아름다움이나 즐거움을 지니지 못한다. 본인이 행복하다고 생각하면 행복한 거고, 불행하다고 생각하면 불행하다. 스스로의 확신이야말로 본질적이고 진실한 것이다.
>
> — 몽테뉴, 『수상록』 —

① 미셀러니(miscellany) ② 에세이(essay)
③ 평론 ④ 베이컨형 수필(formal essay)

해설 ② 몽테뉴의 고백록인 『수상록』에서 유래한 인생의 내면적·영적 문제를 주관적으로 사색하는 수필인 몽테뉴형 수필(informal essay)로 분류되는 에세이이다.

오답 ① 미셀러니(miscellany)는 생활 주변에서 일어나는 사소한 일을 소재로 가볍게 쓴 수필로 신변잡기적 성향의 글이다.
③ 평론은 사물의 가치, 우열, 선악 따위를 평가하여 논하는 글이다.
④ 베이컨형 수필(formal essay)은 사회적 문제를 주로 객관적으로 귀납하는 수필로 베이컨의 수필집 『The Essay』에서 유래한 것이다.

정답 31 ②

32 (   ) 안에 들어갈 말로 알맞지 <u>않은</u> 것은?

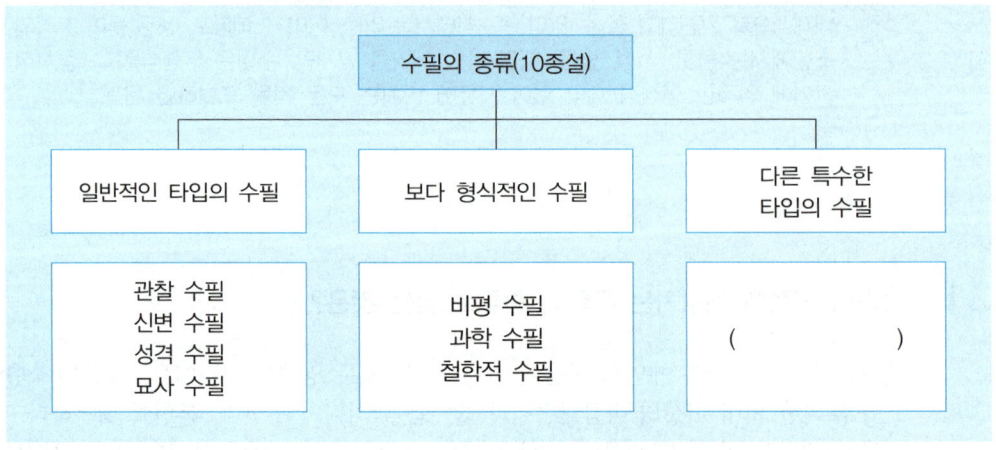

① 담화 수필 ② 서한 수필
③ 사설 수필 ④ 지식적 수필

<u>해설</u> ④ 10종설 : 『미국 백과사전(The Encyclopaedia)』(1961)
　　≫ 다른 특수한 타입의 수필 : ㉠ 담화 수필, ㉡ 서한 수필, ㉢ 사설 수필
<u>오답</u> 3종설 : 히사마쓰 데이치, 『수필과 문학 의식』
　　– 문학적 수필, 문학론적 수필, 지식적 수필

33 (   ) 안에 들어갈 내용으로 알맞지 <u>않은</u> 것은?

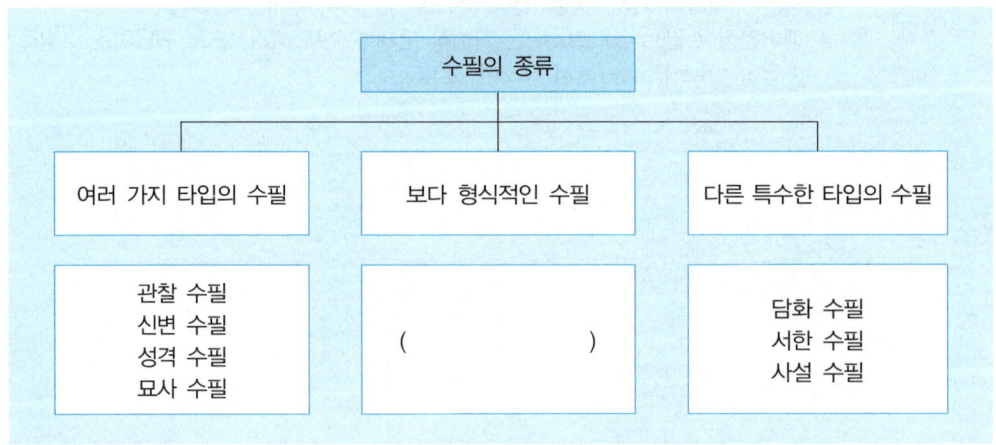

① 비평적 수필 ② 과학적 수필
③ 본격적 수필 ④ 철학적 수필

<u>정답</u> **32** ④ **33** ③

해설 10종설 : 『미국 백과사전(The Encyclopaedia)』
≫ 보다 형식적인 수필 : 비평적 수필, 과학적 수필, 철학적 수필
③ 본격적 수필 : 주로 한문 수필과 국문 수필로 이루어진 고전 수필의 기행적 성격을 계승하고, 서구 수필의 개성적인 시각을 수용하여 이원적(二元的) 근저에서 출발한다.

34 다음 중 수필의 2종설적 분류가 아닌 것은?

① 현대수필과 고전수필
② 중수필과 경수필
③ 에세이와 미셀러니
④ 개인적 수필과 사회적 수필

해설 2종설의 예
㉠ 백철과 김종균 : 중수필과 경수필
㉡ 조연현 : 에세이와 미셀러니
㉢ 정한모 : 포멀 에세이와 인포멀 에세이
㉣ 김원경 : 개인적 수필과 사회적 수필

35 수필을 3종설로 분류할 때 속하지 않는 것은?

① 문학적 수필
② 예술적 수필
③ 지식적 수필
④ 문학론적 수필

해설 히사마쓰 데이이치(『수필과 문학의식』)의 분류방식으로, 이에는 '문학적 수필, 문학론적 수필, 지식적 수필' 등이 있다.

36 다음 중 수필의 5종설적 분류가 아닌 것은?

① 작가 자신의 경험 또는 고백, 자기반성이라고 할 수 있는 것
② 인생 및 인생에 관한 고려 또는 사견이라고 할 수 있는 것
③ 자연, 즉 천지, 산천, 초목, 화본(花本) 혹은 금수(禽獸), 충어(蟲魚) 등에 관한 것
④ 정치, 경제, 사회, 문화 등에 관한 것

해설 현대수필을 경수필이 아닌, 연수필로 보고 이를 5종설로 분류할 경우 ①, ②, ③ 외에도 일상의 사소한 일에 대한 관찰, 인간사에 대한 작가의 사견이라고 할 수 있는 것 등이 있다.

정답 34 ① 35 ② 36 ④

37 다음은 수필을 어떤 종류로 분류하고 서술한 것인가?

> • 작가 자신의 경험 또는 고백, 자기반성이라고 할 수 있는 것
> • 인생 및 인생에 관한 고려 또는 사견이라고 할 수 있는 것
> • 일상의 사소한 일에 대한 관찰
> • 자연, 즉 천지, 산천, 초목, 화본(花本) 혹은 금수(禽獸), 충어(蟲魚) 등에 관한 것
> • 인간사에 대한 작가의 사견이라고 할 수 있는 것

① 연수필
② 경수필
③ 철학적 수필
④ 비평적 수필

> 해설   제시된 내용은 현대수필을 경수필이 아닌, 연수필로 보고 분류한 것이다.

38 다음 중 경수필의 특성에 해당하는 것은?

① 베이컨적 수필이다.
② 사회적·객관적 수필이다.
③ 정서적·신변적 수필이다.
④ 지적이고 사색적인 수필이다.

> 해설   중수필과 경수필 비교

중수필(formal essay)	경수필(informal essay)
• 문장의 흐름이 중(重)한 느낌을 준다.	• 문장의 흐름이 경(輕)한 느낌을 준다.
• 경문장적이다.	• 연문장적이다.
• 베이컨적 수필이다.	• 몽테뉴적인 수필이다.
• 사회적·객관적 표현이다.	• 개인적·주관적인 표현이다.
• '나'가 겉으로 드러나 있지 않다.	• '나'가 겉으로 드러나 있다.
• 보편적 논리와 이성으로 짜여 있다.	• 개인적인 감성과 정서로 짜여 있다.
• 소논문적이다.	• 시적이다.
• 지적이고 사색적이다.	• 정서적·신변적이다.

39 다음 중 중수필에 대한 설명으로 옳은 것은?

① 개인적인 감정과 정서로 짜여져 있다.
② 문장의 흐름이 경쾌한 느낌을 준다.
③ 보편적 논리와 이성이 드러난다.
④ 감상문, 일기, 서간문, 신변잡기 등이 속한다.

> 해설   ①, ②, ④는 경수필(informal essay)의 특징에 해당한다.

정답   37 ①   38 ③   39 ③

40 다음에서 설명하는 것은 어떤 형식의 에세이인가?

> • 사회적 문제를 주로 객관적으로 귀납하는 수필이다.
> • 베이컨의 수필집 『The Essay』에서 유래하였다.
> • 『The Essay』→ 주로 외부적인 사회적 문제(국가의 정책), 개인의 행동, 추상적 문제, 자연의 관조, 우정, 결혼, 논쟁, 여행 등 여러 방면의 문제를 실제가의 입장에서 기술한다.

① 몽테뉴형   ② 베이컨형
③ 앤타고니스트형   ④ 프로타고니스트형

해설 지문은 베이컨형에 대한 설명이고, ③, ④는 소설에서 인물의 두 분류이다.

01 희곡의 본질

◁ 1 희곡의 개념

(1) 희곡의 기원

① 희곡의 출발 : 표출의 형태를 취한 극시
  - 💧 **소설의 출발** : 서술의 형태를 취한 서사시
  - 💧 **극시**(dramatic poetry) : 희곡적인 내용을 시적인 표현과 운문으로 창작한 것으로 서정시, 서사시 등과 함께 시의 한 부류이다. 셰익스피어의 「햄릿」, 「오셀로」, 「리어왕」 등과 괴테의 「파우스트」, 엘리엇의 「성당의 살인」, 「칵테일 파티」, 「비서」 등이 모두 극시이다.

② 동양과 서양에서의 연극 또는 희곡에 대한 발생은 그 뿌리가 같다.
  - 💧 **희곡** : drama, play
    - **drama의 어원** : 그리스어의 'dran'(움직인다. 행동한다)
    - **play** : 우리의 전통극인 꼭두각시놀음, 양주별산대놀음 등의 명칭과 유사

(2) 희곡의 정의

① 무대 상연을 전제로 한 연극의 대본으로, 대사와 행동에 의해 표현되는 문학 장르이다.
② 희곡은 무대 위에서 상연되는 연극적 특질과 문자로 쓰인다는 문학적 특질을 동시에 지니는 이중성을 가진다.
③ 인간이 자신의 열정과 욕망을 충족시키기 위해 행동하고, 다른 사람과 갈등하는 모습을 배우의 행동과 말을 통해 직접 관객의 눈앞에 재현시키는 문학을 말한다(연극의 대본).

(3) 희곡에 대한 학자들의 견해

① 아리스토텔레스의 『시학』
  - ㉠ 희곡의 정의에 대해 최초로 언급하였다.
  - ㉡ "극시는 이야기하는 형식에 의해서가 아니라 행동하는 인간에 의해서 보는 사람을 감동시키는 것."
② 볼톤의 『희곡의 분석』
  - ㉠ 희곡과 다른 문학작품과의 차이를 분명히 설명하였다.
  - ㉡ "희곡작품은 단순히 읽기 위한 작품만은 아니다. 진정한 희곡작품은 3차원의 세계인 것이다. 우리들 눈앞에서 걷고 말하는 문학작품인 것이다."

③ 아처(W. Archur) : 희곡의 특질을 가장 잘 드러내는 정의

ㄱ 무대 상연을 전제로 하는 문학

ㄴ 인간의 행동을 표출하는 문학

ㄷ 가장 객관적인 형식의 문학

ㄹ 대화가 유일한 표현 방식인 문학

④ **몰톤(Moulton)** : 희곡은 창조적 표출이 특징인 문학의 한 형태이다.

◢ 2 희곡의 특성

(1) 희곡의 특질

① **무대 상연을 전제로 한 문학**

ㄱ 무대 상연을 전제로 하기 때문에 많은 제약이 따르며, 관객과 무대상의 약속, 즉 컨벤션(convention)이 있다.

ㄴ 시간과 공간이 제약뿐만 아니라 등장인물의 수에도 제한을 받는다.

② **행동의 문학**

ㄱ 인간의 행동(배우의 연기)을 통해 표현되며, 극작가의 묘사나 해설은 개입될 수 없다.

ㄴ 행동은 압축과 생략, 집중과 통일이 이루어져야 한다.

③ **대사의 문학**

ㄱ 사건의 전개가 인물의 대사를 통해 이루어지므로, 압축된 언어로 이루어져 있다.

ㄴ 대사를 통하여 인물의 성격이 드러나며, 주제가 형상화된다.

④ **현재화된 인생 표현**

ㄱ 무대 위에서 인생의 모습을 직접 표현하는 특성 때문에 모든 이야기를 현재화한다.

ㄴ 현재시제를 사용한다. 과거시제를 사용할 수 없다.

⑤ **대립과 갈등을 본질로 하는 문학**

ㄱ 주인공이 다른 인물이나 상황과 대립함으로써 일어나는 극적 긴장과 갈등을 중심으로 사건이 전개된다.

ㄴ 이념의 대립, 의지의 갈등을 본질로 삼는다.

⑥ **제약을 많이 받는 문학**

ㄱ 시간 및 작품의 길이, 장소, 등장인물의 수에 제한을 받는다.

ㄴ 직접적인 묘사나 서술이 불가능하다.

⑦ **양면성을 지닌 문학**

ㄱ 연극성(연극의 대본)

ㄴ 문학성(단일 예술)

⑧ **가장 직접적이며 객관적 형식의 문학**

ㄱ 배우가 직접 독자와 대면하는 양식으로 작가는 개입할 수 없다.

ㄴ 관객에게 상황을 보여 주기 때문에 가장 객관적인 양식이다.

⑨ **단일예술** : 연극이란 종합예술을 전제로 하고 있지만, 희곡 자체는 문학의 한 갈래로 단일예술이다.

(2) 희곡의 제약

무대 상연을 전제로 하기 때문에 많은 제약이 있다.

① **근본적 제약(보여주기)** : 직접 서술의 불가능

  ㉠ 작가의 직접적인 묘사나 해설이 불가능하다.

  ㉡ 인물의 직접적 제시가 불가능하다.

  ㉢ 내면적인 심리묘사가 어렵다.

② **공간적 제약** : 무대

  ㉠ 등장인물의 수의 제약

  ㉡ 군중 장면의 불가능

  ㉢ 장면 전환의 제약

③ **시간적 제약**

  ㉠ **상연 시간**(작품의 길이) : 압축성

  ㉡ 반드시 현재형

(3) 희곡의 효용성

① 관객이나 독자에게 즐거움을 준다.

② 연극적 감수성을 충족시킨다.

③ 희곡에 나타난 사상과 인생의 의미에 부딪쳐 인생을 체험하고 배우게 해 준다.

④ 연극의 플롯을 통해 긴장이 고조되고 절정에 오르게 된 이후 하강을 통해 정신적인 정화작용을 체험한다.

(4) 희곡의 컨벤션(convention, 약속)

희곡과 독자(관객) 사이에 자연스럽게 승인된 묵계를 말한다.

① **세팅의 컨벤션** : 무대는 극이 전개되는 가공의 장소이지만 진짜 현실로 받아들인다.

② **캐릭터와 행동의 컨벤션**

  ㉠ 배우는 실제 인물로 간주한다.

  ㉡ 배우의 행동도 실제 행동으로 간주한다.

  ㉢ 독백이라든가 방백도 모두가 다 들을 수 있도록 말하지만 관객이나 무대 위의 다른 연기자들은 못 들었다고 정한다.

③ **의상의 컨벤션** : 셰익스피어 극을 현대에 상연할 때, 당대의 의상과 복장 그대로를 입는 것은 아니지만 관중은 그 시대의 의상과 복장인 듯 본다.

④ **언어의 컨벤션** : 셰익스피어 극을 우리말로 상연할 때, 우리말로 상연했다고 하더라도 그것을 리얼한 것으로 생각해야 한다는 약속이다.

3 문학으로서의 희곡

(1) 레제드라마(lesedrama)

① 레제드라마(lesedrama)는 무대상연을 목적으로 쓰인 것이 아니라, 독서를 하기 위한 용도로 쓰인 희곡을 말한다. 연극성보다 문학성에 더 중점을 둔 것으로, 18~19세기에 걸쳐 유럽에서 유행하였다.

② 레제드라마는 일반적인 의미의 희곡과는 달리 문학적 요소만이 강조된 형식의 희곡을 뜻한다. '클로젯 드라마(closet drama)'라고도 한다.

③ 독립된 순수한 문학적 형태의 희곡이다.

④ 연극이 요구하는 조건이나 제약이 없다.

> 📦 **부흐드라마**(buch drama) : 우선 책으로 출판해 두고 무대조건이나 외부조건이 적절하게 되면 상연할 계획의 희곡이다.

⑤ **볼켈트**(J. Volkelt) : 레제드라마를 '상상극'이라고 부르고, 상연을 목적으로 하는 희곡을 '무대극'이라고 부른다.

⑥ **대표적인 레제드라마** : 「파우스트」(괴테), 「조용한 종」(하우프트만)

(2) 희곡과 소설의 비교

구분	희곡	소설
서술자	서술자의 개입이 없음	서술자의 개입이 있음
시제	현재형	과거형
등장인물	인물의 수의 제약이 많음	제약 없이 많은 인물이 등장함
시간·공간	제약을 많이 받음	제약을 받지 않음
전달과정	무대상연을 전제로 함	읽는 것을 전제로 함
표현	행동, 대사(서술의 불가능)	서술, 묘사, 대화
인물의 심리	대사와 행동을 통해 간접적으로 표현됨	세세한 심리분석, 내면탐구가 가능함
성격	가장 객관적인 양식	객관과 주관을 겸한 양식
공통점	• 허구적인 사건을 통해 자아와 세계의 갈등을 다룸 • 플롯의 전개(일정한 줄거리가 있음) • 대화의 사용 • 배경설정 등이 유사함 • 서술자를 통한 간접적 전달	

02 **희곡의 요소**

1 희곡의 형식상 구성요소(희곡의 3요소)

(1) 해설

① 개념
  ㉠ '전치 지문'이라고도 한다.
  ㉡ 희곡의 첫머리에 위치한다.
  ㉢ 무대의 막이 오르기 전후로 필요한 상황을 설명한다.
  ㉣ 무대배경, 인물의 상태, 상황 등을 설명하는 부분이다.
  ㉤ 작가나 독자나 연출가에게 제공하는 정보로 극의 전개와 이해를 돕기 위해 사용된다.

② 역할
  ㉠ 배경 설명 : 시간, 장소, 분위기 등을 설명하여 극의 배경을 명확히 한다.
  ㉡ 인물 소개 : 등장인물의 외모, 성격, 상태 등을 설명한다.
  ㉢ 상황 설명 : 현재 상황이나 이전에 발생한 사건들을 설명하여 이야기를 이해하는 데 도움을 준다.

(2) 지문(지시문)

① 개념
  ㉠ '바탕글' 또는 '삽입 지문'이라고도 한다.
  ㉡ 인물들의 대사 중간에 삽입되거나 별도로 쓰인다.
  ㉢ 무대 위의 인물의 동작, 표정, 말투, 입장, 퇴장, 조명, 심리, 효과, 배경 등을 설명한다.
  ㉣ 현재형으로 쓴다.
  ㉤ 연출가와 배우에게 구체적인 연기 지시를 제공하여 극의 생동감을 높인다.

② 종류
  ㉠ 무대 지시문 : 작품의 배경, 등장인물, 무대장치 및 소도구의 배치, 음향효과 등의 처리를 지시한다.
  ㉡ 행동 지시문 : 인물들의 동작, 표정, 말투, 입장 및 퇴장, 조명, 심리 등을 지시한다.

(3) 대사

① 개념
  ㉠ 등장인물들이 주고받는 말이다.
  ㉡ 등장인물의 이름 뒤에 위치한다.
  ㉢ 극의 모든 사건과 인물의 행동, 심리 등이 구체적으로 드러나는 부분이다.

② 모든 극적인 주제와 사건은 대사를 바탕으로 이루어진다.
⑩ 사건의 진행과 인물의 성격을 드러내는 가장 중요한 요소이다.
② 역할
　ⓐ **이야기 전개** : 인물들의 대사를 통해 극의 이야기가 전개된다.
　ⓑ **성격 표현** : 인물의 성격, 의도, 감정 등을 대사를 통해 드러낸다.
　ⓒ **갈등과 긴장** : 대사를 통해 인물 간의 갈등과 긴장이 표현되며, 관객의 관심을 끌어모은다.
　💎 **연극의 3요소** : 희곡, 배우, 관객 + 무대(4요소)

2 희곡의 대사

(1) 대사의 기능

① 사건을 진행시킨다.
② 인물이 생각, 성격을 드러낸다.
③ 사건의 상황을 드러낸다.
④ 전체적 분위기를 표출한다.

(2) 대사의 요건

① 압축성(경제성)
　ⓐ 불필요하게 말을 늘어놓지 않고 간결한 말로써 여러 가지 사실과 의미가 효과적으로 제시될 수 있도록 압축된 표현을 써야 한다.
　ⓑ 표현의 경제성을 얻어야 한다.
② 적절성 : 말하는 인물의 신분, 성격, 심리 상태, 처지에 적합한 대사를 써야 한다.
③ 알맞은 속도감
　ⓐ 지나치게 설명적이거나 장황하게 늘어지지 않고 극적 진행의 속도감을 살릴 수 있도록 대사가 구성되어야 한다.
　ⓑ 관객의 상상적 이해를 촉진하고 사건 전개에 대한 관심을 높일 수 있다.
④ 참신성
　ⓐ 상투적인 말을 피하고 선명한 인상을 주는 표현을 구사해야 한다.
　ⓑ 대사에 날카로운 재치와 관찰의 신선함이 담겨야 한다.

(3) 대사의 종류

① 대화
　ⓐ 그리스어 'dia logos'에서 유래한다.
　ⓑ 두 사람 이상의 인물이 주고받는 이야기를 뜻한다.

ⓒ 기분이나 분위기의 전달뿐 아니라 행동의 발전도 도모해야 한다.

ⓔ 구체성, 간결성, 탄력성, 집중성, 극적(劇的)인 특성을 지닌다.

② 독백

　　ⓐ '홀로 말한다'라는 뜻의 독백은 'mono'와 'logue'의 합성어이다.

　　ⓑ 독백의 원리는 인위적이며 가장 순수한 의미의 독백은 자문자답이다.

　　ⓒ 독백이라 하더라도 웅얼거리면 안 되고 관객이 알아들을 수 있도록 해야 한다.

　　ⓓ 동기(動機)의 설정, 내적 투쟁의 준비와 결심, 심리 변화, 갈등의 표출에 쓰인다.

Plus UP!　해밀턴(C. Hamilton)의 독백 구분

1. 구성적 독백
   - 플롯의 진행을 설명하는 모티브를 밝히기 위한 독백
   - **사실의 설명을 주로 함** : 자기소개, 계획, 보고
   - **효과의 준비를 하는 것** : 내면적 투쟁, 숙고, 결심
2. 묵상적 독백
   - 인간의 사상, 감정의 연쇄와 같은 심리묘사를 위한 독백
   - 의식적인 사상, 감정의 표출
   - 무의식적 심정의 발로

③ 방백

　　ⓐ 관객에게는 들리지만 무대에서의 상대방 배우에게는 들리지 않는 것으로 약속된 대사이다.

　　ⓑ 관례상 독백보다 짧다.

　　ⓒ 지금 진행되고 있는 사실에 대해 논평할 때 효과적으로 사용된다.

　　ⓓ 음모를 꾸민 인물이 그 일이 어떻게 진행되는가를 지켜보며 그 과정을 설명하는 경우에 많이 쓰인다.

3 희곡의 내용상 구성요소

(1) 인물

① 등장인물의 특징

　　ⓐ 의지적, 전형적, 개성적이어야 한다.

　　ⓑ 인생의 단면을 집약적으로 그릴 수 있도록 집중화되고 압축된 성격을 지녀야 한다. 희곡에서는 등장인물의 수나 성격의 유형에 제한을 받게 된다.

　　ⓒ 극적 효과를 뚜렷이 드러낼 수 있도록 갈등과 의지의 투쟁을 보여 주는 인물을 등장시켜야 한다.

🔷 바람직한 희곡의 인물
- 개성적이면서 전형적 성격
- 입체적이며 극적인 인물
- 의지와 욕망을 가진 적극적인 인물

② 등장인물의 유형

　㉠ 돈키호테형

　　ⓐ 희극의 인간형으로 외향적 성격을 지닌 인물이다.

　　ⓑ 과대망상적 공상가이다.

　　ⓒ 실천형의 인물이다. 이상을 위해서 자기의 생명까지도 버리고 목표를 향하여 매진한다.

　　ⓓ 이론이나 지식을 경시하거나 싫어하는 경향이 있다.

　㉡ 햄릿형

　　ⓐ 비극에 적당한 인간형으로 내향적 성격을 가진다.

　　ⓑ 예민한 성격과 반성력을 가졌다.

　　ⓒ 결단력이니 실행력이 없기 때문에 비관적인 인물의 전형이라고 할 수 있다.

(2) 사건

① 생략, 압축, 집중, 통일된 행동이 드러나야 한다.
② 갈등과 긴장을 동반해야 한다.

(3) 배경

사건이 일어나는 바탕, 즉 구체적인 시간과 장소가 제시되어야 한다.

◢ 4 희곡의 구성

(1) 희곡의 구성단위

① 장(場)

　㉠ 희곡의 기본단위로서, 막의 하위 단위이다.

　㉡ 배경이 바뀌고, 인물의 등장이나 퇴장으로 구별된다.

② 막(幕)

　㉠ 몇 개의 장으로 이루어진다.

　㉡ 무대의 막이 올랐다가 다시 내릴 때까지의 사건으로 이루어진다.

　㉢ 막은 휘장을 올리고 내리는 것에서 연유되었으며, 극의 길이와 행동의 구분이다.

(2) 희곡 구성(플롯)의 유형

① 분규(紛糾)의 복잡성 유무
  ㉠ 단순형 : 분규가 심하지 않은 간단한 상황을 제시하는 유형
  ㉡ 복잡형 : 분규와 상황을 복합적으로 제시하는 유형
② 이야기의 단일성 여부
  ㉠ 단일형 : 하나의 줄거리를 갖는 것
  ㉡ 이중형 : 두 개의 스토리가 평행하게 진행되는 것. 이에는 주플롯과 종플롯이 있다.
③ 전개의 양상
  ㉠ 산만형 : 상황만 복잡하게 나열할 뿐 해결을 위한 전개가 어수선한 유형
  ㉡ 엄격형 : 플롯의 구성이 도식적일 만큼 짜여진 유형

(3) 희곡의 구성 단계

5막 구성 : 독일의 프라이타크(G. Freytag)가 확립하였다.

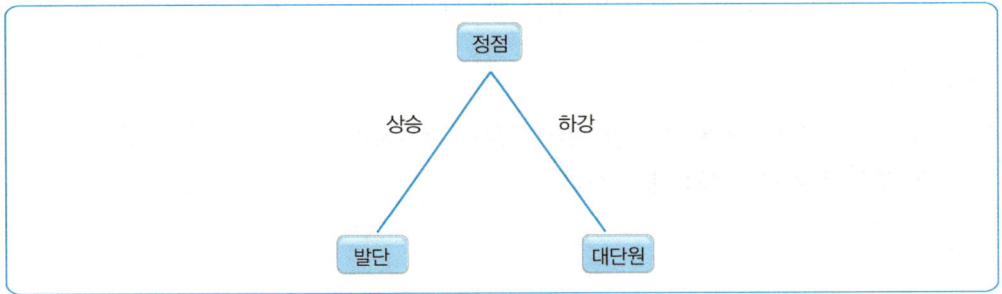

① 발단(發端)
  ㉠ 극의 도입 부분. 플롯의 실마리가 드러나는 단계로 사건의 방향과 성격을 제시한다.
  ㉡ 등장인물이나 분위기 등이 드러나며 갈등과 분규가 내포된다.
  ㉢ 시간적, 공간적 배경과 인물이 소개된다.
  ㉣ 극적 행동이 일어나는 준비 단계로 갈등의 실마리가 마련된다.
  ㉤ 앞으로 일어날 사건이나 갈등이 예고된다.
② 상승(上昇)
  ㉠ '전개' 부분이다.
  ㉡ 주동 인물과 반동 인물 간의 대립과 갈등이 점점 상승되는 단계이다.
  ㉢ 발단에서 시작된 사건과 성격이 더욱 복잡해지고 갈등과 분규를 일으키며 긴장과 흥분이 더욱 고조되는 단계이다.
  ㉣ 관중의 흥미와 주의가 집중되는 단계이다.
  ㉤ 발단에서 제시되지 않은 새로운 사건이나 인물들을 복선 없이 등장시키지 말아야 한다.

③ 정점(頂点)

　㉠ '절정' 또는 '전환점'이라고도 한다.

　㉡ 긴장과 위기감이 최고조에 이르면서 극적 장면이 나타나는 단계이다.

　㉢ 사건 해결의 실마리가 마련되는 단계이다.

　㉣ 발단과 상승 단계에서 전개한 사건의 논리적 귀결이어야 한다.

　㉤ 주동과 반동 인물 사이의 심리적 갈등, 의지의 투쟁, 대결이 최고조에 달한 단계이다.

④ 하강(下降)

　㉠ '반전'이라고도 한다.

　㉡ 주동 인물의 운명과 인생이 역전되어 하강한다는 뜻이다.

　㉢ 대립하던 두 힘의 균형이 깨어지고, 해결의 국면으로 급속하게 기울어지는 단계이다.

　㉣ 이 단계에서 희극은 주인공에게 방해가 되었던 장애물이 제거되어 행복한 결말로 하강해 가고, 비극은 주인공을 파멸로 이끄는 반동 세력이 우세해져서 결국 비극적 결말로 귀결되게 된다.

　㉤ 관중의 긴장을 새로운 방향으로 전환시키는 단계이다.

⑤ 대단원(大團圓)

　㉠ '결말', '파국' 단계이다.

　㉡ 갈등과 투쟁이 모두 해소되고 해결되는 단계이다.

　㉢ 사건과 갈등이 종결되고 주인공의 운명이 결정되는 단계이다.

　㉣ 간략하게 처리해야 한다. 관객이 긴장 상태에서 해방되는 시간이 길면 길수록 효과가 반감되기 때문이다.

　㉤ 극적 행위에 있어서 그 행위가 자극한 모든 의문에 대하여 관객이 충분히 이해할 수 있도록 해야 한다.

　💎 **소설의 구성 5단계** : 발단 – 전개 – 위기 – 절정 – 결말

03　희곡의 종류

◢ 1　희곡의 갈래

(1) 내용에 따른 갈래

① 비극(悲劇) : 인간이 운명, 성격, 상황 등에 의해 패배해 가는 모습을 제시하는 희곡을 말하며, 비범한 개인인 주동 인물이 투쟁하다가 패배하여 좌절하는 내용이다.

② 희극(喜劇) : 인간의 성격이나 행위에 내재하는 우둔함, 비리(非理), 모순과 같은 약점을 묘사하여 골계미(滑稽美)를 나타내는 희곡으로 해피엔딩으로 끝난다.

③ 희비극 : 비극과 희극의 복합 형태로 대체로 처음에는 비극적으로 전개되나 작품의 전환점에 이르러 희극적인 상태로 전환되는 것이 많다.

(2) 창작 의도에 따른 분류

① **창작 희곡** : 처음부터 무대 상연을 목적으로 창작한 희곡
- 🔵 **현대 최초의 창작 희곡** : 조중환의 「병자삼인」(1921)

② **각색 희곡** : 소설, 수기, 시나리오 등을 기초로 각색한 희곡
- 🔵 **현대 최초의 각색 상연작** : 이인직의 「은세계」(1908)

③ **레제드라마**(lesedrama) : 상연되지 않고 읽기만을 위한 독서 희곡으로 연극성을 무시하고 문학성만을 중시한다.
- 🔵 괴테의 「파우스트」

④ **뷔넨드라마**(bühnen drama) : 반드시 무대 상연을 전제로 한 희곡

(3) 사조에 따른 분류

① **고전주의극** : 형식미를 바탕으로 엄격한 통제를 강조한다. 3일치 법칙이 적용된다.

② **낭만주의극** : 형식의 구속에서 탈피하여 자유분방한 정열을 구가하는 연극이다.

③ **사실주의극** : 인생의 단편을 현실 그대로 표현하는 데 주력하는 연극이다.

④ **표현주의극**
- ㉠ 20세기 초 독일을 중심으로 전개된 문예사조인 표현주의가 연극에 반영되어 나타났다.
- ㉡ 인간의 내면과 무의식의 세계를 주관적으로 묘사한다.
- ㉢ 자서전적인 요소를 극 중에 강하게 도입한다.
- ㉣ 유형화되거나 풍자화된 인물로서 사회의 한 집단을 대표한다.

⑤ **서사극**
- ㉠ 독일의 극작가 베르톨트 브레히트가 주창한 연극 이론이다.
- ㉡ 관객에게 카타르시스를 경험하게 하는 아리스토텔레스의 연극론에 대한 대립 개념이다.
- ㉢ 관객의 감정이입을 차단하는 '소외효과'를 위해 배우들이 자신의 배역에서 이탈하기도 하며, 스크린 등을 이용해 상황을 객관적으로 설명하기도 한다.
- ㉣ 사회적 인식을 일깨우는 연극의 교육적, 사회 비판적 기능을 우선시했다.

⑥ **부조리극**
- ㉠ 1950년대에 프랑스를 중심으로 일어난 전위극 및 그 영향을 강하게 받은 연극이다.
- ㉡ 용어는 카뮈의 『시지프 신화』 "인간의 상황은 근본적으로 부조리하며 목적이 결여되어 있다."에서 유래되었다.
- ㉢ 비이성적이고 자기 모순적인 등장인물의 성격, 의사소통의 혼란, 언어가 과연 인간의 의사를 제대로 표현해 낼 수 있는가에 대한 물음을 던지는 듯한 대사 등이 있으며, 극 내에서 인간은 절망과 혼돈, 불안을 느끼고 있는 버려진 존재로 묘사된다.
- ㉣ **대표작** : 베케트의 「고도를 기다리며」

(4) 기타 희곡

① **멜로드라마**(melo drama) : 사랑을 주제로 하여 줄거리에 변화가 많고, 호화로운 무대로 관객을 대하는 감상적·통속적인 대중극이다.

② **모노드라마**(mono drama) : 한 사람의 배우가 연출하는 극이다.

③ **팬터마임**(pantomime) : 대사가 없이 동작만으로 이루어진 극으로 '무언극(無言劇)'이다.

④ **키노드라마**(kino drama) : 영화의 기법을 섞어 사용하는 특수한 연극으로 연극과 영화의 연쇄극이라고 한다.

⑤ **소인극**(素人劇) : 전문적인 연극인이 아닌 사람들이 하는 연극이다.

⑥ **사이코드라마**(psycho drama) : 극적인 효과보다는 진단이나 치유의 효과를 기대하는 목적극으로, 주로 사회적 부적응이나 인격장애 진단 및 치료에 이용한다.

◢ 2 희극

(1) 희극의 개념

① **어원** : 그리스어 'comoidia'
  ㉠ 'comos'(행렬)와 'ode'(노래)의 합성어로 축제 때 행렬을 지어 노래하며 춤추는 군상들이 주고받는 웃음거리의 말에서 비롯되었다.
  ㉡ 'como'(시골)와 'ode'(노래)의 합성어로 농경시대의 번식과 관계된 농민의 소박하고 솔직한 노래라는 뜻을 가지고 있다.

② **유래** : 디오니소스 축제 때 새나 닭 또는 말이나 돌고래로 분장한 배우들이 장대에 커다란 남성의 성기(phallus) 상징물을 높이 들고 거리를 행진하면서 노래와 춤을 춘 것에서 시작되었다고 한다.

(2) 희극의 정의

① **사전적** : 희극은 경쾌하고 재미있고 때로는 풍자적인 인물이 주로 행복한 결말을 맺는 일상생활을 상연하는 무대극이다.

② **일반적** : 관객의 웃음을 자아내기 위해서 경쾌하고 흥미 있는 사건 속에 인간의 성정이나 행동의 모순 또는 불합리한 약점, 그리고 사회의 결점을 그려서 골계, 해학 등의 미적 효과를 나타내는 희곡이다.

(3) 희극의 특징

① 희극의 인물은 몰개성적인 전형적 인물이다. 주로 수전노나 바람둥이, 허풍선이 등 희화화(戲畫化)된 인물로 등장한다.

② 주인공은 평균적 인간보다는 저급한 인물이다. 인간의 비영웅적 측면을 대표하는 인간에 초점을 맞춘다.

③ 인간성의 불합리나 사회의 무질서, 모순, 부조화 등을 보고 웃는 웃음이 중시된다.

④ 희극은 유머나 위트 등의 기법을 통하여 불합리한 사회와 인간의 사악성을 비판하며, 골계미를 중시한다.

⑤ 희극은 행복한 결말을 보여 준다. 주동 인물은 반동 인물과의 대결에서 처음에는 고전을 하고 어려움을 당하지만, 끝날 때에는 모든 장애를 딛고 행복하게 된다.

⑥ 삶과 사회를 이상화하겠다는 것이 희극의 궁극적 목표이다.

(4) 희극의 효과

① 관객이나 독자를 도덕적인 의미에서 교정한다. 즉, 극중 인물의 결점을 묘사함으로써 조소의 대상이 되게 하여 사회적 경각심을 불러일으키는 것이다.

② 미학적 인식에서 심정을 앙양시켜 경쾌한 웃음 속에서 건강한 관객 개개인을 더욱 건강하게 만든다.

③ 모순과 부조리에 대해 풍자하는 효과가 있다.

(5) 희극의 종류

① 소극(笑劇)

　㉠ 단순한 대사와 동작의 우스꽝스러움으로부터 웃음을 자아내는 비속한 연극이다. 저속한 코미디(low comedy)라고 부르기도 한다.

　㉡ 고급 희곡에 비해 언어와 행동이 저속한, 그리고 속물적인 인물들이 등장한다.

　㉢ 중세의 세속극에서 발생한 것으로 가장 간단하고 비속한 형태이다.

　㉣ 중세의 성사극(聖史劇)에서 분리된 것으로 과장된 표현, 엉터리 소동, 개그, 슬랩스틱, 우연성, 황당무계함 등이 그 특징이다.

　㉤ **대표작** : 셰익스피어의 「실책의 희극」

② **델아트희극**(comedia dellarte)

　㉠ 이탈리아 희극의 한 형식이다.

　㉡ 16세기 초에서 18세기 초까지 성행한 이탈리아 민간의 직업 배우들의 즉흥 희극이다.

　㉢ 이탈리아 남부 캄파니아의 아텔라(Atella)에서 상연된 시골 연극의 소극인 아텔란 파스(Atellan farce)가 발전된 것이다

　㉣ 유럽의 전체 연극에 꽤 많은 영향을 미친 것으로 평가되고 있다.

③ **풍속희극**(comedy of manners)

　㉠ 몰리에르로부터 시작되어 영국의 17세기 후반기인 왕정복고 시대에 성행했다.

　㉡ 왕정복고기의 사치하고 음란하던 귀족사회를 묘사하고, 당시의 젊은이 연애에 나타나는 표층을 분석하였다.

　㉢ 풍자와 위트가 풍부한 대화를 가진 희극이다.

④ 최루희극(comedia larmoyante)

    ㉠ '눈물희극'이라고도 한다.

    ㉡ 풍속희극이 남긴 건조하고 두드러진 웃음에 대한 반동으로 출현하였다.

    ㉢ 고전비극과 희극, 어느 쪽에도 속하지 않은 시민극의 일종이다.

    ㉣ 지적 능력보다는 감상에 의존하는 희극이다.

⑤ 해학희극(comedy of humors) : 유머나 인물의 특징에 근거를 둔 일종의 성격희극이다.

⑥ 계략희극(intrigue comedy) : 계략과 음모가 특징인 상황 희극이다.

3 비극

(1) 비극의 개념

① 오늘날 비극의 뜻으로 쓰이는 'tragedy'의 어원

    ㉠ 그리스어의 'tragoidia' : 'tragos'(산양)와 'ode'(노래)의 합성어

    ㉡ 4가지 의미를 지니고 있다.

        ⓐ 산양의 꽁지를 달고 사티로스(satyros)로 분장한 자들이 부르는 노래

          💎 **사티로스** : 고대 디오니소스 축제에 나오는 윗부분은 양이고 아랫부분은 사람인 반인반수 형태의 수풀의 신

        ⓑ 상으로 건 산양을 얻기 위해 다투어 부르는 노래

        ⓒ 제물로 바쳐진 산양을 둘러싸고 부르는 노래

        ⓓ 산양이 비통한 울음을 울기 때문에 비극은 산양의 노래

② 유래 : 포도의 신인 디오니소스를 기리는 축제에서 합창단이 양피 옷을 입고 디오니소스를 찬양하는 디티람보스(dithyrambos)를 불렀는데, 이때 코러스의 지휘자는 작가요 작시자이며 한 명의 배우였다고 한다.

(2) 비극의 정의

사전적으로 비극은 인물 자신의 성격 또는 환경과의 갈등으로 생기는 고뇌 상태를 표현하여 사건 전체의 경과 중 특히 결말에서 비장미(悲壯美)를 나타내는 희곡이다.

(3) 비극의 특징

① 주인공은 선(善)을 대표하고, 반동과의 갈등은 선악의 싸움이다.

② 비극의 동기는 비극적 결함에서 비롯되었다.

③ 비극적 결함은 주인공을 파멸로 이끄는 결점으로 주인공의 본의 아닌 과실이나 범죄이다.

④ 비극은 주동 세력의 파멸로 결말을 맺는다.

⑤ 주인공은 선과 악 사이를 방황하지만 결국은 선의 세계로 돌아서서 악과 대결하는 열정적이고 적극적인 인물이다.

⑥ 주동 인물이 운명이나 성격, 상황 등과 투쟁하다가 좌절하는 내용의 연극이므로 장중하고 고양된 인생의 여러 상황을 나타낸다.

⑦ 비극은 보편적인 개인의 운명이라든지 성격과의 갈등에 집중한다.

(4) 비극의 효과

① 연민과 공포
  ㉠ 심적 작용을 통해 정서를 정화시켜 주는 것이다.
  ㉡ **연민** : 비극적 사건들을 접하면서 주인공이 겪는 아픔에 대해 갖는 측은심
  ㉢ **공포** : 가까운 누구에게라도 일어날 수 있을 것이라는 두려움
  ㉣ 연민과 공포는 불가분의 관계이며, 이들이 감정의 정화를 불러일으킨다.

② **카타르시스**(catharsis)
  ㉠ 정화(淨化)와 배설(排泄)의 뜻을 가지고 있다.
  ㉡ **정화** : 죄의 더러움을 씻고 심신을 깨끗이 한다는 종교적인 뜻이다. 감정에서 불순한 부분을 씻어 없앤다는 뜻으로 전용된다.
  ㉢ 의학적 용어로서의 카타르시스는 하제(下劑, purgative)의 작용과 유사한 작용을 뜻하는데, 비극적 흥분이 인간의 본성인 연민과 공포를 배출해 감정의 중압에서 해방과 경감의 쾌감을 일으킨다는 뜻으로 쓰였다.
  ㉣ 궁극적으로 인생에 대한 값진 체험을 쌓게 해준다.

(5) 비극의 종류

① 그리스 고전비극
  ㉠ 운명에 의한 인간의 패배를 주제로 하는 운명비극이다.
  ㉡ 등장인물은 대부분 왕이나 귀족계급이다.
  ㉢ 비극적 고난 속에서 투쟁하는 인물을 초인간적 존재로 묘사한다.
  ㉣ 종교적 색채가 짙다.
  ㉤ **대표작** : 소포클레스의 「오이디푸스」

② 근대 고전비극
  ㉠ 인간의 천성적 성격의 결함에 의한 패배를 묘사하는 성격비극이다.
  ㉡ 그리스 고전비극보다 인간적이기에 관객이 훨씬 더 절박한 느낌을 받는다.
  ㉢ **대표작** : 셰익스피어의 4대 비극 – 「햄릿」, 「리어왕」, 「오셀로」, 「맥베스」

③ 자연주의 근대비극
  ㉠ 등장인물의 성격과 여러 가지 사회 상황과의 갈등이 주를 이룬다.
  ㉡ 주인공이 자신이 처해 있는 사회적 환경조건에 의해서 패배해 가는 비극이다.
  ㉢ 사회극이 이에 속하며, 상황비극의 양상을 띤다.
  ㉣ **대표작** : 입센의 「인형의 집」

◁ 4 희비극

(1) 희비극(tragicomedy)의 정의

① 비극적 요소인 비장과 희극적 요소인 골계가 서로 합쳐져 특이한 효과의 조화미가 드러나는 것이다.
② 비극의 절정에서 행복한 장면으로 전환, 비약하여 막을 내리는 희곡의 한 종류이다.
③ 우연히 시험된 것에서 발생한 것으로 알려져 있다.
④ 개념이 명확해진 것은 18세기 이후이다.
⑤ 희비극은 단순한 비극과 희극의 결합이 아니라 완전 융합되어 극적 효과를 고양시키는 것이어야 한다.

(2) 희비극의 대표작

셰익스피어의 「베니스의 상인」·「겨울이야기」, 임희재의 「고래」, 체홉의 「곰」 등

04 희곡의 3일치론

◁ 1 희곡의 3일치론의 개념

① 아리스토텔레스의 『시학(詩學)』: 비극은 "가능한 한 태양의 1회전 하는 기간"에 한정하고, 그 줄거리는 "쉽사리 기억할 수 있는 크기"로, 극 중의 사건은 거의가 "동시에 실현하는 것을 모방할 수는 없다."
② 16세기와 17세기 고전극에서 중요한 원칙이었다.
③ 극이 한 곳에서 하루 동안 하나의 사건을 다루어야 한다.
④ 연극의 형식적 통일성을 확보하고 관객에게 몰입감을 선사하는 데 중요한 역할을 했다.
⑤ 현대극에서는 3일치론을 엄격하게 따르지 않는 경우가 많다.

◁ 2 희곡의 3일치론의 내용

(1) 시간의 일치

① 연극의 사건은 24시간 이내에 완결되어야 한다. 그러나 일체의 행동은 특수한 장소를 필요로 하는 것과 마찬가지로 적당한 시간을 필요로 한다. 그러므로 극의 내용을 24시간 내로 압축한다는 것은 부자연스럽다.
② 이 제약은 오늘날의 극에서는 거의 찾아볼 수 없다.

③ 셰익스피어의 「햄릿」 제1막 1장에서 5장에 이르는 사이의 2일 동안의 사건 뒤에 2일 간의 경과를 두었고, 제4막 4장과 5장 사이에는 일주일 동안의 간격이 있음에도 관객이 조금도 어색함을 느끼지 않았으며 극적 효과도 상실하지 않고 있음을 들 수 있다.

(2) 장소의 일치

① 한 장소에서 사건이 이루어져야 한다.
② 특수한 분위기를 유지하려면 장면의 변화를 극도로 제약해야 하며, 장면의 변화가 잦으면 산만해져 실패할 가능성이 크다.
③ 장소의 일치는 장소의 집중화를 통한 행동의 긴장을 꾀하려는 것으로 이해할 수 있다. 즉, 긴 시간을 필요로 하지 않는 사건에서 여러 번 장소를 바꾼다면 부자연스럽다는 것과 같은 극작상의 문제이다.

(3) 행동의 일치

① 행동은 필연적인 순서에 의해 통일성 있게 진행되어야 한다. 즉, 인물들의 상호 연결된 행동의 연속이 분명하게 피할 수 없는 순서에 의해 연극의 결말로 이어져야 한다는 것이다.
② 인물의 행동에 의해 일어나는 사건은 작가의 의도나 주제와 일치해야 하고, 다른 모든 인물의 행동도 이를 벗어나서는 안 된다는 말이다.
③ 희곡의 밑바닥에 하나의 일정한 방향으로 흐르는 인생의 움직임이 있어야 함을 의미한다.

01 희곡에 대한 설명으로 옳지 <u>않은</u> 것은?

① 비극은 행동을 모방한다.

② 오늘날 모방은 재현을 의미한다.

③ 문자로 표현된다는 점에서 희곡은 문학성을 떠날 수 없다.

④ 미메시스(mimesis)는 플라톤의 『시학』에서 사용된 용어이다.

> **해설** ④ '미메시스(mimesis)'는 '모방'이라는 의미이며, 플라톤이 저술한 『국가』에서 "자연계의 개체는 이데아의 모조"라고 제창한 개념에서 유래했다. 이를 계승한 아리스토텔레스도 『시학』에서 예술의 본질을 '미메시스(mimesis)'로 보았으며, "예술은 현실을 모방하는 것이며, 이를 통해 인간은 현실을 이해하고 발견할 수 있다."라고 주장했다.
>
> **오답** ① 아리스토텔레스는 『시학』에서 "비극은 완결된 행동의 모방일 뿐 아니라 공포와 연민의 감정을 불러일으키는 사건의 모방이다."라고 주장했다.
> ② 희곡에서 무대 위의 행위는 모방된 인간의 행위이며, 배우의 대사와 행동으로 재현된다.
> ③ 희곡은 '연극성'(연극의 대본)과 '문학성'(단일예술)이라는 양면성을 지닌다.

02 ( ) 안에 들어갈 말로 알맞은 것은?

> 서술자가 이미 벌어진 사건을 독자에게 들려주는 갈래가 서사라면, 화자가 자신의 생각이나 정서를 독자에게 전하는 갈래는 서정이다. 이에 비해 희곡은 ( )을/를 통하여 관객에게 사건을 직접 보여 주는 갈래이다.

① 인물의 말과 행동　　　　　② 가상의 공간과 상황

③ 실제 인물인 배우　　　　　④ 무대와 객석의 소통

> **해설** 희곡은 무대 상연을 전제로 인물의 행동과 대화를 통해 관객에게 작가의 의도를 직접 전달하려는 문학이다.

> **정답**　01 ④　02 ①

03 희곡의 특징으로 적절하지 <u>않은</u> 것은?

① 희곡은 무대에서 상연하기에 연극성을 갖고 있다.

② 희곡은 무대 위에서 인생의 모습을 비롯한 모든 이야기를 현재화해서 표현한다.

③ 희곡은 서술자의 서술을 허용하는 서술성을 갖는다.

④ 희곡은 무대 상연을 전제로 하여 여러 가지 특수성과 제약성을 가진다.

> **해설** ③ 희곡은 대사와 행동에 의해 표현되는 문학 장르이므로 소설처럼 직접적인 서술이 불가능하다.
>
> **오답** ① 희곡은 연극의 대본이므로 연극성을 갖는다.
> ② 희곡은 과거 시제를 사용할 수 없는 현재화된 인생 표현의 문학이다.
> ④ 희곡은 무대 상연을 전제로 하므로 시간적, 공간적 제약성을 가진다.

04 희곡에 대한 다음 정의에 함축된 의미가 <u>아닌</u> 것은?

> 희곡은, 인간의 갈등을 행동과 그의 언어적 표현인 대화에 의하여 현재의 시간 속에 보여 주는 무대 상연을 위한 문학이다.

① 희곡은 그 자체 안에 연극성을 지니고 있다.

② 상연되지 않은 희곡은 문학작품이라고 볼 수 없다.

③ 희곡이라는 문학 형식을 이용하여 연극을 만들 수 있다.

④ 희곡이 인생의 표현이라는 점은 그것이 문학의 장르임을 의미한다.

> **해설** ② 상연되지 않은 희곡은 문학작품이라고 볼 수 없는 것은 아니다. 희곡 중 레제드라마(Lesedrama)는 상연보다는 읽히는 것을 목적으로 쓴 희곡으로, 연극성보다는 문학성을 강조한 것이다.
>
> **오답** ① 희곡은 연극성과 문학성이라는 양면성을 지닌다.
> ③ 희곡은 연극의 대본이다.
> ④ 희곡은 무대 상연을 위한 문학이다.

05 희곡의 한 특성인 '제한성'에 대한 설명으로 적절하지 <u>않은</u> 것은?

① 행동의 선후 관계를 파악하기 어렵다.

② 작자의 직접적인 해설을 붙일 수 없다.

③ 정신적·심리적 상황을 드러내기 어렵다.

④ 세상에 대한 직접적인 묘사를 할 수 없다.

해설 ① 희곡의 제한성과는 관련이 없다.

오답 ② 희곡은 소설과는 달리 작가나 직접적인 개입이 전혀 허용되지 않기 때문에 직접적인 해설을 붙일 수 없다.
③ 희곡은 서술이 아니라 대화와 행동을 통한 문학이므로 정신적·심리적 상황을 드러내기 어렵다.
④ 희곡은 직접적인 서술을 할 수 없으므로 세상에 대한 직접적인 묘사를 할 수 없다.

06 희곡의 기원과 정의에 대한 설명으로 <u>부적절한</u> 것은?

① 희곡의 출발은 서술의 형태를 취한 서사시이다.
② 동양과 서양에서의 연극 또는 희곡에 대한 발생은 그 뿌리가 같다.
③ 무대 상연을 전제로 대화와 행동을 통해 관객에게 작가의 의도를 직접 전달하는 문학이다.
④ 희곡의 정의에 대해 가장 최초의 언급을 한 사람은 아리스토텔레스이다.

해설 • 희곡의 출발 : 표출의 형태를 취한 극시
• 소설의 출발 : 서술의 형태를 취한 서사시

07 다음 중 희곡을 바르게 정의하지 <u>않은</u> 것은?

① 무대 상연을 전제로 하는 문학
② 인간의 행동을 표출하는 문학
③ 가장 객관적인 형식의 문학
④ 작가가 주제를 직접 전달하는 문학

해설 아처(W. Archur) : 희곡의 특질을 가장 잘 드러내는 정의를 내린다.
㉠ 무대 상연을 전제로 하는 문학
㉡ 인간의 행동을 표출하는 문학
㉢ 가장 객관적인 형식의 문학
㉣ 대화가 유일한 표현 방식인 문학

08 희곡에 대한 설명으로 <u>부적절한</u> 것은?

① 무대 상연을 전제로 하기 때문에 여러 가지 특수성과 제약성을 가진다.
② 문학성이 중심이 되고, 연극성은 부차적인 요소이다.
③ 구조는 엄격한 규칙을 요구한다.
④ 연극화하기 위해서는 무대 예술가들의 해석 과정을 거쳐야 한다.

해설 문학성(文學性)과 연극성(演劇性)을 포함한다.

정답 06 ① 07 ④ 08 ②

09 다음 중 희곡의 효용으로 가장 적절하지 <u>않은</u> 것은?

① 사회참여의 현실적 욕구를 해결한다.

② 인생을 체험하고 배우게 해 준다.

③ 연극적 감수성을 충족시킨다.

④ 관객이나 독자에게 즐거움을 준다.

> **해설** 희곡이 반드시 사회참여를 목적으로 하는 것은 아니다.

10 희곡과 소설의 성격을 비교한 것으로 적절하지 <u>않은</u> 것은?

① 서술자가 서술과 묘사를 하는 소설과 달리, 희곡에서는 등장인물의 대화를 통해 줄거리가 전개된다.

② 희곡은 소설과는 달리 작가나 서술자의 개입이 전혀 허용되지 않는다.

③ 소설은 배경의 선택에 제한이 있지만, 희곡은 무대 위에서 상연되므로 배경 선택의 제한이 없다.

④ 소설은 독자를 제한하지 않으나, 희곡은 관객을 대상으로 한다.

> **해설** 소설은 배경의 선택에 제한이 없으나, 희곡은 무대 위에서 상연되어야 하는 만큼 배경에 제한이 있다.

11 다음 중 레제드라마에 대한 설명으로 가장 적절한 것은?

① 서술의 방법을 통해 사건이 진행된다.

② 사실의 보도를 목적으로 한다.

③ 문학적 특성보다 공연적 특성이 더욱 강조된 희곡양식이다.

④ 대표적인 작품으로 괴테의 「파우스트」, 하우프트만의 「조용한 종」 등이 있다.

> **해설** 레제드라마(lesedrama)는 일반적인 의미의 희곡과는 달리 문학적 요소만이 강조된 형식의 희곡을 뜻한다. 즉, 레제드라마란 무대상연을 목적으로 하지 않는 독립된 순수한 문학적 형태의 희곡을 말한다. 연극성보다 문학성에 더 중점을 둔 것으로, 18~19세기에 걸쳐 유럽에서 유행하였다. 대표적인 레제드라마에는 「파우스트」(괴테), 「조용한 종」(하우프트만) 등이 있다.

정답 09 ① 10 ③ 11 ④

12 다음 설명에 해당하는 희곡의 요소는?

> 희곡의 (㉠)은/는 등장인물이 주고받는 대화와 독백, 방백 등으로 구분된다. (㉠)은/는 등장인물의 성격을 암시하고, 어떤 사건을 직접적으로 보여 주면서 동시에 앞으로 일어날 사건을 예견할 수 있게 해준다. 희곡에서 (㉠)와/과 함께 쓰는 (㉡)은/는 등장인물의 동작을 지시하며 환경에서 생기는 변화와 상태 등을 나타낸다. (㉡)에서는 너무 지나치게 세밀한 지시를 열거하는 것을 삼가고 있다. 등장인물의 동작을 제한하고, 연기자의 예술적 창조를 막을 수도 있기 때문이다.

	㉠	㉡
①	지문	대사
②	대사	지문
③	행동	전사
④	전사	행동

해설 ㉠ 대사
- 대화, 독백, 방백 등으로 구분된다.
- 극의 모든 사건과 인물의 행동, 심리 등을 구체적으로 드러낸다.
- 인물 간의 갈등과 긴장이 표현되며, 관객의 관심을 끌어모은다.

㉡ 지문
- 대사의 사이에서 인물의 구체적인 동작이나 위치를 지시한다.
- 인물의 표정이나 제스처를 통해 감정을 표현하게 한다.
- 조명, 소리, 배경 변화 등을 지시하여 무대효과를 강화한다.

오답
- **행동** : 등장인물의 행동을 지시하는 지문과 대사를 통해 표현된다.
- **전사** : 희곡의 원본이다.

13 연극의 네 가지 요소에 해당하지 <u>않는</u> 것은?

① 희곡   ② 노래
③ 무대   ④ 관객

해설
- **연극의 4요소** : 희곡, 배우, 관객, 무대
- **희곡의 3요소** : 해설, 지문, 대사

정답 12 ②   13 ②

14 연극의 대사의 종류인 방백에 대한 설명이다. 잘못된 것은?

① 관객은 들을 수 있는 대사이다.

② 무대 위의 상대 배우는 들을 수 없다고 약속된 말이다.

③ 지금 막 진행되고 있는 사실에 대해 논평할 때 효과적으로 사용된다.

④ 의식적인 사상, 감정의 표출에 사용되는 대사이다.

> **해설** ④ **독백** : 상대방 없이 혼자서 하는 말로 동기(動機)의 설정, 내적 투쟁의 준비와 결심, 심리 변화, 갈등의 표출에 쓰인다.
>
> **≫ 방백**
> ㉠ 연극에서 등장인물이 청중에게 말하는 극적인 장치로, 관객만 들을 수 있도록 설정된 대사이다.
> ㉡ 청중에게 명시적으로 전달될 수도 있고, 발설하지 않은 생각을 나타낼 수도 있다.
> ㉢ 무대 위의 상대 배우는 들을 수 없다고 약속된 말이다.
> ㉣ 독백은 아무도 없는 무대에서 혼자 말하는 대사라는 점에서, 다른 등장인물이 있는 곳에서 말하는 방백과도 구분된다.

15 무대 지시문에 대한 설명으로 옳지 않은 것은?

① 작가의 문학적 감수성과는 관련이 없다.

② 연극성보다는 문학성과 관련이 있는 언어이다.

③ 공연을 위해서는 반드시 검토되어야 하는 극적 기호이다.

④ 크게 행동 지시와 장면 지시로 나눌 수 있지만 그 경계가 분명한 것은 아니다.

> **해설** ② 무대 지시문은 연극성과 주로 밀접한 관련이 있는 것이므로 희곡의 문학성, 예술성에는 크게 관련이 없는 언어이다.
>
> **오답** ① 무대 지시문은 대화 사이에 짤막하게 넣어 인물의 동작, 표정, 심리 상태 등을 설명하거나 조명, 효과음 등을 지시하는 글이므로 작가의 문학적 감수성과는 관련이 없다.
> ③ 대사를 제외한, 무대 위에서 이루어지는 모든 일에 대한 지시가 무대 지시문을 통해 이루어지므로 공연을 위해서는 반드시 검토되어야 하는 극적 기호이다.
> ④ 무대 지시문은 크게 '행동 지시(인물의 동작, 표정, 심리 상태 등)'와 '장면 지시(등장인물, 장소, 무대 등)'로 나눌 수 있지만 그 경계가 분명한 것은 아니다.

정답 14 ④ 15 ②

16 희곡에서 대화가 가져야 할 조건이 <u>아닌</u> 것은?

① 등장인물의 성격이나 심리를 나타내고 플롯의 진행을 전개해야 한다.

② 그럴 듯하고 자연스러워야 한다.

③ 극적 분위기를 지속하고 관객에게 긴장과 박력을 주어야 한다.

④ 일상적인 언어로 자연스럽게 써야 한다.

> **해설** 일상적인 언어에 치우치는 것과 극적인 과장에 경도되는 것도 경계해야 한다.

17 무대 지시문의 역할로 바르지 <u>않은</u> 것은?

① 등장인물과 분위기에 관한 정보를 마련해 준다.

② 배우의 행동이 이루어지는 장소는 알 수 없다.

③ 연기하는 배우들을 돕기도 한다.

④ 무대 위에서 이루어지는 일에 대해 지시한다.

> **해설** 무대 지시문은 배우의 행동이 이루어지는 장소와 출·퇴장의 장소도 분명히 알 수 있게 해준다. 또 무대 지시문은 스스로 설명을 하기 때문에 연기하는 배우들을 돕기도 한다.

18 다음에서 설명하고 있는 것은 무엇인가?

> 다른 배우가 옆에 있음에도 불구하고 상대역에게는 들리지 않고 관객이나 특정의 배우만이 들을 수 있는 것으로 가정하여 지껄이는 혼잣말을 한다.

① 방백   ② 독백

③ 대화   ④ 지문

> **해설** 지문은 방백에 대한 설명이다. 독백과 유사하지만 독백은 혼잣말이기 때문에 오직 관객만 들을 수 있다.

정답 16 ④   17 ②   18 ①

19 희곡의 인물에 대한 설명으로 옳지 않은 것은?

① 인물에 대한 묘사보다 행동을 통하여 성격을 드러낸다.
② 근대극에서 비극의 중심에는 영웅이나 왕이 존재했다.
③ 소포클레스 이전의 고대 그리스극에서는 코러스가 중심이었다.
④ 고대 그리스 비극의 주인공은 고귀한 신분이며 인격적으로 완전해야 하였다.

② 등장인물은 대부분 왕이나 귀족계급인 것은 '그리스 고전비극'이다. '근대 고전비극'은 인간의 천성적 성격의 결함에 의한 패배를 묘사하는 성격비극이다.

① 희곡은 '보여주기 문학'이므로 인물은 소설처럼 '묘사(서술)'가 아니라 행동을 통해서 성격을 드러낸다.
③ 고대 그리스극은 그리스 로마 신화를 기반으로 하여 주로 기원전 5세기경에 그리스에서 상연된 비극들을 총칭하는 말이다. 축제에서의 노래는 일반적으로 한 사람이 창을 하면 군중이 받아내는 형식으로 진행된다. 여기에서 창을 하는 한 사람이 배우가 되어 특정한 사람을 연기하고, 군중이 코러스가 되어 그에 답하는 형식이 점점 극으로 발전한 것이다.
④ 고대 그리스 비극은 주로 신이 부여한 운명과 그 운명을 극복하고자 하는 인간의 갈등을 그리고 있으므로 주인공은 고귀한 신분이며 인격적으로 완전해야 하였다.

20 희곡의 인물에 대한 설명으로 부적절한 것은?

① 희곡의 인물은 집중화되고 압축되어야 한다.
② 희곡의 인물은 개성적이면서도 전형적이어야 한다.
③ 대화와 행동을 통해서만 그 성격이 제시되어야 한다.
④ 희곡의 인물은 그 성격이 뚜렷하게 제시되어서는 안 된다.

인물이 뚜렷하고 단순해야 한다.

21 다음 중 돈키호테형에 해당하는 인물은?

① 내성적 인물
② 반성적 인물
③ 민감한 인물
④ 실천적 인물

등장인물의 유형
㉠ 돈키호테형 인물
• 희극의 인간형으로 외향적 성격을 지닌 인물이다.
• 과대망상적 공상가이다.
• 실천형의 인물이다. 이상을 위해서 자기 생명까지도 버리고 목표를 향하여 매진한다.
• 이론이나 지식을 경시하거나 싫어하는 경향이 있다.

ⓒ 햄릿형 인물
  • 비극에 적당한 인간형으로 내향적 성격을 가진다.
  • 예민한 성격과 반성력을 가졌다.
  • 결단력이나 실행력이 없기 때문에 비관적인 인물의 전형이라고 할 수 있다.

22 다음 중 희곡의 등장인물에 대한 설명으로 가장 적절한 것은?

① 소설의 등장인물보다 비전형적이며, 작품의 주제와는 무관하다.
② 햄릿형 인물은 외향적·공상적 성격을 지니며, 주로 희극에 등장한다.
③ 돈키호테형 인물은 예민하고 우유부단한 성격을 지니며, 주로 비극에 등장한다.
④ 등장인물의 대사와 행동은 사건을 진행시키기 위한 가장 핵심적인 요소이다.

해설 ① 희곡의 인물은 소설의 등장인물보다 개성적이면서도 전형적이어야 한다. 등장인물의 행동 하나하나는 모두 주제를 표출하기 위해 압축된 것이다.
② 햄릿형 인물은 비극에 적당한 인간형으로 내향적 성격을 가진다.
③ 돈키호테형 인물은 희극의 인간형으로 외향적 성격을 지니며, 실천형의 인물이다. 이상을 위해서 자기의 생명까지도 버리고 목표를 향하여 매진한다.

23 다음 설명에 해당하는 희곡의 단계는?

> 물러설 수 없는 상황으로 달려간 인물이 충돌하는 단계이다. 몇 가지 부수되던 장치가 실제를 드러낸다. 파멸이나 죽음 같은 극단적 방법에 의한 해결책이 제시되는데, 비극에서는 주인공이 적대자든 어느 한쪽, 혹은 양쪽 모두 치명적인 피해를 입어 관객은 공포와 동반된 감정을 경험한다.

① 전개   ② 위기
③ 절정   ④ 대단원

해설 ③ 절정(climax)
  ㉠ 날카롭게 대립된 주인공과 그 적대자(인물, 상황, 운명, 내면)가 충돌하는 단계이다.
  ㉡ 한쪽이 쓰러지지 않고서는 더 이상 사건이 진전될 수 없는 이 상황에서 극단적인 방법으로 해결책이 제시된다.
  ㉢ 이 상황에서 관객은 최고의 감정과 긴장을 경험하며, 특히 비극에서 관객은 공포와 동반된 감정을 경험한다.

오답 ① 전개(complication or development)
  ㉠ 발단에서 시작된 사건과 성격이 더욱 복잡해지고 갈등과 분규를 일으키며 긴장과 흥분이 더욱 고조되는 단계이다.
  ㉡ 극의 사건 방향이 결정되며, 주인공의 행동을 보다 크게 강조하기 위해 대립의 인물을 설정한다.

정답 22 ④   23 ③

ⓒ 복선(sub-plot)이라는 사건이 등장하기도 한다.
ⓐ 위기(crisis) : 소설의 단계에서 사용되는 용어로 희곡의 구성 단계에는 없는 용어이다.
ⓔ 대단원(denouement)
  ⓐ 절정의 과정에서 주인공과 적대자 중 어느 한쪽이 쓰러져 극의 사건과 내용이 해결되고 이를 정리하는 마지막 단계이다.
  ⓑ 과거에 일어났던 사건과 이 사건을 보고 관객이 기대했던 결과가 뒤집힌 원인을 재음미한다.
  ⓒ 관객들은 극작가의 진의를 파악하고, 마음을 진정시키게 된다.

24   5막 구성에서 '발단' 단계에 대한 설명으로 옳은 것은?

① 관객의 긴장을 새로운 방향으로 전환시키는 단계이다.
② 극적 행동에 대한 관객의 흥미와 주의를 집중시키는 단계이다.
③ 플롯의 실마리가 드러나고 사건의 방향성이 제시되는 단계이다.
④ 관객의 극적 긴장이 최고조에 이르는 단계이다.

> **해설**   ③ 발단(發端) = 도입
>
> **오답**   ① 하강(下降) = 반전
>   ② 상승(上昇) = 전개
>   ④ 정점(頂点) = 절정

25   다음 중 레제드라마(lesedrama)의 설명으로 적절한 것은?

① 비극과 희극이 결합된 극을 말한다. 불행한 사건이 전개되다가 상황이 전환되는 경우나 그 반대의 경우가 있다.
② 연극과 영화를 결합하여 하나의 줄거리를 이끌어가는 극을 의미한다.
③ 상연보다는 읽히는 것을 목적으로 쓴 희곡을 말한다.
④ 원래는 음악을 반주로 한 오락적인 서민 연극을 가리키는 용어였으나, 현재는 주로 일상사를 바탕으로 하여 오락성을 제공하는 통속적인 극을 의미한다.

> **해설**   ③ 레제드라마(lesedrama) : 상연을 목적으로 하지 않고 소설처럼 읽는 것을 목적으로 쓰인 각본 형식의 희곡을 말한다.
>
> **오답**   ① 희비극 : 비극과 희극이 결합된 극. 비극적 진행과 희극적 결말이 결합된다.
>   ② 키노드라마(kino-drama) : 연극과 영화가 결합된 연쇄극(連鎖劇)
>   ④ 멜로드라마(melodrama) : 흥미 위주의 대중적인 통속극

26 희곡의 플롯에서 죽음, 부상 등과 같이 파괴 또는 고통을 초래하는 행동을 뜻하는 말은?

① 에토스(ethos)
② 급전(reversal)
③ 파토스(pathos)
④ 발견(recognition)

해설 ③ 파토스(pathos)
  ㉠ 청중의 감성에 호소하는 것
  ㉡ 외부로부터의 사물에 의해 수동적으로 흔들리게 된 일시적인 쾌고(快苦)의 감정을 수반하는 감정적 흥분·격정

오답 ① 에토스(ethos) : 청중이 믿을 만한 신뢰와 윤리적 가치
② 급전(reversal)
  ㉠ 페리페테이아(peripeteia), 역전, 반전
  ㉡ 사건들이 일어난 과정에서 개연성과 필연성에 따라 발생하는 (급격한) 방향 전환
④ 발견(recognition)
  ㉠ 아나그노리시스(anagnorisis), 발견적 재인식
  ㉡ 문학작품에서 갑자기 어떤 사실을 깨달아 무지에서 앎의 상태로 바뀌는 것을 이르는 말

27 다음 설명에 해당하는 희곡 플롯의 단계는?

- 주인공의 행동과 상반되는 적대자와의 대립이 구체화되어 긴장이 높아진다.
- 긴장과 이완이 뒤섞여 반전을 준비하거나 긴장의 지속을 통해 관객이 충돌의 방법에 관심을 가지게 한다.

① 전개
② 위기
③ 절정
④ 대단원

해설 ③ 절정
  ㉠ 날카롭게 대립된 주인공과 그 적대자(인물, 상황, 운명, 내면)가 충돌하는 단계
  ㉡ 한쪽이 쓰러지지 않고서는 더 이상 사건이 진전될 수 없는 이 상황에서 관객은 최고의 감정과 긴장을 경험한다.

오답 ① 전개
  ㉠ 사건이 복잡해지는 단계
  ㉡ 극의 사건 방향이 결정되고 주인공의 행동을 보다 크게 강조하기 위해 적대자의 인물을 설정한다.
② 위기 : 소설의 구성 단계에 대한 설명이다.
④ 대단원
  ㉠ 절정의 과정에서 주인공과 적대자 중 어느 한쪽이 쓰러져 극의 사건과 내용이 해결되고 이를 정리하는 마지막 단계
  ㉡ 과거에 일어났던 사건, 이 사건을 보고 관객이 기대했던 결과가 뒤집혀진 원인을 재음미하게 된다.

정답 26 ③ 27 ③

28 다음 설명에 해당하는 희곡의 구성 단계는?

> 결말에 대한 예상을 뒤집으면서 사건을 극적으로 해결하는 동기가 설정된다. 이 점은 지속되어 온 극적 긴장 상태를 해소하는 동시에 만족감과 희열을 줄 수 있다.

① 발단
② 전개
③ 반전
④ 대단원

해설 반전
 ㉠ '하강(下降)'이라 한다.
 ㉡ 극의 해결을 향해 나아가는 부분으로 전환점 이후 극이 파국과 대단원을 향해 가는 단계
 ㉢ 위기에서 좌절한 주인공이 적대자를 타파할 해결책을 깨닫고 적대자와 맞붙는 단계
 ㉣ 이야기에 극적인 완결성과 감정적 고조를 부여하며, 독자에게 깊은 인상을 남기는 중요한 단계

29 희곡의 5단계 구성 중 다음과 같은 특성이 나타나는 것은?

> • 인물의 소개가 이루어진다.
> • 시간과 장소, 극적 분위기 등이 소개된다.
> • 주동 인물과 반동 인물의 내면적 심리상태와 갈등이 일어날 원인이 내포된다.

① 발단
② 상승
③ 정점
④ 하강

해설 ① 발단 : 극의 도입이며 플롯의 실마리가 드러나는 단계로 사건의 방향과 성격을 제시한다.

오답 ② 상승 : 발단에서 시작된 사건과 성격이 더욱 복잡해지고 갈등과 분규를 일으키며 긴장과 흥분이 더욱 고조되는 부분이다.
③ 정점 : 상승단계의 복잡한 갈등과 분규가 갖가지 우여곡절을 겪고 여러 번의 위기를 거듭하여 그 극적 긴장이 최고조에 이르는 단계이다.
④ 하강 : 전환점 이후 극이 파국과 대단원을 향해 가는 부분이다.

정답 28 ③ 29 ①

30 (　　) 안에 들어갈 말로 적절한 것은?

> 사건과 성격이 더욱 복잡해지고 갈등과 분규를 일으켜 긴장과 흥분이 더욱 고조되는 부분이다. 사건들도 행동을 진전시키고 분규를 점증시킨다. 이때 (　　)은/는 자연스럽고 합리적이어야 한다. 앞에서 소개되지 않은 새로운 사건이나 인물이 복선 없이 등장해서는 안 된다.

① 상승　　　　　　　　　　② 지문
③ 하강　　　　　　　　　　④ 대사

> 해설　상승에서는 성격과 심리적 갈등이 잘 나타나고 주동 세력과 반동 세력의 대결과 투쟁이 나타나야 하며, 단선적인 주 이야기 외에 복선적인 부수적 이야기가 삽입될 수 있다.

31 다음의 설명과 관계있는 희곡의 종류는?

> • 산양의 꽁지를 달고 사티로스(satyros)로 분장한 자들이 부르는 노래
> • 상으로 건 산양을 얻기 위해 다투어 부르는 노래
> • 제물로 바쳐진 산양을 둘러싸고 부르는 노래
> 　* **사티로스** : 고대 디오니소스 축제에 나오는 윗부분은 양이고 아랫부분은 사람인 반인반수 형태의 수풀의 신

① 소극　　　　　　　　　　② 비극
③ 희극　　　　　　　　　　④ 희비극

> 해설　② **비극** : 인물 자신의 성격 또는 환경과의 갈등으로 생기는 고뇌 상태를 표현하여 사건 전체의 경과 중 특히 결말에서 비장미를 나타내는 희곡이다. 오늘날 비극의 뜻으로 쓰이는 'tragedy'의 어원은 그리스어의 'tragoidia'인데, 이는 'tragos'(산양)와 'ode'(노래)의 합성어로 다음의 네 가지 뜻 중의 하나를 의미하고 있다.
> 　㉠ 산양의 꽁지를 달고 사티로스(satyros)로 분장한 자들이 부르는 노래
> 　㉡ 상으로 건 산양을 얻기 위해 다투어 부르는 노래
> 　㉢ 제물로 바쳐진 산양을 둘러싸고 부르는 노래
> 　㉣ 산양이 비통한 울음을 울기 때문에 비극은 산양의 노래
>
> 오답　① **소극**(笑劇) : 단순한 대사와 동작의 우스꽝스러움으로부터 웃음을 자아내는 비속한 연극이다.
> 　③ **희극** : 경쾌하고 재미있고 때로는 풍자적인 인물이 주로 행복한 결말을 맺는 일상생활을 상연하는 무대극으로, 관객의 웃음을 자아내기 위해서 경쾌하고 흥미 있는 사건 속에 인간의 성정이나 행동의 모순 또는 불합리한 약점, 그리고 사회의 결점을 그려서, 골계, 해학 등의 미적 효과를 나타내는 희곡이다.
> 　④ **희비극** : 비극적 요소인 비장과 희극적 요소인 골계가 서로 합쳐져 특이한 효과의 조화미가 드러나는 것으로 비극의 절정에서 행복한 장면으로 전환, 비약하여 막을 내리는 희곡의 한 종류이다.

> 정답　**30** ①　　**31** ②

32 다음의 설명에 해당하는 희곡은?

> • 운명에 의한 인간의 패배를 주제로 한다.
> • 고난 속에서 투쟁하는 인물을 초인간적 존재로 묘사한다.
> • 등장인물은 대부분 왕이나 귀족계급이다.
> • 소포클레스의 「오이디푸스」가 좋은 예이다.

① 그리스 고전 비극　　　　　　　② 근대 고전 비극
③ 자연주의 근대 비극　　　　　　④ 부조리극

해설　① 그리스 고전 비극
　　　　ⓗ 운명에 의한 인간의 패배를 주제로 하는 운명 비극이다.
　　　　ⓛ 비극적 고난 속에서 투쟁하는 인물이 초인간적 존재로 묘사된다.
　　　　ⓒ 종교적 색채가 짙다.
　　　　ⓔ 등장인물은 대부분 왕이나 귀족계급이다.
　　　　ⓜ 소포클레스의 「오이디푸스」가 대표작이다.

오답　② 근대 고전 비극
　　　　ⓗ 인간의 천성적 성격의 결함에 의한 패배를 묘사하는 성격 비극이다.
　　　　ⓛ 그리스 고전 비극보다 인간적이기에 관객이 훨씬 더 절박한 느낌을 받는다.
　　　　ⓒ 셰익스피어의 「리어왕」을 비롯한 4대 비극이 대표작이다.
　　　③ 자연주의 근대 비극
　　　　ⓗ 등장인물의 성격과 여러 가지 사회 상황과의 갈등을 그린다.
　　　　ⓛ 주인공이 자신이 처해 있는 사회적 환경조건에 의해서 패배해 가는 비극이다.
　　　　ⓒ 상황 비극의 양상이다.
　　　　ⓔ 입센의 「인형의 집」이 대표작이다.
　　　④ 부조리극
　　　　ⓗ 인간의 숙명적인 고독과 인간 해체에 초점을 맞춘 극이다.
　　　　ⓛ 현대문명 속을 살아가는 현대 인간의 존재와 삶의 문제들이 무질서하고 부조리하다는 것을
　　　　　소재로 삼는다.
　　　　ⓒ 베케트의 「고도를 기다리며」, 이근삼의 「원고지」가 대표작이다.

정답　32 ①

33 다음에서 설명하는 희극의 종류는?

> • 몰리에르로부터 시작되어 영국의 17세기 후반기인 왕정복고 시대에 성행했다.
> • 왕정복고기의 사치하고 음란하던 귀족사회를 묘사하고 당시의 젊은이 연애에 나타나
>   는 표층을 분석하였다.
> • 풍자와 위트가 풍부한 대화를 가진 희극이다.

① 소극　　　　　　　　　　　　　② 델아트 희극
③ 풍속 희극　　　　　　　　　　　④ 해학 희극

해설 ③ 풍속 희극
- ㉠ 몰리에르로부터 시작되어 영국의 17세기 후반기인 왕정복고 시대에 성행했다.
- ㉡ 왕정복고기의 사치하고 음란하던 귀족사회를 묘사하고 당시의 젊은이 연애에 나타나는
     표층을 분석한다.
- ㉢ 풍자와 위트가 풍부한 대화를 가진 희극이다.

오답 ① 소극(笑劇)
- ㉠ 단순한 대사와 동작의 우스꽝스러움으로부터 웃음을 자아내는 비속한 연극이다. 저속한
     코미디(low comedy)라고 부르기도 한다.
- ㉡ 고급 희곡에 비해 언어와 행동이 저속한. 그리고 속물적인 인물들이 등장한다.
- ㉢ 중세의 세속극에서 발생한 것으로 가장 간단하고 비속한 형태이다.
② 델아트 희극(comedia dellarte)
- ㉠ 16세기 초에서 18세기 초까지 성행한 이탈리아 민간의 직업배우들에 의한 즉흥 희극이다.
- ㉡ 이탈리아 남부 캄파니아의 아텔라(Atella)에서 상연된 시골 연극의 소극인 아텔란 파스
     (Atellan farce)가 발전된 것이다.
④ 해학 희극(comedy of humors) : 유머나 인물의 특징에 근거를 둔 일종의 성격 희극이다.

34 희곡을 '희극, 비극, 희비극' 등으로 나누는 기준은?
① 희곡의 언어　　　　　　　　　　② 희곡의 플롯
③ 희곡의 인물　　　　　　　　　　④ 희곡의 내용

해설 ④ 희곡은 내용에 따라 '희극, 비극, 희비극' 등으로 나눈다.
➤ 희곡의 분류
- ㉠ **사조(경향)에 따라** : 고전주의극, 낭만주의극, 사실주의극, 표현주의극, 서사극, 부조리극
- ㉡ **창작 의도에 따라** : 레제드라마, 모노드라마, 멜로드라마, 키노드라마, 뷔넨드라마
- ㉢ **길이에 따라** : 단막극, 장막극

정답 33 ③　34 ④

35 다음 설명에 해당하는 개념은?

> 아리스토텔레스의 『시학』에 등장하는 개념으로, 비극을 통하여 연민과 두려움을 느낌으로써 감정이 정화되는 상태를 의미한다.

① 미토스　　　　　　　　　② 카타르시스
③ 파토스　　　　　　　　　④ 하마르티아

해설 ② **카타르시스** : 아리스토텔레스의 『시학』. 고대 그리스 비극의 중요한 개념으로 소개. 관객이 비극을 통해 공포와 연민의 감정을 경험하면서, 이러한 감정이 정화되고 궁극적으로는 정서적 안정을 얻을 수 있다. 정화작용

오답 ① **미토스** : 아리스토텔레스의 『시학』. 이야기의 순서를 정한 극의 줄거리
③ **파토스** : 아리스토텔레스의 『수사학』. 설득의 3요소 중 하나. 로고스는 논리, 파토스는 청자의 심리상태, 에토스는 화자의 인품을 말한다.
④ **하마르티아** : 아리스토텔레스의 『시학』. 비극의 주인공이 비극적 사건을 겪게 되는 원인으로 제시한 개념. 높은 지위와 고귀한 품성을 지닌 비극의 주인공은 악의 때문이 아닌 '하마르티아 (판단 착오)'에 의해 불행을 맞아야 한다.

36 다음 설명과 관련 있는 것은?

> 비극의 압도적인 호소력이 강렬한 감정적 환기를 경험시킨 뒤 어떤 안도감과 평온감을 안겨주는 것은 부정할 수 없다.

① 카타르시스　　　　　　　② 타나토스
③ 에로스　　　　　　　　　④ 미메시스

해설 ① **카타르시스**(catharsis)
　　ㄱ 아리스토텔레스, 『시학(詩學)』
　　ㄴ 비극이 관객에 미치는 중요 작용
　　ㄷ 관객이 비극을 봄으로써 마음에 쌓여 있던 우울함, 불안감, 긴장감 따위가 해소되고 마음이 정화되는 일

오답 ② **타나토스**(Thanatos)
　　ㄱ 그리스 신화에서 죽음을 의인화한 신
　　ㄴ 자기를 파괴하고 생명이 없는 무기물로 환원시키려는 죽음의 본능
③ **에로스**(Eros)
　　ㄱ 그리스 신화에 나오는 사랑의 신
　　ㄴ 성 본능이나 자기 보존 본능을 포함한 생의 본능
④ **미메시스**(mimesis)
　　ㄱ 고대 그리스 예술 문화를 이야기할 때 사용했던 용어
　　ㄴ 예술 창작의 기본 원리로서의 모방(模倣)이나 재현(再現)

정답 **35** ②　　**36** ①

37 셰익스피어의 4대 비극에 해당하지 <u>않는</u> 것은?

① 「햄릿」   ② 「오셀로」

③ 「리어왕」   ④ 「한여름 밤의 꿈」

> **해설** ④ 「한여름 밤의 꿈」
> ㉠ 셰익스피어의 5막 희극
> ㉡ 고대 그리스 신화의 설정과 인물들을 바탕으로 사각 관계에 빠진 두 쌍의 남녀 이야기

> **오답** 셰익스피어의 4대 비극 : 「햄릿」, 「리어왕」, 「오셀로」, 「맥베스」

38 작품의 저자가 나머지 셋과 <u>다른</u> 것은?

① 「안티고네」   ② 「오디세이」

③ 「오이디푸스 왕」   ④ 「엘렉트라」

> **해설** ② 「오디세이」
> ㉠ 호메로스
> ㉡ 고대 그리스의 장편 서사시

> **오답** ① 「안티고네」 : 소포클레스
> ③ 「오이디푸스 왕」 : 소포클레스
> ④ 「엘렉트라」 : 소포클레스

39 다음 설명에 해당하는 극의 양식은?

> 이 극은 무대 앞에 놓인 관객이 정서에 지배받지 않고 비판적인 판단을 하도록 유도한
> 다. 이야기는 플롯을 따르지 않고 사건의 과정 자체를 서술하여 몰입을 차단하고 낯설게
> 하기를 유발한다.

① 서사극   ② 사실주의극

③ 부조리극   ④ 낭만주의극

> **해설** ① 서사극 : 베르톨트 브레히트가 주창. 전통적인 연극 형식을 비판하고 새로운 방식을 제시하였
> 다. 관객의 감정적 몰입보다는 비판적 사고를 유도하고 사회 문제에 대한 논의를 촉발하는
> 데 중점을 두고. 이야기꾼 등장. 노래. 영상 등을 활용한 다양한 구성을 사용하였다.

> **오답** ② 사실주의극 : 19세기 중반의 정치·문화·사회적 변화를 배경으로, 낭만주의 연극에 대한 반
> 발로 나타났다. 연극은 실재하는 것의 재현이어야 하며, 사실을 그대로 묘사해야 하고, 되도록
> 사회적 진실을 드러내야 한다. 헨리크 입센의 「인형의 집」은 최초의 사실주의 희곡

정답   37 ④   38 ②   39 ①

③ **부조리극** : 실존주의와 초현실주의 사상을 배경으로 카프카 등의 영향을 받아 1950년대 프랑스를 중심으로 일어난 전위극. 논리적 사고와 인간 중심적 세계관의 붕괴. 상호 소통 불가능. 반복적인 대사, 불합리한 상황을 통해 부조리성을 강조. 비극적인 상황을 희극적으로 표현하여 풍자 효과를 낸다.

④ **낭만주의극** : 18세기 후반부터 19세기 전반에 걸쳐 유럽에서 일어난 연극의 경향. 고전주의와 계몽주의 시대에 이성을 강조하는 경향에 대한 반동으로 시작되어 표현과 묘사의 자유와 개성을 중요시한다.

40 다음 설명과 관련 있는 극의 종류는?

- 관객의 감정이입을 차단하는 소외효과를 특징으로 한다.
- 관객은 냉철한 자세를 유지한 채 관람하여, 감정에 사로잡히지 않고, 비판적 인식을 확보하도록 한다.
- 대표적인 작가로 베르톨트 브레히트를 꼽을 수 있다.

① 서사극 ② 표현주의극
③ 부조리극 ④ 사실주의극

해설 ① **서사극**
 ㉠ 독일의 극작가 베르톨트 브레히트가 주창한 연극 이론이다.
 ㉡ 관객에게 카타르시스를 경험하게 하는 아리스토텔레스의 연극론에 대한 대립 개념이다.
 ㉢ 관객의 감정이입을 차단하는 '소외효과'를 위해 배우들이 자신의 배역에서 이탈하기도 하며, 스크린 등을 이용해 상황을 객관적으로 설명하기도 한다.
 ㉣ 사회적 인식을 일깨우는 연극의 교육적, 사회 비판적 기능을 우선시했다.

오답 ② **표현주의극**
 ㉠ 20세기 초 독일을 중심으로 전개된 문예사조인 표현주의가 연극에 반영되어 나타났다.
 ㉡ 인간의 내면과 무의식의 세계를 주관적으로 묘사한다.
 ㉢ 자서전적인 요소를 극 중에 강하게 도입한다.
 ㉣ 유형화되거나 풍자화된 인물로서 사회의 한 집단을 대표한다.

③ **부조리극**
 ㉠ 1950년대에 프랑스를 중심으로 일어난 전위극 및 그 영향을 강하게 받은 연극이다.
 ㉡ 용어는 카뮈의 『시지프 신화』 "인간의 상황은 근본적으로 부조리하며 목적이 결여되어 있다."에서 유래되었다.
 ㉢ 비이성적이고 자기 모순적인 등장인물의 성격, 의사소통의 혼란, 언어가 과연 인간의 의사를 제대로 표현해 낼 수 있는가에 대한 물음을 던지는 듯한 대사 등이 있으며, 극 내에서 인간은 절망과 혼돈, 불안을 느끼고 있는 버려진 존재로 묘사된다.
 ㉣ **대표작** : 베케트의 「고도를 기다리며」

정답 **40** ①

41 다음은 무엇의 기원에 대해 설명하고 있는가?

> 이것의 어원인 Comuses에는 성적 의식이 매우 충만해 있다. 새나 닭, 또는 말이나 돌고래로 분장한 배우들이 장대에 커다란 남성의 성기를 높이 걸고 노래하며 춤을 추었던 것이다. 그 노래들은 주문으로 가득 차고 종교적 성격을 띠었다 해도 성적 마법의 문자적 요소는 매우 비열한 것이었다.

① 비극
② 소극(笑劇)
③ 희극
④ 희비극

해설 비극과 마찬가지로 희극은 제식에서 발생한 것으로 보이는데 신의 죽음과 관계되지는 않고 번식과 생을 예찬하는 일과 관계된다. 오늘날 희극은 행복하게 끝나는 경쾌하고 익살맞은 연극을 의미한다.

42 희극의 종류와 그 특징이 바르게 짝지어진 것은?

① 소극(笑劇) : 과장된 표현, 엉터리 소동, 개그, 우연성, 황당무계함 등이 특징이다.
② 델아트희극 : 왕정복고기의 사치하고 음란하던 귀족사회를 묘사한다.
③ 풍속희극 : 이탈리아 민간의 직업 배우들에 의한 즉흥희극이다.
④ 최루희극 : 유머나 인물의 특징에 근거를 둔 일종의 성격희극이다.

해설
• **풍속희극** : 왕정복고기의 사치하고 음란하던 귀족사회를 묘사한다.
• **델아트희극** : 이탈리아 민간의 직업 배우들에 의한 즉흥희극이다.
• **해학** : 유머나 인물의 특징에 근거를 둔 일종의 성격희극이다.

43 다음은 무엇에 대한 설명인가?

> 몰리에르로부터 시작하여 영국의 17세기 후반기, 즉 왕정복고 시대에 성행한 희극이다. 당시 상류사회의 세상 풍습, 즉 사치, 음란하던 왕정복고기의 귀족사회를 묘사하고 당시의 젊은 청춘 남녀들의 연애에 나타나는 표층을 분석하여 풍자와 위트가 풍부한 대화를 가진 희극을 말한다.

① 소극(笑劇)
② 델아트희극
③ 풍속희극
④ 눈물희극

정답 41 ③ 42 ① 43 ③

44 희극(喜劇)의 특징으로 적절한 것은?

① 보편적인 개인의 운명이라든지 성격과의 갈등에 집중한다.
② 등장인물은 몰개성적인 전형적 인물이다.
③ 웃음이 중심이므로 인간의 본질적 문제에는 관심이 적다.
④ 결말이 비참하고 좌절과 패배의 방식으로 끝나는 경우가 많다.

해설 ② 희극의 인물은 몰개성적인 전형적인 인물이다. 예를 들어 수전노, 바람둥이, 허풍선이 등 희화화된 인물로 등장한다.
오답 ① 비극의 특징이다.

45 다음 중 희극의 특질이 아닌 것은?

① 희극의 인물은 몰개성적인 전형적 인물이다.
② 주인공의 투쟁을 가치 있게 생각한다.
③ 삶과 사회를 이상화하겠다는 것이 희극의 궁극적 목표이다.
④ 평균적 인간보다는 저급한 인물이다.

해설 비극에서는 주인공의 투쟁을 가치 있게 생각하는 데 비해, 희극에서는 사회규범이 존중된다.

46 그리스 고전비극에 대한 설명으로 부적절한 것은?

① 운명에 의한 인간의 패배를 주제로 하는 운명비극이다.
② 비극적 고난 속에서 투쟁하는 인물을 초인간적 존재로 묘사한다.
③ 종교적 색채가 짙다.
④ 등장인물의 성격과 여러 가지 사회 상황과의 갈등이 주를 이룬다.

해설 ④는 자연주의 근대비극의 내용이다.

정답 44 ② 45 ② 46 ④

47 비극의 종류와 그의 예가 바르게 짝지어지지 <u>않은</u> 것은?

① 그리스 고전비극 – 소포클레스의 「오이디푸스」
② 근대 고전비극 – 셰익스피어의 「리어왕」
③ 자연주의 근대비극 – 입센의 「인형의 집」
④ 그리스 고전비극 – 셰익스피어의 「베니스의 상인」

> 해설 희비극 – 셰익스피어의 「베니스의 상인」

48 자연주의 근대비극에 대한 설명으로 <u>부적절한</u> 것은?

① 등장인물의 성격과 여러 가지 사회 상황과의 갈등이 주를 이룬다.
② 주인공이 자신이 처해 있는 사회적 환경조건에 의해서 패배한다.
③ 사회극이 이에 속하며, 상황비극의 양상을 띤다.
④ 중세의 세속극에서 발생한 것으로, 가장 간단하고 비속한 형태이다.

> 해설 ④는 소극에 대한 내용이다.

49 다음은 희곡의 종류에 관한 사전적 정의이다. 희곡의 어떤 것에 대한 설명인가?

> • 인물 자신의 성격 또는 환경과의 갈등으로 생기는 고뇌상태를 표현하여 사건 전체의 경과, 특히 결말에서 비장미를 나타내는 희곡이다.
> • 고양된 주제와 묘사를 가지고 불행한 결말을 맺는 산문이나 운문으로 된 드라마를 뜻한다.

① 희극   ② 비극
③ 현대극   ④ 고전극

> 해설 아리스토텔레스는 『시학』에서 "비극은 엄숙하고 일정한 길이가 있어야 하며, 또한 묶어 놓은 어떤 행동을 모방하는 묘사이다."라고 하였다.

정답 47 ④ 48 ④ 49 ②

PART 01
PART 02
PART 03
PART 04
PART 05
PART 06
PART 07

50 다음은 무엇에 대한 설명인가?

아리스토텔레스는 『수사학』에서 이것에 대해 "감당하지 못하는 사람에게 일어나는 파괴적이거나 고통스러운 어떤 악을 보고 일어나는 고통의 감정이다. 그것은 우리 자신에게나 우리 주위의 가까운 누구에게라도 일어날지 모르며, 특히 우리들에게 곧 닥칠 것으로 생각되는 일이기도 하다."라고 설명하고 있다.

① 연민　　　　　　　　　　② 공포
③ 카타르시스　　　　　　　④ 동정

해설 비극의 효과에는 연민과 고통, 카타르시스가 있는데 공포는 고통스러운 악이나 파괴의 심상으로 인하여 일어나는 미래에 닥칠 불안과 고통이다. 연민은 타인에 대한 감정이고, 공포는 자기에 대한 감정이라고 할 수 있다.

51 다음 중 ㉠과 ㉡에 해당하는 것은?

아리스토텔레스는 비극의 효과를 정의하면서 (㉠), 즉 정화라는 용어를 사용하였다. 비극의 효과를 (㉡)과 공포에 의해 감정의 정화를 불러일으키는 데 있다고 본 것이다.

	㉠	㉡
①	위트	연민
②	카타르시스	연민
③	위트	절망
④	카타르시스	절망

해설 아리스토텔레스는 "비극의 효과는 연민과 공포를 통한 감정의 카타르시스를 경험하는 데 있다."라고 하였다.

52 다음 내용에 해당하는 개념은?

- 주로 비극과 같은 예술에 수반되는 미적 효과이다.
- 울적한 감정을 쏟아버림으로써 정서적 압박에서 해방되고, 감정의 정화를 경험한다.

① 유머　　　　　　　　　　② 전형화
③ 카타르시스　　　　　　　④ 3일치의 원칙

정답　50 ②　51 ②　52 ③

해설　카타르시스란 비극이 그리는 주인공의 비참한 운명에 의해서 관중의 마음에 두려움과 연민의 감정이 유발되고, 그 과정에서 억압된 슬픔과 공포에서 벗어나 일종의 순화된 쾌감을 얻는 것을 말한다. 즉, 카타르시스란 비극을 봄으로써 마음에 쌓여 있던 우울함, 불안감, 긴장감 등이 해소되고 마음이 정화되는 것을 말한다. 아리스토텔레스가 『시학』에서 비극이 관객에게 미치는 중요 작용의 하나로 든 것이다.

53 르네상스 시학자가 만들고 고전파 극작가가 사용한 '삼일치의 법칙'에 해당하지 <u>않는</u> 것은?

① 소재의 일치　　　　　　　　　② 행동의 일치
③ 시간의 일치　　　　　　　　　④ 장소의 일치

해설　**희곡의 삼일치** : 아리스토텔레스, 『시학』
"비극은 태양이 일회전하는 시간과 쉽게 기억할 수 있는 줄거리여야 하지만 실제 사건을 동시 실현하거나 직접 모방은 큰 의미가 없다."
→ 극에 있어 효과적인 설정은
㉠ **장소의 일치** : 한 장소
㉡ **행동(사건)의 일치** : 한 가지 중심 사건
㉢ **시간의 일치** : 하루 동안 일어난 사건

54 희곡의 3일치론에 해당하지 <u>않는</u> 것은?

① 시간　　　　　　　　　　　② 장소
③ 행위　　　　　　　　　　　④ 구성

해설　④ 구성은 희곡의 3일치론과 관련이 없다.
》 **희곡의 3일치론**
㉠ 시간, 장소, 행위(행동)의 일치
㉡ 행동은 필연적인 순서에 의해 통일성 있게 진행되어야 한다.

55 '시간의 일치'의 이론적 근거가 <u>아닌</u> 것은?

① 연속적으로 일어나는 부분을 배우가 표현하기에 어려움이 있다.
② 극에서는 연속적으로 일어나는 부분을 하나의 행동으로 표현할 수 있다.
③ 극의 내용을 24시간 내에 이룩한다는 것은 사건의 전개상 매우 어려운 일이다.
④ 연속적으로 일어나는 부분을 희곡에서는 무대 위의 한 부분으로 표현해야 하는 제한이 있다.

정답　**53** ①　　**54** ④　　**55** ②

아리스토텔레스는 그의 『시학』 5장에서 "극에서는, 연속적으로 일어나는 부분을 하나의 행동으로 표현할 수는 없다. 이는 무대 위의 한 부분으로 배우와 함께 제한되어 있다."라고 말하고 있다.

56 희곡 작품과 작가의 연결이 옳은 것은?

① 「당랑의 전설」 – 채만식　　　　② 「원고지」 – 유치진
③ 「토막」 – 이근삼　　　　　　　④ 「소」 – 이강백

해설　① 「당랑의 전설」: 채만식, 『인문평론』(1940년). '버마재비가 제 분수도 모르고 수레바퀴에 대든다(螳螂拒轍)'는 속담과 그 주제면에서 관련이 있는 작품이다.

오답　② 「원고지」 – 유치진 → 이근삼
　　　③ 「토막」 – 이근삼 → 유치진
　　　④ 「소」 – 이강백 → 유치진
　　　　≫ 이강백 : 「파수꾼」

57 희곡 작품과 그 작가의 연결이 옳지 않은 것은?

① 「토막」 – 유치진
② 「호신술」 – 채만식
③ 「원고지」 – 이근삼
④ 「파수꾼」 – 이강백

해설　② 「호신술」: 송영. 1931년 9월부터 1932년 1월까지 『시대 공론』에 발표. 자본가들의 허위의식에 대한 풍자
　　　　• 채만식의 희곡 : 「심봉사」, 「제향날」, 「당랑의 전설」 등

오답　① 「토막」: 유치진. 현대 최초의 사실주의 희곡. 1931년 12월에서 1932년 1월에 걸쳐 『문예월간』에 게재. 극예술연구회의 첫 창작극
　　　③ 「원고지」: 이근삼. 1961년에 발표된 단막극. 부조리극. 현대인의 삶의 비인간화와 삶의 의미에 대한 회의를 풍자적으로 다룬 작품
　　　④ 「파수꾼」: 이강백. 1970년대 군사 독재 정권을 풍자적으로 비판한 희곡. 억압적인 정권 아래서도 진실을 추구하고 권력에 맞서 싸우는 것의 중요성을 강조

PART 07 비교문학론

01 비교문학이란 어떤 것인가

◢ 1 비교문학의 개념

(1) 비교문학의 성립 요건

① 비교문학은 단순히 두 개 이상의 문학을 비교하는 것이 아니다.

② 비교문학이 되려면 일차적으로 다음과 같은 요건을 갖추어야 한다.

    ㉠ 최소한 두 민족 이상의 문학이 있어야 한다.

    ㉡ 비교되는 문학은 각자 독자성이 인정되어야 한다.

    ㉢ 비교되는 문학 사이에 개재하는 상호작용, 영향관계가 존재해야 한다.

(2) 비교문학의 정의(3가지 관점)

① 비교문학을 국문학사의 일부로 보는 경우 : 한 국가의 문학이 다른 국가에 미친 영향이나 그 수수관계를 찾아 연구하는 학문을 뜻한다.

② 비교문학을 독자적인 영역으로 다루는 경우 : 문학을 세계적인 시야에서 바라보며 일반문학 또는 세계문학이 지닌 보편성을 찾아내어, 그 보편성에 입각하여 각국의 문학적 특질들을 밝혀내는 학문을 뜻한다.

③ 비교문학의 영역을 문학 밖으로 넓히는 경우 : 문학을 인접 학문, 즉 예술·철학·역사·종교·사회학·과학 등과의 관계 속에서 다루는 학문을 뜻한다.

(3) 비교문학의 개념

① 두 나라 이상의 문학을 비교·연구하여 그들 사이의 연관성과 영향관계를 실증적으로 밝히거나, 각국의 문학적 특성을 상호 비교적인 관점에서 연구하는 학문을 말한다.

② 시대, 세대, 수용과 생존, 영향과 모방 등 그 영역의 범위가 넓으며, 비교되는 각각의 문학은 독자성이 인정되어야 하며 서로의 영향에 미치는 것을 연구하는 문학이다.

③ 한 나라의 문학작품을 접근하는 데 있어서 우리 시야를 확대시키는 방법을 제공한다. 또한 본질적으로 여러 나라의 문학작품을 다루는 그 상호 관련성을 연구하는 문학이다.

④ 문학을 초국가적 시각으로 접근하거나 예술, 사회학, 심리학과 같은 다른 분야와의 비교를 통해 고찰하는 학문이다.

(4) 비교문학의 목적과 효용

① 비교문학의 목적 : 비교되는 문학 사이에 개재하는 상호작용, 영향관계를 살피려는 것이다.
② 비교문학의 효용
   ㉠ 문학의 국제성, 보편성을 이해·파악할 수 있다.
   ㉡ 세계문학의 개념을 확인해 낼 수 있다.

(5) 비교문학자의 조건

① 연구의 다양성에 적합한 방법을 찾아야 한다.
② 연구하고자 하는 사실 그 주위에 있는 역사적 교양을 갖고 있어야 한다.
③ 문학적 관계의 역사가이므로 몇 개의 문학에 관해 알고 있어야 한다.
④ 원전과 번역서 사이의 불일치를 판단해야 하기 때문에 몇 개의 언어를 읽을 수 있어야 한다.
⑤ 어디에서 기초가 되는 지식을 구해야 하는가, 한 제목의 서지(書誌)를 어떤 식으로 조립해야 좋은가를 알아야 한다.

2 비교문학의 경향

(1) 실증주의적 경향 : 프랑스학파(까레, 방 띠겜, 귀야르 등)

① 특징
   ㉠ 20세기 초부터 제2차 세계대전까지 프랑스학파에서 강하게 나타났다.
   ㉡ 스따알 부인이 형성한 자국의 국민문학적 약점을 보완하려는 목적으로 시작되었다.
   ㉢ 문학작품의 외국적 기원과 영향을 실증적인 방법으로 연구하는 것을 특징으로 한다.
   ㉣ 실증적인 자료와 문헌을 바탕으로 문학작품의 역사적, 사회적, 문화적 배경을 밝히는 데 주력했다.
   ㉤ 국경을 넘어 문학작품을 비교하고 분석함으로써 문학의 보편성과 다양성을 탐구했다.
   ㉥ 자국의 국문학사를 기록하는 과정에서 작품의 외국적 기원과 외국에 미친 작품의 영향들을 실증적인 방법으로 연구하였다.
   ㉦ '비교'는 구체적인 인과관계를 뜻한다.
   ㉧ '영향과 수용'을 중심으로 차이점에 중점을 두었다.
② 한계
   ㉠ 그들의 비교는 단순 영향관계의 탐색에 그쳤고, 국제간의 문학적 교류의 역사적 방법을 구체적으로 취급하지 않았다.
   ㉡ 객관성 문제 : 실증주의적 연구는 객관적인 자료와 문헌을 바탕으로 하지만, 해석의 주관성이나 가치관의 영향을 완전히 배제하기 어렵다.

ⓒ 문학의 본질 간과 : 문학작품의 미학적 가치나 예술적 표현을 충분히 고려하지 못했다.

ⓓ 상징과 의미 간과 : 실증주의적 연구는 문학작품에 담긴 상징이나 의미를 간과할 수 있으며, 문학의 깊은 의미를 파악하는 데 한계가 있을 수 있다.

③ 대표자 학자

   ⓐ 까레(J. M. Carre) : "비교문학은 단순히 문학의 비교가 아니고, 문학사의 한 분야이며, 일반문학이 아니다."라는 3가지 명제로 비교문학의 개념을 정의하였다.

   ⓑ 방 띠겜(P. Van Tieghem) : 비교문학을 문학사의 일부분으로 간주하고, 넓은 의미로서 "비교문학이란 본질적으로 여러 나라의 문학작품을 다루되, 그 상호 관련성을 연구하는 것이다."라고 하였다.

   ⓒ 귀야르(M. F. Guyard) : "비교문학이란 단지 비교만 하는 것이 아니다. 비교문학이란 국제 간의 문학적 관계의 역사이다."

(2) 문학의 총체성을 강조하는 경향 : 미국학파(르네 웰렉, 신비평가)

① 특징

   ⓐ 1940년대 미국의 신비평가들이 프랑스 비교문학의 방법론을 정면으로 비판하였다.

   ⓑ 프랑스학파의 비교문학이 전기적(傳記的) 지식과 문학 외적인 정보에 너무 치중해 있음을 비판하였다.

   ⓒ 비교문학은 본질적으로 문학 연구여야 하므로 문학의 가치와 질을 추구해야 한다.

   ⓓ 비교문학은 전 세계의 문학을 국제적 시야에서 연구하여야 한다고 주장했다.

   ⓔ 세계문학이 지닌 공통 분모를 찾아내는 것이 비교문학의 중요 작업이며, 이것을 바탕으로 각국 문학의 특질도 밝혀질 수 있다.

② 르네 웰렉의 한계

   ⓐ 문학 연구를 내재적인 것과 외재적인 것으로 나누면 발생적 관계가 무시될 우려가 있다.

   ⓑ 내재적 연구가 단순한 형식주의나 부적절한 미학주의에 떨어질 우려가 있다.

   ⓒ 비교문학에 있어서 '유사성'을 강조하는 것은 지나치게 추측에 의존할 여지를 남긴다.

③ 르네 웰렉의 주장

   ⓐ 문학에 대한 날카로운 통찰력을 지닐 것을 주장

   ⓑ "진정한 문학 연구는 유동적인 사실에 관심을 두는 것이 아니라, 그 가치와 질에 관심을 둔다. 그것이 문학사와 문학 비평 사이에 구분이 없게 되는 이유가 된다."

④ 비교문학은 문학사에만 한정되지 않는다고 보았다. 문학 연구란 문학의 총체성에 대한 연구이며, 비교문학도 역사적 방법만을 선호해서는 안 된다고 보았다.

⑤ 비교문학은 국민문학과 일반문학을 포용하는 보다 광범위한 문학 연구를 지향해야 한다.

(3) 절충주의적 경향 : 뻬이르, 레마크, 바이스슈타인 등

① 특징

    ㉠ 1960년대 프랑스학파와 미국학파의 대립 양상을 조정하려는 시도이다.

    ㉡ 조화를 시도하려고 했고, 어떤 한 나라의 지역성에 국한하기보다 각자의 취향에 따르고 있다는 점이 특징이다.

    ㉢ 영향과 원천 연구로만 국한되어 있던 프랑스 실증주의적 방법론에 문학의 내재 현상으로서의 미학성을 밝히려는 '일반문학'적 방법론을 도입하고자 하는 노력이 거듭 시도되었다.

    ㉣ 비교문학의 영역에 영향과 원천 연구뿐만 아니라, 아무런 접촉이 없는 문학 간의 대비 연구도 포함시켰다.

    ㉤ 비교문학이 문학 간의 연구에 한정되어 있었는 데 비해, 이제는 문학의 벽을 넘어 다른 학문 분야와의 비교연구도 비교문학에 귀속시켰다.

② 대표적 학자

    ㉠ 뻬이르

        ⓐ 프랑스의 비교문학의 방법론을 긍정하고 그 당시 새로이 대두된 일반문학적 방법론과의 화해를 모색했다.

        ⓑ 그는 미적 차원을 배제하는 연구태도를 지양할 것을 강조하고, 두 태도의 장점을 살려 화해와 융합을 찾으려고 했다.

    ㉡ 레마크

        ⓐ 프랑스학자와 미국학자들의 비교문학 방법론의 상이점을 들어 서로 접근될 수 있는 가능성을 타진하고 그 융합점을 찾아 제시하였다.

        ⓑ '역사'와 '비평'은 비교문학의 기대를 성취하기 위해서 연합될 수 있다고 한다. 즉 이것은 두 파의 거리가 좁혀지고 있는 실정을 표현한 말이기도 하다.

    ㉢ 바이스슈타인

        ⓐ 비교문학이 독자적인 방법론을 가지고 있지 않다고 말하고, 비교문학은 문학사 및 이론의 전문화된 한 분야로서 다루어야 한다고 주장했다.

        ⓑ 프랑스학자와 미국학자들의 중간적 입장을 취하고 있다.

02 | 비교문학의 기원과 역사

1 비교문학의 개관

(1) 비교문학의 기원

① 19세기 말 유럽 : 서유럽, 특히 프랑스에서 학문으로서 발전하기 시작되었다.
② 프랑스 학자들의 연구 : 국문학사를 기록하면서 작품의 외국적 기원과 영향을 실증적으로 연구하면서 비교문학의 기초가 마련되었다.
③ 비교의 의미 : 작품 간의 구체적인 인과관계 연구를 강조하였다.
④ 목표 : 각 국민문학의 상호작용과 영향을 연구하여 자국 문학사를 완성한다.

(2) 특징

① 비교문학이라는 발의 처음 사용 : 노엘, 라플라스
② 비교문학의 진정한 창시자 : 앙뻬르(J. J. Ampere), 빌르맹(A. F. Vilemain)

2 비교문학의 역사

(1) 비교문학의 선사시대

① 특징
  ㉠ 바이스슈타인, 『비교문학의 역사』 : "개개의 작가와 작품의 유사성이 주목되고 그것에 대한 연구논문 등이 발표되면서도 아직 사실관계나 실증적인 영향관계의 규명이 체계적으로 행해지는 단계에까지는 이르지 않은 초기의 단계"
  ㉡ 낭만주의와 문학적 세계주의
  ㉢ 17~18세기의 대표적인 문예사조는 고전주의를 거부하였다.
  ㉣ 독일의 낭만파(루소, 괴테, 헤르더)들은 이를 거부하고 국민문학을 형성하였고, 프랑스에서도 스따알 부인이 국민문학적 개념을 형성하였다.
  ㉤ 국민문학적 개념을 초국가적 세계주의로 확대해 그 유사성을 추구하였다.
  ㉥ 그들의 비교는 단순 영향관계의 탐색에 그쳤고, 국제간의 문학적 교류의 역사적 방법을 구체적으로 취급하지 않았다.
② 대표적 이론가
  ㉠ 헤르더 : 「오시안과 고대 민족의 가요에 관한 왕복서한」
    ⓐ 어느 한 민족이나 습관을 고찰할 때, 자국의 상황만으로 한정해서는 안 된다.
    ⓑ '민족 시가의 재생된 힘(특수성, 국민문학)'을 바탕으로 문학사를 확립할 것을 주장하였다.

ⓛ 스따알 부인 : 『독일론』

    ⓐ 프랑스에서 낭만주의의 '세계성'을 최초로 자각하였다.

    ⓑ 국가는 외국의 사상을 수용함에 있어서 인색해서는 안 된다.

    ⓒ 국민문학에의 '집중'과 함께 외국문학으로 지향하는 '확대'에 기원을 두고 있다.

ⓒ 실레겔 형제 : '세계시'

    ⓐ 서구를 넘어서 동구, 산스크리트의 문학도 연구하였다.

    ⓑ 유럽의 여러 나라에 낭만주의가 널리 알려졌다.

    ⓒ 동생 F. 실레겔의 '세계시'는 낭만주의 시를 일컬으며, 비교문학과 관련해 세계주의와 합치한다.

ⓔ 괴테 : '세계문학'

    ⓐ 문학의 세계적 통일을 표방하지는 않는다.

    ⓑ 괴테의 세계문학의 개념은 국민적 특색의 소멸을 방지한다.

    ⓒ 국제적 접촉을 고조시켜 문학적 상호 관계를 친밀히 하려고 한다.

(2) 비교문학의 역사시대

① 특징

  ⓐ 19세기 초엽, 프랑스에선 역사과학이 발달하면서 자국 고유문학의 특질을 연구함과 동시에 외국 문학의 연구에 대한 관심도 고조되었다.

  ⓛ 비교문학이라는 용어가 확립되었다.

  ⓒ 엄밀한 과학적 방법이 확립되었다.

  ⓔ 비교문학의 서지 및 잡지가 발간되었다.

  ⓜ 여러 나라의 문학에 관한 지식을 병치할 뿐 비교문학의 체계적인 방법론을 세우지 못했다.

  ⓗ 예술적 요소와 철학, 사회학적 요소를 구별 없이 혼동하였다.

② 대표적 이론가

  ⓐ 빌르맹과 국제문학 강의

    ⓐ "프랑스대학에서 처음으로 동일원천에서 파생되어 상호 교류를 단절하는 일 없이 여러 시대에 걸쳐서 혼합되어 여러 나라의 근대문학에 대한 비교분석이 진행되고 있다."

    ⓑ 초국민적 관점(탈자국주의)에서 강의했다.

  ⓛ 앙뻬르와 제국문학의 비교사

    ⓐ 앙뻬르는 빌르맹에 이어 그 당시 프랑스의 비교문학을 주도한 문학연구가이다.

    ⓑ 뵈브는 앙뻬르를 비교문학의 콜럼버스라고 격찬했다.

  ⓒ 포스네트의 『비교문학』

    ⓐ 비교문학에서 최초로 간행된 총괄적인 이론서이다.

ⓑ '비교문학' 명칭 확립에 결정적인 계기가 됐다.

ⓒ 문학사를 사회사의 일부분으로 판단했다.

ⓔ 브륀띠에르와 국제문학 대운동사

  ⓐ '국민문학사'만으로 해결할 수 없는 측면의 연구를 위해서는 비교문학이 필요하다고 역설했다.

  ⓑ 문학의 국제적 대운동의 역사를 정확히 기술할 것을 주장했다.

  ⓒ 유럽 문학은 세계문학의 한 영역에 불과하다고 주장한다.

  ⓓ 문학을 측정하는 척도는 의식적인 예술적 의도라고 본다.

ⓜ 텍스트의 고증적 방법

  ⓐ 비교문학을 한 단계 높은 차원으로 올라가게 했다.

  ⓑ 비교문학은 '인종 및 인간의 심리' 연구의 기반에 있다고 생각하였다.

  ⓒ 비교문학의 범위를 이론상의 문제 및 일반적 제 문제, 비교민속학, 근대문학의 비교연구, 세계문학사 등으로 세분하였다.

ⓗ 베츠의 서지 목록

  ⓐ 텍스트가 비교문학을 확립한 바로 뒤, 베츠는 비교문학을 획기적으로 비약시켰다.

  ⓑ 1902년 『비교문학 연구』를 간행했다.

  ⓒ 비교문학에서 거둔 연구목록을 작성하는 것이 급선무라고 주장한 그는 비교문학의 안내자로서의 임무를 수행하였다.

  ⓓ 고증적 방법론과 서지목록 작성 시도가 없었다면, 비교문학의 거장인 발당스뻬르제가 출현할 수 없었을 것이다.

03 비교문학의 이론적 정립

1 까레와 귀야르의 원리

(1) 까레(J. M. Carre)

① 귀아르가 쓴 『비교문학』의 '서문'에 "비교문학은 단순히 문학의 비교가 아니고, 문학사의 한 분야이며, 일반문학이 아니다."라고 정의하였다.

② 이 정의는 프랑스파 비교문학의 전통 이론을 집약한 것이다.

③ 국제 간에 이루어진 문학적 영향관계를 전제로 한 사실 존중과 인과론을 중시한 것으로 요약된다.

④ 작가와 작품 사이에 주고 받는 영향관계를 밝히는 데에 연구의 초점을 두고 있다.

⑤ 유사성 연구보다는 존재했던 사실의 상호 관계를 연구하라고 주장했다.

(2) 귀야르(M. F. Guyard) : 『비교문학』

① 특징

ⓐ 까레의 제자

ⓑ 비교문학은 영향과 사실관계를 강조한 프랑스 비교문학의 방법론서이다.

ⓒ 비교문학은 문학을 대상으로 한 사회학의 연구이다.

ⓓ 비교문학의 가장 가치 있는 장래 분야는 어떤 시대의 한 나라에 있어서 행하여진 타국의 심상을 정확히 서술하는 것이다.

ⓔ 비교문학이란 '비교'가 아니라 국제 간의 문학적 관계의 역사이다.

② 연구 방법

ⓐ 전달자 : 책과 사람

ⓑ 책 : 번역, 비평서, 신문, 잡지, 여행기, 사전, 문법서, 교육서까지 모두 포함하였다.

ⓒ 문법서나 여행기 등도 일일이 추적해야 하는 이유 : 그 나라의 이미지 이해에 도움이 되기 때문이다.

ⓓ 한 사람의 작가나 하나의 그룹, 하나의 시대가 어떤 외국어에 대해서 가지고 있던 이해의 정도도 조사한다.

ⓔ 여행기의 지식도 한 작가 또는 한 나라에 관한 전설의 형성을 이해하는 데 가장 중요하기 때문에 조사한다.

2 발당스뻬르제(F. Baldensperger)의 이론

(1) 특징

① 텍스트의 후임, 텍스트와 베츠의 선구적 유업을 계승하였다.

② 저서 『프랑스에서의 괴테』(1904)를 발표해 "고찰하려고 하는 시대의 신문이나 잡지를 조직적으로 낱낱이 검토하고, 영향의 극히 하찮은 증표도 잡아 여론의 동향을 추구"했다.

③ 베츠의 「서지목록」을 계승해, 비교문학의 서지목록을 집성했다.

④ 기계적이고 인과관계에 의해 진행되는 역사적 발전을 전제로 목적론적인 사고방식을 바탕으로 한 브륀띠에르의 진화론을 반대했다.

(2) 소재론의 연구를 부정

① 소재 연구가 사실의 연결고리처럼 시종일관 꿰맞추어지는 것이 불가능하기 때문에 그것에 대한 연구는 항상 불완전하며 단편적인 것에 그칠 뿐이라고 본 때문이다.

② 민속학적인 자료수집의 방법도 완전한 연속성의 결여이기 때문에 불완전하다.

③ 환경을 배타적으로 적용하여 모든 것을 환경적인 것으로 설명하려 한 테느(H. A. Taine)의 영향력도 거부하였다.

3 방 띠겜(P. Van Tieghem)의 이론

(1) 특징

① 비교문학을 문학사의 일부분으로 간주하였다.
② 문학사란 작품과 작자를 시간과 공간 가운데 옮겨다 놓고 작품에 대해서나 작자에 대해서 설명할 수 있는 것을 전부 설명하는 것이다.
③ 비교문학 고유의 분야는 근대 여러 문학 상호 간의 관계 연구이다.
④ 근대문학이 비교문학의 주된 대상이다.
⑤ 단지 차이와 유사점을 밝히는 것은 문학사적 가치가 없는 것이며, 그들 사이에 개재하는 명확한 영향, 차용관계를 밝히는 것이 중요하다.
⑥ 발당스뻬르제와 방 띠겜의 비교문학 방법론은 프랑스 비교문학의 전통 이론이다.

(2) 비교문학의 영역

① 발신자 연구
  ㉠ 문학적 국경을 넘는 통로의 출발점이 되는 작가, 작품, 사상을 고려하였다.
  ㉡ 한 작가 또는 작가군이 외국에 미친 성공과 영향을 연구하였다.
  ㉢ 명성론
    ⓐ 국가에서 국가에의 종합적 영향, 즉 두 문명 형태, 두 문화가 전체로서 접근하는 방법을 고찰하였다.
    ⓑ 한 작가가 외국의 한 작가나 혹은 한 문학 유파에 미치는 영향을 고찰하였다.
    ⓒ 한 작가의 문학적 전 생애를 통하여 외국에 미친 총체적 운명과 영향을 기술하였다.
② 수신자 연구
  ㉠ 도착점으로서의 어떤 작가, 작품, 사상, 감정 등이 대상
  ㉡ 본질상 수신인에게서 발신인을 확인하게 되는 것
  ㉢ 원천론(源泉論) : 발신인을 수신인에게서 찾으려는 것
    ⓐ **쓰여진 원천** : 고립적 원천(한 작품 속에 포함되어 있는 외국 문학작품의 기원을 찾거나 혹은 주제, 디테일, 사상 등을 재발견하려는 연구)과 종합적 원천(어떤 한 작가의 작품과 그의 문학적 생애, 전체에서 볼 때의 외국 문학에 대한 그의 인식, 혹은 그의 영감을 돋운 자의 고찰 등을 연구)
    ⓑ **구전된 원천** : 문자로 기록되기 전에 구술로 전승된 모든 문학적 자료이다.
③ 송신자 연구
  ㉠ 전달을 중개하는 개인, 단체, 원작의 모방 내지 번역의 연구
  ㉡ **중개론(仲介論)** : 문학의 전파와 채용을 용이하게 하는 중개에 대한 연구
    🔷 **중개론의 대상** : 개인들에 의한 중개, 사회적 환경에 의한 중개, 즉 어느 한 문학유파 등의 외국 문학의 모방, 독립 간행물들, 번역과 번역자

④ 이행(移行)

　㉠ 문학이 언어적 국경을 넘어 운반되는 것이 이행(移行)이다.

　㉡ 이행은 최소한의 것이라도 착종된 사실로서 여러 가지 물질적·심리적 요소가 들어 있다.

　㉢ 이행 연구의 대상

　　ⓐ 이행하는 그 자체 : 운반되는 대상에 관하여 검토하는 것, 문학적 차용의 본성을 공통 요소로 하는 사실을 수집하여 차용군의 역사를 기록하였다. 문학의 장르, 문체, 주제, 유형, 전설, 사상이나 감정이 차용되었다.

　　ⓑ 이행의 양상이나 상황 : 발신자의 시점에서는 외국에 있어서의 어떤 작품, 어떤 작가, 어떤 장르, 어떤 문학 전체의 성공, 그것이 미친 영향, 아울러 그것을 대상으로 하는 모방을 연구하였다. 수신자의 시점에서는 어떤 작가 또는 어떤 작품의 원천이 탐구된다. 그리하여 끝에는 영향의 이행을 용이하게 해 준 중개자에 대해 알게 된다.

04 비교문학의 방법

1 비교문학의 일반적 방법론

(1) 비교문학의 방법 범주

① 문헌 분석 : 문학작품의 내용을 면밀하게 분석하여 의미, 주제, 스타일 등을 파악한다.

② 비교 분석 : 서로 다른 문학작품이나 문화 간의 유사점과 차이점을 비교하여 작품의 특징과 가치를 이해한다.

③ 문화적 맥락 분석 : 문학작품이 만들어진 문화적, 사회적, 역사적 배경을 분석하여 작품의 의미를 더욱 풍부하게 이해한다.

④ 장르 비교 : 서로 다른 장르의 문학작품을 비교하여 그 특성과 차이를 분석한다.

⑤ 영향 연구 : 한 문학작품이 다른 문학작품이나 문화에 미친 영향을 분석한다.

(2) 이식이론(移植理論)

① 어떤 문학 현상을 발생학적인 문학 간의 충동으로 설명하려 한 것이다.

② 비교를 엄격히 사실관계에 한정하였다.

③ 실증 가능한 영향 연구에만 주의를 집중한다.

④ 비교문학 방법은 주로 영향관계를 어떻게 추적·조사·연구하느냐에 초점이 맞춰진다.

(3) 유사성 연구

① 연관이 없는 두 작품이 문체, 구조, 어법, 사상 등에서 동일성을 보이는 것이다.

② '무접촉 유추'를 위해 비교문학과 공통점이 있는 '대조'의 방법은 미학적 분석에 대한 기회를 제공하고 예술 창조의 과정에 대한 통찰력을 제공할 수도 있다.

③ 지나치게 가치 개념에 의존하므로 객관성이 없다는 비난을 받았다.

④ 단지 유사하다고 연구하는 것은 두 문학을 비교하는 것일 뿐, 비교문학은 아니다.

2 비교문학의 영향 연구

(1) 영향의 정의

① 수신자와 발신자가 접촉함으로 인해 원래 지니고 있던 면모가 바뀐 경우를 가리킨다.

② 발신자의 영향은 수신자에게 영속적이며 무의식적인 것이어야 한다.

③ 의식적으로 수신자가 발신자를 이용한 경우에는 영향이 아닌 다른 상관관계로 명명되어야 한다.

(2) 영향의 개념 : 하스켈 블록

① 영향은 비교문학의 연구에서 중요한 개념이다.

② 영향은 문학이 발생하는 통로의 기본적인 부분이며, 기교 문제뿐만이 아니라 삶과 생의 한 부분으로서 예술의 총체적 체험의 문제이다.

③ 영향연구의 대상과 목적은 작가들과의 관계가 아니라 작품에서 작품으로의 내적 관계이다. 외적인 자료는 그 관계를 보충하고 강화시킬 수 있는 한에서만 유용하다.

④ 영향과 무접촉 유추는 구분되어야 하며, 유사성을 영향으로 단정하지 말아야 한다.

(3) 영향의 범주

① 암시

㉠ 수용자의 작품 제작 동기가 발신자에 의해 마련되는 경우를 가리킨다.

㉡ 수용자와 발신자 상호 관계는 동기 정도로 그쳐야 한다.

㉢ 의도가 강하지 않기 때문에 영향과 비슷하다.

② 모방

㉠ 수신자가 발신자를 특별하게 좋아하는 경우에 일어나는 현상이다.

㉡ 수신자는 발신자의 어느 부분을 의식적으로 닮고자 한다. 그리고 그 나머지 결과에 대해서는 '유사성'이라 한다.

③ 번안(또는 개작)

㉠ 타인의 것을 가져다 쓴다는 점에서 모방과 같다.

  ⓛ 번안은 원작 전체가 의식된다.

  ⓒ 원작을 전체적으로 생각하면서 작가 자신의 창의성을 가미한 경우이다.

 ④ **차용**

  ㉠ 수신자가 자신에게 필요한 부분을 빌려 쓰는 것이다.

  ⓛ 수신자가 빌려 왔음을 밝히려는 입장이기 때문에 표절에 비해 떳떳한 행위이다.

 ⑤ **표절(剽竊)**

  ㉠ 가장 의식적으로 수신자의 원작을 이용한 경우이다.

  ⓛ 수신자는 빌려 왔음을 고의로 은폐한다.

  ⓒ 지속화될 수 없는 것이다.

  ⓔ 가장 저미한 상태에 속하는 영향이다.

(4) 영향에 여러 범주를 포함하는 것에 대한 반대 의견

 ① **분리론자의 주장**: 영향은 무의식적인 상태에서 이루어지지만, 기타 여러 유형에 속하는 해외 문학의 수용은 의식적으로 이루어진다.

 ② 표절의 경우 발신자의 작품 중 일정 부분을 수신자는 자기 것인 양 은폐해야 하고, 이 것은 곧 의식적인 상태에서 이루어지는 것이다.

 ③ 의식과 무의식의 차이, 혹 영향과 그 외의 유형에 속하는 해외 문학 수용 사이에는 구별이 확연하지 않다.

  ㉠ 한 작가를 모방하는 경우 발신자에 대한 의식에서 출발한다.

  ⓛ 발신자를 의식한다는 것은 차이가 있기는 하지만 좁은 의미의 영향과 비슷하다.

  ⓒ 암시에서부터 표절까지의 여러 유형의 수용도 영향론에 포괄하는 것이 바람직하다.

예술성에 대한 기여도		
↑A	암시 모방 번안 차용 표절	B↓
발신자에 대한 의존도		

무의식적 측면 ←— 암시, 모방, 번안, 차용, 표절 —→ 의식적 측면
영향(연속적 관계)

3 알드리지(O. Aldridge)의 방법론의 범주 – 『비교문학 – 소재와 방법』

① **첫 번째 범주** : 문학에 미학적 가치를 적용한 문학비평과 이론이 자국 문학과 비교문학 연구에 본질적이라고 규정한다.

② **두 번째 범주** : 충분히 강력한 영향을 미치는 문학사조가 나타난 전시대를 특징짓는 심리적·지적·문체적 경향에 대해 언급한다. 다만, 균질화 현상에 대해 주의를 요한다고 한다.

③ **세 번째 범주** : 문학의 주제이다. 이것은 다양한 문학에서 많은 이론과 여러 가지 관점으로 표현되어 왔던 인물과 추상적인 사상을 나타내는 범주이다.

④ **네 번째 범주** : 문학 형태 또는 장르 연구이다. 비교문학에서는 한 나라 문학에 존재하는 문학 장르가 다른 나라 문학에 있는 대응 장르와 비교될 때 의미가 있다고 한다.

⑤ **다섯 번째 범주** : 문학 관계의 연구이다. 이 범주는 문학 현상 고찰을 위한 방법론에 가장 넓은 다양성을 제공한다. 특히, 문학과 인간 지식의 다른 양상 사이의 관계 고찰, 원천, 영향의 추적이 가장 중요하다고 한다.

> 💎 알드리지(O. Aldridge)의 위 다섯 범주는 가능한 비교문학의 방법을 모두 포용하고 있는데, 특히 다섯 번째 범주인 '영향 연구'는 비교문학에 있어 가장 중요시될 수 있는 분야이다. 나아가 영향 연구는 비교문학 연구의 중심 과제일 수밖에 없다.

01 비교문학에 대한 설명으로 옳지 <u>않은</u> 것은?

① 시간적으로 볼 때 고대인의 문학과 현대인의 문학을 비교 대상으로 삼을 수 있다.

② 공간적으로 볼 때 상반되는 위치에 있는 두 나라의 문학을 비교 대상으로 삼을 수 있다.

③ 전통적 의미의 비교문학은 두 나라 이상의 문학이 지닌 유사점과 차이점에 대한 연구를 뜻한다.

④ 비교문학에 대한 최초의 관심은 유럽 문학과 동양 문학의 공통점을 찾기 위한 학문적 호기심에서 시작하였다.

해설 ① '비교문학'은 두 개 이상의 언어, 문화 혹은 국가 간의 문학을 다루는 학문 분야이므로 고대인의 문학과 현대인의 문학처럼 <u>시간적으로</u> 서로 다른 문학은 비교 대상으로 삼을 수 없다.

오답 ② 비교문학은 최소한 두 민족 이상의 문학이 있어야 하므로 공간적으로 상반되는 위치에 있는 두 나라의 문학을 비교 대상으로 삼을 수 있다.

③ 비교문학의 목적은 비교되는 문학 사이에 개재하는 상호작용, 영향관계를 살피려는 것이므로 전통적 의미의 비교문학은 두 나라 이상의 문학이 지닌 유사점과 차이점에 대한 연구를 뜻한다.

④ 비교문학은 19세기 말엽, 프랑스 학자들이 자국의 국문학사를 기록하는 과정에서 작품의 외국적 기원과 외국에 미친 작품의 영향들을 실증적인 방법으로 연구하면서 시작되었다.

02 다음 중 비교문학의 성립 요건이 <u>아닌</u> 것은?

① 최소한 두 민족 이상의 문학이 있어야 한다.

② 비교되는 문학은 각자 독자성이 인정되어야 한다.

③ 비교되는 문학 사이에 개재하는 상호작용, 영향관계가 존재해야 한다.

④ 비교연구가가 최소한 두 명 이상 존재해야 한다.

해설 비교문학의 성립 요건 : 각자 독자성이 인정되고, 상호작용(영향관계)이 존재하는, 두 민족 이상의 문학이 있어야 한다.

정답 01 ① 02 ④

03 비교문학의 연구 과정이 <u>아닌</u> 것은?

① 두 개 문학 사이의 국경을 확립하는 것이 우선이다.
② 문학적 영역에 있어서 한쪽에서 다른 쪽으로 전해져 영향을 미친 모든 것을 연구하였다.
③ 두 문학을 비교하고 연구하였다.
④ 개별 작품을 구조적으로 분석하였다.

> **해설** 개별 작품을 구조적으로 분석하는 것은 비교문학의 연구 과정과는 무관하다.

04 다음 중 비교문학에 대한 설명으로 적절하지 <u>않은</u> 것은?

① 문학의 보편성과 세계성을 고찰한다.
② 서로 다른 문화권에 속한 작품들의 영향관계를 탐구한다.
③ 비교의 원리와 방법은 대상의 성격에 따라 달라질 수 있다.
④ 문학에 대한 일국적 관점을 고수하여 국민문학의 성립에 기여한다.

> **해설** 비교문학은 두 나라 이상의 문학을 비교·연구하여 그들 사이의 연관성과 영향관계를 실증적으로
> 밝히거나, 각국의 문학적 특성을 상호 비교적인 관점에서 연구하는 학문을 말한다.
> 비교문학이 되려면 일차적으로 다음과 같은 요건을 갖추어야 한다.
> ㉠ 최소한 두 민족 이상의 문학이 있어야 한다.
> ㉡ 비교되는 문학은 각자 독자성이 인정되어야 한다.
> ㉢ 비교되는 문학 사이에 개재하는 상호작용, 영향관계가 존재해야 한다.

05 비교문학자의 조건이 <u>아닌</u> 것은?

① 비교문학자는 연구의 다양성에 적합한 방법을 찾아야 한다.
② 비교문학자는 몇 개의 문학에 관해 알고 있어야 한다.
③ 비교문학자는 몇 개의 언어를 읽을 수 있어야 한다.
④ 비교문학자는 연구하고자 하는 부분만을 연구하여 알고 있어야 한다.

> **해설** 비교문학자는 연구하고자 하는 부분뿐만 아니라, 그 주위에 있는 역사적 교양을 고루 알고 있어야
> 한다.

정답 03 ④   04 ④   05 ④

06 다음 설명에 해당하는 비교문학의 역사적 단계는?

> 개개의 작가와 작품의 유사성이 주목되고 그것에 대한 연구 논문 등이 발표되면서도 아직 사실관계나 실증적인 영향관계의 규명이 체계적으로 행해지는 단계에까지는 이르지 않은 비교문학의 단계를 말한다.

① 비교문학의 선사 시대　　　② 비교문학의 중세 시대
③ 비교문학의 전환 시대　　　④ 비교문학의 근대 시대

> **해설**　비교문학의 선사시대 : 울리히 바이스슈타인. 개개의 작가와 작품의 유사성이 주목되고 그것에 대한 연구논문 등이 발표되면서도 아직 사실관계나 실증적인 영향관계의 규명이 체계적으로 행해지는 단계에까지는 이르지 않은 초기의 단계

07 다음에서 설명하는 비교문학의 역사적 단계는?

> 개개의 작가와 작품의 유사성에 주목하고 그것에 대한 연구 논문 등이 발표되면서도, 아직 사실관계나 실증적인 영향관계의 규명이 체계적으로 행해지는 단계에까지는 이르지 않은 초기 비교문학의 단계를 의미한다.

① 역사 시대　　　② 전환 시대
③ 중세 시대　　　④ 선사 시대

> **해설**　비교문학의 선사 시대와 역사 시대의 구분기점은 1920년대로 보고 있다. 제시된 설명은 비교문학의 선사 시대에 관한 것이다.

08 비교문학이 선사 시대로부터 벗어난 19세기 초 ~ 20세기 초의 의의가 <u>아닌</u> 것은?
① 비교문학이라는 용어의 확립　　　② 엄밀한 과학적 방법의 확립
③ 비교문학의 서지 및 잡지의 발간　　　④ 최초의 정기간행물 발간

> **해설**　19세기 초 ~ 20세기 초의 의의 : 비교문학이라는 용어의 확립, 엄밀한 과학적 방법의 확립, 비교문학의 서지 및 잡지의 발간

정답　**06** ①　　**07** ④　　**08** ④

09 프랑스학파가 수행한 비교문학에 대한 설명으로 옳지 <u>않은</u> 것은?

① 문학작품 자체의 비교를 강조한다.

② 국제 간의 문학 교류사를 전제로 한다.

③ 영향과 수용을 입증할 수 있는 분명한 자료를 바탕으로 한다.

④ 프랑스 문학의 약점을 보완하려는 목적에서 20세기 초에 시작되었다.

> **해설** ① 프랑스학파는 여러 나라 문학의 영향관계를 실증적으로 연구하는 것으로 시작되었으며, 문학 작품 자체의 비교가 아니라 작품 간의 영향관계를 강조한다.
>
> **오답** ② 국적 간의 문학적 영향관계를 전제로 문학작품들을 비교 연구했다.
> ③ 서로 다른 국가의 작품 사이의 '기원'과 '영향'의 증거, 흔히 '사실관계'라고 불리는 것을 찾기 위해 작품을 면밀히 조사했다.
> ④ '국민문학'이라는 프랑스 문학의 약점을 보완하려는 목적에서 20세기 초 발당스뻬르제와 방 띠겜을 중심으로 시작되었다.

10 다음 중 비교문학에 대한 설명으로 옳은 것은?

① 비교문학은 공통점보다는 차이점을 중점으로 한다.

② 비교문학은 서로 비교하여 그 우위를 가린다.

③ 실증주의 비교문학자의 대표적인 인물은 귀야르이다.

④ 실증주의 비교문학자에는 웰렉도 포함된다.

> **해설** ③ **귀야르** : 영향과 사실관계를 강조한 프랑스의 실증주의 비교문학자의 대표자이다.
>
> **오답** ① 비교문학은 공통점과 차이점보다는 서로 간의 영향관계에 관심을 둔다.
> ② 비교문학은 문학 간의 우위, 우월성을 따지지 않는다.
> ④ **웰렉** : 프랑스 비교문학의 방법론을 정면으로 거부한 미국학파의 대표자. 민족 문학과, 일반 문학, 문학사와 문학비평을 동시에 충족하는 넓은 시야의 비교문학을 추구하였다.

11 다음은 비교문학 학자들이다. 이 중 견해와 입장이 <u>다른</u> 학자는?

① 까레　　　　　　　　　　② 방 띠겜

③ 귀야르　　　　　　　　　④ 바이스슈타인

> **해설** 비교문학의 경향은 실증주의적 경향, 총체성을 강조하는 경향, 절충주의적 경향으로 나눌 수 있다.
> ④ **바이스슈타인** : 절충주의 경향
>
> **오답** **실증주의 경향** : 까레, 방 띠겜, 귀야르

정답　**09** ①　**10** ③　**11** ④

12 다음 중 비교문학의 경향이 <u>아닌</u> 것은?

① 종합주의   ② 실증주의
③ 총체성 강조   ④ 절충주의

> **해설** 비교문학의 경향 : 실증주의, 총체성 강조, 절충주의

13 다음 중 그 사실이 바르지 <u>않은</u> 것은?

① 비교문학이라는 말의 처음 사용 : 노엘, 라플라스
② 비교문학의 진정한 창시자 : 요한 엘리아스 슐레겔
③ 최초의 서지목록 : 「비교문학·서지적 논고」(1897, 베츠)
④ 최고의 정기간행물 : 「비교문학지」(1887, 막스 코흐)

> **해설** 비교문학의 진정한 창시자 : 앙뻬르(J. J. Ampere), 빌르맹(A. F. Vilemain)

14 다음 중 실증주의 비교 문학자로 꼽히는 사람은?

① 르네 웰렉(R. Wellek)   ② 귀야르(M. F. Guyard)
③ 바이스슈타인(U. Weisstein)   ④ 레마크(H. Remak)

> **해설** • 실증주의적 경향 : 까레(J. M. Carre), 귀야르(M. F. Guyard), 방 띠겜(P. Van Tieghem)
> • 문학의 총체성을 강조하는 경향 : 르네 웰렉(R. Wellek)
> • 절충주의적 경향 : 바이스슈타인(U. Weisstein), 레마크(H. Remak)

15 환경을 배타적으로 적용해 설명한 학자는?

① 브륀티에르   ② 바이스슈타인
③ 테느   ④ 방 띠겜

> **해설** 테느(H. A. Taine) : 모든 것을 환경적인 것으로 설명하려 하였다.

16 브륀티에르와 관련한 설명이 <u>아닌</u> 것은?

① 인종 및 인간의 심리 연구를 비교문학의 임무라고 한다.

② 국민문학의 연구만으로는 해결할 수 없는 영역이 있다고 본다.

③ 유럽 문학은 세계문학의 한 영역에 불과하다고 주장한다.

④ 문학을 측정하는 척도는 의식적인 예술적 의도라고 본다.

> 해설 **텍스트** : 인종 및 인간의 심리 연구를 비교문학의 임무라고 한다.

17 다음 그림과 같은 비교문학의 이론을 제시한 인물은?

전신자 ──전신자(매개자)──▶ 수신자
          접촉과 교환

① 까레　　　　　　　　　　　② 방 띠겜

③ 귀야르　　　　　　　　　　④ 브륀티에르

> 해설 ② **방 띠겜** : 비교문학을 문학사의 일부분으로 간주. 비교문학 고유의 분야는 근대 여러 문학 상호 간의 관계 연구. 단지 차이와 유사점을 밝히는 것은 문학사적 가치가 없는 것이며, 그들 사이에 개재하는 명확한 영향, 차용관계를 밝히는 것이 중요
> » **비교문학의 영역**
>   ㉠ **발신자**(전신자) : 문학적 국경을 넘는 통로의 출발점이 되는 작가, 작품, 사상을 고려
>   ㉡ **수신자** : 도착점으로서의 어떤 작가, 작품, 사상, 감정 등이 대상
>   ㉢ **송신자**(매개자) : 전달을 중개하는 개인, 단체, 원작의 모방 내지 번역의 연구
>   ㉣ **이행**(移行) : 접촉과 교환

> 오답 ① **까레** : 유사성 연구보다는 존재했던 사실의 상호 관계를 연구하라고 주장. 비교문학은 이미지를 연구하는 것으로서 사회학으로 통하는 길이라 주장. 비교문학은 작품 자체가 가지고 있는 가치를 본질적으로 고찰하는 것이 아니라 특히 각국이나 각 작가가 다른 것을 어떻게 변형하고 차용했는가에 대해 관심을 갖는 것
> ③ **귀야르** : 비교문학은 문학을 대상으로 한 사회학의 연구. 비교문학이란 '비교'가 아니라 국제 간의 문학적 관계의 역사. 비교문학은 문학사의 한 분야
> ④ **브륀티에르** : 문학을 측정하는 척도는 의식적인 예술적 의도. 유럽 문학은 세계문학의 한 영역에 불과하다고 주장. 문학의 국제적 대운동의 역사를 기술할 필요가 있다고 주장

정답 **16** ① **17** ②

18 다음과 같은 비교문학에 대한 견해를 갖는 학자는?

> • 비교문학의 연구는 이행을 밝히는 것을 목적으로 한다.
> • 문학 차용의 본성은 이행하는 것 자체이다.
> • 발신자의 시점에서는 어떤 문학 전체의 성공과 영향, 모방을 관찰한다.
> • 수신자는 작가나 작품이 원천, 영향의 통행을 용이하게 하는 중개자이다.

① 방 띠겜 ② 귀야르
③ 바이스슈타인 ④ 레마크

해설 ① 방 띠겜(P. Van Tieghem) : 실증주의
 ㉠ 비교문학의 연구 목적 : 이행(移行)을 밝히는 것
 ㉡ 문학적 차용 중시
 ㉢ 발신자의 시점 : 어떤 문학 전체의 성공과 영향, 모방
 ㉣ 수신자의 시점 : 작가나 작품의 원천, 영향의 통행을 용이하게 한 중개자

오답 ② 귀야르(M. F. Guyard) : 실증주의
 ㉠ 문학적 코스모폴리티즘(세계주의)의 전달자
 ㉡ 영향과 성공
 ㉢ 유럽에 있어서의 조류(문학의 주의와 사상과 그 이동)
 ㉣ 외국에 대한 해석
③ 바이스슈타인(U. Weisstein) : 절충주의
 ㉠ 영향과 모방
 ㉡ 수용과 생존
 ㉢ 소재 연구
 ㉣ 예술의 상호 조명
④ 레마크(H. Remak) : 절충주의
 ㉠ 사회적·전기적 환경과 그 문학작품을 연결
 ㉡ 프랑스의 영향관계의 연구를 지지한다.

기출유형 다잡기

19 ( ) 안에 들어갈 말로 알맞은 것은?

> 문학이 언어적 국경을 넘어 다른 나라로 퍼져 나갈 때 그 원천이 되는 것을 (㉠)라고 한다. 이는 작가일 수도 있고 작품일 수도 있다. 이것을 받아들이는 측의 작품이나 작가를 (㉡)라고 한다. 다시 이를 중개하는 작품이나 사람 또는 번역을 (㉢)라고 한다.

	㉠	㉡	㉢
①	전신자	발신자	수신자
②	발신자	수신자	전신자
③	발신자	전신자	수신자
④	수신자	발신자	전신자

해설 '비교문학의 영역'에 대한 설명이다.
㉠ **발신자**(원천) : 문학적 국경을 넘는 통로의 출발짐이 되는 작가, 작품, 사상 등
㉡ **수신자**(받아들이는 측) : 도착점으로서의 어떤 작가, 작품, 사상, 감정 등
㉢ **전신자**(중개) : 한 나라의 문학작품 및 문학사상을 다른 나라에 전파하는 사람이나 번역물

20 다음과 같이 도식화되는 비교문학의 원리를 제시한 비평가는?

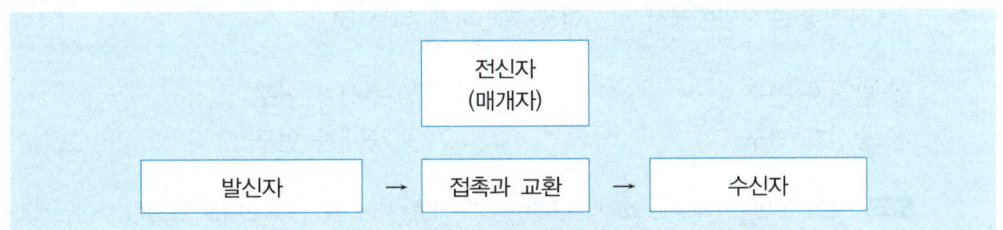

① 귀야르(Guyard)
② 플로베르(Flaubert)
③ 방 띠겜(Van Tieghem)
④ 발당스베르체(Baldensperger)

해설 방 띠겜(Van Tieghem)
㉠ 비교문학의 출발을 문학사의 한 분야로서 강조하였다.
㉡ 비교문학은 국제 간의 교류를 연구하는 것이다.
㉢ 비교문학의 연구 목적이 이행(移行)을 밝히는 것에 있다고 주장하였다.
㉣ 이행의 방법론을 발신자, 전신자, 수신자 시점으로 구분하였다.

정답 19 ② 20 ③

PART 07 비교문학론 **331**

21 다음과 같은 비교문학의 개념을 말한 사람은?

> 본질적으로 여러 나라의 문학작품을 다루되, 그 상호 관련성을 연구하는 것이다.

① 귀야르(M. F. Guyard)
② 까레(J. M. Carre)
③ 방 띠젬(P. Van Tieghem)
④ 르네 웰렉(R. Wellek)

> **해설** 방 띠젬(P. Van Tieghem) : "비교문학이란 본질적으로 여러 나라의 문학작품을 다루되, 그 상호 관련성을 연구하는 것이다."

22 방 띠젬이 말한 비교문학의 영역이 <u>아닌</u> 것은?

① 발신자의 연구
② 수신자의 연구
③ 전달자의 연구
④ 송신자의 연구

> **해설** 방 띠젬이 말한 비교문학의 영역은 ㉠ 발신자의 연구, ㉡ 수신자의 연구, ㉢ 송신자의 연구 등이다.

23 다음은 무엇을 연구하는 것인가?

> • 도착점으로서의 어떤 작가, 작품, 사상, 감정 등이 대상
> • 본질상 수신인에게서 발신인을 확인하게 되는 것

① 발신자 연구
② 수신자 연구
③ 송신자 연구
④ 중개자 연구

> **해설** 수신자 연구 : 도착점으로서의 어떤 작가, 작품, 사상, 감정 등이 대상. 본질상 수신인에게서 발신인을 확인하게 되는 것이다.

24 비교문학에 대한 귀야르의 견해가 <u>아닌</u> 것은?

① 어떤 시대의 한 나라에 있어서 행하여진 타국의 심상을 정확히 서술하는 것이다.
② 문학을 대상으로 한 사회학의 연구이다.
③ 문학의 '비교'이며, 국제 간의 역사적 관계의 문학이다.
④ 비교문학은 문학사의 한 분야이다.

> **해설** 비교문학이란 '비교'가 아니라 국제 간의 문학적 관계의 역사이다.

정답 21 ③ 22 ③ 23 ② 24 ③

25 귀야르의 연구 방법에 대해 <u>잘못</u> 설명한 것은?

① 책 : 번역, 비평서, 신문, 잡지, 여행기, 사전, 문법서, 교육서까지 모두 포함한다.

② 한 사람의 작가나 하나의 그룹, 하나의 시대가 어떤 외국어에 대해서 가지고 있던 이해의 정도도 조사하였다.

③ 여행기의 지식도 한 작가 또는 한 나라에 관한 전설의 형성을 이해하는 데 가장 중요하기 때문에 조사하였다.

④ 문법서나 여행기를 읽는 것은 도움이 되지 않으므로 일일이 직접 체험을 하여 그 나라의 이미지를 이해하여야 한다고 밝혔다.

> **해설** 문법서나 여행기 등도 일일이 추적해야 하는 이유로 그 나라의 이미지 이해에 도움이 되기 때문이라고 밝혔다.

26 비교문학의 영향에 대한 사례가 <u>아닌</u> 것은?

① 1920년대 한국의 낭만주의 시 운동은 유럽의 낭만주의 문학 운동의 영향을 받았다.

② 1930년대 한국의 모더니즘 문학은 서구 모더니즘 문학의 직접적인 영향을 받았다.

③ 김소월의 「진달래꽃」은 이전 시대부터 존재했던 민요의 리듬과 정서의 영향을 받았다.

④ 최남선의 「해에게서 소년에게」는 영국 시인 테니슨의 「부서져라, 부서져라, 부서져라」의 영향을 받았다.

> **해설** ③ 비교문학은 단순히 두 개 이상의 문학을 비교하는 것이 아니라 최소한 두 민족 또는 국가 간의 문학이 최소 성립 조건이다. 김소월의 「진달래꽃」을 우리의 전통문학인 '민요'와의 관계로 설명하고 있으므로 비교문학의 영향에는 포함되지 않는다.
>
> **오답** ① 유럽의 낭만주의 문학 운동 → 영향 : 1920년대 한국의 낭만주의 시 운동
> ② 서구 모더니즘 문학 → 영향 : 1930년대 한국의 모더니즘 문학
> ④ 영국 시인 테니슨의 「부서져라, 부서져라, 부서져라」 → 최남선의 「해에게서 소년에게」

정답 25 ④ 26 ③

27 다음 설명에 해당하는 것은?

> 비교문학 연구 방법에 속하는 영향 연구 가운데 수신자가 발신자를 특별하게 좋아하는 경우에 일어나는 현상이다. 수신자는 발신자의 어느 부분을 의식적으로 닮고자 한다. 그리고 그 나머지 결과에 대해서는 '유사성'이라 한다. 그 유사성의 동인(動因)이 의식적인 것으로, 대개 습작기의 작가가 자기의 것이 형성되기 이전에 이미 있는 작품을 본(本)으로 삼아 창작하는 것이다.

① 모방
② 표절
③ 암시
④ 번안

해설 ① 모방
ㄱ 수신자가 발신자를 특별하게 좋아하는 경우에 일어나는 현상이다.
ㄴ 수신자는 발신자의 어느 부분을 의식적으로 닮고자 한다. 그리고 그 나머지 결과에 대해서는 '유사성'이라 한다.

오답 ② 표절
ㄱ 가장 의식적으로 수신자의 원작을 이용한 경우이다.
ㄴ 수신자는 빌려 왔음을 고의로 은폐한다.
③ 암시
ㄱ 수용자의 작품 제작 동기가 발신자에 의해 마련되는 경우를 가리킨다.
ㄴ 수용자와 발신자 상호 관계는 동기 정도로 그쳐야 한다.
④ 번안
ㄱ 번안은 원작 전체가 의식된다.
ㄴ 원작을 전체적으로 생각하면서 작가 자신의 창의성을 가미한 경우이다.

28 영향에 여러 범주를 포함하는 것에 대해 반대하는 목소리로 잘못된 것은?

① 한 작가를 모방하는 경우 수신자에 대한 의식에서 출발하며, 수신자를 의식한다는 것은 차이가 있기는 하지만 좁은 의미의 영향과 비슷하다.
② 영향은 무의식적인 상태에서 이루어지지만, 기타 여러 유형에 속하는 해외 문학의 수용은 의식적으로 이루어진다.
③ 표절의 경우 발신자의 작품 중 일정 부분을 수신자는 자기 것인 양 은폐해야 하고, 이것은 곧 의식적인 상태에서 이루어지는 것이다.
④ 의식과 무의식의 차이, 혹 영향과 그 외의 유형에 속하는 해외 문학 수용 사이에는 구별이 확연하지 않다.

해설 영향은 한 작가를 모방하는 경우 수신자가 아니라 발신자에 대한 의식에서 출발하며, 발신자를 의식한다는 것은 차이가 있기는 하지만 좁은 의미의 영향과 비슷하다.

정답 27 ① 28 ①

29 영향 연구에 대한 설명으로 <u>부적절한</u> 것은?

① 연관이 없는 두 작품이 문체, 구조, 어법, 사상 등에서 동일성을 보이는 것이다.

② 문학을 빙자한 사회학, 역사학이라는 평가를 받고 있다.

③ 비교문학은 그 자신의 경계선을 넘어선 다른 표현 영역과의 비교 연구이기도 하다.

④ 영향 연구는 비교문학 연구의 중심 과제일 수밖에 없다.

> **해설** 유사성 연구 : 연관이 없는 두 작품이 문체, 구조, 어법, 사상 등에서 동일성을 보이는 것이다.

30 비교문학에서의 비평 방법 중 영향 영역에 해당하는 것은?

① 이광수는 톨스토이의 소설을 읽고 계몽적 문학관을 갖게 되었다.

② 김동인은 이광수 문학을 의도적으로 폄하하기 위하여 비평문을 썼다.

③ 우리 언니는 무라카미 하루키의 소설을 읽고 그 문체를 모방해 소설을 썼다.

④ 조중한은 일본 연애소설 「금색야차」를 번안하여, 「장한몽」이란 신소설을 발표했다.

> **해설** 영향 영역이란 비평이나, 모방, 번안이 아닌 사상 등에 변화를 주어, 개인적으로는 삶의 혁신을 가져오며, 사회적으로는 역사의 변혁에 영향을 주는 것이다. 이광수는 톨스토이의 소설을 읽고 러시아의 농노해방을 깨달아 그의 첫 장편소설인 「무정」을 통해 자유연애와 계몽주의 사상을 나타냈다.

31 다음 설명에 해당하는 문학적 개념은?

> 가장 의식적으로 수신자의 원작을 이용한 경우를 가리킨다. 그러나 이때 '차용'과는 달리 수신자는 원작을 빌려 왔음을 고의로 은폐한다.

① 영향
② 암시
③ 표절
④ 모방

> **해설** 표절(剽竊)
> ㉠ 가장 의식적으로 수신자의 원작을 이용한 경우이다.
> ㉡ 수신자는 빌려 왔음을 고의로 은폐한다.
> ㉢ 지속화될 수 없는 것이다.
> ㉣ 가장 저미한 상태에 속하는 영향이다.

정답 29 ① 30 ① 31 ③

32 영향의 범주와 그 설명이 바르게 짝지어진 것은?

① 영향 : 수용자의 작품 제작 동기가 발신자에 의해 마련되는 경우를 가리킨다.

② 암시 : 수신자에게 영속적이며 무의식적인 것이어야 한다.

③ 모방 : 수신자가 발신자를 특별하게 좋아하는 경우에 일어나는 현상이다.

④ 차용 : 타인의 것을 가져다 쓴다는 점에서 모방과 같다.

> **해설** 모방 : 수신자가 발신자를 특별하게 좋아하는 경우에 일어나는 현상이다.

33 예술성에 대한 기여도가 가장 높은 것과 낮은 것을 바르게 짝지은 것은?

① 암시 − 표절

② 암시 − 모방

③ 번안 − 표절

④ 모방 − 번안

> **해설** 예술성에 대한 기여도가 높은 순서 : 암시 > 모방 > 차용 > 번안 > 표절

34 표절과 관련된 내용이 <u>아닌</u> 것은?

① 가장 저급한 상태에 속하는 영향이다.

② 수신자는 빌려 왔음을 고의로 은폐하였다.

③ 지속화될 수 없는 것이다.

④ 무의식적으로 수신자의 원작을 이용한 경우이다.

> **해설** 표절은 가장 의식적으로 수신자의 원작을 이용한 경우이다.

35 원작을 전체적으로 생각하면서 작가 자신의 창의성을 가미한 경우는 영향의 범주 중 어느 것에 속하는가?

① 번안(또는 개작)

② 영향

③ 차용

④ 수용

> **해설** 번안 : 번안은 타인의 것을 가져다 쓴다는 점에서 모방과 같으며, 원작 전체가 의식된다. 원작을 전체적으로 생각하면서 작가 자신의 창의성을 가미한 경우이다.

정답 32 ③ 33 ① 34 ④ 35 ①

36 수용자의 작품 제작 동기가 발신자에 의해 마련되는 경우를 가리키는 영향의 범주는 무엇인가?

① 영향   ② 암시

③ 번안   ④ 표절

> **해설** 암시 : 수용자의 작품 제작 동기가 발신자에 의해 마련되는 경우

37 이식이론(移植理論)에 대한 설명으로 <u>부적절한</u> 것은?

① 어떤 문학 현상을 발생학적인 문학 간 충동으로 설명하려 하였다.

② 비교를 엄격히 사실관계에 한정하였다.

③ 실증 가능한 영향 연구에만 주의를 집중하였다.

④ 유사성 연구보다는 존재했던 사실에 대한 연구에 집중하였다.

> **해설** 이식이론은 어떤 문학 현상을 발생학적인 문학 간 충동으로 설명하려 한 것이며, 비교를 엄격히 사실관계에 한정한 것이기도 하다. 실증 가능한 영향 연구에만 주의를 집중하였으며, 주로 영향관계를 어떻게 추적, 조사, 연구하느냐에 초점을 맞추었다.

38 유사성 연구에 대한 설명으로 <u>부적절한</u> 것은?

① 작품들의 문체, 구조, 어법, 사상 등에서 동일성을 보이는 것에 대한 연구이다.

② 지나치게 가치 개념에 의존하므로 객관성이 없다는 비난을 받았다.

③ 단지 유사하다고 연구하는 것은 두 문학을 비교하는 것일 뿐, 비교문학은 아니다.

④ 유사성 연구는 차이점과 공통점을 아우르는 것이다.

> **해설** 유사성 연구는 공통점에 대한 연구이다.

정답   **36** ②   **37** ④   **38** ④

독학사
1단계 | **문학개론**
Bachelor's Degree Examination for Self-Education